SUPERBESTSELLER

155

Della stessa autrice

*Fine dell'estate*
*Palomino*
*Una perfetta sconosciuta*
*Stagione di passione*
*Una volta nella vita*
*Un amore così raro*
*Due mondi due amori*
*Incontri*
*La tenuta*
*Ritratto di famiglia*
*Svolte*
*Promessa d'amore*
*Menzogne*
*L'anello*
*Giramondo*
*Amarsi*
*Amare ancora*
*Cose belle*
*Il cerchio della vita*
*Il caleidoscopio*
*Zoya*
*Star*
*Daddy-Babbo*
*Messaggio dal Vietnam*
*Batte il cuore*
*Nessun amore più grande*
*Gioielli*
*Le sorprese del destino*
*Scomparso*
*Il regalo*
*Scontro fatale*
*Cielo aperto*
*Fulmini*
*La promessa*
*Cinque giorni a Parigi*
*Brilla una stella*
*Perfidia*
*Silenzio e onore*
*Il ranch*
*Un dono speciale*
*Il fantasma*
*La lunga strada verso casa*
*Immagine allo specchio*
*Dolceamaro*
*Forze irresistibili*
*Le nozze*
*La casa di Hope Street*

DANIELLE STEEL

# ORA E PER SEMPRE

SPERLING
PAPERBACK

*Traduzione di Grazia Maria Griffini*
Now and Forever

*I edizione «Superbestseller» Paperback luglio 1991*

*ISBN 88-8274-415-9*
*86-I-03*

XIII EDIZIONE

*Visitate il sito www.sperling.it*

A persone speciali,
in un momento speciale,
con affetto speciale:

Susan Alan
Beatrice Baer
Melba Beals
Frances Brauer
Lillian Oksman
Consuelo Smith
Patricia Tuttle

A Claude-Eric
per essermi stato vicino
mentre scrivevo.

E a Beatrix
per essere stata meravigliosa
e sempre disponibile.

« Ci sono tre generi di anime,
tre generi di preghiere.
Uno: Sono un arco nella tua mano, Signore.
Piegami perché io non imputridisca.
Due: Non piegarmi, Signore,
perché posso spezzarmi.
Tre: Piegami, e cosa importa
se mi spezzo!

Scegli! »

Da *Rapporto a Greco*
di Nikos Kazantzakis

# 1

Il tempo era magnifico. Una giornata di sole, limpida, con un cielo azzurro sul quale si stagliavano nitide le nuvole candide. E che caldo! Un caldo che faceva impigrire e dava un tocco di sensualità a ogni cosa. Fra l'altro capitava talmente di rado a San Francisco. Proprio lì stava il bello! Ian era seduto a un tavolino di marmo rosato, il suo solito posto, in una chiazza di sole nel ristorante *Enrico's*, nella Broadway. Il traffico era intenso e veloce e, sul marciapiede, le coppiette passeggiavano avanti e indietro, godendosi l'intervallo di mezzogiorno. Quel calduccio era piacevolissimo.

Sotto il tavolino, Ian accavallò, con un movimento pieno di scioltezza, una gamba sull'altra. Tre margheritine oscillarono lievemente in un bicchiere di vetro; il pane era fresco e soffice al tatto. Le dita eleganti, aggraziate, quasi troppo esili, staccarono accuratamente una fetta di pane dalle altre. Due ragazzine che lo stavano osservando scoppiarono in una risatina. Non era soltanto « carino », era sexy. Perfino loro lo avevano capito. E piacente. Anzi molto bello. Elegante. Aveva classe. Alto, magro, biondo, con gli occhi azzurri, gli zigomi alti e due gambe interminabili, mani che si notavano subito, un viso che non si riusciva più a smettere di guardare, una volta che ci si aveva posato sopra gli occhi... un corpo che non si poteva non osservare. Ian Clarke era un uomo bellissimo. E sapeva di esserlo, anche se non ci faceva caso. Però lo sapeva. Come lo sapeva sua moglie. Beh, e con questo? Era molto bella anche lei. A ogni modo, non era qualcosa che importasse molto, né all'uno né all'altra. Ma gli altri ci badavano. Gli altri trovavano estremamente piacevole osservarli, con quella curiosità avida con cui si fissano sempre le persone dall'aspetto eccezionalmente attraente e simpatico, provando la voglia di sapere che cosa stanno dicendo, dove stanno andando, chi sono i loro amici, che cosa mangiano... quasi come se, frequentandole, si potesse appiccicarsi addosso un po' di quella patina di fascino. Purtroppo, invece, è qualcosa che non capita mai. Perché così si nasce. Oppure bisogna spendere un mucchio di soldi per ottenerla. Per acquistarne una falsa, anzi. Ian non ne aveva mai avuto bisogno. Il suo fascino non era acquisito, era innato.

Se ne era accorta anche la donna vestita di rosa, con il grande cappello di paglia grezza. Si mise a fissarlo di sottecchi, da sotto l'intreccio della paglia. Osservò le sue mani che prendevano il pane, la sua bocca mentre beveva. Riuscì perfino a individuare la peluria bionda che gli copriva gli avambracci quando si rimboccò le maniche, sotto il sole. Era seduta a parecchi tavolini di distanza, tuttavia riusciva ugualmente a vederlo. Né più né meno come lo aveva già visto lì, in precedenza. Ian, invece, non si era mai accorto di lei. Per quale motivo avrebbe dovuto accorgersene? La donna guardò attentamente ogni cosa e, poi, smise di osservarlo. Ian non sapeva neppure che lei esistesse. Era troppo intento a seguire il filo dei suoi pensieri. La vita era incredibilmente bella e buona. Matura, dorata e facile da cogliere come un frutto. A lui bastava allungare la mano. Per tutta la mattina aveva lavorato al terzo capitolo del suo romanzo e, ormai, i personaggi cominciavano a prendere vita e consistenza, somigliavano un po' alle persone che, in quel momento, camminavano su e giù per Broadway... passeggiando senza fretta, ridendo, scherzando. I protagonisti del suo romanzo, per lui, erano già vivi e reali. Li conosceva intimamente. Era il loro padre, il loro creatore, il loro amico. Anche i suoi personaggi erano amici per lui. Che sensazione stupenda quella di dare inizio a un nuovo libro! Gli popolava l'esistenza. Tutte quelle facce nuove, quei nuovi cervelli. Gli pareva di sentirli nelle mani mentre tempestava — rat-rat-tat-tat — sui tasti della macchina per scrivere. Perfino il tocco di quei tasti gli dava una piacevole sensazione di benessere.

Aveva tutto — una città che amava, un nuovo romanzo, finalmente, e una moglie con la quale riusciva ancora a ridere e a scherzare. Una moglie con la quale gli piaceva enormemente fare l'amore. Sette anni — e ogni cosa, in lei, gli sembrava ancora bella e gli dava gioia: il modo in cui rideva, il suo sorriso, l'espressione dei suoi occhi, come entrava, completamente nuda, nel suo studio, e si andava a rannicchiare nella vecchia poltrona a dondolo, di vimini, a bere *root-beer*,* e a leggere quello che lui aveva scritto di nuovo. Ogni cosa gli pareva bella e piacevole e, in quel momento, ancora migliore di prima con il romanzo che cominciava a prendere forma. Era una giornata magica. E Jessie stava tornando a casa. Erano stati venti giorni molto produttivi ma, improvvisamente, Ian si accorse di sentirsi solo e di desiderare immensamente Jessie.

Ian chiuse gli occhi e si impose di non registrare nel suo cervello i rumori del traffico che passava sulla strada in ogni direzione... Jessie... con quelle gambe lunghe e affusolate, i capelli biondi che sembravano di morbida seta, gli occhi verdi punteggiati d'oro... che

* Birra fatta con le radici di varie erbe (*N.d.T.*)

mangiava pane con l'uva spalmato di marmellata di albicocche alle due di notte, domandandogli che cosa ne pensava della collezione di primavera, studiata per il negozio... « Dimmelo sinceramente, Ian, dimmi la verità... trovi orribili tutte le cose che ho scelto per la primavera oppure ti sembra che vadano bene? Devi dirmelo... dal punto di vista maschile... sii onesto... » come se avesse davvero importanza un giudizio che esprimesse il punto di vista maschile! Quei grandi occhi verdi che lo osservavano indagatori come se gli volessero domandare se anche lei andava bene così, se l'amava, se...

Sorseggiando un gin and tonic Ian continuò a pensare a lei e sentì di avere un grosso debito nei suoi confronti. Una sensazione, questa, che gli provocava sempre una impercettibile stretta dolorosa alla bocca dello stomaco. Del resto, anche questo faceva parte di tutto l'insieme: perché, sì, Ian le doveva moltissimo. Jessie aveva accettato e sopportato moltissimo. Il suo lavoro di insegnante, per il quale lo avevano pagato una miseria, le sostituzioni di altri insegnanti, per i quali era stato pagato ancora meno, un impiego in una libreria, che lei aveva odiato perché aveva la sensazione che lo sminuisse. Così, alla fine, lui lo aveva lasciato. C'era stato, perfino, un breve periodo in cui aveva fatto un po' di giornalismo, dopo l'enorme successo del suo primo romanzo. E poi, l'eredità che Jessie aveva ricevuto... quanti dei loro problemi era servita a risolvere! Problemi comuni, ma non necessariamente quelli particolari di lui, Ian.

« Sai che cosa ti dico, signora Clarke? Uno di questi giorni scoprirai di essere stanca di avere per marito uno scrittore morto di fame. » Era rimasto a osservarla attentamente quando lei aveva scrollato la testa, facendo segno di no, e gli aveva sorriso sotto il sole splendente di un lontano giorno di estate, che risaliva a tre anni prima...

« A guardarti, non si direbbe che sei un morto di

fame! » Gli aveva allungato un colpetto affettuoso sulla pancia e lo aveva baciato teneramente sulle labbra. « Ti amo, Ian. »

« Devi essere completamente pazza. Ma anch'io ti amo. » Un'estate molto difficile per lui, quella. In otto mesi, non aveva guadagnato un centesimo. Ma Jessie, naturalmente, aveva il suo denaro. Accidenti!

« Perché dovrei essere completamente matta? Perché provo rispetto per il tuo lavoro? Perché ti considero un bravo marito, anche se non hai più un impiego in uno di quegli uffici di Madison Avenue? E con questo, Ian? Chi se ne frega del giornalismo e di Madison Avenue? Te ne importa molto? Ne senti veramente la mancanza oppure stai meditando di servirti di questa idea per tormentarti per il resto dei tuoi giorni? » C'era una impercettibile sfumatura di amarezza nella sua voce, e anche un po' di rabbia. « Per quale motivo non sai accontentarti e non riesci a godere semplicemente di quello che sei? »

« Già, e che cosa sarei? »

« Uno scrittore. E buono. »

« Chi lo dice? »

« Sono i critici 'a dirlo', ecco chi lo dice! »

« I miei diritti d'autore invece non lo dicono. »

« Vai a farti una bella scopata con i tuoi diritti d'autore! » Aveva un'aria talmente seria che Ian non poté trattenersi dal ridere.

« Credo che sarebbe difficilissimo, anzi, pressoché impossibile... non sono grossi abbastanza neanche per farmi il solletico, figurati poi per una scopata! »

« Oh, stai un po' zitto, stupidone... ci sono dei momenti in cui hai il potere di esasperarmi! » Intanto un sorriso cominciava a illuminarle di nuovo il volto e Ian, allungandosi verso di lei, l'aveva baciata. Jessie aveva fatto scorrere lentamente un dito lungo l'interno della coscia di Ian, osservandolo con quel sorriso intenso e tranquillo, e lui si era sentito fremere da capo a piedi..

Se ne ricordava ancora. Perfettamente.

« Donna diabolica, ti adoro. Su, vieni, andiamo a casa. » Avevano lasciato la spiaggia la mano nella mano, come due bambini, sorridendo insieme per qualcosa di segreto, che era tutto loro. Non avevano neppure aspettato di arrivare a casa. Qualche chilometro più in là, Ian aveva adocchiato uno stretto torrente che scorreva a poca distanza dalla strada, avevano parcheggiato la macchina lì, sulla riva, e avevano fatto l'amore sotto gli alberi, vicino a quell'acqua scrosciante, circondati da tutti i suoni e i rumori dell'estate. Ian ricordava ancora come erano rimasti distesi insieme, sull'erba morbida, dopo; addosso, avevano soltanto la camicia e avevano lasciato che le dita dei loro piedi giocherellassero con i ciottoli e gli steli d'erba. Ricordava ancora di aver pensato che non sarebbe mai riuscito a capire ciò che teneva Jessie legata a lui, o il perché. Già, ma qual era il motivo per il quale lui rimaneva legato a Jessie? Sono domande che non si fanno mai di un matrimonio; il motivo, ma... come... sto con te per i tuoi soldi, tesoro, che cos'altro vuoi che ci sia? Nessuno che avesse un po' di buonsenso poteva fare domande simili. A volte, però, lui ne era tentato. A volte temeva che fosse soltanto la fiducia incredibile nelle sue capacità di scrittore a tenergli legata Jessie. Preferiva non pensare che si trattasse proprio di quello ma, indubbiamente, in parte era vero.

Tutte quelle lunghe serate di discussioni, a caffè e vino, nel suo studio. Perdinci, che sicurezza aveva sempre dimostrato! Proprio quando Ian aveva avuto bisogno della sua fiducia. Era quella la cosa che amava di più in lei.

« So che ce la farai, Ian. Ho detto così, e basta. So che ci riuscirai. Inutile aggiungere altro. » Come ne era maledettamente sicura! Ecco il motivo per cui gli aveva fatto smettere quel lavoro in Madison Avenue, perché era così sicura di lui! Oppure il motivo era un altro, perché Jessie voleva renderlo ancor più dipendente da lei?

A volte si domandava anche questo, Ian.

« Ma come fai a saperlo, accidenti? Come puoi sapere con tanta sicurezza che ce la farò? È un sogno, Jessie. Una fantasia. Il grande romanzo americano. Lo sai quante persone ci sono in giro, persone che valgono zero, ma proprio uno zero assoluto, le quali stanno scrivendo un sacco di idiozie, robaccia senza valore, con la convinzione che sia 'il meglio'? »

« Che cosa vuoi che me ne importi? Non si tratta di te! »

« Invece, magari, di quella gente faccio parte anch'io. » Una volta, quando aveva pronunciato quelle parole, Jessie gli aveva scaraventato addosso il suo bicchiere pieno di vino, facendolo scoppiare in una risata scrosciante. Era andata a finire che si erano messi a fare l'amore sul folto tappeto di pelliccia mentre Ian, a poco a poco, faceva gocciolare tutto quel vino che gli scendeva dal mento fin sul petto di Jessica... e come avevano riso insieme!

Tutto ciò faceva parte della ragione per cui, a quel punto, doveva scrivere un buon romanzo. Doveva assolutamente. Per lei. Per se stesso. Quella volta doveva sfondare. Sei anni di quella professione avevano avuto, come risultato, un romanzo disastroso e un bellissimo libro di fiabe che i critici avevano salutato, e giudicato, un « classico ». Ne erano state vendute meno di settecento copie. Il romanzo non era neanche andato così « bene ». Quella volta, invece, sarebbe stato tutto diverso. Lo sapeva. Era il frutto del suo ingegno contro quello di lei, « *Lady J.* ». « *Lady J.* » era la boutique di Jessie. E Jessie l'aveva fatta diventare un trionfo. Aveva sfondato. I tocchi giusti, il fiuto giusto, la collezione giusta al momento giusto. Jessie era una di quelle persone che sanno trasformare in qualcosa di seducente e di magico tutto ciò che toccano. Una candela, una sciarpa, un gioiello, un guizzo di colore, l'accenno di un sorriso, un lampo di calore, una pennellata di bizzarria, un po' di stile. Un mucchio di stile, anzi. Perché lo stile era qualcosa di innato in Jessie. Ne trasudava. Anche completamente nuda e con gli occhi chiusi, Jessie aveva stile. Aveva stile, per esempio, nel modo in cui, una volta, era entrata nel suo studio all'ora di pranzo come una folata di vento, con la bionda criniera svolazzante, gli occhi sorridenti, gli aveva dato un bacio sul collo e, d'improvviso, una stupenda rosa color salmone era stata delicatamente appoggiata sulle sue carte. Una rosa perfetta oppure, in un'altra occasione, un tulipano di un bel giallo vivo in un vaso di cristallo vicino alla sua tazza del caffè, qualche fetta di prosciutto, un melone dolcissimo, una sottile fetta di Brie, *The New York Times* o *Le Figaro*. Era qualcosa di istintivo in Jessie. Il dono innato di saper trasformare tutto ciò che toccava in qualcosa di più, qualcosa di meglio.

Pensando a lei, Ian sorrise di nuovo mentre guardava distrattamente le persone sedute agli altri tavolini. Se Jessie fosse stata lì con lui, avrebbe senz'altro avuto addosso qualcosa di elegante ma vagamente *osé*, un prendisole con la schiena completamente nuda e le maniche lunghe, oppure un abito che la copriva tutta dalla gola in giù, ma con una tale spaccatura da consentire ai passanti una rapida visione delle sue gambe o, magari, un cappello stupendo che avrebbe permesso a chi andava e veniva sul marciapiede di cogliere soltanto il lampo di uno dei suoi straordinari occhi verdi, mentre l'altro — magari — gli avrebbe lanciato uno sguardo un po' più civettuolo, quasi seducente, per poi tornare subito a nascondersi. Fu proprio pensando a lei in quel senso che la sua attenzione venne attirata dalla donna con il cappello di paglia, seduta a pochi tavolini di distanza. Prima, non l'aveva notata. Ma all'improvviso pensò che, tutto sommato, valeva la pena di guardarla meglio. In un pomeriggio caldo e assolato, dopo essersi scolato ben due gin and tonic. Riusciva a intravedere solo una parte del suo viso, la punta del mento.

Aveva due braccia affusolate, due mani graziose, nude, senza anelli. La osservò mentre sorbiva una bibita schiumosa con la cannuccia. Provò uno strano fremito, che pure gli era familiare, ripensando a sua moglie e, contemporaneamente, osservando la giovane donna con l'ampio cappello di paglia. Un vero peccato che Jessie non fosse in casa. Perché quella era una giornata fatta apposta per andare alla spiaggia, nuotare, sudare, sporcarsi di sabbia, spalmarsi di olio solare scorrendo lentamente con le mani l'uno sul corpo dell'altro. Lo infastidì vagamente il modo in cui la donna con il cappello di paglia muoveva la bocca sulla cannuccia, bevendo la sua bibita. Gli faceva venire una gran voglia di Jessie. Lì, subito, all'istante.

Arrivarono i cannelloni che aveva ordinato, ma si accorse di aver fatto una cattiva scelta. Eccessivamente coperti di besciamella, troppo caldi, e troppo abbondanti. Sarebbe stato meglio ordinare un'insalata. D'altra parte, gli spiaceva chiedere subito il caffè, dopo aver inghiottito solo quei pochi bocconi. Era una giornata troppo serena e piacevole per essere severi con se stessi. Molto più semplice lasciarsi vivere o, se non altro, non lambiccarsi troppo il cervello. Del resto, era un passatempo innocente, il suo. Si divertiva. Come sempre da *Enrico's*. Lì poteva rilassarsi, osservare gli estranei intorno a lui, incontrare qualche altro scrittore che conosceva, e ammirare le donne.

Senza nessun motivo particolare, lasciò che il cameriere gli portasse il terzo gin and tonic. Gli capitava di rado di bere qualcosa di più, e di diverso, dal vino bianco, però il gin era fresco e gradevole. E, poi, un terzo drink non sarebbe certo stato la sua morte! Le giornate molto calde in un luogo dove, abitualmente, il clima era più fresco avevano qualcosa di particolare... facevano un po' perdere la testa.

Da *Enrico's* i clienti erano in continuo movimento, andavano e venivano, affollando i tavolini disposti sul marciapiede evitando, per una volta, i piccoli separé rossi dell'interno. Uomini d'affari si toglievano la cravatta, indossatrici si mettevano volutamente in mostra, artisti scribacchiavano qualcosa, sulla strada gruppi di suonatori ambulanti facevano musica, i poeti pronunciavano battute scherzose. Perfino il frastuono del traffico restava sommerso e soffocato da quella musica e da quelle voci. A Ian, tutta quella confusione ricordava l'ultimo giorno di scuola. Ai lati del ristorante, i locali in cui si esibivano le ragazze in topless erano avvolti dal silenzio; le loro insegne al neon si sarebbero riaccese soltanto al cader della notte. Ma quella luce, quell'atmosfera, erano molto meglio di quei bar illuminati al neon. Perché erano reali, pieni di vita, e con il gusto piacevolmente pepato di un gioco.

La ragazza con il cappello di paglia non aveva rivelato il suo viso fino a quando Ian non si alzò per andarsene, anche se non aveva mai smesso di osservarlo. Soltanto allora, dopo essersi stretta nelle spalle in silenzio, aveva chiamato con un gesto il cameriere per pagare il conto. Poteva sempre tornare o forse... in fondo che importanza aveva...

Ian stava pensando a lei mentre si dirigeva verso la sua automobile, un po' sbronzo ma non fino al punto che si notasse, se qualcuno lo avesse osservato. Stava componendo mentalmente una fantasia in versi intitolata *Ode a una bellezza senza volto*. Rise tra sé mentre si infilava al posto di guida, dietro il volante dell'automobile di Jessie, rimpiangendo in cuor suo che non fosse Jessie in carne e ossa quella in cui si stava infilando... si sentiva eccitato e voglioso di fare l'amore in un modo insopportabile.

Aveva preso la piccola *Morgan* rossa di Jessie. E come gli piaceva! Era stato un regalo straordinariamente bello, fu la sua riflessione mentre apriva la valvola dell'aria. Un regalo straordinariamente bello. Per una donna straordinariamente bella. L'aveva acquistata per lei con l'anticipo ricevuto per il libro di fiabe. L'intero assegno era andato per l'automobile. Una follia. E Jessie ne era andata subito pazza. Come lui, Ian, era pazzo di Jessie.

Tornò indietro su Broadway e si fermò al semaforo passando di nuovo davanti a *Enrico's* per dirigersi verso casa; fu proprio in quel momento che una fugace sfumatura rosata gli rimase impressa sulla pupilla dell'occhio destro. Con il cappello che dondolava appeso a un dito, il viso rivolto verso il cielo, lei si era incamminata sculettando sui sandali bianchi con il tacco alto. Il vestito rosa le fasciava i fianchi, ma senza essere aderente in modo esagerato e i capelli rossi, che le ricadevano sulle spalle folti e ricciuti, le incorniciavano morbidamente il viso. Aveva un aspetto molto grazioso, così vestita di rosa, e incredibilmente sexy. Così rotondetta e così florida e così giovane... ventidue? ventitré anni? Mentre la osservava, provò ancora quel fremito al basso ventre che era voglia di amore. Sui suoi capelli ramati giocava un riflesso di sole. Ian provò il desiderio di toccarli. E di strapparle improvvisamente il cappello dalla mano e, poi, di scappare per vedere se lei gli sarebbe corsa dietro. Desiderava giocare, ma non aveva nessuno con cui farlo.

Sempre a bordo dell'automobile, le passò lentamente di fianco e lei alzò gli occhi di scatto a guardarlo, infiammandosi in volto, poi li girò subito dall'altra parte. Dopo qualche istante voltò la testa e lo osservò nuovamente; allo stupore iniziale si era sostituita l'ombra di un sorriso e il gesto, quasi impercettibile, di chi si stringe lievemente nelle spalle. Era il destino. A ben pensarci, quello era stato proprio il giorno prescelto. E lei si era vestita come se lo sentisse. A quel punto ne era contenta. Pareva riluttante ad andarsene, dardeggiata com'era dagli sguardi focosi di Ian. Perché Ian non si era allontanato. Ma, al contrario, era semplicemente rimasto lì, seduto al volante, mentre lei, ferma sull'angolo, lo guardava. Non era giovane come lui aveva creduto. Ventisei, forse ventisette anni? Però ancora fresca. O perlomeno, abbastanza fresca dopo i tre gin and tonic che si era scolato di fila.

Gli occhi della sconosciuta gli frugarono in faccia, inquisitori, quasi con un po' di grinta che, tuttavia, badò bene a non far troppo notare e, poi, mentre Ian continuava a guardarla, gli si avvicinò, rivelando un seno florido in curioso contrasto con la linea affusolata delle braccia da adolescente.

« Ti conosco? » Dritta, immobile, con il cappello stretto in mano, incrociò le caviglie in modo che, in quella posizione, veniva messa in evidenza la linea dell'anca sporgente. Ian si accorse, immediatamente, che i calzoni gli stringevano troppo al cavallo.

« No. Non credo. »

« Mi stavi guardando. »

« Sì, mi dispiace. Ecco... mi piaceva il tuo cappello. L'ho notato mentre pranzavo. » I lineamenti del viso di lei si addolcirono e Ian ricambiò il suo sorriso, per quanto si sentisse vagamente deluso. Era più vecchia di Jessie, forse perfino più vecchia di lui, almeno di un paio di anni. Truccata in modo da apparire affascinante e perfetta a dieci metri di distanza; ma — a cinque — l'illusione svaniva bruscamente. E i capelli rossi, alla radice, mostravano una sottile linea scura. Eppure Ian l'aveva proprio guardata con attenzione e con interesse, la sconosciuta aveva ragione.

« Ripeto che sono spiacentissimo. Scusami. Posso darti un passaggio? » Perché no? Con ogni probabilità non andava lontano e, quindi, non lo avrebbe portato troppo fuori strada; quasi di sicuro doveva raggiungere un ufficio a pochi isolati di distanza.

« Già, certo! Grazie. Fa troppo caldo per camminare. » Sorrise ancora e si attaccò inutilmente alla maniglia della portiera, per spalancarla. Fu Ian ad aprirgliela dall'interno, dopo averla sbloccata, e lei si lasciò cadere con entusiasmo sul sedile, mettendo in mostra con disinvoltura una porzione abbondante, e piacevole a guardarsi, della sua scollatura. Lì, perlomeno, tutto era autentico, senza finzioni.

« Dove posso accompagnarti? »

Lei tacque per un momento e poi sorrise. « All'incrocio fra Market e la Decima. Ti porto molto fuori strada? »

« No, va benissimo. Non ho fretta. » Tuttavia era rimasto sorpreso di quell'indirizzo. Perché si trattava di uno strano posto per andarci a lavorare, di un bruttissimo posto dove vivere.

« Ti sei preso una giornata di vacanza? » Lo stava osservando con aria interrogativa.

« Più o meno. Lavoro in casa, io. » Di solito, non era sua abitudine mostrarsi così espansivo, ma la sconosciuta gli aveva messo addosso uno strano imbarazzo che lo faceva sentire obbligato a chiacchierare. Lei emanava un profumo greve e intenso e, sedendosi, il vestito le si era sollevato scoprendole un bel pezzo di gambe. Ian aveva una smania terribile di fare l'amore. Ma di farlo con Jessie. Mentre lei era ancora lontana e non sarebbe tornata per altre dieci ore.

« Che cosa fai? » Per un attimo, Ian provò lo strano desiderio di rispondere che era un gigolò, mantenuto dalla moglie. Discusse mentalmente l'opportunità di darle una risposta del genere mentre aggrottava le sopracciglia.

« Faccio lo scrittore. » La risposta era stata asciutta.

« Non ti piace? »

« Mi piace immensamente. Per quale motivo mi hai fatto una domanda del genere? » Stavolta non riuscì a nascondere di essere meravigliato.

« Perché mi sono accorta che avevi cominciato a fare la faccia scura. Sei un bel tipo quando sorridi. »

« Grazie. »

« *De nada*. E, fra l'altro, guidi anche una gran bella

automobile.» Gli occhi della sconosciuta avevano già valutato ogni cosa. Doveva essersi fatta un quadro abbastanza preciso di lui e del suo ambiente. La camicia alla St. Tropez, di ottimo taglio, le scarpe di Gucci senza calzini. Non sapeva che fossero firmate Gucci, quelle scarpe, però intuiva che erano costose e di pregio. « Che marca è? Una *MG*? »

« No. Una *Morgan*. » Ed è di mia moglie... ma quelle parole gli morirono in gola. « E tu? Lavori? » Meglio fare botta e risposta.

« Al momento servo in tavola al *Condor*, ma volevo vedere che aspetto ha il quartiere alla luce del giorno. Ecco perché sono venuta qui all'ora di pranzo. La gente è tutta diversa! Fra l'altro, a quest'ora nessuno è tanto sbronzo come quando li vediamo arrivare da noi, un bel po' più tardi. »

Il *Condor* non era certo noto per la sua clientela decorosa e perbene. In posti come quello le cameriere giravano in topless e Ian giunse subito alla conclusione che la sconosciuta doveva servire in tavola mezza nuda. Lei alzò le spalle ma, subito dopo, lasciò che i suoi lineamenti si addolcissero in un sorriso. E tornò a essere carina come prima anche se i suoi occhi avevano qualcosa di triste. Un'espressione di rimpianto, ossessiva e assorta. Lo guardò, in un modo strano, una o due volte. E Ian si accorse, di nuovo, che la sconosciuta lo metteva a disagio.

« Vivi dove mi hai detto? All'incrocio fra Market e la Decima? » Tanto per dire qualcosa.

« Già. In un albergo. E tu? » Questa sì che era una risposta difficile. Che cosa poteva raccontarle? Ma fu lei a colmare subito quella pausa di silenzio. « Lasciami indovinare. Pacific Heights? » Ogni luce pareva spenta nei suoi occhi, ormai, e la domanda venne fatta in tono stridulo e accusatore.

« Che cosa te lo fa pensare? » Ian tentò di prendere un tono divertito e di fingersi offeso, ma gli riuscì male.

La guardò mentre si fermavano in un ingorgo del traffico in Montgomery Street. La sconosciuta sarebbe potuta essere la segretaria di un uomo d'affari oppure una di quelle attricette che sono riuscite a ottenere una particina in un film. Non aveva niente di grossolano o volgare. Pareva stanca. E triste.

« Bello mio, tu puzzi di Pacific Heights lontano un miglio. »

« Non lasciarti abbindolare da tutto questo profumo! E ricordati che 'non è tutto oro quel che luccica.' » Scoppiarono in una risatina, contemporaneamente, e Ian si mise a giocherellare con la chiave inserita nel cruscotto intanto che il traffico diventava più scorrevole. Voltò per Market Street.

« Sposato? »

Lui annuì.

« Peccato. Quelli buoni sono sempre sposati. »

« Sarebbe un deterrente? » Era assurdo dire una cosa del genere, ma Ian si sentiva più curioso che serio — e tutti quei gin and tonic cominciavano a far sentire il loro effetto.

« A volte mi interessano gli uomini sposati, e a volte no. Dipende dalla persona. Nel tuo caso... chi lo sa? Mi piaci. »

« Sono lusingato! Anche tu sei una bella donna... e, come vedi, adopero la stessa frase che hai adoperato tu poco fa nei miei confronti. Come ti chiami? »

« Margaret. Maggie. »

« Un bel nome. » Lei gli sorrise di nuovo. « È questo, Maggie? » Era l'unico albergo che ci fosse in quell'isolato, e non sembrava un granché.

« Già, proprio questo. Casa, dolce casa. Bello, vero? » Stava cercando di nascondere il proprio imbarazzo, mostrandosi spavalda, e Ian si scoprì a provare compassione di lei. L'albergo aveva un aspetto squallido e deprimente.

« Vuoi venire su a bere qualcosa? »

Ian capì, dall'espressione degli occhi di Maggie, che sarebbe rimasta molto offesa di fronte a un rifiuto. Del resto, accidenti! non era certo nella forma più adatta per tornare a casa e mettersi a lavorare, lui! E aveva ancora nove ore e mezza da far passare prima di salire di nuovo in automobile per andare all'aeroporto. D'altra parte, sapeva anche quel che poteva succedere se avesse accettato l'invito di Maggie. E lasciare che succedesse sembrava una cosa vergognosa da fare a Jessie il giorno in cui doveva tornare a casa. Aveva resistito per tre settimane. Possibile che non ce la facesse a resistere ancora per un pomeriggio?

Eppure la ragazza aveva un'aria così triste e desolata, e Ian si sentiva la testa confusa per il sole e tutto il gin che aveva bevuto. Capiva di non aver nessuna voglia di tornarsene a casa. Perché, là dentro, non c'era niente che fosse suo, realmente suo, all'infuori dei cinque cassetti di quel classificatore che conteneva tutto quanto aveva scritto e della nuova macchina per scrivere Olivetti che Jessie gli aveva regalato. Il re dei gigolò. Il consorte di Jessie.

« Certo! Ho proprio il tempo di bere qualcosa. Basta che sia un caffè. E dell'automobile, che cosa faccio? »

« Credo che potresti parcheggiarla davanti alla porta. Siamo in zona disco. Quindi non possono venire con il carro-attrezzi a portarla via. »

Ian parcheggiò l'automobile di fronte all'albergo e Maggie, mentre lui faceva manovra per accostarsi al bordo del marciapiede, si mise a osservare attentamente la parte posteriore della vettura. La targa era molto facile da ricordare. Le cifre corrispondevano a determinate lettere, quelle che — almeno così lei credette — dovevano essere il suo nome.* Jessie.

* Il proprietario della vettura, negli U.S.A. può chiedere che, sulla targa, vengano messe iniziali o numeri di suo gusto (*N.d.T.*).

# 2

Jessica sentì il rombo sordo del carrello che usciva automaticamente da sotto il ventre dell'aeroplano, e sorrise. Aveva la cintura di sicurezza già allacciata, e aveva spento la piccola luce al di sopra della sua testa. E si stava accorgendo che il cuore aveva cominciato a batterle più forte mentre l'aereo girava sulla pista per l'ultima volta, prima di scendervi, consentendole di ammirare l'ampio panorama tempestato di luci, più sotto.

Guardò l'orologio che aveva al polso. Come conosceva bene Ian! In quel preciso momento se lo immaginava alla ricerca frenetica di un posto dove parcheggiare la macchina, con il terrore di essere in ritardo e di non fare in tempo ad andare ad aspettarla all'uscita. Poi avrebbe trovato un buco dove cacciarla e si sarebbe messo a correre come un disperato verso il terminal e, quando la avesse finalmente raggiunta, sarebbe stato ansante, sorridente, con i nervi in pezzi. In ogni caso sarebbe arrivato, come sempre, in tempo. Ecco quello che rendeva così straordinario ogni suo ritorno a casa.

Le pareva di essere stata via almeno un anno, però aveva comperato cose talmente belle! La collezione di primavera sarebbe stata stupenda. Tenui colori pastello, lane soffici tagliate in diagonale, scozzesi dai colori delicati, camicette di seta con le maniche ampie e qualche capo stupendo, in pelle scamosciata. Davanti alla pelle scamosciata, Jessie non sapeva resistere. Sì, sarebbe stata una primavera grandiosa per la boutique. La merce che aveva ordinato non sarebbe arrivata per altri tre o quattro mesi, ma lei si sentiva già eccitata al solo pensiero. Aveva impressi perfettamente nella memoria tutti i singoli capi. La collezione di primavera ormai era stata scelta e decisa. Del resto, le era sempre piaciuto preparare le cose con un certo anticipo, come in questa occasione. Le piaceva sapere quello che stava per succedere. Le piaceva sapere che aveva la sua vita, come il suo lavoro, già tutti ben tracciati davanti. A qualcuno un simile atteggiamento poteva sembrare noioso e, invece, Jessie non ne era mai infastidita.

Stavano progettando, con Ian, un viaggetto a Carmel in ottobre. Avrebbero passato con un gruppo di amici la Festa del Ringraziamento. E Natale, poi, forse a sciare al lago Tahoe e, subito dopo, avrebbero fatto un salto in Messico a godersi un po' di sole per Capodanno. E poi i capi della collezione di primavera avrebbero cominciato ad arrivare. Tutto pianificato alla perfezione. Come i suoi viaggi, i suoi pasti, il suo guardaroba. Del resto, aveva tutto ciò che era necessario per poter fare dei progetti — un negozio che funzionava a pieno ritmo, un marito che amava e sul quale poteva sempre contare, e altre persone fidate intorno a lei. Le varianti erano pochissime, ma a Jessie piaceva che tutto andasse in quel modo. A volte si domandava se era quella la ragione per cui non aveva mai sentito il desiderio di un bambino: sarebbe stata una variante. Qualcosa sulla quale non poteva assolutamente fare progetti. Perché non sapeva che aspetto avrebbe avuto o come si sarebbe comportato e neppure, con esattezza, quando poteva nascere o che cosa avrebbe fatto di lui, una volta che fosse nato. L'idea di un bambino la faceva tremare di paura. E, poi, la vita era tanto più semplice così. Soltanto Jessie e Ian. Loro due, e basta. In tal modo non esistevano rivali per l'affetto di Ian. A Jessie non piaceva avere dei concorrenti, neppure per Ian. Perché, ormai, era tutto ciò che le rimaneva.

Il carrello toccò la pista e Jessie chiuse gli occhi... Ian... quanto aveva spasimato per lui durante le settimane precedenti. Le sue giornate erano sempre state molto intense e, la sera, aveva sempre avuto qualche impegno; tuttavia aveva preso l'abitudine di telefonargli non appena rientrava in albergo. Però non aveva potuto allungare le braccia verso di lui, toccarlo, accarezzarlo, essere tenuta stretta. Non aveva potuto ridere guardandolo negli occhi o fargli il solletico sotto i piedi o stargli vicino, sotto la doccia, a rincorrere le gocce d'acqua con la lingua giù per la schiena tempestata di lentiggini. Distese le lunghe gambe davanti a sé mentre aspettava che l'aeroplano si fermasse.

Com'era difficile essere pazienti! Avrebbe voluto che il viaggio fosse già finito. Avrebbe voluto correr fuori e rivederlo. Ma subito, all'istante. Non c'erano mai stati altri uomini. Un po' difficile crederlo, forse, eppure era la verità. Un paio di volte ci aveva anche pensato, ma non le era mai sembrato che ne valesse interamente la pena. Ian era tanto migliore di chiunque altro ai suoi occhi! Più sexy, più intelligente, più gentile e più affettuoso. Ian capiva a meraviglia che cosa le occorreva, e quante delle sue necessità sapeva soddisfare! Nei sette anni da che si erano sposati, lei aveva finito per perdere i contatti con gran parte delle sue più intime amiche di New York e non le aveva sostituite con altre a San Francisco. Non sentiva il bisogno di conoscenti, né di una confidente, né tantomeno di una « miglior amica ». Aveva Ian. Era il suo migliore amico, il suo amante, perfino suo fratello da quando Jake era morto. E, allora, che importanza aveva se Ian, ogni tanto, abbandonava la retta via per concedersi un « capriccetto »? Non accadeva spesso ed era sempre pieno di discrezione. Quindi

Jessie lasciava correre. Agli uomini capitava di combinare qualche piccola pazzia di quel genere quando la moglie era lontana. Del resto Ian non ne approfittava, non se ne vantava né, tantomeno, glielo faceva pesare, addolorandola e ferendola sin nel profondo del cuore. Lei aveva solo il sospetto che lo facesse. Tutto qui. Ma era comprensiva. Fintanto che non fosse stata costretta ad arrendersi all'evidenza. Perché, almeno secondo la sua opinione, supporre qualcosa era ben diverso dal sapere la verità fino in fondo.

Suo padre e sua madre avevano avuto un matrimonio pressoché simile ed erano stati felici per anni e anni. Osservando loro, Jessie aveva capito quali erano le cose di cui non si doveva parlare, che non dovevano servire a farsi del male vicendevolmente, che erano inutili. Un buon matrimonio doveva avere, come base, il rispetto e la considerazione reciproca e, a volte, saper tenere la bocca chiusa e lasciare che l'altro facesse quel che voleva, bastava dimostrare rispetto, considerazione... anche amore. Suo padre e sua madre erano morti; del resto, non erano neppure stati giovani quando lei era nata. La mamma aveva già superato da un po' la trentina, papà aveva appena compiuto i quarant'anni. E Jessie aveva quattro anni quando Jake era nato. Ma proprio per il fatto di essersi sposati tardi, si erano sempre rispettati reciprocamente molto di più di quello che non facesse la maggior parte delle coppie. Non provavano nessuna inclinazione, nessun desiderio di pretendere che l'altro cambiasse il proprio carattere, almeno in qualche cosa. E questo era stato un ottimo insegnamento per Jessie.

Ormai non c'era più nessuno di loro, se n'erano andati tutti. Già da tre anni. Quasi tre anni. Suo padre e sua madre erano morti nel giro di pochi mesi l'uno dopo l'altra. Jake era morto un anno prima ancora, nel Vietnam, all'alba dei suoi vent'anni. Scomparso per sempre. Jessica era l'unica rimasta. Però lei aveva Ian.

Grazie a Dio, c'era Ian. Sentiva un lievissimo brivido che le correva giù per la schiena quando rifletteva su queste cose... che cosa avrebbe fatto senza Ian? Non le sarebbe restato che morire, come papà quando la mamma se n'era andata. Non se la sentiva di vivere senza Ian. Ma in quel momento era tutto suo. La notte, quando lei aveva paura, la teneva stretta fra le braccia. Cercava di farla ridere se qualcosa l'aveva ferita troppo, fin nel profondo, rattristandola. Ricordava i momenti che avevano importanza, sapeva quali fossero le cose che lei amava, capiva il suo linguaggio segreto, rideva anche alle sue peggiori battute di spirito. Capiva. Era la sua donna, Jessica, ma anche la sua bambina. Proprio ciò di cui lei aveva bisogno. Ian. E, dunque, che importanza poteva avere se, occasionalmente, si era lasciato andare a qualche breve relazione amorosa extraconiugale di cui lei, Jessica, in fondo, non aveva nessuna certezza, di cui non sapeva niente, in realtà? Purché Ian fosse lì, presente, quando contava. E c'era sempre.

Sentì il fruscio dei portelloni che si aprivano automaticamente, scorrendo sui cardini; e la gente cominciò ad affollarsi per il corridoio. Il volo della durata di cinque ore poteva considerarsi concluso. Era venuto il momento di tornare a casa. Jessie si passò rapidamente una mano sui pantaloni stazzonati, per lisciarli, mentre allungava l'altra verso la giacca. Era di camoscio di un bel color arancione vivo e la portava sui pantaloni, di camoscio anche quelli, beige, con una camicetta di seta stampata nelle sfumature del marrone bruciato chiaro. Sul viso abbronzato dal sole spiccavano gli occhi verdi, splendenti, e i lunghi capelli biondi le ondeggiavano, sciolti e folti, sulle spalle. Ian la adorava quando era vestita di arancione e Jessica si era comperata quella giacca a New York. Sorrise tra sé pensando come gli sarebbe piaciuta... quasi quanto il blazer firmato Pierre Cardin che gli aveva portato in regalo. Era così divertente viziare Ian!

Davanti a lei si accalcavano tre uomini di affari e un gruppetto di donne che chiacchieravano ma, per fortuna, era abbastanza alta da riuscire ad allungare gli occhi al di sopra delle loro teste. Ed eccolo all'uscita! Lo salutò con grandi gesti della mano che lui ricambiò, mentre sulle labbra gli appariva un largo sorriso; poi si fece avanti, in fretta, verso di lei, facendosi strada gentilmente fra la massa di persone che la precedevano. E infine la raggiunse, la prese fra le braccia.

« Finalmente! Non vedevo l'ora che tu tornassi a casa; e, poi, bella come sei, ti puoi considerare fortunata se non ti assalto e ti faccio violenza qui, davanti a tutti. » Come sembrava felice. Poi la baciò. Ecco! Sì, Jessica era proprio tornata a casa.

« Prova, se hai il coraggio! Aggrediscimi. Ti sfido. » Invece restarono fermi dov'erano, fissandosi avidamente, dicendosi tutto con gli occhi. Jessica non riusciva a fare a meno di sorridere, a smetterla di accarezzargli la faccia. « Come fa piacere toccarti! Che bellezza! » Amava immensamente il contatto morbido della sua pelle e l'aroma, leggermente fragrante di limone, che ne esalava.

« Jessie, se sapessi quanto mi sei mancata! » Lei fece segno di sì con la testa, perché lo capiva. Anche Ian le era mancato allo stesso modo.

« Come viene il libro? »

« Bene. » Poi continuarono a parlare in fretta, delle piccole cose banali di chi si conosce a fondo. Né occorrevano molte parole, per loro. « Proprio benino. » Ian si chinò per sollevare dal pavimento la grossa sacca da viaggio in cuoio marrone che Jessica vi aveva lasciato cadere per baciarlo. « Su, vieni, affascinante signora tutta sesso, torniamocene a casa. » Jessica infilò il braccio sotto quello di lui e si incamminarono verso l'uscita a lunghi passi ritmici.

« Ti ho portato un regalo. »

Ian sorrise. Era quello che Jessica faceva sempre

« Mi accorgo che ne hai fatto uno anche a te. Che meraviglia, questa giacca! »

« Ti piace? Non la trovi orrenda? Avevo paura che fosse un po' troppo vistosa. » Era di un color caramello bruciato, che sfumava nel rosso fiamma.

« Su di te, sta magnificamente. Del resto, su di te qualsiasi cosa sta benissimo. »

« Gesù, Gesù! Come sei carino con me! Che cosa hai fatto? Fracassato la macchina? »

‹ Su, andiamo.. ti pare una cosa gentile da dire? Vergogna! »

« Insomma, l'hai fracassata sì o no? » Intanto, però, rideva — e anche Ian si era messo a ridere.

« No, l'ho scambiata con una motocicletta, una *Honda*. Pensavo che l'avresti preferita. »

« Proprio un bel pensierino! Tesoro, sono strabiliata. Su, adesso, da bravo, dimmi la verità... È proprio ridotta molto male la macchina? »

« Male? Sono lieto di informarti che, invece, non soltanto si trova in condizioni impeccabili, ma è anche pulita, mentre non lo era affatto quando sei partita. Quel povero macinino era letteralmente coperto di sudiciume! »

« Già, lo so benissimo! » Chinò la testa con aria colpevole e lui sogghignò.

« Sei una vera e propria sciagura, signora Clarke, però ti amo alla follia! » La baciò sulla punta del naso e lei gli fece scivolare le braccia intorno al collo.

« Indovina un po'? »

« Quante volte posso provare? »

« Una soltanto. »

« Mi ami? »

« Hai indovinato al primo colpo! » Scoppiò a ridere come una ragazzina e gli diede un bacio sul collo.

« Che cosa ricevo in premio per avere indovinato? »

« Me. »

« Fantastico. Accetto. »

« Oh, ragazzo mio, se sapessi come sono felice di essere tornata a casa. » Si lasciò sfuggire un lieve sospiro appoggiata al petto di Ian, stretta fra le sue braccia, mentre aspettavano che le valigie arrivassero sul nastro trasportatore. A Ian non era sfuggito il sollievo che si leggeva negli occhi di Jessica. Perché odiava partire, odiava volare, aveva paura di morire, aveva paura che lui morisse in un incidente d'auto mentre lei era lontano Sempre, da quando suo padre, sua madre e il fratello quanti terrori! Eppure nessuna di quelle era stata una morte violenta. Sua madre era anziana, ma noi vecchia. Aveva sessantotto anni. Suo padre aveva superato da un po' la settantina. Era morto di dolore meno di un anno dopo la mamma. Jessie, però non era preparata a quella doppia perdita ed era sembrato inconcepibile che ne fosse rimasta colpita fino a quel punto. Non si era mai ripresa del tutto dalla morte del fratello, ma dopo quella dei genitori... a volte Ian si chiedeva se ce l'avrebbe fatta. I terrori, l'isterismo, gli incubi. Si sentiva tanto sola e tanto spaventata. Certi giorni gli pareva quasi di non riconoscerla. Si era messa, improvvisamente, a dipendere in tutto e per tutto da lui... come era diventata diversa dall'antica Jessie! E, altre volte, dava anche l'impressione che Ian dipendesse in pari misura da lei, come quando si era lasciato convincere ad abbandonare l'impiego e a mettersi a scrivere a tempo pieno. Jessie poteva permetterselo. Mentre, in un certo senso, lui non era altrettanto sicuro di poterselo permettere. Per quanto una situazione del genere andasse a pennello a entrambi, quasi sempre. Fra l'altro il fatto di mantenerlo dava a Jessie maggior sicurezza. Perché Ian era proprio tutto quello che aveva.

Alzò gli occhi di nuovo e sorrise.

« Aspetta che ti porti a casa e vedrai! »

« Lussurioso! »

« Certo. Ma sono sicuro che ti piacerò anche così! »

« Sì. Di sicuro! »

La gente li osservava, ma loro non se ne accorgevano. Del resto offrivano a chi li guardava qualcosa di piacevole da ammirare, qualcosa di cui sorridere, qualcosa che dava gioia, che faceva provare il desiderio di essere come loro. E anche qualcosa di godibile. Perché erano due creature stupende che avevano tutto.

Si incamminarono verso la macchina e Jessie sorrise di orgoglio quando la vide.

« Perdinci, è proprio magnifica! Che cosa le hai fatto? »

« L'ho fatta lavare. Dovresti provare anche tu qualche volta. Il risultato è ottimo. »

« Oh, chiudi il becco! » Alzò una mano, tentando scherzosamente di allungargli uno schiaffo, ma lui si spostò, pronto, afferrandola per un braccio mentre lei scoppiava a ridere.

« Prima che tu mi picchi a sangue, Amazzone che non sei altro, sali in macchina! » Le allungò una pacca sul sedere e infilò la chiavetta nella serratura.

« Non chiamarmi Amazzone, damerino! »

« Damerino? A me? Ho sentito bene? Mi hai proprio chiamato damerino? » Pareva scandalizzato tanto che tornò indietro di qualche passo per andarle vicino. « Bella signora, come osi affibbiarmi un titolo del genere? » Poi la sollevò di colpo fra le braccia e la infilò in automobile, deponendola sul sedile. « Ecco fatto. E lascia che te lo dica, con una bambola delle tue proporzioni è una bella faticaccia! »

« Ian, sei uno stronzo. » Eppure lui sapeva che aveva toccato un punto debole; Jessie era molto sensibile per quello che riguardava la sua statura. Piaceva a tutti e due. « A parte il fatto che credo di essermi accorciata. »

« Oh? Che cosa hai fatto, ti sei ritirata? Adesso sei alta un metro e ottantadue soltanto? » Ridacchiò mentre finiva di legare la valigia di Jessie al portabagagli sul retro dell'automobile. Aveva ancora la capote abbassata e Jessie lo stava osservando con un sorriso.

« Vai all'inferno! Sai benissimo che sono alta soltanto un metro e settantanove, però l'altro giorno mi sono misurata e ho scoperto di essere soltanto un metro e settantotto e mezzo. »

« Forse ti tenevi un po' curva. »

Si infilò al posto di guida, al fianco di Jessie, e si girò per guardarla negli occhi. « Salve, signora Clarke. Bentornata a casa. »

« Ciao, amore mio. Che gioia essere di nuovo qui! » Si scambiarono un lungo sorriso mentre lui accendeva il motore; poi Jessie, divincolandosi un po', si tolse la giacca nuova e si rimboccò le maniche della camicetta. « Faceva caldo qui, oggi? »

« Un caldo torrido e una giornata stupenda, piena di sole. Se domani è ancora così, potresti telefonare alla boutique e raccontare che sei rimasta bloccata dalla neve a Chicago. Così andiamo sulla spiaggia. »

« Bloccata dalla neve, in settembre? Devi essere ammattito. E poi, tesoro, non posso assolutamente. » Però l'idea le era piaciuta e Ian lo aveva capito.

« Oh, sì che puoi! Sono pronto a rapirti, se dovessi esserci costretto... »

« Magari potrei venirci un po' più tardi. »

« Oh, vedo che hai afferrato il concetto, finalmente! » Sorrise con aria vittoriosa.

« Dici sul serio che oggi, qui, il tempo è stato così bello? »

« Ancora più bello di quello che pensi. E sarebbe stato superlativo se tu fossi già tornata. Mi sono preso una sbronza a pranzo da *Enrico's* e non ho saputo che cosa fare di me stesso tutto il giorno! »

« Sono sicura che, alla fine, avrai pur trovato qualcosa di cui occuparti, no? » Ma non c'era nessuna malizia nella sua voce e la sua faccia era completamente priva di espressione.

« Bah. Poco o niente. »

# 3

« JESSIE, sei la donna più bella che io conosca, in senso assoluto. Non c'è dubbio. »

« Il giudizio è totalmente reciproco. » Era distesa sul ventre, e gli stava sorridendo. Si erano svegliati da poco. Ma abbastanza per aver voglia di fare l'amore.

« Non può essere reciproco, sciocchina. Io non sono una bellissima donna. »

« No, però sei un uomo magnifico. »

« E tu sei eccitante in un modo adorabile. Devi vivere con uno scrittore. » Lei sorrise di nuovo e Ian le fece scorrere delicatamente un dito lungo la spina dorsale.

« Guarda che finirai per cacciarti di nuovo nei pasticci, tesoro, se continui così. » Jessie prese un tiro della sigaretta che stavano fumando in comune e soffiò uno sbuffo di fumo in aria, al di sopra della testa di Ian, prima di mettersi seduta a baciarlo.

« A che ora hai voglia di andare alla spiaggia, Jessie, amore mio? »

« Chi ha detto che andiamo alla spiaggia? Gesù santissimo, tesoro, io devo andare in negozio. Sono venti giorni che non ci metto piede. »

« Perfetto. Quindi puoi fare a meno di andarci ancora per un altro giorno. Lo hai detto tu che saresti venuta alla spiaggia con me quest'oggi! » Aveva assunto l'espressione di un bambino che mette il broncio.

« Non ho detto niente del genere! »

« E invece sì, ne sono sicuro. Beh, quasi. Io ti ho detto che ti avrei rapito e tu mi hai dato la sensazione che questa idea ti piacesse. » Jessie scoppiò a ridere passandogli una mano fra i capelli. Era insopportabile, Ian. Un bambino troppo cresciuto. Però un bambino stupendo. E Jessie non riusciva mai a resistergli.

« Vuoi sapere una cosa? »

« Sì, cosa? » Sembrava felice mentre la guardava negli occhi. Jessie era bellissima alla mattina.

« Sei un tormento, un rompiscatole, ecco quello che sei. Ho da lavorare, io! Come faccio a venire alla spiaggia? »

« Facilissimo. Telefoni alle ragazze e dici che non puoi andare in negozio fino a domani, e ce la squagliamo. Molto semplice. Come si fa a sprecare una giornata come questa? »

« Guadagnandosi da vivere. »

Quelli erano i commenti che non piacevano a Ian. Perché era come se lasciassero intendere, sotto sotto, che lui non si guadagnava da vivere.

« Che cosa ne diresti se ci andassi stamattina e, poi, venissi via a una cert'ora? »

« Già. E, così, lasceresti la boutique proprio al momento in cui comincia ad arrivare la nebbia. Jessica, sei una guastafeste. Proprio così. Una guastafeste di prima classe! » Ma lei si era già alzata per andare a preparare il caffè e gli rispose girando appena la testa sulla spalla mentre si avviava, nuda, verso la cucina.

« Ti prometto di venir via dal negozio per la una. Ti va, come idea? »

« Sempre meglio di niente. Perdio, quel tuo culetto mi fa impazzire, lo sai? Tra l'altro, sei dimagrita. » Lei sorrise e gli mandò un bacio a fior di labbra.

« All'una, te lo prometto. Così possiamo pranzare qui. »

« E questo che cosa significherebbe? Sbaglio o devo pensare una certa cosa? » Ian sorrideva di nuovo e lei fece segno di sì con la testa. « Allora vengo a prenderti alle dodici e mezza. »

« Affare fatto. »

*Lady J.* occupava una serie di locali piacevoli e accoglienti al piano terreno di una casa vittoriana, in ottimo stato di conservazione, a poca distanza da Union Street. L'edificio era dipinto di giallo con le finiture bianche e, sulla porta, una piccola targa in ottone portava incise le parole LADY J. Jessie aveva ottenuto di poter aprire sulla facciata un'ampia vetrina e si occupava personalmente di allestirla un paio di volte al mese. Ciò che vi metteva in esposizione era sempre semplice, ma di grande effetto. Entrando con la *Morgan* sul viale d'accesso, alzò subito gli occhi per vedere come avevano pensato di allestirla le ragazze durante la sua assenza. C'erano esposte una gonna di tweed marrone, una camicetta di stoffa ruvida color cammello, qualche collana d'ambra, un berretto lavorato a maglia e una giacchettina di volpe appoggiata con garbo su una poltrona di velluto verde. L'impressione era ottima ed era proprio quello che ci voleva per l'autunno, anche se, forse, non erano esattamente i capi più adatti per quell'ultimo scorcio di bel tempo. Ma non aveva importanza. Nessuno faceva acquisti per quella breve epoca dell'anno. Di solito la gente comperava gli oggetti necessari per l'autunno.

Mentre estraeva la cartella di cuoio dalla macchina e saliva di corsa i pochi gradini della porta, passò in rivista mentalmente tutto ciò che aveva ordinato a New York. La porta non era chiusa a chiave; le ragazze dovevano aver immaginato che sarebbe arrivata presto.

« Bene bene, guarda chi c'è! Zina! Jessie è tornata! »

Una ragazza orientale, piccola di statura, dai lineamenti delicati, si mise a battere le mani e balzò subito in piedi, correndo ad accogliere Jessie con un'espressione di gioia dipinta sul viso. « Hai un aspetto magnifico! » Viste l'una vicino all'altra facevano subito colpo. La bellezza bionda e la figura alta e slanciata di Jessie spiccavano in vivo contrasto con la grazia delicata della piccola giapponese. I capelli, neri e lucenti, le scendevano lisci dalla nuca fino al mento con un taglio obliquo molto azzardato e di gran classe.

« Kat! Ti sei tagliata i capelli! » Per un attimo Jessie era rimasta sbalordita. Appena un mese prima la ragazza giapponese aveva una folta capigliatura che le scendeva fino alla cintola — quando non la portava raccolta in una crocchia stretta e austera in cima alla testa. Il suo nome era Katsuko, che significa pace.

« Ero stufa di quella pettinatura. Ti piace come sono adesso? » Fece una rapida giravolta, tenendosi in equilibrio su un piede solo, e lasciò che i capelli dritti e corti le ondeggiassero intorno alla testa mentre sorrideva. Era vestita di nero, come sempre, ma quel colore serviva ad accentuare le linee snelle della sua figurina esile. Aveva una grazia e un'eleganza feline — ed erano state proprio quelle a spingere Jessie a darle il soprannome di Kat: « La trovo favolosa. Molto chic ». Si sorrisero, ma furono bruscamente interrotte da una specie di grido di guerra che, in realtà, era un'esuberante espressione di gioia.

« Alleluja! Sei tornata! » Zina. Con i capelli ramati, gli occhi castani, sensuale, una ragazza del Sud. Aveva il petto florido e prosperoso (al contrario delle altre due che erano magre e avevano il seno piccolo ed elegante) e una bocca che diceva subito quanto le piacesse ridere, quanto le piacessero gli uomini. I capelli di Zina le formavano una specie di alone di fitti riccioli, lievi e soffici intorno al viso; aveva un paio di gambe sexy, favolose. Quando Zina si muoveva, gli uomini andavano in estasi e perdevano la testa; e, a lei, piaceva eccitarli. « Hai visto che cosa ha combinato Kat con i suoi capelli? » Pronunciò quest'ultima parola lentamente, in tono strascicato. « Io avrei pianto per un anno intero! » Sorrise, mentre quelle parole le uscivano dalla bocca pronunciate con la cadenza pigra del Sud. Come se ognuna di esse fosse una carezza. « Come hai trovato New York? »

« Bellissima, stupenda, terribile, orrida e caldissima. Me la sono spassata da morire. E aspettate di vedere quello che ho comperato! »

« Che genere di colori? » Per essere una ragazza che si vestiva quasi sempre di bianco o di nero, Kat aveva un debole, e un gusto particolare, per la scelta dei colori forti. Sapeva come comperarli, mescolarli, farli contrastare, fonderli armoniosamente. Sapeva fare di tutto, all'infuori di metterli addosso.

« Tutte tinte pastello, ma così belle... belle da morire! » Jessica, intanto, andava avanti e indietro, con aria fiera e soddisfatta, sulla folta moquette beige di *Lady J.* Come le piaceva essere tornata nel suo regno. « Chi ha allestito la vetrina? È magnifica. »

« Zina. » Kat si era affrettata a dare tutto il merito all'amica, perché ricevesse soltanto lei quegli elogi. « Non è stata una buona idea quella della poltrona verde che fa da contrasto? »

« Straordinaria. E mi accorgo che, qui dentro, non è cambiato niente. Siete ancora unite e andate d'amore e d'accordo come due gemelle siamesi! Abbiamo guadagnato un po' di soldi mentre ero via? » Andò a sedersi nella sua poltrona preferita, di cuoio beige, abbastanza ampia e profonda perché non solo ci potesse star comodamente seduta lei, ma ci fosse anche posto a sufficienza per le sue lunghe gambe. Era la poltrona dove andavano a sedersi, di solito, gli uomini, mentre aspettavano.

« Abbiamo fatto soldi a palate. Soprattutto nelle prime due settimane. Quest'ultima è stata un po' meno redditizia: c'era un tempo troppo bello.» Queste ultime parole ricordarono a Jessie che aveva soltanto quattro ore da dedicare alla boutique prima che Ian venisse a prenderla per andare alla spiaggia.

Zina le servì una tazza di caffè nero mentre lei si guardava intorno. Ciò che vide fu la collezione autunnale che aveva acquistato cinque mesi prima, in gran parte in Europa; risaltava molto bene e faceva uno splendido effetto sullo sfondo delle tonalità del beige e del marrone dei tessuti e del cuoio che rappresentavano gli elementi predominanti dell'arredamento del negozio. Due delle pareti erano interamente a specchio e, in ogni angolo, c'era una vera e propria giungla di piante di ogni genere e tipo e altre ancora scendevano con i loro tralci dal soffitto, fatte risaltare da un'illuminazione intensa e accuratamente studiata.

« Come va la collezione danese? » I danesi avevano posto l'accento della loro collezione sul rosso — gonne, maglioni, blazer in tre stili diversi, e uno stupendo cappotto di un bellissimo rosso ciliegia, dalla linea morbida che, a modo suo, poteva far sentire una donna sexy e affascinante quasi come se avesse avuto addosso una pelliccia. Era un cappotto favoloso. Jessie ne aveva ordinato uno anche per sé.

« La roba danese va discretamente », Zina interloquì con la sua lenta parlata da oriunda di New Orleans. « Come sta Ian? Sono settimane che non lo vediamo. » Si era fatto vivo soltanto una volta per farsi cambiare un assegno, subito dopo la partenza di Jessie.

« Sta lavorando al nuovo libro. » Zina sorrise contenta. Ian le piaceva. Kat, invece, non era completamente della stessa opinione. Dava un po' di aiuto a tenere in ordine la contabilità dell'azienda e, quindi, sapeva a perfezione quanto, dei profitti di Jessica, Ian spendesse. Zina, invece, lavorava nel negozio da più tempo di lei e, a poco a poco, aveva imparato a conoscere e ad apprezzare Ian. Kat era arrivata dopo, era relativamente nuova, lì dentro, e non era ancora riuscita a scrollarsi via dal cuore quella patina di incertezza e di fragilità che New York sempre dava. Aveva lavorato in quella città come buyer di capi di abbigliamento sportivo fino a quando, un giorno, si era stancata di quell'impegno che la teneva sempre sotto pressione, con il cuore in gola, e aveva deciso di trasferirsi a San Francisco. Aveva trovato quell'impiego nella boutique *Lady J.* nel giro di una settimana dal giorno del suo arrivo e continuava a considerarsi fortunata di lavorarci né più né meno come Jessie lo era di averla nel proprio negozio. Perché Kat conosceva il mestiere. Lo conosceva a fondo.

Le tre donne passarono una mezz'ora chiacchierando mentre bevevano il caffè. Nel frattempo Katsuko poté mostrare a Jessie qualche ritaglio di giornale: erano articoli, pubblicati di recente, in cui si menzionava la boutique. C'erano state due nuove clienti che avevano praticamente svuotato il negozio con i loro acquisti. Poi si misero a disquisire piacevolmente di tutti i capi che Jessie aveva scelto per la collezione di autunno. La sua idea era quella di organizzare una sfilata prima della partenza per Carmel in ottobre. Kat poteva cominciare subito a studiare qualcosa in tal senso, trovando qualche soluzione brillante.

La presenza di Jessie pareva sufficiente a dare una vita nuova al negozio; ma, — insieme — le tre donne formavano un terzetto formidabile. Perché ognuna delle tre aveva qualcosa da offrire e costituiva un arricchimento per le altre. E lo dimostrava il fatto che la boutique non avesse sofferto durante l'assenza di Jessie la quale — del resto — non avrebbe potuto permettersi un calo nelle vendite, né tantomeno lo avrebbe tollerato. Entrambe le ragazze lo sapevano perfettamente, ma avevano un'autentica passione per quello che facevano. Potevano ottenere a un prezzo scontato modelli stupendi, Jessie le pagava bene ed era una donna di buonsenso, e ragionevole, per cui lavorare — cosa rara a trovarsi. Kat, a New York, aveva lavorato, successivamente, per tre donne che erano una più insopportabile dell'altra; e Zina era finalmente riuscita a sfuggire a una lunga serie di uomini, vogliosi di sesso, i quali richiedevano le sue prestazioni per scrivere a macchina, prendere appunti in stenografia e andare a letto... e non necessariamente in questo ordine. Jessie pretendeva un orario piuttosto lungo di lavoro e il massimo impegno, ma erano le stesse cose che pretendeva anche da se stessa, forse più che dalle altre. Era riuscita a fare di *Lady J.* un grande successo e si aspettava da loro che l'aiutassero a conservarlo. Non era un compito difficile. Jessie sapeva infondere freschezza e novità alla collezione di ogni stagione e la sua clientela ne era entusiasta. *Lady J.* era solida come una roccia. Né più né meno come Jessica stessa, e tutto ciò che la circondava.

« E adesso, basta con voi due! Sarà meglio che cominci a guardare la posta. Com'è? Brutte notizie? »

« No, non troppo. Zina ha risposto alle lettere più noiose. Per esempio quelle arrivate dal Texas di qualche signora che è stata qui in marzo e voleva sapere se un certo tipo di golfini gialli era ancora in vendita. Roba del genere, insomma... »

« Zina, sei un tesoro! »

« Sempre al suo servizio, signora. » E le fece un profondo inchino. Il top verde intenso che portava sui pantaloni bianchi ondeggiò lievemente sotto il peso dei suoi seni. Ma le altre due avevano già smesso da molto tempo di prenderla in giro... Ognuna di loro era soddisfatta e contenta di se stessa; e, del resto, tutte e tre avevano ottimi motivi per esserlo.

Jessie entrò senza fretta nel suo piccolo ufficio in fondo al negozio, salendo i tre gradini che vi davano accesso, e si guardò intorno con aria compiaciuta. Tutte le sue piante erano una più fiorita e lussureggiante dell'altra; la posta, che l'aspettava, accuratamente divisa e sistemata in ordinati mucchietti, tutte le fatture pagate. A Jessie bastò un'occhiata per accorgersi che ogni cosa era in ordine. A quel punto non le restava che esaminarla rapidamente. Aveva letto all'incirca una buona metà di tutta la sua corrispondenza quando Zina si presentò sulla porta con aria vagamente perplessa.

« C'è un uomo che vuole vederti, Jessie. Dice che si tratta di una cosa urgente. » Sembrava quasi preoccupata. Non era uno dei loro clienti abituali e si capiva che non era entrato per comperare qualcosa.

« Vuole vedermi? A che proposito? »

« Non l'ha detto. Però mi ha pregato di consegnarti il suo biglietto di visita. » E Zina le tese il rettangolino di cartone bianco. Jessie la guardò dritto negli occhi

« Qualcosa che non va? » Zina si strinse nelle spalle facendole capire che era completamente all'oscuro del motivo di quella visita e Jessie cominciò a leggere. Sul biglietto c'era un nome: « William Houghton, ispettore. Polizia di San Francisco ». Rimase perplessa e tornò a guardare Zina come per avere qualche chiarimento da lei. « È successo qualcosa durante la mia assenza? C'è stato un furto qui nel negozio? » Perdio, c'era proprio da aspettarselo da quelle due che fossero state zitte per non darle subito una preoccupazione, appena arrivata, e aspettare a dirglielo dopo un paio d'ore!

« No, Jessie. Te lo giuro. Non è successo niente. Non riesco a capire che cosa significhi. » La parlata lenta, da ragazza del Sud, di Zina assumeva una tonalità quasi infantile quando era turbata.

« Nemmeno io. Perché non lo fai passare qui, nel mio ufficio? Sarà meglio che gli parli. »

William Houghton si presentò, seguendo Zina con aria visibilmente interessata. I pantaloni bianchi, così attillati e aderenti ai fianchi snelli della ragazza facevano uno strano contrasto con l'esuberanza del suo petto, che il top verde rivelava perfettamente. L'ispettore aveva l'aria stuzzicata e vogliosa.

« L'ispettore Houghton? » Jessie si alzò in piedi e Houghton parve colpito dalla sua figura alta e slanciata. Quelle tre donne costituivano, indubbiamente, un gruppetto interessante; anche Katsuko non era sfuggita al suo occhio attento e osservatore. « Sono Jessica Clarke. »

« Vorrei parlarle un minuto a quattr'occhi, se non ha niente in contrario. »

« Certo! Posso offrirle una tazza di caffè? » La porta si richiuse alle spalle di Zina, ma lui scosse la testa mentre Jessica gli indicava una poltrona vicino alla scrivania e tornava a sedersi sulla propria. Fece ruotare di scatto la poltroncina girevole per guardarlo bene in faccia. « In che cosa posso esserle utile, ispettore? La signorina Nelson mi ha detto che si tratta di una questione urgente. »

« Sì. È urgente, infatti. La *Morgan* che c'è qui fuori è di sua proprietà? » Jessie fece segno di sì con la testa e provò una strana sensazione di impaccio e di incertezza sotto lo sguardo penetrante dei suoi occhi. Intanto si chiedeva se Ian, per caso, si era dimenticato, ancora una volta, di pagare le multe che gli avevano appioppato per aver parcheggiato la macchina in divieto di sosta. Già in un'altra occasione era stata costretta ad andare a tirarlo fuori dalla camera di sicurezza, dopo aver pagato una bella multa di duecento dollari. Perché, a San Francisco, non scherzavano. O si pagavano le multe, o ti sbattevano dentro.

« Sì, quella è la mia macchina. C'è il mio nome sulla targa. » Sorrise gentilmente e si augurò che non le tremasse la mano quando provò ad accendersi un'altra sigaretta. Che assurdità, insomma! Non aveva fatto niente di male eppure c'era qualcosa nell'uomo seduto davanti a lei, qualcosa nella stessa parola « Polizia » che provocava immediatamente un senso di colpa. E di panico. E di terrore.

« Era lei, ieri, a guidare quell'automobile? »

« No, mi trovavo a New York per affari. Sono rientrata in aereo ieri sera tardi. » Come se fosse costretta a dimostrare di essere stata fuori città, per un motivo più che legittimo, e a darne la prova. Ma era pazzesco! Se almeno Ian fosse stato lì con lei! Perché Ian sapeva affrontare queste cose molto meglio di quanto lei non fosse capace di fare.

« C'è qualcun altro che guida la sua automobile? »

« Sì, mio marito. » Chissà perché, provò un tuffo al cuore quando dovette menzionare il nome di Ian.

« È stato lui a guidare quell'automobile ieri? » L'ispettore Houghton si accese una sigaretta, prendendola dal proprio pacchetto, e la considerò attentamente, quasi soppesandola.

« A dire la verità, non lo so con sicurezza. Mio marito ha la sua automobile personale però guidava la mia quando è venuto a prendermi all'aeroporto. Potrei telefonargli per domandarglielo. » Houghton annuì e Jessica aspettò.

« C'è qualcun altro che guida quell'automobile? Un fratello? Un amico? Un amante? » Gli occhi dell'ispettore si fissarono penetranti in quelli di Jessie mentre pronunciava quest'ultima parola e lei, a quel punto, si sentì esasperata e in preda a una collera furiosa.

« Sono una donna coniugata, ispettore. E, no, non c'è nessun altro che guidi quell'automobile. Soltanto mio marito e io. » Era soddisfatta di aver messo in chiaro questo punto eppure qualcosa nell'espressione di Houghton le fece capire che quella non era una vittoria.

« L'automobile è registrata sotto il nome della sua ditta? Lei ha la targa dei commercianti e l'indirizzo indicato sui documenti dell'automobile è quello di questo negozio. » Negozio! Boutique, stronzo che non sei altro, boutique! « Devo concludere che lei è la proprietaria di questo posto? »

« Precisamente. Ispettore, si può sapere di che cosa si tratta? » Esalò lentamente una lunga boccata di fumo e ne seguì le volute con gli occhi, mentre si accorgeva che la mano aveva cominciato a tremare leggermente. Qualcosa non funzionava.

« Vorrei parlare con suo marito. Potrebbe darmi l'indirizzo del suo ufficio, per favore? » Intanto aveva estratto rapidamente una penna ed era lì ad aspettare, tenendola appoggiata al rovescio di uno dei suoi biglietti di visita.

« Forse si tratta di qualche multa per aver parcheggiato in divieto di sosta? Conosco mio marito — ecco, a volte, è così distratto! » Sorrise cercando di rabbonire Houghton, ma non ebbe nessun successo.

« No, stavolta le multe non c'entrano. L'indirizzo dell'ufficio di suo marito? » I suoi occhi erano glaciali.

« Lavora a casa. Abitiamo a sei isolati soltanto da qui. In Vallejo. » Avrebbe voluto proporgli di accompagnarlo, ma non ne ebbe il coraggio. Scarabocchiò rapidamente l'indirizzo su uno dei propri biglietti di visita personali e glielo consegnò.

« Grazie. Mi farò vivo. » Ma di che cosa cavolo si trattava, accidenti? Voleva saperlo. L'ispettore, però, si era già alzato e si stava avviando alla porta.

« Ispettore, le sarei molto grata se mi dicesse che cos'è tutta questa storia. Io... » Lui le lanciò un'altra di quelle sue strane occhiate: aveva ancora la curiosa espressione di poco prima, l'espressione di chi è abituato a fare le domande, ma non a rispondervi.

« Signora Clarke, non sono completamente sicuro neppure io. Quando ne sarò sicuro, glielo farò sapere. »

« Grazie. » Grazie? Grazie di che? Cazzo!

Ma lui se n'era già andato e quando Jessie tornò giù di nuovo, nel salone principale della boutique, lo vide salire su un'automobile a quattro porte, colore verde oliva, che ripartì immediatamente. Al volante c'era un altro individuo. L'antenna fissata dietro l'automobile cominciò a ondeggiare selvaggiamente intanto che si dirigevano, a tutta velocità, verso Vallejo.

« Si può sapere che cosa voleva? » Katsuko aveva l'aria grave e Zina pareva sconvolta.

« Vorrei saperlo anch'io, accidenti! Mi ha semplicemente chiesto chi guida la mia automobile e poi ha detto che voleva parlare con Ian. Santo Iddio, scommetto che si è dimenticato ancora una volta di pagare le multe che gli hanno fatto! » Eppure aveva la sensazione che non si trattasse di quello e, del resto, Houghton glielo aveva confermato... no, non era una questione di multe — oppure sì? Gesù, Gesù! Che bel ritorno a casa, davvero!

Tornò nel suo ufficio e compose al telefono il numero di casa. Era occupato. Poi Trish Barclay entrò nel negozio e Jessie fu costretta a occuparsi di cose inutili e assurde come la giacca di pelliccia esposta in vetrina, che Trish finì per comperare. Era una delle loro clienti e Jessie, almeno per tutto il tempo in cui rimase nella boutique, fu costretta a salvare la faccia. Di conseguenza riuscì a tornare al telefono per chiamare Ian soltanto venticinque minuti più tardi. E stavolta non ebbe risposta.

Era assurdo! Ian doveva esserci. Lo aveva lasciato in casa quando era uscita per andare in negozio. E il telefono aveva dato il segno di occupato quando aveva provato a chiamarlo, mentre la polizia stava andando da lui. Cristo, forse si trattava di qualcosa di serio. Magari aveva avuto un incidente con la macchina e aveva preferito non dirglielo. Magari qualcuno era rimasto ferito. Eppure le avrebbe pur detto qualcosa se fosse stato così! Ian non era tipo da lasciar correre in faccende del genere e tantomeno da non parlargliene. Intanto il telefono continuava a squillare, senza che nessuno andasse a rispondere. Chissà, forse era uscito e stava andando lì, da lei. Erano le undici passate da poco.

Ma poi ecco Nick Morris che aveva bisogno di qualcosa di « favoloso » per il compleanno di sua moglie; se n'era dimenticato e gli occorrevano immediatamente almeno quattrocento dollari di gingilli e di begli oggetti eleganti e raffinati per farglieli avere a mezzogiorno. Lei era una donna lunatica, gretta e insopportabile, e non si meritava tutta quella profusione di regali, ma Jessie si fece in quattro per aiutarlo nella scelta. Nick le era simpatico ma, prima ancora che lasciasse il negozio carico come un facchino delle loro belle scatole di cartone lucido, marrone e giallo, erano entrate Barbara Fuller e, subito dopo di lei, Holly Jenkins e, poi, anche Joan Wilcox — ed ecco arrivato mezzogiorno. E di Ian nessuna notizia. Provò ancora una volta a chiamarlo a casa, ma nessuno rispose al telefono. A quel punto cominciò ad allarmarsi. Forse stavolta era già uscito e stava venendo lì, da lei. Aveva detto che sarebbe passato a prenderla per le dodici e mezza.

Alla una non si era ancora fatto vedere e Jessie si mise a lottare con se stessa per non scoppiare in lacrime. Che mattinata orribile! Tanta gente, problemi, consegne urgenti, pressioni di ogni genere. Che bel ritorno a casa! E niente Ian. E quello stronzo di Houghton che l'aveva fatta innervosire con le sue domande misteriose sulla *Morgan* rossa. Si rifugiò nel suo piccolo ufficio mentre Zina usciva per andare a pranzo. Aveva assoluto bisogno di restare sola per un minuto. A pensare. A riprendere fiato. A raccogliere tutto il suo coraggio per fare una cosa che avrebbe voluto evitare per tutto l'oro del mondo. Ma doveva sapere. A ben pensarci, sarebbe stato il modo più semplice di scoprirlo. Accidenti, doveva semplicemente telefonare in quel posto e chiedere se, lì da loro, avevano un certo Ian Powers Clarke e tirare un gran sospiro di sollievo non appena le avessero risposto che no, non era lì da loro. Oppure prendere in tutta fretta il libretto degli assegni e precipitarsi laggiù a tirarlo fuori, se l'avevano sbattuto in camera di sicurezza per aver parcheggiato ancora una volta la macchina dove c'era divieto di sosta. Niente di grave, tutto sommato. Eppure le ci volle un altro sorso di caffè e un'altra sigaretta prima che, radunato tutto il suo coraggio, si sentisse tanto forte da allungare la mano verso il telefono.

L'ufficio informazioni le fornì il numero che cercava. Palazzo di Giustizia. Carcere Municipale. Ma era ridicolo! Si sentì sciocca e sorrise pensando a quello che Ian avrebbe detto se fosse entrato in quel momento, proprio mentre lei stava componendo il numero della prigione. L'avrebbe presa in giro per una settimana.

Dall'altro capo del filo una voce gracchiante le rimbombò nell'orecchio. « Carcere Municipale. Qui parla Palmer. » Gesù benedetto! E a quel punto che cosa doveva fare? Niente paura, non gli hai telefonato apposta? E allora domandagli quello che vuoi sapere, stupida!

« Io... Io mi stavo chiedendo se per caso avete lì da voi un certo signor Ian Clarke, Ian Powers Clarke, sergente. Per trasgressione ai regolamenti del traffico. Parcheggio in divieto di sosta. »

« Come si scrive? » Il sergente che lavorava al centralino non sembrava affatto divertito. Infrazioni del genere erano considerate gravi.

« Clarke. Con la 'e' finale. Ian. I-A-N C-L-A-R-K-E. » Aspirò un'altra boccata dalla sua sigaretta mentre aspettava e Katsuko mise dentro la testa per chiederle se voleva che le comprasse qualcosa da mangiare. Jessica fece segno di no. E, con un gesto, le fece anche capire di richiudere la porta. Erano già molte ore che si sentiva i nervi tesi fino allo spasimo da quando si era presentato l'ispettore Houghton.

La voce tornò all'apparecchio dopo una pausa interminabile.

« Clarke. Sì. Lo abbiamo qui. » Bene, bravissimo! Jessica si lasciò sfuggire un piccolo sospiro di sollievo. Sì, era spiacevole, ma non si trattava, poi, della fine del mondo! E, se non altro, ormai lo sapeva e avrebbe potuto farlo uscire di lì nel giro di una mezz'ora. Si domandò quante fossero le multe che non aveva pagato stavolta. Però, quella era l'occasione adatta per dirgli chiaro e tondo tutto ciò che pensava. Le aveva fatto prendere uno spavento terribile. Molto probabilmente era proprio quello che aveva voluto anche Houghton. E ci era riuscito, quando si era rifiutato di ammettere che le sue indagini si riferivano a una infrazione del genere. Che bastardo!

« È stato incriminato ufficialmente un'ora fa. Adesso lo stanno interrogando. »

« Per aver parcheggiato in divieto di sosta? » Ma era ridicolo! Insomma, stavano proprio esagerando. E Jessica ne aveva fin sopra i capelli di tutta quella storia.

« Nossignora. Non si tratta di multe. I capi di accusa sono due per violenza carnale e ce n'è anche un altro, in aggiunta, di aggressione. » Jessie provò la sensazione che le crollasse il soffitto sulla testa, che i muri, muovendosi, le si avventassero contro, imprigionandola e svuotandole i polmoni di tutto il fiato che aveva.

« Che cosa? »

« Due capi d'accusa per violenza carnale. E uno per aggressione. »

« Mio Dio. Posso parlargli? » Le tremavano a tal punto le mani che dovette stringere il ricevitore con tutte e due per tenerlo fermo. Contemporaneamente provò un violento urto di vomito, come se le tornasse di colpo in gola la colazione del mattino.

« No. Ha il permesso di parlare con il suo avvocato; quanto a lei, lo potrà vedere domani. Fra le undici e le due. Non è stata ancora stabilita l'entità della cauzione da versare per essere rilasciato a piede libero. L'udienza del tribunale penale è stata fissata per giovedì. » Poi il sergente della polizia di servizio al centralino riattaccò bruscamente, piantandola in asso. Jessie si accorse di avere ancora stretto fra le mani il ricevitore. Aveva un'espressione smarrita e la faccia inondata di lacrime quando Katsuko aprì la porta per offrirle un panino.

« Mio Dio. Cosa è successo? » Si fermò di botto fissando gli occhi di Jessica, i quali rivelavano un tumulto di sentimenti confusi. Jessica, che aveva sempre il perfetto dominio di sé, alla quale non crollavano mai i nervi, che non piangeva mai, non aveva mai un momento di indecisione, non... O, se non altro, lì nella boutique non aveva mai esibito quel lato della sua personalità.

« Non so che cosa è successo. Ma deve trattarsi dell'errore più incredibile, più orrendo, più schifosamente assurdo! » Si era messa a gridare. Afferrò il panino che Kat le aveva portato e lo scaraventò attraverso la stanza. Due capi d'accusa per violenza carnale! E uno per aggressione. Si può sapere che cosa diavolo stava succedendo?

# 4

« Jessie? Dove stai andando? » Passò di corsa, sfiorandola, di fianco a Zina, che rientrava dall'aver pranzato, e si precipitò fuori dalla porta.

« Fate finta che non sia ancora tornata da New York. Me ne vado a casa e non telefonatemi. » Spalancò bruscamente la portiera dell'automobile e vi salì.

« Stai male? » le gridò Zina dall'alto dei gradini, ma Jessica si limitò a scrollare la testa, aprì la valvola dell'aria, infilò la chiave nel cruscotto e accese il motore. Poi partì, rombando, per fare una rapida marcia indietro.

Zina entrò nella boutique, sbalordita e stupitissima; Katsuko, però, non seppe dirle niente di più di ciò che aveva visto. Jessie era sconvolta, ma Kat non aveva capito il motivo di tanta agitazione. A ogni modo c'entrava senz'altro la visita del poliziotto di quella mattina. Le due ragazze cominciarono a preoccuparsi, ma Jessica aveva raccomandato di non telefonarle a casa; e, poi, ebbero tanto da fare in negozio, per tutto il pomeriggio, che non ebbero il tempo di rifletterci. Katsuko era dell'opinione che dovesse trattarsi di Ian, ma non sapeva fino a che punto o per quale motivo. Zina, invece, brancolava completamente nel buio.

Quando rientrò a casa, Jessica si precipitò ad afferrare il telefono con una mano e la sua agenda, con gli indirizzi, con l'altra. Sul tavolo della cucina c'era una tazza piena a metà di caffè. Ian doveva essere stato nel bel mezzo della colazione quando lo avevano condotto via e, chissà perché, in cuor suo Jessie si persuase che era stato proprio Houghton a portar via Ian. Si domandò se qualcuna delle persone che abitavano nei dintorni avesse visto qualcosa.

Vicino a quella tazza di caffè c'era un fascio di pagine dattiloscritte del nuovo libro. Nient'altro. Né un biglietto né un messaggio per lei. Doveva essere rimasto sconvolto. E, logicamente, l'accusa era pazzesca. Avevano preso l'uomo sbagliato. Nel giro di poche ore quell'incubo sarebbe finito, Ian sarebbe tornato a casa. Improvvisamente riprese padronanza di sé: tutto quello di cui aveva bisogno era soltanto un avvocato. No, non poteva assolutamente lasciarsi prendere dal panico.

L'agenda, piena zeppa di indirizzi, le fornì anche il nome che cercava — ed ebbe fortuna: lui era libero quando lo chiamò, e non fuori a pranzo come temeva. Si trattava di un uomo che lei e Ian rispettavano, un avvocato che aveva un'ottima reputazione, il socio più anziano dello studio legale di cui era anche proprietario. Philip Wald.

« Ma, Jessica, io non mi occupo di cause penali! »

« Che differenza fa? »

« Una differenza enorme, purtroppo. Quello che ti occorre è un buon difensore, uno specialista di cause penali. »

« Ma non è stato lui, per amor di Dio! Abbiamo soltanto bisogno di qualcuno che ci aiuti a mettere in chiaro le cose e che lo tiri fuori da questo pasticcio. »

« Gli hai parlato? »

« No, non me lo hanno permesso. Stammi a sentire,

Philip, per favore. Non potresti andare da quella gente, e convincerli tutti? E parlare con Ian? Tutta questa storia è assurda. » Dall'altro capo del filo per un attimo ci fu silenzio.

« Questo, posso farlo. Ma non posso accettare di occuparmi del vostro caso. Non sarebbe corretto nei confronti di nessuno di voi due. »

« Si può sapere di quale caso stai parlando? Qui si tratta semplicemente di un errore che hanno commesso nell'identificazione del colpevole. »

« Si può sapere su che cosa è basata l'accusa? »

« Non lo so con precisione, ma deve entrarci in qualche modo la mia automobile »

« Hanno preso nota della targa? »

« Sì. »

« Beh, certo, non è da escludere che possano avere fatto una trasposizione dei numeri o delle lettere. » Lei preferì tacere, ma era difficile combinare un pasticcio del genere quando, sulla targa, c'era scritto a chiare lettere il suo nome Jessie. Ecco l'unica cosa che le dava un po' di inquietudine. La connessione con la sua automobile. « Senti che cosa ti dico. Ci vado e cerco di vederlo, provo a scoprire di che si tratta ma, nel frattempo, ti voglio anche dare il nome di qualche buon avvocato difensore. Prova a metterti in contatto con qualcuno di loro e poi, chiunque tu abbia scelto, ricordati di dirgli che io gli telefonerò più tardi per dargli qualche ragguaglio su quello che sono riuscito a sapere. E non dimenticarti di spiegare che sono stato io a consigliarti di chiamare. »

Lei sospirò profondamente. « Grazie, Philip. Anche questo è già un aiuto! »

Wald le fornì una lista di nomi e le promise di passare da lei subito dopo aver visto Ian. A Jessica non rimase che sistemarsi davanti alla tazza del caffè di Ian, che ormai era freddo, per telefonare agli amici di Philip. Erano tutti penalisti. Ma le telefonate non furono, certo, un successo e non le risollevarono affatto lo spirito.

Il primo era fuori città. Il secondo era in tribunale, ci sarebbe rimasto — come minimo — per tutta la settimana successiva ed era impossibile andare a disturbarlo per parlargli di un nuovo caso. Il terzo era troppo occupato per avere il tempo di incontrarla. Il quarto era fuori. Il quinto, invece, ebbe un colloquio abbastanza lungo con lei. Jessie trovò fin dal principio che la sua voce era odiosa.

« È già schedato alla polizia? Ha la fedina penale sporca? »

« No. Naturalmente, no. C'è stata solo qualche infrazione per parcheggio in divieto di sosta. »

« Droga? C'è stato qualche problema con la droga? »

« Nessuno. »

« Beve abitualmente? Molto? »

« No, soltanto il vino se capita di essere fuori con qualcuno o di andare a qualche festa. » Perbacco, quell'individuo era già convinto che Ian fosse colpevole. Lo si capiva fin troppo bene.

« Conosceva già questa donna... ehm... Aveva già avuto precedenti rapporti con lei? »

« Non so niente della donna. E sono convinta che si tratti semplicemente di un errore. »

« Che cosa glielo fa credere? »

Bastardo! Jessie lo odiava già.

‹ Conosco nio marito. »

« La vittima lo ha identificato? »

« Non lo so. Il signor Wald potrà raccontarle tutto questo quando tornerà indietro, dopo aver visto Ian. » In prigione... oh, Gesù santo... Ian era in prigione, no, non era uno scherzo, ma la verità...! E questo stramaledetto avvocato veniva a farle un sacco di domande idiote e cercava di sapere se Ian conosceva, o no, la donna che lo stava accusando di violenza carnale. Che importanza poteva avere? Lei, Jessie, tutto quello che voleva era suo marito, Ian, lì, a casa. E subito. Possibile che nessuno fosse capace di capirlo, questo? Aveva il cuore stretto e faceva fatica a respirare anche se tentava di parlare con calma per nascondere il panico che si stava impossessando di lei.

« Bene, cara signora, adesso le dirò quello che penso. Lei e suo marito si trovano con una bella patata bollente fra le mani! Però il caso è interessante. » Oh, per amor di Dio! « Sarei disposto a occuparmene. Però c'è la questione del mio onorario. Che deve essere pagato in anticipo. »

« In anticipo? » Jessie era scandalizzata.

« Sì. Troverà che gran parte dei miei colleghi, se non tutti, hanno la stessa abitudine. Devo assolutamente farmi saldare il mio onorario prima di assumermi l'impegno di un determinato caso perché, quando mi presenterò alla Corte Suprema come legale di suo marito, diventerò automaticamente il suo difensore ufficiale e dovrò occuparmi del suo processo, dal punto di vista legale, sia che l'onorario mi venga pagato sia in caso contrario. E potrebbe anche succedere che, se suo marito finisce in carcere, lei si rifiuti di pagarmelo. Quale è l'entità del suo patrimonio? »

Ian in prigione? Vaffa... cretino!

« Beh, non saprei... abbiamo un discreto patrimonio. » Si accorse di avere la mascella contratta. E di parlare a denti stretti.

« Di che entità sarebbe? »

« Le posso assicurare che sono in grado di pagare il suo onorario. »

« Bene, mi piace non correre rischi. Il mio onorario per quello di cui mi incarica sarebbe di quindicimila dollari. »

« Cosa? In anticipo? »

« Gradirei riceverne la metà prima della comparizione in tribunale. Mi pare di aver capito che dovrebbe essere giovedì, come lei mi ha detto. E l'altra metà subito dopo. »

« Ma non esiste nessun modo di poter trasformare i beni che possiedo in denaro contante nel giro di due giorni! »

« Allora temo che non esista nessun modo, anche per me, di occuparmi del vostro caso. »

« Grazie. » Aveva una gran voglia di dirgli di andare al diavolo! Intanto, però, era tornata in preda a un panico terribile. Chi poteva aiutarla, in nome di Dio?

La sesta persona di cui Philip le aveva dato il nome si rivelò la più umana di tutte. Il suo nome era Martin Schwartz.

« La mia impressione è che lei si sia cacciata in un gran brutto guaio, o forse non tanto lei quanto suo marito. Pensa che abbia fatto realmente quello di cui lo accusano? » La domanda era interessante e Jessie lo trovò simpatico per il solo fatto di partire dal presupposto che ci potesse essere qualche dubbio sull'accaduto. Esitò, ma solo per un attimo. In fondo, l'uomo all'altro capo del filo meritava una risposta meditata.

« No, secondo me, no. E non solo perché sono sua moglie. Non credo che possa fare qualcosa del genere. Non è da lui, e non ne ha neanche bisogno. »

« Va bene. Accetto la sua risposta per quello che può valere. Però ricordi, signora Clarke, che a volte le persone fanno cose molto strane. E le consiglio, proprio per se stessa, di prepararsi ad accettare anche questa eventualità. Non è escluso che esista qualche lato del carattere di suo marito che neppure lei conosce. »

Era possibile. Tutto era possibile. Però Jessica non ci credeva. Non poteva crederci.

« Avrei piacere di parlare con Philip Wald dopo che lo avrà visto. » Schwartz continuò.

« E io le sarei molto grata se lo facesse. C'è qualcosa che chiamano comparizione in giudizio fissata per giovedì. Avremo bisogno di un consiglio legale e di un difensore per quel giorno e Philip è convinto di non avere le qualifiche adatte per assumersi il nostro caso. »

Il nostro caso... il caso... il caso... come odiava già quella parola!

« Philip è una brava persona. »

« Lo so. Signor Schwartz, mi spiace dover affrontare anche questo argomento ma... »

« Il mio onorario? »

« Il suo onorario. » Le sfuggì un profondo sospiro. Intanto si sentiva lo stomaco stretto da una morsa.

« Ne discuteremo in seguito. Cercherò di contenerlo in limiti ragionevoli. »

« Da parte mia, allora, le dirò in tutta franchezza che la persona con la quale ho parlato, appena prima di telefonare a lei, mi aveva domandato quindicimila dollari che dovevano essergli versati prima di giovedì. Non saprei neanche da che parte cominciare a mettere insieme una cifra simile. »

« Avete un patrimonio di una certa entità? Dei beni di vario genere? » Oh, Gesù! Ancora!

« Sì, io ho un discreto patrimonio. » Il suo tono era diventato improvvisamente scostante e antipatico. « Ho un negozio, una casa, e un'automobile. Anche mio marito ha un'automobile. Ma non possiamo vendere né la casa né il mio negozio nel giro di due giorni. »

A lui non sfuggì il modo in cui aveva parlato del « mio negozio », non del « nostro negozio », e quel fatto lo interessò. Intanto si chiedeva di che cosa si occupasse « lui ».

« Le garantisco, signora Clarke, che non mi aspettavo affatto di vederla liquidare tutto il suo patrimonio in quattro e quattr'otto. » Il suo tono era calmo, ma fermo. C'era qualcosa in quell'uomo che dava a Jessie una strana tranquillità. « Però stavo pensando che forse le occorrerà ugualmente una certa somma in denaro contante per la cauzione, sempreché riescano a dimostrare che i capi d'accusa reggono e sono convincenti — cosa che rimane tutta da vedere! A ogni modo l'entità della cauzione può essere piuttosto consistente. Ma, di quella, ci preoccuperemo in seguito. Per quel che riguarda il mio onorario, credo che duemila dollari per coprire il periodo da oggi fino al processo potrebbe essere una richiesta ragionevole. E se si arriva al processo, ci dovrebbe essere un ulteriore pagamento di cinquemila dollari. Ma questi non saranno necessari almeno per un paio di mesi e, se siete amici di Philip, so fin d'ora che non è il caso di preoccuparmi. » Jessie rimase colpita dal fatto che chiunque non potesse dimostrare di essere « amico di Philip » si sarebbe senz'altro trovato in un mare di guai. E, di colpo, provò una profonda gratitudine per quell'uomo. « Che cosa gliene sembra? »

Lei annuì silenziosamente tra sé, allibita, ma anche sollevata. Era senz'altro meglio dell'onorario che le era stato domandato solo pochi minuti prima. La avrebbe ripulita di tutti i suoi risparmi, fino all'ultimo centesimo, però sapeva che, se non altro, avrebbe potuto mettere insieme quei duemila dollari senza difficoltà. Quanto agli altri cinquemila che erano necessari in seguito, se ne sarebbero preoccupati al momento opportuno, e sempre se si arrivava al processo. Avrebbe venduto la *Morgan* se ci fosse stata costretta, e senza pensarci due volte. C'era di mezzo la salvezza di Ian e, a lei, Ian occorreva molto, ma molto di più, di quanto le occorresse la *Morgan*. E poi c'erano sempre i gioielli di sua madre. Quelli, però, erano sacri. Perfino per Ian.

« Vedremo di cavarcela. »

« Bene. Quando posso vederla? »

« In qualsiasi momento lei sia disponibile. »

« In tal caso avrei piacere di vederla domani nel mio ufficio. Questo pomeriggio parlerò con Wald e domattina cercherò di avere un colloquio con il signor Clarke. Potrebbe essere nel mio ufficio per le dieci e mezza? »

« Sì. »

« Perfetto. Mi procurerò i rapporti della polizia e vedrò meglio quali sono le imputazioni. Va bene? »

« A meraviglia. Mi sento come se fossi riuscita a

scrollarmi dalle spalle un peso da un quintale! Posso confessarglielo, ormai: ero in preda al panico più totale. Perché mi sento sbalestrata, fuori del mio ambiente. La polizia, la cauzione, capi di accusa per questo e per quello, comparizioni in tribunale... non riesco assolutamente a capire che cosa diavolo sta succedendo! Si figuri che non so neanche che cosa è realmente successo! »

« Bene, cercheremo di scoprirlo. Quanto a lei, cerchi di calmarsi. »

« Grazie, signor Schwartz. Grazie mille. »

« Ci vediamo domattina. »

Riattaccarono e Jessica si ritrovò di colpo in lacrime. Com'era stato gentile! Finalmente aveva trovato qualcuno che si comportasse con un briciolo di decenza, e di cortesia, nei suoi confronti, in tutta quella storia. Dagli ispettori di polizia che non volevano raccontarle niente ai sergenti del centralino che le annunciavano quali fossero i capi d'accusa e poi toglievano la comunicazione all'improvviso, piantandola in asso, agli avvocati difensori che pretendevano quindicimila dollari in contanti lì, sulla loro scrivania, entro quarantott'ore, a Martin Schwartz, un essere umano. Fra l'altro, secondo Philip Wald, era un avvocato molto abile e capace. Che giornata pazzesca! E, oddio, dov'era Ian? Le lacrime ricominciarono a rigarle le guance, a fiotti, e cocenti. Era come se non avesse fatto altro che piangere tutto il giorno. Ma, a quel punto, doveva calmarsi e riacquistare il dominio di sé. Presto sarebbe arrivato Wald.

Philip Wald arrivò alle cinque e mezza. Aveva l'aria grave e preoccupata, gli occhi stanchi.

« Sei riuscito a vederlo? » Jessie si sentì bruciare subito gli occhi e fu costretta a lottare per ricacciare indietro le lacrime.

« Sì, l'ho visto. »

« Come sta? »

« Sta bene. È un po' scosso. ma sta bene Era molto preoccupato per te. »

« Gli hai detto che sto bene? » Le mani avevano ricominciato a tremarle violentemente; fra l'altro, i troppi caffè che aveva bevuto in continuazione per tutto il giorno non facevano che peggiorare le cose. A guardarla, non si poteva affatto dire che stesse così bene come asseriva.

« Gli ho spiegato che eri molto preoccupata e sconvolta, il che è naturale, date le circostanze, ti pare? Jessica, mettiamoci a sedere. » A lei non piacque il tono con il quale Wald pronunciò quelle parole ma, forse, era semplicemente stanco. La giornata era stata lunga per tutti. Una giornata interminabile.

« Ho parlato con Martin Schwartz », annunciò lei. « Credo che accetterà l'incarico. Mi ha anche detto che ti avrebbe telefonato questo pomeriggio. »

« Ottimamente. Credo che piacerà a tutti e due, sia a te sia a Ian. È un ottimo avvocato e una persona simpaticissima, per di più. »

Jessica precedette Philip nel soggiorno, dove lui andò a sedersi sul lungo divano bianco di fronte alla finestra. Jessica scelse un'ampia e morbida poltrona di camoscio beige vicino a un tavolinetto antico in ottone che aveva scovato con Ian in Italia durante la luna di miele. Respirò profondamente, sospirò, e lasciò scivolare i piedi fra il pelo folto del tappeto, allungandoli davanti a sé. Era una stanza calda e accogliente, quella, e le dava sempre un gran senso di pace. Era il posto in cui, tornando a casa, poteva andare per riposarsi, scaricare le tensioni della giornata e rilassarsi... all'infuori di adesso. Perché ormai aveva la sensazione che niente sarebbe più tornato a essere come prima; le pareva che fossero passati anni e anni da quando aveva conosciuto il conforto delle braccia di Ian o posato i suoi occhi su quelli luminosi di lui.

Quasi istintivamente il suo sguardo si spostò verso un piccolo ritratto di Ian che aveva fatto qualche anno prima. Era appeso sopra il camino. Da quel ritratto Ian la guardava, sorridendole lievemente. Che terribile angoscia osservarlo in quel momento! Dov'era? Di colpo, con una fitta di dolore, si accorse di rivivere le stesse impressioni, le stesse sensazioni che aveva provato fissando le fotografie di Jake all'epoca in cui studiava ancora alle superiori, quando era andata a frugare fra le sue cose dopo che, in casa, era arrivato il telegramma del ministero della Marina. Le pareva di ritrovare nel ritratto di Ian lo stesso sorriso di Jake.

« Jessica? » Alzò gli occhi con aria sconvolta, trasalendo, e le parve che Philip la osservasse con inquietudine Infatti Jessica gli sembrava stralunata, con il cervello pieno di confusione, come se le mancasse la sua solita lucidità mentale. L'aveva osservata fissare quel quadretto a olio e per un attimo le aveva letto in viso l'espressione attonita e smarrita di una vedova inconsolabile... Che storia orribile! Contemplò per un attimo il panorama che si aveva dalla finestra e poi tornò a guardare Jessica, nella speranza che avesse riacquistato il solito controllo. Ma non c'era niente da riacquistare. Il suo modo di fare era perfetto, sicuro calmo; era l'espressione che si leggeva nei suoi occhi a rivelare la verità. Philip provò una vaga incertezza; non sapeva fino a che punto Jessica fosse pronta ad ascoltare quello che aveva da dirle ma, purtroppo, non poteva nasconderle niente. Jessica doveva sapere la verità da cima a fondo.

« Jessica, sei in un bel guaio. » Lei gli rivolse un sorriso stanco e si asciugò lentamente una lacrima che ancora le bagnava una guancia.

« La tua, mi sembra, è la voce dell'ottimismo, o sbaglio? Che cos'altro c'è di nuovo? » Philip tentò di ignorare quel vano tentativo di buttare la cosa sul ridere, e proseguì. Non vedeva l'ora di arrivare in fondo.

« La mia sincera opinione è che il colpevole non sia lui. Però ammette di aver dormito con quella donna ieri pomeriggio. Sarebbe a dire che Ian... ha avuto con lei un rapporto sessuale. » Si mise a fissare con aria concentrata il proprio ginocchio sinistro, cercando di pronunciare quelle parole sgradevoli una attaccata all'altra, come se potesse trasformarle in una lunga sillaba incomprensibile.

« Capisco. » Ma, a dire la verità, non capiva affatto. Che cosa c'era da capire? Ian aveva fatto l'amore con una donna. E quella lo accusava di violenza carnale. Chissà perché non riusciva a provare niente, ma solo un intontimento incredibile che l'aveva avvolta come una cappa immane e pesantissima. Non provava rabbia, non provava niente, era soltanto intontita. Sì, forse provava un po' di compassione per Ian. Ma perché si sentiva così frastornata? Forse perché era stata costretta a farselo raccontare da Philip cioè, praticamente, da un estraneo. La sigaretta che stringeva fra le dita continuò a bruciare, consumando anche il filtro, e infine si spense, mentre Jessica, senza accorgersene, continuava ad aspettare che Philip proseguisse.

« Dice di aver bevuto troppo ieri a pranzo e che tu dovevi arrivare qui in città ieri sera tardi. Mi ha anche detto qualcosa a proposito del fatto che tu eri rimasta via parecchie settimane e che, essendo un uomo... ma preferisco risparmiarti tutta questa parte della storia. Ha notato la ragazza mentre era al ristorante e, dopo essersi scolato qualche bicchierino, gli è sembrata quasi decente. »

« L'ha abbordata? » Jessica aveva l'impressione di non essere lei a parlare, ma che fosse qualcun altro a pronunciare quelle parole al posto suo. Le aveva sentite, ma non si era accorta di averle dette con la propria bocca, con le proprie labbra. Le pareva che niente, in quel momento funzionasse. Né il suo cervello, né il cuore, e neppure la bocca. Scoppiò a ridere quasi istericamente chiedendosi che cosa sarebbe successo se avesse avuto bisogno di correre in bagno; forse non ne sarebbe stata capace e avrebbe fatto pipì nella poltrona di camoscio... e, magari, senza neppure rendersene conto. Si sentiva come se fosse sotto l'effetto di una droga.

« No, non l'ha abbordata. È uscito dal ristorante per venire a casa e mettersi di nuovo a lavorare al libro che sta scrivendo ma, per farlo, ha dovuto passare di nuovo davanti a *Enrico's* con la macchina e lei, per caso, era ferma sul marciapiede, all'angolo, quando lui è stato costretto a fermarsi al semaforo. Poi, più che altro perché non sapeva che cosa fare, le ha offerto un passaggio. Quando è salita in macchina, ha visto subito che non era niente di speciale, anzi, gli è sembrata parecchio più vecchia di quanto non avesse creduto in un primo tempo. Lei, nel rapporto della polizia, dichiara di avere trent'anni, ma lui dice che ne ha, come minimo, trentasette o trentotto. Lei gli ha dato l'indirizzo di un albergo di Market Street, affermando di abitarci, e Ian dichiara di aver provato un po' di compassione per lei quando lo ha invitato a salire nella sua camera a bere qualcosa. Così ha accettato, è andato su con lei, ha bevuto qualcosa. In camera c'era una mezza bottiglia di *bourbon*, dice che l'alcol gli è andato alla testa e che lui... che sono andati a letto insieme. » Wald si schiarì la voce, girò rapidamente gli occhi dall'altra parte e continuò a raccontare. La faccia di Jessica non esprimeva niente; la sigaretta, bruciacchiata fino al filtro e spenta, era ancora fra le sue dita. « E Ian dichiara che non c'è stato altro. Tutto qui. Per dirla senza menare il can per l'aia, si è infilato di nuovo i calzoni e se n'è andato a casa. Ha fatto una doccia, ha dormito un po', si è preparato un panino e poi è uscito di nuovo per venire a prenderti all'aeroporto. Questa è tutta la storia. La versione di Ian. » Però Jessica aveva già capito, dal tono di Wald, che c'era dell'altro.

« Sembra tutto piuttosto squallido, Philip. Però non

riesco a vedere che cosa c'entri la violenza carnale. Su che cosa sono basate le loro accuse? »

« Sulla versione dei fatti che ha dato lei. E non devi dimenticare, Jessica, che — di questi tempi — la questione della violenza carnale ha sensibilizzato un po' tutti. Per anni le donne hanno dichiarato di essere state sottoposte a violenza carnale, gridandolo ai quattro venti; per anni, in tribunale, gli uomini hanno rilasciato dichiarazioni compromettenti su queste donne. Investigatori privati hanno scoperto un fatto piuttosto sconvolgente, e cioè che la querelante non era vergine e, immediatamente gli uomini sono stati assolti, i casi chiusi e le donne svergognate Per molte ragioni, le cose adesso non funzionano più in questo modo. Lasciamo stare i motivi per i quali è successo. Oggigiorno, però, la polizia e i giudici sono molto più cauti, molto più inclini a credere alle donne, e disposti a mostrare una maggiore benevolenza nei confronti della vittima. È molto bello che questo succeda, anzi è un'ottima cosa... finalmente si sono decisi... solo che, a volte capita che una donna si presenti in tribunale con un suo determinato motivo per tirare acqua al proprio mulino; così, racconta una fandonia e un brav'uomo, che non ha fatto niente di male, resta fregato. Esattamente come, in passato, era qualche donna onesta a rimetterci il proprio buon nome. Adesso è qualche bravo figliolo che si prende un calcio... ehm... dove sai. »

Jessica faticò a trattenere un sorriso. Com'era profondamente, totalmente corretto, Philip. Era sicura che facesse l'amore con sua moglie senza togliersi gli slip!

« In tutta franchezza, Jessica, la mia opinione è che, in questo caso, Ian sia caduto nelle mani di una donna infelice e malata. Ha dormito con lui e poi si è affrettata a dichiarare che ha subito una violenza carnale. Ian dice che ha cercato di essere seducente e di allettarlo in tutti i modi, ha fatto la civetta e gli ha dichiarato di lavorare come cameriera in uno di quei bar dove le ragazze che servono ai tavoli sono in topless. Il che non è vero. In ogni caso, niente vieta che lei abbia voluto divertirsi con Ian, prendendolo come vittima di un suo giochetto, da persona psicologicamente deviata. Chissà quante volte lo ha già fatto, questo giochetto, prima di tentare anche con Ian, in mille modi subdoli, con minacce e accuse. Anche se, a quanto pare, è la prima volta che va a denunciare la cosa alla polizia. Credo che farete una stramaledetta fatica a dimostrare che quella donna mente. E non ci riuscirete di sicuro senza un processo. La violenza carnale è sempre difficile da dimostrare, ma è altrettanto difficile dimostrare il contrario. Se lei insiste nella sua versione dei fatti, il procuratore distrettuale deve procedere con l'inchiesta e arrivare alla causa. Fra l'altro, ho l'impressione che l'ispettore che si sta occupando di questo caso creda pienamente alla versione dei fatti di lei. Così siamo con le spalle al muro. Se decidessero di volere la testa di Ian, per un motivo qualsiasi, si finirà davanti a una giuria. »

Rimasero in silenzio a lungo, tutti e due; infine Philip sospirò e riprese a parlare.

« Ho letto i rapporti della polizia: la donna dichiara che è stato Ian ad abbordarla. Dice di averlo pregato di riaccompagnarla nell'ufficio dove lavora. È segretaria in un albergo di Van Ness Street. Invece lui l'ha portata in questo albergo di Market Street dove... dove hanno bevuto ancora un ultimo bicchierino insieme. Visto come lei ha raccontato i fatti in questa prima parte della storia, Ian può considerarsi maledettamente fortunato che non gli abbiano aggiunto, per fare buon peso, anche una imputazione di rapimento. In ogni caso, sempre secondo la versione di lei, Ian l'avrebbe costretta con la forza non solo a un rapporto sessuale normale ma... anche ad atti contro natura. È qui che intervengono il secondo e il terzo capo di accusa: quello per atti di libidine e quello che si riferisce all'aggressione. Anche se penso che quest'ultimo verrà lasciato cadere perché di questa imputazione di aggressione, che comporterebbe anche la violenza carnale, non esiste la prova dal punto di vista medico. » Philip, chissà come, era riuscito a essere distaccato, ma anche orribilmente realistico, nell'affrontare certi particolari e Jessica stava cominciando ad avere la nausea. Le pareva di nuotare nella melassa, come se tutto ciò che la circondava fosse lento, pesante e irreale. Le veniva voglia di raschiarsi via quelle parole dalla pelle con un coltello. « Atti contro natura. » Ma di quali atti contro natura si trattava?

« Per amor di Dio, Philip, si può sapere che cosa vuoi dire quando parli di 'contro natura'? Ian è un uomo normalissimo a letto. » Philip arrossì. Jessie, no Non era il momento di fare tante cerimonie.

« Coito orale e sodomia. Legalmente sono azioni criminose, perseguibili penalmente. Lo sai? » Jessica arricciò le labbra e si inalberò. Le pareva assurdo che il coito orale fosse da considerare un atto contro natura.

« Non ci sono prove evidenti di sodomia, ma non credo che lasceranno cadere questa imputazione. Anche in questo caso, c'è solo la parola della donna contro quella di Ian e loro sembrano disposti a darle ascolto. Disgraziatamente, tra l'altro, prima ch'io arrivassi, Ian ha ammesso con l'ispettore, incaricato di occuparsi del caso, di aver avuto un rapporto sessuale con quella donna. È stata una vera imprudenza questa da parte di Ian, non avrebbe proprio dovuto farlo. »

« Potrà danneggiarlo per la risoluzione del caso? »

« No, probabilmente. Possiamo far sospendere l'ascolto di questa parte della registrazione del nastro in tribunale prendendo come pretesto il fatto che, in quel momento, era stravolto e non sapeva quello che diceva Ci penserà Martin. »

Jessica rimase immobile, con gli occhi chiusi, per un momento. Non riusciva a credere a una simile cosa.

« Perché quella donna sta facendo un gioco del genere contro di noi, Philip? Che cosa potrebbe sperare di ottenere da lui? Soldi? Accidenti, se è questo che vuole, sarò io a darglieli, le darò tutto quello che vuole. Insomma ti giuro che non riesco ancora a persuadermi che questa storia stia succedendo sul serio proprio a noi.» Spalancò gli occhi e lo guardò di nuovo sentendosi travolgere ancora da quell'ondata di confusione e di irrealtà che ormai le erano familiari.

«So che è molto duro doverlo accettare da parte tua, Jessica. Ma adesso hai un bravissimo avvocato difensore. Puoi fidarti ciecamente di lui; farà un ottimo lavoro e ce la metterà tutta per aiutarvi. C'è un errore, però, che non devi assolutamente commettere, in nessuna circostanza, e cioè offrire dei soldi a quella donna. Al punto in cui siamo la polizia non lascerà più cadere i capi di accusa, neppure se lei accettasse di tirarsi indietro e tu ti renderesti colpevole di un autentico crimine contro la legge e di chissà cos'altro ancora, se cercassi di corromperla. Guarda che sto parlando sul serio. Sembra che la polizia stia rivelando un interesse particolare per tutto questo. Non capita spesso di poter mettere le mani su un caso di violenza carnale di cui sia colpevole una persona che vive a Pacific Heights; e continuo a convincermi sempre di più che qualcuno di quei poliziotti abbia cominciato a pensare che è venuto il momento di far vedere alla classe sociale più altolocata che non è intoccabile. L'ispettore che si occupa di questo caso, il sergente Houghton, ha già detto un paio di battute piuttosto antipatiche a proposito di 'un certo genere di persone che crede di passarla liscia sempre, e in qualsiasi caso, a spese di certa altra gente che appartiene a una classe sociale più modesta della loro'. Non è certo un'insinuazione simpatica, questa, ma — purtroppo — visto che è la sua opinione, sarà meglio trattarla coi guanti. Secondo me, non deve essergli piaciuto né l'aspetto di Ian né quello che ha visto o saputo di voi due. Sto perfino iniziando a chiedermi se non si sia convinto che voi siete una coppia di viziosi che fa tutto quello che le viene in mente al puro e semplice scopo di spassarsela. Lo sa Dio quello che ha in testa il sergente Houghton... guarda che questa è la mia impressione, però bada di essere molto, ma molto cauta, Jessica. E in ogni caso, non dare un centesimo a quella donna. Non faresti che danneggiare Ian e te stessa, se anche solo azzardassi una mossa in tal senso. Se vuole dei soldi, se ti telefona... lasciala parlare. Ti potrà servire, in seguito, come testimonianza in tribunale. Ma non darle neanche un centesimo! »

Aveva parlato in tono enfatico, cercando di mettere l'accento il più chiaramente possibile su quest'ultimo punto; poi si passò una mano fra i capelli. « Se tu sapessi come mi dispiace doverti raccontare tutte queste cose, Jessica. Ian ne era letteralmente nauseato. D'altra parte, è evidente che devi sapere anche tu quello che sta succedendo. Non è molto simpatico, però, e bisogna dire che l'hai presa straordinariamente bene, questa brutta faccenda! »

Ma erano bastate quelle poche parole perché Jessica si sentisse salire di nuovo le lacrime agli occhi; avrebbe voluto supplicarlo di non essere così gentile con lei, di non farle le sue congratulazioni sul modo in cui stava affrontando l'accaduto, e sul suo coraggio! Sapeva di poter accettare notizie peggiori, ma capiva che se qualcuno si fosse soltanto arrischiato a metterle un braccio intorno alle spalle, le avesse mostrato simpatia e comprensione, avesse rivelato premura e affetto per lei o se Ian, proprio in quel momento, fosse entrato dalla porta... sarebbe scoppiata a piangere e a singhiozzare senza essere più capace di fermarsi.

« Ti ringrazio, Philip. » La voce di Jessica gli sembrò stranamente fredda, come se lei facesse di tutto per tenerlo a una certa distanza. « Se non altro, adesso è evidente che non si tratta di violenza carnale e una cosa del genere dovrà senz'altro venir messa ben in chiaro in tribunale. Se Martin Schwartz è bravo come dici! »

« Certo, ma, Jessie, guarda che non sarà un piacere! Devi prepararti a qualche brutto momento. » Le cercò lo sguardo con gli occhi e lei assentì.

« Questo, lo capisco. » Invece, forse no. Non completamente. Fino a quel momento, l'enormità di ciò che era successo non era ancora stata valutata completamente dal suo io più segreto. E come sarebbe stato possibile? Niente di tutto ciò che era accaduto dalle undici di quella mattina aveva fatto presa sul suo cervello. Jessica era ancora sotto choc. Sapeva soltanto due cose e non riusciva neppure a comprenderle fino in fondo: che Ian era lontano, che non poteva vederlo, sentirlo, accarezzarlo, toccarlo; e che aveva dormito con un'altra donna. Ormai doveva affrontare anche quello. Pubblicamente. Quanto al resto, se lo sarebbe impresso ben bene nella mente in seguito.

Non c'era molto di più che Philip potesse fare; fra l'altro non conosceva Jessica abbastanza bene per offrirle un po' di conforto. Era solo Ian che conosceva Jessica fino in fondo. Inoltre Jessie dava a Philip un vago senso di inquietudine. Era rimasta quasi imperturbabile. Da un lato era contento che fosse tanto tranquilla; ma, al tempo stesso, la cosa gli faceva provare un vago fastidio nei suoi confronti, e una strana confusione mentale. Si scoprì a domandarsi che cosa stesse pensando in quel momento. Provò a riflettere al modo in cui avrebbe reagito sua moglie, oppure sua sorella, o una qualsiasi delle donne che conosceva, di fronte a qualcosa di simile. E concluse che Jessie era di una razza totalmente diversa. Troppo composta e controllata per i suoi gusti, eppure c'era qualcosa di struggente e disperato nei suoi occhi... sembravano due finestre con i vetri rotti. Era quella l'unica cosa che gli faceva capire come non tutto funzionasse a dovere in quella donna.

« C'è qualche speranza che possa telefonarmi? Mi pareva di sapere che si ha il diritto di fare una telefonata dalla prigione. » Era successo così in un'altra occasione, quando lo avevano fermato per la faccenda di quelle multe non pagate.

« Sì. Però mi è sembrato di capire che non avesse voglia di telefonarti, Jessica. »

« Davvero? » E sembrò che, a quel punto, Jessica si chiudesse in un riserbo ancora maggiore di prima.

« Sì. Ha detto che non sapeva bene come tu la pensassi. E ha anche aggiunto qualcosa d'altro: che forse questa era la goccia che faceva traboccare il vaso. »

« Stronzo. » Philip si affrettò a girare gli occhi dal l'altra parte e, dopo pochi attimi, la lasciò. Era stata una giornata singolarmente sgradevole. Si scoprì a essere soddisfatto di non aver scelto la carriera del penalista. Perché capiva che lo avrebbe disgustato profondamente Non se la sentiva neanche di invidiare Martin Schwartz che si era assunto l'incarico della difesa di Ian in una causa del genere, per quanto sostanzioso potesse essere l'onorario che poteva cavarne

Dopo che Philip se ne fu andato, Jessie rimase seduta nel soggiorno per molto tempo. Attendeva di sentire lo squillo del telefono... oppure il lieve rumore della chiave di Ian infilata nella serratura. No, non poteva credere che fosse successa una cosa simile. Era assurdo. Sarebbe rientrato a casa. Come sempre. Finse di non accorgersi che le stanze erano avvolte da un profondo silenzio. Provò a canticchiare e a parlare a voce alta con se stessa. No, non c'era neppure da pensare che Ian la lasciasse sola. No! A volte, a notte fonda, le pareva di sentire la voce di sua madre e quella di Jake e quella di papà; mai, però, quella di Ian... no, mai quella di Ian. Doveva telefonarle, era impensabile che non lo facesse. Non poteva lasciarla lì sola, e così spaventata, no, non le avrebbe mai fatto una cosa del genere, glielo aveva anche promesso, e Ian non mancava mai alle sue promesse... invece, stavolta sì. Non aveva mantenuto la parola. Se lo ricordò quanto si trovò seduta sul pavimento dell'anticamera, al buio, molte ore più tardi, a notte inoltrata. Perché da lì avrebbe sentito prima il rumore della sua chiave infilata nella serratura. Sarebbe tornato a casa, però non aveva mantenuto la promessa. Aveva dormito con un'altra donna e ormai la costringeva ad affrontare pubblicamente questo fatto. E lei non avrebbe più potuto ignorarlo. Odiava quella donna... la odiava... la odiava... ma non Ian. Oh Dio, forse Ian non la amava più, forse era innamorato di quell'altra donna, perché non telefonava, maledizione? Per quale motivo non... e perché aveva... le lacrime cominciarono a inondarle il viso, calde come una dolce pioggerellina estiva, quando si allungò sul liscio pavimento di legno dell'anticamera e si mise ad aspettare che Ian tornasse. Rimase così, distesa sul pavimento, fino alla mattina. Ma il telefono non squillò mai.

# 5

Gli uffici di Schwartz, Drewes e Jonas si trovavano nel Bank of America Building in California Street, un indirizzo eccellente. Jessica salì fino al quarantaquattresimo piano. Aveva un aspetto severo, contegnoso, ben curato, e stanco. Si era messa un tailleur blu scuro e nascondeva gli occhi sotto un grosso paio di occhiali scuri. Un tipo di abbigliamento riservato alle riunioni di affari e ai funerali. Erano le dieci e venticinque minuti. Jessica arrivava con cinque minuti di anticipo, ma Martin Schwartz la stava già aspettando.

Una segretaria la precedette per un lungo corridoio con il pavimento coperto di moquette. Di lì, si aveva un panorama grandioso di tutta la baia. Gli uffici di Schwartz occupavano l'angolo all'estremità nord dell'edificio. Si capiva subito che lo studio legale, di cui era uno dei partner, era grande, importante, e faceva ottimi affari.

L'ufficio di Martin Schwartz aveva il pregio di possedere due ampie vetrate che sostituivano, praticamente, due delle pareti, ma il suo arredamento era gelido e spartano. Si alzò dal suo posto dietro la scrivania: era un uomo di altezza media con una gran testa di folti capelli grigi. Portava gli occhiali e appariva accigliato.

« La signora Clarke? » La segretaria la aveva annunciata così, entrando, ma Schwartz avrebbe capito in ogni caso che si trattava di lei. Perché aveva proprio l'aspetto che lui si aspettava — di donna elegante, ricca. Però era più giovane di quel che non avesse pensato e più composta e controllata di quanto non avesse osato sperare.

« Sì. Piacere. Come sta? » Jessica gli tese la mano e l'avvocato la esaminò attentamente dalla testa ai piedi. Era una donna giovane, di una bellezza che non poteva passare inosservata. Mentalmente provò ad accostare la sua immagine a quella del giovanotto con la barba lunga, esausto, ma ugualmente bellissimo, che era andato a trovare quella mattina in carcere. Insieme dovevano fare un gran colpo! E, anche in tribunale, avrebbero fatto una buona impressione. Forse fin troppo buona — erano troppo belli, troppo giovani. La piega che stava prendendo il caso gli piaceva pochissimo.

« Vuole accomodarsi? » Lei annuì, si lasciò cadere su una poltrona di fronte alla scrivania e rifiutò l'offerta di un caffè.

« Ha visto Ian? »

« Sì, l'ho visto. E anche il sergente Houghton. Oltre al viceprocuratore distrettuale che è stato assegnato a questa causa. E ieri sera ho parlato per più di un'ora con Philip Wald. Adesso voglio parlare con lei e, poi, cercheremo di capire come è articolato il caso che abbiamo davanti e di cui dobbiamo occuparci. » Abbozzò un sorriso e frugò fra le carte che aveva sulla scrivania. « Signora Clarke, ha mai fatto uso di droga? »

« No. E neanche Ian. Niente più di qualche sigaretta alla marijuana di tanto in tanto. Ma ormai credo che sia passato più di un anno dall'ultima volta che abbiamo fumato un po' d'erba. A nessuno dei due è mai piaciuta molto. E ci limitiamo soltanto a bere un po' di vino e nessun'altra bevanda alcolica più forte. »

« Non saltiamo subito alle conclusioni. Voglio tornare sulla questione della droga. Avete qualcuna delle vostre amicizie che ne prende? »

« No, che io sappia. »

« Esiste la probabilità che possa saltar fuori qualcosa di questo genere in una indagine approfondita su di lei oppure sul signor Clarke? »

« No, sono sicura che non salterebbe fuori niente del genere. »

« Bene. » Ma sembrò appena un poco più sollevato di prima.

« Per quale motivo me lo chiede? »

« Oh, si tratta semplicemente di uno dei lati di questa faccenda sui quali ho la sensazione che Houghton potrebbe lavorare. Ha fatto parecchie osservazioni sgradevoli sul suo negozio. A quanto pare, da lei lavorerebbe una ragazza che sembra una di quelle ballerine che fanno la danza del ventre e ha menzionato anche un'orientale dall'aspetto quanto mai 'esotico'. Oltre al fatto che suo marito è uno scrittore, un mestiere che alimenta molte fantasie! Houghton è un uomo che ha una fantasia molto fertile, un cervello tipico da classe mediobassa e una profonda antipatia per tutto ciò che proviene dai quartieri della città in cui abitate. »

« È quello che sospettavo. È venuto in negozio a parlare con me prima di arrestare Ian. Quanto alla 'ballerina che fa la danza del ventre' si tratta semplicemente di una brava ragazza che ha la sfortuna di portare un reggiseno di taglia abbondante. A ogni modo il caso vuole che vada in chiesa due volte la settimana. » Jessica non sorrideva. Invece Martin Schwartz, sì.

« Si direbbe una creatura simpaticissima. » Con un certo sforzo, riuscì a strapparle un sorriso.

« Se poi il sergente Houghton crede che il nostro aspetto sia dovuto ai troppi soldi che abbiamo, il caso vuole che si sbagli anche in questo. D'altra parte ciò che lui ha visto può essere facilmente spiegato dal fatto che i miei genitori e mio fratello sono morti parecchi anni fa. Io ho ereditato tutto quello che avevano. Mio fratello non aveva né una moglie né dei figli ai quali lasciare qualcosa e, nella nostra famiglia, non c'erano altri fratelli o altre sorelle. »

« Capisco. » Poi, dopo una breve pausa, alzò di nuovo gli occhi a considerarla attentamente. « Dev'essersi sentita sola senza una famiglia. » Lei annuì in silenzio continuando a tenere gli occhi fissi sul panorama che si godeva dalle finestre.

« Io ho Ian. »

« Niente figli? » Lei scrollò la testa, facendo segno di no, e lui cominciò a capire qualcosa. Il motivo per cui non era furiosa o in collera; il motivo per cui voleva disperatamente che suo marito tornasse a casa, senza una sola parola di critica o di commento sui capi d'accusa che gli erano stati fatti. La ragione dell'insistenza quasi angosciosa che aveva colto nella sua voce al telefono e di nuovo lì nel suo studio. Quel « Io ho Ian » diceva tutto. All'improvviso si rese conto che, per quanto riguardava Jessica Clarke, era proprio tutto ciò che aveva.

« Devo concludere che non esiste nessuna possibilità che lascino cadere le imputazioni? »

« Nessuna. Non possono, per una questione politica. La vittima, in questo caso, sta suscitando uno scalpore incredibile. Vuole i coglioni di suo marito, se mi perdona l'espressione. E ho l'impressione che sia logico aspettarsi che si mettano a frugare nelle vostre vite, e a farlo in modo piuttosto pesante. Crede che riuscirà a sopportarlo? » Jessica annuì e Martin Schwartz non le rivelò che Ian aveva paura che lei non sopportasse una simile tensione. « C'è qualcos'altro che dovrei sapere? Qualche piccola deviazione dalla retta via da parte sua? Qualche problema per il vostro matrimonio? Rapporti sessuali... ecco, diciamo 'insoliti o fuori del normale', magari qualche festa un po' *osée* a cui avete partecipato, o cose del genere? »

Lei scrollò di nuovo la testa, assumendo un'espressione infastidita.

« Mi spiace di doverglielo chiedere, ma sono cose che — in ogni modo — verrebbero fuori ugualmente. Quindi è meglio essere sinceri adesso. E poi, naturalmente, occorrerà un'indagine da parte nostra su quella ragazza. Ho proprio la persona adatta per questo genere di cose. Signora Clarke, faremo del nostro meglio per Ian. Faremo tutto quello che ci è possibile. »

Le sorrise di nuovo e, per un attimo, Jessica ebbe l'impressione di vivere in un sogno. No, l'uomo che aveva davanti non era vero e reale, non era possibile che le stesse domandando se era mai andata a un'orgia, se aveva mai fatto uso di droga... No, non era vero che Ian fosse in prigione; quell'uomo era un amico di suo padre e tutta la faccenda un grosso scherzo. Fu a quel punto che si accorse che Martin Schwartz la stava fissando con attenzione e si vide costretta a ricominciare a fingere che tutto ciò che le stava accadendo fosse la realtà dei fatti. Anzi, peggio ancora, che la realtà fosse quella di sapere Ian in prigione.

« Potrò far uscire Ian di prigione prima del processo? »

« Me lo auguro. Ma è molto probabile che questo dipenda soprattutto da lei. Se i capi d'accusa fossero stati un po' meno gravi, forse saremmo riusciti a farlo rilasciare accontentandoci della sua stessa ammissione di aver commesso il fatto; in altre parole, senza la necessità di una cauzione da pagare. Ma con imputazioni di questa natura, sono quasi sicuro che il giudice insisterà perché venga richiesta una cauzione, indipendentemente dal fatto che Ian abbia precedenti penali o no. Fra l'altro, l'eventualità che suo marito esca dal carcere dipende anche dalla sua possibilità di pagare la cauzione. Stanno parlando di fissarla su venticinquemila dollari all'incirca. È piuttosto alta, come richiesta, e significa che lei deve avere venticinquemila dollari in contanti da mettere a disposizione della Corte fino a quando il processo non sarà terminato oppure versare duemilacinquecento dollari a un mallevadore oltre a presentargli le garanzie collaterali necessarie a copertura del suo prestito. In ognuno dei due casi, il prezzo è alto. Ma cercheremo di farli scendere su posizioni più ragionevoli. »

Jessica emise un profondo sospiro e si tolse distrattamente gli occhiali scuri. Quello che Martin Schwartz vide, lo lasciò sconvolto. Due occhiaie profonde, violacee, e due occhi iniettati di sangue, gonfi, colmi di terrore. Si accorse di avere davanti una donna con gli occhi di una bambina. Tutte quelle pose, tutto il suo contegno, erano soltanto una facciata. Eppure si era quasi convinto che fosse lei la più forte dei due, in quella coppia, e invece forse no... forse no. Forse lei era soltanto quella che aveva i soldi e Ian il suo sostegno. Questo, chissà perché, gli dava maggiore tranquillità nei confronti di Ian. Perché lui era in condizioni migliori di sua moglie, non c'erano dubbi.

Schwartz si impose con uno sforzo di tornare al problema della cauzione mentre gli occhi di Jessica continuavano a osservarlo. Pareva che non si fosse accorta di quello che gli aveva appena rivelato.

« Crede di essere in grado di pagare la cauzione, signora Clarke? » Lei lo fissò negli occhi con aria stanca e si strinse lievemente nelle spalle.

« Credo che potrei vendere il negozio. » Ma sapeva che non sarebbe mai riuscita a pagare l'onorario del mallevadore se avesse consegnato a Schwartz l'assegno da duemila dollari che teneva nella borsetta. Del resto, non aveva altra scelta. Prima ancora di pensare a preoccuparsi del mallevadore era assolutamente necessario un avvocato. Forse Jessica avrebbe potuto ottenere un prestito sull'automobile. Oppure su qualcos'altro. Che importanza aveva! Al momento, nessuna. Avrebbe addirittura messo in vendita la casa se ci fosse stata costretta ma... e se... questo doveva assolutamente saperlo. « Che cosa succederebbe se non potessimo pagare completamente la somma richiesta per la cauzione adesso, subito? »

« Quella gente non fa credito, signora Clarke. Lei paga l'intera tariffa richiesta al mallevadore e gli presenta garanzie collaterali soddisfacenti o, in caso contrario, Ian non viene fatto uscire di prigione. Molto semplice. »

« Fino a quando? »

« Fino a dopo il processo. »

« Dio! Quindi non mi rimane molta scelta, vero? »

« In che senso? »

« Dovremo mettere in vendita tutto quello che abbiamo, ecco! »

Lui annuì, provando una certa compassione per quella donna. Gli capitava di rado di sentire un fremito di commozione per uno dei suoi clienti e, se Jessica si fosse messa a parlare a vanvera, a gridare o a fare dei piagnistei, lo avrebbe semplicemente infastidito. Invece si era guadagnata il suo rispetto — e la sua compassione. Nessuno di loro due, né lei né Ian, meritava di trovarsi in un guaio simile. Tanto che tornò a domandarsi che cosa fosse realmente accaduto. Sentiva in cuor suo, anzi, aveva il profondo convincimento che la violenza carnale non ci fosse stata. Già, ma la questione era un'altra: si poteva dimostrarlo?

Passò altri dieci minuti a spiegarle le procedure della comparizione: bastava semplicemente presentarsi in tribunale perché le imputazioni fossero messe a verbale, la cauzione stabilita e fissata la data per la successiva apparizione di Ian in tribunale, a un'udienza preliminare. La vittima non sarebbe stata presente alla comparizione. Jessica, quando lo seppe, ne fu sollevata.

« Mi potrebbe dare un numero di telefono dove trovarla quest'oggi se avessi bisogno di lei, signora Clarke? » Lei annuì e gli scrisse rapidamente il numero della boutique. Soltanto allora, per la prima volta, le venne in mente che avrebbe dovuto fare un salto anche lì.

« Mi troverà a questo numero dopo che sarò andata a vedere Ian. E vorrei pregarla di un'altra cosa, signor Schwartz: mi chiami Jessica o Jessie. E mi dia del tu. Ho l'impressione che, d'ora in avanti, ci vedremo parecchio. »

« Sì, infatti. Vorrei che tornasse qui nel mio ufficio venerdì. Anzi vorrei che tornaste tutti e due, se sarà riuscita a pagare la cauzione. » Quel « se » le fece correre un brivido lungo la schiena. « No, anzi, sarebbe meglio fissare l'incontro per lunedì. Nel caso riuscisse a farlo venir fuori, mi pare che sia giusto lasciarvi un po' di giorni per stare insieme. Poi ci metteremo al lavoro, e sul serio. Non abbiamo molto tempo. »

« Quanto ne avremo? » Era un po' come chiedere a un dottore quanto le restava da vivere.

« Potremo farcene un'idea migliore dopo la comparizione in tribunale. A ogni modo, per il processo ci vorranno almeno un paio di mesi. »

« Prima di Natale? » Mentre gli faceva questa domanda, Jessie ricordò di nuovo a Schwartz una bambina cresciuta troppo in fretta.

« Prima di Natale. A meno che non si riesca a ottenere di rimandarlo per qualche motivo. Però suo marito mi ha detto stamattina che vuole farla finita il più presto possibile in modo da buttarselo dietro le spalle e dimenticare. »

Dimenticare? pensò lei. Chi avrebbe mai potuto dimenticarsene?

Schwartz si alzò in piedi e le tese la mano, togliendosi gli occhiali per un momento. « Jessica, cerca di stare calma. Lascia a me il compito di preoccuparmi. »

« Farò del mio meglio. » Si alzò anche lei, gli strinse la mano e Schwartz restò colpito di nuovo dalla sua statura. « Grazie, Martin, grazie di tutto. Hai qualche messaggio per Ian? »

« Digli da parte mia che è un uomo fortunato. » Per un attimo i suoi occhi si illuminarono di ammirazione e Jessica sorrise a quel complimento e si allontanò rapidamente.

Martin Schwartz tornò a sedersi, fece un mezzo giro sulla poltroncina in modo da avere davanti il panorama che si godeva dalle finestre, e scrollò la testa, mordicchiando distrattamente la stanghetta degli occhiali. Sarebbe stato un caso schifoso da risolvere. Era sicuro dell'innocenza di Ian, però quei due sarebbero stati un vero e proprio problema, in aula. Giovani, felici, belli e ricchi. La giuria si sarebbe indignata di fronte al fatto che lui se la spassava, andando a letto con questa e con quella, quando aveva una moglie come Jessie; le donne presenti in aula avrebbero detestato cordialmente Jessie; gli uomini, invece, avrebbero trovato Ian irritante, perché, a loro giudizio, scrivere non era un mestiere. E poi avrebbero dato subito l'impressione di avere fin troppi soldi, indipendentemente dalle spiegazioni, logiche e valide, che Jessie poteva fornire sull'eredità ricevuta. No, insomma, era un caso che non gli piaceva affatto. Fra l'altro la vittima era una strana donna, forse una donna malata o con il cervello non del tutto a posto — questo era evidente. La sua unica speranza era quella di scoprire su di lei informazioni sufficienti a distruggerla. Era un brutto gioco al quale prestarsi, ma restava l'unica possibilità di salvezza per Ian.

# 6

Jessica si fermò un momento nell'atrio del palazzo per telefonare alla boutique. La voce di Zina assunse un tono preoccupato quando capì che si trattava di lei.

« Jessie, che cosa è successo? Stai bene? » Alla fine si erano decise a cercarla a casa, quella mattina alle dieci e mezza, ma lei era già uscita.

« Sì, grazie. Come vanno le cose lì da voi? Bene? »

« Certo, tutto benissimo. Hai intenzione di venire? »

« Sì, subito dopo pranzo. Ci vediamo più tardi. » E riattaccò prima che Zina potesse fare altre domande. Poi andò a prendere la *Morgan* in garage. E si diresse immediatamente al Palazzo di Giustizia, per andare a trovare Ian.

Era più povera di duemila dollari, ma si sentiva meglio. Aveva lasciato l'assegno, in una busta azzurrina, alla segretaria di Martin Schwartz prima di uscire. L'anticipo sul suo onorario. Aveva tenuto fede alla sua parola. Ormai, sul loro conto comune, suo e di Ian, restavano soltanto centottantun dollari, però Ian aveva un avvocato difensore. Che prezzo enorme avrebbero pagato per quella scopata!

Cercò con tutti i mezzi di impedirsi di pensare mentre attraversava la città al volante della *Morgan*. Non era neppure troppo arrabbiata ma, piuttosto, confusa. Che cos'era successo? Chi era quella donna? Per quale motivo aveva giocato quel brutto scherzo proprio a loro? Che cosa aveva contro Ian? Dopo il colloquio con Martin, Jessie si era sentita più convinta che mai che Ian non avesse fatto niente di male... all'infuori di abbordare la donna sbagliata per un pomeriggio di divertimento. Oh, Gesù benedetto, eccome se aveva scelto la donna sbagliata!

Trovò un posto dove parcheggiare la macchina in Bryant Street, di fronte alla lunga fila degli uffici dei mallevadori, illuminati al neon. Si scoprì a chiedersi con quale di loro si sarebbe messa a contrattare, il pomeriggio del giorno successivo, per ottenere la cauzione per Ian. Tutti quegli uffici avevano l'aria losca ed equivoca; non si sarebbe azzardata a entrare in nessuno di essi neppure per ripararsi dal freddo, figurarsi poi per parlare di affari! Si infilò a passo rapido nel Palazzo di Giustizia, dove una guardia le frugò nella borsetta mentre un'altra, con il solito attrezzo cercametalli, la esaminava da capo a piedi. Dovette fermarsi, anche, a procurarsi un lasciapassare per la prigione, e qui mostrò la patente e si identificò come la moglie di Ian. C'era già una gran quantità di gente in piedi, ferma, in fila; ma, per fortuna, la fila andava avanti piuttosto in fretta.

Era un campione di umanità scarmigliato, sporco squallido e malvestito; Jessica vi spiccava e si sentiva stranamente fuori posto. Il solo fatto di essere così alta la faceva subito notare in mezzo a tutte le altre donne e perfino a buona parte degli uomini; quanto poi al suo tailleur blu scuro, sembrava addirittura ridicolo e stonato C'erano donne di razza bianca in pantaloni di finto cuoio sui quali portavano giacche di finto leopardo, capigliature ultracotonate e sandali bianchi scalcagnati. C'erano negri in satin rosso cupo e negre che indossavano indumenti che sembravano pigiama o camicie da notte, anche quelli in satin da poco prezzo. Una folla interessante, ma per un film, non per la vera vita. Non poté fare a meno di chiedersi se la donna con la quale Ian era andato a letto non assomigliasse, per caso, a una di quelle. Si augurava di no... anche se, al punto in cui erano, non aveva più importanza. Si stava accorgendo che le gambe non la reggevano e pensò che non avrebbe saputo che cosa dirgli rivedendolo. Già, di che cosa potevano parlare?

Con la mano che le tremava leggermente premette il bottone dell'ascensore per salire al sesto piano. Intanto, con una strana sensazione ora di vuoto ora di nausea, si domandò come sarebbe stata la prigione. L'aveva vista, ma di sfuggita, quella volta in cui era andata a pagare la cauzione per farlo uscire, ma — in quella occasione — non era stato necessario andare a trovarlo prima. Era bastato semplicemente entrare in uno degli uffici e chiedere che lo rilasciassero. Stavolta com'era tutto differente!

L'ascensore si fermò al sesto piano e Jessie uscì. Ormai sapeva soltanto una cosa: che voleva vedere Ian disperatamente, con tutto il cuore. Di colpo si rese conto che sarebbe stata disposta ad accettare la rabbia o la paura, di qualsiasi genere fossero; che sarebbe stata pronta a passare davanti anche a un migliaio di quei ruffiani, vestiti di satin color porpora, soltanto per arrivare fino a Ian.

I visitatori dovevano aspettare in fila, l'uno dietro l'altro, davanti a una porta di ferro. Una guardia li lasciava entrare nel locale, che si trovava al di là di quella porta, a gruppetti di cinque o sei per volta. Poi si usciva da tutt'altra parte, all'estremità opposta della stanza. Jessie, invece, provò l'impressione che quella gente venisse inghiottita dalla porta di ferro per scomparire per sempre.

Ancora un attimo ed ecco che entrò anche lei. Faceva caldo; l'aria era greve e viziata nell'ampio locale completamente privo di finestre, illuminato da luci fluorescenti. Lungo le pareti interne erano state sistemate ampie vetrate davanti alle quali, a intervalli regolari, su un piccolo ripiano, si trovava un telefono. Un telefono identico era sistemato anche dalla parte interna della vetrata. Soltanto allora Jessica si rese conto che avrebbe visto Ian attraverso una specie di finestra. A questo non aveva pensato. Che cosa si può dire parlando al telefono?

La faccia di Ian apparve a una delle vetrate più lontane nel preciso momento in cui Jessica si stava domandando dove dirigersi. Era in piedi, e la guardava. Lei si sentì subito salire le lacrime agli occhi. No, non doveva assolutamente piangere, non poteva, non poteva, non poteva! Si incamminò lentamente verso il telefono, con la sensazione di avere il cuore stretto in una morsa e le gambe che non la reggevano. Eppure riusciva ugualmente a camminare, un piede dopo l'altro, e, per fortuna, Ian non poté vedere che le tremavano le mani quando le agitò, esitante, in segno di saluto. Poi, di colpo, eccola davanti a lui, eccola con il ricevitore in mano. Si squadrarono brevemente in silenzio. E infine fu Ian a parlare per primo.

« Stai bene? »

« Sì, bene. E tu? »

Lui rimase in silenzio per un istante e poi fece segno di sì con la testa. Sulle labbra gli era apparso un pallido sorriso forzato.

« Sto magnificamente. » Ma il sorriso si spense subito. « Oh, bambina, se tu sapessi come mi dispiace di farti passare quello che stai passando! È tutto talmente pazzesco... maledettamente... credo di volerti dire soltanto questo, Jess: che ti amo, e che non riesco a capire come sia successo questo stramaledetto pasticcio. Non sapevo come l'avresti presa, questa storia. »

« Che cosa credevi? Che me la sarei data a gambe? L'ho mai fatto? » Jessica aveva assunto un'aria talmente addolorata che Ian provò una gran voglia di voltarle le spalle e di scappare. Era terribile doverla guardare. Spaventoso.

« No, ma questo non è esattamente uno dei soliti problemi, come, per esempio, quando ti scopri a essere in rosso alla banca per una trentina di dollari spesi in più. Voglio dire che questo è... Cristo, che cosa posso dire, Jessie? » Lei, per tutta risposta, gli fece un lieve sorriso.

« Lo hai già detto. Anch'io ti amo. Ed è tutto quello che importa. Riusciremo a sistemare questa faccenda e a chiarire le cose. »

« Già, certo. Ma, Jess, ho l'impressione che non sarà facile. Quella donna non ha ceduto di un millimetro nelle sue accuse e il poliziotto, Houghton, si comporta come se credesse di aver finalmente messo le mani sul più famoso e inafferrabile violentatore di fanciulle dell'intera città. »

« È proprio adorabile, vero? »

« È venuto a parlare anche con te? » Ian non nascose la propria sorpresa.

« Sì, appena prima di venire a casa, da te. » Ian impallidì.

« E ti ha spiegato di che si trattava? » Lei scrollò la testa e girò gli occhi dall'altra parte. « Oh, Jess, è inconcepibile che ti abbia fatto assistere a un'orribile sceneggiata di questo genere. Non riesco a crederci. »

« Neanch'io. Ma vedrai che riusciremo a sopravvivere e a passarci sopra. » E gli sorrise, raccogliendo tutto il suo coraggio.

« Come ti è sembrato Martin? »

« Chi, Schwartz? Mi piace. Ma ci costerà un bel capitale, vero? » Jessie cercò di assumere un'aria indifferente e di cambiare argomento, ma Ian la interruppe. « Quanto? » Per un attimo i suoi occhi avevano assunto un'espressione terribilmente amara.

« Non ha importanza. »

« Forse non l'avrà per te, Jessie, ma per me, sì. Quanto? »

« Duemila dollari adesso e altri cinquemila se si arriverà al processo. » Era impossibile evitare l'espressione di quegli occhi. D'altra parte, Jessie capiva che era suo dovere dirglielo.

« Stai scherzando? »

Jessie, per tutta risposta, scosse la testa.

« Un altro avvocato, con il quale avevo parlato prima di mettermi in contatto con lui, voleva quindicimila dollari, in contanti, e per la fine di questa settimana. »

« Cristo, Jessica... ma è una pazzia! Però ti restituirò quello che hai speso per Schwartz. »

« Come sei noioso, tesoro! »

« Ti amo, Jess. » Si scambiarono una lunga occhiata tenerissima e Jessica fece uno sforzo per ricacciare le lacrime.

« Come mai non mi hai telefonato ieri sera? » Non gli raccontò che era rimasta distesa sul pavimento dell'anticamera tutta la notte, ad aspettare, terrorizzata, quasi in preda a una crisi isterica, ma troppo stanca per muoversi. Aveva avuto la sensazione di essere completamente paralizzata in tutto il corpo, mentre il suo cervello era un turbinio confuso di mille idee.

« Come facevo a telefonarti, Jess? Che cosa avrei potuto dirti? » Che mi ami. « Dovevo essere sotto choc. Sono rimasto qui seduto, completamente inebetito. Non riuscivo a capire quello che era successo. »

Allora, perché sei andato in quell'albergo a farti una bella scopata, accidenti a te? Ma il lampo di collera che era apparso negli occhi di Jessica si spense non appena tornò a riportarli sul marito. Ian era infelice e disperato né più né meno come lo era lei. Anzi, forse di più.

« Per quale motivo pensi che ti abbia accusato di... di... »

« Violenza carnale? » Ian pronunciò queste parole come fossero una sentenza di morte. « Non lo so. Forse è malata, o è pazza, oppure ce l'aveva con qualcuno, o, magari, voleva semplicemente dei soldi. Come cavolo faccio a saperlo? A ogni modo sono stato un cretino a fare quello che ho fatto. Jessie, io... » Sfuggì lo sguardo di sua moglie, ma poi tornò subito a fissarla con occhi lucidi di lacrime. « Come potremo continuare a vivere dopo quello che è successo? Come potrai continuare tu, a vivere dopo tutto questo, Jessie? Senza odiarmi? E non riesco assolutamente a capire... »

« Piantala! » Jessie pronunciò questa parola bisbigliandola appena nel telefono, ma con voce piena di veemenza. « Piantala, e immediatamente! Affronteremo quello che è successo, lo supereremo e quando tutto sarà chiarito e tutto sarà finito non dovremo mai più ripensarci. »

« Ma tu ci riuscirai? Dico sul serio, Jessie, credi che ci riuscirai? Ogni volta che mi guarderai, non mi odierai un pochino per lei, e per i soldi che tutto questo ti verrà a costare, e, cazzo! » Si passò una mano fra i capelli e si frugò in tasca alla ricerca di una sigaretta. Jessie, che lo osservava, notò improvvisamente, soltanto in quel momento, i suoi calzoni. Indossava un paio di calzoni da pigiama di cotone bianco, da ospedale.

« Dio santo, che cosa è successo ai tuoi calzoni? Non ti hanno neppure dato il tempo di vestirti? » Intanto sbarrava gli occhi al pensiero del sergente Houghton che trascinava Ian fuori di casa, mezzo nudo, senza i calzoni e ammanettato.

« Sono proprio simpatici, vero? Mi hanno preso i calzoni per portarli a esaminare in laboratorio per lo sperma. » Era tutto così terribilmente squallido, brutto, così... « In ogni caso, mi occorrerà un paio di calzoni per presentarmi in tribunale domattina. » Poi rimase pensieroso per un momento, aspirando profondamente una lunga boccata di fumo della sigaretta che aveva in mano. « Non riesco a capirlo. Perché vedi, se voleva dei soldi, bastava che mi telefonasse e si mettesse a ricattarmi. Le avevo detto che ero sposato.» Oh, che bellezza... Poi, senza riuscire a capirne il motivo, guardò Ian, con quei pantaloni da pigiama in cotone bianco, tutti spiegazzati, guardò la sua faccia da ragazzo, i capelli biondi arruffati, girò gli occhi intorno a sé, contemplando quella specie di gabbia di matti in cui si trovava, e si mise a ridere.

« Ehi, cosa ti prende? Ti senti bene? » Ian sembrava improvvisamente spaventatissimo. E se Jessie si fosse lasciata cogliere da un attacco di nervi? Eppure non sembrava in preda all'isterismo ma, piuttosto, sinceramente divertita.

« Vuoi che ti dica una cosa pazzesca? Sto bene. E ti amo e tutta questa storia è ridicola, accidenti, e, ti prego, vieni a casa, e sai un'altra cosa? Mi piaci da morire con quei calzoni da pigiama addosso. » Era la stessa risata che Ian aveva sentito almeno un milione di volte, prima: alle due del mattino quando Jessica lo sbeffeggiava perché lui girava per la casa, rileggendo quello che aveva scritto, completamente nudo, con una matita infilata dietro ognuna delle orecchie. Era la stessa risata di quando si spruzzavano d'acqua a vicenda, sotto la doccia; di quando gli faceva il solletico non appena lui veniva a letto. Era Jessie — e, di colpo, bastò quello a farlo sorridere come non aveva più sorriso da quando quell'incubo era cominciato.

« Cara la mia signora, ti manca una rotella, ormai l'ho capito, però ti adoro! Ti prego, vuoi tirarmi fuori da questo posto schifoso in modo che io possa tornare a casa a... » Non finì la frase perché era una parola che non riusciva a pronunciare. Di colpo era impallidito paurosamente.

« Violentarmi? Perché no? » E poi si sorrisero di nuovo, ma senza che il sorriso si trasformasse in una risata scrosciante. A quel punto lei si sentiva perfettamente, a proprio agio. Aveva Ian davanti agli occhi, sapeva di essere amata, sicura e protetta. Con Ian sparito così improvvisamente, con quel silenzio pauroso che la circondava, le era sembrato, quasi, che fosse morto. Ma Ian non era morto. Era vivo. Sarebbe stato vivo, sarebbe sempre stato suo. Improvvisamente provò una gran voglia di mettersi a ballare. Lì, nel bel mezzo della prigione, in mezzo a ladri e ruffiani, Jessie aveva voglia di ballare. Perché aveva ritrovato Ian.

« Signor Clarke, come mai ti amo fino a questo punto? »

« Perché, purtroppo, sei una ritardata mentale, e anch'io ti amo ugualmente. Senti un po', bella signora, non potresti star seria per un minuto? » L'espressione della sua faccia era molto chiara, come il significato di quelle parole, ma Jessie aveva ancora il guizzo di un sorriso negli occhi stanchi, iniettati di sangue.

« Che cosa? »

« Guarda che dicevo sul serio quando ho parlato di restituirti tutto. E lo farò. »

« Quanto a questo, non ti preoccupare. »

« Invece lo farò. E poi credo che sia venuto il momento di cercarmi un lavoro qualsiasi, in ogni caso. Così non si può andare avanti, Jessie, e lo sai anche tu. »

« Sì che può andare, invece. Che cosa vuoi dire? » Jessie sembrava di nuovo spaventata.

« Voglio dire che non mi piace fare il mantenuto, anche se questo avviene unicamente per consentirmi di fare lo scrittore. È frustrante per la mia personalità, per me stesso e, peggio ancora, per il nostro matrimonio. »

« Balle. »

« Niente affatto. Non sono balle. Parlo sul serio. A ogni modo questo non è né il momento né il luogo in cui parlarne. Voglio soltanto che tu lo sappia, però; che ti restituirò tutti i soldi che spenderai per questa faccenda... te li restituirò fino all'ultimo centesimo. Sono stato chiaro? » Lei assunse un'aria evasiva, ma la voce di Ian le rimbombò ancora più forte nell'orecchio.

« Dico sul serio, Jessie. Non cercare di imbrogliarmi su questo. Non sei tu che devi pagare per quello che è successo. »

« Va bene. » Lo guardò con aria significativa ma, in quel preciso momento, una guardia le batté un colpetto sulla spalla. La visita era finita. Ma quante cose avevano ancora da dirsi!

« Cerca di stare calma, tesoro. Ci vediamo domani in tribunale. » A Ian non era sfuggita l'espressione impaurita di Jessica.

« Puoi telefonarmi stasera? »

Lui fece segno di no con la testa. « No, adesso non me lo permetteranno. »

« Oh. » Ma io ho bisogno di sentirti, ho bisogno di te, Ian, io...

« Cerca di fare una buona nottata di sonno prima di venire in tribunale, domattina. Me lo prometti? » Lei annuì, con un'aria talmente infantile, talmente da bambina avvilita, che Ian le sorrise. « Se tu sapessi quanto ti amo, Jess. Cercherai di non stancarti e di stare tranquilla? Vuoi farlo per me? »

Lei annuì di nuovo. « Anche tu, sai? Morirei senza di te. »

« Che cosa dici! Non pensarci nemmeno! E adesso vai, ci vediamo domani. E, Jess, grazie. Di tutto. »

« Ti amo. »

« Anch'io ti amo. »

Subito dopo la comunicazione venne interrotta e il ricevitore che avevano fra le mani diventò muto. Jessie lo salutò ancora con la mano, a grandi gesti, mentre seguiva il gruppetto dei visitatori fino all'ascensore. Era sola di nuovo, con loro. Ian se n'era andato. Ma stavolta, era diverso. Si sentiva gli occhi e il cervello ancora pieni delle sue immagini, di ciò che aveva detto, di come lo aveva visto, del colore dei suoi capelli e, perfino, dell'odore della sua pelle. Aveva riacquistato vita e vitalità per lei. Era ancora con lei.

# 7

Quando Jessica entrò in negozio, Zina e Katsuko erano occupate tutte e due con le clienti; in tal modo poté avere qualche istante, sola nel suo ufficio, per cercare di riacquistare il controllo di sé prima di raggiungerle. Sì, quando ci pensava, le pareva pazzesco. Indovinate un po' dove sono stata? A trovare Ian in prigione. Dal carcere municipale a *Lady J.* il passaggio era stato molto brusco. Una pura follia.

Le ragazze stavano aiutando un paio di signore che volevano comperare qualcosa da mettere a Palm Springs. Erano troppo grasse, vestite con un gusto troppo pesante, piene di sussiego e non particolarmente cordiali. Jessica si accorse che lavorare in quelle condizioni era praticamente impossibile. Continuava a pensare a Ian, alla prigione, a Martin Schwartz, all'ispettore Houghton. Le pareva di essere perseguitata dagli occhi dell'ispettore.

« E che cosa fa suo marito? » Le domandò una di quelle signore, mentre esaminava le nuove gonne di velluto appese a un appendi-abiti. Erano di un caldo e intenso color bordeaux con le rifiniture di satin nero. Copie di St. Laurent.

« Mio marito? Fa il violentatore, voglio dire fa lo

scrittore! » Le due signore trovarono divertentissima la sua risposta e perfino Zina e Kat furono costrette a ridere. Jessica rise, ma aveva gli occhi pieni di lacrime.

« Anche mio marito faceva così... prima di mettersi a giocare a golf. » La seconda signora trovò che quell'intermezzo di conversazione era stato molto spiritoso e si decise a scegliere due gonne e una camicetta mentre la prima signora tornava a guardare i pantaloni.

La giornata fu lunga. Sembrava che non dovesse passare mai, ma tutto quel daffare le risparmiò un colloquio schietto, a tu per tu, con Zina e Kat. Erano quasi le cinque quando riuscirono a trovare qualche minuto per sedersi davanti a una tazza di caffè bollente.

« Jess, va tutto bene adesso? »

« Molto meglio. Abbiamo avuto qualche problema ma ogni cosa si sistemerà entro domani. » Se non altro, Ian sarebbe tornato a casa e avrebbero potuto affrontare insieme la situazione. Bastava che tornasse a casa!

« Eravamo così preoccupate per te, se sapessi! Adesso sono molto contenta che tutto vada per il meglio. » Zina sembrava convinta, ma Katsuko continuava a cercar di incontrare lo sguardo di Jessie. Le pareva di leggervi qualcosa che non la convinceva affatto.

« Hai un aspetto da far paura, Jessica Clarke. »

« Grazie! Avevo proprio bisogno di un po' di conforto! È tutta colpa di questo vestito così triste. » Si guardò in giro, domandandosi se non sarebbe stato più opportuno cambiarsi subito e mettere qualcosa della collezione autunnale della boutique; se non altro per tirarsi un po' su di morale. Ma era tardi e si sentiva stanca. Si accorse di non avere l'energia necessaria né a togliersi quel vestito né, tantomeno, a infilarsene un altro. Del resto, entro dieci minuti, un quarto d'ora al massimo, Zina avrebbe chiuso il negozio e se ne sarebbero tornate a casa.

Jessica si alzò in piedi, si stiracchiò lentamente accorgendosi che le dolevano il collo e la schiena per colpa di quella lunga nottata terribile che aveva passato distesa sul pavimento dell'anticamera. Senza contare, poi, le tensioni di tutta la giornata. Stava inarcando cautamente la schiena e cercando di sbloccare i muscoli delle spalle, quando una donna entrò nella boutique. Jessie, Kat, e Zina si scambiarono una rapida occhiata per decidere chi delle tre avrebbe dovuto alzarsi e andare a servirla, ma fu Jessie che si rivolse subito alla sconosciuta con un sorriso. Questa aveva un aspetto affabile e simpatico e, a Jessie, poteva far bene vedersi costretta a occuparsi delle clienti. Perché la costringeva a non pensare ai suoi problemi.

« Le occorre qualcosa? Posso esserle di aiuto? »

« Le dispiace se do un'occhiata in giro? Ho sentito parlare della sua boutique da un'amica e ho trovato che avete delle cose stupende in vetrina. »

« Grazie. Mi chiami, casomai le occorresse qualcosa. »

Jessica scambiò un sorriso garbato con la donna la quale cominciò a frugare fra i capi di abbigliamento sportivi. Era elegante, doveva avere più di trentacinque anni, forse addirittura quaranta, ma era difficile stabilirlo. Portava un completo, giacca e pantaloni, di ottimo taglio, semplicissimo, nero, una camicetta di lino beige, un foulard a colori vivaci al collo e un certo numero di gioielli che, oltre a essere di gusto, dovevano avere un notevole valore — uno stupendo braccialetto, una bella catena al collo, parecchi anelli massicci, con pietre pregiate, e un magnifico paio di orecchini di onice e brillanti che avevano attirato l'attenzione di Jessie fin dal primo momento in cui lei era entrata in negozio. Si capiva chiaramente che doveva essere una donna piena di quattrini. Però la sua faccia aveva un'espressione amabile, piena di calore umano e anche di qualcos'altro... come se le piacessero le belle cose che portava addosso, ma avesse capito da tempo che nella vita c'era altro che aveva maggiore importanza.

Jessie si mise a osservarla mentre si spostava da un appendi-abiti all'altro. Aveva l'aria serena, distesa. E si muoveva con garbo. Era piacevole stare a guardarla. Il viso era giovanile, i capelli biondo cenere, già un po' brizzolati. Chissà perché, a Jessie faceva venire in mente una gattina siamese, soprattutto per l'azzurro chiarissimo e limpido degli occhi. Qualcosa in quella donna le faceva provare il desiderio di conoscerla meglio. Più a fondo.

« Aveva in mente qualcosa di particolare? Abbiamo ancora in magazzino gli ultimi arrivi. » La donna sorrise a Jessie e si strinse nelle spalle.

« Dovrei essere ammazzata per quello che sto facendo, ma le spiacerebbe farmi vedere meglio quel cappotto di camoscio che c'è là in fondo? Non lo avete nella taglia più piccola? » Aveva parlato assumendo una strana espressione colpevole, quasi da bambinetta che va a comperarsi dell'altro chewing-gum quando gliel'hanno proibito, ma — al tempo stesso — sembrava che si divertisse enormemente. Come se non avesse problemi e potesse offrirsi un quintale di chewing-gum o soddisfare qualsiasi altro capriccio.

« Vado a dare un'occhiata. » Jessica scomparve nel retrobottega, domandandosi se avevano quel cappotto in una taglia più piccola.

No, non l'avevano. Però ce n'era uno più o meno simile, che costava quaranta dollari di più. Jessica tolse il cartellino con il prezzo e portò il cappotto, da provare, alla sconosciuta. Aveva un bel color cannella, molto caldo, e un taglio morbido e un poco più aderente dell'altro. In realtà, era decisamente più bello del primo e la cliente se ne accorse subito.

« Accidenti! Avevo quasi cominciato a sperare che non mi sarebbe piaciuto! »

« È un po' difficile che non piaccia un cappotto come questo. E le sta molto bene. »

Osservarono la donna che, indossato il cappotto di camoscio color bruciato, faceva qualche passo avanti e indietro per vedere come le stava addosso. Lo portava con disinvolta eleganza. Le stava a meraviglia, e lo aveva capito. Fra l'altro, era un piacere anche per Jessica vedere indumenti così pregiati addosso a chi sapeva capirli e goderli. Del resto, quella donna avrebbe avuto un aspetto favoloso anche se si fosse buttata sulle spalle uno scendiletto.

« Quanto costa? »

« Trecentodieci dollari. » Zina e Kat si scambiarono un'occhiata interrogativa, ma sapevano che non bisognava mai manifestare a voce alta i propri dubbi sul prezzo. Jessie, nel suo modo a volte sconcertante di comportarsi con le clienti, aveva un suo metodo ben preciso e — in genere — non sbagliava. Forse si trattava di una persona importante che Jessie sperava di far diventare una buona cliente fissa del negozio. Tra l'altro, non sembrava che la sconosciuta fosse rimasta strabiliata di fronte a quel prezzo.

« Ci sono anche i pantaloni in tinta? »

« C'erano, ma purtroppo sono stati venduti. »

« Peccato. » Intanto, con apparente indifferenza, era riuscita a mettere insieme tre maglioni sportivi, una camicetta e una gonna di camoscio di una tonalità che si adattava a quella del cappotto. Soltanto a quel punto giunse alla conclusione di aver già speso a sufficienza per quel giorno. La vendita, per la boutique, era stata più che sostanziosa e ottenuta senza nessuna fatica. La sconosciuta estrasse il libretto degli assegni infilato in una custodia di camoscio verde smeraldo e alzò gli occhi verso Jessie con un sorriso. « E se mi vede tornare qui dentro fra meno di una settimana, mi butti fuori dalla porta. »

« Devo proprio farlo? » Jessie fingeva di essere dispiaciuta.

« È un ordine, non una preghiera! »

« Che peccato! » Scoppiarono a ridere insieme; poi la cliente compilò l'assegno. La cifra era parecchio superiore ai cinquecento dollari, ma non sembrava che la cosa la preoccupasse. Si chiamava Astrid Bonner e abitava anche lei in Vallejo, a un solo isolato di distanza da Jessie.

« Siamo quasi vicine di casa, signora Bonner. » Jessie le disse quale era il suo indirizzo e Astrid Bonner la guardò più attentamente, con un sorriso.

« Ma io la conosco la sua casa! È piccola, azzurra e bianca, ci scommetto che è quella... e, davanti, ha quegli stupendi fiori a colori vivaci! »

« Sì, sono un vero e proprio pugno nell'occhio, eh? »

« Non chieda scusa· ha fatto meraviglie con quel giardinetto. E se sapesse come ha migliorato l'aspetto di tutta la zona! Ma non è lei che ha una piccola automobile sportiva, rossa? » Jessie le indicò qualcosa fuori, attraverso la vetrina.

« Quella sono io. » Risero di nuovo insieme. Intanto Zina, in silenzio e senza farsi notare, cominciava a chiudere le porte del negozio. Mancava un quarto d'ora alle sei. « Gradisce qualcosa da bere? » Tenevano sempre nel retro una bottiglia di Johnnie Walker. A volte, qualche cliente si fermava a fare due chiacchiere. Era un altro lato simpatico della boutique.

« Mi farebbe molto piacere, ma è meglio di no. Probabilmente vorrà tornarsene a casa. » Jessie sorrise e Katsuko mise gli acquisti della signora Bonner in due grandi scatole marroni, lucide, riempite di carta velina gialla e arancione e legate con nastri scozzesi

« È lei la proprietaria del negozio? »

Jessie annuì.

« Ha molte cose belle. E io avevo bisogno di quel cappotto come di una botta in testa! Ma manco completamente di forza di volontà. È il mio peggiore problema. »

« A volte scaricarsi in questo modo fa bene allo spirito. »

Astrid Bonner annuì in silenzio, poi scambiò una

lunga occhiata con Jessie. Intanto questa si era accorta di sentirsi singolarmente a proprio agio in compagnia della nuova cliente. Le spiaceva che Astrid Bonner non volesse fermarsi a bere qualcosa lì, in negozio, con lei; non aveva nessuna ragione di precipitarsi a casa e le avrebbe fatto piacere scambiare due parole. Intanto si chiedeva quale, fra le case dell'isolato vicino, fosse la sua. E fu così che le venne un'idea.

« A proposito, posso offrirle un passaggio a casa? Sto per andarmene anch'io. » Poteva essere una soluzione per evitarle un sacco di domande da parte di Zina e di Kat le quali, probabilmente, non aspettavano che la chiusura del negozio per sottoporla a un vero e proprio interrogatorio. Ma lei non si sentiva ancora di affrontarlo. Accompagnando a casa Astrid Bonner, si sarebbe salvata da un bombardamento di domande. Fra l'altro non le aveva ancora avvertite che, l'indomani mattina, non l'avrebbero vista perché doveva andare in tribunale ad assistere alla comparizione in giudizio di Ian.

« Un passaggio? Lo accetterei con il massimo piacere. Grazie. Di solito vado in giro a piedi quando sono nei dintorni di casa, ma con questi due scatoloni! Che bellezza! » Sorrise e sembrò ancora più giovane. Intanto Jessie si stava domandando che età poteva avere.

Andò a prendere il soprabito, e la borsetta, e salutò con un rapido gesto le due ragazze. « Buonasera, belle mie! Ci vediamo domani. Però non so ancora quando verrò. A ogni modo non aspettatemi in mattinata. » Si scambiarono un altro sorriso tutte e quattro; Jessie riaprì la porta ad Astrid, Zina si affrettò a chiuderla di nuovo a chiave quando furono uscite ed eccole... via! Niente domande, niente risposte, niente bugie. Jessie si sentì immensamente sollevata. Non aveva misurato fino in fondo l'orrore che le incuteva il pensiero di doverle affrontare, quel pomeriggio alla boutique. Con tutta la loro curiosità. Soltanto in quel momento lo capiva.

Aprì la portiera dell'automobile e Astrid vi salì. Si

mise davanti, vicino al posto di guida, con i due scatoloni sulle ginocchia, uno sull'altro. E partirono, dirette a casa.

« Certo che il negozio dev'essere un grosso impegno, vero? »

« Vero. Però mi piace moltissimo. A proposito, mi chiamo Jessica Clarke. Mi accorgo che non mi sono ancora presentata. Mi scusi. » Si scambiarono un altro sorriso; la brezza della sera scompigliò lievemente i capelli di Astrid Bonner che doveva esser appena uscita dalle mani del parrucchiere. « Vuole che abbassi la capote? »

« No, assolutamente! » Si mise a ridere, di colpo e guardò Jessie con maggiore attenzione. « Non sono ancora vecchia e noiosa fino a questo punto, grazie a Dio. E devo confessarle una cosa: che le invidio quella boutique. C'è stato un tempo in cui lavoravo per una rivista di New York. Sono passati dieci anni, ma le giuro che sento ancora la mancanza del mondo della moda, sotto qualsiasi forma. »

« Siamo venuti anche noi da New York. Sei anni fa. E lei? Come mai si è trasferita qui? »

« È stato mio marito. Beh, a dire la verità, si è trattato piuttosto di un viaggio per motivi di lavoro. Poi, qui, ho conosciuto mio marito e... non sono più tornata indietro. » Sembrava serena, contenta di tornare col pensiero a quei ricordi.

« Mah, non mi dica che la stanno ancora aspettando! » Scoppiarono in una risata, le due donne, nelle tenui luci del crepuscolo.

« No, veramente sono tornata. Ma soltanto per venti giorni. Mi sono licenziata, e basta. Ero, diciamo, una di quelle donne che aspirano a far carriera, che non hanno intenzione di sposarsi, e via dicendo. Poi ho conosciuto Tom. E, tacchete, fine della mia carriera! »

« Non se ne è mai pentita? » Era una domanda molto azzardata, forse fin troppo personale, eppure Astrid

Bonner sembrava una di quelle persone con le quali è facile sentirsi a proprio agio. Era quello che stava provando Jessie in quel momento.

« No. Mai. Tom ha cambiato tutto per me. »

Jessica si accorse di avere già pronta sulla punta della lingua la battuta con cui risponderle (« Oh, che orrore! » E, poi, si stupì perché — contemporaneamente — si stava domandando per quale motivo avrebbe dovuto fare un commento del genere. In fondo, anche Ian aveva fatto cambiare molte cose per lei, ma non fino a quel punto: non le era costato la carriera, non l'aveva costretta a lasciare New York Era stata lei, soltanto lei che aveva voluto trasferirsi a San Francisco; e ormai le pareva inconcepibile l'idea di dover rinunciare a *Lady J.*

« No, non me ne sono mai pentita neppure per un momento. Tom era un uomo straordinario. È morto l'anno scorso. »

« Oh. Mi dispiace. Ha figli? »

Astrid scoppiò in una risata, scrollando la testa. « No, Tom aveva cinquantotto anni quando l'ho sposato. E abbiamo avuto dieci anni stupendi... soli. È stata una specie di luna di miele. » A Jessie quelle parole fecero tornare in mente la propria vita con Ian, e sorrise.

« Per noi, è stato più o meno lo stesso Dei bambini finirebbero per interferire con talmente tante cose! »

« Direi che non è vero, se li desiderate. Per noi, invece, è stato diverso: abbiamo pensato di essere troppo vecchi. Io avevo trentadue anni quando l'ho sposato e sapevo di non essere affatto il tipo della donna materna. Non ce ne siamo mai pentiti. Salvo che adesso la vita è diventata fin troppo tranquilla per me. »

Dunque Astrid aveva quarantadue anni. Jessie ne rimase stupita

« Perché non si cerca un'occupazione? » chiese

« Già, ma di quale genere? Cosa crede che potrei trovare? Allora, lavoravo per *Vogue*, ma qui non esiste niente di simile. E perfino *Vogue* non mi vorrebbe più dopo dieci anni! Si finisce per arrugginire e io mi accorgo di essere arrugginita al massimo; più di così non sarebbe possibile! Fra l'altro, poi, non ho nessuna intenzione di tornare a New York. Mai. »

« Si trovi qualcosa da fare in un campo affine a quello della moda. »

« Per esempio, che cosa? »

« Una boutique. »

« E questo ci riporta esattamente a dove siamo partite, mia cara. Sono letteralmente verde dall'invidia quando penso alla sua. »

« Non è il caso di essere troppo invidiosi. Anche un negozio ha i suoi problemi. »

« Già, ma anche i suoi vantaggi, sono pronta a scommetterci. E le soddisfazioni che può dare. Le capita di tornare spesso a New York? »

« Sono tornata da New York due giorni fa. » Ieri mio marito è stato arrestato per violenza carnale. Aveva queste parole sulla punta della lingua, stava per dirle... ma Astrid ne sarebbe rimasta inorridita. Chiunque ne sarebbe rimasto inorridito. Sospirò profondamente, dimenticando per un attimo che non era sola.

« Il viaggio è stato disastroso fino a questo punto? » le domandò Astrid con un sorriso.

« Quale viaggio? »

« Il viaggio a New York. Ha detto di essere appena tornata da New York due giorni fa e poi ha sospirato come se fosse morta la sua più cara amica. »

« Mi scusi. Ho avuto una giornata molto lunga. » Cercò di sorridere ma, all'improvviso, tutto le sembrò di nuovo pesantissimo e angoscioso; di colpo si sentiva nuovamente in preda a un incubo spaventoso. Ci fu un breve silenzio e poi Astrid alzò gli occhi a guardarla.

« C'è qualcosa che non va? » Era un'occhiata penetrante, inquisitrice, la sua — e si faceva fatica a ricambiarla con una menzogna.

« No, niente che non possa essere sistemato al più presto. »

« Posso essere utile in qualche modo? » Che donna gentile e simpatica! Erano, praticamente, due perfette sconosciute e lei le chiedeva, subito, se poteva aiutarla in qualche modo. Jessie sorrise, rallentando all'angolo dell'isolato.

« No, va tutto bene. E lei mi ha già aiutato. Mi ha permesso di concludere la mia giornata con uno stupendo raggio di sole. E, adesso, mi dica, quale sarebbe la sua casa? »

Astrid sorrise e gliela indicò. « Quella. E le ripeto che lei è stata un angelo a darmi un passaggio fin qui. »

Era una villa in mattoni, con le imposte nere e le modanature bianche alle finestre, dall'aspetto piuttosto austero. Era circondata da una folta siepe, che delimitava la proprietà, accuratamente tagliata. A Jessie venne istintivo di fischiare per l'ammirazione. Avevano notato spesso quella casa, con Ian, e si erano domandati chi vi abitasse. Avevano anche avuto il sospetto che i proprietari viaggiassero perché capitava molto spesso che la casa fosse chiusa.

« Signora Bonner, vorrei ricambiare il complimento che lei mi ha fatto per la mia. Se vuole proprio che glielo dica, sono anni che noi le invidiamo la villa dove abita! »

« Lei vuole lusingarmi! A proposito, mi chiamo Astrid. Perché non ci diamo del tu? Sai che cosa ti dico Jessica, che la tua casa sembra molto più spiritosa. La mia è terribilmente, ecco... » scoppiò in una risatina, « da persone adulte e mature. Forse immagino che questa sia la parola giusta. Tom ne era già il proprietario quando ci siamo sposati e l'aveva arredata con molti begli oggetti. Una volta o l'altra, devi venire da me a prendere il caffè. O a bere qualcosa. »

« Con enorme piacere. »

« Allora che cosa ne diresti di fermarti adesso? »

« Lo farei molto volentieri, ma se posso dirti la verità, sono distrutta. Da quando sono rientrata, ho avuto un paio di giornate letteralmente frenetiche e, già prima, per venti giorni, mi ero data molto da fare a New York. Ne sono ripartita che ero a pezzi. Posso tener buono l'invito per un'altra volta? »

« Con piacere. Grazie ancora per il passaggio. » Scese dall'automobile e si voltò a fare un gesto di saluto mentre saliva i gradini che portavano all'ingresso. Jessie ricambiò il saluto. Che villa stupenda! E com'era contenta di aver conosciuto Astrid Bonner. Una donna squisita.

Jessica imboccò il viale di accesso alla propria casa, continuando a pensare ad Astrid e a quello che le aveva detto. Sembrava che avesse rinunciato a una quantità di cose per amore del marito. Eppure non pareva che se ne fosse pentita mai.

Entrò nella casa buia, si tolse, scalciando, le scarpe, e andò a sedersi sul divano senza accendere le luci. Intanto ripassava mentalmente tutti gli avvenimenti di quella giornata. Una giornata che le pareva ancora irreale e incredibile. Ogni cosa le sembrava assurda, dall'incontro con Martin Schwartz, al fatto di essere stata costretta a riempirgli le tasche con i propri sudati risparmi, al colloquio con Ian, in prigione, allo scambio di battute, garbate, piacevoli, fra persone di classe, che aveva avuto con Astrid Bonner... Ma quando la sua vita sarebbe tornata a essere reale, sarebbe tornata a essere quella di sempre?

Pensò di prepararsi qualcosa da bere, ma si accorse di non avere la forza di alzare un dito. Aveva il cervello in tumulto, ma il corpo pesante, come un macigno. Come un meccanismo che non riusciva più a ingranare. Invece il cervello... il cervello... non faceva che pensare alla visita a Ian. Era tornata a casa, ma questa volta non c'era lui ad attenderla. E la casa era talmente silenziosa da riuscirle insopportabile, più o meno come l'appartamento di Jake quando ci era tornata dopo che lui era morto. Per quale motivo aveva ricominciato a pensare a Jake con tanta insistenza? Perché non faceva che confrontarlo con Ian? Ian non era morto. Sarebbe tornato a casa l'indomani, vero? Certo che sarebbe tornato. Ma se invece... insomma non riusciva a impedire al proprio cervello di continuare ad almanaccare sempre più febbrilmente. Il campanello della porta cominciò a suonare, ma Jessica se ne accorse soltanto quando quel ronzio insistente e prolungato riuscì a strapparla, dopo un bel po' di tempo, al tumulto delle proprie riflessioni. Con uno sforzo enorme, si costrinse ad alzarsi per andare ad aprire. Si sentiva completamente esausta.

In piedi, scalza, nell'anticamera buia domandò: « Chi è? » Era troppo stanca perfino per cercare di indovinare. La sua voce era tanto fievole da farsi sentire appena appena dalla parte opposta. Ma lui la sentì ugualmente. Girò appena la testa sulla spalla per rivolgere un'occhiata significativa al collega e fece segno di sì con la testa. L'altro uomo tornò indietro lentamente verso l'automobile verde.

« Polizia. »

Jessie ebbe l'impressione che il suo cuore si mettesse a battere con un ritmo frenetico al suono di quella parola e si appoggiò, tremante, alla parete. Che cosa era successo ancora? Che cosa volevano adesso?

« Sì? »

« Sono l'ispettore Houghton. Voglio parlare con la signora Clarke. » Ma doveva aver già capito che, in casa, c'era soltanto lei. Tuttavia Jessica, dall'altra parte della porta, fu quasi tentata di rispondergli che la signora Clarke non c'era. Purtroppo la sua automobile era parcheggiata lì davanti, chiaramente visibile, e non c'era da escludere che Houghton si fosse appostato nei paraggi già da un pezzo, ad aspettarla. Impossibile sfuggirgli, ormai. Perché erano diventati i padroni della sua vita, e di quella di Ian.

Con lentezza estrema, Jessie tirò il chiavistello, aprì la porta e rimase, ferma e muta, nell'anticamera buia. Anche senza le scarpe, era più alta dell'ispettore di qualche centimetro. I loro occhi si fissarono per un attimo che parve prolungarsi all'infinito. Tutto l'odio che Jessica non riusciva a provare per il tradimento di Ian si riversò sull'ispettore Houghton. Del resto, era un tipo facile da odiare.

« Buonasera. Posso entrare? » Jessie si fece da parte, accese subito le luci e lo precedette nel soggiorno. Si fermò in mezzo alla stanza, guardandolo in faccia, e non lo invitò ad accomodarsi.

« E allora, ispettore, che cos'altro è successo? » Il suo tono era esplicito, schietto. Non lasciava niente di sottinteso.

« Ho pensato che potevamo fare quattro chiacchiere. »

« Oh, davvero? È questa l'abitudine della polizia? » Era spaventata; ma tremava all'idea di lasciarglielo intuire. E se avesse tentato di violentarla? Stavolta sarebbe stato lecito parlare di stupro vero e proprio. E se... oh, Dio... dov'era Ian?

« Sì. È un'abitudine della polizia, signora Clarke. »

Un pitone e la sua preda. Sembrava che misurassero le rispettive forze con lo sguardo. A Jessica quel ruolo piaceva pochissimo. Aveva paura di lui, ma non glielo avrebbe fatto capire. Houghton la trovava bellissima, ma neppure lui glielo avrebbe fatto capire. Detestava cordialmente Ian, e per svariati motivi. La cosa era evidente.

« Le spiace se mi siedo? » Sì. Moltissimo.

« No, affatto. » Gli indicò con un gesto il divano. Lei, invece, andò a prender posto sulla solita poltrona.

« Ha una casa magnifica, signora Clarke. È molto che ci abita? » L'ispettore Houghton si guardò in giro, con la massima attenzione, come se non volesse lasciarsi sfuggire nessun dettaglio, mentre Jessica giocherellava con l'idea di dirgli di andare al diavolo oppure di cavargli gli occhi con le unghie. Purtroppo sapeva che erano tutte, e soltanto, fantasie. Si possono odiare i poliziotti, ma non ci si può permettere di rivelare la propria ostilità. Lei era innocente, Ian era innocente, eppure si sentiva terrorizzata.

« Ispettore, questo sarebbe un interrogatorio ufficiale oppure una visita mondana? Il nostro avvocato difensore, oggi, mi ha detto che io non sono obbligata a parlare con nessuno a meno che non ci sia lui presente. » Stava osservando una gamba dei pantaloni dell'ispettore Houghton, di una stoffa pesante, marrone, e il calzino in tinta, e si chiedeva se aveva realmente intenzione di violentarla. Portava una cravatta lucida, color senape. Jessica stava cominciando a sentirsi nauseata quando, di colpo, fu colta da un attimo di panico. Cercò di ricordare se, quella mattina, aveva preso la pillola. Poi, improvvisamente, lo guardò e capì che lo avrebbe ammazzato, se si fosse provato ad alzare un dito contro di lei. Ci sarebbe stata costretta.

« No, non deve dire una sola parola a nessuno a meno che il suo avvocato difensore non sia presente, signora Clarke, però io ho qualche domanda da farle e avevo pensato che, per lei, sarebbe stato molto più gradevole rispondere qui in casa sua. » Già, bel favore le faceva!

« Credo che preferirei rispondere a queste domande in un'aula di tribunale. » Però sapevano entrambi che Jessica non sarebbe stata costretta a rispondere a nessuna domanda in tribunale. Perché era la moglie dell'imputato. Legalmente, non era neppure costretta a salire sul banco dei testimoni.

« Come preferisce. » Si alzò per congedarsi ma, improvvisamente, si fermò davanti al bar. « Beve anche lei? » Bastò questa domanda a fare infuriare Jessica.

« No, io non bevo. e non beve neanche mio marito! »

« Già. È quello che pensavo. Lui pretende di essere stato sbronzo quando ha condotto la sua vittima in quell'albergo. Però io calcolavo che mentisse. Non ha l'aria del bevitore. » Jessie provò un tuffo al cuore e i suoi occhi presero un'espressione di odio. Quel figlio di puttana stava cercando di metterla in trappola!

« Ispettore, devo pregarla di andarsene. Subito. »

Houghton, allora, si voltò a guardarla e la fissò con un'espressione di finta bonarietà. Ma i suoi occhi scintillavano della stessa collera furiosa di Jessie. E, quando le parlò, con la faccia a meno di mezzo metro di distanza da quella di lei, la sua voce si levò appena percettibile.

« Si può sapere che cosa ci fa, lei, con un punk smidollato come quello? »

« Fuori di casa mia! » Anche Jessie aveva parlato con la stessa voce bassa dell'ispettore, ma tremava da capo a piedi.

« Come se la caverà quando lui finirà condannato sul serio e schiaffato al fresco? Si troverà un altro gigolò del suo genere? Mi creda, cara la mia ragazza, non farà fatica. Perché ce ne sono a migliaia, come quello. »

« Fuori! » Fu come se gli avesse tirato un pugno in piena faccia con quella parola; Houghton girò sui tacchi e si incamminò verso la porta. Ma si fermò ancora un momento e si voltò a guardarla.

« Salve. Ci vediamo. »

La porta si richiuse alle sue spalle e per la prima volta in vita sua Jessica provò una gran voglia di uccidere, ammazzare, distruggere!

Quella sera, alle dieci, Houghton si ripresentò ma, quella volta, con due poliziotti in borghese che lo accompagnavano e un mandato di perquisizione. Per cercare armi e droga.

Si mostrò asciutto, impassibile, sbrigativo ed evitò accuratamente di guardare Jessica negli occhi per tutto il tempo in cui si fermarono da lei. Rimasero all'incirca un'ora, rovistando in armadi e cassetti, spiegazzando ogni capo della sua biancheria, per frugarvi in mezzo, scaraventandole le borsette sul letto, rovesciando le scatole di detersivo in polvere, disseminando carte, documenti e i vestiti di Ian per tutto il soggiorno.

Non trovarono niente e Jessie non disse una sola parola a proposito di Ian, non una. Le occorsero più di quattro ore per mettere di nuovo tutto a posto e altre due ore ancora per riuscire a dominare i singhiozzi convulsi che la squassavano. I suoi timori erano stati giustificati. Le avevano fatto violenza, forse non nel modo in cui aveva avuto paura, ma lo era stata ugualmente. Sulla scrivania c'erano ammucchiate in disordine le fotografie di sua madre; in cucina, sparse ovunque, le sue pillole anticoncezionali — e una buona metà era stata portata via per gli esami di laboratorio. La sua vita intera era stata messa a nudo ovunque, in ogni senso, in tutte le stanze della casa. Ormai, questa era diventata la sua guerra. E Jessica sapeva di essere pronta a combattere. Quella notte aveva cambiato ogni cosa. Ormai erano anche suoi nemici, quelli, non solo di Ian. E per la prima volta in sette anni, Ian non era lì a difenderla. E non c'era solo questo; ma anche il fatto che era stato proprio lui, Ian, a costringerla a trovarsi a faccia a faccia con un nemico del genere. Non soltanto c'era dentro Ian, in quella sudicia storia, e c'era dentro fino agli occhi — ma anche lei, Jessica. E sapeva di essere impotente. Tutta colpa di Ian. Ormai era un nemico anche lui.

# 8

Jessica aspettò con Martin Schwartz in una delle ultime file dell'aula di tribunale fino alle dieci passate. L'ordine del giorno era stato programmato con i tempi troppo stretti e i lavori del tribunale erano terribilmente in ritardo. Le procedure alle quali Jessie assisteva sembravano noiose e prive di interesse. In genere, i capi d'accusa venivano enunciati in fretta, meccanicamente; le cauzioni stabilite in modo arbitrario e, subito, altre facce, nuove, venivano fatte entrare. Finalmente arrivò anche Ian da una porta che comunicava direttamente con il carcere, in mezzo a due guardie.

Martin si alzò e si presentò davanti al giudice. I capi d'accusa, per fortuna, vennero letti rapidamente e senza essere accompagnati da una descrizione particolarmente minuziosa di ciascuno. Ian si sentì domandare se aveva ben capito quello di cui era stato accusato e rispose, con aria grave, in senso affermativo.

Per la cauzione venne fissata la cifra di venticinquemila dollari. Martin domandò che fosse ridotta e il giudice stava cominciando a meditare sulla questione quando una donna, un'assistente del procuratore distrettuale, scattò in piedi, sollevando un'obiezione. Secondo lei i capi d'accusa, che erano stati esposti davanti alla

Corte, richiedevano una cauzione molto più pesante. Il giudice, tuttavia, non si trovò d'accordo. Anzi, la ridusse a quindicimila dollari, concluse la sua dichiarazione con un colpo di martelletto e un altro imputato venne fatto entrare. L'udienza preliminare era stata fissata di lì a quindici giorni.

« Adesso che cosa facciamo? » Jessica bisbigliò a Martin quando tornò a sedersi vicino a lei. Ian aveva già lasciato l'aula del tribunale per essere ricondotto in carcere.

« Adesso tu metti insieme millecinquecento dollari da pagare a un mallevadore e gli consegni anche qualcosa, come garanzia collaterale, che ne valga quindicimila. »

« Ma come devo fare? »

« Su, vieni. Ti ci accompagno io. »

Ma, Dio santo, quindicimila dollari? Era allibita. Quindicimila dollari. Una somma enorme. Esisteva qualcosa che valesse tutto quel denaro? Sì. Ian.

Scesero nell'atrio del tribunale, attraversarono la strada e si diressero verso la lunga fila di uffici dei mallevadori. Non avevano un aspetto gradevole, né incoraggiante; e neppure quello in cui entrarono pareva migliore degli altri. Vi dominava un terribile tanfo di sigaro, i portacenere erano rigurgitanti di mozziconi e, su un divano, due uomini, che dovevano essere lì ad aspettare chissà che cosa, si erano appisolati. Una donna con i capelli gialli, rovinati dalle tinture, domandò che cosa desideravano e Martin si affrettò a spiegarle il motivo per cui erano lì. La donna telefonò alla prigione e prese qualche appunto sui capi d'accusa mentre osservava a lungo, con estrema attenzione, Jessie. Jessie cercò di restare impassibile.

« Dovrà offrirci delle garanzie collaterali. È proprietaria della casa in cui vive? »

Jessie rispose di sì e le spiegò quali erano le clausole dell'ipoteca. « E sono anche proprietaria di una mia azienda personale.» Fornì alla donna il nome e l'indirizzo della boutique, l'indirizzo della sua casa, il nome della banca presso la quale avevano stipulato l'ipoteca.

« Che cosa pensa che possa valere l'azienda? A proposito, di che cosa si tratta? È un negozio di abbigliamento? » Jessie annuì. Chissà perché le pareva quasi degradante, che la sua boutique fosse definita a quel modo. Per quanto non sapesse spiegarsene la ragione. Forse solo perché la donna, ormai, sapeva quali erano i capi d'accusa contro Ian.

« Sì, è un negozio di abbigliamento. Abbiamo un inventario piuttosto sostanzioso. » Chissà perché voleva far colpo su quella stupida donna? Poi si rese conto che un motivo c'era: quella donna era determinante, nella posizione in cui si trovava, per ottenere la cauzione per Ian. Martin Schwartz si era tirato da parte e assisteva al dialogo senza intervenire.

« Dovremo telefonare alla sua banca. Può tornare per le quattro. »

« E, allora, potrete rilasciarlo? » O Dio, ti supplico, fa che me lo rilascino. Il panico l'aveva afferrata di nuovo, se lo sentiva in fondo alla gola, denso, dolce e amaro, come una boccata di bile.

« Lo rilasceremo sulla base di quello che la sua banca ci dirà a proposito della casa e del negozio », rispose la donna in tono distaccato. « Si serve della stessa banca per l'una e l'altro? » Jessie annuì. Era diventata livida. « Bene. Ci risparmierà del tempo. Quando torna, porti con sé i millecinquecento dollari che occorrono. In contanti. »

« In contanti? »

« In contanti oppure sotto forma di assegno bancario. Niente assegni personali. »

« Grazie. »

Quando si trovarono di nuovo in strada, Jessie respirò una profonda boccata di aria fresca. Si era dimenticata di quando ne aveva respirata una simile l'ultima volta. Forse da anni. Di nuovo, respirò a fondo, e guardò Martin.

« Che cosa succede alle persone che non hanno il denaro necessario? »

« Non vengono rilasciate su cauzione. »

« E poi? »

« Restano in prigione fino a dopo il verdetto. »

« Anche se sono innocenti? Restano in prigione tutto questo tempo? »

« Non si può sapere se sono innocenti fin dopo il processo. »

« Che cosa diavolo è successo della famosa formula: 'Innocente finché non venga dimostrato colpevole?' »

Lui si strinse nelle spalle e girò gli occhi dall'altra parte, tacendo. Quella visita all'ufficio del mallevadore lo aveva depresso. Gli capitava raramente di andare in luoghi simili con i suoi clienti. D'altra parte, Ian glielo aveva domandato come un favore e lui aveva promesso. Però gli sembrava strano trattare quella donna alta, dall'aria indipendente, come se fosse stata una creatura fragile e indifesa. Eppure cominciava a sospettare che Ian avesse ragione: sotto quella specie di corazza di cui si vestiva, Jessica nascondeva una vulnerabilità spaventosa. Si domandò, anche, se quella corazza non sarebbe andata in mille pezzi prima che tutto fosse finito. Per carità, ci voleva anche quello!

« Che cosa fa la povera gente se ha bisogno di un avvocato? » Gesù, Gesù! Aveva già abbastanza grattacapi senza mettersi a fare la parte dell'assistente sociale.

« Si vedono affidare a un difensore d'ufficio, Jessica. Ma adesso abbiamo fin troppo a cui pensare per quello che ci riguarda senza preoccuparci della povera gente, non ti sembra? Perché non vai alla banca a sistemare subito questa faccenda? »

« Giusto. Scusami. »

« Per carità, non è il caso. Questo sistema è ignobile, lo so benissimo anch'io. Ma non è stato studiato per dare conforto alla povera gente. Piuttosto, ringrazia Dio di non essere una di loro, in questo momento, e lascia perdere tutto il resto. »

« È difficile, Martin. »

Lui scrollò la testa e le rivolse un lieve sorriso. « Allora, vai alla banca? »

« Sissignore. »

« Bene. Vuoi che venga con te? »

« No, naturalmente. Il servizio di baby-sitter fa parte del contratto anche quello, oppure è stato Ian a forzarti la mano? »

« Io, no! Oh, per amor di Dio! Insomma, vuoi andare alla banca sì o no? E fammi sapere quando riesci a tirarlo fuori di lì. O anche prima, casomai ci fosse qualcosa in cui ti posso essere utile. »

Già, per esempio, prestandomi quindicimila verdoni, bello? Gli sorrise, lo salutò, e si incamminò lentamente verso l'automobile. Continuava a non avere la minima idea di come avrebbe fatto a raggranellare quei soldi. E che cosa diavolo poteva raccontare alla banca? La verità. E li avrebbe anche supplicati in ginocchio se ci fosse stata costretta. Quindicimila dollari le parevano qualcosa di enorme, di immenso e irraggiungibile come la cima dell'Everest.

Dopo sei sigarette e mezz'ora di un colloquio angoscioso e faticosissimo con il direttore della banca, Jessica riuscì a farsi concedere un debito personale di millecinquecento dollari offrendo come pegno la sua automobile. Le assicurarono che tutto sarebbe stato in ordine per l'ora in cui l'ufficio del mallevadore avesse telefonato. Durante tutto il colloquio, sulla faccia del direttore della banca continuò ad affiorare un'espressione di sbalordimento che l'uomo cercava disperatamente di nascondere. Ma senza riuscirci. Jessica, fra l'altro, non gli aveva neppure spiegato quali fossero i capi d'accusa, ma soltanto che Ian era in prigione. In cuor suo, si augurò che l'ufficio del mallevadore non informasse il direttore della banca di quelle che erano le imputazioni o, se lo avessero fatto, che lui tenesse la bocca chiusa. Le aveva già garantito che avrebbe considerato quel colloquio, e il resto, come estremamente riservati. Così, se non altro, Jessica aveva i millecinquecento dollari... sì, li aveva... li aveva! Fra l'altro, la casa e il negozio valevano dieci volte di più delle garanzie collaterali che le occorrevano. Invece, chissà perché, continuava a non essere convinta che fossero sufficienti. E se, malgrado tutto ciò, non avessero rilasciato ugualmente Ian? Poi le venne un lampo. La cassetta di sicurezza.

« Signora Clarke? »

Lei non rispose. Continuava a restare seduta con gli occhi fissi nel vuoto.

« Signora Clarke? C'è qualcos'altro? »

« Mi scusi. Stavo pensando a una cosa. Sì io... credo che adesso vorrei scendere giù, nella camera di sicurezza. »

« Ha con sé la chiave della cassetta? »

Lei annuì. La teneva infilata sullo stesso anello di tutte le altre chiavi. Frugò nella borsetta e gliela consegnò.

« Adesso chiamo la signorina Lopez perché venga a consegnargliela. »

Jessica lo seguì assorta nei propri pensieri e, a un certo punto, si accorse che non stava più seguendo lui, ma la signorina Lopez, che non conosceva affatto. Di colpo si trovò davanti all'armadio in cui erano conservate le cassette di sicurezza. La signorina Lopez la stava osservando e, fra le mani, aveva la sua cassetta personale. Piuttosto grossa.

« Preferisce aprirla in una delle stanzette private? »

« Io... io... sì. Grazie. » Avrebbe potuto farne a meno. Non ne aveva bisogno. Era uno sbaglio. E se la casa e

*Lady J.* non fossero state sufficienti? Eppure capiva che quello che stava pensando in quel momento non aveva senso. Aveva ricominciato a lasciarsi cogliere dal panico. A ogni modo, era sempre meglio essere sicuri... per Ian. Ma com'era tutto doloroso! E oltretutto doveva affrontare anche questo da sola!

La signorina Lopez la lasciò in una stanzetta dall'aria anonima. Conteneva una scrivania con il piano di formica marrone e una poltroncina di vinilpelle nera. Alla parete era appesa una brutta stampa che rappresentava Venezia. Sembrava che qualcuno l'avesse ritagliata dal coperchio di una scatola di dolci. Poi rimase sola con la cassetta di sicurezza. La aprì lentamente e ne estrasse tre grosse scatole di cuoio marrone e due astucci da gioielli in camoscio rosso un po' sbiadito. In fondo c'era un'altra scatoletta di camoscio azzurro spento. Conteneva tutti i modesti tesori di Jake. I gemelli da camicia che papà gli aveva regalato per il suo ventunesimo compleanno, l'anello della scuola, quello della Marina. Robetta di poco conto, in massima parte, ma ciascuno di quegli oggetti le ricordava moltissimo Jake. Erano le scatole di cuoio marrone a contenere i veri tesori. Lettere che suo padre e sua madre si erano scritti nel corso degli anni. Lettere che si erano scambiati quando suo padre era soldato durante la guerra. Poesie che la mamma aveva scritto a papà. Fotografie. Ciocche dei suoi capelli e di quelli di Jake. Tesori. Tutte le cose che avevano avuto importanza. Erano le cose che facevano più male.

Prima di tutto aprì l'astuccio azzurro e sorrise fra le lacrime mentre osservava i gingilli di Jake ammucchiati in disordine nell'interno della scatola rivestita di camoscio beige. Vi aleggiava ancora, lievissimo, il profumo di Jake. Si ricordò come l'aveva preso in giro per quell'anello che aveva cominciato a portare al dito quando faceva le scuole superiori. Lei gli aveva detto che era orribile e lui, invece, non aveva nascosto di esserne orgogliosissimo. Provò a infilarselo al dito. Per lei era troppo largo. E sarebbe stato troppo largo anche per Ian. Jake era alto quasi un metro e ottantacinque.

Infine si dedicò alle scatole di cuoio marrone. Come le conosceva bene, perfino al tatto! Nell'angolo di destra, in basso, erano incise le iniziali dei suoi genitori a minuscole lettere d'oro. Ciascuna delle due scatole era identica. Erano una tradizione di famiglia. Nella prima trovò una fotografia di loro quattro, scattata una Pasqua lontana. Lei doveva avere undici o dodici anni; Jake ne aveva sette. No, tutto questo era troppo: non aveva il coraggio di affrontarlo. Chiuse lentamente la scatola e si dedicò a quello per cui era venuta.

Gli astucci di gioielli in camoscio rosso. A ben pensarci, era incredibile. Perché, sì, stava per portare via con sé i gioielli della mamma. Erano sempre stati talmente preziosi per lei, talmente sacri, ancora talmente « proprietà » della mamma che, in tutti quegli anni, non ne aveva mai messo nemmeno uno. E ormai era decisa a lasciarli nelle mani di gente estranea e sconosciuta. Per Ian.

Aprì con le dovute cautele gli astucci ed esaminò la lunga fila di anelli. Un rubino con una montatura antica, che era stato della nonna. Due begli anelli di giada che papà aveva portato dall'Estremo Oriente. L'anello con lo smeraldo che la mamma aveva desiderato tanto e aveva ricevuto in regalo per il suo cinquantesimo compleanno. L'anello di fidanzamento con il brillante... e la fede nuziale, la vera, quella sottile fascia d'oro, un po' consumata, che aveva portato sempre e aveva sempre preferito all'altra, di smeraldi e brillanti, che il padre di Jessie le aveva comperato perché la portasse quando metteva l'anello con lo smeraldo. Poi c'erano due braccialetti d'oro, due semplici catene. Un orologio d'oro con la cassa tempestata di brillantini. E una grossa, bellissima spilla: uno zaffiro circondato da brillanti, anche quello della nonna di Jessie.

Il secondo astuccio conteneva tre fili di perle perfette, un paio di orecchini con la perla e un altro con due piccoli brillanti che lei e Jake avevano comperato alla mamma, insieme, l'anno prima che morisse. Era tutto lì. Jessica si sentì cogliere da un'ondata di nausea mentre guardava quei gioielli. Capiva che, all'ultimo momento, non avrebbe avuto il coraggio di lasciare nessuno di essi nelle mani dei mallevadori. Ma, se non altro, li aveva con sé. Nel caso fossero stati necessari. Soltanto due giorni prima non avrebbe neppure preso in considerazione una cosa del genere, e adesso...

Mise di nuovo le altre scatole nella cassetta e uscì dalla banca due ore dopo esserci entrata. Gli uffici stavano per chiudere.

Quanto tornò in Bryant Street, la donna con la quale aveva parlato al mattino stava mangiando un hamburger al formaggio, gocciolante di unto, davanti al giornale del pomeriggio spalancato sulla scrivania. « Ha i soldi? » Alzò gli occhi a guardare Jessica parlandole con la bocca piena.

Jessica annuì. « Ha discusso con la banca anche la questione delle garanzie collaterali? »

Jessica si sentiva esausta. Non ne poteva letteralmente più. Il fatto poi di aver frugato in mezzo ai ricordi, chiusi nella cassetta di sicurezza, rinnovando memorie e sofferenze segrete, era stata la goccia che aveva fatto traboccare il vaso. Ormai desiderava soltanto che quell'incubo finisse. E subito.

« Quale banca? » Il viso della donna assunse, inaspettatamente, un'espressione vacua, come se non capisse, e Jessie strinse, fremendo, le mani a pugno per impedirsi di urlare.

« La California Union Trust Bank. Volevo che mio marito fosse rilasciato dietro cauzione stasera stessa. »

« Quali erano i capi d'accusa? » Oh, per amor di Dio, si può sapere che cosa stava cercando di farle quella donna? Si ricordava che Jessica avrebbe dovuto tornare con una certa somma di denaro... possibile che avesse dimenticato tutto il resto? Oppure era un perfido giochetto quello che stava facendo? Bene, se quelle erano le sue intenzioni, che andasse al diavolo.

« I capi d'accusa erano violenza carnale e aggressione. » Le gridò, quasi, quelle parole in faccia.

« È proprietaria di beni immobili? » Oh, accidenti!

« Per amor di Dio, abbiamo già parlato di tutto questo poche ore fa e lei ha detto che avrebbe telefonato alla mia banca per sapere tutto sulla mia azienda e sulla nostra ipoteca. Sono stata qui con il nostro avvocato, ho riempito dei moduli, e... »

« Okay. Qual è il suo nome? »

« Clarke, con una 'e' finale. »

« Già. Eccolo qui. » Estrasse il modulo con due dita unte di grasso. « Però adesso non si può rilasciarlo. »

« Perché? » Jessie si sentì di nuovo rivoltare lo stomaco.

« È troppo tardi per telefonare alla banca. »

« E allora, che cosa diavolo si fa? »

« Torni domattina. » Già, certo! Mentre Ian passava un'altra notte in prigione. Che bellezza! Si sentì salire alla gola un nodo di pianto per l'impotenza e la rabbia, ma purtroppo non le restava nient'altro da fare che tornarsene a casa e ripresentarsi lì, in quello stesso ufficio, l'indomani mattina.

« Vuole parlare con il capo? »

Gli occhi di Jessie si illuminarono.

« Adesso? »

« Sì. C'è. Nell'ufficio qui dietro. »

« Fantastico. Gli dica che vorrei parlargli. » Oh, Dio, ti supplico, fa' che sia un po' umano, per favore!

L'uomo sbucò dalla stanza interna. Si stava pulendo i denti con un dito sporco sul quale era infilato un grosso diamante incastonato in un sottile cerchio d'oro. Nell'altra mano teneva una lattina di birra. Indossava un paio di jeans e una maglietta; aveva le braccia ricoperte da una folta peluria ricciuta, nera, la stessa che si intravedeva uscire dalla scollatura della maglietta; e anche la sua capigliatura era folta, nerissima e riccia, quasi in stile Afro. Non doveva essere molto più vecchio di Jessie. Le rivolse un largo sorriso, quando la vide, si infilò ancora un'unghia fra due denti e infine, togliendosi la mano dalla bocca, gliela offrì. Jessie la prese e gliela strinse, ma lo fece con una certa fatica.

« Piacere. Sono Jessica Clarke. »

« Barry York. In che cosa posso esserle utile? »

« Sto cercando di pagare la cauzione per mio marito. »

« Quali sono le imputazioni? Che cosa ha fatto? Ehi, aspetti un momento! Andiamo nel mio ufficio. Vuole una birra? » A dir la verità, Jessica l'avrebbe accettata, eccome! Ma da lui, no. Si sentiva accaldata e stanca, aveva sete, non ne poteva più di tutta quella faccenda e cominciava a essere terribilmente impaurita, ma non voleva bere niente con Barry York, neppure un sorso d'acqua.

« No, grazie. »

« Un caffè? »

« No, davvero. Sto bene così, grazie lo stesso. » Era chiaro che l'uomo cercava di mostrarsi cortese. Questo, almeno, bisognava concederglielo. La precedette in un piccolo ufficio, modesto e squallido, con una quantità di fotografie di donne nude appese alle pareti, andò a sedersi su una poltroncina girevole, si tirò sulla fronte una visiera verde, accese un impianto stereo e le rivolse un altro largo sorriso.

« Non ci capita molto spesso di vedere persone come lei, signora Clarke. »

« Io... no... grazie. »

« Allora che cos'è questa storia del suo vecchio? Di che cosa lo accusano? Ha guidato in stato di ubriachezza? »

« No, violenza carnale. » Barry si lasciò sfuggire un

lungo fischio mentre Jessie, abbassati gli occhi, glieli teneva puntati sulla pancia. Perlomeno era onesto e non nascondeva la propria opinione. « Brutta faccenda. A quanto ammonta la cauzione? »

« Quindicimila dollari. »

« Che pessima notizia! »

« Beh, è per questo che sono qui. » Dovrebbe essere una buona notizia per te, caro il mio Barry, no? Chissà che, dopo un colpo come questo, tu non possa addirittura comperarti un bellissimo stuzzicadenti d'oro, con la punta di diamante. « Ho parlato con la signorina che c'è fuori qualche ora fa e lei doveva telefonare alla mia banca e... »

« E? » La sua faccia aveva assunto un'espressione più dura.

« Se n'è dimenticata. »

Barry scrollò la testa. « Non se n'è dimenticata. Non accettiamo garanzie su cauzioni così alte. »

« Davvero non le accettate? » Lui scrollò di nuovo la testa. « In genere, no. » Jessica si accorse di avere le lacrime agli occhi. « Credo che la verità sia un'altra: forse non ha avuto il coraggio di dirglielo. »

« Così io ho perduto un'intera giornata e mio marito è ancora in prigione e la mia banca sta aspettando di ricevere una sua telefonata e... Beh? E allora, signor York? Mi sa dire che cosa diavolo faccio io, adesso? »

« Che cosa ne direbbe di andare a cena? » Abbassò il volume dello stereo e le allungò un colpetto sulla mano. Gli puzzava il fiato di *pastrami* e di aglio. Da tutto il suo corpo esalava un odore sgradevole.

Jessica si limitò semplicemente a fissarlo negli occhi. Intanto si alzava in piedi. « Sa che cosa le dico? Il mio avvocato deve essersi sbagliato di grosso riguardo a questo ufficio, signor York. E ho tutte le intenzioni di dirglielo. »

« Chi è il suo avvocato? »

« Martin Schwartz. È stato qui con me stamattina. »

« Senta, signora, mi vuole ripetere il suo nome? »

« Clarke. »

« Signora Clarke. Perché non si siede e non parliamo un minuto di affari? »

« Adesso o dopo cena? Oppure dopo aver ascoltato qualche altro disco? »

Lui sorrise. « Le piacciono i dischi? Ho pensato che fosse un tocco simpatico da dare all'ambiente. »

Alzò di nuovo il volume dello stereo e Jessie si accorse che non avrebbe più saputo dire se aveva voglia di ridere, piangere o mettersi a urlare. A ogni modo ormai era chiaro che non sarebbe più riuscita a far venire fuori Ian di prigione. Non andando avanti così, comunque. « Vuole andare a cena? »

« Sì, signor York. Con mio marito. Che possibilità ha lei di far uscire mio marito di prigione in modo che io possa andare a cena con lui? »

« Stasera? Niente da fare. Prima di tutto, bisogna che io parli con la sua banca. »

« Eravamo rimasti esattamente a questo punto stamattina alle dodici e mezza! »

« Già, capisco, mi dispiace. Domattina me ne occuperò io personalmente, ma non posso far più niente dopo l'ora di chiusura delle banche... non è possibile di fronte a una cauzione dell'entità di cui lei mi stava parlando. Quali sarebbero le garanzie collaterali che avrebbe a sua disposizione? »

« La mia azienda o la mia casa. Sta a lei. Sono disposta ad accettare un pegno contro l'una o l'altra o, anche, tutte e due. Diciamo meglio che ero disposta a un accordo di questo genere. Ma adesso mi è venuta un'altra idea. » Era assurda, era sciocca, immorale, sbagliata, ma Jessica era talmente esasperata da tutta quella faccenda che sentiva di doverlo fare a ogni costo. Aprì la borsetta, vi frugò dentro e ne estrasse i due astucci che contenevano tutti i gioielli di sua madre. « Che cosa ne pensa di questi? »

Barry York rimase a osservarli molto attentamente e per dieci minuti buoni non aprì bocca.

« Carini. »

« Diciamo anche qualcosa di più! I due anelli, quello con lo smeraldo e quello con il brillante sono bellissimi. Le pietre sono di ottima qualità. Quanto alla spilla con lo zaffiro, vale un mucchio di soldi. Come le perle. »

« Certo. Probabilmente è così. Il problema, però, è sempre quello che non posso esserne sicuro finché non li porto da un gioielliere. E, quindi, non posso ugualmente far uscire di prigione il suo vecchio stasera. » Il suo vecchio? Stronzo! « Però sono gioielli bellissimi. Dove se li è procurati? »

Li abbiamo rubati. « Erano di mia madre. »

« E lei sa che il suo uomo è al fresco? »

« Un po' difficile, signor York. È morta. »

« Oh. Mi dispiace. Senta, posso portare questa roba a un gioielliere per farla stimare domattina, per prima cosa. Poi telefono alla sua banca. E per mezzogiorno il suo vecchio è fuori. Glielo giuro, purché questa roba sia buona. Prima di allora, non posso fare niente. Ma, per mezzogiorno, lei lo avrà fuori di prigione, se tutto il resto è in ordine. Intanto ha portato con sé i soldi della mia parcella? »

Sì, bello mio, in denaro contante. « Certo. »

« Okay, allora siamo d'accordo. »

« Signor York, per quale motivo non potrebbe accettare tutti questi gioielli addirittura stasera e lasciar tornare a casa mio marito? Non andrebbe in nessun posto, e potremmo sistemare tutta questa ridicola e assurda questione finanziaria entro domani stesso. Se la sua segretaria avesse telefonato alla banca quando aveva detto di volerlo fare... »

Lui aveva ricominciato a far segno di no con la testa e con un'unghia si era messo di nuovo a stuzzicarsi i denti. Alzò l'altra mano. « Vorrei poterlo fare. Ma non posso. Tutto qui. Non posso. C'è di mezzo la serietà della mia ditta. Però posso occuparmi del suo problema domattina per prima cosa, glielo garantisco. Veda di essere qui per le dieci e mezza e sistemeremo ogni cosa. »

« Bene. » Jessica si alzò, con la sensazione di avere il mondo intero che le gravava sulle spalle. Richiuse i due astucci di camoscio rosso e li mise di nuovo nella borsetta.

« Quelli, non vuole lasciarli? »

« No, assolutamente. Glieli ho portati soltanto perché speravo di far uscire di prigione mio marito stasera. Credevo che avrebbe capito subito che si trattava di oggetti di valore. In caso contrario, preferirei mettere a pegno la casa e l'azienda. »

« Okay. Certo. » Ma non sembrava contento. « Però si tratta di una cauzione maledettamente alta, sa? » Jessica annuì, affranta.

« Non si preoccupi. La casa è bella, l'azienda florida, e lui è un brav'uomo. Non se la squaglierà, piantandola nelle grane. Non perderà un centesimo dei suoi soldi. »

« Credo che si meraviglierebbe se le raccontassi quante sono le persone che se la squagliano! »

« Ci vediamo alle dieci e mezza, signor York. » Gli tese la mano e lui gliela strinse, sorridendo di nuovo.

« Proprio sicura sicura... che non vuole uscire a cena con me? Ha l'aria stanca. Forse le farebbe bene mangiare qualcosa. Un po' di vino, quattro salti, perdio, provi un po' a divertirsi prima che il suo vecchio torni a casa. E pensi anche a un altro piccolo particolare: se lo hanno beccato per violenza carnale, dovrà pure averlo capito che non era andato fuori soltanto così, a bere un bicchiere con gli amici! »

« Buonanotte, signor York. »

Senza aggiungere altro, Jessica uscì dall'ufficio del mallevadore, raggiunse la sua automobile e se ne andò a casa.

Mezz'ora dopo dormiva profondamente, distesa sul

divano. Si svegliò soltanto alle nove dell'indomani mattina. E quando si svegliò, lo fece con una strana sensazione, quella di essere morta la sera prima. E si mise a tremare da capo a piedi, violentemente.

Cominciava a pagare lo scotto di tutto quello che era successo. Le occhiaie, già paurosamente segnate, ormai le davano un aspetto disastroso; gli occhi, poi, sembravano rimpiccioliti; si accorse, fra l'altro, che doveva essere già un po' dimagrita. Fumò sei sigarette, bevve due tazze di caffè, si gingillò con un pezzetto di pane tostato e telefonò alla boutique per avvertire le ragazze che, per tutto quel giorno, non l'avrebbero vista. Tornò dal mallevadore — la ditta rispondeva al nome di Yorktowne Bonding — per le dieci e mezza. Spaccate.

Alla scrivania dell'ingresso erano sedute due persone che non aveva mai visto prima — una ragazza con i capelli tinti della stessa tonalità di nero delle scarpe dei soldati, la quale masticava un pezzo di chewing-gum con cui si divertiva a fare le bolle, e un giovanotto barbuto con l'accento messicano. Jessie domandò di parlare subito con il signor York.

« Mi sta aspettando. » I due impiegati la guardarono come se non avessero mai sentito pronunciare una frase del genere.

York, invece, si presentò due minuti dopo in pantaloncini bianchi, corti e sudici, e maglietta blu scuro, con una copia di *Playboy* e una racchetta da tennis sotto il braccio.

« Lei gioca? » Oh, Gesù.

« Qualche volta. Ha parlato con la banca? »

Lui sorrise con aria soddisfatta. « Venga nel mio ufficio. Caffè? »

« No, grazie. » Stava cominciando a pensare che quell'incubo non sarebbe mai finito. Che avrebbe continuato a passare il resto dei suoi giorni rimbalzando come una palla fra gli ispettori Houghton e i Barry York, le aule del tribunale, le prigioni, le banche e...

pareva senza fine. E proprio quando sembrava che fosse lì lì per finire. ecco che si trovava di fronte a un'altra porta finta. No. non c'era via d'uscita. Ormai ne aveva la quasi completa sicurezza. E Ian. comunque. era soltanto un mito. Una persona che si era costruita lei. con la sua fantasia. e non aveva mai realmente conosciuto. Il custode del Santo Graal.

« Lo sa che ha l'aria stanca? Mangia abbastanza? »

« Mangio in un modo fantastico. Però mio marito è in prigione. signor York. e sarei felicissima di farlo venir fuori. Quali sono le possibilità di riuscirci in un immediato futuro? »

« Ottime. » La guardò raggiante. « Ho parlato con la banca. È tutto in ordine. Lei mette a pegno la casa e accetta noi come creditori privilegiati sui guadagni che ricava dalla sua boutique. nel caso suo marito facesse qualche brutto scherzo. E ci teniamo. qui. a sua disposizione. l'anello con lo smeraldo e la spilla con lo zaffiro. »

« Che cosa? » Barry York aveva parlato con lo stesso tono che avrebbe potuto adoperare. rivolto al cameriere. facendo un'ordinazione al ristorante. però la menzione dei gioielli di sua madre aveva richiamato immediatamente l'interesse di Jessica. « Credo di non aver capito bene. signor York. Io voglio soltanto mettere a pegno la casa e l'azienda. Come le ho già detto ieri sera. le offrivo i gioielli di mia madre soltanto se fosse stato possibile farlo uscire di prigione immediatamente. senza che lei telefonasse alla banca e così via. Come una specie di garanzia. »

« Già. Beh. anche adesso mi sentirei più sicuro se avessi quei gioielli come garanzia. »

« Bene. io non sono dello stesso parere. »

« Continuerebbe a esserlo anche se suo marito dovesse rimanere in prigione? »

« Signor York. sbaglio o esiste una legge contro i mallevadori che pretendono troppo come garanzie collaterali? » Era stato Martin a metterla sull'avviso.

« Mi sta forse accusando di essere disonesto? » Oh, Dio, eccola lì a rovinare tutto... oh no...

« No. Mi stia a sentire, per favore! »

« Stia a sentirmi lei, bella mia! Io non faccio affari di nessun genere con una ragazza che mi dà del disonesto! Sono qui a farle un favore e rischio del mio, se vuol proprio saperlo, per far venire fuori il suo vecchio quando vi è stata chiesta una cauzione di quindicimila dollari! E lei, questo, lo chiama un furto? Insomma, credo di essere stato chiaro: non accetto offese del genere da nessuno. »

« Mi scusi. » Aveva di nuovo gli occhi pieni di lacrime cocenti. E cominciava a chiedersi se sarebbe uscita viva da tutta quella storia. Infine Barry York la guardò ben bene da capo a piedi e si strinse nelle spalle.

« E va bene. Stia a sentire quello che le propongo. Ci terremo soltanto l'anello. Quanto alla spilla, può portarsela via. Le sembra che vada meglio, così? »

« Sì. Va bene. » Era ugualmente una truffa ignobile, ma Jessica capiva che non gliene importava più. Non aveva nessuna importanza. Le pareva che non avesse neppure importanza l'eventualità che Ian se la squagliasse e questa gente si prendesse la casa, il negozio, l'automobile e l'anello con lo smeraldo. Niente aveva più importanza.

York riuscì a tirare per le lunghe la conclusione dell'accordo e, per riempire i moduli, ci mise il doppio del necessario. Arrivò addirittura a sfiorarle il petto con una mano mentre si allungava attraverso la scrivania a cercare un'altra penna. Jessica, a quel punto, lo guardò dritto in faccia e lui sorrise e le disse che sarebbe stata bellissima se avesse mangiato di più e meglio e che, quando faceva le superiori, aveva avuto anche lui una ragazza molto alta. Una ragazza che si chiamava Mona. Jessica si limitò ad annuire e continuò a firmare tutti quei moduli. Finalmente anche la parte burocratica venne conclusa e tutte le carte necessarie preparate. Barry York spuntò con un morso un lungo sigaro sottile e alzò il ricevitore per telefonare in prigione. « Chiederò a Bernice che l'accompagni qui davanti, dall'altra parte della strada, Jessica. » Aveva deciso di chiamarla per nome. « E mi stia a sentire: se avesse bisogno di aiuto, un aiuto di qualsiasi genere, ci telefoni. Quanto a me, mi terrò in contatto. » Lei pregò in cuor suo che si guardasse bene dal farlo e gli strinse la mano prima di uscire dal suo ufficio. Le pareva che le gambe non la reggessero più e si meravigliò di non andar via di lì barcollando. Aveva toccato il limite massimo della resistenza. E già da parecchi giorni.

Quando, finalmente, Barry York delegò la sua impiegata, quella che faceva le bolle con il chewing-gum, ad accompagnare Jessie nell'edificio di fronte per far uscire di prigione Ian su cauzione, era quasi mezzogiorno. A Jessie, invece, sembrava che fosse notte fonda. Era confusa, esausta, le pareva perfino di avere lo sguardo offuscato e di non riuscire a mettere niente a fuoco. Stava vivendo in un mondo irreale pieno di persone malvage e sogghignanti, che si facevano beffe di lei.

La donna che Barry York aveva chiamato Bernice si incaricò anche dei documenti necessari, li scorse rapidamente con gli occhi e infine attraversò la strada con Jessie per entrare nel Palazzo di Giustizia. Fece passare il fascio di documenti, che Jessie e Barry York avevano firmato, nell'apposita cavità sotto il vetro di uno sportello del secondo piano e infine si voltò a considerare Jessica per un momento.

« Ha intenzione di tenersi attaccata ugualmente al suo vecchio? »

« Chiedo scusa. Come ha detto? »

« Ha intenzione di rimanere ugualmente con suo marito? »

« Sì, naturale, perché? » Si sentiva di nuovo confusa.

E, poi, per quale motivo la ragazza le faceva questa domanda?

« È un capo d'accusa schifoso, il suo, cara mia. Si può sapere che cosa ci fa una bella ragazza come lei con un lazzarone del genere? Per un'imputazione come questa... vedrà il pacco di soldi che finirà per costarle! » Scrollò la testa, e con la cicca, fece un paio di bolle.

« Se lo merita. »

La ragazza alzò le spalle e le indicò la fila degli ascensori. « Adesso può salire su, in prigione. Noi abbiamo finito. » No, cara la mia ragazza, io non ho per niente finito. Per me, è diverso. L'impiegata se ne andò accompagnata dallo schiocco di un'ultima bolla di cicca, e scomparve giù per una scalinata.

Jessica raggiunse la prigione pochi minuti più tardi e dovette suonare un campanello perché una guardia andasse ad aprirle.

« Sì? Non è l'ora di visita questa. »

« Sono qui per far uscire mio marito dietro cauzione. »

« Come si chiama? »

« Ian Clarke. » Sì che lo sai, il famoso stupratore. « Deve avere appena telefonato l'ufficio Yorktowne Bonding per avvertire. »

« Vado a controllare. » Controllare che cosa? Controllare? Dopo aver messo a pegno la casa, l'azienda, e anche lo smeraldo della mamma, che cosa vuoi andare ancora a controllare, ragazzo? Beh, vaffa... e con te la Yorktowne Bonding e l'ispettore Houghton — e anche Ian? Ormai non lo sapeva più. Non sapeva più niente con sicurezza. Non riusciva neppure a capire quello che provava. Sì, era furiosa contro Ian non per quello che aveva fatto, ma semplicemente perché non era lì, quando aveva disperatamente bisogno di lui.

Rimase ad aspettare davanti a quella porta per quasi una mezz'ora, inebetita, intontita, appoggiata contro il muro, quasi senza sapere perché si trovasse in quel posto. E se non lo avesse mai più rivisto? Invece, improvvisamente, la porta si spalancò ed ecco Ian di fronte a lei. Aveva la barba lunga, era sporco, con gli abiti stazzonati, visibilmente esausto. Ma, libero. Ormai Jessica aveva puntato su di lui tutto ciò che possedeva. E Ian era libero. Si abbandonò lentamente contro di lui, lasciandosi sfuggire un fievole piagnucolio, un lamento che non le era abituale, e Ian la condusse piano piano, con gentilezza, fino all'ascensore.

« Va tutto bene, bambina, tutto bene. Ogni cosa si sistemerà, Jess... sshhh... » Era Ian. Sì, Ian in persona, Ian in carne e ossa. E la sorreggeva con quanta dolcezza! Quando furono fuori, la trasportò quasi di peso fino all'automobile. Era esausta, non ce la faceva più. Non avrebbe potuto affrontare più nulla. E Ian lo aveva capito. Non sapeva tutto quello che era successo, fin nei minimi particolari, ma gli bastò vedere il fascio di documenti che riguardavano la cauzione. Si accorse che vi si faceva menzione dell'anello con lo smeraldo della madre di Jessica e comprese molto di più di quello che lei avrebbe potuto dirgli.

« Va tutto bene, piccola, d'ora in poi tutto andrà per il meglio. »

Quando si trovarono vicino all'automobile, Jessica gli si aggrappò selvaggiamente, con le guance inondate di lacrime, il viso deformato da una smorfia orribile per lo choc e la disperazione, mentre dalle labbra — fra i singhiozzi — continuava a uscirle, ripetuto, quel fievole, terrificante lamento di poco prima.

« Jessie, bambina, ti voglio bene. » La strinse a sé convulsamente e poi, in silenzio, la fece salire in automobile per condurla a casa.

# 9

« Che cosa hai intenzione di fare quest'oggi, tesoro? »

Jessie versò a Ian una seconda tazza di caffè, a colazione, e diede una rapida occhiata all'orologio. Erano quasi le nove; da un paio di giorni non si faceva vedere in boutique. Le pareva che fosse passato un mese dall'ultima volta che c'era stata e di aver continuato a vivere — da allora — in una specie di crepuscolo, o meglio di limbo, tutto suo, privato e segreto. Un incubo che pareva non dovesse finire mai. Ormai invece era terminato. Ian era a casa. Aveva passato buona parte della giornata precedente fra le sue braccia, addormentata. E, a guardarlo, si sarebbe detto che fosse tornato a essere il solito Ian di sempre. Pulito, sbarbato, un po' più riposato. Si era messo un paio di calzoni grigi e un maglione con il collo alto, color vinaccia. Ogni volta che Jessica lo guardava, le veniva voglia di toccarlo per assicurarsi che fosse proprio lui, che fosse vivo e vero.

« Hai intenzione di scrivere qualcosa oggi? »

« Ancora non lo so. Stavo pensando che forse non sarebbe male passare la giornata godendomi il fatto di essere tornato in forma. » Però non le domandò di restare con lui e di rinunciare ad andare in negozio. Sapeva che Jessica doveva lavorare. Aveva fatto anche troppo per lui nei giorni precedenti. Non si poteva chiederle di più.

« Vorrei poter rimanere a casa con te. » Lo guardò con gli occhi pieni di rammarico al di sopra del bordo della sua tazza di caffè e Ian le accarezzò teneramente una mano.

« Ti vengo a prendere all'ora di pranzo. »

« Ho un'idea. Perché non fai un salto anche tu in boutique, quest'oggi? »

Ian la fissò attentamente negli occhi e capì subito a che cosa Jessica stava pensando. Era già stata così dopo la morte di Jake. Quel terrore che, se non lo avesse avuto sempre sotto gli occhi, sarebbe scomparso.

« Non concluderesti niente, tesoro mio. Però vengo a prenderti. E per il resto del tempo, sarò qui. » Già ma... e se pensava a tutto il resto del tempo? Allungò una mano per stringere quella di lui. Senza dire niente. Perché non c'era niente da dire. « Stavo pensando, magari, di fare quattro chiacchiere con una o due persone per la questione del lavoro. »

« No! » Ritirò di scatto la mano con gli occhi che lampeggiavano di collera. « No, Ian! Ti prego. »

« Jessica, cerca di essere ragionevole. Hai pensato a quello che ci viene a costare tutto questo disastro? Anzi che cosa viene a costare a te, per essere più esatti? Per cercarsi un lavoro, un momento vale l'altro. Niente di strampalato, ma soltanto qualcosa per portare a casa un po' di quattrini. »

« E che cosa succederà quando dovrai cominciare a comparire in tribunale? E durante il processo? Non pensi che, a quell'epoca, non potrai essere minimamente utile a nessuno? » Si era aggrappata di nuovo, disperatamente, alla mano di Ian il quale lesse nei suoi occhi la disperazione. Ci sarebbero voluti mesi e mesi per vederla scomparire.

« Bene, si può sapere con esattezza che cosa ti aspetti che io faccia, Jess? »

« Che tu finisca di scrivere il libro. »

« Lasciando che sia tu a sfacchinare, e a lavorare per quattro, per sistemare tutto questo pasticcio? »

Jessica annuì. « Se proprio vuoi, più avanti potremo sistemare tutto fra noi. Ma credimi, Ian, me ne infischio altamente. Che cosa vuoi che importi chi è quello che firma gli assegni? »

« A me, importa. » Gli era sempre importato e gli sarebbe importato sempre. Tuttavia sapeva, anche, come non sarebbe mai riuscito a concentrarsi su niente fintanto che si sentiva quella spada di Damocle sulla testa. Il processo... il processo... era tutto quello a cui riusciva a pensare. Mentre Jessica aveva dormito a lungo, per tante ore, nel pomeriggio del giorno prima, lui era stato assillato soltanto da quel pensiero. Il pensiero del processo. Non era certo nello stato d'animo più adatto per cercarsi un'occupazione. « Vedremo. »

« Ti amo. » Jessica aveva di nuovo gli occhi pieni di lacrime e Ian le afferrò la punta del naso fra due dita dandole una strizzatina.

« Se ti vedo ancora per un minuto con quegli occhioni lacrimosi, cara la mia signora Clarke, ti trascino di nuovo a letto e allora sì che avrai tutte le ragioni di piangere e di strillare! » Lei scoppiò a ridere, per tutta risposta, e si versò dell'altro caffè.

« Credimi, non riesco ancora a convincermi che sei tornato a casa. È stato tutto talmente orribile, talmente incredibile quando non c'eri... è stato... è stato come... » Le parole le morirono in gola.

« Probabilmente è stato come avere un po' di pace e di silenzio, tanto per cambiare, e tu — da quella scioccona che sei — non sei stata capace di approfittarne e di godertela. Accidenti, non avrai pensato che io restassi là dentro per l'eternità, vero? Mi spiego, anche per uno scrittore, un genere di ricerca come quello, fatta sulla propria pelle, dopo un certo tempo finisce per perdere qualsiasi attrattiva! »

« Buffone. » Ma ormai sorrideva; non aveva più niente da temere.

« Ti accompagno in negozio con l'automobile? »

« Se vuoi che ti dica la verità, mi piacerebbe alla follia. » Raggiante, raccolse le tazze e le portò nel lavandino. Poi afferrò la giacca di camoscio arancione che aveva appoggiato allo schienale di una seggiola. Se la infilò su un paio di jeans di ottimo taglio e un maglione beige di cashmere. Sembrava di nuovo la solita Jessie di sempre... in tutto e per tutto all'infuori degli occhi. Li nascose dietro un paio di occhiali neri e gli sorrise. « Credo che per un paio di giorni sarà meglio che non me li tolga mai. Continuo ad avere ancora l'aspetto di una che si è presa una sbronza favolosa... una sbronza di quelle che durano quindici giorni! »

« Sei bellissima e io ti amo. » Le diede un pizzicotto sul sedere mentre si avviavano alla porta di casa e Jessica allungandosi all'indietro verso di lui lo baciò, a caso, su una spalla. « Hai perfino un buon odore. »

« Io? Certo, io punto soltanto al meglio. Eau de Mille Pieds », ribatté Jessica con un largo sorriso e Ian si lasciò sfuggire un gemito.

« Oh, per amor di Dio! » Era una delle loro battute private, una delle più vecchie. L'Acqua di Mille Piedi.

Lungo la strada per raggiungere la boutique, Jessica indicò a Ian la casa di Astrid e gli descrisse la sua visita al negozio.

« Si direbbe una donna simpatica. Molto serena e affabile. »

« Diavolo, sarei sereno e affabile anch'io, se avessi tutti i suoi soldi! »

« Ian! » Ma gli sorrise ugualmente e gli passò una mano fra i capelli. Com'era bello trovarselo di nuovo seduto vicino, fissare il suo profilo mentre guidava, sentire il contatto delle labbra con la pelle del suo collo, mentre lo baciava. Durante la notte, si era svegliata più volte per assicurarsi che fosse ancora lì, con lei.

« Vengo a prenderti verso mezzogiorno. Va bene? »

Lei lo guardò per un momento prima di far segno di sì con la testa. « Ci sarai? Di sicuro? »

« Oh, bambina... ci sarò. Te lo giuro. » Poi la prese fra le braccia e Jessica se lo strinse al cuore con tanta forza da farsi male. Sapeva, Ian, che lei stava pensando al giorno in cui lo avevano arrestato e non si era fatto vedere, in negozio, per andare a pranzo insieme. « Su, da brava. Sei una bambina grande, ormai! » Lei gli sorrise e scese dalla macchina. Si voltò ancora a mandargli un ultimo bacio a fior di labbra prima di salire i gradini del negozio.

Ian accese la sigaretta mentre ripartiva e girò gli occhi intorno a sé per ammirare le imbarcazioni di ogni genere che punteggiavano la baia. Era una giornata stupenda. Ormai si era all'ultimo scorcio dell'estate, e non faceva più caldo come pochi giorni prima, ma il cielo era di un azzurro terso e luminoso e soffiava un po' di brezza. Istintivamente, quel paesaggio lo riportò con il pensiero a cinque giorni prima. Pareva che fossero passati cinque anni. E continuava a non capire quello che era successo.

Si fermò a un semaforo e gli balenò un'altra idea. L'anello con lo smeraldo che Jessie aveva lasciato in pegno al mallevadore. Continuava a essere sbalordito di fronte a un gesto simile. Perché sapeva che cosa aveva sempre provato Jessie per gli oggetti che erano appartenuti a sua madre. Non aveva mai neppure osato portarli. Erano cose sacre per lei, le ultime reliquie di un santuario da lungo tempo demolito. Quell'anello, per di più, aveva per lei un significato maggiore di quello di tutti gli altri pezzi. Una volta ricordava di averla osservata mentre se lo infilava al dito. La sua mano era stata scossa da un tremito che non sapeva dominare. Tanto che aveva riposto subito l'anello nell'astuccio e non l'aveva più tirato fuori dalla cassetta di sicurezza. E, in quel momento, per farlo uscire di prigione l'aveva persino lasciato nelle mani di un mallevadore. Bastava questo a fargli capire che sua moglie aveva qualcosa di incredibile, qualcosa che nessun'altra possedeva. Poteva sembrare assurdo, ma gli sembrava di amarla ancora di più di quanto già non la amasse prima che tutta quella storia fosse cominciata; forse, anche Jessie aveva imparato qualcosa. Forse, a quel punto, erano riusciti a valutare, sia l'uno sia l'altra, che cosa possedessero. E chissà che non volessero averne maggior cura. Ian, a ogni modo, sapeva una cosa con certezza. I giorni dei suoi capricci, i giorni di quelle piccole avventure amorose vissute con estrema discrezione, erano finiti. Per sempre. Tutto d'un tratto aveva una moglie. Anzi una moglie ancora più preziosa di quella che aveva sempre creduto di avere. Che cos'altro poteva desiderare? Un bambino, forse, ma si era già rassegnato alla mancanza di figli. Era già abbastanza felice così, soltanto con Jessie.

« Buongiorno, signore! » Jessie entrò nella boutique a passi lenti e disinvolti, con un luminoso sorriso dipinto sul volto. Katsuko alzò gli occhi dalla scrivania.

« Bene. Guarda un po' chi c'è! E di sabato, anche. Cominciavamo a credere che ti fossi trovata un lavoro migliore. »

« Magari! Purtroppo non ho avuto tanta fortuna. »

« È tutto okay? »

« Sì. Tutto okay. » Jessica annuì lentamente e Katsuko capì che era la verità. Perché Jessie pareva tornata quella di sempre.

« Bene, sono proprio contenta. » Katsuko le offrì una tazza di caffè e Jessie si andò ad appollaiare sull'angolo della scrivania di vetro e metallo cromato.

« Dov'è Zina? »

« Nel retro, a controllare le giacenze di magazzino. Ieri la signora Bonner è tornata. Cercava di te. Ha comperato una delle nuove gonne di velluto color vino. »

« Con una figura come la sua, chissà come le stava bene! L'ha provata con la camicetta di satin crema? »

« Certo. Ha comperato sia l'una sia l'altra e anche il nuovo completo, giacca e pantaloni di velluto verde. Quella signora deve avere i soldi che le pesano in tasca. » Già. E una gran solitudine che deve pesarle sul cuore. Jessie aveva provato, da poco, che cosa volesse dire. E ormai lo sapeva.

« Tornerà », aggiunse Katsuko.

« Me lo auguro. Anche se non dovesse comperare niente. Mi è simpatica. A proposito, ti è venuta qualche nuova idea per la nostra sfilata? Comincia a prendere forma? »

« Sì, ieri ho pensato a un paio di soluzioni, Jessie. Ho buttato giù qualche appunto e li ho lasciati sulla tua scrivania. »

« Vado subito a dare un'occhiata. » Si stiracchiò pigramente e si avviò senza fretta verso il suo ufficio, con la tazza di caffè in mano. Era una mattinata languida, una mattinata in cui il negozio non stava facendo grandi affari e Jessie aveva la sensazione di ritornarvi dopo una lunga assenza, addirittura dopo una lunga malattia. Si sentiva pigra, piena di mille cautele, fragile e timorosa. E tutto le pareva improvvisamente diverso. La boutique incantevole, le due ragazze deliziose, Ian così bello, il cielo così azzurro, ogni cosa ancora migliore di prima.

Lesse la posta, pagò qualche fattura, cambiò completamente l'allestimento della vetrina e si mise a parlare della sfilata che aveva intenzione di fare con Katsuko, mentre Zina si occupava delle clienti. La mattina passò rapidamente ed ecco comparire Ian cinque minuti prima di mezzogiorno. Con una bracciata di rose. Di un delicato color salmone, quello che Jessie preferiva.

« Ian! Sono favolose! » Erano, come minimo, tre dozzine; non solo, ma Jessie si accorse che una delle tasche della sua giacca era deformata da qualcosa di tozzo e quadrato che Ian vi aveva cacciato dentro. La viziava, ma come le faceva piacere! Ian le sorrise e si avviò verso l'ufficio.

« Posso vederla un minuto a quattr'occhi, signora Clarke? »

« Sissignore. Per tre dozzine di rose puoi vedermi a quattr'occhi per parecchie settimane! » Le due ragazze scoppiarono a ridere e Jessie seguì Ian nel suo ufficio. Lui richiuse la porta dolcemente e la guardò sorridendo.

« Hai avuto una buona mattinata? »

« Mi hai portato qui per parlarmi in privato, e mi domandi se ho avuto una buona mattinata? » Lui scoppiò in una risata fragorosa e anche Jessie cominciò a ridacchiare come una sciocchina. « Su, avanti, di' la verità. È più grossa della scatola dove teniamo il pane? »

« Che cosa? »

« La sorpresa che mi hai comperato, naturalmente. »

« Quale sorpresa? Ti compero delle rose e tu vuoi ancora qualcos'altro! Piccola miserabile creatura, avida e viziata... » Ma aveva l'aria troppo soddisfatta perché Jessie si potesse convincere che parlava sul serio. « Oh... allora ecco qua! » Estrasse l'astuccio di tasca con un sorriso che gli andava da un orecchio all'altro. Un braccialetto d'oro massiccio e, nell'interno, c'erano incise queste parole: CON TUTTO IL MIO AMORE, IAN. Si era addirittura piazzato nel laboratorio del gioielliere per tutta la mattina aspettando che gli facessero quell'incisione. Non era il momento di spendere tanti soldi, ma Ian aveva capito che Jessica aveva bisogno di qualcosa del genere; quell'idea gli era venuta improvvisamente nel momento in cui si era seduto davanti alla scrivania per cominciare a lavorare. Il braccialetto era stupendo e, anche come proporzioni, era in perfetta armonia con la mano di Jessica. Gli era costato i suoi risparmi privati fino all'ultimo spicciolo.

« Oh, tesoro... è meraviglioso. » Se lo infilò subito al

polso e ce lo lasciò. « Uaahh! È assolutamente perfetto! Oh Ian... devi essere impazzito! »

« Il fatto è che sono follemente innamorato di te. »

« Non solo... ma sto cominciando a sospettare che tu abbia trovato del petrolio nel giardino di casa! Stamattina hai speso un capitale. » Ma, nella voce, non si sentiva nessuna sfumatura di rimprovero. Era colma solo di gioia. Ian si strinse nelle spalle. « Chissà che cosa diranno le ragazze quando glielo farò vedere! » Gli piantò un bacio sull'angolo della bocca, spalancò la porta e andò a sbattere contro Zina che stava passando lì davanti, per tornare nel retrobottega. « Guarda che braccialetto! »

« Ossignore! E questo che cosa vuol dire? Che sei fidanzata con il bel giovanotto che è arrivato con le rose? » Scoppiò in una risatina, strizzando l'occhio a Ian.

« Oh, sta' un po' zitta! Non è superlativo? »

« È meraviglioso. Ma adesso non mi resta da sapere che una cosa: dove se ne trova un altro come lui. »

« Prova un po' a vedere alla zecca se ne stampano tanti come me! » Ian le lanciò un'occhiata al di sopra della spalla di Jessie, scoppiando a ridere.

« È proprio quello che voglio fare. » Zina scomparve nel retrobottega e, con aria esultante, Jessie andò a mostrare il braccialetto nuovo a Katsuko. Pochi minuti dopo, Jessie e Ian erano già usciti dalla boutique per andare a pranzo.

« Ragazzi, come mi piace questo braccialetto! » Sembrava una bambina alla quale avessero regalato un giocattolo nuovo. Alzò il braccio per guardarlo meglio e farlo scintillare sotto il sole. « Tesoro, è assolutamente stupendo! Mi sai dire come sei riuscito a farti fare l'incisione tanto in fretta? »

« Minacciandoli con la pistola, naturalmente. In quale altro modo volevi che facessi? »

« Oh, sai che cosa ti dico? Hai proprio classe! »

« Certo che, per essere uno stupratore... » Ma sorrideva pronunciando queste parole.

« Ian! »

« Sì, amore mio? » La baciò e lei scoppiò a ridere mentre saliva in automobile. Ian aveva più stile di qualsiasi altro uomo che conoscesse.

Quella sera andarono al cinema e l'indomani mattina, domenica, dormirono fino a tardi. Era un'altra giornata calda, con il cielo azzurro nel quale si muovevano lentamente enormi nuvole soffici e cremose. Sembrava di avere davanti agli occhi uno scenario dipinto.

« Hai voglia di andare alla spiaggia, signora Clarke? » Ian si allungò pigramente dalla sua parte del letto, poi si protese a baciarla. A Jessica piaceva sentire il contatto della sua barba ispida contro la guancia. Pizzicava, ma non faceva male.

« Sì, che lo vorrei! Che ore sono? »

« Quasi mezzogiorno. »

« Bugiardo! Devono essere le nove. »

« Non è vero che sono un bugiardo. Apri gli occhi e prova a guardare. »

« È impossibile. Sto ancora dormendo. »

Lui le mordicchiò il collo e la fece ridere. Allora Jessica spalancò gli occhi.

« Smettila! »

« No, non smetto. Alzati a prepararmi la colazione. »

« Negriero! Non hai mai sentito parlare del movimento di liberazione femminile? » Si sdraiò di nuovo supina, con aria sonnacchiosa, sbadigliando.

« Che cosa sarebbe? »

« Il movimento di liberazione femminile, ripeto! Dice che devono essere i mariti a preparare la colazione alla domenica, ma... d'altra parte... » guardò di nuovo il braccialetto che aveva al polso con un sorriso raggiante, « non dice che devi regalare a tua moglie cose tanto belle. Così, può darsi che mi decida ad alzarmi e a prepararti io la colazione! »

« Grazie del suo buon cuore, signora. Per carità, non si ammazzi dalla fatica, mi raccomando! »

« No, me ne guarderò bene. Uova al piatto... okay? » Si accese una sigaretta e si mise a sedere sul letto.

« Mi è venuta un'idea migliore. »

« Cioè? Andare al *Fairmont* più tardi, per un brunch? » Lo guardò sorridendo e agitò di nuovo il braccio perché il braccialetto scintillasse.

« No. Ti aiuto io. Sei talmente presa da quel braccialetto che, a furia di muovere il braccio a quel modo non riusciresti, comunque, a prepararci una colazione decente. Che cosa ne pensi di una omelette con il ripieno di formaggio e ostriche affumicate? » Pareva affascinato da quella combinazione, ma Jessie fece una smorfia di disgusto.

« Puah! Non si potrebbe fare a meno delle ostriche affumicate? »

« E perché, allora, non fare a meno del formaggio? »

« E che cosa ne diresti di fare a meno della omelette, addirittura? »

« Allora si va al *Fairmont* a fare colazione? »

« Ian, sei un bel matto... ma ti adoro. » Gli mordicchiò una coscia e lui fece scorrere lentamente una mano lungo la schiena di Jessica, morbida e liscia.

Ci volle un'altra ora buona prima che si decidessero ad alzarsi dal letto. Perfino il modo in cui facevano l'amore, ormai, era differente. C'era, in loro, uno strano miscuglio di disperazione e di gratitudine; di « Oh Dio, ti amo! » mescolato a un: « Facciamo finta che tutto sia meglio del solito ». Non era così, però la finzione serviva ugualmente. Almeno un po'. Come motori che andavano a un ritmo ancora un po' troppo veloce.

« Insomma, andiamo o no alla spiaggia? » Ian si mise a sedere sul letto. Aveva i capelli arruffati come un bambino.

« L'idea mi piace, ma nessuno ha ancora pensato a darmi da mangiare. »

« Aaah! Povera bambina! Sbaglio o non ne hai voluto sapere della mia omelette con il ripieno di ostriche affumicate? »

Lei gli tirò una ciocca di capelli. « Preferisco quello che ho avuto come sostituzione. »

« Vergognati! »

Lei gli mostrò la lingua, si alzò dal letto e si diresse verso la cucina.

« Dove te ne stai andando così, tutta nuda? »

« In cucina a preparare la colazione. Avresti qualche obiezione in merito? »

« No, affatto. Ti fa comodo un voyeur sotto mano? »

Un minuto più tardi Jessica sentì sbattere la porta che dava nel giardino e lo vide riapparire in cucina con una coperta legata alla cintola e, in mano, un bouquet di petunie variopinte.

« Per la padrona di casa. »

« Mi spiace, è fuori. Posso averle io, al suo posto? » Jessica gli diede un bacio dolcissimo, gli tolse i fiori di mano e li appoggiò sul piano di scolo dell'acquaio mentre lui la prendeva fra le braccia lasciando scivolare al suolo la coperta.

« Tesoro, ti giuro che ti amo alla follia, ma se non smetti, la pancetta si carbonizzerà e non riusciremo mai ad andare alla spiaggia. »

« Te ne importerebbe molto? » Sorridevano tutti e due; intanto la pancetta cominciava a sfrigolare sul fornello e le uova a rosolarsi troppo.

« No. Però, tanto vale mangiare qualcosa visto che è pronto. Accidenti. » Ian le allungò uno sculaccione e Jessica tornò davanti al fornello. Poi gli servì uova strapazzate, pancetta, pane tostato, succo d'arancia e caffè. Sempre nudi, sedettero davanti alla colazione.

Arrivarono alla spiaggia che erano già quasi le tre del pomeriggio, ma la giornata era ancora splendida e il sole continuò a essere caldissimo fin verso le sei. Si fermarono per fare una cena completamente a base di pesce a Sausalito, e Ian le comperò un ridicolo cagnolino fatto di conchiglie.

« Lo adoro. Adesso mi sento proprio una vera turista. »

« Mi sembrava che fosse obbligatorio regalarti qualcosa di follemente costoso per non farti dimenticare mai questa serata. » Erano di ottimo umore mentre riprendevano la strada di casa, attraversando il ponte; tuttavia le parole di Ian colpirono Jessica in modo strano. Eccoli, all'improvviso, a comperare souvenir, ad aggrapparsi ai ricordi.

« Ehi, tesoro, come viene il libro? »

« Meglio di quello che mi fa piacere ammettere. Ma non domandarmelo, ancora! »

« Sul serio? »

« Sul serio. » Jessica lo guardò, felice. Ian sembrava quasi orgoglioso e un po' intimorito di esserlo.

« Non ne hai ancora mandata una parte al tuo agente perché la legga? »

« No, preferisco aspettare ancora un po'. Voglio finire qualche altro capitolo. Ma questo libro mi sembra buono. Forse, addirittura, molto buono. » Lo disse con una tale solennità che Jessica si commosse. Erano anni che non lo sentiva più parlare così quando si affrontava l'argomento del suo lavoro. Dall'epoca delle favole, che erano state molto belle. Forse non avevano dato grandi profitti, però sul fatto che fossero belle non c'erano dubbi. I critici erano stati unanimemente favorevoli anche se la reazione del pubblico era risultata differente.

Sulla via del ritorno, si fermarono davanti all'ingresso del circolo della vela, vicino al ponte, e spensero le luci e il motore. Era piacevole restar lì seduti a guardare il mare che veniva a lambire dolcemente una sottile striscia di spiaggia mentre, in distanza, si levava, attutito, l'ululato delle sirene antinebbia. Si sentivano tutti e due stranamente stanchi, come se ogni giorno fosse un viaggio interminabile. Ormai stavano pagando lo scotto del trauma subito nei pochi giorni precedenti. Jessica se ne era accorta notando che Ian, da quando era tornato a casa, dormiva pesantemente, di un sonno di piombo, e anche lei provava una grande stanchezza, per quanto fosse tornata di nuovo a sentirsi felice. Fra l'altra, parevano tutti e due in preda a una passione diversa da prima. C'era, in loro, un nuovo bisogno l'uno dell'altro, una reciproca bramosia nuova, come se dovessero farne la scorta per un lungo inverno di carestia. Avevano di fronte tempi difficili. Quello era solo il principio.

« Vuoi che andiamo a comperare un cono gelato? » C'era una strana inquietudine nello sguardo di Ian.

« Dici sul serio? No. Sono stanca morta. »

« Sì. Anch'io. E poi vorrei avere un po' di tempo per leggere qualcosa stasera. Il capitolo che ho appena terminato. »

« Posso leggerne un po' anch'io? »

« Certo. » Pareva contento di quella proposta quando infilò di nuovo la chiave nel cruscotto per ripartire e tornare a casa. Buffo, come nessuno dei due ne avesse voglia! Quella fermata vicino al circolo della vela, la proposta di comperarsi un cono gelato... qual era il dèmone in agguato che temevano di trovare in casa? Jessica cominciò a chiederselo; per quello che la riguardava, sapeva benissimo quale fosse il suo. L'ispettore Houghton. Si aspettava di continuo di vederlo piombare lì, da loro, all'improvviso, per portar via Ian, e mandarlo in prigione. Non aveva fatto che pensarci per tutta la giornata, sulla spiaggia, quasi con il timore che potesse sbucare all'improvviso da dietro una duna per trascinar via Ian. Ma, con suo marito, di questo non aveva parlato. Nessuno dei due alludeva più all'arresto. Per quanto non facessero che pensarci, sia l'uno sia l'altra, era l'unica cosa di cui non sembravano disposti a parlare.

Ian era disteso davanti al camino, con il fuoco acceso, assorto nella lettura del suo manoscritto, quando Jessica si decise. Sapeva di doverglielo ricordare. Si odiava per essere costretta a sollevare l'argomento, ma... qualcuno doveva pur farlo.

« Non dimenticarti di domani, amore mio », mormorò a bassa voce, in tono pieno di rammarico.

« Huh? » Ian era tutto preso da ciò che aveva scritto.

« Ho detto di non dimenticarti di domani. »

« Perché? Che cosa abbiamo da fare domani? » La guardò senza capire.

« Abbiamo un appuntamento alle dieci con Martin Schwartz. » Tentò di dar l'impressione che si trattasse di un appuntamento già fissato da tutti e due con i rispettivi parrucchieri, ma purtroppo non le riuscì molto bene. Ian, a quel punto, alzò di scatto la testa a guardarla, ma non disse una parola. Bastava quello che dicevano i suoi occhi.

# 10

La riunione con Martin Schwartz ebbe lo scopo di riportarli di colpo coi piedi per terra. Lì seduti con lui, costretti a discutere i capi di accusa, non potevano far finta di non capire, né sfuggire alla realtà dei fatti. Jessica, mentre ascoltava, provò un vago senso di nausea. Ormai tutto era vero e reale. E il senso di nausea aumentò quando fu istintivamente portata a riflettere su ciò che aveva impegnato per la cauzione. In quel momento fu come ricevere un colpo in pieno petto. Aveva rischiato tutto. La casa. I profitti del negozio. Perfino l'anello con lo smeraldo di sua madre. Tutto. E che cosa sarebbe successo se Ian si fosse lasciato cogliere dal panico e avesse preferito scappare e scomparire? E se... mio Dio... avrebbe perduto tutto. Lo guardò sentendosi la gola chiusa da un nodo di pianto e cercò di concentrarsi su quello che veniva detto. Ma le pareva quasi di non riuscire a sentire le loro parole. Continuava a pensare al fatto di aver avuto bisogno tanto disperatamente di un uomo da essere pronta a dare tutto per lui. E a quel punto che cosa sarebbe accaduto?

Martin spiegò a tutti e due come si sarebbe svolta l'udienza preliminare; poi Jessica e Ian acconsentirono ad assumere un investigatore per cercare di scoprire tutto il possibile sulla « vittima ». Si auguravano che ci fosse molto da scoprire e che tutto fosse sgradevole. Non avevano nessuna intenzione di mostrarsi gentili nei confronti della signorina Margaret Burton. L'unica via di salvezza per Ian era quella di rovinarla completamente.

« A ogni modo, Ian, ci deve essere pure una ragione di quello che è successo. Pensaci bene. Attentamente. L'hai forse malmenata? L'hai aggredita sessualmente? Verbalmente? L'hai umiliata? Le hai fatto male? » Martin si mise a fissare Ian con aria significativa e Jessie girò gli occhi dall'altra parte. Non sopportava di vedere sulla faccia di Ian quell'espressione imbarazzata, di chi si sente a disagio. « Ian? » Poi Martin la guardò. « Jessie, forse sarebbe meglio che tu ci lasciassi soli per qualche minuto in modo che tutto questo sia messo bene in chiaro. »

« Certo. » Era un sollievo lasciare l'ufficio di Schwartz. Ian non alzò gli occhi mentre lei usciva. Ormai si cominciava ad andare al sodo. Si cominciava a mettere bene in chiaro chi aveva fatto qualcosa a qualcun altro, dove, come, per quanto tempo e quante volte. Ian si sentiva morire al pensiero di ciò che Jessica avrebbe dovuto ascoltare in tribunale, al processo.

Lei, intanto, si era messa a girellare per i corridoi con il pavimento ricoperto di moquette, osservando le stampe appese alle pareti, fumando, sola con i propri pensieri, fino a quando trovò un piccolo divano a due posti sistemato vicino a una finestra dalla quale si godeva lo stesso panorama magnifico che si aveva dall'ufficio di Martin. Aveva molte, moltissime, cose a cui pensare.

Mezz'ora dopo una segretaria venne a cercarla per riaccompagnarla nell'ufficio di Martin. Ian aveva l'aria angosciata e Martin la faccia cupa. Jessica cercò di buttare tutto sullo scherzo.

« Non mi direte che ho perduto la parte migliore? »

Ma il suo sorriso era forzato e nessuno degli altri due tentò di ricambiarlo.

« Secondo quello che dice Ian, non c'è stata nessuna parte 'migliore'. Evidentemente la spiegazione di quello che è successo è una sola: motivi di rancore personale. »

« Contro Ian? Perché? La conosceva? » Jessica si voltò verso suo marito con un'occhiata piena di stupore. Le pareva di aver capito che quella donna fosse un'estranea per lui.

« No. Non la conoscevo. Quello che Martin vuol dire è che lei era decisa a far del male a qualcuno, a chiunque, purché fosse un uomo, forse, e io sono arrivato nel momento sbagliato. »

« Come mi fa piacere saperlo! Ripeti, per favore! »

« Mi auguro soltanto che si riesca a dimostrarlo, Ian. Secondo me Green dovrebbe scoprire qualcosa su di lei. »

« Sarà opportuno che lo faccia, visto che è pagato venti dollari l'ora. » Ian aggrottò nuovamente le sopracciglia e lanciò uno sguardo a Jessie mentre lei faceva con la testa un segno affermativo quasi impercettibile. Non era quello il momento di voler risparmiare! Avrebbero trovato qualche altro modo di fare dei risparmi se era necessario, ma pareva inconcepibile, al punto in cui erano, rinunciare alle indagini dell'investigatore.

Martin ricominciò di nuovo a spiegare come si sarebbe svolta l'udienza preliminare per essere ben sicuro che avessero capito. Si trattava di una specie di mini-processo durante il quale il querelante, cioè la vittima, e l'imputato avrebbero riferito la loro versione personale dell'accaduto. Il giudice doveva decidere se si poteva giungere a un accomodamento e lasciar cadere l'accusa oppure se bisognava presentarla, per la decisione definitiva, a una Corte di giustizia di grado più alto — in questo caso, a un processo. Martin non aveva nessuna speranza che i capi d'accusa potessero venir ritirati. Le due versioni dell'accaduto erano esasperate e veementi in pari grado, oltreché contrastanti, le circostanze poco chiare. Nessun giudice si sarebbe accollato il compito di prendere una decisione su un caso simile, a livello dell'udienza preliminare. Inoltre, un elemento a loro sfavore era rappresentato dall'apparente integrità della querelante che si era conservata per anni lo stesso impiego e godeva di un'ottima reputazione presso i suoi colleghi. Fra l'altro esistevano, in quel caso, determinati aspetti psicologici che avevano fatto nascere in Martin Schwartz una notevole preoccupazione: il fatto che Ian fosse virtualmente mantenuto dalla moglie e non avesse più scritto un libro di successo da parecchio tempo, anche se erano già sei anni che faceva lo scrittore, avrebbe potuto provocare un certo risentimento fra le donne; o, perlomeno, un buon avvocato dell'accusa non avrebbe avuto difficoltà a presentare la situazione sotto quella luce. Aggiunse, infine, che l'investigatore sarebbe andato a parlare con Ian quel pomeriggio stesso o l'indomani mattina.

Jessie e Ian presero l'ascensore e scesero in silenzio; Jessie si decise a parlare soltanto quando si ritrovarono in strada.

« E allora, caro, che cosa ne pensi? »

« Niente di buono. A sentire Schwartz, mi pare di aver capito che, se non riusciamo a scoprire qualcosa di grave su di lei, mi ha messo con le spalle al muro. Non solo ma, sempre secondo Schwartz, le giurie, da qualche tempo, non sono molto disposte a tollerare un simile atteggiamento. D'altra parte, nel nostro caso, è l'unica speranza che ci resta. Purtroppo esiste la sua versione dei fatti contro la mia e, naturalmente, c'è anche un referto medico; ma ho l'impressione che quello non abbia un gran peso. Possono dire che c'è stato un rapporto sessuale, ma nessuno può affermare che ci sia stato uno stupro. L'accusa di aggressione, oltre a quella di violenza carnale, è già stata lasciata cadere. Quindi non restano che la sostanza di quello che è accaduto oltre alle mie 'deviazioni sessuali'. » Jessica annuì, senza parlare. Il ritorno alla boutique si svolse in silenzio. Jessica stava pensando con orrore crescente all'udienza. Non aveva nessuna voglia di vedere quella donna ma, purtroppo, non c'era via di uscita. Doveva vederla, ascoltarla, resistere fino in fondo, non fosse altro che per amore di Ian, indipendentemente da quanto l'intera faccenda poteva diventare odiosa e insopportabile.

« Vuoi che ti lasci l'automobile, amore? Posso tornare a casa a piedi. » Ian si preparò a scendere dopo averla accompagnata al negozio.

« Ecco, tesoro, a dir la verità, adesso che ci penso, quest'oggi mi servirebbe. Ti complico molto la vita se la tengo? » Stava cercando di essere spiritosa, ma le era balenata un'idea. Aveva assoluto bisogno dell'automobile, quel giorno, impossibile farne a meno... e non aveva importanza se, con la sua decisione, guastava i progetti di Ian, o no.

« Figurati! Se dovesse servirmi, ho sempre quella specie di bomba, tutto sesso, che è la mia svedese! » Si voleva riferire alla *Volvo* di sua proprietà e Jessica sorrise.

« Vuoi entrare a prendere una tazza di caffè? » Ma nessuno dei due aveva molta voglia di parlare. Il colloquio di quella mattina aveva avuto il risultato di farli diventare pensierosi e di farli sentire stranamente lontani l'uno dall'altra.

« No, preferisco lasciarti lavorare. Voglio stare un po' solo con me stesso. » Era inutile domandargli se era inquieto o turbato. Lo erano entrambi.

« Va bene, amore. Ci vediamo più tardi. » Sulla porta della boutique si separarono con un rapido bacio.

Jessica si rifugiò subito nel suo ufficio e prese un appuntamento per l'una e mezza. Era l'unica cosa che era riuscita a trovare. Ian ne sarebbe stato addoloratissimo, ma quale altra scelta le rimaneva? Fra l'altro, Ian non era più nella posizione di poter obiettare qualcosa.

« Bene, che cosa ne pensa? » L'aspetto di quell'uomo le era odioso e le dava già fastidio essere costretta a trattare con lui. Era grasso, con l'aria furbesca e il modo di fare untuoso.

« Niente male. Una bella macchinetta sportiva. E ora proviamo a guardare dentro il cofano. Com'è il motore? »

« Impeccabile. » L'uomo stava esaminando la piccola *Morgan* rossa come se si fosse trattato di un pezzo di carne da acquistare in un supermarket oppure di una puttana di bordello. Jessie si sentì venire la pelle d'oca; quello che stava per fare le sembrava molto simile a vendere il figlio suo, e di Ian, a uno di quei loschi individui che fanno la tratta delle bianche. Sì, doveva venderla a quell'uomo grasso e nauseante.

« Ha fretta di concludere l'affare? »

« No. Ero solo curiosa di sapere qual era la cifra che potevo ricavarne. »

« Perché vuole venderla? Ha bisogno di soldi? » Squadrò Jessie attentamente da capo a piedi.

« No. Ho bisogno di una macchina più grande. » Tutto molto penoso, comunque. Ricordava ancora la sua meraviglia, e la sua gioia, il giorno in cui Ian era arrivato al volante della *Morgan* e le aveva consegnato le chiavi con un sorriso che gli andava da un orecchio all'altro. Vittoria! E a quel punto vendere la *Morgan* rossa sarebbe stato come vendere il proprio cuore. O quello di Ian.

« Senta, posso farle un'offerta. »

« Quanto? »

« Quattromila... mah... forse, proprio per farle un favore, potrei arrivare a quattromilacinquecento dollari. » Il commerciante di automobili usate la squadrò di nuovo da capo a piedi e aspettò.

« È una cifra assurda. Mio marito l'ha pagata settemila dollari e, adesso, è in condizioni migliori di quando l'ha comprata. »

« È l'offerta massima che posso farle. Fra l'altro, secondo me, è il meglio che può ottenere se vuole venderla in fretta. Perché ha bisogno, anche, di una piccola revisione. » Non era vero, e lo sapevano tutti e due, però l'uomo aveva ragione quando aveva accennato al fatto che la cifra poteva essere soltanto quella, se lei voleva venderla al più presto. La *Morgan* era un'automobile stupenda, ma c'erano poche persone disposte a volerla acquistare, o che potessero permettersela.

« Le farò sapere qualcosa. Grazie e mi scusi se le ho fatto perdere tempo. » Senza ulteriori commenti, Jessica risalì in macchina e ripartì. Accidenti. Che avvilimento essere ridotti a dover prendere una decisione simile! D'altra parte aveva da pagare il resto dell'onorario di Schwartz, e poi c'era anche l'investigatore privato; il negozio e la casa erano già, praticamente, impegnati presso la Yorktowne Bonding e, come se non bastasse, aveva anche ottenuto un prestito servendosi dell'automobile come garanzia. Poteva considerarsi fortunata se la banca le avesse dato il permesso di venderla. Però la conoscevano bene. E forse avrebbero acconsentito. Fra l'altro, dopo aver dichiarato solennemente di volersi mettere in giro a cercarsi un impiego, Ian non aveva alzato un dito. Si era buttato di nuovo a capofitto nella continuazione del libro che stava scrivendo e non andava più in nessun posto. Se ne stava chiuso nello studio con una matita infilata dietro l'orecchio. Molto artistico, come quadro della situazione, ma — al punto in cui si trovavano — assolutamente infruttuoso. E, anche se fosse riuscito a trovarsi un impiego, quanti soldi avrebbe potuto portare a casa in quel mese o due che dovevano passare prima del processo, magari servendo in tavola in un ristorante o dietro il banco di un bar, e continuando a scrivere la notte? Chissà, forse il libro si sarebbe venduto bene. Questa era sempre una speranza su cui contare. Jessie, però, sapeva per esperienza che ci voleva tempo; troppo spesso si erano illusi aggrappandosi a quel filo di speranza. Ormai non ci credeva più. No, bisognava sacrificare la *Morgan*. Presto o tardi.

Cercò di restare più sola che poteva per il resto della giornata e provò una piacevole sorpresa quando Astrid Bonner entrò nel negozio appena prima delle cinque. Chissà che non riuscisse a tirarla un po' su di morale e a farle dimenticare i suoi problemi.

« Beh, Jessica, sei un po' come l'araba fenice. Non ti si trova mai! » Però era di ottimo umore. Si era appena comperata un nuovo anello con un topazio. Era un oggetto stupendo, dalla lavorazione raffinata; una pietra di grandi dimensioni con una montatura in oro che, da sola, valeva un piccolo patrimonio... ma « non era stata capace di resistere ». Al dito di qualsiasi altra persona, quell'anello avrebbe fatto un effetto troppo vistoso, quasi volgare; su Astrid, aveva stile. Però Jessica non poté fare a meno di sentire una fitta al cuore, guardandolo, e pensando alla *Morgan*. Il topazio con le sottili *baguettes* di diamanti, probabilmente, era costato ad Astrid il doppio della somma di cui lei aveva un disperato bisogno.

« Effettivamente la mia vita è stata un po' tumultuosa da quando sono tornata da New York. Che anello stupendo, Astrid! »

« Quando ne sarò stanca, potrò sempre servirmene come pomello per una porta. Non sono ancora stata capace di decidere se è favoloso o orribile e, purtroppo, so che nessuno avrà mai il coraggio di dirmi la verità. »

« È favoloso. »

« Dici sul serio? » E lanciò a Jessie uno sguardo malizioso.

« Più seria di così! Mi sono sentita diventare livida dall'invidia dal primo momento in cui sei entrata. »

« Magnifico! È stato vergognoso da parte mia togliermi un simile capriccio. Sono molto indulgente con me stessa! Ma se tu sapessi... è incredibile quello che riesce a combinare una povera figliola come me quando si annoia! » Scoppiò in una risatina piena di civetteria e Jessie sorrise. Come erano piccoli i suoi problemi. Già, un po' di noia!

« Vuoi un passaggio fino a casa oppure sei venuta a comperare qualcosa? »

« Niente compere e ho anch'io la macchina, grazie. Sono semplicemente passata, tornando a casa, per invitare te e tuo marito a cena. » Le ragazze le avevano detto che Jessie era sposata.

« Che idea gentile! Ne saremo felici. Quando ti farebbe piacere che venissimo? »

« Che cosa ne diresti di domani sera? »

« Affare fatto. » Si scambiarono un sorriso di soddisfazione e Astrid si mise a girellare, senza fretta, sentendosi completamente a proprio agio, nel piccolo, allegro e accogliente ufficio di Jessie.

« Sai che cosa ti dico, Jessica? Sto cominciando a innamorarmi di questo posto. Un giorno o l'altro non è escluso che riesca a soffiartelo, se non stai attenta! » Scoppiò in una risata sbarazzina fissando attentamente Jessica negli occhi.

« Non è il caso di sprecare tante energie per riuscirci! Non è escluso, piuttosto, che io te lo ceda. Anzi, in questo preciso momento, avrei quasi voglia di offrirtelo avvolto in una bella carta da regalo, e con il fiocco in aggiunta: come un pacco-dono, insomma! »

« Mi fai letteralmente perdere le bave! »

« Risparmiati la saliva! Posso offrirti qualcosa da bere? Non so tu come la pensi, ma io credo di aver bisogno di un goccio di qualcosa di forte. »

« Hai ancora quei problemi che mi avevi menzionato l'altro giorno? »

« Più o meno. »

« Questo significa che devo occuparmi degli affari miei. Più che giusto. » Fece subito un sorriso, per niente offesa; non sapeva che Jessica aveva passato la giornata cercando di dimenticare che Barry York aveva un diritto di riservato dominio, da creditore privilegiato, sulla sua azienda. Quando ci pensava, Jessica si sentiva nauseata; intanto Ian continuava a restare senza contatti con il resto del mondo, lavorando notte e giorno a quel maledettissimo romanzo. Gesù! Aveva bisogno di qualcuno con cui parlare. Possibile che Ian avesse scoperto che era proprio quello il momento più adatto per partire in quarta? Gli capitava sempre così quando stava lavorando a un libro. Già, ma a quel punto?

« Mi viene un'idea, Jessica. »

Jessie alzò gli occhi, trasalendo. Per un attimo si era completamente dimenticata di Astrid.

« Che cosa ne diresti se, invece di restare qui, andassimo a casa mia a bere qualcosa? »

« Sai cosa ti dico? Mi piacerebbe moltissimo. Sicura che non sarà troppo disturbo? »

« Nessun disturbo; sarà divertente. Su, vieni, mettiamoci in marcia. »

Jessie augurò rapidamente la buonanotte alle ragazze e si accorse di provare uno strano sollievo a lasciare la boutique. Di solito, non le succedeva mai. Era abituata a sentirsi bene, felice e serena, appena entrava da quella porta alla mattina, e molto soddisfatta di sé, e della sua vita in genere, quando ne usciva alla sera. Ormai il solo pensiero del negozio le era diventato odioso. Incredibile, quasi da aver paura, il modo in cui le cose potevano cambiare completamente in tanto poco tempo! Jessie si accodò, con la propria automobile, ad Astrid la quale si diresse verso casa a bordo di una berlina chiusa, nera, che non aveva più di un paio d'anni. Una *Jaguar*, l'automobile perfetta per lei. Perché era elegante, piena di stile con la sua sagoma allungata, né più né meno come lo era Astrid. Del resto, era una donna circondata solo da cose rare e pregiate. Inclusa la casa in cui abitava.

L'arredamento della sua villa era un'armoniosa fusione, così bella da togliere il fiato, di raffinati e squisiti mobili antichi francesi e inglesi, Luigi XV, Luigi XVI, in stile Hepplewhite e Sheraton. Ma nessuno di essi era troppo vistoso o di gusto pesante. La casa aveva un'atmosfera serena e ariosa. Le stoffe scelte per completare l'arredamento erano quasi tutte nelle tonalità del bianco e del giallo, le tende di leggerissimo *organdis*, le sete di una tenue sfumatura color guscio d'uovo e, al piano superiore, ce n'erano delle altre stampate a motivi floreali, dai colori vivaci. Alle pareti era appesa una stupenda collezione di quadri. Due Chagall, un Picasso, un Renoir e un Monet che sembravano avvolgere la sala da pranzo in una magica atmosfera di colori.

« Astrid, ma è favoloso tutto questo! »

« Sì, e io devo ammettere che adoro tutto quanto mi circonda. Tom aveva molte cose stupende. E sono oggetti piacevoli con i quali vivere. Qualcosa abbiamo comperato insieme ma, per la massima parte, si tratta di mobili e arredi che possedeva già quando ci siamo sposati. Quanto al Monet, però, sono stata io a scovarlo. »

« È magnifico. » Astrid aveva l'aria orgogliosa. E con pieno diritto.

Perfino i bicchieri, nei quali servì lo Scotch, erano di un gusto squisito — di cristallo lieve come un foglio di carta con trasparenze variopinte, di tutti i colori dell'arcobaleno, quando si sollevavano nella luce radente del tardo pomeriggio. Non solo, ma dalle finestre della biblioteca del piano superiore, dove andarono a sedersi con i loro bicchieri, si godeva un panorama entusiasmante del Golden Gate Bridge e della baia.

« Dio, che casa favolosa! Sono senza parole! » Era realmente splendida. La biblioteca aveva le pareti coperte di *boiseries* di scaffali pieni di libri antichi. A una di esse era appeso il ritratto di un uomo dall'aria seria e grave; al di sopra della mensola del caminetto, in marmo marrone, c'era un Cézanne. Il ritratto era quello di Tom. Jessie non ebbe difficoltà a immaginare come doveva essere stata bella la loro vita insieme, malgrado l'evidente differenza di età. Negli occhi di Tom, pieni di calore umano e di luce, pareva di cogliere il guizzo di un sorriso. Ammirando il ritratto, Jessie improvvisamente comprese come Astrid dovesse sentirsi sola.

« Era un gran bell'uomo. »

« Sì, e andavamo incredibilmente d'accordo. Perderlo è stato un colpo durissimo per me. Ma siamo stati fortunati. Dieci anni sono molti, quando sono dieci anni come quelli che abbiamo avuto noi. » Jessie, però, intuiva che Astrid non aveva ancora deciso che cosa fare di sé e della propria vita. In quel momento pareva senza radici, come se galleggiasse nel vuoto... frequentava assiduamente boutique, negozi di gioielli, pelliccerie, partiva per lunghi viaggi. Non aveva niente che la trattenesse lì, che le servisse da ancora. Aveva la casa, dei soldi, i quadri, gli abiti, ma non aveva più il suo uomo. Perché era lui la chiave di tutto. Senza Tom niente poteva assumere un significato vero, e speciale. Jessie cominciava a capire come doveva essere la vita di Astrid. E si sentì percorrere da un brivido di paura.

« Che tipo è tuo marito, Jessica? »

Jessie sorrise. « Straordinario. Fa lo scrittore. Ed... ecco, è il mio miglior amico. Secondo me è matto; però è fantastico, un uomo bello, intelligente, brillante. È l'unica persona con la quale, in fondo, sono capace di parlare. È speciale, davvero, tutto diverso dagli altri. »

« Mi pare che tu abbia detto tutto, o sbaglio? » Gli occhi di Astrid, mentre parlava, si erano illuminati di dolcezza; ma Jessie si sentì ugualmente colpevole. Come poteva avere il coraggio di dilungarsi con tanto entusiasmo a descrivere Ian, e le sue qualità meravigliose, a una donna come Astrid? Astrid, la quale aveva perduto il suo uomo che, per lei, significava in tutto e per tutto ciò che Ian, in quel momento, significava per Jessie?

« No, non fare quella faccia, Jessica. So benissimo

quello che stai pensando, ma sbagli. È giusto che tu provi ciò che mi hai descritto. Ed è giusto che tu me lo descriva proprio con quell'espressione stupenda, di gioia vittoriosa, sulla faccia. Perché è tutto quello che io sentivo per Tom. Adoralo, proteggilo, sbandieralo davanti alle altre donne, goditelo, ma non scusartene mai e soprattutto non scusartene con me! »

Jessica annuì con aria pensierosa, fissando il proprio bicchiere. Poi alzò gli occhi di nuovo a guardare Astrid.

« In questo momento abbiamo parecchi problemi gravi. »

« Problemi che vi riguardano personalmente? Fra voi due? » Astrid non nascose la propria sorpresa. Perché non era quello che aveva creduto di leggere sulla faccia di Jessica. Indubbiamente qualcosa che non andava doveva esserci; ma non erano certo questioni gravi che riguardavano i suoi rapporti col marito. Le era sembrata troppo felice quando glielo aveva descritto. Chissà, forse problemi di denaro. Ai giovani capitava spesso di averne. Eppure c'era qualcos'altro che le sfuggiva. Qualcosa che affiorava nei momenti più inaspettati. Un fremito di paura, quasi di terrore. Che si trattasse di qualche malattia, magari? Astrid si lambiccava il cervello ma, al tempo stesso, non voleva essere troppo curiosa.

« Forse si potrebbe chiamare 'crisi'. E non è escluso che si tratti di una crisi piuttosto grossa, anche. Tuttavia il problema non riguarda noi due, nei nostri rapporti reciproci; perlomeno non in questo senso. » Girò gli occhi verso la finestra e si mise a contemplare la baia, in silenzio.

« Sono sicura che tutto si sistemerà. » Astrid aveva capito che Jessie non voleva parlarne.

« Me lo auguro. »

Poi la conversazione passò inaspettatamente a un altro argomento, quello del negozio, come si faceva a mandarlo avanti e quale era il tipo di clienti che Jessie aveva. Astrid la fece ridere raccontandole qualche aneddoto che risaliva all'epoca in cui lavorava per *Vogue* a New York. Erano quasi le sette quando Jessie si decise ad alzarsi per tornare a casa. Intanto si accorgeva di non avere nessuna voglia di andarsene di lì.

« Ci vediamo domani. Alle sette e mezza? »

« Spaccheremo il minuto. Muoio dalla voglia di far vedere a Ian questa casa. » Poi, all'improvviso, le balenò un'idea. « Astrid, ti piacciono gli spettacoli di balletto? »

« Li adoro. »

« Avresti voglia di venire con noi a vedere il balletto Joffrey la settimana prossima? »

« No... io... » negli occhi le apparve un lampo di tristezza.

« Su, da brava, non fare la guastafeste! Ian sarebbe felicissimo di accompagnarci tutte e due. Ossignore, chissà quante arie si darebbe! » Scoppiò a ridere, ma Astrid sembrò ancora esitante. Infine annuì, con un lieve sorriso, da bambinetta piena di timidezza.

« Non so resistere. Detesto fare il terzo incomodo... quante volte mi è capitato dopo la morte di Tom, ed è la cosa più deprimente del mondo! Come ti fa sentire sola! Tutto sommato, è molto più facile stare per conto proprio. Però sarei felice di venire con voi, purché Ian non abbia niente in contrario. »

Si lasciarono come due scolarette che hanno avuto la fortuna di accorgersi di abitare nella stessa strada, a poca distanza l'una dall'altra. Jessie, poi, aveva una voglia matta di raccontare tutto a Ian. Chissà come gli sarebbe piaciuto tutto... e anche Astrid! A Jessie, Astrid ricordava un po' se stessa e come sarebbe voluta essere. Tutto quell'autocontrollo, quell'equilibrio, quel modo di comportarsi posato ed elegante ma, anche, quanta gentilezza, e che carattere schietto e sereno! Forse non aveva ancora deciso che cosa fare della propria vita, ma si capiva che, già da molto tempo, era scesa a patti con se stessa. Da Astrid irradiavano tenerezza, affetto, e serenità. In lei non c'era più quell'ansia, quella smania di aggredire la vita per ottenere tutto quello che era possibile, che capitava a Jessie di provare. Eppure si accorgeva di non invidiarla, in fondo. Lei aveva ancora Ian, mentre Astrid non aveva più Tom. Anzi, durante il breve tragitto per arrivare a casa, Jessica si accorse di aver aumentato la velocità e imboccò il viale d'accesso alla casa ad andatura sostenuta, con l'ansia di vedere Ian... non soltanto il suo ritratto.

Mentre si avvicinava alla casa, vide un uomo uscire dalla porta e dirigersi verso una macchina parcheggiata a poca distanza. L'uomo le lanciò una lunga occhiata scrutatrice e, infine, le fece un cenno di saluto con la testa. Jessie, allora, si sentì invadere da un terrore smisurato. La polizia... la polizia era tornata! Che cosa volevano ancora? Anche i suoi occhi assunsero un'espressione terrorizzata mentre restava lì impietrita, senza riuscire a muovere un passo. L'incubo era riapparso. Per fortuna non si trattava dell'ispettore Houghton. Ma Ian... dov'era? Avrebbe voluto mettersi a urlare, ma capì che non era possibile. I vicini potevano sentirla.

« Sono Harvey Green. Lei è la signora Clarke? » Jessica annuì, ma non si mosse di un passo, continuando a fissarlo inorridita. « Sono l'investigatore privato al quale Martin Schwartz ha affidato il vostro caso. »

« Oh. Capisco. Ha già parlato con mio marito? » Di colpo le parve di sentirsi soffiare sul viso una brezza gelida e capì che ci sarebbe voluto parecchio tempo perché il suo cuore ricominciasse a battere normalmente.

« Sì, gli ho parlato. »

« Crede che ci sia dell'altro che io dovrei aggiungere? » All'infuori dei soldi.

« No. Abbiamo tutto sotto controllo. Mi terrò in contatto. » Alzò la mano in un vago gesto, un po' buffo, di saluto militaresco, portandola verso la tempia e il suo ciuffo di capelli di colore indefinito. Poi riprese il cammino verso la sua automobile. Era grigia o azzurro chiaro: alla luce del crepuscolo Jessie non avrebbe saputo dirlo con certezza. Magari era bianca. Oppure verde chiaro. Come lui, che aveva un aspetto totalmente anonimo. Harvey Green aveva gli occhi sfuggenti e una faccia che si dimenticava con facilità. Avrebbe potuto confondersi molto bene in mezzo a una folla. Impossibile dargli un'età definita, fra l'altro, e anche i suoi vestiti erano fuori moda, senza uno stile ben preciso. Ma Harvey Green era perfetto per il suo ruolo.

« Tesoro, eccomi! » Ma dalla voce di Jessica trapelava un tremito di nervosismo. Lo stesso che si poteva sentire nella voce di Ian, quando le rispose. « Tesoro? Siamo stati invitati a cena per domani sera. » Purtroppo, una notizia del genere non interessava molto nessuno dei due. Tutto d'un tratto, Harvey Green pareva molto più vivo, attuale e presente, di Astrid.

« Invitati? E da chi? » Ian si stava versando qualcosa da bere in cucina. E non si trattava del solito vino bianco. Ma di *bourbon* oppure di Scotch, che beveva di rado, salvo quando avevano ospiti che venivano dall'Est.

« Dalla nuova cliente, che ho conosciuto in negozio. Astrid Bonner. È una donna adorabile; credo che la troverai simpatica. »

« Chi? »

« Sì, che lo sai! Te l'ho già raccontato. Quella vedova che abita in quella specie di palazzo di mattoni qui sull'angolo. »

« Va bene. » Cercò di abbozzare un sorriso, ma si capì subito che riusciva male. « Hai visto Green entrando? »

Jessica fece segno di sì con la testa. « Credevo che fosse un poliziotto. Quindi sono letteralmente saltata in aria per lo spavento. »

« Anch'io. Buffo, vero, vivere a questo modo? »

Lei finse di non aver sentito quell'osservazione e andò a sedersi nella sua solita poltrona.

« Potresti farne uno anche a me? »

« Scotch e acqua? »

« Sì, perché no? » Sarebbe stato il terzo, quella sera.

« Va bene. Certo che dev'essere una casa magnifica quella della vedova. » Però, dal tono in cui parlava, non pareva che gliene importasse molto. Fece cadere qualche cubetto di ghiaccio in un altro bicchiere.

« La vedrai domani. E, Ian, l'ho invitata a venire con noi a quello spettacolo di balletto. Ti dispiace? » Ci vollero un attimo e due sorsi di whisky prima che Ian la guardasse dritto in faccia e le rispondesse e, quando lo fece, Jessica si accorse che non le garbava affatto quello che gli leggeva negli occhi.

« Bambina, a questo punto, non me ne frega un accidenti di niente. »

Quella sera, dopo cena, cercarono di fare l'amore e, per la prima volta da quando si conoscevano, Ian non ci riuscì. Ma si rese conto che non gliene fregava un accidenti di niente anche in quel caso. Come se fosse il principio della fine.

# 11

« Ti sei già vestito? » Jessica poteva sentire Ian andare avanti e indietro nella stanza dove lavorava abitualmente; quanto a lei, aveva appena finito di spazzolarsi i capelli. Indossava un paio di pantaloni di seta bianca e un maglioncino turchese, lavorato all'uncinetto, ma non era ancora del tutto convinta di essersi vestita nel modo giusto. Con ogni probabilità Astrid sarebbe stata elegantissima. Ian, intanto, pareva che continuasse a trafficare nel suo studio. « Ian! Sei pronto? » Tutto quello strepitio cessò. Jessica sentì un rumore di passi.

« Più o meno. » Le sorrise, fermo sulla soglia della camera da letto. Jessica lo fissò negli occhi mentre gli andava incontro.

« Signor Clarke, hai un aspetto assolutamente divino. »

« Anche tu. » Ian s'era messo il blazer nuovo, blu scuro, firmato Cardin, che Jessica gli aveva appena portato da New York, una camicia celeste, una cravatta rosso vino a piccoli disegni tipo cashmere con i calzoni di gabardine beige, che Jessica aveva trovato in Francia. Gli facevano apparire le gambe, già lunghe, ancora più slanciate ed eleganti.

« Hai un'aria tremendamente decorosa e rispettabile

e tremendamente bella. Io credo di essere tremendamente innamorata di te, tesoro. »

Lui le fece un profondo inchino e quando lei gli fu vicino la prese fra le braccia.

« Visto come stanno le cose, se ce ne restassimo qui a casa? » Negli occhi gli era apparso un lampo sbarazzino.

« Ian, guai se mi tocchi! Astrid resterebbe molto delusa se non ci facessimo vedere. E poi, vedrai, ti piacerà enormemente. »

« Chissà se tutte queste promesse saranno mantenute? » Le offrì il braccio mentre Jessica prendeva dalla seggiola dell'anticamera la giacca di seta bianca che vi aveva lasciato. Ian andava a quella cena soltanto per farle piacere. Ma aveva ben altro in testa!

Percorsero a piedi il mezzo isolato che li separava dalla palazzina in mattoni situata sull'angolo. Per la prima volta, quella sera, l'aria fresca faceva presagire la fine dell'estate. L'autunno stava arrivando, ma a modo suo, con dolcezza. San Francisco, d'autunno, non era neppure paragonabile a New York nella stessa stagione. Forse, in parte, era un po' quello il motivo per il quale si erano innamorati immediatamente di quella città. Adoravano il suo clima dolce e temperato.

Jessica suonò il campanello e attesero. Per un attimo non ci fu risposta.

« Forse ha deciso che non ci vuole più. »

« Oh, stai un po' zitto! Tu vorresti soltanto rimanere a casa per lavorare al tuo libro. » Ma gli sorrise. Fu in quel momento che udirono un rumore di passi.

Un attimo più tardi la porta veniva spalancata. Ed ecco Astrid, stupenda, in un abito nero, di maglia, lungo fino ai piedi, sul quale portava un lungo filo di perle. I capelli ondulati erano raccolti in una morbida crocchia sulla nuca; gli occhi le scintillavano quando li fece entrare. Sembrava ancora più bella del solito. Ian, poi, non nascondeva di essere rimasto strabiliato. Si era aspettato una vedova di mezza età e aveva accettato di partecipare a quella cena, e a quella serata, più che altro per far piacere a Jessie. Ma non aveva il minimo sospetto che si sarebbe trovato di fronte quella specie di visione paradisiaca in nero, con la vita sottile, da statuina di porcellana di Dresda, e il collo lungo, dalla linea dolcemente arcuata... e quel viso! Come gli piaceva il viso di Astrid. E l'espressione dei suoi occhi. No, quella non era una vedova distinta, magari titolata. Era una « donna ».

Le due signore si abbracciarono e Ian rimase indietro di qualche passo a osservarle, incuriosito da quella persona, più anziana di loro, che ancora non conosceva e dalla casa stupenda che aveva cominciato a intravedere attraverso la porta socchiusa dell'anticamera. Impossibile non sgranare tanto d'occhi, che guardasse lei o la sua casa.

« E questo è Ian. » Lui ubbidì a quel richiamo, con l'impressione di essere un bambinetto che viene presentato dalla mamma — « Di' buonasera a questa bella signora, tesoro » — e protese una mano.

« Piacere. » Improvvisamente si rallegrò di aver indossato la nuova giacca di Cardin e la cravatta. Perché quella non sarebbe stata una delle solite cene alle quali era abituato. Probabilmente lei doveva essere una di quelle snob... Impossibile che non lo fosse, dal momento che viveva in un ambiente del genere. E vedova, per di più. E come se non bastasse, anche una nuova ricca. Figuriamoci se non lo era, perbacco, eppure qualcosa, un vago sospetto, gli disse che no, non si trattava di una persona del genere. Non aveva gli occhi da pesce morto, né, tantomeno, le sopracciglia eternamente corrugate della vera snob. Aveva due bellissimi occhi, una faccia simpatica. E l'aspetto di una persona qualsiasi, ma vera e viva.

Astrid scoppiò in un'allegra risata mentre li precedeva al piano di sopra, verso la biblioteca. Ian e Jessica si scambiarono qualche rapida occhiata mentre, salendo le scale, passavano davanti a delicati schizzi e incisioni: Picasso, Renoir, Renoir ancora, Manet, Klimt, Goya. Lui moriva dalla voglia di fischiare di ammirazione e Jessie gli rivolse un sorriso... un po' come una cospiratrice, che lo avesse aiutato a entrare nella casa più famosa del quartiere perché si diceva che fosse abitata dagli spiriti. Lui alzò le sopracciglia e lei gli mostrò la lingua. Astrid li precedeva, e aveva già imboccato il corridoio. Lui avrebbe voluto bisbigliarle qualcosa; Jessie sarebbe voluta scoppiare a ridere... ma era impossibile. No, non si poteva farlo. Almeno finché non fossero tornati a casa. Però Jessie si sentì di nuovo felice quando vide l'espressione apparsa sulla faccia di Ian; di colpo, l'aveva fatta sentire una vera e propria bambina, pronta a fare una birichinata. Gli allungò, senza farsi notare, un leggero pizzicotto al sedere mentre gli passava davanti per entrare in biblioteca.

Astrid aveva un piatto di *hors d'oeuvres* che li aspettava, oltre a un prelibato pâté. Un bel fuoco di legna scoppiettava allegramente nel caminetto. Ian accettò un pezzettino di pâté spalmato su una sottile fettina di pane tostato e poi scoppiò a ridere guardando Astrid negli occhi.

« Signora Bonner, non so come dirlo e ho l'impressione di avere quattordici anni, ma la sua casa mi ha lasciato senza parole! » E non solo la casa, ma anche la padrona! Le rivolse quel sorriso da creatura giovane e innocente che Jessie adorava, e Astrid si unì alla sua risata.

« Sono felice, questo è un complimento delizioso... ma chiamarmi 'signora Bonner' cambia completamente le carte in tavola. Ian, potrai sentirti un quattordicenne, ma non devi farmi sentire come se io, invece, avessi quattro secoli! Prova a chiamarmi 'Astrid'... » gli disse indirizzandogli un'occhiata maliziosa. « Altrimenti non è escluso che io ti butti fuori a calci da questa casa. E per carità, non voglio neanche essere chiamata 'zia Astrid', che Dio me ne guardi! » Scoppiarono a ridere tutti e tre insieme; poi Astrid fece scivolare rapidamente i piedi fuori delle scarpe e si rannicchiò in un'ampia e accogliente poltrona, con le gambe ripiegate sotto di sé. « Però sono felice, e lo dico sul serio, che vi piaccia la mia casa. A volte è imbarazzante, adesso che Tom non è più qui con me. La amo talmente! Eppure, a volte, ho la sensazione di essere ancora a disagio in queste stanze, un po' come un'estranea. Insomma, è così... così... ecco, come se fosse la casa di mia madre e io incaricata di occuparmene in assenza dei veri padroni. Quello che voglio dire, in realtà, è questo... sono proprio io? In ambienti simili? Che assurdità! » Salvo che non era affatto ridicolo. Quella casa si intonava alla perfezione ad Astrid. Ian si domandò fino a che punto lei se ne rendesse conto oppure fosse realmente convinta di tutto ciò che aveva detto poco prima. La sua impressione era, piuttosto, che Tom avesse costruito quella casa soltanto per lei, e che tutto, dai quadri, dalle incisioni, fino al panorama, fosse stato calcolato, e studiato, solo per lei.

« Questa casa ti 'dona' in modo incredibile, sai? » Ian stava osservando l'espressione dei suoi occhi; Jessie era intenta a guardare, invece, quello scambio di battute fra gli altri due.

« Sì, in un certo senso, è vero, ma sotto certi altri aspetti, no. A volte dà quasi un senso di paura alle persone, le intimidisce. Soprattutto lo stile di vita. L'opulenza. Questa specie di... credo che potrei chiamarla 'atmosfera'. Per molta parte la considero merito di Tom e per il resto... semplicemente creata dalle cose che ci sono qui. » Con un gesto un po' vago indicò la stanza in cui si trovavano, dove era raccolto un autentico patrimonio in oggetti d'arte. « Cose », le aveva chiamate. « E forse in parte, è merito mio. » A Ian piacque che fosse tanto intelligente da ammetterlo. « La gente si aspetta molto, moltissimo, da chi vive in un ambiente del genere. A volte, qualcuno si aspetta che io sia diversa da quello che sono oppure non hanno la pazienza di approfondire la mia conoscenza per accorgersi di come sono fatta in realtà. Te l'ho detto, Jessie, sarei dispostissima a far cambio con quel gioiello di casa che avete, in qualsiasi momento. Ma », sorrise compiaciuta come una gattina che si crogiola pigramente al sole, « tutto sommato, neppure questo è un brutto posto dove vivere! »

« A me sembra un posto straordinariamente piacevole dove vivere, se vuole proprio sapere come la penso, signora... scusami, Astrid! » Quella piccola svista di Ian li fece scoppiare entrambi in una risata complice. « Ma ho i miei dubbi che tu sia disposta a far cambio così, sui due piedi, con il nostro 'gioiello' come lo hai chiamato... soprattutto sapendo che se, per caso, infili distrattamente la presa nella spina dell'asciugacapelli, parte il motore della macchina per lavare la biancheria oppure... che ti può capitare come quella volta quando l'intero impianto idraulico è andato a pallino e ci siamo trovati con il seminterrato pieno d'acqua. Purtroppo la nostra casa ha qualche inconveniente... »

« A sentirvi, si direbbero tutte cose divertenti. » Comunque era chiaro che lì, da Astrid, non doveva mai essere successo niente del genere tanto che Jessie scoppiò in una risata scrosciante al pensiero dell'ultima volta in cui erano saltate tutte le valvole contemporaneamente e Ian si era rifiutato di aggiustarle; avevano trascorso il resto della serata a lume di candela fino a quando lui aveva voluto mettersi a lavorare e si era accorto di aver bisogno della macchina per scrivere elettrica. Ian le scoccò uno sguardo vagamente imbarazzato perché sapeva benissimo a che cosa sua moglie stava pensando.

« Ebbene, volete fare un giro della casa? » Astrid interruppe i loro pensieri. Jessie non l'aveva ancora visitata completamente e Ian si affrettò ad annuire.

Scalza, a passi lievi ed elastici, Astrid si incamminò per il corridoio con il pavimento coperto di moquette, facendo scattare gli interruttori sotto le applique in ottone, spalancando le porte, accendendo altre luci ancora. Al piano superiore c'erano tre camere da letto. Quella di lei, con le stoffe a colori vivaci, decorata con un motivo floreale tutto giocato sul giallo, un ampio letto a baldacchino e la stessa stupenda vista sulla baia. Accanto alla camera da letto di Astrid c'erano un piccolo boudoir tutto specchi e una stanza da bagno in marmo bianco identica a quella, in marmo verde chiaro, che si apriva sull'altro lato del corridoio, proprio di fronte, e che era comunicante con una camera da letto non sfarzosa, ma caratterizzata da una raffinata eleganza e da un arredamento composto di mobili in stile provenzale francese di piccole dimensioni, ma perfetti.

« Qui dorme mia madre quando viene in città ed è una camera che le si adatta alla perfezione. Capirete quello che voglio dire quando la conoscerete. È vivacissima, piccolina di statura, e molto divertente. E adora essere circondata da una quantità di fiori. »

« Vive nell'Est? » Ian era curioso di saperlo perché ricordava che Jessie gli aveva raccontato come Astrid, a suo tempo, fosse venuta da New York.

« No, figuratevi che la mamma vive in un ranch da queste parti. Lo ha comperato qualche anno fa e si diverte un mondo a mandarlo avanti. Con nostro grande stupore, abbiamo dovuto riconoscere che sembra proprio la soluzione più adatta per lei. Eravamo convinti che, nel giro di sei mesi, se ne sarebbe stancata, invece non è affatto andata così. È una persona molto indipendente, le piace andare a cavallo e si diverte alla follia a recitare la parte della donna-cowboy. E vi prego di ricordare che ha settantadue anni. Chissà perché, viene da paragonarla a un personaggio come Colette. »

Jessie non poté trattenere un sorriso pensando a una donnina di proporzioni minuscole, con i capelli bianchissimi, vestita da cowboy, che si godeva le delizie di quella camera da letto così comoda e accogliente. A ogni modo, se assomigliava, anche solo alla lontana, ad Astrid, quel quadro non aveva niente di stonato! Naturalmente... sempre che gli stivali da cowboy fossero stati confezionati su misura da Gucci e il cappello a larga tesa fosse stato acquistato da Adolfo.

La camera da letto vicina a quella di Astrid era più austera. Evidentemente era stata la camera del marito. Jessie e Ian si scambiarono un rapido sguardo. Dunque, dormivano in camere da letto separate? Ma, poi, a Jessie venne in mente la loro differenza di età. Adiacente alla camera da letto c'era anche un piccolo studio, molto elegante, con poltrone e divani imbottiti in cuoio rosso cupo, e una bellissima scrivania antica, letteralmente ricoperta da fotografie in cornice di Astrid.

Astrid passò rapidamente attraverso quella stanza e uscì di nuovo sul corridoio, richiudendo la porta della camera verde, quella degli ospiti, mentre Jessie e Ian la seguivano.

« È una casa stupenda. » Jessie sospirò. Sì, a ben pensarci, era uno di quei posti che ti facevano venire una gran voglia di presentarti, la prossima volta che ti avessero invitato a cena, con tutto quello che possedevi di più caro stretto fra le braccia. In modo da poter restar lì per sempre. Ormai capivano perfettamente, sia l'uno sia l'altra, per quale motivo Astrid non avesse mai chiuso quella casa, cercandosi un'abitazione più piccola. Perché quelle stanze raccontavano una lunga storia di persone affettuose, di persone che ci tenevano a tante cose, alla bellezza, a vivere bene e comodamente, e soprattutto si volevano bene reciprocamente.

« Quello che c'è al pianterreno, lo avete già visto. Niente di entusiasmante, però caldo e accogliente. » Jessie, intanto, si stava domandando come mai non ci fosse traccia di servitù. In posti del genere ci si aspettava, come minimo, una cameriera col grembiulino bianco, oppure un maggiordomo. Invece pareva che Astrid vivesse sola.

« Ditemi un po'... i granchi piacciono a tutti e due? Effettivamente avrei dovuto telefonarvi per chiedervelo! E me ne sono dimenticata. » Sembrava un po' in imbarazzo.

« Certo! Li adoriamo! » Jessie rispose per tutti e due.

« Oh, che bellezza! Sarà strano, ma ogni volta che li ordino quando vengono a cena i miei amici e mi dimentico di chiederlo in anticipo, salta sempre fuori qualcuno che è allergico ai crostacei o qualcosa di simile. A me, piacciono alla follia. »

Fu un vero e proprio festino. Astrid ammucchiò una quantità enorme di granchi già smembrati e schiacciati in un grande piatto al centro del tavolo della sala da pranzo, vi mise accanto una grossa caraffa di vino bianco, vi aggiunse un'insalata e dei panini caldi e invitò i suoi ospiti a servirsi. Quanto a lei, si rimboccò le maniche del vestito di maglia nera, propose a Ian di togliersi la giacca e si mise a sedere davanti a quel banchetto con la stessa aria felice ed entusiasta di una bambina, facendo a gara con gli altri due per impadronirsi dei bocconi più saporiti.

« Ian, sei terribile! Quel pezzo lì l'avevo visto io per la prima e lo sai benissimo! » Gli diede gentilmente un colpetto sulle nocche delle dita con la chela di granchio e, dopo avergliela letteralmente strappata di mano, scoppiò in una risatina allegra e bevve un sorso di vino. Aveva proprio ragione, Astrid sembrava una ragazzina che avesse fatto venire in casa i suoi amici approfittando di una sera in cui la mamma era uscita dopo averle concesso di fare quell'invito « purché vi comportiate tutti bene ». Era una padrona di casa incantevole; Jessie e Ian si innamorarono entrambi di lei.

Fu una serata piacevole e distensiva; a guardare quelle tre persone, si sarebbe detto che non avessero un problema al mondo... soltanto gusti raffinati e costosi e un debole per le cose belle. Mezzanotte era passata da un po' quando Ian si alzò in piedi, tendendo la mano a Jessie.

« Astrid, sarei capace di restar qui fino alle quattro del mattino, ma domani debbo alzarmi presto per lavorare al mio libro e se Jessie non dorme abbastanza, diventa un mostro. » Era comunque evidente che dispiaceva a tutti e tre di veder finire la serata. « Allora? Verrai a quello spettacolo di balletto con noi la settimana prossima? »

« Con piacere. E voglio che tu sappia che Jessie mi aveva detto che ti avrei trovato simpaticissimo. È stata onesta al cento per cento, in senso assoluto. Non riesco a pensare a un'altra coppia con la quale avrei più piacere di fare il terzo incomodo. »

« Bene. Perché non lo sei affatto. Terzo incomodo, un corno! » Scoppiarono tutti a ridere e Astrid li abbracciò affettuosamente prima che se ne andassero. Pareva che li conoscesse da anni. Del resto, era la stessa impressione di Jessie e Ian quando si voltarono a salutare Astrid che si era fermata, scalza, sulla soglia a salutarli con la mano prima di richiudere alle loro spalle, definitivamente, il portoncino nero laccato, con una testa di leone in ottone come batacchio.

« Perbacco, Jess, che serata deliziosa! E che donna straordinaria. È meravigliosa. »

« Non trovi anche tu? Però, deve essere terribilmente sola! E lo si capisce dal modo in cui invita le persone a entrare nella sua vita, è come se avesse una quantità di amore, e di affetto, che le è rimasto da riversare su qualcuno ma, purtroppo, quasi sempre non trova nessuno a cui darlo. » Jessie sbadigliò pronunciando queste ultime parole e Ian annuì. Fare i loro commenti sulla serata che avevano trascorso era sempre il modo migliore di concluderla. Ormai Jessie non riusciva neppure più a ricordare l'epoca in cui non c'era stato Ian, vicino a lei, con il quale dividere segreti, opinioni e domande.

« Secondo te, Jess, che tipo doveva essere suo marito? Ho l'impressione che non fosse divertente come lei. »

« Che cosa te lo fa pensare? » Il commento di Ian la aveva meravigliata; niente lasciava sospettare che Tom Bonner fosse stato meno spiritoso e divertente di sua moglie. Poi Jessica capì quello che Ian voleva dire e si mise a ridere. « Le camere da letto separate? » Lui le sorrise con aria sorniona e lei gli allungò un pizzicotto. « Scemo che sei! »

« Non è vero. E lascia che ti dica, bella signora, che anche dovessi vivere fino a novant'anni, non ti lascerò mai e poi mai andar via dalla nostra camera da letto né tanto meno dal nostro letto! » Aveva l'aria decisa e irremovibile e molto soddisfatta di sé mentre, circondandole le spalle con un braccio, la stringeva un poco di più contro il proprio petto durante quei quattro passi che dovevano fare per arrivare a casa.

« È una promessa, signor Clarke? »

« Te la metto anche per iscritto, se preferisci, signora Clarke. »

« Non è escluso che lo faccia. » Si fermarono un momento e si baciarono prima di percorrere gli ultimi pochi metri verso casa. « Sono felice che Astrid ti sia piaciuta, amore. Io la trovo adorabile. Mi piacerebbe conoscerla meglio. È la persona più adatta con la quale parlare. Sai... ecco... beh, quasi quasi mi era venuta voglia di raccontarle quello che sta succedendo. L'altro giorno avevamo cominciato a parlare seriamente e », Jessie si strinse nelle spalle; era difficile esprimersi a parole. Ian stava cominciando a incupirsi. « Insomma, il fatto è che mi viene una gran voglia di raccontare la verità. »

Ian si fermò di botto e la guardò.

« E gliel'hai raccontata? »

« No. »

« Bene. Perché ho l'impressione che tu stia prendendo un grosso abbaglio, Jess. È una donna simpatica, ma assolutamente incapace di capire quello che ci sta capitando in questo momento. Nessuno potrebbe capirlo. Come si fa a raccontare a una persona che stai per essere messo sotto processo con l'imputazione di stupro? Ti prego, bambina, fai un grosso favore a tutti e due e non aprire bocca a questo riguardo. La nostra unica speranza è che questo terribile pasticcio si risolva al più presto in modo da poterlo dimenticare Se tu cominciassi a raccontarlo a destra e a sinistra, finiresti per perseguitarci con il suo ricordo per anni e anni. »

« Era proprio quello che avevo deciso di fare anch'io. E poi... su, andiamo... non potresti fidarti un pochino di me, ti prego? Non sono una stupida. E capisco perfettamente che buona parte delle persone si troverebbe molto imbarazzata di fronte a un discorso simile. »

« Quindi non mettere nessuno a disagio! »

Jessica non rispose e Ian la precedette di qualche passo per andare ad aprire la porta. Per la prima volta da quando si conoscevano, Jessie provò la sensazione che quella loro scelta, di restare separati dal resto del mondo, quasi come i membri di una società segreta, ormai somigliasse molto all'isolamento più completo e alla solitudine. Non poteva parlare con nessuno all'infuori di Ian. Lui glielo aveva proibito. In passato era sempre stata una questione di scelta.

Jessie lo seguì in casa e lasciò in anticamera la sua giacca.

« Vuoi una tazza di tè prima di andare a letto, tesoro? » Intanto aveva messo il bricco dell'acqua sul fornello. Lo sentì entrare nello studio.

« No, grazie. »

Lei rimase per un attimo sulla soglia e gli sorrise. Ian era andato a sedersi alla scrivania. Aveva un bicchierino di cognac vicino e un mucchietto di fogli sulla scrivania, davanti a sé. Si allargò il nodo della cravatta, si sistemò meglio sulla seggiola e guardò sua moglie.

« Ciao, bella signora. »

« Ciao. » Si scambiarono l'ombra di un sorriso, per un attimo, e Jessie, piegando la testa sulla spalla, gli domandò: « Avresti intenzione di lavorare? »

« Certo, almeno per un po'. »

Lei fece segno di sì con la testa e andò a togliere dal fuoco il bricco dell'acqua che bolliva, fischiando selvaggiamente. Si preparò una tazza di tè, spense le altre luci, e si avviò a passi lenti e silenziosi verso la camera da letto. Sapeva che Ian non sarebbe venuto a dormire per ore e ore. Non poteva. E, quella notte, non avrebbe neppure tentato di fare l'amore con lei. No, di certo, dopo la notte precedente. Era come se tutti e due si sentissero in fondo alla gola il sapore acido e amaro del fallimento. E, come tutto il resto di ciò che stava succedendo nella loro vita, era nuovo, penoso e difficile da accettare.

La serata allo spettacolo di balletto con Astrid fu un altro grande successo, né più né meno come la cena di qualche giorno prima a casa di lei. Erano passati a prenderla arrivando in teatro appena prima che si aprisse il sipario; Jessie aveva preparato una cena fredda che li aspettava al loro ritorno a casa. Bistecca alla tartara, asparagi freddi, una scelta di formaggi, fette di pane francese e una torta ripiena di cioccolato fondente, fatta in casa. Da una parte, aveva messo anche una grossa ciotola di fragole fresche e una larga scodella di cristallo piena di panna montata, nello stile della *Schlag* viennese, da mettere sulle fragole o sulla torta, a scelta. Un vero banchetto che incontrò l'incondizionata ammirazione del suo pubblico.

« Mia cara figliola, c'è qualcosa che non sai fare? Dimmelo! »

« Per carità! Un sacco di cose. » Però Jessie non

nascose di essere felice di quel complimento.

« Non crederle. Sa fare di tutto. » Ian accompagnò quel complimento con un bacio mentre versava del vino di Bordeaux nei bicchieri. Château Margaux '55. Poiché a Ian sembrava un'occasione speciale, era andato a prendere uno dei suoi vini preferiti.

Ormai tutti e tre si sentivano perfettamente a loro agio insieme e avevano cominciato a raccontarsi barzellette e qualche aneddoto un po' curioso della loro vita. Avevano già quasi finito la seconda bottiglia di vino quando Astrid si alzò di scatto e guardò l'orologio.

« Dio santo, figlioli, sono le due. Non che io abbia qualcosa da fare domani, ma voi sì. Mi sentirei terribilmente colpevole se vi costringessi a stare alzati ancora! » Ian e Jessica si scambiarono una rapida occhiata: effettivamente dovevano alzarsi presto l'indomani mattina. Ma Astrid non se n'era accorta. Stava cercando la borsetta.

« Figurati, per carità! Serate come questa sono una gioia per noi. » Jessica sorrise all'amica.

« D'accordo, ma sono sicura che non potete immaginare neppure lontanamente come, per me, lo siano molto, ma molto, di più! Non avevo idea che mi sarebbe piaciuto tanto il balletto, e tutto il resto! E domani, Jessica, che cosa hai intenzione di fare? Non riesco a tentarti con la proposta di andare a pranzo insieme a Villa Taverna? »

« Io, ecco, Astrid, mi spiace, ma per domani, a pranzo, è impossibile. » Un altro sguardo a Ian. « Domattina abbiamo una riunione d'affari e non so l'ora in cui potremo finire. »

« Allora perché non combiniamo di andare a pranzo insieme tutti e tre? » Intanto aveva trovato la borsetta ed era pronta ad andarsene. « Potrete telefonarmi quando la vostra riunione sarà finita. »

« Astrid, per quanto mi dispiaccia infinitamente, credo che sarebbe meglio fissare per un altro giorno. »

Ian aveva parlato con voce piena di rammarico, ma ferma.

« Sapete che cosa vi dico? Che siete due meschini egoisti! » Tuttavia, ormai aveva intuito che c'era qualcosa fra quelle due persone, una tensione che poco prima non aveva notato. Qualcosa di impercettibilmente stonato, ma non avrebbe saputo dire di che si trattasse; e si trovò a ricordare il problema a cui Jessica aveva accennato non appena si erano conosciute. Un problema, a dir la verità, che in seguito non era stato mai più menzionato tanto che Astrid aveva finito per concludere che Jessie alludesse a una questione finanziaria. Un po' difficile crederlo, ma, evidentemente, non poteva trattarsi di nient'altro. Non era una questione di salute, né, tantomeno, un problema che riguardava il loro matrimonio... si abbracciavano, si toccavano, si baciavano troppo, era un continuo allungarsi colpetti sulle spalle, stringersi rapidamente l'uno all'altro, quando si trovavano a fianco a fianco. Troppo affetto, troppo desiderio di intimità perché chiunque potesse credere che il loro matrimonio attraversasse un momento di difficoltà.

« Magari si potrebbe andare tutti insieme al cinema durante il weekend. » Ian guardò le due donne e cercò di far dimenticare quel momento di silenzio con una battuta allegra. « Forse qualcosa che non avrà la stessa classe di uno spettacolo di balletto, ma so che al cinema di Union Street danno un nuovo giallo francese. C'è qualcuno a cui potrebbe interessare? »

« Oh, sì, andiamoci! » Jessie si mise a battere le mani e guardò Astrid la quale sorrise, ma assunse subito un'espressione guardinga.

« Solo se mi comprerete un barile di popcorn. »

« Lo giuro. » Ian alzò solennemente la mano come si usa fare nei giuramenti ufficiali.

« Lo giuri sulla tua testa? »

« Lo giuro sulla mia testa. » Scoppiarono a ridere tutti e tre insieme. « Certo che non ti accontenti di poco! »

« Non so che cosa farci. Per me il popcorn è come una droga. E con il burro! » Lo guardò con aria severa e lui le buttò le braccia al collo e la strinse fraternamente al petto. Astrid ricambiò l'abbraccio e si allungò a dare un bacio sulla guancia a Jessie. « Adesso auguro a tutti e due la buonanotte. Andate a farvi una bella dormita. Credetemi, mi spiace davvero che sia tanto tardi! »

« Figurati! Non avere rimorsi. Perché è stato un piacere per noi. »

Jessica la seguì alla porta e Astrid se ne andò provando una strana sensazione. Come se si fosse trovata di fronte a qualcosa di misterioso e segreto. Niente che si potesse vedere o toccare, e quindi niente di cui avere un'assoluta certezza; però era come se nell'aria, appena al di sopra della loro testa, ci fosse sospeso qualcosa... qualcosa di molto simile a un blocco di cemento appeso a un filo sottile.

L'udienza preliminare era stata fissata per l'indomani mattina.

# 12

JESSICA entrò in quella specie di aula di tribunale in miniatura con la mano di Ian stretta convulsamente nella propria. Si era messa il tailleur blu scuro e nascondeva gli occhi dietro un paio di occhiali scuri; quanto a Ian, aveva l'aria stanca e appariva pallidissimo. Non era riuscito a dormire molto e aveva un terribile mal di testa per colpa del vino bevuto la sera prima. In tre, avevano scolato fino all'ultima goccia tutte e due le bottiglie di Margaux.

Nell'aula c'era Martin Schwartz ad aspettarli. Stava sfogliando un fascicolo a una piccola scrivania situata lungo uno dei lati più lunghi della stanza e, vedendoli, fece capire con un cenno che dovevano raggiungerlo fuori.

« Ho intenzione di domandare che l'udienza sia tenuta a porte chiuse. Pensavo che fosse opportuno avvertirvi in precedenza così non ve ne sareste meravigliati troppo. » Aveva un aspetto serissimo, paurosamente professionale, tanto che Jessica e Ian si sentirono confusi. Fu Ian a parlare per primo, con aria cupa e accigliata.

« Che cosa sarebbe un'udienza a porte chiuse? »

« Secondo me, la vittima può parlare più apertamente se non ci sono osservatori in aula. Soltanto voi, lei, il viceprocuratore distrettuale, il giudice e io. È una precauzione saggia. Se lei dovesse essere accompagnata da un gruppo di amici, con ogni probabilità finirebbe per fare di tutto in modo da lasciar credere di essere 'vergine' come la neve! Non solo, ma non è escluso che abbia una reazione negativa di fronte al fatto di vedere che Jessica è presente.» Per quanto non riuscisse a comprenderne il motivo, Jessica trasalì involontariamente a sentir pronunciare il proprio nome.

« Stammi a sentire, se ce la faccio io a star qui ad assistere all'udienza, può farcela anche lei! » Jessie si stava accorgendo di essere terribilmente nervosa e cominciava ad aspettare con terrore il momento in cui si sarebbe vista quella donna davanti agli occhi. Sarebbe voluta essere ovunque, ma non lì dentro. Ogni fibra del suo essere si ribellava all'idea di quello che la stava aspettando. La nemica. Quante, quante cose da affrontare, riunite in una sola persona! L'infedeltà di Ian, la propria inadeguatezza, la minaccia che incombeva sul loro futuro, il ricordo di quella montagna, pressoché invalicabile, che erano stati i tentativi per farlo uscire dal carcere, pagando la cauzione. E tutto, tutto era rappresentato da quella donna!

A Martin non sfuggì che erano entrambi molto tesi e preoccupati. Provò un po' di compassione per loro. Del resto sospettava che cosa ci fosse alla base del nervosismo di Jessie, e credeva di non sbagliarsi: Margaret Burton.

« Fidati di me, Jessie, ti prego. Sono persuaso che un'udienza a porte chiuse sia la soluzione migliore per tutti gli interessati. Dovremmo cominciare fra pochi minuti. Perché non andate a fare quattro passi, in corridoio, voi due? Però non allontanatevi. Verrò fuori a chiamarvi appena il giudice sarà pronto a cominciare. » Ian gli rispose con un rapido cenno di assenso e Martin rientrò in aula a passo veloce. Ian aveva la sensazione che, al suo braccio, fosse attaccato un enorme peso di piombo. Jessie.

Non si dissero niente mentre cominciavano a percorrere a passo lento il corridoio per tutta la sua lunghezza. Quando arrivarono in fondo, si voltarono per tornare indietro. Jessica scoprì che nel suo cervello si affollavano lentamente i ricordi di altri palazzi marmorei, atrii e corridoi simili a questo... il Municipio, dove lei e Ian si erano procurati la licenza matrimoniale, l'attesa davanti all'ufficio del preside quando era alle scuole superiori, l'impresa delle pompe funebri a Boston quando Jake era morto, e poi, l'uno dopo l'altro, i suoi genitori.

« Jessie? »

« Sì? » Aveva la fronte corrugata e una strana espressione quando si voltò a guardarlo. Come se facesse un po' fatica a riscuotersi e a tornare alla realtà presente.

« Ti senti bene? » Ian pareve preoccupato; Jessica, mentre si incamminavano per il corridoio, a poco a poco si era messa a stringergli il braccio troppo forte e ad affrettare il passo sempre di più, tanto che lui si era visto costretto a fermarsi e a scuoterla leggermente per richiamare la sua attenzione.

« Sì. Certo che sto bene. Pensavo, soltanto. »

« Bene, smettila di pensare. Andrà tutto bene. Rilassati. » Lei fece per dire qualcosa e Ian intuì immediatamente, dall'espressione dei suoi occhi, che non sarebbe stata piacevole. Ormai Jessica era troppo nervosa per dominarsi, essere cauta o gentile.

« Io, scusami, la verità è che questa è una giornata tanto strana! Non sembra così anche a te? Oppure è soltanto una mia impressione? » Stava cominciando a chiedersi se, per caso, non era già all'orlo della pazzia.

« No, non mi sembra strana. Schifosa, sì, ma non strana. » Tentò di sorridere, ma Jessica non lo stava guardando. Aveva ripreso a fissare il vuoto davanti a sé con aria assorta, gli occhi sognanti... e cominciava a fargli paura. « Senti un po', accidenti, se non fai un piccolo sforzo per controllarti e per riacquistare la calma di prima, ti mando a casa dritto filato. »

« Perché? Così non posso vederla? »

« È questo che ti preoccupa, per amor di Dio? Vederla? Tutto qui? Gesù! Io sono qua che rischio chissà che cosa e tu sei preoccupata di vederla. Chi se ne frega di lei? Pensa piuttosto... se mi togliessero la libertà su cauzione? »

« Non lo faranno. »

« Come cavolo fai a saperlo? »

« Io... io... oh, Ian, non lo so. Secondo me, non possono farlo, molto semplice. Tutto qui. Oppure, invece, sì che possono? » A quello, non aveva neppure pensato. Ecco un'altra cosa ancora per cui tormentarsi!

« Per quale motivo potrebbero non farlo? »

« Beh, forse... se io fossi riuscita a sedurre l'ispettore Houghton oppure Barry York il nostro beneamato mallevadore, chissà... forse non lo farebbero. Ma dal momento che io non ho fatto niente di tutto questo, non è escluso che te la tolgano. » Il tono di Jessica era amaro, impaurito.

« Vattene a casa, Jessica. »

« E tu vai all'inferno! »

Ma improvvisamente Ian smise di parlare e allungò gli occhi al di sopra delle sue spalle. Jessica ebbe l'impressione che il tempo si fermasse quando, lentamente, si voltò a guardare anche lei. Era Margaret Burton.

Portava lo stesso cappello. Ma con un piccolo tailleur beige, semplice e privo di ostentazione. Si era messa perfino i guanti, bianchi. Gli indumenti che indossava erano tutti di stoffa scadente e molto modesti, però apparivano in ordine e molto adatti per la circostanza. Aveva un aspetto singolarmente scialbo, e bruttino. Sembrava il classico tipo della maestra di scuola o della bibliotecaria, di una persona, insomma, tremendamente seria e asessuata. I capelli erano lisci, pettinati indietro, raccolti in una stretta crocchia sulla nuca e quasi non si vedevano sotto il cappello. A quel modo, anche le radici più scure non si notavano. Non portava un filo di trucco e aveva le scarpe col tacco basso, un po' scalcagnate. Lo si capiva alla prima occhiata che una donna del genere poteva essere costretta a fare l'amore soltanto a mano armata.

Ian non disse niente, ma la guardò a lungo, e, poi, le voltò le spalle. Jessica, invece, si era messa a fissarla con un'espressione di odio fino ad allora sconosciuta a Ian. Pareva impietrita.

« Jess, su, bambina, vieni. Ti prego. » L'afferrò per un gomito e cercò di farle fare qualche passo lungo il corridoio, ma pareva che Jessica avesse messo le radici lì, in quel punto. Margaret Burton scomparve nell'aula del tribunale senza aver dato segno di essersi accorta della loro presenza. Jessica continuava a non volersi staccare di lì. L'ispettore Houghton entrò, a passo svelto, subito dopo la signorina Burton, e Martin Schwartz uscì per chiamare Ian con un cenno. Jessie, intanto, continuava a rimanere immobile a guardarli con gli occhi sbarrati.

« Stammi a sentire, Jessie, perché non vai a sederti su quella panchina per qualche minuto? Torno appena è possibile. » Lei era in una condizione spaventosa, questo lo si capiva subito; ma Ian, purtroppo, aveva molte altre cose di cui preoccuparsi.

« Ian? » Lei si voltò a guardarlo, stravolta, e Ian si sentì svenire. « Ti giuro che non riesco a capire più niente. » Non c'era neppure una lacrima nei suoi occhi. Soltanto una sofferenza infinita.

« Neanch'io. Adesso però devo entrare. Stai bene e credi di poter rimanere qui sola, fuori, oppure preferisci andare a casa? » Non era del tutto sicuro di poterla lasciare. L'espressione dei suoi occhi cominciava a essergli fin troppo familiare.

« Resterò qui. »

Non era quello che lui le aveva domandato ma, ormai, non aveva più il tempo di mettersi a discutere. Quindi scomparve nell'aula del tribunale e Jessie si mise a sedere, tutta sola, sulla gelida panca di marmo. E cominciò a guardare le persone che andavano e venivano. Gente qualsiasi, banalissima. Uomini con cartelle di cuoio. Donne con fazzolettini di carta appallottolati in mano. Bambinetti malvestiti e trasandati con scarpe dal tacco consumato e calzoncini diventati troppo corti per le loro gambette magre. Uscieri, avvocati, giudici, vittime, imputati, testimoni, gente di ogni genere. Andavano e venivano mentre Jessie, seduta su quella panca, continuava a pensare a Margaret Burton. Chi era, in fondo? Perché lo aveva fatto? E perché aveva scelto proprio Ian? Eppure che aria maledettamente fiera e orgogliosa, maledettamente sicura di sé e di essere nel giusto aveva avuto, entrando nell'aula di tribunale! Già, l'aula.

Improvvisamente i suoi occhi si fissarono su quella porta. Scura, di legno lucido, con le maniglie di ottone e due piccolissimi finestrini, che sembravano occhi, a guardar fuori... a guardar fuori... a guardar dentro... dentro... ecco dove lei sarebbe dovuta essere... dentro... a vedere quella donna, ad ascoltare, a scoprire perché... sì, ecco quello che doveva fare.

Da una delle maniglie pendeva, un po' di sghembo, un piccolo cartello sul quale era scritta la parola CHIUSO e a poca distanza, di fianco alla porta, c'era di guardia un usciere con l'uniforme grigia, il quale osservava con aria disinteressata la gente che passava. Jessica si alzò e, tenendosi ben eretta sulla persona, si lisciò la gonna e, di colpo, si sentì calmissima. Si impose con uno sforzo di abbozzare un sorriso. Intanto si era accorta che un leggerissimo tremito nervoso le faceva vibrare l'angolo dell'occhio destro. Era qualche cosa di impercettibile, quasi come il palpito delle ali di una farfalla... e poi, chi poteva accorgersene? Anzi, in quel momento, sembrava perfettamente controllata e sicura di sé. Fece un rapido sorriso all'usciere mentre si avvicinava alla porta e posava una mano sulla maniglia.

« Spiacente, signora. È un'udienza a porte chiuse. »

« Sì. Lo so. » Gli diede l'impressione di essere quasi contenta di sentirselo dire, come se ne fosse lei la responsabile, e provasse un vivo compiacimento a constatare che i suoi ordini erano stati eseguiti. « Mi occupo anch'io di questo caso. »

« È uno dei legali, lei? » Si tirò da parte. Il tremito all'angolo dell'occhio si era accentuato. Le sembrava che, a poco a poco, le tirasse giù la palpebra.

Annuì con la massima calma. « Sì. » Oh, Gesù? No. E se mi domanda un documento di identità, una tessera o qualcosa d'altro? Oppure se entra per avere la conferma dal giudice? Invece l'uomo le aprì la porta con un sorriso. Jessie entrò a passo lento e tranquillo nella stanza. Una scena tipicamente sua, quella che aveva appena recitato. Nessuno aveva mai osato mettere in dubbio le sue parole. Già, ma in quel momento, che cosa doveva fare? E se il giudice avesse interrotto l'udienza? Oppure se l'avesse fatta buttar fuori? E se...

Il giudice era piccolo di statura, con l'aria anonima, gli occhiali e i capelli biondi, già un po' brizzolati. Alzò gli occhi per un attimo, completamente indifferente all'arrivo di una nuova persona e si limitò ad alzare un sopracciglio in direzione di Martin Schwartz. Dopo uno sguardo penetrante a Jessica, Schwartz annuì con evidente riluttanza. Poi lanciò una rapida occhiata al viceprocuratore distrettuale che si strinse nelle spalle. Ecco, ce l'aveva fatta. Era entrata in aula.

L'ispettore Houghton era seduto vicino al seggio del giudice e stava facendo una specie di dichiarazione. Le pareti dell'aula erano rivestite da pannelli di legno; c'era una prima fila di poltroncine imbottite di cuoio e, subito dietro, altre file di seggiole con lo schienale rigido. Tutto sommato, l'aula era poco più grande dello studio di Martin Schwartz. Però si coglieva subito, nell'aria, una tensione inquietante. Ian e Martin erano seduti insieme dietro una scrivania, un po' sulla sinistra. E solo a pochi passi di distanza c'era la signorina Burton, seduta vicino al viceprocuratore distrettuale che, con enorme dispetto di Jessie, era una donna. Giovane, con l'aria dura, i capelli esageratamente cotonati e laccati e le guance tonde e carnose esageratamente incipriate. Indossava un vestito verde, un po' matronale, e un semplice filo di perle. E, agli angoli della bocca, aveva due piccole rughe profonde che le davano un aspetto stizzoso e collerico. Trasudava, letteralmente, indignazione e legittima collera a nome della sua cliente. A un certo momento si mise a fissare Jessica la quale calcolò che dovesse avere più o meno la sua età. La trentina passata da poco. Scambiò con lei un'occhiata glaciale. Tuttavia Jessica, nello sguardo della viceprocuratore distrettuale, lesse anche il disprezzo e infine si rese conto di come sarebbero andate le cose. Quella che stava per scoppiare era una guerra di classe. Alto, robusto, antipatico e presuntuoso, prima *preppie* e poi laureato al college, il bel ragazzo che abitava a Pacific Heights, Ian, aveva stuprato la povera piccola segretaria di modesta classe sociale, incompresa e maltrattata, la quale stava per essere difesa da una giovane avvocatessa onesta, severa, pura, animata dai migliori sentimenti, che apparteneva alla buona borghesia. Gesù, Gesù! Proprio quello di cui avevano bisogno! Jessica, improvvisamente, si domandò se non aveva fatto uno sbaglio nella scelta del vestito da mettersi. Ma perfino in pantaloni e camicetta, lei aveva proprio lo stile che quelle due donne non potevano che odiare. Che assurdità, scendere al punto di avere dei dubbi su quello che si era messa addosso!

La signorina Burton non aveva visto entrare Jessica oppure, se l'aveva notata, non ne aveva dato alcun segno. Tantomeno Ian. Lei si mise a sedere in silenzio alle sue spalle, su una di quelle seggiole dallo schienale rigido e, soltanto allora, con uno scarto improvviso, come se fosse stato schiaffeggiato, Ian alzò la testa e si girò con un'espressione sbigottita, vedendola dietro di sé. Fece per scrollare la testa, ma poi preferì allungarsi verso di lei come se volesse dirle qualche cosa. Gli occhi di Jessica, però, erano glaciali. Si limitò a stringergli leggermente una spalla e, allora, Ian girò gli occhi dall'altra parte: era inutile discutere. Tuttavia, mentre tornava a voltarsi verso il giudice, le sue spalle larghe e squadrate diedero l'impressione di curvarsi un po'.

L'ispettore Houghton si alzò dal posto dove era seduto e da cui aveva risposto alle domande del giudice, ringraziò la Corte, e tornò a sedersi vicino a Margaret Burton. E, a quel punto, che cosa doveva succedere? Jessica si sentiva il cuore in gola. Di colpo capì di non essere più tanto sicura come prima di voler assistere all'udienza. Ce l'avrebbe fatta ad accettare ciò che stava per sentire? E se invece fosse crollata? Se fosse stata colta da un accesso di follia e si fosse messa a urlare?

« Signorina Burton, venga a prendere posto, per favore. » Mentre Margaret Burton si alzava lentamente, Jessica ebbe l'impressione che il cuore le battesse tanto forte da non riuscire più a calmarsi. Ormai anche il sangue le pulsava alle tempie e, abbassando gli occhi sulle mani tremanti che teneva incrociate in grembo, si domandò se non fosse lì lì per svenire. La signorina Burton dovette sottoporsi al solito giuramento e infine Jessica, con uno sforzo, alzò gli occhi a guardarla. Tremava dalla testa ai piedi. Perché lei? Lei che era così scialba, così brutta, così dozzinale, come tipo! Ma, no, tutto sommato non era proprio brutta. Aveva qualcosa... un certo garbo nel modo in cui teneva le mani incro ciate sulle ginocchia, le tracce di una certa leggiadria in un viso che, ormai, si era troppo indurito per poter essere ancora interessante e attirare gli occhi altrui. Qualcosa... forse. Jessie si domandò che cosa provasse Ian in quel momento, Ian seduto proprio di fronte a lei.

Pareva lontano di lì mille miglia. Margaret Burton sembrava molto, molto più vicina. Jessica aveva l'impressione di poter vedere di lei ogni poro, ogni capello, quelle narici leggermente larghe, la trama del tessuto di quel brutto tailleur beige da poco prezzo. Provava l'impulso violento e terribile di correre da quella donna, di toccarla, magari di schiaffeggiarla, di prenderla per le spalle e scuoterla perché raccontasse la verità. Di' un po' a questa gente che cosa è successo, maledetta! Di' la verità! Per un attimo rimase con il fiato sospeso, poi tossicchiò, cercando di schiarirsi le idee.

« Signorina Burton, la prego di spiegare quello che è successo il giorno in questione, dal preciso momento in cui ha visto per la prima volta il signor Clarke. Ce lo racconti semplicemente, con le sue parole. Questo non è un processo. È semplicemente un'udienza preliminare per determinare se la questione merita una attenzione approfondita da parte della Corte. »

Il giudice snocciolava quelle parole come se stesse leggendo l'etichetta di una bottiglia d'aranciata... parole che aveva pronunciato almeno mille volte e che non ascoltava neppure più. Ma era proprio l'invito di cui Margaret Burton aveva bisogno. Si raschiò la gola, prendendo una certa aria di importanza, e abbozzò un pallidissimo sorriso. L'ispettore Houghton aggrottò le sopracciglia, osservandola, mentre l'avvocato dell'accusa pareva attentissimo a tener d'occhio il giudice.

« Signorina Burton? » Il giudice aveva parlato con lo sguardo fisso nel vuoto e tutti stavano aspettando.

« Sì, signore. Vostro Onore. » Jessica « sentiva » che la vittima non aveva l'aria sufficientemente stralunata e sconvolta. Vittoriosa, forse, ma non sconvolta. Non aveva l'aria della persona che era stata violata, violentata. Compiaciuta? Ma era assurdo. Per quale motivo sarebbe dovuta essere soddisfatta? Tuttavia Jessie non riuscì ad accantonare quell'impressione mentre fissava la donna che aveva proclamato di essere stata stuprata da suo marito. E poi cominciò la narrazione.

« Ero a pranzare da *Enrico's* e, dopo aver pranzato, mi sono incamminata per Broadway. » Aveva una voce sgradevole, inespressiva. Un po' troppo acuta. Un po' troppo forte. Sì, uno di quei tipi che ci riescono benissimo, quando vogliono tormentare il prossimo. E poi, parlava in un tono di voce troppo alto per essere la parte offesa. Per essere offesa « di dentro ». Jessica si domandò se il giudice ascoltava qualcosa di più delle pure e semplici parole. A guardarlo, non si sarebbe detto!

« Stavo camminando per Broadway », continuò la signorina Burton, « e lui mi ha offerto un passaggio. »

« Glielo ha chiesto con le minacce oppure glielo ha semplicemente proposto? »

Lei scrollò la testa, quasi con rammarico. « No, nessuna minaccia. Non proprio, ecco. »

« Che cosa vorrebbe dire con quel 'non proprio'? »

« Ecco, credo che si sarebbe infuriato se avessi respinto la sua proposta, ma era una giornata un po' calda; non riuscivo a vedere un autobus in lontananza, per parecchi isolati, ed ero già in ritardo per tornare in ufficio, e... » alzò gli occhi verso il giudice che aveva la faccia completamente inespressiva. « A ogni modo, gli ho detto dove lavoravo. » Tacque per un momento, abbassando gli occhi sulle mani che teneva in grembo, e sospirò. Jessie provava una gran voglia di torcerle il collo. Quel piccolo sospiro patetico. Senza pensarci, strinse convulsamente la spalla di Ian che sobbalzò e si voltò a guardarla con aria preoccupata. Allora Jessica si impose un pallido sorriso e Ian le accarezzò una mano prima di voltarsi di nuovo a fissare Margaret Burton.

« Prosegua. » Il giudice stava cercando di incitarla. Pareva che lei avesse perduto il filo del racconto.

« Chiedo scusa, Vostro Onore. Lui non mi ha accompagnato in ufficio e... ecco, capisco che è stata una pazzia accettare quel passaggio. Ma era una giornata talmente bella e lui sembrava proprio un uomo simpatico.

Ho pensato... non mi sono affatto resa conto. » Inaspettatamente una lacrima le sgorgò prima da un occhio, e poi dall'altro; la stretta di Jessie sulla spalla di Ian diventò quasi insostenibile. Ian, allora, le cercò la mano e gliela strinse dolcemente fino a quando lei, con un gesto carico di nervosismo, gliela tirò via bruscamente.

« La prego, prosegua, signorina Burton. » Controllò il nome sulle carte che aveva davanti, bevve un sorso d'acqua e alzò gli occhi a guardarla. Jessie dovette imporsi con uno sforzo di ricordare che quell'udienza, per lui, faceva parte del solito tran tran e che era logico che sembrasse completamente distaccato dal dramma nel quale erano coinvolte le altre persone presenti in aula.

« Io... lui mi ha portato in un albergo. »

« È andata con lui? » Ma la sua voce non aveva l'intonazione di chi volesse esprimere un giudizio in merito all'accaduto; era una pura e semplice domanda.

« Credevo che volesse riaccompagnarmi al mio ufficio. » Di colpo la sua voce aveva preso un tono stridulo, rabbioso. Le lacrime erano sparite.

« E quando lei ha visto che non aveva nessuna intenzione di riaccompagnarla in ufficio, perché non l'ha lasciato? »

« Io... non so. Pensavo soltanto che sarebbe stato... che lui volesse soltanto bere qualcosa insieme, era quello che mi aveva detto, e non aveva per niente l'aspetto antipatico, ma soltanto un po' stupido. Ho creduto che fosse una persona innocua e che sarebbe stato più facile dargli corda e accettare la sua proposta di bere qualcosa, voglio dire... e poi... »

« C'era un bar nell'albergo nel quale siete entrati? » Lei fece segno di no con la testa. « Un portiere alla reception? Nessuno l'ha vista entrare? Non avrebbe potuto gridare e chiedere aiuto? Non credo che il signor Clarke le abbia puntato addosso la pistola o qualcosa del genere, vero? »

Lei arrossì e scosse la testa, riluttante.

« Beh, allora, vi ha visto qualcuno? »

« No. » Pronunciò quella parola in tono appena percettibile. « Non c'era nessuno in quel posto. Sembrava... sembrava una specie di residence. »

« Si ricorda dov'era? »

Lei scrollò ancora la testa, facendo segno di no, e Jessica si accorse che Ian si agitava inquieto sulla seggiola davanti a lei. E quando lo guardò, scoprì che, sulla sua faccia, si leggeva soltanto una collera terribile. Finalmente. Era tornato ad apparire vivo, invece di sembrare annichilito e sepolto sotto il dolore e l'incredulità!

« Potrebbe dirci l'ubicazione di questo albergo, signorina Burton? »

Di nuovo quel cenno negativo del capo. « No. Io... io ero talmente sottosopra che non ho nemmeno pensato di guardare dove fosse. Ma lui... lui... » Improvvisamente il suo viso aveva subito un'altra trasformazione. Le si erano illuminati gli occhi che ormai scintillavano, quasi, di un tale odio e di un tale furore che, per un attimo, Jessie finì quasi per credere a ciò che stava raccontando. Soltanto allora si accorse che Ian era rimasto immobile. « Ha preso la mia vita e l'ha buttata via! L'ha rovinata! Lui... » Continuò a singhiozzare per qualche istante e poi, mentre quel lampo di rabbia si spegneva nei suoi occhi, trasse un profondo sospiro. « Non appena siamo entrati, mi ha acchiappato e mi ha letteralmente trascinato in un ascensore e poi mi ha costretto a entrare in una camera e... » Il suo silenzio diceva tutto. Intanto aveva chinato la testa, sconfitta.

« Si ricorda quale fosse la stanza? »

« No. » Non aveva rialzato gli occhi.

« La riconoscerebbe? »

« No. Non credo. » No? E perché? Jessie non riusciva a immaginare una persona incapace di ricordare la stanza nella quale aveva subito una violenza del genere. Impossibile che non le restasse impressa nella memoria per sempre!

« Riconoscerebbe l'albergo? »

« Non sono sicura. Però non credo. » Non aveva ancora rialzato gli occhi e Jessie cominciò ad avere ulteriori, e più profondi, dubbi su quello che andava raccontando, e fu soltanto allora che capì ciò che le stava succedendo: perché, se cominciava ad avere dei dubbi su quella storia, ciò significava che, a un certo momento, doveva aver creduto che potesse essere vera. Con quello scoppio di pianto e quell'impeto di furore, la donna li aveva convinti tutti. O, perlomeno, ci era andata molto vicino. Perfino Jessica ne era stata convinta. Quasi. Si girò a guardare Ian e si accorse che la stava fissando con gli occhi lucidi di lacrime. Anche lui aveva capito quello che stava succedendo lì dentro. Jessica si protese di nuovo a cercare la sua mano e quella volta gliela strinse dolcemente, senza forza, in silenzio. Che voglia aveva di baciarlo, di stringerlo al cuore, di dirgli che tutto sarebbe andato a finire bene, ma ormai non ne era più tanto sicura! Di una cosa soltanto era completamente sicura... di quanto odiasse Margaret Burton.

Anche Martin Schwartz non sembrava troppo soddisfatto. Se la Burton continuava a pretendere di non ricordare l'indirizzo dell'albergo, loro perdevano anche l'ultimo filo di speranza di poter trovare un testimone che li avesse visti. Neppure Ian era riuscito a ricordarsi dove si trovasse. Sbronzo com'era, non poteva avere le idee chiare e, purtroppo, quando era andato all'indirizzo che gli pareva di ricordare, si era accorto che non era esatto. In quel posto, si trovava un magazzino. Nella zona erano numerosi gli alberghetti piuttosto squallidi e modesti, che vantavano una clientela fissa, a lungo termine, e Martin, prima dell'udienza preliminare, aveva spedito Ian a visitarne almeno una dozzina. Ma, quando entrava nell'atrio di ciascuno di essi, niente gli pareva familiare. Di conseguenza, cominciava a prendere consistenza l'eventualità che si trattasse di uno di quei casi in cui le due rispettive versioni, della vittima e dell'imputato, non avevano nessun punto in comune che potesse servire a confermare ciò che l'una o l'altra parte aveva dichiarato. A Schwartz la piega che stava prendendo quel caso cominciava a piacere sempre meno. La signorina Burton era una testimone particolarmente antipatica e sgradevole. Confusa, incerta, emotiva, un momento dura e spietata, il momento successivo lacrimosa e patetica in modo straziante. Ormai si era convinto che il giudice li avrebbe rimandati dritti dritti al processo, se non altro per la pura e semplice ragione di evitarsi l'impegno di dover risolvere quello spinoso problema.

« Va bene, signorina Burton », disse il giudice, giocherellando con una matita e fissando la parete che aveva di fronte, « che cosa è successo in quella stanza che lei non si ricorda? » Il tono era asciutto e privo di interesse.

« Che cosa è successo? »

« Che cosa ha fatto il signor Clarke dopo averla trascinata a forza in quella stanza? Non lo ha detto lei che ce l'ha fatta entrare con la forza? »

La ragazza fece segno di sì.

« E lui non era armato, vero? » Lei scrollò la testa e finalmente alzò gli occhi verso il suo uditorio.

« No. Solo... ha adoperato solo le mani. Mi ha schiaffeggiato parecchie volte e mi ha detto che mi avrebbe ammazzato se non facevo quellc che lui voleva. »

« E che cosa voleva? »

« Io... lui mi ha forzato ad avere... il coito orale con lui... a fare, insomma, ecco... a farlo a lui. » Dio, Dio, come lo faceva sembrare penoso! Jessica provò, ancora una volta, la voglia di schiaffeggiarla.

« E lei? Lo ha fatto? »

« Sì, l'ho fatto. »

« Poi? È riuscito... è riuscito il signor Clarke ad avere un orgasmo? »

Lei annuì.

« Per favore, risponda alla domanda. »

« Sì. »

« Poi? »

« E poi mi ha sodomizzato. » Lo disse con voce opaca, spenta, e Jessie si accorse che Ian trasaliva. Del resto, lei stessa continuava a sentirsi sempre più a disagio. Aveva previsto una scena drammatica, non una narrazione così lenta, che pareva tirata fuori a fatica dalla bocca di Margaret Burton. Cristo, com'era umiliante! Com'era orribile, brutto, e disgustoso. Tutto. Le parole, i gesti, i pensieri... tutto così squallido, orrendo, niente di nuovo... la solita storia.

« E poi? Lui è riuscito ad avere un altro orgasmo? Di nuovo? »

« Non lo so. » Fu tanto abile da arrossire.

« E lei? » A quel punto la ragazza spalancò tanto d'occhi mentre Houghton e la giovane viceprocuratore distrettuale attendevano la sua risposta, frementi.

« Io? Come avrei potuto? Lui... io... mi ha violentata. »

« A certe donne capita di provare ugualmente piacere, signorina Burton, a dispetto di se stesse. È successo così anche per lei? »

« No, naturalmente! »

« Dunque lei non è venuta? » Jessica stava cominciando a divertirsi di fronte alla evidente sconfitta della donna.

« No, naturalmente! No! » Aveva quasi gridato quelle parole e, di nuovo, appariva accaldata, innervosita, e furiosa.

« Va bene. E, poi, che cosa è successo? » Il giudice dava l'impressione di essere fortemente annoiato e di non provare il minimo interesse di fronte all'indignazione della signorina Burton.

« Poi lui mi ha violentata ancora. »

« Come? »

« Lui mi ha violentata, così, semplicemente... mi

capisce. Questa volta nel solito modo. » Jessica, quasi quasi, aveva voglia di ridere. Dunque, si era trattato del « solito stupro »!

« Le ha fatto male? »

« Sì, certamente! »

« Molto? » Ma lei aveva abbassato gli occhi di nuovo e appariva distaccata, pensierosa e triste. Ecco un altro di quei momenti in cui veniva quasi voglia di provare compassione per lei. Infatti Jessica, per la frazione di un secondo, si domandò quali fossero le proprie reazioni. In qualsiasi altro momento la storia che stava ascoltando l'avrebbe commossa. Forse, perfino, molto commossa. Ma in quella situazione come poteva restarne colpita? Non credeva a quella donna. Ma che cosa ne pensava il giudice? All'ultima domanda che le aveva fatto, la Burton non aveva dato risposta.

« Signorina Burton, le ho domandato se il signor Clarke le ha fatto molto male. »

« Sì. Moltissimo. Io... lui... non gliene importava niente di me. Lui ha semplicemente... lui ha semplicemente... » le lacrime avevano cominciato a rigarle le guance. Era come se stesse parlando di qualcun altro, non di Ian, non di un perfetto sconosciuto che la aveva violentata, no, affatto! Per quale motivo avrebbe dovuto provare qualcosa per lei, in quel momento, se le stava facendo una simile violenza? « Si capiva benissimo che non gliene importava niente, anche se fossi rimasta incinta o qualsiasi altra cosa. E poi se n'è andato, così, semplicemente. » Alle lacrime era subentrata la rabbia, come poco prima. « Li conosco, io, quei tipi lì. Sono quelli che si divertono con le povere ragazze come me! Le ragazze senza soldi, senza una famiglia ricca e potente, e quando loro... loro fanno quello che lui ha fatto... poi se ne vanno. » La sua voce, a quel punto, era diventata un fievole mormorio. Teneva gli occhi fissi sulle mani intrecciate in grembo. Ma era come se non le vedesse neppure. « Poi se n'è andato, ed è tornato da lei. »

« Da chi? » Il giudice pareva confuso e la signorina Burton alzò di nuovo gli occhi. Aveva gli occhi offuscati e, sul viso, un'espressione inebetita. « Da chi è tornato lui? »

« Da sua moglie. » Lo disse a voce molto chiara, ma senza guardare Jessica.

« Signorina Burton, prima che questo succedesse, lei conosceva già il signor Clarke? Le era già capitato di incontrarlo in precedenza? Non le era successo, per caso, di aver avuto un legame con lui, di essersene innamorata? » Dunque, al giudice, non era sfuggito neppure quello... la vaga insinuazione che Ian, in fondo, non fosse affatto quello sconosciuto che lei andava dicendo.

« No. Mai. »

« Allora come faceva a sapere che avesse una moglie? »

« Aveva l'aria dell'uomo sposato. E, a ogni modo, me lo aveva già detto lui. »

« Capisco. E, dopo, l'ha lasciata lì, all'albergo? » Lei annuì, di nuovo. « A questo punto, che cosa ha fatto? Ha chiamato la polizia? È andata da un medico? Ha cercato un taxi? »

« No. Ho camminato per un po'. Mi sentivo confusa. Poi sono andata a casa a lavarmi. Ero in uno stato terribile. » Aveva ricominciato a parlare in tono molto convincente.

« Si è fatta visitare da un medico? »

« Sì, dopo aver avvertito la polizia. »

« E quando lo ha fatto? Non è stato immediatamente dopo quanto le era successo, vero? »

« No. »

« E perché no? »

« Ero terrorizzata. Mi occorreva un po' di tempo per pensarci. »

« E, adesso, è ben sicura di quello che sta raccontando, signorina Burton? È proprio tutta la verità? La versione dei fatti che lei aveva raccontato originariamente alla polizia mi risulta un po' diversa da questa, non è vero? »

« Non so che cosa ho raccontato in quel momento. Ero confusa. Ma questa è la verità. »

« Adesso lei è sotto giuramento, signorina Burton, quindi spero sinceramente che sia la verità. »

« Sì, lo è. » Lei annuì con la faccia completamente priva di espressione, gli occhi vacui e spenti.

« Non c'è niente che voglia cambiare? »

« No. »

« È ben sicura che non si tratti di un equivoco, di un pomeriggio cominciato con una gran voglia di spassarsela e poi finito male? » A quel punto, improvvisamente, gli occhi della donna si illuminarono di un lampo di odio, ma subito si affrettò a richiuderli.

« Ha rovinato la mia vita. » Pronunciò quelle parole con voce sibilante nell'aula sulla quale era caduto un profondo silenzio.

« Va bene, signorina Burton. Grazie. Signor Schwartz. Ha qualche domanda? »

« Pochissime, Vostro Onore. E sarò molto rapido. Signorina Burton, in precedenza non le era mai capitato qualcosa di simile? »

« Che cosa vuol dire? »

« Voglio dire se non è mai stata violentata, neppure per divertimento, come una specie di gioco, da un amante, un innamorato, un marito? »

« No, naturalmente. » Pareva in collera.

« È mai stata sposata? »

« No. »

« Fidanzata? »

« No. » Rispondeva senza la minima esitazione.

« Nessun fidanzamento andato in fumo? »

« No. »

« Nessuna relazione amorosa seria, che poi è finita

improvvisamente, magari bruscamente? »

« Nessuna. »

« Adesso ha qualcuno, un innamorato, un amico? »

« No. »

« Grazie, signorina Burton. E, per esempio, non c'è stato nessun incontro romantico? Non le è mai capitato, prima d'ora, di essere abbordata da uno sconosciuto? »

« No. »

« Però non si è tirata indietro quando dice di essere stata abbordata dal signor Clarke, vero? »

« No! Mi ha offerto un passaggio, e... »

« E lei lo ha accettato anche se non lo conosceva. Le sembra che sia stata una cosa saggia da fare in una città come San Francisco? » Il tono era garbato, pieno — quasi — di una cortese preoccupazione nei suoi confronti e Margaret Burton assunse un'aria strana, confusa, quasi stizzita.

« No, io... ecco... no, non ero mai stata abbordata da nessuno, prima d'ora, in questo modo. Il fatto è che ho pensato semplicemente una cosa... a guardarlo, si sarebbe detto che era una persona perbene. »

« In che senso perbene, signorina Burton? Era ubriaco, o sbaglio? »

« Sì, forse un po' sbronzo, ma non era ubriaco fradicio di sicuro! E poi aveva l'aspetto, beh, l'aspetto di una brava persona. »

« E con questo che cosa vorrebbe dire? Che aveva l'aspetto dell'uomo ricco? Oppure abbastanza bello da colpirle la fantasia? O che cos'altro? Assomigliava un po' a un laureato di Harvard? »

« Non lo so. Però aveva l'aria rispettabile, e pulita. »

« E anche bella? Non trova che sia un bell'uomo? »

« Non so. » Aveva abbassato gli occhi sulle mani che teneva intrecciate in grembo.

« E allora che cosa ha pensato? Che, forse, era il tipo con il quale avrebbe potuto avere una relazione duratura, magari? O di cui addirittura innamorarsi? Perché potrebbe essere un ragionamento logico. In fondo, lei è una donna piacente, vero? Una calda giornata estiva, un uomo dall'aspetto attraente e simpatico, una donna sola... quanti anni ha, signorina Burton? »

« Trentuno. » Ma era sembrata un po' incerta.

« Alla polizia lei ha detto di avere trent'anni. E se invece, piuttosto, la verità fosse che lei ne ha trentotto? Non è possibile che... »

« Obiezione! » La viceprocuratore distrettuale era scattata in piedi, con un'espressione inferocita, e il giudice fece segno di sì con la testa.

« L'obiezione è accolta. Signor Schwartz, questo non è un processo e forse sarebbe meglio che lei riservasse le sue tattiche intimidatorie a più tardi. Signorina Burton, non occorre rispondere a questa domanda. E lei, signor Schwartz, ha quasi finito? »

« Sì, quasi, Vostro Onore. Signorina Burton, che cosa indossava il giorno del suo incontro con il signor Clarke? »

« Che cosa indossavo? » ripeté con un'aria nervosa e confusa. Schwartz si era messa a bombardarla di domande difficili. « Non me lo ricordo. »

« Non aveva addosso, per caso, qualcosa di simile a ciò che porta adesso? Un tailleur? Oppure un vestito più leggero, più aderente? Magari, addirittura, qualcosa di sexy? » La viceprocuratore distrettuale aveva aggrottato le sopracciglia e sul suo volto era apparsa l'espressione indignata e furiosa di poco prima; ma Jessica si accorse che stava cominciando a divertirsi di fronte a quella situazione. Lo stile di Martin le piaceva. Perfino Ian appariva incuriosito, quasi compiaciuto.

« Io... non so. Credo di avere avuto addosso un abito estivo. »

« Di che genere? Qualcosa di piuttosto scollato? »

« No. Di solito non porto abiti del genere. »

« Ne è proprio sicura, signorina Burton? Il signor Clarke dice che lei portava un vestito rosa cortissimo e con un'abbondante scollatura. Accompagnato da un cappello... non è, magari, quello che porta adesso? Perché è un cappello molto carino. » Improvvisamente la donna non nascose di essere sconcertata, dilaniata come si sentiva fra il desiderio di accettare il complimento e la paura di quello che poteva sottintendere.

« Non mi vesto mai di rosa. »

« Però il suo cappello è rosa, o sbaglio? »

« Direi che è piuttosto di un colore neutro, più somigliante al beige. » Tuttavia il cappello aveva una evidente coloritura rosata. Quello era innegabile e lo potevano vedere tutti i presenti.

« Capisco. E che cosa mi dice del vestito? Aveva anche quello una tonalità affine al beige? »

« Non lo so. »

« Bene. Le capita spesso di andare da *Enrico's*? »

« No, ci sono stata solo un paio di volte. Però mi è capitato di passarci davanti abbastanza spesso. »

« Ci aveva già visto, per caso, il signor Clarke? »

« No. Non ricordo di averlo visto. » Stava riacquistando lentamente il controllo di sé. Quelle erano domande facili.

« Per quale motivo gli ha raccontato di essere una di quelle cameriere in topless che lavorano nei locali di Broadway? »

« Non gli ho mai detto niente di simile. » Pareva di nuovo in collera e Martin annuì, mentre la sua faccia assumeva un'espressione quasi preoccupata.

« Va bene, grazie, signorina Burton. Grazie, Vostro Onore. »

Il giudice guardò con aria interrogativa la viceprocuratore distrettuale che fece segno di no con la testa. Non aveva niente da aggiungere. Allora il giudice indicò con un cenno a Margaret Burton che poteva scendere dal banco dei testimoni e, a quel punto, pronunciò le parole che Jessica aspettava con autentico terrore. « Signor Clarke, si presenti sul banco dei testimoni. »

Ian e Margaret Burton si sfiorarono, passando, con la faccia completamente inespressiva. Appena pochi istanti prima, lei aveva dichiarato che Ian le aveva rovinato la vita eppure in quel momento i suoi occhi lo fissavano come se non lo vedessero neppure. Jessica si accorse di non riuscire a capire assolutamente quella donna. La lasciava confusa e a disagio.

Dopo aver fatto pronunciare a Ian il giuramento, il giudice lo considerò attentamente scrutandolo al di sopra degli occhiali.

« Signor Clarke, vorrebbe darci la sua versione dei fatti? » Il giudice aveva assunto un'espressione di noia profonda quando Ian si mise a fare il suo resoconto di ciò che era accaduto quel giorno. Descrisse il pranzo, quello che aveva bevuto, come aveva attaccato discorso con lei, il modo attraente, e non privo di seduzione, in cui lei era vestita, la sua dichiarazione di lavorare come cameriera in topless in un locale, il tragitto in automobile fino a Market Street per andare all'indirizzo che lei gli aveva dato, ma che, purtroppo, non riusciva più assolutamente a ricordare. E infine la proposta di salire nella sua camera dove avevano bevuto ancora qualcosa e avevano fatto l'amore.

« Di chi era quella camera? »

« Non lo so. Credevo che fosse la sua! Per quanto avesse uno strano aspetto non abitato, vuoto. Non saprei. Avevo bevuto molto a pranzo e non riuscivo ad avere le idee chiare. »

« Le ha avute abbastanza chiare, però, per salire in quella stanza con la signorina Burton, vero? »

Ian diventò rosso fino alla radice dei capelli. Gli pareva di essere uno scolaretto che aveva commesso una birichinata ed era stato convocato nell'ufficio del direttore. *Ian, birbantello, confessa... hai guardato sotto le sottane di Maggie? Ahi ahi ahi!* Purtroppo le cose non stavano affatto così. La posta in gioco era troppo alta perché si trattasse di un semplice gioco di ragazzi.

« Mia moglie era via; mancava da casa da ormai venti giorni. » Jessie si accorse di avere il cuore in gola un'altra volta. Dunque, c'era da credere che la colpa fosse anche sua? Era quello che sottintendevano le parole di Ian? Quello ciò che lui pensava, ciò che voleva farle capire? Era, dunque, una sua responsabilità se Ian aveva mancato in qualche cosa nei suoi confronti?

« E che cosa è successo quando tutto è finito? »

« Me ne sono andato. »

« Così, semplicemente come lo sta dicendo adesso? Aveva intenzione di rivedere la signorina Burton? » Ian fece segno di no con la testa.

« No. Non avevo nessuna intenzione di rivederla. Mi sentivo maledettamente colpevole di quello che era già successo. » Martin, a sentire quella risposta, si accigliò e Jessie si sentì cogliere da un tremito. Anche al giudice non era sfuggito il modo in cui la frase era stata formulata.

« Colpevole? »

« Sì, colpevole nei confronti di mia moglie, voglio dire. Di solito non faccio cose del genere. »

« Quale genere di cose, signor Clarke? Stupro e violenza carnale? »

« No, per amor di Dio, non l'ho violentata! » Si era ribellato con voce tonante a quell'insinuazione. La sua fronte si era coperta di un velo di sudore. « Voglio dire che mi sentivo colpevole di avere ingannato mia moglie. »

« Dunque, quando siete stati in quell'albergo, lei non ha costretto la signorina Burton a salire le scale a viva forza? »

« Niente affatto. È stata lei che mi ha accompagnato al piano di sopra. Quella camera era la sua, non la mia. È stata lei a invitarmi a salire. »

« Per far che? »

« Per bere qualcosa. E, probabilmente, anche per quello che è riuscita a ottenere da me. Solo per quello! »

« E allora, come spiega il fatto che, adesso, la signorina Burton affermi che lei l'ha violentata? »

« Non lo so. » Ian aveva lo sguardo spento, e appariva esausto. Il giudice scrollò la testa e girò lentamente gli occhi per l'aula del tribunale.

« Signore e signori, non lo so nemmeno io. Lo scopo di questa udienza è di stabilire se non è nato, per caso, qualche equivoco, se il problema poteva essere risolto semplicemente qui, seduta stante, per stabilire se ha avuto effettivamente luogo un atto di violenza carnale e se questo caso non merita un esame più approfondito dal punto di vista giudiziario. Il mio compito è quello di decidere se risolvere in questa sede il problema oppure se rimandarlo a una Corte di giustizia più alta. Ma, per potermi assumere una decisione del genere e prosciogliere l'accusato dalla colpa che gli viene fatta, devo avere l'assoluta certezza che non si è trattato di una violenza carnale.

« Nel caso io non fossi nelle condizioni di poter prendere una decisione del genere, cioè nel caso che la questione non fosse del tutto chiara, non mi rimane altra scelta all'infuori di quella di presentarlo a una Corte superiore, ed eventualmente anche a una giuria, per la decisione definitiva. A quanto pare, il caso di cui ci stiamo occupando non sembra affatto semplice. Le due versioni dell'accaduto, che ci hanno dato le due parti in causa, sono profondamente contrastanti. La signorina Burton parla di stupro, il signor Clarke lo nega. Non esistono prove né in un senso né nell'altro. Di conseguenza temo che occorra far risolvere la questione da una Corte di giustizia più alta e non si esclude la possibilità di un processo alla presenza di una giuria. Non si tratta di una faccenda che possa essere risolta in questa sede, in quattro e quattr'otto. Le accuse che sono state fatte appaiono gravi. Quindi stabilisco che la causa venga presentata alla Corte Superiore e il signor Clarke dovrà comparire davanti al giudice Simon Warberg, fra due settimane in data odierna, per il processo. L'udienza è chiusa. » Poi, senza troppi complimenti, il giudice si alzò e uscì rapidamente dall'aula. Anche Jessica e Ian si alzarono e si guardarono, smarriti e confusi, mentre Martin si soffermava ancora per qualche istante a riordinare carte e documenti. Margaret Burton era già uscita. Aveva provveduto l'ispettore Houghton ad accompagnarla subito fuori.

« E adesso che cosa si fa? » Jessica domandò a Ian in un bisbiglio.

« Lo hai sentito, Jess, si fa il processo. »

« Già. » Restò ancora per un momento a seguire con lo sguardo la figura di Margaret Burton che si stava allontanando. Intanto una nuova vampata di odio la travolgeva al pensiero che quella donna, per qualche motivo inspiegabile, pareva decisa a distruggere la loro vita. Perché non ne sapeva assolutamente di più, su quello che era successo, di quanto non ne avesse saputo tre ore prima. Perché?

« Ebbene, Martin? » Jessica si rivolse a Martin il quale sembrava molto serio. « Che cosa ne pensi? »

« Ne discuteremo insieme, nel mio studio, ma c'è qualcosa, in tutta questa storia, che non mi convince. Non ne sono completamente sicuro però mi è già capitato qualcosa di simile molti anni fa. Una causa stranissima con una querelante completamente pazza. Sotto sotto, si trattava soltanto di una vendetta personale. Non contro l'individuo che, a sentire la querelante, le aveva usato violenza, ma contro tutt'altra persona — colui che la aveva realmente stuprata quando era ancora un'adolescente. Poi, la donna aveva aspettato ventidue anni a vendicarsi e, per farlo, aveva scelto un uomo perfettamente innocente. Non so spiegarvene il motivo, è soltanto una mia sensazione personale, però questa storia mi ricorda stranamente la causa di tanti anni fa. » Aveva parlato a voce molto bassa, in un mormorio quasi impercettibile. Jessica, che si era protesa verso di lui per sentirlo meglio, non nascose di essere sconcertata dalla idea che Schwartz si era fatto della situazione. Anche lei provava un miscuglio di strani sentimenti riguardo a Margaret Burton. Quanto a Ian, appariva ancora troppo agitato e sconvolto per manifestare con chiarezza la sua opinione in proposito. Invece, si voltò verso Jessie, guardandola con irritazione.

« Ti avevo detto di aspettare fuori. »

« Non ho saputo resistere. »

« Già. Avevo il sospetto che, un momento o l'altro, avresti finito per entrare qua dentro. È stato divertente, vero? » Dal tono della sua voce, si capiva che era stanco e amareggiato. Ormai erano gli ultimi rimasti nell'aula del tribunale e lui si guardò intorno come se si fosse svegliato solo allora da un brutto sogno. L'udienza era stata sgradevole e deprimente. Perfino Jessica provò l'impressione di sentirsi più vecchia di parecchi anni da quando era entrata lì dentro, all'inizio della mattinata.

« Quando sarà il processo? » domandò a Martin. Non sapeva che cosa dire a Ian: eppure quanto c'era da dire, anche troppo!

« Fra un mese e mezzo. Hai sentito anche tu il giudice che diceva che la comparizione davanti alla Corte Suprema è stata fissata fra quindici giorni. Il processo avrà luogo un mese esatto dopo la comparizione in tribunale. E noi dovremo darci parecchio da fare. Bisogna mettercela tutta. » Mentre parlava, Martin aveva preso un'espressione molto seria e grave tanto che Jessica si accorse, in cuor suo, di morire dalla voglia di domandargli come se l'era cavata con quell'altro cliente, quello che era stato accusato di violenza carnale da una donna che cercava vendetta, ma aveva quasi paura di saperlo. Neanche Ian aveva fatto qualche domanda in proposito e Martin non si era offerto di fornire ulteriori informazioni su quell'argomento. « Voglio che Green si dedichi a questo caso giorno e notte. Quanto a voi due, dovrete essere a mia disposizione per incontrarci e fare tutte le riunioni che sarà necessario, ogni volta che vi convocherò. » Aveva parlato con voce asciutta.

« Saremo senz'altro a tua disposizione. » Jessie era stata la prima a parlare, sforzandosi di ricacciare indietro le lacrime che le erano salite agli occhi e di non parlare con la voce strozzata di chi si sente un nodo di pianto alla gola. « Vinceremo, vero, Martin? » Continuava ancora a parlare a bassa voce, senza saperne il perché. Ormai non era più necessario.

« Credo che sarà una brutta faccenda. E se ci riusciremo, ne verremo fuori per il rotto della cuffia. Perché, vedi, Ian, la questione è semplice: è la sua parola contro la tua. Ma, sì, penso che dovremmo vincere. » Secondo Jessie, però, non sembrava troppo sicuro e, ancora una volta, si sentì il cuore pesante di fronte alla gravità della situazione. Come era successo? Da dove era cominciato? Possibile che la colpa fosse sua, soltanto sua, perché era rimasta a New York troppo a lungo? Perché Ian aveva semplicemente voglia di andare a letto con una donna? O non si trattava, piuttosto, di una terribile sfortuna? La Burton non era, per caso, una donna con il cervello non completamente a posto, che aspirava a rovinare qualcuno e aveva scelto, per riuscirci, Ian, proprio Ian? Di chi era la colpa? E quando sarebbe finita tutta quella faccenda?

« Potrebbero revocare a Ian la libertà dietro cauzione? » Quello era stato il suo terrore costante. E anche il terrore di Ian.

« Certo che possono revocarla, ma non lo faranno. Non ne hanno il motivo, soprattutto fintanto che lui si presenta in tribunale ogni volta che gli viene richiesto di farlo. Oltre a tutto, il giudice non ne ha neppure parlato. Basta che nessuno di voi due si allontani dalla città proprio in questo periodo. Niente viaggi di affari, niente sparizioni improvvise, per le quali non si ha nessuna spiegazione, niente visite alla famiglia, laggiù, nell'Est. Restate nei dintorni; cercate di essere a disposizione.

Avrò bisogno di voi. Siamo d'accordo? »

Loro annuirono solennemente e Martin li accompagnò fuori dall'aula del tribunale, a passo lento. Intanto Jessie stava ripensando a quello che Martin aveva appena detto. Famiglia? Quale famiglia? I genitori di Ian erano tanto vecchi e cagionevoli di salute che erano proprio le ultime persone alle quali rivolgersi. E su questo punto, si erano già entrambi trovati d'accordo. Suo padre e sua madre erano troppo buoni, gentili e perbene, e anche troppo vecchi per poter capire qualcosa di quello che era successo. Ian era figlio unico e una faccenda del genere rischiava di uccidere sia l'uno sia l'altra. A parte il fatto che non c'era nessun motivo di informarli dell'accaduto. Presto tutto si sarebbe sistemato. Doveva sistemarsi.

Ian e Jessie strinsero la mano a Martin, salutandolo, e lo lasciarono appena fuori della porta dell'aula. Che mattinata interminabile!

« Abbiamo ancora un minuto? Perché vorrei fare un salto alla toilette », disse Jessica lanciando un'occhiata piena di nervosismo a Ian. Si sentiva imbarazzata, vagamente a disagio, come se qualcuno avesse appena finito di informarli che Ian aveva il cancro. Non sapeva neppure se piangere o fargli coraggio oppure addirittura scappar via a nascondersi, chissà dove. Era talmente confusa che non riusciva neppure più a capire che cosa provava in quel momento.

« Certo. Le toilette sono in fondo al corridoio. Devo andarci anch'io. » Ormai pronunciavano a fatica, parlandosi, anche frasi banali come quelle. Sì, sarebbe stato faticoso e difficile risalire la corrente. E ritrovarsi. Però, mentre si incamminavano per il corridoio, Ian costrinse Jessica a fermarsi, di colpo. la prese per un braccio e si voltò a guardarla dritto in faccia. « Jessie, non so che cosa dire. Non ho fatto quello di cui mi accusano ma, a questo punto, sto perfino cominciando a domandarmi se può avere importanza, o no. Quello che non sopporto è vederti ridotta così. È vero, mi sono comportato come un perfetto cretino per un paio d'ore e adesso sei tu che lo stai scontando. »

Prima di rispondergli, lei ebbe un sorriso stanco. « Già, e tu, invece? Tu, forse, ti diverti? Ormai ci siamo dentro fino al collo, tesoro, e non ci resta che tirare avanti fino a quando non ne saremo venuti fuori. Tutto qui. Non c'è altro. Ma, per amor di Dio, non arrenderti proprio adesso! » Per la prima volta dall'inizio di quella giornata terribile, Jessica lo stava guardando con occhi pieni di affetto e di tenerezza. E mentre si fermavano l'uno di fronte all'altro nel lungo corridoio dal pavimento di marmo, Jessica gli tese le braccia e, allora, Ian, senza dire una sola parola, l'abbracciò, stringendola forte al petto. Aveva un disperato bisogno di lei — e lei lo sapeva.

« Su, da bravo, amore. Lasciami... devo andare a far pipì. » La voce di Jessica aveva preso un'intonazione quasi burbera, roca ma stranamente sexy, e Ian le sorrise mentre ricominciavano a camminare lungo il corridoio, mano nella mano. Sì, il legame che li univa era straordinario, diverso da qualsiasi altro. Era sempre stato così, lo sarebbe sempre stato in futuro... purché riuscissero a sopravvivere a quello che stava succedendo nella loro vita.

« Torno fra un attimo. » Gli diede un bacio sul collo, gli strinse forte la mano, e scomparve nella toilette delle signore.

Quando fu dentro, si infilò subito in uno di quei gabinetti e chiuse la porta con il paletto. Notò che erano occupati anche quelli vicini perché le pareti divisorie non scendevano fino al pavimento. Alla sua sinistra intravide delle scarpe rosse e il bordo di un paio di calzoni blu scuro; alla sua destra due caviglie sottili e due scarpe scollate nere, semplicissime.

Jessica si raddrizzò le calze, si lisciò la gonna, e aprì la porta nello stesso momento nel quale, alla sua destra, uscivano dal gabinetto anche le scarpe nere, scollate. Gettò un'occhiata distrattamente in quella direzione mentre si dirigeva verso il lavabo, ma si trovò, di colpo, impietrita, come se avesse piantato radici nel pavimento. Davanti agli occhi aveva la faccia di Margaret Burton... e quel cappello color rosa pallidissimo, quasi grezzo, le nascondeva solo parzialmente il viso della sua nemica.

Anche Margaret Burton rimase immobile e ricambiò il suo sguardo. Jessica si sentì agghiacciare. Ce l'aveva proprio di fronte, a portata di mano. Ah, se avesse potuto afferrarla, picchiarla, ucciderla... ma non riuscì ad alzare un dito. Nel silenzio che seguì, si udì soltanto il lieve singulto che era sfuggito alla Burton la quale, però, per quanto fosse trasalita, aveva riacquistato subito tutta la sua presenza di spirito e si era avviata quasi correndo alla porta. Il cappello, sfuggendole dalla testa, rotolò lentamente ai piedi di Jessica. C'erano voluti soltanto pochi attimi eppure erano sembrati ore, giorni, anni... e quando se ne fu andata, Jessie si accorse di essere rimasta lì, avvilita e impotente, con il volto rigato di lacrime. Si chinò lentamente a raccogliere quel cappello prima di avviarsi, con passo stanco, verso la porta. Intanto, si era accorta che qualcuno vi stava bussando nervosamente, freneticamente. Era Ian. Aveva visto Margaret Burton uscire di corsa dalla toilette delle signore mentre lui stava venendo fuori da quella degli uomini, sull'altro lato del corridoio. E, di colpo, era rimasto terrorizzato. Che cos'era successo? Che cosa aveva fatto Jessica?

Lei gli si avvicinò in silenzio, con il cappello fra le mani, gli occhi pieni di lacrime.

« Che cosa è successo? »

Jessica si limitò a scrollare la testa, stringendo quel cappello contro il petto.

« Ti ha fatto qualcosa? »

Jessica continuò a scrollare la testa.

« E tu? »

Di nuovo, quel tacito no.

« Oh, amore mio. » La prese fra le braccia, la strinse a sé, le tolse quel cappello di mano, scaraventandolo su un sedile che c'era nelle vicinanze.

« Perdio! Andiamocene via di qui! Torniamo a casa. » Anzi, la sua idea era quella di portarla addirittura fuori da San Francisco, lontano. E che andasse al diavolo Martin e tutto quello che aveva consigliato di fare! Avevano bisogno di andar via, tutti e due. Magari a Carmel. O in qualsiasi altro posto. Si domandò fino a quando Jessica sarebbe stata in grado di sopportare quella tensione. E fino a quando ci sarebbe riuscito anche lui. Mentre stringeva sua moglie nelle braccia il cappello pareva fissarlo con aria di accusa dal sedile di marmo — e Ian rabbrividì. Era lo stesso cappello che la Burton portava quel giorno da *Enrico's*. Quel giorno... il giorno che avrebbe pagato a caro prezzo per anni, in un modo o nell'altro. Sempre tenendo un braccio intorno alle spalle di Jessie, si incamminò lentamente con lei verso l'ascensore. Avrebbe voluto mettere a nudo la sua anima di fronte a lei, ma si stava accorgendo di essere agli sgoccioli di tutto il coraggio che credeva di avere. E di non averne neppure più per gli altri. Anelava a una cosa soltanto: che quell'orrore finisse — invece era appena incominciato.

Quando l'ascensore arrivò, Jessica vi entrò in silenzio. Teneva gli occhi sbarrati, spenti, rivolti verso gli sportelli chiusi. Ian provò un desiderio folle di prenderla per le spalle e di scuoterla. Non era la prima volta che vedeva il viso di Jessica trasformato in una maschera; non era la prima volta che si chiudeva in se stessa quasi come se volesse sfuggirgli.

L'ascensore li scaricò nel caos dell'atrio del tribunale. Era rigurgitante di poliziotti e ispettori, avvocati difensori e procuratori distrettuali oltre a tutte le persone che facevano la fila per ottenere un lasciapassare per le visite alla prigione. Ian e Jessica vennero letteralmente risucchiati da quella marea di gente. Qua e là spiccava qualche faccia serena e tranquilla; si trattava di qualcuno che era andato lì semplicemente per pagare una multa oppure per riempire uno dei moduli necessari per l'immatricolazione dell'automobile. Ma erano talmente pochi che finivano per scomparire in mezzo a tutti gli altri; e fu quello il motivo per il quale né Jessica né Ian notarono Astrid, che era venuta a procurarsi un nuovo adesivo in sostituzione di quello che si era staccato dalla targa quando aveva portato la macchina a lavare. Si trovavano soltanto a un paio di metri di distanza, ma non si accorsero assolutamente della sua presenza. Astrid, invece, li vide e restò sconvolta dall'espressione delle loro facce. Ian e Jessica passarono oltre, a poca distanza, e Astrid preferì lasciarli andare. Perché l'espressione che aveva letto sui loro volti era la stessa che si era disegnata sul suo quando i medici, alla fine, le avevano rivelato quanto fosse grave la malattia di Tom.

# 13

L'INDOMANI mattina, Ian si decise. Jessica doveva assolutamente andar via. Dovevano partire, lasciare San Francisco, tutti e due. Così, mentre lei preparava la colazione, si decise a parlarne con Martin per avvertirlo. Martin si disse d'accordo e, quindi, Ian poté annunciarlo a Jessica come un fatto compiuto.

« Che cosa dovremmo fare? Ho capito bene? » Lo guardò con aria incredula, mentre si dava da fare in cucina, a piedi nudi, avvolta nella vestaglia.

« Partiamo per Carmel fra mezz'ora. » Stavolta sorrise mentre glielo diceva. « Fai i bagagli, amore mio. »

« Devi essere ammattito. Martin ha detto... »

« Di mandargli una cartolina. » Ian rivolse un sorriso vittorioso a Jessica che scoppiò in una risatina.

« E mi sapresti dire quando te lo ha detto? »

« Proprio adesso. »

« Gli hai telefonato? » Lei sembrava ancora dubbiosa, benché divertita.

« Ho messo giù il ricevitore un secondo fa. Quindi, mia adorata consorte », le si avvicinò lentamente, abbozzando un sorriso, « alza i tacchi e muovi il tuo bel culetto prima che io ti accusi di avermi fatto buttar via l'intera giornata. »

« Sei completamente pazzo. » Ian la baciò e Jessica gli sorrise, con gli occhi chiusi. « Però sei un pazzo adorabile! »

Con Ian al volante della *Morgan* raggiunsero Carmel in un paio d'ore. Per la prima volta da parecchie settimane, quel giorno l'aria era più frizzante del solito; però splendeva un sole magnifico che li accompagnò per tutto il viaggio. Aprirono la capote della *Morgan* e arrivarono a Carmel spettinati, intontiti dall'aria aperta, ma più allegri e felici. Quasi come se le continue folate di vento che li avevano investiti per tutto il viaggio sull'autostrada avessero contribuito a spazzar via dal loro cervello ogni preoccupazione. A ben pensarci, quel viaggio non era stato una cattiva idea e, dopo i primi ottanta chilometri, Jessie smise di essere perseguitata dalla visione dell'ispettore Houghton che li inseguiva. Già da qualche tempo il pensiero dell'ispettore non l'abbandonava mai, anzi la angosciava costantemente... chissà che adesso, forse, anche questo non potesse cambiare. Il guaio, purtroppo, era che Houghton sembrava onnipotente. Ogni tanto se ne dimenticava ma, poi, la sua immagine le riaffiorava nel cervello e se lo vedeva comparire davanti con un mandato di perquisizione, una pistola, un compagno, una tale espressione negli occhi... una smorfia beffarda sulla bocca... la terrorizzava ma, purtroppo, non aveva il coraggio di parlarne con Ian. Anzi, non glielo menzionava mai. Fra l'altro era preoccupata anche per quello che il viaggio sarebbe venuto a costare, per quanto Ian aveva insistito nel dichiarare di avere abbastanza, sul suo conto corrente privato, per coprire le spese. Non solo, ma le era stato detto, chiaro e tondo, di badare ai fatti suoi. Per di più era stata avvertita che, quella volta, non sarebbero scesi negli alberghi di lusso, ma avrebbero viaggiato, e vissuto, in economia. Lei continuava a sentirsi colpevole, e a dubitare di tutte quelle assicurazioni di Ian ma, al punto in cui era arrivata, si sentiva letteralmente ossessionata dalla loro situazione finanziaria e dalle spese per il processo, che stavano aumentando in modo sbalorditivo. Ian, poi, aveva sempre avuto uno strano modo di comportarsi riguardo al denaro, forse perché non era mai stato ricco. Era abituato a comprarle regali favolosi e a farle passare momenti magnifici anche quando era fin troppo chiaro che non avevano più fondi. Eppure Ian era capace di spendere fino all'ultimo centesimo e di buttare i soldi dalla finestra con grandissimo stile. Una volta, quel lato del suo carattere l'aveva sempre divertita. Ormai, non più.

A ogni modo gli era grata del viaggetto a Carmel. Capiva di averne estremo bisogno. Ormai si sentiva i nervi a pezzi e temeva di essere sull'orlo di un collasso. Sapeva che per Ian era più o meno la stessa cosa, per quanto cercasse con ogni mezzo di non farglielo capire.

Astrid aveva descritto a tutti e due un alberghetto dove era stata la primavera precedente, insistendo nell'affermare che era molto conveniente. Quindi Ian e Jessica avevano deciso di rinunciare alle raffinatezze e al lusso dell'*Hotel Del Monte*, che ben conoscevano, per l'atmosfera più rustica e l'arredamento, tutto in legno grezzo e colorate stoffe scozzesi, de *L'Auberge*. I proprietari erano una coppia francese di mezza età e, fra le altre cose simpatiche e divertenti che offrivano, c'era anche quella di un *café complet* che veniva servito a letto, la mattina. Il *café complet* consisteva di *brioches* e *croissants* fatti in casa, insieme a scodelle di *café au lait* fumanti.

Ian e Jessica passeggiarono sulla spiaggia e fecero un giro dei negozi; e, il sabato, stabilirono di andare a fare un pic-nic all'estremità di un promontorio da cui si spaziava con lo sguardo sul mare.

« Ancora un po' di vino, tesoro? »

Ian annuì e le allontanò una ciocca di lunghi capelli biondi dagli occhi. Erano distesi l'uno di fianco all'altro. Jessica guardava il cielo mentre Ian, appoggiato sul gomito, guardava lei. Le accarezzò dolcemente il volto e la baciò con delicatezza sulle labbra, sugli occhi, sulla punta del naso.

« Se continui così, non avrò più la forza di mettermi a sedere per versarti il vino, amore mio. » Lui sorrise ancora e Jessica gli mandò un bacio a fior di labbra.

« Sai che cosa ti dico, Ian? »

« Che cosa? »

« Mi rendi molto felice. » La faccia di lui si oscurò mentre Jessica pronunciava quelle parole. Ma, subito, lei gli sollevò il mento con la mano e lo costrinse a guardarla dritto negli occhi. « Parlo sul serio. È la verità. »

« Come puoi dire una cosa simile proprio adesso? »

« Perché adesso non è differente da nessun altro momento, Ian. Tu hai la capacità di fare cose bellissime per me. Tu mi dai quello di cui ho bisogno, e io ho bisogno di molto, moltissimo. A volte, paghi anche, per questo. E va bene, ora le cose non vanno come noi vorremmo, ma presto tutto sarà passato. Non potrà continuare così eternamente. A conti fatti, mi convinco sempre di più che siamo straordinariamente fortunati. » Si mise a sedere e lo guardò in faccia. Ma lui, a un certo punto, non riuscì a sostenere quello sguardo e girò gli occhi dall'altra parte.

« Fortunati, eh? Ecco, io trovo che è opinabile! » Lo aveva detto in tono amareggiato e Jessica gli cercò una mano e gliela strinse.

« Possibile che tu non ti senta più fortunato come al solito? »

« Sì, è vero. Ma tu, Jessie, in fondo, che cosa ne pensi? Sii sincera! » Riportò di nuovo gli occhi su di lei, ma Jessica vi lesse un'espressione che le era sconosciuta. Le parevano talmente onesti e schietti da spaventarla. Come se, in quel momento, Ian mettesse in dubbio ogni cosa. Lei. Se stesso. Loro. La vita. Tutto.

« Sì, mi considero fortunata. » La sua voce era lieve

come un sussurro nella brezza frizzante di quella assolata mattina di ottobre.

« Jessica, amore mio, ti sono stato infedele. Ho fatto l'amore con un'altra donna. Una prostituta nevrotica, d'accordo, ma sempre un'altra donna. Sono quasi sei anni che mi mantieni, non sono uno scrittore di successo. E adesso sto per essere processato per stupro e violenza carnale, non è escluso che io finisca in prigione e anche se non ci finissi, questa continuerà a essere la cosa più orrenda da affrontare e superare nella nostra vita comune. E tu ti consideri fortunata? Come fai a esserne convinta? »

Lei abbassò gli occhi e si guardò le mani a lungo. Poi li rialzò di nuovo e lo fissò in faccia. « Ian, non me ne importa se hai fatto l'amore con un'altra donna. Non mi fa piacere, ma non ha importanza. Non cambia niente. Per me, no. Non lasciare che cambi qualcosa per te. Suppongo che non sia stata la prima volta, ma non voglio saperlo. Non è questo il nocciolo della faccenda. La questione è un'altra: e allora? D'accordo, hai fatto l'amore con un'altra donna, ebbene? Mi hai tradito, e con questo? Non me ne importa. Secondo te ha senso quello che sto dicendo? Eppure è così: non me ne importa. Sai che cosa mi importa... mi importi tu, noi, e il nostro matrimonio, e la tua carriera. E non dire che io ti 'mantengo'. *Lady J.* ci mantiene tutti e due. Siamo fortunati ad avere quel negozio, ma uno di questi giorni tu venderai un libro e ne faranno un film e poi scriverai un altro libro e sarà un susseguirsi di lavori uno più brillante dell'altro, e farai fortuna. Dunque qual è il problema? »

« Jessica, sei matta! » A quel punto le sorrideva, però i suoi occhi erano ancora seri.

« No, non è vero. E parlo sul serio. Tu mi rendi felice. È come se mi riscaldassi il cuore; sei tu che hai la capacità di farmi amare gli altri, tu che mi fai capire che sono amata, tu che sei sempre con me. Sai chi sono, che cosa sono e per quale motivo sono meglio di quanto non sia mai stata. E questa è una cosa molto rara, Ian. A volte osservo attentamente le altre persone, ma non mi sembra che nessuna di loro abbia ciò che abbiamo noi. » I suoi occhi si erano messi a scintillare e avevano assunto il colore della giada.

« Non so che cosa dire, Jessie... ti amo. E anch'io ho bisogno di te. Non soltanto per essere confortato e aiutato da te mentre scrivo. Ho bisogno, oh, insomma », sorrise, più a se stesso che non a lei, « ... ho bisogno di vederti lì seduta in poltrona, tutta nuda, con quella faccia solenne, alle due del mattino, a dirmi per quale motivo il quarto capitolo non funziona. Ho bisogno di vederti entrare dalla porta alla sera con quell'espressione da 'Uffa! Sono stanca!' sulla faccia... ho bisogno del modo in cui mi capisci... del modo in cui... mi rispetti, anche quando io non rispetto più me stesso. »

« Oh, Ian. » Gli si infilò di nuovo fra le braccia e si lasciò stringere da lui, chiudendo gli occhi.

« Ho moltissimo bisogno di te, piccola. Ma qualcosa dovrà cambiare. »

Lei aprì lentamente gli occhi. Ian aveva appena finito di dire qualcosa di importante. Lo capiva dal modo in cui la stringeva a sé più che dalle parolc stesse.

« Che cosa significa? »

« Ancora non lo so. Ma qualcosa deve cambiare dopo che saremo sopravvissuti al sacrificio che ci aspetta nei prossimi due mesi. »

« In che senso, accidenti? Cambiare che cosa? » La sua voce si era fatta improvvisamente stridula. Si tirò indietro, leggermente, staccandosi un po' da lui in modo da potergli leggere negli occhi.

« Ehi, non ti agitare, Jessie. Sto cominciando a pensare che è venuto il momento di cambiare completamente tutto. Non so, forse è perfino arrivato il momento di accantonare per sempre le mie idee assurde di far carriera scrivendo. Qualcosa del genere. In ogni caso, non possiamo andare avanti così. Perché, sotto certi aspetti, un modo di vivere come questo non funziona. »

« Perché no? »

« Perché ho la sensazione di essere un mantenuto. Sei tu che paghi i conti o gran parte di essi, e io non sopporto più di vivere in questo modo. Lo sai che cosa si prova a vivere senza avere un reddito? Lo sai che cosa provo ogni volta che prelevo qualcosa dal nostro gruzzolo, il conto corrente 'comune', si fa per dire, per comprare un paio di magliette? Hai un'idea di quello che si prova a vedere che adesso, per questo disastro che ci è capitato, sei tu ad assumerti tutte le spese? Tu, a pagare lo scotto per la mia presunta 'violenza carnale'? Gesù, Jessie, è qualcosa che mi toglie il fiato, mi soffoca. Mi sta uccidendo. Perché diavolo credi che, in questi ultimi tempi, io sia stato impotente? Perché sono contento e soddisfatto di me stesso e del modo in cui è organizzata la mia vita? »

« Non è possibile che tu prenda tutto questo così seriamente! Il fatto è che, negli ultimi tempi, sei stato sottoposto a un susseguirsi di tensioni insopportabili. » Jessica avrebbe voluto accantonare quel discorso, ma Ian non aveva nessuna intenzione di permetterglielo.

« Precisamente. Le tensioni sono state tante. Ma, in parte, sono provocate dal fatto che non abbiamo sistemato la nostra vita nel modo più logico, nel modo migliore. Non hai mai provato a chiederti che cosa succederebbe se tu non avessi *Lady J.* oppure se tuo padre e tua madre non ti avessero lasciato un po' di soldi? »

« Io lavorerei come dipendente di qualcuno; e tu avresti un impiego in un'agenzia di pubblicità e lo odieresti con tutte le tue forze. Ti sembra divertente una soluzione del genere? »

« No. Ma hai mai provato a pensare se tu, invece, non lavorassi affatto e io lavorassi in tutt'altro modo, in tutt'altro campo? »

« Quale, per esempio? » Mentre Jessica pronunciava

queste parole il suo viso aveva assunto un'espressione dura.

« In questo preciso momento, non lo so. Non ci ho ancora pensato. »

« Ian, dici cose che non hanno alcun senso. Non ti ho mai visto lavorare su un libro con la passione e l'intensità che dimostri in questo periodo, non ti ho mai sentito parlare con tanta sicurezza di quello che stavi scrivendo. E adesso vorresti smettere e piantare tutto lì? »

« Non l'ho detto. Non ancora. Però potrebbe essere una soluzione. Quello che stavo dicendo, è tutt'altro: che cosa accadrebbe a te, a noi, al nostro matrimonio, se non fossi tu a mantenerci, Jessie, ma, piuttosto, io? E, per esempio, se mettessimo da parte il tuo denaro come un gruzzolo da tenere in serbo per il futuro, oppure ce ne servissimo come un investimento? »

« Già, e allora che cosa farei io tutto il giorno? Dovrei ricamare? Giocare a bridge? »

« No. Stavo pensando a qualcos'altro. Magari per più avanti. » Ormai i suoi occhi avevano preso un'espressione più dolce, sognante.

« E che cosa sarebbe quest'idea per più avanti? »

« Ecco... che cosa ne diresti se ci decidessimo, finalmente, ad avere dei bambini... naturalmente, quando tutta questa complicata faccenda sarà finita? È molto tempo che non ne parliamo. Almeno da prima... » Jessie sapeva a che cosa Ian alludesse con quel « prima ». Prima che le cose fossero cambiate. Prima che suo padre e sua madre fossero morti. Prima che lei avesse ereditato i loro soldi... prima. Quella parola diceva tutto. Lo sapevano entrambi. « Jessie... piccola, voglio occuparmi io di te. Voglio essere io quello che pensa a te. A parte il fatto che te lo meriti. »

« Perché? »

« Come sarebbe? Che cosa vuoi dire? Mi domandi 'perché'? » Per un attimo parve confuso.

« Voglio dire perché dovremmo sconvolgere la nostra vita a questo modo? Cambiare tutto di punto in bianco? Per quale motivo dovresti essere tu a caricarti del peso della nostra vita familiare, tu soltanto, e così all'improvviso? Il lavoro mi piace, non è un peso per me. Lo trovo un divertimento. »

« Non potrebbero essere un divertimento anche dei bambini? »

« Non ho mai detto che non lo siano. » Parlava in tono duro, pieno di tensione.

« Ma...? »

« Oh, per amor di Dio, Ian, si può sapere perché dobbiamo affrontare questo argomento proprio adesso? » Erano anni che non ne parlavano più.

« Non parlavo di adesso. Stavamo semplicemente discutendo quale sarebbe stata la nostra vita se... »

« Ma è ridicolo! Un po' come fare un gioco! » Gli aveva voltato le spalle. Improvvisamente si sentì la mano di Ian posata sul braccio. Glielo stringeva con forza.

« Non è come fare un gioco. Non stavo neppure scherzando. Ma parlando sul serio, Jessie. In questi ultimi sei anni mi sono trasformato in uno stramaledetto gigolò. Sono un fallimento come scrittore, ho appena finito di scopare una prostituta da quattro soldi e, come conseguenza, mi sono visto accusare falsamente di violenza carnale. Sto cercando soltanto di scoprire quello che ha un'importanza e un significato nella mia vita, e quello che non ce l'ha, e quello che richiede un cambiamento. Magari, almeno in parte, quello che bisogna cambiare siamo noi. E forse senza 'magari'. So che è così. E, adesso, hai intenzione di stare ad ascoltarmi e di rispondermi o no? »

Lei era rimasta seduta dov'era prima, in silenzio, fissandolo. Però capiva di non avere altra scelta. Ian le mollò il braccio e riempì di vino i bicchieri. « Scusami. Ma questo è importante per me, Jess. »

« Va bene. Mi ci proverò. » Prima guardò il bicchiere

pieno di vino, poi sospirò profondamente alzando gli occhi a contemplare il cielo. « E tutto questo semplicemente perché ti ho detto che mi rendi felice? Avrei dovuto tenere la bocca chiusa! » Ricambiò il sorriso di Ian che la baciò ancora.

« Lo so. Sono un bastardo. Ma Jessie... voglio che le cose funzionino fra noi, che tutto vada bene. Anzi voglio che tutto diventi sempre meglio. Non voglio più andare a letto con altre donne o detestarmi oppure... perché ha importanza. Ha importanza sul serio. E sono contento di renderti felice; anche tu rendi felice me. Molto. Però, possiamo fare ancora qualcosa di meglio, lo so, ne sono convinto. Devo cominciare a sentirmi realmente tuo marito, a sentirmi un uomo, a capire che tutto il peso della nostra vita comune grava solo sulle mie spalle o, perlomeno, almeno una parte, anche se questo dovesse significare la necessità di vendere la casa e di andare a vivere in un posto dove io possa pagare il 'nostro' affitto. Insomma sento la necessità di fare queste cose, o altre simili, per te. Sono stanco di vedere che sei sempre tu a 'prenderti cura' di me. E guarda che non voglio essere un ingrato, Jess, ma è qualcosa di cui sento l'assoluto bisogno. »

« Va bene. Ma perché? Perché proprio adesso? Per colpa di quella cretinissima donna? Per colpa di Margaret Burton? È per colpa sua che senti il dovere di piantar lì di scrivere e di trasferirci ad abitare in qualche baracca nella zona di Mission, dove tu possa pagare l'affitto? » Il tono di Jessie era diventato antipatico, e a Ian non piaceva affatto. In qualcosa non aveva mancato il bersaglio.

« No, tesoro. Margaret Burton è semplicemente un sintomo, né più né meno, come quelle cento o duecento ragazze da quattro soldi che ci sono state prima di lei. È così che tu vuoi stare al gioco, Jessie? Vuoi starci in modo onesto, con schiettezza, oppure facendo la carogna? Scegli quello che preferisci. Io sono disposto sia a una soluzione sia all'altra. Tocca a te decidere. »

Lei inghiottì in una sola sorsata il resto del vino che aveva nel bicchiere e alzò le spalle. « Non riesco a capire qual è il nocciolo della questione. »

« Forse il problema sta proprio qui. Come quando io ti parlo di avere un bambino. Anche in questo caso, ti sfugge quale sia il vero nocciolo della faccenda, vero? Possibile che questo, per te, Jessie, non abbia assolutamente nessun significato? »

Lei scrollò la testa con aria solenne, gli occhi abbassati, evitando di guardarlo.

« Non lo capisco. Ecco tutto. Perché? Guardami in faccia, accidenti! Quello che sto dicendo, per me, è importante. È importante per tutti e due. » Ma quando Jessie si decise ad alzare gli occhi, lui rimase meravigliato da quello che vi leggeva.

« Mi fa una paura tremenda. »

« Un bambino? » Mai, prima di quel momento, Jessica aveva fatto una ammissione del genere. Di solito diventava astiosa e irragionevole, quando ne parlavano; ribatteva con qualche frase tagliente e l'argomento veniva rapidamente abbandonato. In quel momento, sentirla confessare una cosa del genere, lo colmava di tenerezza nei suoi confronti. Spaventata?

« Vuoi dire che ti spaventa da un punto di vista fisico? » Ian allungò una mano per prendere quella di Jessica e gliela strinse.

« No. Il fatto è che dovrei dividerti con lui, Ian e io... io non posso. » Aveva gli occhi lucidi e le tremava un po' il mento, guardandolo. « Insomma, il fatto è che non posso dividerti con nessuno, Ian. Non posso, mai. Sei tutto quello che ho. Sei... »

« Oh, piccola! » La prese fra le braccia e cominciò a cullarla dolcemente. Anche lui si sentiva bruciare gli occhi per la commozione. « Che cosa ridicola e assurda da pensare. Con un bambino non succede niente del genere. Non succederebbe mai. Perché noi siamo persone speciali. Un bambino sarebbe qualcosa di più, non qualcosa di meno, questo è certo. »

« Sì, ma sarebbe tuo. Sarebbe una vera famiglia. » E finalmente Ian comprese. Aveva i genitori, lui, naturalmente, ma erano così lontani e così vecchi. Ormai non li vedeva quasi più. Invece un bambino sarebbe stato qualcosa di presente, di molto vivo e reale!

« La mia vera famiglia sei tu, sciocchina. E lo sarai sempre. » Quante volte glielo aveva ripetuto dopo la morte del padre e della madre? Mille? Diecimila? Era strano ripensare a quei giorni. Jessica era stata molto, anzi tremendamentre indipendente e sicura di sé, quando l'aveva sposata. Però aveva sempre voluto un gran bene al padre e alla madre. Quanto al fratello, lo adorava; anche adesso, sentirla parlare di loro era un po' come ascoltare i ricordi di una vita vissuta con degli amici molto cari, con i quali si sono trascorsi momenti meravigliosi. Ed, effettivamente, il tempo passato con loro si era sempre rivelato un'esperienza straordinaria. Quattro persone incredibilmente belle, con una intelligenza effervescente, la risata pronta, una classe straordinaria. Era innegabile che fossero state persone diverse da tutte le altre. Persone insolite. E quando se n'erano andate, parte di Jessie se n'era andata con loro. Una parte che non era evidente, né saltava subito all'occhio. Aveva continuato a dimostrare lo stesso spirito, la stessa vitalità, lo stesso stile di prima; eppure, di colpo, nel suo cuore, si era sentita un'orfana. Già prima che la sua famiglia non ci fosse più, aveva amato Ian — ma non aveva mai avuto bisogno di lui come ne aveva bisogno in quel momento. Perché era diventata come una bambina terrorizzata, che si è smarrita in una zona di guerra, sconvolta, stralunata, inebetita, e che vi si aggira passando continuamente dal guscio vuoto di un ricordo a quello di un altro. Smarrita e sola. Il tentativo di suicidio era avvenuto dopo la morte di Jake. E l'aveva lasciata diversa. Non più indipendente come prima, ma con il bisogno di trovare un appoggio in qualcuno. E, dopo quel terribile momento, era stato Ian a ricondurla alla salvezza, a restituirle la sicurezza e la calma. Ecco quando Jessica aveva cominciato a chiamarlo « la sua vera famiglia ». Mentre, in precedenza, la loro unione, pur essendo affettuosissima e intima, aveva assomigliato un po' a una rete scintillante, a trame larghe, all'improvviso, tutto era cambiato e — con il passare degli anni — la rete si era fatta a maglie sempre più piccole, sempre più strette. Ormai nel cuore di Jessica non c'era più neppure il posto per un bambino. Ian lo sapeva già da molto tempo ma si era illuso che, a un certo punto, il panico sarebbe scomparso. Invece, non era successo; ormai ne aveva la certezza. Le necessità di Jessica erano ancora troppo acute e disperate e, probabilmente, sarebbero state sempre così. Ma, per lui, era molto amaro accettarlo.

« Oh, Dio, Ian, se tu sapessi come ti amo e come sono spaventata... » Ian l'aveva presa di nuovo fra le braccia, e i suoi pensieri erano stati solo per lei, dimenticando le preoccupazioni che lo assillavano. Jessica respirò a fondo, ricambiò l'abbraccio, stringendolo a sé, mentre Ian le accarezzava lentamente i capelli, meditando su ciò che aveva finalmente capito e doveva accettare. Sì, perché era un dovere. Niente sarebbe mai cambiato. Oh, certo, qualcosa sì... avrebbe provveduto lui a occuparsi che qualcosa cambiasse, ma Jessica non sarebbe mai più stata capace di reggersi da sola sulle proprie gambe o, perlomeno, non completamente — e mai a sufficienza perché, insieme, potessero dedicarsi a un figlio.

« Anch'io ho una paura terribile, Jessica. Ma vedrai che tutto andrà a finire bene. »

« Come può andare a finir bene se, quando saremo usciti da questa faccenda, avrai sempre intenzione di cambiare tutto radicalmente? Tu vuoi che io venda la boutique, che abbia un bambino e stai meditando di smettere di scrivere, di andare ad abitare altrove e di trovarti un lavoro e... oh, Ian! Mi sembra tutto così orribile! » Scoppiò in singhiozzi, ancora stretta fra le braccia di Ian il quale scoppiò in una risatina sommessa, tenendola contro il proprio petto. Forse era proprio quello che a Jessica occorreva. Forse non era neppure normale che un uomo desiderasse un figlio nello stesso modo spasmodico nel quale lui lo desiderava. Forse non era altro che un'ulteriore affermazione del proprio io. Ma furono pensieri che scacciò subito.

« Ossignore, ho forse detto che avevo intenzione di cambiare tutto questo? Mi sembra un cambiamento piuttosto pesantuccio! Magari potremmo decidere soltanto per un paio di cose, per esempio, io potrei avere un bambino e tu cercarti un lavoro e, scusami, piccola, ma non avevo nessuna intenzione di aggredirti con diecimila proposte contemporaneamente! Il fatto è che mi sto convincendo sempre di più che occorre qualche piccolo ritocco alla nostra vita. Una aggiustatina in qualche piccola cosa. »

« Ma proprio di tutto... tutto quello che hai detto? »

« No, probabilmente non di tutto. E sempre se tu sarai d'accordo di cambiare qualcosa. Altrimenti non funzionerebbe niente. Dobbiamo desiderarlo tutti e due. »

« Però, a sentirti, si direbbe che la nostra vita non sarà più quella di prima. »

« Magari non lo sarà, Jessie. Magari non dovrebbe neppure esserlo. Non hai mai pensato anche a questo? »

« No. »

« E non hai neanche intenzione di pensarci vero? Guardati un po', accoccolata per terra come una *squaw* indiana e stai cercando di non dare ascolto a quello che ti racconto mentre hai una formica che ti cammina sul braccio... » Aspettò. Ci volle mezzo secondo. Poi Jessica scattò in piedi cacciando un urlo.

« Una che cosa? »

« Oh, come ho fatto a dimenticarmene? È vero che

tu hai paura delle formiche! » Le sfiorò lievemente con la mano la manica mentre si alzava di scatto anche lui. Jessica gli allungò un pugno in pieno petto.

« Che Dio ti maledica, Ian Clarke! Siamo qui a fare un discorso serio e guarda un po' che cosa ti salta in mente di combinarmi! Non c'era nessuna formica che mi camminava sul braccio, vero? Insomma, c'era o no? »

« Credi che avrei mai il coraggio di dirti una bugia? »

« Ti odio! » Stava ancora tremando, in preda a un'accozzaglia di sentimenti diversi: terrore, furia, paura della formica e le emozioni molto più reali e profonde di pochi attimi prima. Ian aveva inventato l'esistenza della formica solamente per farla rasserenare.

Era una tregua. Ian era molto bravo a saperle creare.

« Come sarebbe... mi odi, è proprio questo che hai detto? Se hai appena finito di dichiarare che ti rendo felice! » Mentre la prendeva di nuovo fra le braccia, aveva assunto un'aria da finto ingenuo.

« Non toccarmi, sai! » Ma gli si abbandonò fra le braccia cercando a fatica di nascondere un sorriso. « Perché, vedi », la sua voce si era fatta di nuovo tenerissima, « a volte mi chiedo se mi vuoi realmente bene. »

« A volte è la cosa che si domandano tutti, Jess. Non si possono avere garanzie ferree come quelle che tu vorresti, tesoro. Io ti amo né più né meno come ti amavano tuo padre e tua madre, e come ti amava Jake, insomma come ciascuno di loro. Però io non sono loro. Sono io, tuo marito, un uomo, esattamente come tu sei mia moglie, e non mia madre. E chissà che un giorno tu non ti stanchi di me e non te ne vada con qualcun altro. In genere tutti pensano che nessuna madre possa fare qualcosa del genere ai suoi figli ma — per le mogli — è diverso. E io, questo, devo accettarlo. »

« Non starai cercando, per caso, di dirmi qualcosa che non riesco a capire? » Improvvisamente Jessica si era irrigidita fra le sue braccia.

« No, sciocchina, soltanto che ti amo. E che posso soltanto essere così e soltanto fare questo. Niente di più. Credo che sia quel che sto cercando di dirti: non devi essere così insicura e non devi torturarti troppo. A volte penso che sia il motivo per il quale tu accetti, da me, tante brutte cose, paghi le fatture e tutto il resto, perché — a questo modo — capisci di avermi in tuo potere. Adesso, però, ti voglio raccontare un segreto. No, cara, a questo modo tu non mi hai affatto in tuo potere. È vero che sono tuo, completamente, ma per tutt'altre ragioni, completamente diverse da questa. »

« Come, per esempio? » Jessica aveva ricominciato a sorridere.

« Oh... per esempio per il modo stupendo in cui sei capace di cucire. »

« Cucire? Ma se non so attaccare un bottone! » Jessica lo guardò in un modo curioso e poi scoppiò a ridere.

« Davvero? »

« Davvero. Non so cucire. »

« Vuol dire che ti insegnerò io. »

« Sei un tesoro! »

« Adesso che ci penso, bella signora, un tesoro sei anche tu. E questo mi fa venire in mente una cosa. Cercami un po' in tasca. » Jessica alzò le sopracciglia, con visibile interesse, mentre gli sorrideva con aria sbarazzina.

« Una sorpresa per me? »

« No, il conto della lavandaia. »

« Scemo! » A ogni modo gli infilò ugualmente una mano nella tasca della giacca, lenta, con cautela, mentre continuavano a parlare. Aveva gli occhi che le splendevano di curiosità e di eccitazione. Non fu difficile trovare il piccolo astuccio quadrato. Jessica lo tirò fuori con un sorriso e lo tenne per un momento stretto convulsamente in mano.

« Non lo vuoi aprire? »

« Questo è il momento più bello. » Scoppiò in un'altra risatina e Ian le sorrise.

« Non è il Kohinoor, ti avverto! »

« Ah, no? »

« Oh, per amor di Dio! » Con un gesto improvviso, Jessica fece scattare la molla per aprire l'astuccio. Ian, in silenzio, era rimasto a guardarla.

« Ian! Sei completamente pazzo! » Scoppiò in una risata alta e scrosciante e guardò di nuovo ciò che l'astuccio conteneva. « In nome di Dio, si può sapere come hai fatto a procurarti una cosa del genere? »

« L'ho visto e ho capito che dovevi assolutamente averlo. »

Jessica rise di nuovo e se la mise intorno al collo. Era una sottile catena d'oro dalla quale pendeva un fagiolo largo e piatto, in oro, uno di quelli che si chiamano « fagioli di Lima ». La cosa che, da bambina, aveva detestato di più.

« Ossignore, non avrei mai pensato di vedere il giorno in cui mi sarei addirittura messa addosso uno di questi maledetti affari! E d'oro, per di più! » Scoppiò in un'altra risata, baciò Ian e abbassò il mento sul petto per occhieggiare il piccolo gingillo d'oro.

« A dir la verità, ha un'aria molto elegante. Se uno non sapesse di che cosa si tratta, non riuscirebbe mai a indovinarlo. Mi è stata offerta la scelta fra un fagiolo cannellino, di Lima o di altri generi diversi. E ci tengo a informarti che sono tutti opera di un unico designer, molto spiritoso e pieno di fantasia. »

« E tu l'hai visto in vetrina, così, per caso? »

« Già. E ho pensato che, quando si ha un briciolino di fede anche grosso soltanto come un seme di senape, puoi muovere le montagne e via dicendo. Così, perbacco, con un po' di fede, cioè tanta come un fagiolo di Lima, con molta probabilità puoi muovere almeno una buona metà del mondo. »

« Quale metà? »

« Una qualsiasi delle due, a scelta, o mia affascinante signora! Su, vieni, torniamo in albergo. »

« Fagioli di Lima! Tesoro, sei proprio un bel matto! E posso chiederti quale sostanziosa parte del tuo patrimonio ti è costata questo fagiolo di Lima così sensazionale? » Non le era sfuggito che si trattava di un oggettino in oro, a 18 carati, e che l'astuccio portava la scritta di un negozio famoso per i suoi prezzi sbalorditivi.

« Assolutamente, no. Non puoi saperlo. Come si possono fare domande del genere? »

« Beh, per pura e semplice curiosità. »

« E allora, non essere curiosa! E mi vuoi fare un piacere? Non mangiarlo! » Jessica scoppiò a ridere di nuovo e gli diede un morso sul collo mentre si allungava verso la bottiglia per versare nei bicchieri il po' del vino che ancora ci rimaneva.

« Tesoro, su questo, puoi giurarci! Non ho mai mangiato e non ho nessuna intenzione di mangiare fagioli di Lima. Neanche se fossero d'oro. » A queste parole scoppiarono tutti e due in una risata scrosciante perché erano le precise parole che Jessica aveva detto a Ian la prima volta che, otto anni prima, la aveva invitata ad andare a cena da lui e aveva cucinato tutto da solo.

Le aveva preparato maiale arrosto con purée di patate e fagioli di Lima. Jessica aveva divorato la carne e le patate, ma Ian, tornando dalla cucina, l'aveva sorpresa mentre stava rovesciando rapidamente nella borsetta i fagioli di Lima. Allora Jessica lo aveva guardato dritto negli occhi poi aveva alzato le braccia al cielo, era scoppiata a ridere e aveva detto: « Ian, non ho mai mangiato né mai mangerò fagioli di Lima. Neanche se fossero d'oro massiccio ». Questo, effettivamente, era d'oro massiccio. Per un attimo, si sentì lo stomaco chiuso da una morsa al pensiero di quello che era costato. Ma Ian era fatto così. Stavano andando dritti dritti alla rovina, ma ci andavano con stile. Con pic-nic, attimi di passione esaltante e oggetti d'oro.

Per tutto il resto del weekend, il loro umore fu quello di due persone allegre e spensierate che si volevano godere una vacanza. Jessica, non appena le si presentava l'occasione, cercava di mettere in mostra il lucente fagiolo d'oro appeso alla sottile catena, che ondeggiava scintillando contro la sua pelle; e le ore trascorse insieme furono dedicate a baci, abbracci, scherzi e battute di spirito. *L'Auberge* fece il miracolo e la loro vita amorosa tornò a essere quella che era sempre stata. Cenarono a lume di candela nella loro camera — un autentico festino a base di pollo fritto comperato in una rosticceria poco distante, che divorarono annaffiandolo con una piccola bottiglia di champagne acquistata lungo la strada del ritorno in albergo. Risero spensieratamente come bambini; si divertirono a fingersi due sposini in luna di miele e, a poco a poco, le cupe minacce della mattina furono dimenticate. Tutto il resto fu dimenticato all'infuori di loro due, Ian e Jessie. Perché erano le uniche persone che avessero importanza.

Il solo dolore, ma nascosto e segreto, era quello di Ian che sperava inutilmente di avere un figlio. Ma, ormai, si era rassegnato a rinunciarvi. Per un attimo di follia, aveva disperatamente desiderato di concepire un figlio lì, in quei giorni, prima del processo, prima... e se... chi sapeva che cosa avrebbe portato il futuro a tutti e due? A un anno di distanza da quel giorno lui, Ian, non sarebbe potuto essere in prigione, oppure addirittura morto? Indubbiamente non era un modo molto allegro di vedere le cose, ma la realtà stava cominciando a spaventarlo. I dubbi e le incertezze del futuro, poi, quando lasciava che il suo pensiero ci tornasse sopra, erano ancora più terrificanti. Un bambino sarebbe potuto essere una fresca fogliolina d'erba spuntata dalle ceneri. Una volta, però, che aveva capito quanto Jessie fosse ancora terrorizzata a quell'idea, l'argomento poteva considerarsi chiuso. I libri erano i suoi figli. Non gli restava che mettersi a lavorare, con un impegno ancora maggiore, a quello che stava scrivendo.

La domenica, Jessie comperò a Ian un berretto alla Sherlock Holmes e una pipa fatta con un tutolo di granoturco. Per pranzo si divisero un abbondantissimo gelato guarnito di fettine di banana e di frutta fresca poi noleggiarono un tandem e si misero a girare intorno all'albergo, ridendo a crepapelle per la completa mancanza di abilità che dimostravano. Jessica, quando si trovò a dover affrontare il pendio di una collina, si dichiarò fuori combattimento.

« Come sarebbe 'no'? Avanti, Jessie, spingi! »

« Spingi un corno! Se proprio vuoi, prova tu a spingere. Io preferisco camminare. »

« Carogna! »

« Ma hai provato un po' a guardare quella salita? Per chi mi hai preso? Per Tarzan? »

« Beh, accidenti, prova un po' a guardarti le gambe! Sono tanto lunghe che dovresti riuscire a fare quella salita di corsa, portandomi in spalla... figuriamoci se non ce la puoi fare in bicicletta! »

« Adulatore! »

« Ehi, stai attenta, hai un ragno che ti sta camminando sulla gamba. »

« Aaaahhh! Ian! Dove? » Ian, naturalmente, stava sghignazzando perché lo scherzo era perfettamente riuscito. E quando Jessica alzò gli occhi a guardarlo, lo capì immediatamente. « Ian Clarke, se ti salta in testa di farmi una burla del genere ancora una volta, io ti... » Balbettava, sprizzava scintille dagli occhi, era infuriata e divertita al tempo stesso, e Ian rideva più forte che mai. « Io ti... » gli allungò una pacca su una spalla con una tale violenza da farlo rotolare giù dal sellino della bicicletta nell'erba folta, che cresceva sul bordo del sentiero. Ma Ian, tendendo una mano, afferrò Jessica per un braccio mentre, in piedi vicino a lui, lo guardava ridendo a crepapelle. Riuscì anche a farle perdere l'equilibrio, tirandola giù sull'erba, vicino a sé. « Ian, qui no! Probabilmente ci sono le vipere in mezzo a tutta quest'erba! Ian! Accidenti! Smettila! »

« Niente serpenti. Niente vipere. Te lo giuro. » Stava infilandole le mani nella camicetta con un sorriso talmente avido e voglioso che la fece scoppiare in una risatina convulsa.

« Ian, dico sul serio... no! Ian... » Ma si dimenticò quasi subito delle vipere.

# 14

« E ALLORA vi è piaciuto il mio rifugio segreto a Carmel? » Con un sorriso, Astrid infilò la testa nell'ufficio di Jessica.

« Lo abbiamo trovato meraviglioso! Entra, entra! Vuoi un po' di caffè? »

Del resto, bastava il sorriso di Jessie per far capire ad Astrid che la gita era stata un successo. Effettivamente quei due giorni a Carmel le erano sembrati come un'isoletta piena di pace in mezzo a un mare tempestoso.

« Grazie, ma preferisco fare a meno del caffè. Sto andando in centro. Ho un appuntamento con uno dei legali di Tom. Può darsi che ripassi di qui fra un po', quando torno a casa. » Jessica le mostrò il fagiolo di Lima d'oro, le fece un resoconto, breve e ampiamente purgato, del loro weekend e le mandò un bacio da lontano. Astrid se ne andò. Per il resto della giornata, *Lady J.* fu un vero e proprio manicomio.

C'erano alcune consegne da fare, clienti nuove da ricevere, clienti vecchie da accontentare, perché volevano qualcosa di nuovo, ma pretendevano che venisse adattato alle loro misure « adesso e subito », fatture che erano andate smarrite mentre due consegne di materiale, di cui Jessie aveva disperatamente bisogno, non vennero recapitate. Purtroppo Katsuko, letteralmente sommersa da tutti i mille e mille dettagli per la preparazione della sfilata autunnale, non poteva essere di nessun aiuto. Fu, quindi, Zina a destreggiarsi fra le varie clienti mentre Jessie cercava di trovare una soluzione ai problemi che erano insorti. E di pagare le fatture, e i conti. I quindici giorni successivi furono più o meno lo stesso.

Harvey Green si presentò un paio di volte alla boutique per discutere qualche particolare di minor conto e sapere qualcosa di più sulle abitudini di Ian e sulle sue, ma Jessica scoprì di avere ben poco da dirgli. E lo stesso fu per Ian. La loro era una vita molto semplice e non avevano niente da nascondere. Katsuko e Zina erano ancora all'oscuro di tutto; inoltre, le settimane successive alle misteriose sparizioni di Jessie dal negozio erano state talmente frenetiche da non concedere neppure il tempo di fare domande. Ormai le due ragazze erano arrivate alla conclusione che il problema di Jessie, di qualsiasi genere fosse stato, si doveva essere risolto. Quanto ad Astrid, si era ben guardata dal tentare di saperne qualcosa.

Ian si dedicava completamente al nuovo libro che stava scrivendo e ne era talmente assorbito da non avere il tempo per nient'altro; le due successive comparizioni in tribunale erano andate lisce. Come Martin aveva previsto, la libertà su cauzione non era stata revocata; anzi, l'argomento non era neppure stato sfiorato. Jessica aveva raggiunto Ian nell'aula del tribunale, sia la prima sia la seconda volta, ma c'era stato ben poco da vedere o da capire. Di solito Ian si avvicinava al banco del giudice accompagnato da Martin, si fermava lì, con lui, a parlare sottovoce per qualche minuto e poi se ne tornava via. Ormai sembrava che quelle comparizioni in tribunale fossero diventate parte integrante della loro vita quotidiana; del resto, sia l'uno sia l'altro, avevano ben altre cose a cui pensare. Jessie stava cominciando a preoccuparsi perché una parte della collezione autunnale non era ancora pronta; perché un'altra consegna di capi di abbigliamento che le erano assolutamente necessari non era arrivata e perché il suo conto in banca minacciava di essere letteralmente prosciugato dal denaro che stava spendendo. Ian non era contento del modo in cui gli veniva il nono capitolo e appariva distratto e disinteressato riguardo a tutto il resto. La loro vita era fatta di tutto questo, non di un'apparizione meccanica e ripetuta davanti a un giudice annoiato.

Fu un mese dopo che Harvey Green si fece vivo con la prima parcella. Milleottocento dollari. La spedì alla boutique, su esplicita richiesta di Jessica, la quale restò letteralmente senza fiato quando la aprì. Per un attimo, le parve di svenire. Milleottocento dollari. Per niente. Harvey Green non era riuscito a scoprire niente, assolutamente niente, all'infuori del nome di un uomo con il quale Margaret Burton era uscita a cena un paio di volte, ma non era mai andata a letto. Peggy Burton sembrava un personaggio limpido, senza misteri. I suoi colleghi di ufficio la giudicavano una donna simpatica, non molto socievole, però cortese, con la quale non era difficile lavorare e di cui si poteva avere fiducia. Qualcuno di loro accennava al fatto che, in qualche occasione, era apparsa assorta, distratta, facile ai cambiamenti di umore. Da un'indagine del suo passato non risultava che avesse avuto torbide o drammatiche storie d'amore, né tantomeno problemi di droga o di alcol. Per tutto il tempo in cui Green l'aveva pedinata, non era più tornata in nessuno degli alberghi di Market Street e, dal giorno in cui la sorveglianza era cominciata, non aveva mai ricevuto uomini in casa, in qualsiasi ora del giorno o della notte. Dopo il lavoro, rientrava a casa sola, ogni sera; in un mese, era stata al cinema tre volte, sempre sola; e perfino un tentativo di abbordarla e di attaccare discorso con lei, su un autobus, era completamente fallito. Un aiutante di Green dopo averla seguita bombardandola di occhiate piene di ammirazione per un bel pezzo di strada, e aver ottenuto in risposta uno sguardo apparentemente incoraggiante, si era azzardato a invitarla a bere qualcosa ma aveva ricevuto, per tutta risposta, un rifiuto nettissimo: « No, grazie, amico! » Non erano riusciti a scoprire assolutamente niente e Harvey Green pretendeva ugualmente milleottocento dollari. E oltretutto non potevano neppure fare a meno di lui. Martin aveva spiegato che la Burton avrebbe dovuto essere tenuta sotto sorveglianza fino al giorno del processo e, possibilmente, anche durante il processo per quanto entrambi, lui e Green, sospettassero che, probabilmente, la polizia le aveva raccomandato di comportarsi bene. L'accusa non voleva assolutamente perdere la causa per colpa della signorina Margaret Burton, se le veniva il capriccio di spassarsela un po' con un uomo a poche settimane di distanza dal processo.

Green non era neppure riuscito a trovare qualcosa di losco o di poco pulito nel suo passato. Era stata sposata una volta, a diciotto anni, e il matrimonio era stato annullato pochi mesi più tardi. Però non era riuscito a scoprire quale fosse il motivo dell'annullamento o chi avesse sposato. Niente. Non ne esisteva nessuna registrazione negli archivi e, probabilmente, quello era il motivo per il quale lei non lo aveva ammesso all'udienza preliminare. (Se Green era a conoscenza di quelle cose era soltanto perché glielo aveva raccontato una ragazza con la quale Margaret Burton lavorava.) In conclusione, ciò che Jessie stava pagando era solo, praticamente, la dimostrazione che quella donna aveva un passato ineccepibile.

Jessie rimase immobile, seduta alla scrivania, a fissare la parcella di Green. Poi aprì il resto della sua corrispondenza. L'onorario di Martin (gli dovevano ancora cinquemila dollari) e nove fatture, arrivate da New York per tutta la roba che aveva comperato per la collezione di primavera. La parcella del medico di Ian dal quale era andato per una visita di controllo due mesi prima — per un ammontare di duecentoquarantadue dollari; la radiografia al torace che lei aveva fatto, che ne era costati quaranta, oltre al conto (settantaquattro dollari) del negozio di dischi dove si era lasciata andare alle spese più pazze prima di partire per New York. Guardando quest'ultimo, Jessie si domandò che cosa l'avesse spinta a pensare che, tutto sommato, settantaquattro dollari di dischi non fossero, poi, una spesa così sconsiderata. Si sentì serrare lo stomaco come in una morsa, mentre cercava di non fare la somma di tutte quelle cifre. Si avvicinò al telefono, guardò il cartoncino che aveva infilato nell'agenda degli indirizzi e compose un numero. Prima di andare a quell'appuntamento, telefonò alla banca ed ebbe fortuna — se fortuna la sua si poteva chiamare! Vista la sua solida situazione finanziaria precedente, la banca era disposta a concederle il prestito senza garanzie collaterali. Poteva venderla. In cuor suo, Jessie aveva nutrito segretamente la speranza che non glielo consentissero. Ma, ormai, non aveva altra scelta.

Vendette la *Morgan* alle due del pomeriggio. Per cinquemiladuecento dollari. Il commerciante che gliela acquistò le disse, chiaro e tondo, che aveva fatto « un affare ». Jessie depositò l'assegno in banca appena prima che questa chiudesse e spedì uno dei propri assegni a Martin Schwartz per l'ammontare di cinquemila dollari. Lui, almeno, era stato pagato. Poteva finalmente respirare. Erano settimane che viveva con l'incubo che le potesse succedere qualcosa perché, in tal caso, nessuno avrebbe potuto aiutare Ian a saldare tutti quei conti... per la testa le erano passate orribili fantasie di Ian che supplicava Katsuko di prestargli un po' di soldi e la ragazza che glieli rifiutava perché diceva di aver bisogno di quel denaro per comperare dei kimono per il negozio, mentre Barry York minacciava di fare sbattere Ian di nuovo in prigione. Ma ormai erano salvi. Le spese legali perlomeno erano pagate. Qualsiasi cosa le fosse successa, Ian aveva il suo avvocato difensore.

Poi prese a prestito milleottocento dollari dal conto corrente che le serviva per *Lady J.* per pagare la parcella di Green. Alle tre e mezza era di nuovo alla sua scrivania — con un mal di testa lancinante. Astrid si ripresentò alle quattro e mezza.

« Non mi sembri troppo contenta, Lady J. Qualcosa che non va? » Astrid era l'unica a chiamarla così e Jessie le rispose con un sorriso stanco.

« Ci credi se ti dico che va tutto male? »

« No, non ci credo affatto. Ma... c'è qualcosa di particolare di cui vuoi parlarmi? » Astrid si mise a sorseggiare il caffè che Zina le aveva versato e Jessie sospirò, scrollando la testa.

« Non c'è molto da raccontare. A meno che tu non abbia a disposizione seicento ore per ascoltarmi, ma sarei io, comunque, a non avere tutto quel tempo per parlartene. Hai avuto una buona giornata? »

« Migliore della tua. D'altra parte, io non ho corso rischi che mi potesse capitare qualcosa di brutto. Mi sono alzata alle undici e ho passato il pomeriggio dal parrucchiere. » Gesù! Come poteva raccontarglielo? E come era possibile che Astrid la capisse?

« Forse è proprio lì dove ho sbagliato. Io, invece, ieri sera mi sono lavata i capelli da sola. » Abbozzò un sorriso fiacco, guardando l'amica, ma questa non lo ricambiò. Era preoccupata. Ormai da giorni Jessie aveva l'aria stanca e si vedeva che qualcosa la tormentava — purtroppo, lei non poteva dirle niente.

« Perché non pianti lì baracca e burattini e non torni a casa da quel tuo giovane marito favoloso? Accidenti, Jessica, se fossi io ad avere in giro un uomo come Ian... ma neanche i cavalli selvaggi mi tratterrebbero qui! »

« Sai che cosa ti dico? Penso che hai ragione. »

Quello fu il primo autentico sorriso di Jessica in tutta la giornata. « Torni a casa? Mi farebbe comodo un passaggio. »

« Dov'è il tuo macinino? »

« La *Morgan*? » Cercò di prendere tempo. Non voleva mentire ma... Astrid fece segno di sì con la testa e Jessie provò una fitta al cuore.

« Io... è dal meccanico. »

« Per carità, non ci sono problemi. Ti offro io un passaggio! »

Ian, dalla finestra del suo studio, vide Jessica scendere dall'automobile di Astrid e restò perplesso. Decise che era arrivato il momento di fare un piccolo intervallo e aprì la porta prima che Jessie avesse fatto in tempo a tirar fuori la chiave.

« Che cosa è successo alla macchina? L'hai lasciata al negozio? »

« Sì, io... » Alzò gli occhi a guardarlo ed ebbe l'impressione di sentirsi svenire. Ma non poteva fare a meno di dirglielo. « Ian, l'ho venduta. » Trasalì nel vedere l'espressione che gli si era dipinta sul volto. Pareva che tutto, perfino il tempo, si fosse fermato.

« Tu... che cosa hai fatto? » Era peggio di quello che temeva.

« L'ho venduta. Tesoro, non avevo altra soluzione. Tutto il resto è bloccato. E, entro i prossimi quindici giorni, ci occorrevano quasi settemila dollari per pagare l'onorario di Martin e la prima parte della parcella di Green che ce ne manderà un'altra tra poco. Non avevo altra scelta. » Allungò una mano per toccarlo, ma lui si scostò bruscamente.

« Avresti almeno potuto chiedermelo! Dirmi qualcosa, parlarmene; per amor di Dio, Jessica, possibile che tu adesso non voglia più consultarti con me in nessun senso? La *Morgan* era stata un mio regalo. Per me aveva un significato, quell'automobile! » Attraversò la stanza a lunghi passi e afferrò, con un gesto convulso, la bottiglia dello Scotch. Se ne versò un dito in un bicchiere mentre Jessica lo osservava immobile.

« Che cosa credi? Che non avesse alcun significato per me? » Le tremava la voce, ma Ian non le badò neppure. Jessica continuò a fissarlo mentre lui si scolava quel mezzo bicchiere di Scotch liscio, senza allungarlo. « Tesoro, sono così... il fatto è che non riuscivo a vedere nessun'altra... » ammutolì, con gli occhi pieni di lacrime. Come ricordava bene, fin troppo bene, il giorno in cui Ian era arrivato davanti a casa al volante della *Morgan*...

Lui inghiottì l'ultima sorsata di whisky e si infilò la giacca.

« Dove stai andando? »

« Fuori. » La sua faccia, indurita, sembrava di marmo.

« Ian, ti supplico, non fare qualche pazzia! » Jessica era terrorizzata dall'espressione dei suoi occhi, ma lui si fermò soltanto un attimo e scrollò la testa.

« Non c'è bisogno che io faccia altre pazzie. Ne ho già fatta una. » Un minuto più tardi la porta si richiuse con un tonfo alle sue spalle.

Rientrò a mezzanotte, silenzioso, con l'aria avvilita e depressa; Jessica non gli domandò dov'era stato. Ne aveva quasi paura: chissà, forse l'ispettore Houghton si sarebbe presentato di nuovo alla loro porta. Ma si accorse che si odiava per averlo solo pensato quando si mise a guardare Ian che si stava togliendo le scarpe. Ne vennero fuori due mucchietti di sabbia. Allora Jessica lo guardò in faccia. Aveva un aspetto migliore. Era quello che avevano fatto sempre insieme — andare alla spiaggia, di notte, a parlare di tante cose oppure a pensare o semplicemente a passeggiare in silenzio, insieme. Ian ce l'aveva accompagnata quando Jake era morto. Alla loro spiaggia. Sempre insieme. Jessica aveva perfino paura di allungare una mano e di accarezzarlo — ma voleva farlo, ne aveva bisogno. Ian la guardò in silenzio poi andò in bagno e chiuse la porta. Jessie spense le luci e si asciugò due lacrime che le erano scese sulle guance. Si accarezzò con la punta delle dita quel buffo fagiolo di Lima, il fagiolo d'oro, che portava al collo appeso alla catenina, e cercò con uno sforzo di abbozzare un sorriso, ma non ci riuscì. Ormai erano andati oltre, non sapevano più ridere davanti al fagiolo di Lima, non sapevano più ridere davanti a nulla e per nessun motivo e chi lo sa, forse, un giorno, lei avrebbe dovuto vendere anche il fagiolo di Lima, il fagiolo d'oro.

Sentì il rumore della porta del bagno che si apriva poi lo scalpiccio lieve dei passi di Ian e infine il letto che si inclinava dall'altro lato. Ian rimase lì seduto per molto tempo, un tempo che le parve lunghissimo, fumando una sigaretta. Appoggiò la testa contro il bordo del letto e allungò le gambe. Jessica conosceva tutti i suoi movimenti senza neppure guardarlo. Tuttavia rimase distesa dalla sua parte, in silenzio, immobile, perché voleva fingere di dormire. Non sapeva che cosa dirgli.

« Ho qualcosa per te, Jess. » Nel silenzio della stanza la sua voce era bassa e burbera.

« Per esempio un pugno in faccia? »

Lui scoppiò a ridere e le posò una mano sul fianco. Jessica era allungata nel letto, ma gli voltava le spalle.

« No, sciocchina. Voltati un po'! » Lei fece segno di no con la testa, come una bambina; poi gli allungò un'occhiata, girandosi appena.

« Non sei furioso con me, Ian? »

« No, sono furioso con me stesso. Non ti restava altro da fare. Lo capisco benissimo. Il fatto è che mi odio con tutto il cuore per averci cacciato in questo guaio e capisco che avrei preferito vendere un mucchio di cose invece della *Morgan.* »

Lei fece segno di sì con la testa. Non riusciva ancora

a trovare le parole adatte a rispondere. « Scusami. Se sapessi come mi dispiace! »

« Anche a me. » Si protese verso di lei e la baciò dolcemente sulla bocca; poi le mise in mano qualcosa di leggero e di ruvido, come se fosse sporco di sabbia.

« Ecco. L'ho trovata al buio. » Era una conchiglia candida come il latte, dalla forma rotonda e perfetta di un dollaro d'argento, con una minuscola impronta fossile al centro.

« Oh, tesoro, è stupenda! » Gli sorrise, tenendola sul palmo aperto della mano.

« Ti amo. » Poi, con un sorriso lento e dolcissimo, Ian la prese fra le braccia e lasciò che le sue labbra seguissero a poco a poco un lungo sentiero, delizioso e inebriante, giù giù fino alle cosce di lei.

Le due settimane successive passarono di volata, a un ritmo strano e pazzesco. Ore e ore di lavoro nel negozio, pranzi prolungati a casa, accanite discussioni su chi doveva innaffiare le piante e poi appassionate riconciliazioni e lunghe ore di amore altrettanto appassionato, e nuove discussioni, insonnia e sonni prolungati, a volte si dimenticavano di mangiare e a volte mangiavano troppo, e soffrivano continuamente di indigestione ed erano terrorizzati al pensiero delle fatture che sarebbero arrivate dopo aver speso cifre folli per un portafoglio di Gucci da regalare a Ian oppure per una gonna di camoscio, comperata in un altro negozio che non fosse la boutique, da regalare a Jessie quando lei avrebbe potuto facilmente comperarsene una a *Lady J.* al prezzo di costo, e gingilli e paccottiglia e mille aggeggi stupidi e sciocchi — tutti, naturalmente, pagati con la carta di credito come se il giorno in cui avrebbero dovuto saldare quei conti in denaro sonante non dovesse mai arrivare. Pura e autentica follia. Niente di tutto ciò che facevano, ormai, aveva un senso. Da settimane e settimane Jessie aveva la sensazione di essere travolta da uno strano vortice che la faceva rimbalzare ora contro una parete ora contro un'altra, e pensava che mai più avrebbe ripreso un ritmo di vita regolare e normale. Quanto a Ian, provava di continuo l'impressione di essere lì lì per affogare.

Fu il giorno prima del processo che, finalmente, tutto si fermò. Jessie aveva combinato, e organizzato, tutto in negozio in modo da potersi prendere una settimana di libertà, anche due — se le cose si fossero rivelate più difficili del previsto. Uscì presto dal negozio e fece una lunga passeggiata prima di tornare a casa da Ian. Lo trovò in poltrona, assorto, con gli occhi fissi sul panorama che si godeva dalle loro finestre. Ma non lo vedeva. Era la prima volta che le capitava di non trovarlo intento a lavorare accanitamente al nuovo romanzo. Pareva che ormai non facesse altro che quello, quando non era fuori a spender soldi oppure non si impossessava tacitamente, con fremente avidità, del suo corpo. Parlavano molto meno di prima. Perfino i loro pasti erano incubi silenziosi oppure scene di eccitazione e di frenesia, ma non erano mai normali né quelli di prima.

Quella sera, però, accesero un bel fuoco nel camino, insieme, e chiacchierarono fino a quando diventò buio. A Jessica sembrava di rivedere Ian come se fosse stato assente molti mesi. Finalmente aveva ricominciato a parlare, a parlare con Ian, l'uomo che amava, suo marito, il suo amante, il suo amico. In quelle settimane solitarie, che le erano sembrate senza fine, le era mancata soprattutto l'amicizia di Ian. Perché, per la prima volta, non erano realmente riusciti a darsi aiuto reciproco, a comprendersi fino in fondo e a essere l'uno il sostegno dell'altro. Quella sera cenarono tranquillamente, seduti sul pavimento di fronte al fuoco. Tutta quella pace rendeva l'idea del processo meno terrificante. Del resto, già da parecchie settimane, cioè fin da quando Ian era uscito di prigione, quello che era successo, appariva a tutti e due con i contorni più sfumati, meno reale e presente. Ian era stato la realtà. Lottare contro corrente per ottenere la libertà dietro cauzione era stata la realtà. Lasciare al mallevadore l'anello con lo smeraldo di sua madre era stata la realtà. Mentre, a ben pensarci, che cos'era il processo? Una semplice formalità. Uno scambio verbale fra due esecutori pagati, il loro e quello dello Stato, mentre allo scontro assisteva un arbitro avvolto in paludamenti neri e, in un punto imprecisato dello sfondo, c'era ad assistervi anche una donna che nessuno conosceva e che rispondeva al nome di Margaret Burton. Una settimana, magari due, e poi tutto sarebbe finito. Quella era l'unica realtà.

Jessica rotolò lentamente sulla schiena, allungandosi sul tappeto di fronte al fuoco, e alzò gli occhi con aria sonnacchiosa a sorridere a Ian che si curvava a baciarla. Fu un bacio lungo e fremente che fece ritrovare a tutti e due la tenerezza che avevano perduto ed eccitò Jessica al punto che, pochi minuti dopo, facevano l'amore — avidamente. Fu una di quelle rare notti in cui anime e corpi riuscivano a fondersi completamente con un ardore sublime e squisito che si prolungò a lungo. Parlarono poco, ma fecero l'amore di nuovo, ripetutamente. Era quasi l'alba quando Ian prese in braccio Jessica, mezza addormentata, e la distese delicatamente sul letto.

« Ti amo, Jessie. Cerca di dormire un po', adesso. Domani sarà una giornata molto lunga. » Le bisbigliò queste parole e lei sorrise al suono della sua voce mentre si abbandonava al sonno. Una giornata molto lunga? Oh... giusto... la sfilata alla boutique, oppure avevano combinato di andare alla spiaggia? Non riusciva a ricordarsene. Un pic-nic? Era questo che avrebbero fatto?

« Anch'io ti amo. » La sua voce si smorzò mentre si addormentava al fianco di Ian, stringendolo fra le braccia come una bambina. Lui, allungandosi sul letto al suo fianco, le accarezzò dolcemente un braccio mentre fumava una sigaretta, poi la guardò fisso in faccia. Ma non sorrideva. E non aveva nemmeno sonno. Amava Jessica più che mai ma c'erano troppe, molte altre cose, che gli mulinavano nel cervello.

Trascorse il resto della notte in una solitaria veglia. Osservando sua moglie che dormiva, riflettendo tra sé, tendendo l'orecchio al suo respiro, ai lievi mormorii che le sfuggivano dalle labbra, e chiedendosi che cosa avrebbe portato il futuro.

L'indomani stava per essere processato per violenza carnale.

# 15

L'AULA del tribunale al City Hall era ben diversa dal piccolo locale dov'era stata tenuta l'udienza preliminare. Assomigliava un po' alle aule di tribunale che si vedono al cinema. Dorature, pannelli di legno alle pareti, lunghe file di seggiole, il banco del giudice sistemato su una specie di podio e la bandiera americana bene in vista. Era piena zeppa di gente. Una donna stava chiamando ad alta voce un elenco di nomi. Uno per uno. Quando ne ebbe dodici, si fermò. Stavano scegliendo la giuria.

Ian andò a sedersi con Martin piuttosto in avanti, al tavolo assegnato alla difesa. A un paio di metri di distanza era seduto un nuovo viceprocuratore distrettuale, con l'ispettore Houghton al suo fianco. Margaret Burton non si vedeva.

I dodici giurati presero posto e il giudice spiegò brevemente la natura del processo. Alcune delle donne si mostrarono sorprese e lanciarono qualche rapida occhiata a Ian; uno degli uomini scrollò la testa. Martin, che prendeva rapidamente appunti, si era messo a osservare i probabili giurati con estrema attenzione. Aveva il diritto di escludere, dalla scelta fatta, dieci persone della giuria e lo stesso toccava anche al viceprocuratore distrettuale. Le loro facce apparivano innocue e anonime, un po' come quelle delle persone che si vedono su un autobus.

Quella mattina, un po' prima di entrare in aula, Martin aveva spiegato a Ian e a Jessie quale fosse il tipo di giuria che desiderava. Niente « vecchie zitelle » che potevano restar scandalizzate di fronte a un'accusa di stupro o identificarsi facilmente con la vittima; mentre, forse, avrebbero potuto cercare di guadagnarsi le simpatie di un certo tipo di casalinghe della borghesia, persone solide e quadrate, disposte, magari, a condannare la Burton per essersi fatta abbordare da Ian. Non era escluso che le persone giovani potessero simpatizzare con Ian anche se, d'altra parte, potevano essere infastidite dall'aspetto che rivelava la coppia Clarke, fin troppo ricca e « bene » per la loro età. Insomma era un po' come camminare sul filo del rasoio.

Jessie osservò quella dozzina di persone, fra uomini e donne, dal posto dov'era andata a sedersi in prima fila, frugando in faccia non soltanto a loro, ma anche al giudice. Poi, però, non appena Martin si alzò in piedi per interrogare il primo candidato alla giuria, il giudice interruppe la seduta per l'intervallo del pranzo.

Si trattava di un procedimento lentissimo: si dovette arrivare alla fine del secondo giorno prima che la giuria fosse stata scelta completamente. Ciascuna delle persone che ne avrebbero fatto parte era stata interrogata dai legali dell'accusa e della difesa soprattutto su quella che era la loro opinione nei confronti della violenza carnale; ciascuna si era sentita rivolgere una serie di domande relative al lavoro che svolgeva, al marito o alla moglie, alle loro abitudini e al numero di figli che aveva. Martin aveva spiegato ai Clarke che perfino uomini, che risultassero padri di giovani donne dell'età della signorina Burton, non erano fra i giurati da preferire perché si sarebbero sentiti subito troppo protettivi nei confronti della vittima. Ma, con tante cose da prendere in considerazione, era inevitabile che venisse trascurato forzatamente qualche punto fondamentale. Perfino a scelta conclusa, un paio di persone non avevano incontrato la piena approvazione di Martin il quale, però, a quel punto, aveva già adoperato tutte le possibilità che gli erano state concesse di respingere, o di scegliere, i membri della giuria e, quindi, non restava che sperare che tutto andasse nel miglior modo possibile. Martin era anche riuscito a imbastire una serie di rapporti abbastanza cordiali con i giurati, conversando affabilmente con loro, e si era visto gratificare, di tanto in tanto, da una risata a qualche sua battuta di spirito o da un commento divertito.

Finalmente la giuria era al completo. Cinque uomini, di cui tre pensionati e due giovanotti, e sette donne, fra le quali cinque sposate, di mezza età, con un buon matrimonio e una discreta situazione finanziaria alle spalle, due giovani signore e una ragazza ancora nubile. Questo era stato un vero e proprio colpo di fortuna. I Clarke e Martin, infatti, speravano che la loro presenza controbilanciasse quella dei due pensionati, che a Martin non convincevano molto. A ogni modo, nel complesso, era discretamente soddisfatto; e, quanto a Ian e Jessie, si andavano persuadendo che avesse ragione. Mentre uscivano dall'aula alla fine del secondo giorno di udienza, Jessie pensò che, ormai, avrebbe saputo recitare come una litania anche nel sonno, la storia della vita di ciascuno dei giurati, snocciolare l'elenco delle loro occupazioni e di quelle delle mogli o mariti. Avrebbe saputo riconoscere i loro volti in una folla di migliaia di persone e anche se non avesse più rivisto ciascuno di loro, dopo quel giorno, se li sarebbe ricordati per il resto della sua esistenza.

Fu il terzo giorno che ebbero il primo choc. Il viceprocuratore distrettuale, un uomo dall'aria pacata e tranquilla, che aveva rimpiazzato la donna antipatica ed esasperante dell'udienza preliminare, non si presentò in aula. Durante la notte gli era scoppiata una appendicite in forma acutissima — questo fu quanto venne riferito alla Corte — ed era stato operato nelle prime ore del mattino di peritonite. Che in quel momento, fuori pericolo, fosse tranquillamente ricoverato al Mount Zion Hospital, era una consolazione molto modesta per Jessica. La notizia venne data al giudice da uno dei colleghi del viceprocuratore distrettuale appena operato, il quale stava discutendo una causa in un'aula vicina. Tuttavia, Vostro Onore si rassicurasse... era già stato scelto un sostituto che doveva arrivare da un momento all'altro. Jessie e Ian provarono un tuffo al cuore. Con molte probabilità sarebbe ricomparsa la donna stizzosa dell'udienza preliminare.

Martin si chinò a bisbigliare qualcosa nell'orecchio di Ian mentre il giudice annunciava che era necessaria una breve interruzione nell'attesa che arrivasse il nuovo viceprocuratore distrettuale. Tutti si alzarono, il giudice uscì dall'aula e, a poco a poco, mentre qualcuno si stiracchiava pigramente, il pubblico sciamò nei corridoi. Era ancora presto, e perfino un bicchierino di caffè preso a una delle macchine che c'erano in corridoio si poteva bere quasi con piacere. Se non altro, aiutava a passare il tempo. A Jessica pareva di sentire la depressione che le gravava come un pesante fardello sulle spalle, mentre stringeva fra le dita il bicchierino di plastica pieno di caffè fumante e dal colore poco attraente. Non riusciva a pensare ad altro che a quella antipaticissima viceprocuratore distrettuale e si domandava fino a che punto la sua presenza poteva diventare pericolosa durante il processo. Lanciò un'occhiata di sottecchi a Ian, ma anche lui taceva. Quanto a Martin, era scomparso chissà dove.

Aveva raccomandato sia all'uno sia all'altra di non discutere la causa nel corridoio né durante gli intervalli né durante l'ora del pranzo ma, all'improvviso, pareva difficile trovare quelle parole banali e quelle frasi di circostanza che potevano aiutare a rompere il silenzio. Quindi continuarono a tacere, fermi l'uno vicino all'altro con l'aspetto di due profughi in attesa dell'arrivo di un treno e l'espressione di chi non capisce bene quello che sta succedendo intorno a loro.

« Ancora un po' di caffè? »

« Hm? » Jessica, in quel momento, si era accorta di avere un vuoto pauroso nel cervello e di non riuscire a pensare a nulla.

« Caffè. Ne vuoi ancora un po'? » Ian glielo domandò di nuovo. Ma lei si limitò a scrollare la testa tentando di abbozzare un sorriso. « Non essere così preoccupata, Jess. Andrà tutto bene. »

« Lo so. » Parole. Tutte parole. Completamente prive di significato. Niente, ormai, aveva un significato. Ogni cosa era confusa, impossibile da capire. Che cosa stavano facendo lì, in tribunale, loro due? E perché girellavano qua e là come i dolenti, goffi e imbarazzati, a un funerale? Jessica lasciò cadere sul pavimento di marmo il mozzicone della sigaretta, lo schiacciò col piede e poi alzò gli occhi verso il soffitto. Era molto bello, sontuosamente decorato da motivi ornamentali, e si accorse di detestarlo. Troppo elaborato. Troppo fantasioso. Le ricordava il posto in cui si trovava. Era a City Hall. Al processo. Si accese un'altra sigaretta.

« Ne hai appena finita una, Jess. » La voce di Ian era triste e sommessa. Capiva anche lui ciò che le stava succedendo.

« Huh? » Lo guardò, socchiudendo gli occhi per riuscire a guardarlo al di là della fiammella dell'accendino.

« Niente. Vogliamo entrare? »

« Certo. Perché no? » Tentò di rivolgergli un sorriso disinvolto mentre buttava il bicchierino di plastica, ormai vuoto, in un largo portacenere di metallo pieno di sabbia.

Rientrarono nell'aula del tribunale l'uno al fianco dell'altro, ma senza neppure sfiorarsi. Ian si avviò lentamente verso il tavolo lontano, in fondo alla sala. E Jessica lo seguì con lo sguardo, osservandolo attentamente, osservando Martin che prendeva qualche appunto, in fretta, su uno di quei blocchi di fogli lunghi e gialli, che vengono usati abitualmente negli studi legali. L'avvocato perfetto... e la sua immagine si rifletté in una chiazza di sole che era riuscita — chissà come — a insinuarsi lì dentro e illuminava una striscia del pavimento di marmo intarsiato. Jessica fissò quella lama di luce per qualche istante, senza pensare a nulla, soltanto con il desiderio di poter essere altrove; poi, sempre con la stessa aria assorta di poco prima, spostò lo sguardo verso il tavolo riservato al viceprocuratore distrettuale. Lei era già seduta. Matilda Howard-Spencer, alta, magra, angolosa; sembrava una donna completamente priva di ogni morbidezza femminile. Aveva la testa piccola e allungata, con i capelli biondi dritti, cortissimi, dal taglio severo, e lunghe mani affusolate e agili che sembravano sempre pronte a puntarsi verso qualcuno in un gesto di accusa. Indossava un tailleur grigio, dal taglio molto sobrio, con una camicetta di seta grigio chiaro, e i suoi occhi avevano lo stesso, preciso, colore del tailleur che portava. Occhi grigi come l'ardesia e altrettanto duri. Gambe lunghe, magrissime; l'unico gioiello che portava era una sottile fede nuziale d'oro. Sposata con il giudice Spencer, aveva unito il suo nome al proprio, ed era il terrore dell'intero ufficio del procuratore distrettuale. Le cause nelle quali aveva avuto maggiore successo erano state quelle per violenza carnale. Ian e Jessie non sapevano niente di tutto questo; Martin, invece, ne era perfettamente al corrente e, quando la vide entrare in aula, dovette fare uno sforzo per non lasciare trapelare la sua preoccupazione. Aveva la delicatezza e il garbo di una donna delle caverne e affrontava i suoi avversari con spietatezza, come se li aggredisse a colpi di accetta allungati a destra e a sinistra, senza guardare in faccia nessuno. Già una volta si era trovato a difendere un suo cliente contro di lei — e aveva perduto la causa. Nessuno vinceva mai. Il suo cliente si era suicidato nove giorni dopo il processo. Probabilmente lo avrebbe fatto comunque ma... con tutto ciò... Matilda, adorabile Matilda! Quanto a Ian e a Jessie, sapevano soltanto ciò che vedevano e ciò che provavano. Ian vide la donna che lo rendeva nervoso perché sembrava che andasse avanti e indietro, a lunghi passi minacciosi, entro una invisibile gabbia che circondava il suo tavolo. Jessie vide una donna di ghiaccio e intuì qualcosa che la riempì di paura. Ormai non si trattava più di un gioco. Ma di una guerra aperta. Le bastò, per capirlo, il modo in cui quella donna aveva guardato Ian. Subito lo aveva fissato con occhi torvi e, in seguito, lo aveva guardato parecchie volte come se non esistesse neppure, come se non fosse neanche una persona, un uomo di cui riconoscere l'esistenza — ma una creatura infinitamente più indegna e spregevole. Si rivolse a Houghton con un profluvio di parole pronunciate rapidamente e lui, dopo aver fatto segno di sì con la testa varie volte, si alzò e si ritirò. Ormai era chiarissimo chi fosse ad aver assunto il comando della situazione. Jessica imprecò tra sé contro il viceprocuratore distrettuale con l'appendicite. Quella donna... ecco un brutto colpo che non ci voleva proprio!

« I presenti sono pregati di alzarsi in piedi. » Il giudice era tornato al suo posto e l'atmosfera pareva carica di tensione. Il giudice non nascose l'evidente piacere che gli dava l'aggiunta di quel nuovo personaggio alla scena; anzi, accolse il suo arrivo con un saluto pieno di rispetto. Che meraviglia!

Matilda Howard-Spencer rivolse poche, rapide e cordiali parole alla giuria. La reazione di questa sembrò favorevole. Era una donna che riusciva a ispirare fiducia oltre che paura. La sua voce e il suo modo di fare trasudavano, letteralmente, autorevolezza e smentivano quella che doveva essere la sua vera età: non aveva più di quarantadue o quarantatré anni, probabilmente. Era una persona sulla quale si poteva contare, una persona che dimostrava di sapere come si risolve un problema, e come si difende il proprio cliente, una persona che si dà un gran daffare perché tutto vada a buon fine. Matilda Howard-Spencer era una donna che avrebbe saputo combattere una guerra e guidare un esercito e, al tempo stesso, preoccuparsi che i suoi figli riuscissero bene in latino come in algebra. Però non aveva figli. Era sposata da meno di due anni. Il suo amante era la Legge. Suo marito, l'unico amico che avesse (e si trattava di un uomo che aveva già passato da un po' la sessantina). Lo scontro cominciò con uno dei testimoni meno interessanti. Fu il medico legale a salire sul banco dei testimoni. Non disse niente che potesse danneggiare Ian, niente che potesse riuscire utile a Margaret Burton. Si limitò, nella sua testimonianza, a dichiarare che aveva esaminato la donna, che c'era stato un rapporto sessuale, ma che non si era potuto stabilire niente di più specifico. Malgrado Matilda Howard-Spencer facesse di tutto per fargli dire il contrario, continuò a restar fedele alla sua asserzione: non esistevano prove che fosse stata usata la forza. Le obiezioni di Martin a quella vera e propria aggressione verbale dell'accusa furono rapidamente soffocate e messe a tacere, ma disgraziatamente la dichiarazione del medico, scialba e incolore com'era stata, si concludeva ugualmente con un nulla di fatto. Tutto ciò, a Jessica, sembrava molto noioso tanto che, dopo un'oretta, spostò la propria attenzione sulla striscia di stoffa rossa che c'era in mezzo alla bandiera. Se non altro era qualcosa su cui fissare lo sguardo mentre tentava di distaccarsi dal luogo in cui era e da quelle parole pronunciate in tono monotono, che continuavano a rimbombarle nelle orecchie... « un delitto infame contro natura »... sodomia... stupro... rapporto sessuale... retto... vagina... sperma... Pareva una vera e propria guida alle fantasie morbose di un ragazzino. Erano tutte le parole che, quando si andavano a cercare sul dizionario, a quattordici anni, sembravano terribili — e facevano provare un lieve brivido di eccitazione. Ormai era nella posizione di poter assimilare il loro significato fin troppo bene, a una a una. Vagina. L'avvocato dell'accusa sembrava che avesse una predilezione particolare per quella parola. Come per stupro. Lo pronunciava, addirittura, con la « S » maiuscola!

Finalmente anche quella giornata finì e tornarono a casa in silenzio come, in silenzio, erano rimasti per tutto il resto della settimana. Era estenuante anche il solo fatto di star seduti in quell'aula, di cercare disperatamente il modo migliore di salvare la faccia casomai qualcuno, dal banco dei giurati, si fosse messo a osservarla, casomai qualcuno fra il pubblico avesse prestato attenzione anche a lei. Se aggrottavi le sopracciglia, la giuria avrebbe potuto pensare che eri furiosa, furiosa contro Ian, oppure agitata e sconvolta. Sconvolta? No, tesoro, no, assolutamente! Se sorridevi, poteva significare che prendevi il processo, e tutto il resto, troppo alla leggera. Se ti mettevi il vestito sbagliato, davi l'impressione di essere ricca. Qualcosa di troppo vivace, e ti prendevano per una sfacciata. Così sexy in un'aula di tribunale? A un processo per violenza carnale? Che Dio me ne guardi, per carità! Vagina? Dove? No, naturalmente io non ce l'ho. Ormai tutto ciò non la spaventava neppure più, la stancava soltanto, riducendola all'estenuazione. Come se non bastasse, quella maledetta donna era implacabile e cercava di spremere i testimoni come limoni, per costringerli a dire fino in fondo ciò che pensavano, per cavar loro di bocca ogni parola che le era necessaria. Martin, da parte sua, era un tale gentiluomo, invece! Ma aveva ancora importanza tutto questo? Forse bastava riuscire a non addormentarsi e comparire nell'aula del tribunale al momento giusto — e presto tutto sarebbe stato finito. Presto. Eppure sembrava che non fosse ancora nemmeno incominciato.

Quella sera, a cena, non si scambiarono che poche

parole e Jessica era già addormentata, ancora in vestaglia, quando Ian uscì dalla doccia. Meglio così; d'altra parte, anche lui era fin troppo stanco per avere ancora la forza di dire qualcosa. E, poi, che cosa c'era da dire?

L'indomani mattina lei si stiracchiò pigramente, come se fosse ancora assonnata, dopo essere saliti in automobile e sorrise con aria stanca alle prime luci del mattino che illuminavano le case.

« Perché stai sorridendo, Jess? »

« Così, mi è venuta una strana idea. Stavo pensando che, quasi quasi, tutto questo mi ricorda un po' New York, quando andavamo a lavorare insieme. » Aveva l'aria assorta, pensosa, e Ian non sorrise.

« Non direi che è proprio la stessa cosa! »

« No. Non abbiamo il tempo di fermarci due minuti a prendere una tazza di caffè lungo la strada? » Non avevano avuto il tempo di far colazione ed era già tardi.

« Sarà meglio accontentarci del caffè dei distributori automatici che ci sono in corridoio, davanti all'aula, Jess. Non voglio arrivare tardi. Potrebbero considerarlo disprezzo verso la corte e togliermi la libertà dietro cauzione. » Gesù! E tutto per una tazza di caffè!

« Va bene, tesoro. » Gli sfiorò la spalla con una carezza e accese una nuova sigaretta. L'unico posto in cui non fumava era l'aula del tribunale.

Infilò la mano sotto il braccio di Ian mentre salivano i gradini del City Hall; tutto sembrava splendente, luminoso e nuovo. Era una di quelle mattine stupende che continuavano a esistere, indipendentemente da tutte le cose orribili che potevano succedere, che stavano succedendo, nella loro vita. Quasi come se Dio non ne sapesse niente. Continuava a mandar giù sulla terra belle giornate, e tanto sole.

Raggiunsero il corridoio fuori dell'aula in cui si teneva il processo con tre minuti soli di anticipo e Jessica si precipitò verso la macchina del caffè.

« Lo vuoi anche tu? » Lui stava per rispondere no,

ma, poi, cambiò idea e fece segno di sì con la testa. Ormai che importanza aveva anche se gli peggiorava il bruciore allo stomaco? Prese il bicchierino di plastica che Jessica gli stava porgendo, ma la mano gli tremava talmente che, per poco, il caffè non si rovesciò.

« Tesoro, ci vorrà un anno, quando tutto questo sarà finito, per rimetterci in sesto. »

« Vuoi forse alludere a questo mio tremito così adorabile? » Le sorrise guardandola dritto negli occhi.

« Tu? Hai forse visto il mio? » Allungò una mano e scoppiarono a ridere insieme.

« Immagino che sia quella che chiamano 'deformazione professionale', vero? »

« Per uno stupratore? » Lei aveva cercato di parlare in tono impertinente, quasi sbarazzino, ma lui non l'aveva apprezzato.

« Dai, Ian! Piantala! » Così si concluse quel rapidissimo scambio di parole fra loro. Jessica notò che c'era parecchio movimento nei dintorni di una porta anonima, sulla quale non era affissa nessuna targhetta. Di lì continuavano a entrare e uscire parecchie persone. Quattro uomini, una donna, un suono di voci come se dovesse arrivare qualcuno di importante.

Tutte quelle manovre avevano attirato l'attenzione di Jessie ma, improvvisamente, fu Ian a prendere un'espressione curiosa, con la testa piegata da un lato, mentre tendeva l'orecchio come se volesse sentire meglio. Lei avrebbe voluto chiedergli che cosa stava succedendo ma, per un attimo, rimase incerta come se avesse paura. Ian pareva totalmente assorto — tutto preso da quei suoni, da quelle voci. Poi si udì il tonfo di una porta che si chiudeva bruscamente e dall'angolo del corridoio comparve una donna che indossava un vestito di lana bianca, molto semplice. Jessica trasalì. Era Margaret Burton.

Ian aprì la bocca, poi la richiuse. Ma nessuno dei due fece un gesto, un movimento. Jessica era rimasta impietrita, pareva incapace di muoversi, si sentiva tremante e agghiacciata. Non riusciva a staccare gli occhi da Margaret Burton la quale si era fermata di colpo. Aveva fatto un piccolo passo indietro e infine era rimasta immobile mentre sulla sua faccia si disegnava un'espressione di sbalordimento. Tutti e tre erano lì, fermi, muti, immobili. Sembrava che un profondo silenzio fosse calato sull'intero palazzo; sembrava che quelle tre persone fossero gli unici esseri umani rimasti sulla terra. Non un movimento, nulla all'infuori di quello che stava comparendo sul viso di Margaret Burton. Lentamente, oh, con estrema lentezza, come una maschera di cera che si scioglie al sole, il suo viso si trasformò — mentre vi si delineava uno stranissimo sorriso. Una specie di *rictus* vittorioso destinato solo a Ian. Perché solo Ian lo vedesse. Jessica la stava osservando, inorridita; fu in quel momento, come se il suo corpo si fosse mosso di sua spontanea volontà, dopo aver vacillato, che si precipitò impetuosamente in avanti cercando di colpire la Burton con la borsetta che teneva stretta in modo convulso fra le dita.

« Perché? Perché, maledizione, perché? » Era un gemito stridulo e disperato, un grido di dolore che prorompeva direttamente dal cuore di Jessica. Margaret Burton indietreggiò di un passo, trasalendo come se fosse stata bruscamente risvegliata da un sogno. Nello stesso momento Ian, con un balzo, si era proteso verso Jessie e la aveva afferrata per un braccio. C'era stato il rischio che potesse succedere qualcosa di terribile. Negli occhi di Jessica era apparso un lampo di furore omicida. Margaret Burton si allontanò di corsa per il corridoio. Al rumore ritmico, insopportabile, che facevano i tacchi delle sue scarpe sul pavimento di marmo si unì il singhiozzare disperato di Jessie, stretta fra le braccia di Ian.

Uno stuolo di commessi arrivò subito di corsa, ma tornò a disperdersi non appena si accorsero che, lì davanti all'aula del tribunale, c'erano soltanto Ian e Jessie. Non si trattava di una rissa da sedare, ma semplicemente di un marito e una moglie che avevano litigato; a quel punto, però, il litigio era finito e la moglie, per reazione, era scoppiata in pianto. Anche Martin aveva sentito il rumore di quel tafferuglio e, per fortuna, proprio mentre stava per entrare nell'aula, qualcosa gli aveva detto di seguire quelle grida e quel rumore. Poi, vedendo Margaret Burton che entrava in fretta e furia in una stanza vicina, capì che doveva essere accaduto qualcosa. Trovò Jessie tremante, seduta su una panca, mentre Ian cercava di calmarla.

« Che cosa le è capitato? Si è sentita male? »

Ian, per tutta risposta, lo guardò con aria cupa.

« Allora? Mi volete dire che cosa è successo? »

« Niente. Lei... noi eravamo... ecco, abbiamo avuto un incontro inaspettato con la celebre signorina Burton. »

« Ha fatto qualcosa a Jessie? » Intanto, in cuor suo, Martin si augurava che fosse successo proprio questo. Perché non avrebbe potuto capitare niente di meglio per favorire la loro causa!

« Ha sorriso. » Jessie smise di singhiozzare solo per il tempo necessario a spiegarglielo.

« Ha sorriso? » Martin non capiva.

« Sì. Come una persona che ha appena ammazzato qualcuno ed è tutta contenta. »

« Su, Jess, andiamo... » Ian stava cercando di placarla, ma doveva ammettere che sua moglie aveva ragione. Perché era stata esattamente quella l'espressione di Margaret Burton. Purtroppo erano stati solo loro due che avevano potuto notarla.

« Sai benissimo anche tu, accidenti, che ha proprio fatto così! Ha sorriso. » Tentò di spiegare a Martin quello che era successo, ma lui preferì non fare commenti.

« Adesso è tutto passato? Ti senti bene? » Lei fece

segno di sì, lentamente, e respirò a fondo.

« Sì, sto bene. »

« Ottimamente. Perché dovremmo entrare in aula. Non vorremo arrivare tardi, vero? »

Jessica si alzò con passo incerto. I due uomini la stavano osservando con attenzione. Respirò a fondo un'altra volta e chiuse gli occhi. Che mattinata orribile!

« Jessie. »

« No. Vi prego, lasciatemi stare, e andrà tutto per il meglio. » Perché sapeva già che cosa Ian stava per dire. Avrebbe voluto mandarla subito a casa.

Mentre entravano nell'aula del tribunale, si accorse che qualche testa si girava a guardarli e si domandò chi avesse sentito i suoi strilli mentre la Burton scappava via come una lepre lungo il corridoio. Purtroppo, lo capì quasi subito. Erano appena entrati nella stanza quando l'ispettore Houghton venne a piantarsi davanti a loro con aria bellicosa. Poi guardò direttamente Jessie, senza nasconderle che era furibondo e ce l'aveva con lei.

« La avverto che, dovesse capitare ancora qualcosa del genere, la faccio arrestare e sospendo la libertà su cauzione da un minuto all'altro, tanto in fretta che non ve ne accorgerete neanche! » Ian pareva inebetito; Jessica era ammutolita. Intanto Martin si era fatto avanti.

« Che cosa dovrebbe succedere ancora, ispettore? Posso saperlo con esattezza? »

« Le minacce che sono state fatte alla signorina Burton. »

« Jessica, hai minacciato la signorina Burton? » Intanto Martin si era voltato verso di lei e la stava guardando come un bravo papà che chiede alla sua bambina di cinque anni se è stata lei, per caso, a versare il profumo della mamma nel vaso del cesso.

« No. Io... io mi sono messa a urlare. »

« Che cosa hai urlato? »

« Non lo so. »

« Ha urlato 'perché?' Ecco tutto quello che ha detto », intervenne Ian, parlando per lei.

« Veramente non mi sembra affatto una minaccia, questa, ispettore. E a lei? Anzi, se vuol sapere come sono andate le cose, ho sentito la signora Clarke gridare quella parola per tutto il corridoio. Ecco perché sono andato a vedere che cosa succedeva. »

« Io la considero una minaccia. » E io ti considero uno stronzo. Jessie moriva dalla voglia di dirglielo.

« Dalle mie parti, ispettore, 'perché' è una domanda, non una minaccia. A meno che il fatto di aver posto una domanda del genere non sia considerato, da lei, una minaccia nei suoi confronti. » A quel punto, senza aggiungere una sola parola, Houghton girò sui tacchi e tornò a sedersi vicino a Matilda Howard-Spencer. Ma non aveva per niente l'aria soddisfatta, e tanto meno l'aveva Ian. Jessie si accorse che tremava da capo a piedi.

« Finirò per ammazzare quel figlio di puttana prima che tutta questa storia sia finita. » Ma bastò l'espressione apparsa sulla faccia di Martin a farli tacere tutti e due.

« Nossignori, accidenti a voi! Adesso basta! Vi mettete qui seduti e cercate di avere l'aria della coppia più felice d'America, anche se sarà uno sforzo tale da restarci sotto! E subito. Senza tante storie. Sono stato chiaro? Mi avete capito, tutti e due? Jessica, parlo anche con te, sai? Sorridi, bellezza, sorridi. Come se fossero tutte balle! Bene. Ma cerca di fare ancora meglio. E tu, Ian, prendila sottobraccio. Ossignore, non ci manca altro che la giuria si insospettisca e cominci a pensare che è successo qualche guaio. Perché non è così. Perlomeno non ancora. Ricordatevi questo, mi raccomando! » Pronunciate queste parole, si avviò verso il suo solito tavolo, vicino al banco a cui sedeva il giudice, assumendo un'aria solenne, ma niente affatto preoccupata. Sorrise rivolgendosi all'avvocato dell'accusa e prese posto, come al solito, con aria magnanima e piena di bonarietà. Jessie e Ian, per quanto si sforzassero, non riuscirono a imitarlo altrettanto bene. Dovevano ancora affrontare, e sopravvivere, all'interrogatorio della Burton, quando fosse salita sul banco dei testimoni. Invece, dopo quel sorriso demoniaco, sentirla parlare non fu terribile come temevano.

Margaret Burton snocciolò la sua storia, che ormai era diventata fin troppo familiare a tutti e due, dopo essersi seduta con aria composta e contegnosa sul banco dei testimoni. Il vestito bianco le dava un aspetto straordinariamente candido e puro, la faceva apparire, in modo incredibile, una vera signora, una donna perbene. Si era messa a sedere con le gambe così vicine e i piedi talmente accostati che pareva glieli avessero saldati insieme appena prima di farla entrare in aula; e Jessica si accorse che i suoi capelli non erano più tinti di rosso, ma avevano una tonalità quasi castana. Se era truccata, non lo si vedeva; quanto al suo petto, se prima era stato tondo e florido, chissà che cosa era riuscita a combinare per farlo letteralmente sparire! Nel complesso, il suo corpo non aveva niente di provocante; pareva piatto e asciutto come un'asse piallata.

« Signorina Burton, le spiacerebbe raccontarci quello che è accaduto? » La viceprocuratore distrettuale portava un vestito nero, estremamente sobrio, quasi austero, in contrasto perfetto con quello bianco della testimone. Sembrava la scena di un film di secondo ordine.

La narrazione che seguì, ormai, non aveva niente di nuovo. Quando la sua cliente finì di raccontare la sua storia, l'avvocato dell'accusa domandò: « Le era mai capitato qualcosa di simile in precedenza? »

La testimone chinò la testa e disse con una voce che si sentiva appena: « No ». Aveva parlato con un tono talmente impercettibile che quella parola parve un suono lieve, simile al fruscio che fa una foglia cadendo al suolo. Jessie si accorse di aver stretto i pugni con tanta forza da essersi conficcata le unghie nel palmo delle mani. Era la prima volta in vita sua che le capitava di odiare qualcuno con tanta violenza. Non solo, ma il fatto di essere costretta a restare lì seduta, a osservarla, di dover ascoltare ciò che diceva, le facevano sentire un desiderio spasmodico di ucciderla.

« Quale è stata la sua reazione quando lui l'ha piantata in asso in quell'alberghetto? » Oh, Gesù!

« Al primo momento avrei voluto farla finita. Uccidermi. È stato soprattutto a questo che ho pensato per un po'. Ecco perché non mi sono precipitata subito a chiamare la polizia. » Com'era brava! Come sapeva recitare bene! Quasi quasi, il pubblico avrebbe dovuto scattare in piedi a gridarle « Brava! » in coro, con entusiasmo. Purtroppo, invece, la situazione era tutt'altro che divertente. Jessie sapeva che Margaret Burton si stava guadagnando le simpatie dei giurati con quell'aria modesta e quel comportamento timido e contegnoso.

Che cosa poteva fare Martin a questo punto? Se avesse tentato di farla a brani, distruggendo la sua testimonianza, la giuria lo avrebbe detestato. Sottoporla a un controinterrogatorio, ormai sarebbe stato come andare in schettini per un campo minato.

Dopo più di un'ora, Matilda Howard-Spencer aveva finito il suo interrogatorio; era la volta di Martin. Jessica sentì un senso di nausea che l'afferrava allo stomaco. Come avrebbe voluto avere vicino Ian, aggrapparsi a lui. Non ce la faceva più a continuare così. Eppure, doveva... si domandò che cosa stava provando lui, seduto laggiù, isolato dal resto del mondo. L'imputato. Lo stupratore. Jessica fu scossa da un brivido.

« Signorina Burton, per quale motivo ha sorriso al signor Clarke stamattina qui fuori dall'aula? » La prima domanda di Martin strabiliò tutti gli astanti e perfino Jessie ne rimase profondamente colpita. Anche per lei fu uno choc. La giuria pareva confusa mentre Houghton, furente e livido di rabbia, si protendeva verso il pubblico ministero per mormorargli qualcosa.

« Sorridergli?... Io... perché... io non ho... io non gli ho sorriso! » Era arrossita e aveva l'aria rabbiosa, inferocita; il suo atteggiamento da verginella di pochi attimi prima era completamente scomparso.

« E allora che cosa ha fatto? »

« Io... niente, dannazione... io... io intendevo... oh, non so che cosa ho fatto... » ecco, aveva ripreso l'aria della vergine offesa, impotente e disperata di fronte a quelle accuse assurde! « La verità è che sono rimasta talmente sconvolta a vederlo... e, poi, sua moglie mi ha lanciato un insulto. Lei... »

« Davvero? E quale insulto sarebbe stato? Come l'ha chiamata? » Martin aveva l'aria di divertirsi un mondo e Jessie, in cuor suo, si domandò se, per caso, non fosse proprio così. Con lui, non si capiva mai bene; se ne stava accorgendo ogni giorno di più, man mano che lo conosceva meglio. « Vada pure avanti, signorina Burton, non faccia la timida. Ci dica quale è stato l'epiteto con il quale la signora Clarke l'ha chiamata. Però si ricordi che è sotto giuramento. » Le sorrise disponendosi ad aspettare.

« Non ricordo. »

« Non ricorda? Davvero? Eppure, se si è trattato di un incontro così traumatico, come fa a non ricordare come la signora Clarke l'ha chiamata? »

« Obiezione, Vostro Onore! » Matilda Howard-Spencer era balzata in piedi e appariva infastidita. E stizzita. Molto.

« L'obiezione è accolta. »

« Va bene. Ma c'è ancora un altro punto di minore importanza... non è forse vero che lei ha guardato il signor Clarke sogghignando, quasi come se... »

« Obiezione! » La voce della viceprocuratore distrettuale era diventata letteralmente corrosiva. Martin, intanto, sorrideva con aria angelica. A conti fatti, aveva ottenuto il suo scopo.

« Obiezione accolta. »

« Spiacente, Vostro Onore. » Però era stato un buon attacco. Dopo, il resto della storia venne recitato macchinalmente, come al solito. Margaret descrisse come era stata usata, svergognata, umiliata, violata, in quali modi vergognosi le fosse stata fatta violenza. Parole che, man mano che venivano ripetute, parevano quasi comiche. « Si può sapere con esattezza che cosa si aspettava dal signor Clarke? »

« Come sarebbe? Che cosa vuol dire? » La testimone aveva assunto un'aria altezzosa, ma si capiva chiaramente che era confusa.

« Ecco, non avrà pensato, forse, che le proponesse di sposarlo in quella stanza d'albergo oppure che tirasse fuori un anello di fidanzamento da una delle sue tasche, così, di colpo, come per un tocco di bacchetta magica, oppure... insomma, che cosa si aspettava? »

« Non so. Io... lui... io ho creduto che volesse soltanto bere qualcosa. A ogni modo, era già un po' sbronzo. »

« Lo trovava un uomo attraente? »

« No, naturalmente. »

« E allora, per quale motivo ha pensato che fosse piacevole bere qualcosa con lui? »

« Perché... oh, non so. Perché ho creduto che fosse un gentiluomo. » Non nascose di essere molto soddisfatta della propria risposta, come se bastasse a spiegare tutto.

« Ah. Dunque è stato per quello, eh? Un gentiluomo. E, secondo lei, un gentiluomo la avrebbe portata in uno di quegli alberghi che ci sono in Market Street? »

« No. »

« È stato il signor Clarke a portarla in uno di quegli alberghi che ci sono in Market Street... oppure è stata lei a proporgli di accompagnarla lì? » La donna arrossì violentemente e, poi, si nascose il viso fra le mani mormorando qualcosa che nessuno riuscì a sentire finché il giudice la ammonì di parlare più chiaramente.

« Io non l'ho portato in nessun posto. »

« Però è andata con lui. Anche se non lo trovava un uomo attraente. Dunque aveva proprio un'importanza particolare il fatto di bere qualcosa con lui? »

« No. »

« E allora... che cosa voleva fare? » Ohi. Una domanda, questa, che fece quasi sorridere Jessie. Magnifica.

« Io volevo... volevo... che diventassimo amici. »

« Amici? » Martin sembrava sempre più divertito. Quella donna si stava comportando come una sciocca. Si rovinava con le sue stesse mani.

« No, non amici. Oh, non so. Volevo tornare in ufficio. »

« E allora perché ha accettato di andare a bere qualcosa con lui? »

« Non so. »

« Si sentiva eccitata sessualmente? »

« Obiezione! »

« Formuli la sua domanda sotto una forma diversa, signor Schwartz. »

« Posso sapere da quanto tempo non aveva più avuto rapporti sessuali, signorina Burton? »

« Devo rispondere anche a questa domanda, Vostro Onore? » Guardò il giudice con aria supplichevole e lui si limitò ad assentire.

« Sì. Deve. »

« Non so. »

« Provi a darmene almeno un'idea! » Martin non mollava.

« Non so. » La sua voce aveva perso un po' della sicurezza di prima.

« Almeno all'incirca. Molto tempo? Non tanto tempo? Un mese... due mesi... una settimana? Qualche giorno? »

« No. »

« No? Che cosa vuole significare questo no? » Martin stava cominciando a prendere l'aria infastidita.

« Voglio dire no, non erano pochi giorni. »

« E allora... da quanto tempo? Risponda alla domanda. »

« Un po'. » Il giudice la stava guardando con aria torva. Quanto a Martin, si era accorto di aver fatto presa su qualche cosa e ormai non mollava più. « Va bene, molto tempo », ammise infine lei. « Forse un anno. »

« Forse anche più di un anno? »

« Forse. »

« Era stato un rapporto sessuale con qualcuno che le importava molto, l'ultima volta? »

« Io... io non ricordo... io... sì! » Aveva quasi gridato quest'ultima parola.

« Qualcuno che le ha fatto male in qualche modo, signorina Burton? Qualcuno che non l'amava quanto avrebbe dovuto? Qualcuno che... » la sua voce si era fatta sommessa, soave, insinuante quasi come quella di chi canta una ninna-nanna a un bambino per farlo addormentare... e fu a quel punto che la viceprocuratore distrettuale si alzò in piedi di scatto a rompere l'incanto.

« Obiezione! »

Ci vollero altre due ore perché Martin terminasse il suo contro-interrogatorio e Jessica, quando finalmente lo concluse, si accorse di essere distrutta. Si sentiva uno straccio. Riusciva perfino a immaginare vagamente che cosa dovesse provare Margaret Burton quando l'aiutarono a scendere, in lacrime, dal banco dei testimoni. Fu l'ispettore Houghton ad assisterla, e a occuparsi di lei, mentre Matilda Howard-Spencer pareva impegnatissima a sistemare le carte che aveva davanti. Jessica, ormai, aveva l'impressione che l'austera signora, che aveva assunto la parte dell'avvocato accusatore, provasse maggiore interesse più per quel caso in sé e per sé che non per la sua vittima.

A quel punto il giudice annunciò una sospensione dei lavori, rimandandone il proseguimento al lunedì successivo. Per un attimo rimasero tutti nell'aula, un po' frastornati; era soltanto mezzogiorno, ma Jessie avrebbe voluto andare a letto e dormire per un anno intero. Non si era mai sentita tanto stanca in vita sua. Esausta. Svuotata. Ian, poi, sembrava più vecchio di cinque anni.

Quando uscirono in corridoio, seguiti da Martin, Margaret Burton era già sparita. La avevano fatta uscire attraverso l'ufficio del giudice e Martin non si sbagliava quando disse che, secondo lui, la avrebbero anche condotta fuori dal City Hall prendendo un'uscita secondaria in modo da evitare un altro incontro come quello del mattino. Aveva il vago sospetto che neppure Houghton si fidasse completamente di quella donna e che non volesse ulteriori guai, oltre a quelli che già aveva.

Quando si ritrovarono all'aperto, in pieno sole, Jessie provò la sensazione che fossero anni e anni che non lo vedeva più, non ne sentiva più addosso il suo calore. Venerdì. Era venerdì. La fine di una settimana interminabile; avevano due giorni interi tutti per loro. Due giorni e mezzo. Quello che lei desiderava, ormai, era soprattutto tornarsene a casa e dimenticare quel luogo infernale, quel palazzo sontuosamente decorato, dove sembrava che la loro vita si sarebbe definitivamente conclusa per mano di una pazza. Sembrava sul serio una specie di tragedia greca: al posto del coro, ecco la giuria!

« A che cosa stai pensando? » Ian era ancora visibilmente turbato per la scenata di quella mattina. Per lei. E in quel momento, più che mai. La deposizione della Burton non era stata certo gradevole da ascoltare.

« Non so. Comincio a credere che, forse, non sono neanche più capace di pensare qualcosa. Mi lascio vivere. Vado dove mi porta il vento. »

« Bene e se ci portasse verso casa? Che ne dici? » La accompagnò in silenzio verso l'automobile, le aprì lo sportello e Jessica, infilandosi nella *Volvo*, ebbe la sensazione di avere duecento anni. Come si sentiva vecchia! Però quell'automobile era qualcosa di familiare, un po' come essere già a casa. Ed era proprio quello che le occorreva in quel momento, più di tutto il resto. Voleva cancellarsi dal cuore e dallo spirito il ricordo di tutta quella mattina.

« Che cosa ne pensi, amore? » Lo guardò attraverso una boccata di fumo della sigaretta che si era accesa, mentre Ian, al volante, la portava lentamente verso casa.

« In che senso? » Cercava di darle una risposta evasiva.

« Voglio dire se riesci già a capire come stanno andando le cose. Ti ha detto niente Martin? »

« Non molto. Mi pare che preferisca tenersi per sé quello che pensa... »

Lei annuì di nuovo. In realtà, Martin non aveva detto molto mentre uscivano all'infuori del fatto che voleva vederli nel suo ufficio il sabato, cioè l'indomani. « Però credo che vada tutto bene. » Certo che era così. Doveva essere così.

« Pare anche a me. » Davvero? Ossignore, eppure come le era sembrato orribile tutto! Ma, forse, era così che doveva essere. Giusto?

« Mi piace lo stile di Martin. »

« Anche a me. »

Erano ancora persuasi, sia l'uno sia l'altra, che avrebbero vinto ma, ormai, cominciavano a rendersi conto di quale sarebbe stato il prezzo che ne avrebbero pagato. Non tanto in denaro, né tantomeno in automobili, ma in salute, coraggio e spirito.

# 16

Il sabato mattina, Ian andò da Martin, in ufficio, a discutere le dichiarazioni che avrebbe fatto, la settimana seguente, quando lo avessero chiamato sul banco dei testimoni. Jessica era rimasta a casa con un terribile mal di testa. Proprio per farle un favore, fu Martin ad andare da lei quella sera. Sempre per parlare anche della sua testimonianza in aula.

La domenica pomeriggio, invece, fu Astrid a telefonare mentre Jessica e Ian, seduti in poltrona, svuotati, pieni di apatia, fissavano macchinalmente la televisione che trasmetteva una serie di vecchi film.

« Salve, ragazzi. Che ne direste di venire a mangiare un piatto di spaghetti a casa mia stasera? » Ma la risposta di Jessie fu asciutta, quasi sgarbata.

« Mi spiace, Astrid, ma non possiamo. »

« Oh, voi due! Avete sempre da fare. Eternamente. È tutta la settimana che vi cerco! Quanto a te, so che non sei stata in negozio neppure un minuto. » Accidenti!

« È vero. Ma avevo un po' di lavoro da sbrigare qui in casa e, poi, sto aiutando Ian... a fare l'editing del suo libro. »

« Dovrebbe essere stato divertente. »

« Sì. Più o meno. » Ma non era riuscita a raccontare

quelle bugie in modo convincente. Lo si sentiva subito dal tono della sua voce. « Ti telefono uno dei giorni della prossima settimana. A ogni modo, grazie per l'invito. » Si buttarono un bacio a fior di labbra e riattaccarono. Jessica, intanto, continuava a meravigliarsi del fatto che nessuno si fosse accorto di quello che stava succedendo. Era già straordinario che i giornali non avessero raccolto la notizia e non l'avessero ampiamente sfruttata anche se, purtroppo, aveva finalmente capito che tutto ciò che stava succedendo a loro non era niente di particolarmente nuovo o insolito. Casi come quello si potevano contare a decine ogni giorno. Se era una novità per loro, per la stampa non faceva più notizia. Fra l'altro, la cronaca poteva anche scegliere fra casi molto più ghiotti e piccanti, all'infuori del fatto, naturalmente, che qui c'era anche da prendere in considerazione l'« angolo » di Pacific Heights e che Jessie era la proprietaria di una boutique molto esclusiva. Se la notizia fosse trapelata, sarebbe stata la rovina per il suo negozio. Ma grazie al cielo, fino a quel momento, nessun cronista si era presentato alla porta di casa loro e, nel complesso, l'interesse suscitato dal loro caso era stato praticamente nullo. Quanto a Martin, aveva promesso che, se la notizia fosse arrivata fino a qualche giornalista, avrebbe telefonato personalmente alla direzione del quotidiano chiedendo il silenzio stampa. Era sicuro che non glielo avrebbero rifiutato. Sapeva che poteva contare sulla loro collaborazione come gli era già accaduto in precedenza.

Jessie provava un vago rimorso per essere stata così fredda con Astrid. Era parecchio tempo che non si trovavano con lei come — ormai da due mesi — non avevano più combinato niente anche con gli altri amici. Sarebbe stato molto difficile affrontare tutte quelle persone con indifferenza. Ormai era persino difficile affrontare Astrid. E, nella settimana che stava per cominciare, le sarebbe stato anche impossibile trovare la forza di vedersi a faccia a faccia con le ragazze della boutique. Jessie aveva tutte le intenzioni di stare alla larga. Non voleva metterci piede. Temeva che le leggessero fin troppe cose negli occhi. Per la stessa ragione, dal giorno dell'arresto, Ian aveva evitato i contatti con chiunque. Ma pareva soddisfatto ugualmente perché poteva lavorare senza interruzione al nuovo libro. I personaggi che creava gli tenevano compagnia.

Nel frattempo le fatture continuavano ad aumentare. Ogni giorno, durante il processo, Zina era passata da casa a lasciare la posta arrivata per Jessie; per la maggior parte, si trattava di conti e di fatture, inclusa una seconda parcella di Harvey Green per altri novecento dollari. E, anche quella volta, per niente. Perché anche quelli dovevano essere considerati soldi spesi « nel caso che... nel caso che Margaret Burton avesse fatto qualcosa che non doveva, nel caso che saltasse fuori qualcosa, nel caso... » Disgraziatamente, Harvey Green aveva concluso le sue indagini con un niente di fatto. Fino alla domenica sera, subito dopo la conversazione che Jessie aveva avuto con Astrid.

Perché, appena posato il ricevitore, il telefono aveva ricominciato a squillare e, quella volta, era Martin. Voleva andare immediatamente da loro, insieme con Green. Jessica svegliò Ian e si misero ad attendere, frementi e angosciati, finché i due uomini arrivarono. Morivano dalla voglia di sapere che cosa Green aveva scoperto.

Tutto ciò che l'investigatore aveva era una fotografia. Del marito di Margaret Burton, il matrimonio con il quale era stato rapidamente annullato quasi vent'anni prima. La fotografia sarebbe potuta essere quella di Ian. L'uomo che vi era raffigurato appariva alto, biondo, con gli occhi azzurri, la faccia serena e sorridente. Era in piedi, fermo vicino a una *MG*; naturalmente si trattava di un'automobile di un'annata molto, ma molto precedente a quella della *Morgan* — tuttavia esisteva ugualmente una grandissima somiglianza fra le due automobili, come fra i due uomini. Socchiudendo appena appena gli occhi, si sarebbe potuta credere la fotografia di Ian in piedi vicino alla *Morgan*. I capelli dello sconosciuto erano tagliati più corti di quelli di Ian, il suo viso era un pochino più allungato, l'automobile, nera e non rossa. D'accordo, se si scendeva nei particolari, c'erano parecchie diversità, ma non poi moltissime. Era già uno choc guardare quella fotografia. Perché raccontava una lunga storia, tutta la storia. Ormai capivano finalmente il perché. Il primo, immediato sospetto di Martin era stato quello giusto. Sì, Margaret Burton aveva voluto vendicarsi. Il suo movente era stato soltanto la vendetta.

Si ritrovarono tutti e quattro seduti nel soggiorno nel più completo silenzio. Green aveva ottenuto quella fotografia da una cugina della signorina Burton — si era trattato di una pista che aveva deciso di seguire proprio all'ultimo minuto, quasi come se avesse avuto un'intuizione. Ed era risultato che si trattava di un'intuizione maledettamente buona!

Schwartz si lasciò sfuggire un sospiro che sembrava quasi di sollievo e si appoggiò più comodamente allo schienale della poltrona. « Bene, così adesso sappiamo tutto. La cugina è disposta a testimoniare? » Ma Green scrollò la testa.

« Dice che è pronta a invocare il Quinto Emendamento della Costituzione americana, oppure a mentire. Non vuole essere coinvolta in questa faccenda. Dice che la Burton potrebbe ucciderla. Perché vedete, questa donna, parlo della cugina, a sentirla parlare si direbbe, quasi, che abbia paura della Burton. Dice che è la persona più vendicativa che le sia mai capitato di conoscere. Avreste intenzione di citarla in giudizio? »

« Non ci pensiamo neanche, se ha già dichiarato di voler approfittare del Quinto Emendamento contro di noi! Non ti ha detto per quale motivo la Burton ha annullato il matrimonio? » Martin fece questa domanda mentre mordicchiava con aria meditabonda l'estremità della matita che aveva in mano. Ian e Jessica ascoltavano in silenzio. Ian continuava a tenere stretta in mano la fotografia che lo aveva messo in una incredibile agitazione. La somiglianza era impressionante.

« Non è stata Peggy Burton ad annullare il matrimonio, ma suo marito. »

Martin alzò di scatto le sopracciglia. « Oh? »

« La cugina è convinta che Margaret fosse incinta... badate che la sua è soltanto una supposizione », proseguì Green. « Si era appena diplomata alle superiori e lavorava nell'ufficio del padre del ragazzo. Uno studio legale. Hillman & Knowles, nientemeno! » Ian alzò gli occhi e lo guardò mentre Martin si lasciava sfuggire un leggero fischio. « Ha sposato il figlio Knowles. Un ragazzo di nome Jed Knowles. A quell'epoca era soltanto all'università e studiava ancora legge, ma ha passato l'intera estate a lavorare nello studio legale del padre. È quello della fotografia. »

Green indicò con un gesto vago l'istantanea che era ancora in mano a Ian.

« A ogni modo si sono sposati in fretta e furia, ma quasi di nascosto, alla fine dell'estate. Il padre, poi, ha addirittura preteso che la notizia non diventasse pubblica, niente annuncio delle nozze sui giornali, o cose del genere. I genitori della ragazza vivevano nel Midwest e, quindi, lei non aveva nessuno della sua famiglia lì, all'infuori di questa cugina, la quale non è neppure sicura che abbiano realmente vissuto insieme. Si sono sposati, d'accordo, questo lo sapeva, ma poi non si ricorda altro che un fatto: Margaret è stata ricoverata in un ospedale e c'è rimasta per un paio di settimane. La cugina è dell'opinione che avesse avuto un aborto piuttosto complicato o qualcosa del genere. Subito dopo Knowles ha preteso che il matrimonio venisse annullato e Margaret si è trovata senza marito, senza lavoro e, con ogni probabilità, anche senza il bambino. A quanto pare ha avuto una specie di esaurimento nervoso e ha trascorso tre mesi in un pensionato cattolico, uno di quei posti dove fanno i ritiri spirituali. Ci sono andato anch'io a vedere se potevo controllare la verità di queste affermazioni, ma l'edificio era stato demolito una dozzina di anni fa e le suore di quell'ordine sono state accolte in altre case della loro comunità che si trovano nel Kansas, a Montreal, Boston e Dublino. Non è molto probabile che riusciamo a trovare qualche elemento convincente sulla presenza di Margaret in quel pensionato, negli archivi dell'Ordine, e credo che, anche se esistessero, non avrei il permesso di esaminarli perché saranno considerati senza dubbio documenti riservati. »

« E il ragazzo Knowles? Hai provato a cercare qualcosa su di lui per saperne di più? »

« Certamente. » Ma Green non aveva l'aria di essere troppo soddisfatto. « Ha sposato una 'debuttante', una di quelle ragazze ricche appena entrate in società, ed è stato un matrimonio fastosissimo, che ha suscitato notevole interesse, all'epoca della Festa di Ringraziamento di quello stesso anno. Ricevimenti, riunioni, feste e annunzi pubblicati in tutti i quotidiani. I ritagli del *Chronicle* che sono riuscito a rintracciare parlano di un fidanzamento che durava da più di un anno ed è questo il motivo, evidentemente, per cui papà Knowles non voleva che fosse fatta alcuna pubblicità quando il suo caro figliolo ha sposato la ragazza Burton. »

« Sei riuscito a parlare con Knowles? »

Green annuì con aria poco soddisfatta. « Il ragazzo e la sua giovane moglie sono morti, precipitando con un bimotore sul quale viaggiavano, diciassette mesi più tardi. Il padre è morto per un attacco di cuore l'estate scorsa e la madre sta facendo un viaggio in Europa, ma nessuno sa con precisione quale sia il suo itinerario. »

« Straordinario! » Martin aggrottò le sopracciglia e ricominciò a mordicchiare l'estremità della matita. « Niente fratelli o sorelle? Amici che possano essere al corrente di quello che è accaduto? Nessuno? »

« È una pista che finisce così, non conduce più in nessun altro posto, Martin. Niente fratelli né sorelle. E chi vuoi che se ne ricordi adesso, anche fra quelli che possono essere stati i suoi amici? Jed Knowles è morto da diciotto anni. È passato molto, troppo tempo. »

« Certo. Ma è anche molto tempo per continuare a covare un odio. Nutrire un risentimento. Accidenti! Abbiamo chiarito ogni cosa eppure non abbiamo niente, neanche uno stramaledetto indizio piccolo così, a cui aggrapparci. Niente di niente. »

« Come sarebbe, niente di niente? » Era la prima volta che Ian apriva la bocca da quando aveva visto la fotografia. Fino a quel momento era rimasto in silenzio ad ascoltare attentamente lo scambio di idee degli altri due. « A me sembra che abbiamo tutto. »

« Certo. » Martin si sfregò lentamente gli occhi con una mano e poi li riaprì di nuovo. « Ma niente che possiamo adoperare in tribunale. Sono tutte supposizioni. Ecco la verità. È indubbio che ciò in cui ci siamo imbattuti sia la verità oltre a essere una completa spiegazione psicologica del motivo per il quale Margaret Burton ti ha accusato di stupro. Tu hai l'aspetto, fatto e finito, del figliolo di qualche riccone che l'ha messa incinta, l'ha sposata, probabilmente l'ha persuasa ad abortire e poi l'ha piantata per andare a impalmare la sua ragazza — che proveniva dal suo stesso ambiente — poche settimane più tardi. La signorina Burton aveva incontrato il Principe Azzurro il quale l'ha spernacchiata. Ma torniamo a Cenerentola. Ecco perché sono vent'anni che si è messa in testa di volergliela far pagare a tutti i costi. E questo spiega, molto probabilmente, il motivo per il quale non ha tentato di estorcervi del denaro. Perché non sono i soldi, che lei vuole. Vuole soltanto vendicarsi. Con ogni probabilità, la prima volta è riuscita a farsi dare una certa somma di denaro. Non dimentichiamo che per certe persone, quella di pagare è la soluzione più semplice.» Jessica alzò gli occhi al cielo, esasperata, di fronte a quella osservazione e Ian, con un gesto, le fece capire di stare zitta.

«Il nocciolo della faccenda è un altro: quella donna preferirebbe vederti finire in prigione piuttosto che pretendere dei soldi da uno di voi. Nel suo cervello tu, Ian, sei semplicemente un altro Jed Knowles e, adesso, tocca a te pagare per lui. Gli assomigli in un modo tremendo, la tua automobile è molto simile alla sua e, per quello che ne sappiamo, anche il tuo modo di parlare e di esprimerti assomiglia a quello di lui! Come non è da escludere che lei ti abbia già adocchiato da *Enrico's* parecchi mesi fa. Sei un cliente abituale. E non vedo perché la Burton non ti abbia messo gli occhi addosso fin dal principio con questo scopo! Il problema, però, sta nel fatto che non possiamo dimostrare tutto questo in tribunale.» Si rivolse di nuovo a Green: «Sei sicuro che la cugina non voglia presentarsi come testimone?»

«Sicurissimo.» Rispose Green in tono asciutto, con enfasi. Martin scrollò la testa.

«Magnifico! Ed è questo, Ian, il motivo per il quale non possiamo provare niente di niente davanti al giudice, in tribunale, accidentaccio! Perché una testimone ostile, pronta a nascondersi dietro il Quinto Emendamento ti rovinerebbe ancora più in fretta di quel che potrebbe fare non salendo sul banco dei testimoni a rilasciare la sua dichiarazione. A parte il fatto che, nel caso accettasse di farlo, non saremmo in grado di provare niente di tutto questo. Potremmo soltanto dimostrare che la Burton ha sposato un certo Knowles e che, subito dopo, questo Knowles ha fatto annullare il matrimonio. Il resto sono pure e semplici congetture, supposizioni, voci senza fondamento. E sono tutte cose, queste, che non possono aiutarci a sostenere il nostro punto di vista in tribunale, Ian, se non sono convalidate da solide prove. L'accusa riuscirebbe a distruggerci l'intera teoria nel giro di dieci minuti. Voi e io, ormai, siamo arrivati a scoprire quello che, con ogni probabilità, è realmente successo, ma non saremo mai in grado di dimostrarlo alla giuria... nossignori, se qualcuno non si presenta a dichiarare che la Burton era incinta quando Knowles l'ha sposata, che ha avuto un aborto, e successivamente un esaurimento nervoso, e infine che qualcuno l'ha sentita giurare e spergiurare che si sarebbe vendicata. E come volete dimostrare tutto ciò anche nel caso in cui la cugina accettasse di salire sul banco dei testimoni? Quella che abbiamo davanti, purtroppo, è la verità. Ma non abbiamo il modo di dimostrarlo. »

Jessica, mentre lo ascoltava, si sentì salire le lacrime agli occhi. Ian era di un pallore spaventoso. Non lo aveva mai visto così. Sembrava quasi livido.

« E allora, a questo punto, che cosa facciamo? »

« Rischiamo... e che Dio ci assista! Proverò a chiedere che la Burton torni sul banco dei testimoni e vedrò fino a che punto è disposta ad ammettere qualcosa di ciò che abbiamo saputo. E fino a che punto gli altri si lasceranno persuadere che abbiamo scoperto la verità. In ogni caso non sarà molto, Ian. Non farci troppo conto. »

Green si congedò pochi minuti dopo con una stretta di mano in anticamera, a Martin. Si limitò soltanto a dire: « Mi dispiace ». Martin annuì e qualche minuto più tardi se ne andò anche lui.

Il processo continuò il lunedì e Martin richiamò Margaret Burton sul banco dei testimoni. Era stata sposata con Jed Knowles? Sì. Per quanto tempo? Per due mesi e mezzo. Dieci settimane? Sì. Dieci settimane. Era vero che aveva dovuto sposarlo perché era rimasta incinta? No, assolutamente. Aveva avuto un esaurimento nervoso... obiezione! Respinta! Aveva avuto un esaurimento nervoso dopo l'annullamento del matrimonio? No. Mai. Era vero che l'imputato assomigliava in un modo straordinario al signor Knowles? No. Veramente non se n'era accorta. Era vero che il signor Knowles si era risposato quasi immediatamente dopo? Obiezione! Accolta, con un'ammonizione alla giuria di non prendere atto della domanda precedente. Il giudice mise in guardia Martin consigliandogli di non fare domande che non fossero pertinenti al caso di cui si stavano occupando e di non assillare a quel modo la testimone e Jessica notò che Margaret Burton era silenziosa e pallida, ma completamente padrona di sé. Anche troppo. Si scoprì a pregare, in cuor suo, che quella donna perdesse il controllo, che le cedessero i nervi mentre era lì, seduta sul banco dei testimoni, che si mettesse a strillare e a sbraitare e, in conclusione, a rovinarsi, decidendosi di ammettere di aver voluto rovinare Ian perché assomigliava a Jed Knowles. Invece Margaret Burton non fece nessuna di queste cose. Avevano finito e le dissero che poteva scendere dal banco dei testimoni. Jessica non la rivide mai più.

Verso la fine del pomeriggio Martin chiese a Ian di rintracciare un paio di amici disposti a presentarsi in tribunale a rilasciare la loro testimonianza relativa al suo carattere e alla sua moralità. Come la testimonianza di Jessie, anche quelle sarebbero state considerate in modo pregiudizievole per Ian; d'altra parte, i testimoni che venivano a parlare della personalità e del carattere dell'imputato non guastavano mai le cose. Ian acconsentì a domandarlo a un paio di persone, ma i suoi occhi avevano un'espressione talmente disperata che Jessica, al solo guardarlo, si sentì morire. Come se Margaret Burton avesse già vinto. La donna, del resto, era sparita; se n'era andata quasi di soppiatto. Aveva buttato la bomba e poi si era dileguata, lasciandoli solo con quella fotografia per tutta spiegazione.

Ian trovò singolarmente odioso il fatto di dover spiegare a qualcuno ciò che gli stava succedendo; fra l'altro, in quegli ultimi anni, aveva perduto parecchio i contatti con tutti gli amici di un tempo. Da quando si era messo a scrivere pareva che avesse dedicato a questa occupazione una parte sempre maggiore delle sue giornate, della sua energia, del suo impegno. La sua aspirazione era quella di finire un altro libro, di venderlo, di « sfondare », prima di tornare a farsi qualche bevuta nei bar con i vecchi compagni; sentiva la necessità di fare qualcosa, di essere qualcosa, di compiere qualcosa — prima. Era stanco di dare spiegazioni sulle sue opere che erano state respinte dagli editori, sugli agenti letterari, sulla necessità di rifare e di riscrivere ciò che aveva già fatto e scritto. Quindi aveva smesso di dare spiegazioni. E aveva smesso di vederli. Del resto, passava praticamente quasi tutto il tempo con Jessie. La quale, a modo suo, sapeva rendersi indispensabile e, con lui, si comportava da esclusivista. Non le garbava che non fosse lì, a trascorrere con lei tutto il tempo in cui non se ne stava chiuso nel suo studio, a scrivere.

Quella sera Ian telefonò a uno scrittore che conosceva e a un vecchio compagno di college, un agente di Borsa che si era trasferito anche lui in California dall'Est. Sia l'uno sia l'altro rimasero allibiti quando seppero di che cosa era accusato, gli manifestarono la propria simpatia e comprensione e si dichiararono ansiosi di aiutarlo. Nessuno dei due aveva una particolare simpatia per Jessie, però capivano in quale situazione la coppia fosse venuta a trovarsi e la compiangevano. Lo scrittore aveva l'impressione che Jessie pretendesse troppo da Ian, che gli si aggrappasse esageratamente e che non gli lasciasse spazio sufficiente per dedicarsi alla sua carriera. L'amico dei tempi del college aveva sempre giudicato Jessie una donna troppo testarda.

A ogni modo i due uomini, quando si presentarono sul banco dei testimoni, fecero subito un bell'effetto con la loro aria aperta, il modo di parlare schietto, l'apparenza distinta e beneducata. Lo scrittore, che si era messo un vestito di tweed, dichiarò di avere vinto poco tempo prima un premio letterario, di aver pubblicato tre racconti sul *The New Yorker* e un romanzo. Anche nel campo degli autori letterari, famosi per le loro stravaganze, era considerato una persona molto rispettabile. Non solo, ma sapeva parlare bene e, dal banco dei testimoni, riuscì a fare un certo colpo. L'amico dei tempi del college fece un'impressione altrettanto buona anche se scelse una strada completamente diversa. Aveva preferito apparire come il bravo padre di famiglia, rispettabilissimo anche lui, solido, dell'alta borghesia. « Ho frequentato Ian per anni », aveva esordito e aveva continuato più o meno su questo tono. Sia l'uno sia l'altro avevano fatto ciò che potevano — e, purtroppo, non era molto.

Il martedì pomeriggio il giudice dichiarò che l'udienza era conclusa con un certo anticipo rispetto al solito; Ian e Jessie tornarono subito a casa a riposarsi.

« Come va, cara? Riesci a farcela? Purtroppo non si può dire che abbiamo un bell'aspetto, né tu né io, da qualche giorno. » Sorrise con tristezza e aprì il frigorifero. « Vuoi una birra? »

« Una birra? Una cassa di birra, vorrai dire! » Jessica si era tolta le scarpe e si stava stiracchiando. « Ossignore, come sono stanca di tutte queste schifezze! Sembra che non debba finire mai questa storia: si va avanti, si va avanti, si va avanti, figurati che mi sembra addirittura che siano anni che non riesco più a sedermi in qualche posto tranquillamente con te e a parlare un po', come al solito. » Gli prese la lattina di birra dalle mani e andò a distendersi sul divano. « A parte il fatto che, fra un po', non avrò più neanche uno di quei vestiti da educanda che sono costretta a mettere per venire in tribunale! » Indossava, infatti, un brutto tailleur di tweed marrone che era andata a riesumare dai tempi in cui studiava ancora al college, nell'Est.

« Fregatene. Domani, tanto per cambiare, prova ad arrivare in aula in bikini. A questo punto, ormai, mi pare che quei poveracci della giuria abbiano anche loro il diritto di posare gli occhi su qualcosa di piacevole. »

« Sai cosa ti dico? Credevo che il processo sarebbe stato molto, ma molto, più drammatico. È curioso che vada tutto avanti così...! »

« La verità è un'altra: si tratta di un caso che non ha niente di drammatico, in fondo. C'è soltanto la sua parola contro la mia per quel che riguarda chi è andato a letto, con chi, come, dove e perché... ecco tutto! Figurati che ormai non mi sento neppure a disagio con te, come prima, ascoltando i vari testimoni. » Già, ormai, infatti, Margaret Burton non compariva più in aula.

« Non importa più tanto come prima neanche a me, salvo il fatto che mi vien voglia di ridere ogni volta che qualcuno parla di 'un crimine infame contro natura'. Sembra una frase fatta. Una tale esagerazione! » Per la prima volta da molto tempo scoppiarono a ridere schiettamente, senza reciproco imbarazzo. Ora che potevano rilassarsi nel loro soggiorno, così comodo e accogliente, fra tutti i begli oggetti che vi avevano raccolto, il processo sembrava addirittura un brutto scherzo. Non solo, ma un brutto scherzo nel quale nessuno dei due era coinvolto.

« Vuoi andare al cinema, Jessie? »

« Vuoi che ti dica la verità? Sì, mi piacerebbe alla follia. » A poco a poco la tensione cominciava a scomparire. Ormai erano giunti alla conclusione che ce l'avrebbero fatta anche senza nessuna prova più consistente. Anche senza sapere che Margaret Burton era una mezza matta, disperatamente ansiosa di vendicarsi di un uomo che ormai era morto da quasi vent'anni. Beh, e allora? Ian era innocente. In conclusione, tutto si riduceva soltanto a questo. Molto semplice. « Vuoi che venga anche Astrid con noi, tesoro? »

« Certo. Perché no? » Lui sorrise e si chinò a baciarla. « Ma chiamala tra mezz'ora. » Jessie ricambiò il sorriso e cominciò lentamente a risalire lungo il braccio di Ian, accarezzandoglielo, con la punta delle dita.

Astrid fu felice dell'invito e andarono tutti e tre insieme al cinema. Il film era divertentissimo e risero fino ad avere le lacrime agli occhi. Era proprio quello di cui Jessie e Ian avevano bisogno.

« Adesso che mi viene in mente, quante settimane sono che non ci vedevamo più? Si può sapere che cosa avete combinato? State ancora lavorando intorno al libro? » Ian e Jessie annuirono contemporaneamente e cambiarono discorso, poi uscirono a bere un caffè.

Fu una serata piacevole e simpatica che fece molto bene a tutti e tre. Perfino Astrid, una volta che li aveva rivisti, si sentiva più tranquilla. Ian aveva il viso scavato e sembrava spaventato; Jessica le pareva stanca, ma entrambi le sembravano felici come prima. Evidentemente, qualsiasi fosse stato il problema da risolvere, ormai tutto si era sistemato. Non c'erano ombre fra loro.

Astrid riferì di essere passata dalla boutique quasi ogni giorno e che la sfilata della moda autunnale aveva avuto un successo strepitoso. Katsuko era stata abilissima e aveva lavorato sodo, ma con grande successo. Astrid confessò di aver addirittura comprato quattro o cinque capi che aveva visto alla sfilata e Jessie ribatté che aveva commesso una sciocchezza.

« È assurdo! Non devi comperare più niente in negozio quando io non ci sono. Perché, se sono presente io, posso farti uno sconto. Farti pagare, come minimo, il prezzo da grossista. E, poi, in certi casi, posso addirittura venderti i nostri capi di abbigliamento al prezzo di costo. »

« Sarebbe una pura e semplice follia, Jessica. Per quale motivo dovresti vendere proprio a me, a un prezzo ribassato, quello che avete nella boutique? Non ne vedo proprio il motivo! » Allargò le braccia fra il tintinnìo e il luccichìo di tutti i gioielli che portava e scoppiarono a ridere insieme, tutti e tre.

Tornarono a casa a bordo della *Volvo* e quando Astrid chiese notizie della *Morgan*, Jessica le rispose che avevano trovato il motore in pessime condizioni e che le riparazioni sarebbero risultate troppo costose. Furono tutti d'accordo nel dichiarare che era un gran peccato.

« Che serata magnifica! » Jessica si infilò a letto con un sorriso e Ian sbadigliò, felice. « Sono contento che ci sia venuta l'idea di andare fuori. »

« Anch'io. »

Poi Jessica gli massaggiò la schiena e continuarono a conversare di mille argomenti, ma senza abbordare nessun discorso serio. Erano le chiacchiere che facevano sempre, la sera tardi. Accennarono, di passaggio, al film che avevano visto, fecero qualche commento su Astrid, Jessie notò che Ian aveva un piccolo livido su una gamba e gli domandò come se lo era fatto e lui la pregò di non tagliarsi mai i capelli. Proprio le quattro chiacchiere di ogni sera. Come se non fosse accaduto niente di diverso dal solito. E riuscirono addirittura a dormire un po' — un fatto straordinario, se si pensava che l'indomani Ian doveva salire sul banco dei testimoni.

# 17

La testimonianza di Ian, che si svolse sotto un interrogatorio diretto, durò poco più di due ore. La giuria parve un po' più interessata di quanto non si fosse mostrata nelle giornate precedenti, ma non in modo particolare. Anzi, a dir la verità, fu soltanto nell'ultima mezz'ora che sembrarono riscuotersi un po'. Era venuto il turno di Matilde Howard-Spencer. Toccava a lei, a quel punto, interrogarlo. Al primo momento sembrò che si mettesse ad andare avanti e indietro, a passo lento, come se pensasse a tutt'altro. Con addosso gli occhi del pubblico che affollava l'aula, soprattutto quelli di Ian. Finalmente si fermò, proprio di fronte a lui, incrociò le braccia sul petto e piegò la testa da un lato.

« Lei viene dall'Est? » La domanda lo sorprese, come l'espressione quasi cordiale che le era apparsa sulla faccia.

« Sì. Da New York. »

« Dove ha fatto il college? »

« A Yale. »

« Una buona scuola. » Gli sorrise e Ian ricambiò il sorriso. « Ho cercato di entrare nella loro facoltà di legge, ma purtroppo non ce l'ho fatta. » Era andata a Stanford, invece, ma Ian, questo, non poteva saperlo e restò perplesso; improvvisamente non sapeva se avrebbe dovuto manifestarle simpatia e comprensione, stare in silenzio oppure sorriderle. « Ha continuato gli studi, poi? Si è laureato? » Non lo chiamava Ian, rivolgendosi a lui, come non lo chiamava signor Clarke. Però gli parlava come se lo conoscesse o desiderasse sinceramente conoscerlo. Come se fosse stato il suo vicino di tavola, un tipo interessante, a una cena oppure a una simpatica *soirée*.

« Sì. Ho ottenuto la laurea. »

« E dove? » Piegò di nuovo la testa su una spalla con un'espressione interessata. No, quello non era certo il tipo di domande al quale Martin lo aveva preparato. Erano tutte cose molto più facili da affrontare, e a cui rispondere.

« Sono andato alla Columbia. Alla scuola di giornalismo. »

« E poi? »

« Poi ho lavorato nel campo pubblicitario. »

« Con chi? » Ian disse il nome di un'importante agenzia di New York. « Beh, certo che è un grosso nome, questo. Lo conosciamo tutti. » Gli sorrise di nuovo e guardò fuori dalla finestra con aria assorta.

« Quando era al college, usciva con qualche ragazza a cui teneva in modo particolare? » Aha, ecco! Ci siamo! Tuttavia Matilda Howard-Spencer continuava ad avere lo stesso tono di prima, garbatamente inquisitore.

« Sì, qualcuna. »

« Chi, per esempio? »

« Oh, le solite ragazze. »

« Che, magari, studiavano nei college dei dintorni? Chi erano? Non potrebbe dircene qualche nome? » Tutto questo era assurdo. Ian non riusciva a capire il motivo per cui le interessassero tanto.

« Viveca Harreford. Maddie Whelan. Fifi Estabrook. » Tanto, non le conosceva! E allora, perché glielo aveva domandato?

« Estabrook? Come in Estabrook & Lloyd? Sbaglio o sono gli agenti di Borsa più grossi di Wall Street? » Sembrava quasi contenta per lui come se avesse fatto qualcosa di straordinario.

« A dir la verità, non saprei. » La battuta di Matilda Howard-Spencer lo aveva messo vagamente a disagio. Naturale che si trattava della Estabrook & Lloyd, ma non era per quel motivo che si era messo a frequentare Fifi, perbacco!

« E mi sembra che anche il nome di Maddie Whelan abbia qualcosa di familiare. Sbaglio o doveva trattarsi di una famiglia piuttosto importante? Vediamo un po'... Whelan... oh, ecco, adesso me ne ricordo, i proprietari di quel grande magazzino che c'è a Phoenix, non è così? » Ian era addirittura diventato rosso in faccia mentre Matilda Howard-Spencer continuava a sorridere con aria angelica, come se si divertisse un mondo a continuare quella conversazione che aveva preso uno strano tono mondano.

« Non me ne ricordo. »

« Figuriamoci se non se ne ricorda! Nessun'altra? »

« No, non mi pare di ricordarne altre. » L'interrogatorio aveva preso un andamento assurdo e ridicolo. Ian non riusciva a capire a che cosa quella donna mirasse, all'infuori del fatto che gli stava facendo fare una figuraccia. Possibile che fosse tutto qui?

« Va bene. Quando ha conosciuto sua moglie? »

« Pressappoco otto anni fa. A New York. »

« È piena di soldi, o sbaglio? » Il tono dell'avvocato dell'accusa era quasi imbarazzato, come se avesse fatto una domanda indiscreta.

« Obiezione! » Martin era livido; aveva capito perfettamente a che cosa la donna mirasse, che Ian se ne fosse accorto oppure no. Invece Ian stava cominciando a intuire qualcosa ma non si rendeva conto che la donna, continuando a battere su quel tasto, voleva farlo cadere dritto dritto nella trappola che gli aveva preparato.

« Accettata. Prego di formulare la domanda in una forma diversa. »

« Mi scuso, Vostro Onore. Va bene; allora... mi pare di sapere che sua moglie, qui a San Francisco, è la proprietaria di una boutique famosa, che ha un notevole successo. Ne aveva una anche a New York? »

« No. Quando l'ho conosciuta lavorava come coordinatrice del reparto moda nell'agenzia di pubblicità dov'ero impiegato anch'io. »

« Lo faceva per divertirsi? » La sua voce si era fatta un po' tagliente.

« No. Per guadagnare. » Ian cominciava a stizzirsi.

« Però non aveva bisogno di lavorare, o sbaglio? »

« Non gliel'ho mai domandato. »

« Come non ha bisogno di lavorare adesso, vero? »

« Io non... » lanciò un'occhiata verso Martin quasi per chiedergli aiuto, ma — purtroppo — da quella parte non poteva venirgliene nessuno.

« Risponda alla domanda. È costretta a lavorare, adesso, oppure il suo reddito è sufficiente a mantenere entrambi con uno stile di vita lussuoso, molto lussuoso? »

« Lussuoso no, assolutamente. » Cristo! Jessie e Martin trasalirono simultaneamente. Che risposta! Ma, purtroppo, Ian era bombardato dalle domande senza un attimo di sosta, come se fosse stato il bersaglio delle palline che escono meccanicamente da una di quelle macchine delle sale da gioco e non trovasse più il tempo di scansarle.

« Però il reddito di sua moglie è sufficiente a mantenervi entrambi? »

« Sì. » Ormai era diventato pallidissimo. E letteralmente furibondo.

« Lavora, lei? »

« Sì. » Ma lo disse a voce troppo bassa, e la donna sorrise.

« Mi scusi, non ho sentito la sua risposta. Lavora? »

« Sì! »

« In un ufficio? »

« No. Però è un lavoro anche quello. Faccio lo scrittore. » Povero, povero Ian. Jessie avrebbe voluto corrergli vicino, prenderlo fra le braccia, stringerlo a sé. Per quale motivo doveva passare per un'esperienza così orribile? Quella carogna!

« Vende molto di quello che scrive? »

« Abbastanza. »

« Abbastanza per che cosa? Abbastanza per mantenersi? »

« No, al momento no. » Impossibile sfuggirle.

« E questo la fa arrabbiare? » La domanda era stata pronunciata con voce insinuante, quasi carezzevole. Che vipera, quella donna!

« No. Non mi fa arrabbiare. È uno dei tanti casi della vita, per il momento. Jessica lo capisce. »

« Però lei la tradisce. Sua moglie capisce anche questo? »

« Obiezione! »

« Respinta! »

« Ho chiesto se sua moglie, questo, lo capisce. »

« Io non la tradisco. »

« Andiamo, andiamo! Ha dichiarato lei stesso, con le sue parole, di essere andato a letto con la signorina Burton di sua spontanea volontà. È una cosa che si verifica abitualmente nella sua vita? »

« No. »

« È stata la prima volta? »

Ian teneva gli occhi fissi sulle proprie ginocchia. Niente avrebbe potuto smuoverlo da quella posizione. « Non me lo ricordo. »

« È sotto giuramento; risponda alla domanda. » La sua voce si era fatta stridente, era cambiata di colpo. Matilda Howard-Spencer sembrava un cobra pronto a colpire.

« No. »

« No, che cosa? »

« No. Non è stata la prima volta. »

« Le capita spesso di tradire la moglie? »

« No. »

« Quanto spesso? »

« Non lo so. »

« E quale genere di donne usa... quelle del suo genere oppure di un genere diverso, donne 'più modeste', donne di una classe sociale più bassa, prostitute, povere ragazze o cos'altro? »

« Obiezione! »

« Respinta! »

« Io non... 'uso' nessuno. »

« Capisco. Sarebbe pronto a tradire sua moglie con Fifi Estabrook oppure è una ragazza troppo perbene? »

« Sono anni che non la vedo. Dieci, undici anni. Quando la frequentavo, quando uscivo con lei, non ero ancora sposato. »

« Ecco quello che voglio dire: sarebbe pronto a tradire sua moglie con qualcuna come lei oppure si accontenta di andare a letto con donne 'di poco conto', donne nelle quali sarebbe un po' difficile incappare nell'ambiente sociale che frequenta? Dopotutto, potrebbe essere imbarazzante. Sarebbe molto più semplice divertirsi, come si diverte, in ambienti molto diversi dal suo e con persone che non abbiano alcun rapporto con la sua casa e con sua moglie. »

« Infatti. » Oh, Dio. No, Ian, no! Martin aveva cominciato a fissare il muro davanti a sé cercando che niente, di ciò che pensava, fosse rivelato dall'espressione della sua faccia. Quanto a Jessie, intuiva che, ormai, si era sempre più vicini al disastro completo.

« Capisco. Quindi lei è abituato ad andare a letto con donne di poco conto perché tutto questo non venga risaputo nel suo ambiente né tanto meno a casa sua? È così che lei considera la signorina Burton? Una donna da quattro soldi? »

« No. » Purtroppo, invece, era proprio così che l'aveva considerata Ian e il suo « no » risultò effettivamente troppo fiacco.

« Non faceva parte della sua classe, né tantomeno del suo ambiente, vero? »

« Non lo so. »

« Insomma ne faceva parte, sì o no? » Impossibile non rispondere a questa domanda. Impossibile fuggire.

« No. »

« Ha pensato che lei avrebbe chiamato la polizia? »

« No. » Poi, come ripensandoci, Ian alzò gli occhi, colto dal panico, e aggiunse: « Non ne aveva nessun motivo ». Ma ormai era troppo tardi. Il danno era fatto.

Matilda Howard-Spencer congedò Ian. Poteva andarsene dal banco dei testimoni, ma non era escluso che lo richiamasse, per un ulteriore interrogatorio, in seguito. Purtroppo, ormai, da come erano andate le cose, lo aveva già — praticamente — distrutto.

Ian scese in silenzio dal banco dei testimoni e tornò al tavolo dove era seduto Martin, lasciandosi cadere pesantemente su una seggiola accanto a lui. Cinque minuti più tardi il giudice dichiarò che l'udienza era sospesa per l'intervallo del pranzo.

Uscirono lentamente dall'aula. Ian scrollava la testa e aveva l'aria cupa e afflitta. Quando si ritrovarono tutti e tre in strada, esclamò: « Che disastro! Ho rovinato tutto! » Jessie non lo aveva mai visto così spaurito e disperato.

« Non avresti potuto fare niente di diverso. Perché è questo il metodo con cui quella donna lavora. È una creatura letale. » Martin si lasciò sfuggire un profondo sospiro. Poi rivolse alla coppia un pallido sorriso. « Ma anche la giuria l'ha capito. E la giuria non è fatta, in fondo, da un branco di idioti o di ingenui, sapete? » Era inutile dire altre cose che facessero stare Ian peggio di come già stava però Martin faticava a nascondere di essere preoccupato. Non era tanto il tradimento di Ian nei confronti di Jessica, come concetto a se stante, che gli dava da pensare quanto, piuttosto, il conflitto di classe. « Questo pomeriggio chiamerò Jessica sul banco dei testimoni. Almeno, in questo modo, la faremo finita. »

« Già, così può distruggerci tutti e due lo stesso giorno. » Ian aveva l'aria stanca e abbattuta; Jessica pareva tesa e nervosa.

« Non dire stupidaggini. »

« Ti consideri tanto brava da tenerle testa? » Ian la guardò con amarezza. Le sue parole erano state piene di sarcasmo.

« Perché no? »

« Te lo dico subito io perché no! Perché se fai la spavalda e ti incapponisci a renderle pan per focaccia, Ian finirà per essere il perdente in tutta questa storia », Martin fu pronto a interloquire. « Dovrai dimostrare di essere la moglie più dolce, più buona e gentile, più calma del mondo. Se ti presenti sul banco dei testimoni per comportarti come una furia scatenata, quella donna ti distrugge in quattro e quattr'otto. Abbiamo già discusso questo lato della situazione durante il weekend. Non abbiamo trascurato niente. E, adesso, tu sai quello che devi fare. » Jessica annuì con aria grave e Ian sospirò. Martin aveva studiato la situazione da ogni lato anche con lui, ma quella maledetta donna non gli aveva fatto neppure una delle domande giuste. E chissà che cosa avrebbe domandato a Jessie, più tardi! « Siamo d'accordo? »

« Siamo d'accordo. » Jessica abbozzò un sorriso. Lasciarono Martin a poca distanza dal City Hall. Martin doveva andare in ufficio; quanto a loro, pensarono che la cosa migliore fosse quella di tornare a casa a scaricare un po' i nervi. Jessica voleva avere un po' di tempo da dedicare completamente a Ian. Ne aveva bisogno dopo una mattinata simile e le poteva servire a non pensare a ciò che aveva da dire nel pomeriggio.

Quando arrivarono a casa, Jessica persuase Ian a distendersi sul divano, gli tolse le scarpe, gli allentò il nodo della cravatta e gli passò lentamente una mano fra i capelli. Ian rimase lì disteso per qualche minuto, guardandola senza dire niente.

« Jess... » non sapeva neppure come dirglielo, ma lei lo capì ugualmente.

« Adesso basta. Non ne voglio più sapere niente. Devi soltanto star lì disteso tranquillamente, a rilassarti. Intanto io preparo qualcosa da mangiare. » Ian preferì non ribattere; era troppo stanco per avere la forza di fare qualcos'altro che non fosse soltanto restare sdraiato dov'era.

Quando Jessica tornò con una tazza, coperta dal piattino, piena di minestra fumante e un piatto colmo di tartine, si era già addormentato. Aveva un'espressione tragica, esausta. Lo stesso aspetto disfatto e spaurito, la stessa faccia pallida e segnata che capita di avere quando è morto qualcuno che ci è caro, quando c'è un bambino gravemente ammalato, quando si è avuto un grave dissesto finanziario. Sono i momenti in cui il ritmo abituale di vita si interrompe bruscamente e capita, a un uomo, di trovarsi all'improvviso in casa, magari portando addosso indumenti che, a quell'ora del giorno, si mettono raramente, e di avere l'aria terribilmente stanca e impaurita. Jessica rimase a contemplarlo per un attimo, dritta in piedi vicino a lui, e si sentì travolgere da un'ondata di pena e di compassione. Perché continuava a sentire tanto desiderio di proteggerlo? Per quale motivo aveva l'impressione che Ian non fosse in grado di affrontare tutto ciò che gli stava succedendo, e lei, invece, sì? Perché non era arrabbiata o furiosa? Perché non aveva anche lei lo stesso aspetto desolato e sfinito? Forse, d'accordo, aveva avuto anche lei quell'aspetto impaurito e spaventoso quando Ian era rimasto in prigione ma, adesso, eccolo qui, lo poteva toccare, stringere fra le braccia, poteva aver cura di lui. Tutto il resto non era reale. Era tremendo e preoccupante, ma non sarebbe durato ancora per molto. Gli avrebbe fatto del male, avrebbe dissestato completamente la sua vita, magari lo avrebbe umiliato e chissà quante altre cose orribili gli avrebbe fatto, però non lo avrebbe ucciso. Come non avrebbe potuto portarglielo via. Sedendosi in silenzio vicino a lui, gli prese una mano e se la posò in grembo. Sapeva che niente avrebbe mai potuto strapparle Ian. Né Margaret Burton, né il procuratore distrettuale, né un tribunale e tanto meno un carcere. L'immagine di Margaret Burton sarebbe sbiadita, Matilda Howard-Spencer si sarebbe occupata di qualche altra causa, come Martin e il giudice, e tutto sarebbe finito per sempre. Si trattava soltanto di resistere e di restare a galla fino a quando la tempesta non fosse passata completamente. Jessica capiva di aver un bisogno troppo disperato di Ian per lasciare che qualcosa, perfino i propri sentimenti, mettesse in pericolo ciò che avevano. Non poteva neppure permettersi di essere in collera. E lo avrebbe evitato.

Per un attimo provò un impeto di amarezza mentre guardava fuori, verso la baia, e pensava a suo padre. Lui non avrebbe mai fatto niente di simile né avrebbe permesso che la mamma passasse attraverso un'esperienza del genere. Avrebbe protetto sua moglie più di quanto Ian stava proteggendo lei. Ma quello era papà. E questo, Ian. I confronti, ormai, non avevano scopo. Lei, Jessica, aveva Ian. Molto semplice. Pretendeva moltissimo da lui e, quindi, doveva anche dargli moltissimo. Ma era ben contenta di farlo. Era venuto il momento in cui doveva essere lei a « dare ».

Abbassando di nuovo gli occhi verso di lui, contemplandolo mentre dormiva con la testa sulla sua gonna grigia, pensò che aveva l'aria di un bambino molto stanco. Gli lisciò i capelli sulla fronte e respirò profondamente, pensando al pomeriggio che l'aspettava. A quel punto toccava a lei. E non aveva nessuna intenzione di perdere. Ecco la decisione alla quale era giunta dopo quella mattinata disastrosa. La causa andava vinta. Non c'era altro da aggiungere. Era già assurdo e pazzesco che si fosse arrivati lì! Impossibile procedere oltre allo stesso modo. Jessie non ne poteva assolutamente più.

Ian si svegliò poco prima delle due e alzò gli occhi a guardarla, meravigliato.

« Mi sono addormentato? »

« No. Ti ho tirato un colpo in testa con una delle mie scarpe e sei svenuto. »

Ian le sorrise, sbadigliando contro la sua gonna. « Hai un profumo delizioso. Lo sapevi che ogni singolo oggetto, ogni cosa che ti metti addosso ha il tuo profumo? »

« Vuoi un po' di minestra? » Jessica stava sorridendo a quel complimento. Ian li aveva cacciati in un mare di guai, ma una cosa era sicura — che lo amava alla follia. Come poteva essere arrabbiata con lui? Come avrebbe potuto pretendere ancora qualcosa da Ian quando il destino aveva già chiesto tanto? Avevano sofferto abbastanza. Ormai era venuto il momento di farla finita.

« Ossignore, che aria spietata hai preso! Mi vuoi dire che cos'hai combinato? »

« Non ho combinato niente di niente. Vuoi la minestra sì o no? » Gli lanciò un'occhiata piena di seduzione mentre prendeva in una mano una delle tazze di Limoges e afferrava, con l'altra, il più bel mestolo di porcellana che era appartenuto a sua madre.

« Mio Dio, quanti lussi! E che eleganza. » Si mise a sedere di scatto, la baciò e allungò gli occhi verso il vassoio. « Vuoi che ti dica una cosa, Jessica? Sei la donna più straordinaria che conosca. E la migliore. » Lei si sentì salire alle labbra una battuta scherzosa in risposta: perché non domandargli se la considerava ancora meglio di Fifi Estabrook? Ma non ne ebbe il coraggio. Aveva il vago sospetto che fosse ancora un punto troppo sensibile quello, dopo la vera e propria aggressione della mattina, a base di sferzate verbali, da parte di Matilda Howard-Spencer.

« Per lei, milord, soltanto il meglio! » Versò cautamente nella tazza un po' di minestra di asparagi e aggiunse sul piattino due sandwich con carne arrosto. C'era anche un'insalata appena condita.

« Sei l'unica donna che conosco capace di trasformare un pranzo a base di panini in una cena addirittura sontuosa! »

« La verità è che ti voglio bene da morire. » Gli buttò le braccia al collo, gli mordicchiò un orecchio, poi si stiracchiò lentamente e si alzò in piedi.

« E tu... non mangi? »

« Ho già mangiato. » Era una bugia, ma capiva che non sarebbe riuscita a inghiottire un boccone pensando che, fra meno di un'ora, si sarebbe trovata sul banco dei testimoni. Guardò l'orologino da polso e si avviò in camera da letto. « Vado a ritoccarmi il trucco. Fra dieci minuti dobbiamo uscire. » Lui le rispose con un allegro cenno di saluto mentre cominciava a mangiare ciò che Jessica gli aveva servito. Lei sparì in camera da letto.

« Pronta? » Cinque minuti più tardi entrò anche lui in camera rifacendosi il nodo della cravatta e guardandosi i capelli arruffati nello specchio. « Santo Dio, a guardarmi si direbbe che ho dormito tutto il giorno. »

« È proprio vero, tesoro. » Però era soddisfatta. Quell'ora di sonno gli aveva fatto bene. Faceva sempre bene a tutti e due quel po' di tempo che trascorrevano in casa. Erano settimane che Jessie non si sentiva così forte e fiduciosa. Margaret Burton non poteva neppure toccarli, e tantomeno danneggiarli. Jessie aveva preso la decisione di ignorarla, di annullare tutti i suoi poteri. E fu come se Ian intuisse anche lui quel senso di rinascita che si stava impadronendo di Jessie.

« Vuoi che ti dica una cosa? Mi sento meglio. Stamattina ero letteralmente distrutto. » Anche se, ormai, era angosciato al pensiero di quello che Jessica avrebbe dovuto passare nel pomeriggio. A ogni modo lei sembrava pronta ad affrontare anche le peggiori difficoltà. « Ti sei cambiata? »

« Pensavo che questo vestito fosse più adatto. » Si trattava di un modello stupendo, elegantissimo e pieno di distinzione. Era uno di quei vestiti da pomeriggio, adattissimo per andare a un tè di signore. Era di morbida seta grigia con ampie maniche e la cintura della stessa stoffa. Aveva una linea disinvolta, ma raffinata e, senza essere vistoso, portava l'impronta della classe. « Visto che hanno deciso di bollarci con il marchio dei ricchi borghesi, tanto vale avere l'aspetto più decente e decoroso possibile. Sono stufa da morire di tutte quelle stramaledette gonne di tweed. Quando tutta questa storia sarà finita, ti giuro che ne farò un falò qui davanti, sui gradini di casa, lo stesso giorno. »

« Sei stupenda! »

« Troppo elegante? »

« Perfetta. »

« Bene. » Infilò rapidamente un paio di scarpe di capretto nero, molto semplici, scollate, si mise le perle alle orecchie, prese la borsetta e si avviò verso il grande armadio a muro per tirar fuori il cappotto nero. Ian era sempre più convinto che avesse un aspetto affascinante, favoloso! E come si sentiva orgoglioso di lei. Non solo per come si era vestita e per la sua bellezza, ma anche per il modo in cui stava affrontando quella prova.

Martin, invece, non sembrò altrettanto soddisfatto quando entrarono nell'aula del tribunale. Notò subito il cappotto nero di Jessica sotto il quale si intravedeva il vestito di seta grigia. Ecco, era proprio quello che non voleva. Tutto, in lei, appariva raffinato e costoso. Come se Jessica si fosse messa d'impegno a dimostrare, da capo a fondo, tutto ciò che Matilda Howard-Spencer aveva insinuato. Gesù benedetto! Dove avevano la testa, quei due? E la sicurezza, la disinvoltura con la quale erano andati a prendere i loro soliti posti, come se avessero già stabilito tutto anticipatamente, e non ci fosse più nessun motivo di preoccuparsi. Era il momento sbagliato, sia per l'uno sia per l'altra, di offrire una dimostrazione di forza, per quanto così intelligente e calcolata. D'altra parte, forse non era male che si sentissero un poco più fiduciosi e sicuri di sé. Alla fine della mattinata, gli erano sembrati entrambi esausti e avvilitissimi.

Quel nuovo modo di comportarsi, però, poteva servire a sottolineare quanto fosse stretto il legame che li univa. Impossibile dimenticarlo, impossibile dimenticare che erano una coppia — non soltanto Ian o Jessie, ma una coppia molto unita che affrontava quella prova a fianco a fianco. C'era da essere terrorizzati al pensiero di quello che poteva succedere a quelle due persone se qualcuno avesse tentato di recidere quel legame. Se avessero perduto.

Quando si incamminò verso il banco dei testimoni, Jessica apparve singolarmente calma. L'abito grigio le fluttuava lievemente intorno, seguendo i suoi movimenti garbati e la sua andatura elegante, e le maniche ampie rendevano più morbidi i contorni della figura riuscendo a dare l'impressione che fosse meno alta di quanto era in realtà. Fece il giuramento richiesto e rivolse lo sguardo per un attimo in direzione di Ian prima di dedicare la sua completa attenzione a Martin. Le sue domande riuscirono a creare il quadro di una coppia che si voleva bene e di una moglie che rispettava troppo il marito per avere il dubbio che non dicesse la verità. Gli piacque il modo di comportarsi di Jessica, quieto e dignitoso e, quando lasciò che la sua testimone venisse interrogata dall'avvocato dell'accusa, fu costretto a reprimere un sorriso. Gli sarebbe piaciuto moltissimo vedere quelle due donne rimboccarsi le maniche e affrontarsi in mezzo all'aula, girandosi intorno a passi lenti, soppesandosi, come due avversari che stanno per darsi battaglia. Sarebbe stato un bell'incontro, fra quelle due!

Erano un osso duro l'una per l'altra. O, perlomeno, era quello che si augurava.

Con Jessica, Matilda Howard-Spencer, evidentemente, non voleva perdere tempo. « Ci dica, signora Clarke, prima di questo fatto era a conoscenza dei tradimenti di suo marito? »

« Indirettamente. »

« Che cosa vorrebbe dire con questa risposta? » Il pubblico ministero pareva perplesso.

« Voglio dire che presumevo esistesse una possibilità del genere, ma ero sicura che non si trattava di niente di serio. »

« Capisco. Soltanto per spassarsela un po', allora? » Era tornata di nuovo su quella linea di interrogatorio, ma Jessie l'aveva previsto.

« No. Niente del genere. Ian non è il tipo da capricci simili. È un uomo pieno di sensibilità. Però io viaggio parecchio. E quel che succede, succede. »

« Succede anche a lei? » Gli occhi del viceprocuratore distrettuale avevano ripreso a scintillare minacciosi.

« No, affatto. »

« È sotto giuramento, signora Clarke. »

« Me ne rendo perfettamente conto. La risposta è no. »

Lei parve meravigliata. « Ma non gliene importa che suo marito se la spassi un po' per conto suo? Che abbia queste piccole avventure? »

« Non necessariamente. Dipende dalle circostanze. » Jessica aveva il tono e l'aspetto della perfetta gentildonna, della vera signora, e Ian si sentì straordinariamente orgoglioso di lei.

« E quando capitano queste particolari circostanze, signora Clarke, qual è la sua reazione? »

« Una reazione di fiducia. »

« Fiducia? » Ancora una volta la donna parve sconcertata e Martin si agitò lievemente al suo posto. « Come può avere fiducia e in che cosa? »

« Ho fiducia che si venga a sapere la verità riguardo al caso che stiamo discutendo e che mio marito sia lasciato libero. » Martin guardò la giuria. Evidentemente, a tutta quella gente, Jessica piaceva. Ma dovevano farsi piacere anche Ian. E non solo dovevano farselo piacere ma c'era qualcos'altro che dovevano fare — credergli.

« Ammiro il suo ottimismo. È lei che paga le spese relative a tutto questo? »

« No, non esattamente. » Ian si sentì stringere il cuore. Jessica stava mentendo ed era sotto giuramento. « Mio marito ha fatto un investimento molto saggio dopo aver venduto il suo ultimo libro. Ha affidato a me tale investimento e abbiamo deciso di liquidarlo per coprire le spese del processo. Quindi non posso dire, in tutta sincerità, di essere io a pagare le spese. » Brava! La *Morgan*! E diceva, anche, la verità! Ian avrebbe voluto alzarsi di scatto dalla seggiola e correre ad abbracciarla.

« Lei definirebbe il suo un buon matrimonio? »

« Sì. »

« Molto buono? »

« Straordinariamente buono. » Jessica sorrise.

« Ma suo marito, però, dorme con altre donne? »

« Presumibilmente. »

« Le ha parlato di Margaret Burton? »

« No. »

« Le ha parlato di qualcuna delle sue donne? »

« No. E non credo che ce ne siano state molte. »

« Lo incoraggia lei a queste avventure? »

« No. »

« Ma, fintanto che sono delle ragazze da niente, delle ragazze anonime e sconosciute, non gliene importa, è così? »

« Obiezione! »

« L'obiezione è accolta. La domanda è tendenziosa. »

« Spiacente, Vostro Onore. » Tornò a rivolgersi a Jessica. « Suo marito è mai stato violento con lei? »

« No. »
« Mai? »
« Mai. »
« Beve molto? »
« No. »
« Ha qualche problema sulla sua virilità, dal momento che è lei a pagare i conti? » Che domanda!
« No. »
« Gli vuole molto bene? »
« Sì. »
« Lo protegge? »
« Che cosa intende dire? »
« Intendo dire, se, per caso, è abituata a difenderlo da tutte le cose sgradevoli. »
« Naturalmente! Farei qualsiasi cosa per difenderlo dalle cose sgradevoli. Sono sua moglie. »
Matilda Howard-Spencer pareva soddisfatta: sulle sue labbra si disegnò un sorriso. « Inclusa l'eventualità di mentire in un'aula di tribunale per proteggerlo? »
« No! »
« La testimone può ritirarsi. »
La viceprocuratore distrettuale girò sui tacchi e tornò al suo posto mentre Jessica, che era rimasta seduta sul banco dei testimoni, la fissava a bocca aperta. Quella maledetta donna ci era riuscita ancora!

# 18

L'INDOMANI mattina tutti erano di nuovo ai loro posti. Restavano ancora da sentire le arringhe dei due avvocati alla giuria. Ian e Jessica si dichiararono soddisfatti dei commenti di Martin e dello stile che aveva scelto per il suo discorso ai giurati. Si stavano persuadendo che fosse riuscito a far nascere una vera e propria ondata di simpatia nei confronti della difesa. Tutto pareva sotto controllo. Poi si alzò Matilda Howard-Spencer. E si scatenò. Pareva un'indemoniata. Tratteggiò un ritratto di donna maltrattata, sconvolta, offesa, con il cuore spezzato, brutalmente svergognata — il ritratto di Peggy Burton, che lavorava duramente per guadagnarsi da vivere e conduceva un'esistenza limpida e onesta. Non si peritò di attaccare con violenza il tipo di uomini di cui Ian Clarke faceva parte, dichiarando senza mezzi termini che gente simile non avrebbe dovuto avere la possibilità di spassarsela come e quando faceva comodo, di « usare » chiunque, a proprio capriccio, di violentare e infierire su certe povere creature e, poi, quando ne avevano abbastanza, tornarsene a casa da mogli che li mantenevano e che « avrebbero fatto qualsiasi cosa per proteggerli » — come perfino Jessie aveva detto. Martin sollevò un'obiezione e l'obiezione venne accolta.

In seguito, spiegò ai Clarke che succedeva molto raramente di dover sollevare obiezioni durante l'arringa finale, a un processo. Ma ci era stato costretto perché quella donna, soltanto a sentire il nome di Ian, perdeva il lume degli occhi. Jessica era ancora furente e faticava a controllare la rabbia che la divorava quando l'udienza venne sospesa per l'intervallo di mezzogiorno.

« Ma avete sentito che cosa ha detto quella carogna? » Aveva parlato in tono accanito e stridulo, alzando la voce. Martin e Ian le lanciarono un'occhiataccia per farla tacere.

« Abbassa la voce, Jess », la scongiurò Ian. Ormai era inutile rendersi antipatici e sgradevoli al prossimo. Soprattutto perché la giuria stava sfilando fuori dall'aula in quel momento e qualcuno dei giurati era passato vicino a loro per uscire e andare a pranzo. Ian si era accorto che un paio di quelle persone avevano guardato con curiosità Jessica, non appena aveva aperto bocca.

« Me ne infischio! Quella donna... »

« Zitta. » Le circondò la vita con un braccio, stringendola lievemente. « Linguaccia! Però voglio dirti che ti amo ugualmente. » Jessica sbuffò e poi sorrise.

« Accidenti, quello che ha detto mi ha esasperato! »

« D'accordo, anche a me. Ma, adesso, dobbiamo dimenticarci per un po' tutto questo schifo; e vediamo di mangiare qualcosa. D'accordo? Non si parla più della causa? »

« Va bene. » Lo disse in tono seccato, di malumore, mentre si incamminavano per il corridoio.

« Niente 'va bene'; voglio una promessa solenne. Mi rifiuto di vedermi rovinare il pranzo da questa storia. Prova a far finta di essere parte della giuria, con me. Così sappiamo di non poterne discutere. »

« Credi sul serio che lo facciano? » Lui alzò le spalle con aria di sublime indifferenza e, afferrato un ricciolo della moglie, gli diede una tiratina.

« Non mi interessa quello che fanno. A me basta sapere che ho la tua promessa. Del processo non si parla. D'accordo? »

« D'accordo. Lo giuro. Però, sai che sei insopportabile? »

« Precisamente. Mi riconosco. Sono tuo marito, quell'insopportabile bisbetico di tuo marito. » Sembrava molto nervoso, Ian, mentre scendevano correndo la scalinata che portava giù alla strada ma, anche, incredibilmente di buonumore.

Tornarono a casa per il pranzo. Jessica guardò rapidamente la posta mentre Ian sfogliava il *Publishers Weekly* e poi si metteva a leggere il giornale, mangiando i panini che Jessica aveva preparato.

« Certo che oggi sei una compagnia favolosa! » Jessica, che stava divorando un sandwich imbottito di carne di tacchino, gli allungò un colpetto in mezzo al foglio che lui stava leggendo, con un sorriso.

« Uhu? »

« Ho detto che hai i pantaloni slacciati. »

« Cosa? » Abbassò rapidamente gli occhi e poi fece una smorfia. « Oh, per amor di Dio! »

« Beh, parla un po' con me, accidenti. Mi sento sola. »

« Come sarebbe? Possibile che, se leggo il giornale per cinque minuti, mi vieni a dire che ti senti sola? »

« È proprio così. Vuoi un po' di vino? »

« No, preferisco di no. C'è una Coca in frigo? »

« Vado a vedere. » Jessica andò a controllare e, quando rientrò con una lattina di Coca-Cola ghiacciata in mano, Ian aveva ricominciato a leggere il giornale. « Ehi, stammi un po' a sentire... »

« Ssshh... » la fece tacere con un gesto spazientito della mano e continuò la lettura. Intanto qualcosa era cambiato nella sua faccia, nell'espressione dei suoi occhi. Pareva sconvolto, allibito.

« Che cosa è successo? » Ian non le badò, finì l'articolo e infine alzò gli occhi a guardarla con aria avvilita e sconfitta.

« Leggi un po' qui. » E le indicò le prime quattro colonne della seconda pagina. Jessie provò un tuffo al cuore leggendo il titolo: VIOLENZA CARNALE – È VENUTO IL MOMENTO DI USARE LA MANIERA FORTE. L'articolo riferiva che, il giorno precedente, si era riunita la commissione incaricata di discutere i casi penali la quale aveva affrontato il problema della punizione da infliggere alle persone colpevoli di violenza carnale. Si accennava, nell'articolo, a sentenze più severe, al rifiuto di concedere la libertà provvisoria, e vi si indicava una serie di proposte studiate appositamente per facilitare, e rendere meno umiliante, la denuncia di chi l'aveva subita. A leggerlo, si sarebbe detto che ogni persona accusata di violenza carnale sarebbe dovuta essere impiccata senza troppi complimenti. Jessie posò il giornale e fissò Ian con gli occhi sbarrati. Era una sfortuna incredibile che l'articolo fosse stato pubblicato proprio il giorno in cui la giuria avrebbe dovuto deliberare sul loro caso.

« Pensi che potrà avere un certo effetto su quella gente, Ian? Il giudice aveva raccomandato che non si lasciassero influenzare da... »

« Oh, Jessica, queste sono balle! Se io ti dicessi qualche cosa e un'altra persona ti raccomandasse di comportarti come se non l'avessi nemmeno sentita, quale sarebbe la tua situazione? L'avresti sentita oppure no? Saresti in grado di ricordarla oppure no? Sono soltanto esseri umani, per amor di Dio! Naturale che resteranno influenzati da quello che sentono dire! Come te, come me, come il giudice. » Si passò una mano fra i capelli e respinse il vassoio con il pranzo. Jessica ripiegò il giornale e lo scaraventò sul ripiano della credenza, in cucina.

« D'accordo; ma può darsi che, oggi, abbiano letto il giornale e può anche darsi che non l'abbiano letto. Disgraziatamente, noi non siamo in grado di farci nulla.

E, dunque, perché non lasciamo che le cose vadano come devono andare, tesoro? Proviamo, semplicemente, a dimenticarcene. Non credi che, almeno questo, dovremmo riuscire a farlo? Non sei stato tu a farmi promettere che non avremmo mai discusso il processo o te ne sei dimenticato? » Gli sorrise dolcemente. Ma gli occhi di Ian sembravano due zaffiri, scuri, lucenti — e turbati.

« Sì, però Jessie, perdio, e va bene. Hai ragione. Scusami. » Ma, da quel momento in poi, anche se continuarono a mangiare, lo fecero accorgendosi di provare uno strano nervosismo a fior di pelle — e finirono per lasciare lì i sandwich.

Restarono in silenzio durante il tragitto in automobile fino al City Hall; Jessica prestò ascolto distrattamente all'eco del ticchettio delle sue scarpe sul pavimento di marmo, mentre rientravano. Le pareva di sentire i tonfi del suo cuore, che batteva con pari forza e sembrava si fosse sintonizzato su quella strana eco — quasi come i rintocchi di una campana a morto.

Il giudice fece il suo discorso conclusivo alla giuria, che durò meno di mezz'ora; poi i giurati sfilarono fuori, in silenzio, per essere chiusi sottochiave nel locale che si trovava sull'altro lato del corridoio e davanti alla porta del quale venne a mettersi un usciere di guardia.

« E adesso che cosa facciamo, cari signori? » Martin e Ian avevano raggiunto Jessie, che era rimasta seduta al suo posto.

« Adesso aspettiamo. Il giudice chiederà che i lavori della giuria vengano proseguiti domani se non dovessero arrivare a una decisione per le cinque. In tal caso saranno costretti a tornare qui domattina. »

« Ed è tutto? » Jessie non nascose il proprio stupore.

« Sì, è tutto. » Che strano. Era tutto finito. Quasi. Tutte quelle chiacchiere monotone, e la noia, assieme alla tensione nervosa e, a tratti, all'improvvisa sensazione che stesse per succedere qualcosa di drammatico.

E poi, di colpo, la fine. Le due squadre avevano terminato il dibattito, il giudice aveva fatto il suo breve discorso alla giuria e questa era stata rinchiusa in una stanza a discutere, a decidere quale verdetto esprimere. Poi tutti se ne andavano a casa e il processo era finito. Aveva qualcosa di strano, di irreale. Come un gioco. Oppure una danza. Tutto appariva organizzato in un modo impressionante, quasi come un rito. Già, un rito tribale. Un pensiero, questo, che la fece quasi ridere; Ian e Martin, invece, avevano un'aria talmente seria! Alzò gli occhi a guardare suo marito, sorridendogli, e l'avvocato difensore la osservò con visibile preoccupazione. Jessica non riusciva assolutamente a capire quello che stava succedendo. E cominciava a sospettare che fosse la stessa cosa anche per Ian. Magari, era meglio così.

« Che cosa ne pensi, Martin? » Ian si voltò a guardare il suo avvocato difensore e Martin intuì che glielo chiedeva non tanto per se stesso quanto per Jessie.

« Non saprei. Avete visto il giornale di stamattina? » La faccia di Ian si fece ancora più cupa.

« Sì. A pranzo. Non ci sarà di molto aiuto, vero? »

Martin scrollò la testa.

« Beh, se non altro ci siamo comportati bene e abbiamo fatto del nostro meglio. »

« Sarebbe stato ancora meglio se Green fosse riuscito a tirar fuori qualcosa di più consistente sui rapporti fra la Burton e Jed Knowles. So perfettamente che il nocciolo della questione è proprio lì, soltanto lì. » Martin scrollò di nuovo la testa, visibilmente irritato, e Ian gli allungò un colpetto affettuoso sulla spalla.

« Tornerà in aula anche lei per la sentenza? » Jessie era curiosa di saperlo.

« No. Non tornerà più in aula. »

« Puttana. » Una parola pronunciata a mezza voce, ma che le veniva direttamente dal cuore.

« Jessie! » Ian si affrettò a farla tacere, ma Jessica,

ormai, non sopportava più che le imponessero di stare zitta.

« Beh? Ci mette a soqquadro la esistenza, ci riduce, praticamente, alla rovina, finanziariamente parlando, per non parlare di quello che ha fatto ai nostri poveri nervi e alla nostra salute... e, poi, se la squaglia zitta zitta, come se niente fosse! Che cosa ti aspetti che provi nei suoi confronti? Gratitudine? »

« No, ma è inutile. »

« Perché dovrebbe essere inutile? » Jessie aveva ricominciato ad alzare la voce e Ian si stava accorgendo che doveva essere nervosissima. « Martin, non possiamo farle causa dopo aver vinto il processo? »

« Sì, immagino che sia possibile, ma che cosa pensi di ricavarne? Un vantaggio finanziario? Non ha un soldo, quella lì! »

« In tal caso intenteremo causa allo Stato. » L'idea l'era venuta solo in quel momento.

« Sentite un po', perché non andate a far quattro passi in corridoio, voi due? » Lanciò un'occhiata d'intesa a Ian e Ian fece segno di sì con la testa. « Può darsi che ci voglia ancora un bel po' prima che la giuria torni in aula, anzi — con ogni probabilità — sarà così. Però non allontanatevi; non uscite in strada. » Jessie si alzò, allungando una mano a cercare quella di Ian. Martin li lasciò per tornare alla propria scrivania. Era spaventoso il pensiero che Jessica si rifiutasse addirittura di accettare l'eventualità che la causa poteva venire perduta.

« Come vorrei poter andare a bere qualcosa! » Fece qualche passo, lentamente, nel corridoio e si appoggiò a una parete mentre Ian accendeva una sigaretta per tutti e due. Si era accorta che le tremavano le gambe e stava cominciando a domandarsi fino a quando sarebbe riuscita a salvare la faccia, e a restare impenetrabile. Perché, in quel momento, avrebbe voluto lasciarsi andare, disperatamente, scivolare piano piano fino a sedersi sul pavimento e aggrapparsi convulsamente alle ginocchia di Ian. Doveva risolversi tutto nel modo migliore. Impossibile pensare che le cose potessero finire diversamente. Doveva andar tutto bene, doveva... Provò un desiderio irresistibile di precipitarsi alla porta della sala in cui si era ritirata la giuria e di batterci sopra i pugni... doveva andar tutto bene...

« Presto tutto sarà finito, Jess. Cerca di resistere ancora per un po'. »

« Certo. » Abbozzò un pallido sorriso e infilò il braccio sotto quello di Ian. Ripresero a camminare su e giù per il corridoio.

Rimasero in silenzio, a lungo, e Jessie si impose con uno sforzo di non pensare, lasciando che idee e riflessioni di ogni genere si affollassero in disordine nel suo cervello. Le pareva di non toccar più terra con i piedi, ma di galleggiare nell'aria — eppure continuava a fumare, a camminare, a tenersi stretta a Ian. Ci volle quasi un'ora prima che quella confusione di riflessioni, di idee senza un nesso o un legame, cessassero di turbinarle nel cervello. Probabilmente tutto finì soltanto perché era esausta. Le pareva di non capire, di non sentire più nulla; si accorgeva soltanto di essere disperatamente sola, stanca e triste; però, per fortuna, aveva l'impressione di esser riuscita a ritrovare, bene o male, il controllo di sé. Non aveva più un tumulto di idee che andavano a ruota libera nel cervello. Ed era già qualcosa.

Prese la decisione di telefonare alla boutique, più che altro per sapere come andavano le cose. Non era il momento più logico per farlo; d'altra parte si era accorta, improvvisamente, di avere assoluto bisogno di mettersi in contatto con qualcosa che le era familiare, di avere la certezza che il mondo non si era ridotto, di colpo, soltanto a quel corridoio, apparentemente sterminato, nel quale lei e Ian parevano condannati a consumare, camminando, il resto della loro esistenza in un silenzio pieno di terrore. Sentiva la mancanza dell'animazione, del movimento, della vitalità della boutique.

Di tutte quelle cose piccole e banali. Di quelle facce.

Le ragazze le riferirono quello che era successo e lei si sentì meglio. Era quasi come andare al cinema con Astrid. La normalità. Rendeva meno impressionanti le proporzioni disumane di ciò che stava capitando a lei e a Ian; le pareva che, facendo così, sarebbe riuscita a resistere ancora per un po'.

Verso le quattro anche Ian cominciò a sembrare più calmo; si misero a raccontarsi a vicenda qualche barzelletta, andandole a ripescare fra le più vecchie che conoscevano. Si sorridevano, divertiti, a certe battute di spirito. Parevano ragazzini, mandati fuori, in corridoio, in castigo perché l'avevano fatta grossa.

Stavano ridendo tutti e due alla famosa battuta: « Come fai a capire che ti sono caduti giù i calzoni? » quando videro Martin che li chiamava a grandi gesti, con estrema urgenza, dal fondo del corridoio. Le barzellette, i giochi di parole, le battute di spirito finirono di colpo. Ian si alzò per primo e guardò Jessica in faccia. Lei era impallidita, travolta da un'ondata di terrore e vacillava come se si sentisse lì lì per crollare. Ecco, stava per accadere. Erano finiti i giochetti con i quali avevano cercato di illudersi che non sarebbe più accaduto, perché erano arrivati al momento cruciale. Oh, Dio, no!

« Jessie, non farti prendere dal panico! » Ian lo aveva capito dalla sua espressione tanto che la strinse subito fra le braccia, più forte che poteva. « Ti amo. Questo è tutto. Ti amo. Cerca di capirlo e che niente potrà mai cambiarlo; che stai bene, e starai sempre bene. Afferrato il concetto? » Lei annuì; però Ian, osservandola meglio, si accorse che le tremava il mento. « Stai bene e ti amo. »

« Stai bene e tu mi ami cioè voglio dire io, *me...* » Scoppiò in una tremula risata e Ian la strinse di nuovo, forte, al cuore.

« Tu stai bene, sciocchina. Io, no. »

« Tu non stai bene? » Di colpo si sentiva meglio.

Come sempre, quando era fra le braccia di Ian.

« Oh Jessie, senti che cosa ti dico... come vorrei che non mi fossero mai caduti giù i calzoni! » Scoppiarono a ridere insieme. Poi Ian la staccò lentamente da sé. « Andrà tutto bene. E adesso, vieni! »

« Ti amo, tesoro. Vorrei che tu capissi quanto ti amo. » Le lacrime iniziarono a sgorgarle copiose mentre si incamminava al suo fianco, a passi affrettati, cercando di dirgli troppe cose in troppo poco tempo.

« Tu sei qui. A me, basta. Adesso smettila di fare la melodrammatica e togliti dalla faccia tutte quelle macchie di mascara. » Lei scoppiò a ridere nervosamente, senza più riuscire a fermarsi, e si strofinò le guance con le mani. Quando se le guardò, vide che aveva delle strisce nere sul palmo.

« Devo avere un aspetto spaventoso. »

« Stupendo, invece! »

E finalmente raggiunsero la porta dell'aula del tribunale.

« Va tutto bene? » Ian la guardò a lungo, intensamente, mentre si fermavano per un attimo l'uno di fronte all'altro. Un usciere, che li stava osservando, si allontanò discretamente, girando le spalle.

« Va tutto bene. » Jessica annuì senza aggiungere altro. Poi si sorrisero guardandosi negli occhi.

Entrarono nell'aula. La giuria era già seduta. Il giudice tornato sul suo podio. Venne chiesto all'imputato di alzarsi in piedi e Jessica, istintivamente, fece per imitarlo e dovette costringersi, con uno sforzo, a restare ferma dov'era, al suo posto. Intanto non faceva che ripetersi mentalmente: « Va tutto bene, va tutto bene, va tutto bene ». Aggrappata con la punta delle dita al bordo della seggiola chiuse gli occhi, aspettando. Sarebbe andato tutto bene, però com'era orribile quell'attesa! Come se dovessero estrarle una pallottola conficcata in un braccio. Non era certo qualcosa che ti poteva uccidere, però, Dio mio, era terribile farsela tirar via.

Al portavoce della giuria venne chiesto di leggere la sentenza e Jessica trattenne il fiato, rimpiangendo di non poter trovarsi al fianco di Ian. Perché, ormai, si era arrivati al punto cruciale.

« Quale è la decisione della giuria nei riguardi dell'imputato per il capo d'accusa di atti di libidine? » Aspettò.

« Colpevole, Vostro Onore. » Sbarrò gli occhi, di scatto, e si accorse che Ian trasaliva, come se fosse stato colpito da una frustata in piena faccia. Ma non si girò a guardarla.

« E per quello che riguarda l'accusa di violenza carnale? »

« Colpevole, Vostro Onore. »

Jessica era rimasta allibita, Ian non si era mosso.

Martin le lanciò un'occhiata. Mentre la giuria veniva sciolta, e autorizzata a lasciare l'aula, cominciò a sentirsi lacrime cocenti che le scendevano sulle guance. Ian si era seduto. Andò da lui. Quando lo guardò in faccia, aveva gli occhi vacui, privi di qualsiasi espressione. Jessica non riuscì a trovare niente da dirgli e due lacrime, due sole, gli colarono lente sul viso, scendendogli verso il mento.

# 19

« Non ho fatto quello che dicono, Jessie. Non mi importa niente di tutto il resto, però bisogna che tu lo sappia. Non l'ho violentata. »

« Lo so. » Era quasi un mormorio a fior di labbra, quello con cui Jessica gli rispose. Si aggrappò alla sua mano mentre la viceprocuratore distrettuale richiedeva in tono asciutto e tagliente che l'imputato venisse messo subito in stato di arresto, in attesa della condanna.

Tutto si concluse nel giro di cinque minuti. Portarono via Ian e Jessica rimase sola nell'aula del tribunale, disperatamente aggrappata a Martin. E così si era ritrovata sola al mondo, stretta al braccio di un uomo che, quasi, non conosceva. Ian era finito, ormai. Come lei. Come tutto il resto. Era come se qualcuno, preso in mano un martello, le avesse fatto a pezzi l'intera esistenza. Le avesse distrutto ogni cosa a tal punto che lei non era più in grado di dire quale, di tutti quei frammenti, era specchio e quale semplice vetro, che cosa era Ian e che cosa era Jessie.

Non riusciva a muoversi, né a parlare. Faticava a tirare il fiato tanto che Martin si decise a farla uscire dall'aula a passo lento, con estrema cautela. Quella giovane donna alta, florida, che pareva il ritratto della salute, si era improvvisamente trasformata in un automa. Come se fosse stata un bambolotto di gomma, pieno d'aria, che a poco a poco si sgonfiava. Non riusciva a staccare gli occhi dalla porta che Ian aveva varcato quando era stato portato via — come se, fissandola disperatamente a quel modo, potesse farlo ricomparire. Martin non sapeva che cosa fare, come trattarla, come aiutarla. Non gli era mai capitato di venir lasciato solo con una cliente in condizioni del genere. Si domandò se non fosse opportuno telefonare alla sua segretaria, o magari a sua moglie. L'aula ormai era deserta. Soltanto l'usciere aspettava che se ne andassero per chiudere tutto. Il giudice le aveva rivolto un'occhiata piena di rammarico quando era sceso dal suo banco, ma Jessie non se n'era neppure accorta. Come non aveva visto Houghton che se ne andava, subito dopo Ian. Che importanza aveva, del resto? Tutto ciò che Jessica riusciva ancora a sentire era l'eco di quella parola che continuava a rimbombarle nella testa ripetutamente, ancora, ancora, ancora... colpevole... colpevole... colpevole...

« Jessie, ti accompagno a casa. » La prese gentilmente per il braccio e fu ben felice che lei lo seguisse senza difficoltà. Ormai temeva perfino che Jessica non si ricordasse più della sua presenza, di chi lui fosse, o dove stavano andando; a ogni modo, era già un vantaggio che non si ribellasse e si rifiutasse di seguirlo. Fu in quel momento invece, che Jessica si fermò e lo fissò con un'espressione incerta.

« No, preferisco aspettare qui Ian. Io... voglio... ho bisogno... ho bisogno di Ian. » Si era fermata al fianco dell'anziano avvocato scoppiando a piangere come una bambina, il viso fra le mani, le spalle scosse dai singhiozzi. Martin Schwartz la fece sedere in una poltrona che c'era in corridoio, le allungò un fazzoletto e le diede una pacca incoraggiante sulla spalla. Aveva ancora fra le mani il portafoglio, l'orologio, le chiavi della macchina di Ian e li stringeva come fossero stati tesori. Ian se n'era andato con le tasche vuote e gli occhi asciutti. E le manette ai polsi.

« Cosa... cosa... gli... faranno adesso? » Balbettava, addirittura, fra le lacrime. « Può tornare a casa? » Martin si rese conto che Jessica era sull'orlo di una crisi di nervi. Quindi, meglio non raccontarle niente che fosse, anche solo lontanamente, una parte della verità. Si accontentò di allungarle un altro colpetto affettuoso sulla spalla e di aiutarla a rialzarsi.

« Prima di tutto, devi tornare a casa. Poi voglio andare a vedere Ian. » Si era illuso che quella notizia potesse confortarla, invece si accorse di averla soltanto emozionata, peggio di prima.

« Anch'io. Anch'io voglio vedere Ian. »

« Stasera, no. Jessica. Adesso noi ce ne torniamo a casa. » Era quello il tono giusto da prendere. Lei si alzò in piedi, si aggrappò al suo braccio e lo seguì fuori. Ma gli camminava al fianco automaticamente, come un fantoccio caricato con la molla.

« Martin? »

« Sì? » Ormai, erano fuori, all'aria fresca. Jessica la respirò profondamente mentre lui si voltava a guardarla.

« Possiamo ricorrere in appello? » Era più calma. Le pareva ancora di non avere il cervello del tutto lucido, ora di riuscire a ragionare e ora no; tuttavia si rendeva conto di quello che stava succedendo.

« Ne parleremo. »

« Adesso. Voglio parlarne adesso. » Lì, in piedi, sui gradini del City Hall, disperata e agitatissima, alle sei di sera. Si faceva fatica a convincersi che quella donna disperata, che sragionava a quel modo, fosse la sofisticata Jessica Clarke, sempre tanto sicura di sé.

« No, Jessica. Adesso, no. Prima voglio parlare con Ian. E voglio accompagnarti a casa. Ian sarà molto preoccupato se non gli potrò dire che ti ho accompagnato a casa. » Oh, Signore! Anche per farla salire in automobile, ci volle un secolo.

« Voglio vedere Ian. » Si era fermata in cima ai gradini come una bambina che mette il broncio. « Io, io ho bisogno di Ian! » e le lacrime ricominciarono a scendere a fiotti. Tuttavia il fatto che piangesse lo aiutò a farla salire in automobile. Ma, in quel momento, Jessica si ricordò che avrebbe dovuto riportare a casa la *Volvo*. L'automobile di Ian.

« Provvedo io a fartela consegnare domattina, Jessica. Dammi lo scontrino del garage. » Lei glielo consegnò. Martin infilò la chiave nel cruscotto della nuova *Mercedes* color cioccolato. Intanto, riaccompagnandola a casa, Martin sorvegliava Jessica di sottecchi. Continuava ad avere l'aria sconvolta, era spettinata, pareva che non riuscisse a dire due parole sensate di seguito — tanto che si domandò se non fosse opportuno telefonare al suo medico e avvertirlo delle condizioni in cui Jessica si trovava. Provò a parlargliene, ma lei si rifiutò energicamente di chiamarlo. « Magari a un'amica? Non c'è qualcuno a cui ti farebbe piacere che telefonassi? » Era angosciato al pensiero di lasciarla sola, ma lei si limitò a far segno di no con la testa, in silenzio, con una strana espressione negli occhi. Stava pensando alla giuria... a Margaret Burton... all'ispettore Houghton... avrebbe voluto ucciderli tutti... le avevano portato via Ian...

« Jessica? *Jessica?* » Lei si voltò a guardarlo con aria assente. Erano arrivati davanti a casa, in Vallejo.

« Oh. » Scosse la testa, in silenzio, poi aprì cautamente la portiera dalla sua parte. « Io... vai adesso a parlare con Ian? »

« Sì. C'è qualcosa in particolare che vuoi che gli dica? » Lei lo guardò implorante e cercò di parlare in un tono normale.

« Solo che... che... » Ma non riuscì ad aggiungere altro.

« Dirò che lo ami. » Lei annuì, con aria piena di gratitudine, e lo guardò negli occhi. Pareva tornata quella di prima, quasi. Non sembrava più incerta, frastornata, sull'orlo di una crisi di nervi. Ciò che Martin vide nei suoi occhi fu lo sgomento, la disperazione, lo choc. « Jessica, sono... sono, non so come dirti quanto mi dispiaccia. »

« Lo so. » Poi scese, si voltò a richiudere la portiera e si incamminò lentamente verso la sua casa. Si muoveva come se avesse avuto cent'anni. La *Mercedes* marrone, dalla forma allungata, si staccò lentamente dal marciapiede. Non pareva neppure onesto restare a osservarla. Forse era più giusto lasciarla al suo dolore. Perché vi si abbandonasse da sola, in privato. Martin, comunque, non avrebbe mai dimenticato l'aspetto che aveva Jessica in quel momento, mentre si incamminava lentamente per il vialetto di mattoni, a testa china, i capelli arruffati, gli oggetti di Ian stretti fra le mani. Era una visione straziante, insopportabile.

Lei sentì il rumore dell'automobile che si allontanava e guardò, con occhi che pareva non vedessero niente, le aiuole fiorite del giardino. Era proprio questa la casa dove, quello stesso giorno, era tornata a pranzare con Ian? Questa la casa dove vivevano? Dove avevano vissuto? Alzò gli occhi a considerarla come se non l'avesse mai vista prima e, a un certo punto, si fermò come se non riuscisse a procedere oltre, neppure di un passo. Poi alzò lentamente un piede, a fatica, e lo posò sul gradino. Ma l'altro era troppo pesante da sollevare. Non ci riusciva. E non voleva neanche sollevarlo. Perché non voleva entrare in quella casa. Senza Ian, no. Da sola, no... no... non così...

« Oh, Dio, no! » Crollò di schianto in ginocchio sul gradino della porta e scoppiò in singhiozzi, a testa china, con le mani ancora piene di tutto ciò che Ian aveva tenuto in tasca. Una voce gridò il suo nome, ma non si voltò. Perché non era la voce di Ian. E, allora, che importanza aveva rispondere...? Non era Ian... Lui era andato via. Tutti erano andati via. Aveva l'impressione che Ian fosse morto in quell'aula di tribunale... Oppure, forse, a morire era stata lei. Non lo sapeva con esattezza. La voce chiamò nuovamente il suo nome, ma Jessica continuava a provare la sensazione di sprofondare lentamente giù, attraverso i mattoni di quel gradino. Il contenuto della sua borsetta era lì, sparso in disordine sul gradino; su quei ruvidi mattoni si era anche impigliato un filo della sua gonna di maglia e i capelli le scendevano sul viso come un pallido velo da vedova.

« Jessie! Jessica? » Sentì un rumore di passi che si avvicinavano frettolosi alle sue spalle, ma non si voltò. Non ne aveva la forza. Tutto era finito.

« Jessie... tesoro, che cosa è successo? »

Era Astrid. Jessica si voltò a guardarla in faccia, ma le lacrime continuavano a sgorgarle dagli occhi.

« Che cosa è successo? Dimmelo! Vedrai che tutto si metterà a posto. Calmati. » Accarezzò i capelli di Jessie come se fosse stata una bambina e le asciugò le lacrime dalle guance, ma altre, cocenti, continuavano a sgorgarle dagli occhi. « Si tratta di Ian? »

Jessie fece segno di sì con la testa. Sulla sua faccia era apparsa un'espressione di dolore disumano, talmente terribile che Astrid si sentì, quasi, fermare il cuore in petto... O no, non Ian... non come Tom. No!

« È in stato d'arresto. Accusato di stupro. » Le parole le uscirono di bocca meccanicamente come se non fossero state pronunciate da lei — e Astrid la guardò sbalordita, come se qualcuno l'avesse schiaffeggiata. « È in prigione. »

« Dio Santo, Jessica, no! » Purtroppo era la verità. Lo aveva capito e, mentre Jessica annuiva lentamente, riuscì a farla alzare, ad accompagnarla in casa e a metterla a letto. Poi le diede un paio di pastiglie che la fecero addormentare di schianto. Astrid continuava ancora a portarle con sé... si era abituata a portarle sempre — da quando Tom non c'era più.

Erano le tre e mezza del mattino quando Jessie si alzò. La casa era immersa nel silenzio. Riusciva perfino a sentire il tic-tac dell'orologio. In camera da letto c'era buio, ma si intravedeva un po' di luce che proveniva dal soggiorno. Provò a tendere l'orecchio per udire i suoni abituali che indicavano la presenza di Ian — il ticchettio della macchina da scrivere, la sua sedia respinta indietro che strusciava sul pavimento dello studio. Si mise a sedere di scatto sul letto, tendendo l'orecchio. Ma non sentì nulla e le parve che le girasse la testa. Poi si ricordò le pastiglie. E Astrid. E com'era cominciato tutto. Con la mano che le tremava cercò le sigarette. Si accorse di avere ancora indosso il golfino, la sottoveste e le calze. Giacca e gonna erano ripiegate con cura su una seggiola. Non riusciva assolutamente a ricordare come aveva fatto ad andare a letto. Ma soltanto il suono della voce di Astrid, dolce, gentile, suadente che diceva tante parole dolci per tranquillizzarla. C'era stato qualcuno lì... qualcuno, lì con lei... e adesso non c'era più nessuno. Era sola.

Rimase distesa a letto, a fumare al buio, con gli occhi senza lacrime, un vago senso di nausea, i gesti lenti e faticosi, tutto il ritmo di vita rallentato da quelle pastiglie. A un certo momento, allungò una mano di scatto verso il telefono. Ottenne il numero dall'ufficio informazioni e lo compose all'apparecchio.

« Carcere municipale. Qui parla Langdorf. »

« Vorrei parlare con Ian Clarke, per favore. »

« Lavora qui? » Il sergente di turno al centralino pareva meravigliato.

« No. È in stato di arresto da ieri. Dopo un processo. » Non si affrettò a spiegargli, spontaneamente, quale fosse il motivo per cui Ian era in prigione. E si meravigliò che la propria voce fosse tanto ferma. Perché, tremava, invece, in cuor suo; sapeva, però, che se si fosse dimostrata calma e tranquilla, forse le avrebbero concesso quello che desiderava. Bastava dare l'impressione di essere calma, incredibilmente calma, e fingere di avere una certa autorità.

« Sarà nella prigione della contea, signora, non qui. E, in ogni caso, non può parlargli. »

« Capisco. Mi potrebbe dare il numero di quel posto? » Inizialmente aveva pensato di dirgli che si trattava di un caso di emergenza, ma poi cambiò idea. Aveva paura di mentire con quella gente. Il sergente di turno al carcere municipale le fornì il numero di quello della contea, al Palazzo di Giustizia, e Jessica lo compose immediatamente. Ma niente andò come lei sperava. Le spiegarono che sarebbe potuta venire a far visita al marito due giorni dopo, ma che, a lui, non era concesso ricevere telefonate. E interruppero la comunicazione.

Jessica si strinse nelle spalle e accese una lampada. Faceva freddo in camera da letto. Si infilò una vestaglia sul golfino e sulla sottoveste e passò nel soggiorno, scalza. Si fermò in mezzo alla stanza guardandosi intorno. C'era un po' di disordine, ma non poi moltissimo. Quello che bastava però a ricordarle... ancora il segno dei loro corpi sulla morbida imbottitura del divano, un segno particolarmente netto dove la nuca di Ian era rimasta appoggiata a un cuscino, e il libro che lui stava leggendo durante l'ultimo weekend, i suoi mocassini sotto una poltrona, il suo... si accorse che le era salito alle labbra un singhiozzo. Si voltò e andò in cucina alla ricerca di qualcosa da bere, qualsiasi cosa. Si sentiva la bocca arida e le pareva di essere ancora un po' intontita, ma tutto il resto era limpido e chiaro. Trovò, nell'acquaio, ancora i piatti nei quali avevano mangiato a mezzogiorno, e il giornale ripiegato sul ripiano della credenza dove lo aveva buttato — con il famoso articolo, in cui si parlava della violenza carnale, bene in vista. Era come se Ian fosse appena uscito da quella stanza, come se fosse andato a fare quattro passi intorno alla casa, come se... sedette pesantemente dietro il tavolo di cucina, vi posò la testa e scoppiò in lacrime.

Lo studio era lo stesso. Forse peggio. Buio, vuoto, con l'aria abbandonata. Come se aspettasse la presenza di Ian e se la fosse vista negare. Perché quella stanza apparisse vissuta, occorreva che c'entrasse lui. Ian era l'anima e la vita dello studio. E di lei. Era l'anima di Jessie. Ne aveva bisogno lei, sua moglie, più di quanto potesse aver bisogno di Ian anche il suo studio. Si scoprì impacciata, ad appoggiarsi ora su un piede ora sull'altro come una bambina inquieta; passò da una stanza all'altra, di nuovo soffermandosi sulla soglia, si mise a scorrere lievemente con la mano sui suoi libri, sulle sue camicie, andò a cercare i suoi mocassini e se li strinse al petto, sussultando violentemente se un'ombra dava alle stanze una luce strana, diversa da prima. Era sola. In quella casa, nella notte, nel mondo. Senza nessuno ad aiutarla o a occuparsi di lei, senza nessuno che provasse interesse o un po' di premura per lei oppure... spalancò la bocca per mettersi a urlare, ma non ne uscì alcun suono. Poi si lasciò cadere lentamente sul pavimento con i mocassini di Ian stretti al petto, e si mise ad aspettare. Ma non venne nessuno. Era sola.

# 20

ALLE nove e mezza della mattina, Jessica era nella vasca da bagno. Quando sentì squillare il campanello della porta, cercò di lottare per restare calma, per non abbandonarsi a un attacco isterico. Tutto andava bene, si ripeté, tutto sarebbe andato bene. La sua idea era quella di restare lì, immersa nell'acqua del bagno ancora per un po'; poi si sarebbe preparata una tazza di tè, un po' di colazione, e si sarebbe vestita per andare alla boutique. Oppure, invece, poteva tornare a letto e restarci tutto il giorno. O magari... ma tutto sarebbe andato nel modo migliore. Prima un bel bagno caldo e poi... ma non poteva telefonare a Ian. Non poteva parlargli. Anche se ne sentiva un bisogno disperato. Respirò nuovamente, a fondo, e tese l'orecchio. Sì, le sembrava il campanello della porta, ma come si faceva a pensare che non fosse, invece, il rumore dell'acqua che scrosciava nella vasca a giocarle un brutto scherzo? Invece, no. Il campanello continuò a trillare. Lei, però, non era obbligata ad andare ad aprire. La cosa importante era continuare a respirare lentamente, a fondo, e star calma. E lasciare che l'acqua calda le sciogliesse i nodi della tensione. Ian le aveva insegnato come fare a rilassarsi completamente, a non diventare isterica quando... quando la mamma... e Jake... ma, sì, era il campanello della porta. Con uno scatto improvviso, uscì dalla vasca da bagno, afferrò un asciugamano di spugna e si precipitò ad aprire. Se fosse stato Ian? Perché le sue chiavi, ormai, le aveva lei! E se fosse... raggiunse correndo la porta, lasciandosi dietro una scia di gocce d'acqua, con un mezzo sorriso che le aleggiava sulla bocca, gli occhi che erano diventati improvvisamente grandissimi, e luminosi, la spugna che la copriva appena. Spalancò impetuosamente la porta senza ricordarsi di domandare chi era e, poi, si tirò indietro di colpo, allibita. Troppo meravigliata per richiuderla subito. Rimase ferma dov'era, con il cuore che le batteva sempre più in fretta.

« Buongiorno. Se fossi in lei, eviterei di farla diventare un'abitudine. Dico... di aprire la porta come ha fatto adesso. » Gli scoccò una rapida occhiata e cercò di avvolgersi meglio nella spugna. Sulla soglia c'era l'ispettore Houghton.

« Io... come si permette! In che cosa posso esserle utile? » Si raddrizzò in tutta la sua altezza e rimase immobile, sulla porta, con aria regale, anche se era nuda sotto quell'asciugamano di spugna.

« Niente. Pensavo semplicemente di venire a vedere come stava. » Aveva, negli occhi, l'espressione beffarda di chi sa di avere ottenuto la vittoria, un'espressione che — il giorno prima — le era completamente sfuggita. Ormai le faceva venire soltanto voglia di cavarglieli, quegli occhi!

« Sto bene. » Bastardo schifoso. « C'è qualcos'altro? »

« Ha un po' di caffè già pronto, signora Clarke? » Le formalità, da un uomo come quello, erano quasi offensive.

« A dir la verità, no, ispettore Houghton, non ne ho. E prestissimo dovrò uscire per andare al lavoro. Se avesse da discutere di affari con me, le proporrei di andare a pagarsi con i suoi soldi una tazza di caffè in Union Street e di venire nel mio ufficio fra un'ora. »

« Ehi, quante arie, eh? Però mi sembra che ieri abbia avuto un brutto colpo, vero? » Jessica chiuse gli occhi lottando contro l'ondata di nausea che le era salita alla gola. Era un sadico, quell'uomo. Però non poteva crollare, non era proprio il momento adatto per svenire. Impossibile. Le pareva ancora di sentire la voce di Ian che diceva: « Va bene? » Con quel suo tono, tutto particolare, tanto che fece segno di sì con la testa, impercettibilmente, e pensò: « Va bene ».

« Sì, è stato un colpo. Le fa piacere questo, ispettore? Vedere le altre persone tristi e infelici, voglio dire. »

« Io non la intendo così. » Estrasse un pacchetto di sigarette e gliene offrì una. Lei fece segno di no con la testa. Sembrava che l'ispettore se la godesse un mondo.

« Immagino di no. La signorina Burton deve essere rimasta soddisfatta. »

« Molto. » Le sorrise attraverso il fumo della sigaretta e Jessica si accorse che doveva fare uno sforzo per controllarsi. Aveva una gran voglia di prenderlo a schiaffi o di insultarlo. Che fatica, trattenersi! Quasi peggio di svenirgli ai piedi o vomitargli addosso.

« E adesso, a lei cosa succede? » Dunque era questo che voleva sapere.

« Non capisco. Che cosa vuol dire? »

« Quali sono i suoi progetti? »

« Lavorare. E andare a trovare mio marito domani. E uscire a cena con amici la settimana prossima, e... »

Lui sorrise di nuovo, ma non sembrava divertito.

« Se lo sbattono dentro, il suo matrimonio potrebbe andare a rotoli, signora Clarke. » La sua voce era quasi gentile.

« È possibile. Basta anche una piccolissima cosa a creare dei disastri in un matrimonio, se non si sta attenti. Dipende da quanto è solido quel matrimonio e da quanto ci si impegna per conservarlo tale. »

« E il suo? Com'è? Buono? »

« Eccellente. La ringrazio dal profondo del cuore per

questa sua preoccupazione, ispettore Houghton. Non dimenticherò di farne cenno, parlando con mio marito e il nostro avvocato. Sono sicura che il signor Clarke ne rimarrà profondamente commosso. Perché bisogna proprio dire che lei è un uomo pieno di sensibilità, ispettore... oppure la verità è un'altra, cioè lei ha un debole per fare il consulente matrimoniale del suo prossimo? »

L'ispettore la guardò fisso con due occhi scintillanti di collera, ma ormai era troppo tardi — se l'era voluta, quella rispostaccia, col suo modo di comportarsi. Una brutta mattina per lui — con il fatto di essere andato a casa Clarke, di aver suonato il campanello e commesso tutta una serie di errori, uno più grave dell'altro.

« Anzi, adesso che ci penso, quasi quasi mi viene voglia di telefonare al suo superiore diretto per informarlo di quanto lei sappia essere una persona incredibilmente premurosa e gentile. Figuriamoci un po'... preoccuparsi di come va il mio matrimonio! »

L'ispettore Houghton si mise di nuovo in tasca il pacchetto delle sigarette. Il suo sorriso era già scomparso da un pezzo.

« Benissimo, ho capito perfettamente. »

« Davvero? Ma come siamo pronti, ispettore, eh? »

« Puttana. » Lo disse a denti stretti.

« Come, scusi? »

« Ho detto 'puttana' e, se vuole, vada a riferire anche questo al mio superiore. Però, se fossi nei suoi panni, cara la mia ragazza, non mi prenderei il fastidio di telefonargli. Ha già problemi in abbondanza e, mi creda, non rivedrà più da queste parti suo marito per chissà quanto tempo! Farà meglio ad abituarsi a quest'idea, bella mia! Lei e quel piccolo punk di suo marito, con le sue arie da letterato, siete finiti. Quindi, quando sarà stanca di starsene qui tutta sola, seduta al buio, cominci a guardarsi un po' in giro. C'è molto di meglio, fuori, di quello al quale lei insiste a rimanere attaccata. »

« Oh, davvero? E, quindi, devo supporre che lei ne

sia uno degli esemplari più straordinari, vero? » Ormai tremava di rabbia e la sua voce stava diventando sempre più alta, quasi a voler superare quella dell'ispettore.

« Scelga pure chi vuole, ma si convincerà... vedrà se non si metterà a guardarsi in giro per cercarsi qualcuno! Le do due mesi di tempo per finire giù da *Jerry's*, con tutte le altre. »

« Fuori di qui, ispettore. E, se avesse il coraggio di mettere di nuovo piede nei dintorni di questa casa, con o senza un mandato di perquisizione, l'avverto che chiamerò il giudice, il sindaco, e i vigili del fuoco. Oppure, può anche darsi che non chiami anima viva. Può darsi semplicemente che la prenda di mira affacciandomi alla finestra. »

« Dunque lei possiede un'arma da fuoco? Un fucile, una pistola? » Alzò un sopracciglio con visibile interesse.

« No, non ancora, ma me la procurerò. A quanto pare, ne ho assoluto bisogno. »

Lui aprì la bocca per dire qualcosa, ma Jessica fece un passo indietro, con sublime eleganza, e gli sbatté la porta in faccia. Dal punto di vista tattico era una mossa sbagliata, però la fece sentire incredibilmente meglio. Almeno al momento. Perché aveva appena fatto pochi passi in anticamera quando dovette correre in cucina a vomitare. E ci vollero due ore perché il tremito che l'aveva colta, e che la scuoteva da capo a piedi, cessasse.

Astrid arrivò alle undici. Aveva con sé dei fiori, un pollo arrosto che aveva comperato nella speranza che Jessie ne assaggiasse un pezzettino, e un sacchetto di frutta. Oltre a un flaconcino pieno di pastiglie gialle. Ma, dopo aver suonato con insistenza alla porta per una ventina di minuti, non aveva ancora avuto risposta. Astrid sapeva che Jessie era in casa, perché aveva telefonato alla boutique per averne la conferma. Quindi cominciò a preoccuparsi seriamente e provò a bussare alla finestra della cucina con la mano carica di anelli tintinnanti. Jessie occhieggiò con cautela fra le tende e trasalì, quasi impaurita, quando la vide. Aveva pensato che fosse di nuovo Houghton.

« Dio Santo, figliola, credevo che fosse successo chissà che cosa! Perché non sei venuta ad aprirmi la porta? Di che cosa hai paura? Dei cronisti? »

« No, quello non è un problema. Si tratta di... oh... non lo so. » Le erano salite di nuovo le lacrime agli occhi. In piedi, con l'aria avvilita e quasi vergognosa di una bambina troppo cresciuta, raccontò ad Astrid quello che le aveva detto Houghton, quando era venuto a cercarla. « Insomma, non ce la faccio più ad accettare cose del genere. Non lo sopporto. È un vero... un vero bastardo, e maligno, ed è così felice di tutto quello che è successo! E poi ha detto che il nostro... il nostro matrimonio... » Piangeva talmente forte da non riuscire ad andare avanti. Astrid la costrinse a sedersi.

« Perché non vieni a stare da me almeno per un po' di tempo, Jessica? Ti posso dare la camera degli ospiti. Così non sarai costretta a rimanere qui. Solo per qualche giorno. »

« No! » Jessie si alzò in piedi di scatto e cominciò ad andare su e giù per la stanza, sfiorando le poltrone mentre passava e ripassava, avanti e indietro, oppure afferrando distrattamente qualche oggetto per deporlo di nuovo, subito. Era una serie di curiosi, piccoli gesti, e movimenti, meccanici, staccati l'uno dall'altro — ma Astrid li riconobbe. Si era comportata anche lei allo stesso modo quando Tom era morto.

« No. Ti ringrazio, Astrid, ma voglio restare qui. Con... con... » balbettò e non riuscì a finire la frase — forse non sapeva nemmeno lei ciò che voleva dire.

« Con le cose di Ian. Capisco. Ma forse non è un'idea buona come ti sembra. E poi... ti pare che valga proprio la pena di essere tormentata da persone come quel poliziotto? Se ce ne fossero altri ai quali potrebbe venire la bella idea di presentarsi alla tua porta, più o meno come ha fatto lui? Non vorrai dover affrontare anche questo, vero? »

« Vuol dire che non aprirò più la porta. »

« Non puoi vivere in questo modo, Jessica. Ian non lo vorrebbe. »

« Sì, lo capirà. Lo vorrà anehe lui. Sul serio. Insomma, credimi... io... oh, Dio, Astrid, mi pare di impazzire, non posso... non so come tirare avanti senza Ian. »

« Ma non sei senza Ian. Lo vedrai. Non riesco ancora a capire quello che è successo, ma non è escluso che tu possa trovare una soluzione. Non se ne è andato per sempre, Jessica. Non è morto, per amor di Dio. Smettila di comportarti come se fosse così! »

« Però, non è qui. » La sua voce si era trasformata in un lamento che faceva compassione. « Ho bisogno di lui, qui. Diventerò pazza senza di lui, io... io... »

« No, niente affatto. A meno che tu non voglia diventare pazza o che ti comporti in modo tale da diventarlo. Devi fare uno sforzo, Jessica, e cercare di controllarti. Siediti. Adesso, subito. Su, da brava, siediti. » Erano cinque minuti che Jessica non aveva fatto altro che lasciarsi cadere sulle poltrone, per poi alzarsi immediatamente — come un pupazzo a molla. E la sua voce si era fatta sempre più acuta, più stridula, assumendo un tono pieno di disperazione. « Hai già mangiato qualcosa? Hai fatto colazione? » Jessica scosse la testa per dire che non voleva mangiare niente quando Astrid alzò una mano per farla tacere e scomparve in cucina. Tornò indietro cinque minuti dopo con pane tostato, marmellata, la frutta fresca che le aveva portato e una tazza di tè fumante. « Preferivi un caffè, invece? » Jessie scosse la testa e chiuse gli occhi per un attimo.

« Credimi, Astrid, non riesco ancora a convincermi di quello che ci sta succedendo. »

« Non continuare a rifletterci. Probabilmente non sei

ancora in grado di trovare la spiegazione, quindi non provare neppure. Quando puoi andare a vedere Ian? » Jessie spalancò gli occhi e sospirò a questa domanda.

« Domani. »

« Bene. Quindi, adesso, non ti resta altro da fare che importi con uno sforzo di rimanere tranquilla, e calma... fino a domani. Almeno questo sarai capace di farlo, vero? »

Jessica annuì, ma non ne era del tutto sicura. Ciò significava un giorno, una notte, e una mattina. La notte sarebbe stata il peggio. Piena di ombre, di fantasmi, di voci e di echi e di terrori. Aveva ventiquattr'ore da sopravvivere fino al momento in cui avrebbe rivisto Ian.

Però c'era una cosa che voleva fare. Subito. Prima di vedere Ian. Cioè, parlare con Martin a proposito dell'appello. Era in ufficio, quando gli telefonò e le rispose in tono piuttosto avvilito.

« Come ti senti, Jessica? »

« Io sto bene. E Ian? » Le morì la voce in gola pronunciando quella parola e, dall'altro capo del filo, Martin si accigliò. Non riusciva a dimenticare l'aspetto di Jessica la sera prima, quando l'aveva lasciata davanti a casa.

« Al momento si difende. Mi sembra che regga bene allo choc. Anche se è stato terribile, come puoi immaginare. »

« Posso immaginare. » Lo disse a fior di labbra, con uno strano sorriso. Sotto choc. Erano tutti e due sotto choc. « Martin, ti ho telefonato perché volevo chiederti una cosa subito, immediatamente, prima ancora di vedere Ian, domani. »

« Di che si tratta? »

« Voglio sapere se possiamo tentare di chiedere il processo in appello, come si fa, come devi fare tu... tutto, insomma! » E come diavolo avrebbero pagato le spese? Ma questa era tutt'altra faccenda.

« Ecco, sarà meglio che ne parliamo dopo aver

saputo quale è stata la condanna che gli hanno dato, Jessica. Perché se riuscisse a ottenere il beneficio della condizionale, mi sembra che non abbia molto senso insistere per andar fino in appello, all'infuori del fatto che potrebbe essere utile a Ian per non restare con la fedina penale sporca. Può darsi che sia questo che desidera. A ogni modo sono del parere che dovresti aspettare almeno fin dopo che la condanna è stata pronunciata per prendere una decisione. C'è un limite di tempo entro il quale bisogna presentare la domanda per ricorrere in appello, ma, anche dopo aver saputo qual è la condanna, avremo tempo a sufficienza. »

« Quando sapremo qualcosa? »

« Fra quattro settimane a partire da domani. »

« Per quale motivo bisogna aspettare tanto? »

« Perché, Jessie, non sai che cosa potrà succedere. Se concedessero a Ian la libertà vigilata, non è escluso che sia proprio lui a rifiutarsi di spendere fino all'ultimo centesimo, non solo dei suoi, ma anche dei tuoi soldi, per ricorrere in appello. Tutto sommato, per sua fortuna, dal punto di vista professionale non si trova in una posizione talmente delicata da poterne essere danneggiato, se questa condanna gli finisse sulla fedina penale. D'accordo, può danneggiarlo », riprese Martin, rivalutando la situazione sotto un altro aspetto, « ma, vista la professione che fa, non sarebbe una situazione troppo tragica. E, poi, se lui tornasse in libertà, che cosa te ne importerebbe? »

« Non ti capisco... perché dici se tornerà in libertà? » Jessie ricominciava a sentirsi confusa.

« Ecco, stammi a sentire, esiste un'alternativa, cioè quella che lo mandino in prigione, se non dovessero concedergli la libertà vigilata. In questo caso, può darsi che tu desideri ricorrere in appello. Ma anche ricorrere in appello, Jessica, non ti servirà ad altro che ad avere un nuovo processo. Dovrete sopportare una prova durissima, identica a quella che avete già sopportato. Fra l'altro, non abbiamo uno straccio di prova da portare a discolpa di Ian, in un nuovo processo d'appello. Non cambierebbe niente. E vi trovereste costretti a passare attraverso un'esperienza come quella che avete già passato, forse senza nessun'utilità. Al momento sono dell'opinione che dovremo fare tutti gli sforzi possibili per ottenere la libertà vigilata. E preoccuparci di ricorrere in appello quando avremo saputo quali sono state le decisioni della Corte. Non ti sembra? »

Jessica ammise che aveva ragione, sia pure con riluttanza, e riattaccò. Ma che cosa aveva voluto dire, Martin, con quel « se » avessero concesso a Ian la libertà vigilata? Perché aveva parlato di « se »?

# 21

« VA bene? »

« Va bene. » Jessica sorrise e la sua mano, istintivamente, salì al fagiolo di Lima d'oro, che portava al collo. Ci giocherellò un momento continuando a fissare Ian. Era riuscita a sopravvivere, bene o male, alle ventiquattro ore precedenti e Houghton non si era più fatto vedere. « Ti amo, Ian. »

« Tesoro, ti amo anch'io. Sei proprio sicura di star bene, che tutto funzioni? » Sembrava molto preoccupato addirittura angosciato, per lei.

« Sto bene. E tu, che cosa mi dici? »

Ma bastava guardarlo negli occhi per capire tutto. L'avevano mandato alla prigione della contea quella volta; ed era stato costretto a indossare quella specie di tuta sudicia che gli avevano consegnato. Tutti gli altri suoi indumenti erano stati cacciati alla rinfusa in un grosso sacchetto di plastica e riconsegnati a Martin. Lui si era premurato di farli avere a Jessie la sera precedente, assieme alla *Volvo*. Dopo, lei aveva preso le due pastiglie che Astrid le aveva lasciato.

« Martin dice che, con ogni probabilità, la tua sarà una condanna con la condizionale, e ti daranno la libertà vigilata. » Purtroppo nessuno dei due riusciva a dimenticare quello che avevano letto il giorno del processo. Si trattava di un articolo chiaramente favorevole all'abolizione della libertà vigilata nei processi per stupro e violenza carnale. Ormai il pubblico, in generale, non voleva più mostrarsi particolarmente benevolo in quel genere di casi.

« Vedremo, Jessie, ma non contarci troppo. Speriamo che sia così. » Sorrise e Jessie si sforzò di ricacciare indietro le lacrime. Che cosa poteva accadere se Ian non avesse ottenuto la libertà vigilata? Quella era un'idea che Jessie non aveva ancora voluto affrontare. Ci avrebbe pensato più avanti. Ancora una volta aveva rimandato quel pensiero a « più avanti », come aveva fatto per il processo, e per la sentenza. « Come te la cavi? Niente terrori, niente idee balorde? » Come la conosceva bene!

« Me la sono cavata discretamente. E, poi, c'è Astrid che mi continua a stare intorno come una chioccia con il suo pulcino. » Preferì non parlargli della visita di Houghton. Come di quella notte di semifollia in cui, per arrivare al mattino, per passare lentamente le ore, aveva dovuto prendere i tranquillanti. Una notte che aveva superato piano piano, con incredibile fatica, come se fosse stata un campo minato da attraversare.

« C'è qui anche Astrid con te? Ti ha accompagnato? » Ian si guardò intorno senza riuscire a vederla.

« Sì, ma ha preferito aspettarmi fuori. Aveva paura che tu ti sentissi imbarazzato. E, poi, ha pensato che avremmo preferito parlare a quattr'occhi. »

« Devi dirle che le voglio un gran bene! E che sono felice che tu non sia venuta qui sola, Jessie. Se sapessi come sono angosciato quando penso a te! Angosciato da morire. Promettimi che non farai nessuna pazzia. Ti supplico. Promettimelo. » I suoi occhi erano tormentati, supplichevoli.

« Te lo prometto. Sul serio, tesoro. E, poi, sto bene. » Ma, a guardarla, nessuno lo avrebbe detto. Sia lei sia

Ian avevano un aspetto spaventoso. Le loro facce portavano ben visibili i segni di ciò che avevano passato, erano tese, segnate; la loro espressione, ancora inebetita e sconvolta. Apparivano esausti tutti e due e, nel caso di Ian, la barba lunga non contribuiva certo a dargli un aspetto migliore.

Per una mezz'ora continuarono a chiacchierare, pronunciando le frasi sconnesse e banali che sono capaci di dire soltanto le persone che si trovano ancora sotto choc. Jessie faceva ogni sforzo possibile per non scoppiare in lacrime e riuscì a trattenerle fino a quando non raggiunse Astrid al piano terreno. Lì poté abbandonarsi a uno scoppio di pianto, un pianto di rabbia e di dolore.

« Se tu sapessi! Lo hanno chiuso in un'orribile gabbia, come una bestia! » Mentre quella stramaledetta donna, con ogni probabilità, era tornata in ufficio, aveva ripreso il suo lavoro, e continuava a fare la vita di prima, come se niente fosse. Aveva ottenuto la sua vendetta e doveva essere felice e contenta. Mentre Ian marciva in fondo alla cella di una prigione e Jessie, di notte, si sentiva impazzire, sola com'era!

Astrid la riaccompagnò a casa, le preparò la cena e aspettò, prima di andarsene, che fosse quasi addormentata. Quella fu una notte meno difficile del previsto per Jessica, soprattutto perché era letteralmente esausta a furia di almanaccare, torturarsi il cervello, girellare per le stanze senza scopo. Riuscì a dormire, semplicemente. E l'indomani mattina presto Astrid arrivò con un po' di fragole freschissime, una copia del *The New York Times* e l'ultimo numero di *Women's Wear Daily*, fresco di stampa — come se fossero cose che avevano ancora importanza per lei!

« Mi sai dire che cosa farei senza di te, carissima Astrid? »

« Molto probabilmente, avresti continuato a dormire ancora per un po'. Ma, ormai, io mi ero alzata e ho pensato che forse era meglio che facessi un salto qui, da te.» Jessie scrollò la testa e abbracciò stretta stretta l'amica che stava versando il tè nelle tazze. La strada da fare era ancora molto lunga e Astrid le pareva mandata dalla provvidenza ad aiutarla. Dovevano passare ancora ventisette giorni prima di sapere quale sarebbe stata la condanna di Ian. E Dio solo sapeva che cosa sarebbe successo dopo.

Tra l'altro, Jessie aveva anche il negozio a cui pensare — per quanto non si sentisse ancora pronta ad affrontare quel problema. Se la cavava con qualche telefonata, che faceva sempre più di rado, e un'enorme fiducia in Katsuko. Astrid la persuase ad accompagnarla dal parrucchiere — più che altro per tenerla d'occhio. Jessie poteva andare a far visita a Ian soltanto due volte alla settimana e — fra l'una e l'altra — le pareva che la sua vita fosse vuota, paurosamente vuota, e senza uno scopo. Cominciava a dire qualcosa, ma si dimenticava di quello di cui stava parlando; estraeva un oggetto dalla borsetta e non ricordava più per quale motivo avesse fatto quel gesto; stava ad ascoltare Astrid che parlava, ma la guardava come se non la vedesse né la sentisse. La sua vita diventava sempre più sconclusionata. Faceva un sacco di cose inutili e insensate. E anche il suo aspetto era più o meno lo stesso — pareva una bambina smarrita, lontana dalla propria casa, che si aggrappava disperatamente a una nuova mamma. Astrid. Ma, senza Ian, niente aveva un senso nella sua esistenza. Meno di tutto, aveva un senso viverla. E, senza nessun contatto, era difficile continuare a rammentare a se stessa che Ian esisteva ancora. Astrid riusciva appena, e con fatica, a farla restare a galla nell'attesa della occasione successiva in cui avrebbe potuto rivederlo.

Il giorno dopo quello in cui era stato pronunciato il verdetto della giuria, sull'ultima pagina del giornale era apparso un trafiletto che parlava del processo. Ma nessuno aveva telefonato e si era fatto vivo — all'infuori dei due amici che erano venuti a testimoniare a favore di Ian in tribunale. Sia l'uno sia l'altro erano rimasti sconvolti dalla notizia. Fu Astrid a ricevere le loro telefonate e Jessica si affrettò a scrivere un biglietto di ringraziamento a ciascuno dei due. Ma, ancora, non se la sentiva di parlare con nessuno.

Il lunedì successivo tornò a lavorare. Anche Zina e Katsuko erano depresse e addolorate per lei. Kat aveva letto l'articolo, ma si era ben guardata dal parlarne al telefono; preferiva aspettare di vedere Jessie a quattr'occhi. Dal suono della sua voce, al telefono, aveva capito che Jessie preferiva che non lo sapessero neppure loro. Quindi, quando Jessie entrò con Astrid nel negozio, ci fu un momento di penoso imbarazzo. Capì dall'espressione delle loro facce che le ragazze sapevano tutto. A Zina erano salite subito le lacrime agli occhi. Jessie buttò le braccia al collo a tutte e due.

Ormai le due ragazze avevano capito per quale motivo Houghton fosse andato a cercarla in negozio quella mattina, perché Jessie nei giorni successivi avesse avuto quell'aria così angosciata e piena di disperazione, perché la *Morgan* non si vedeva più. Finalmente capivano tutto.

« Jessie, possiamo fare qualcosa anche noi? » Era stata Katsuko a parlare per tutte e due.

« Una cosa sola. Da oggi in avanti, non si deve più parlare di quello che è successo. Perché, al momento, non ho più niente da dire. E, parlarne, non è di nessun aiuto. »

« Come sta Ian? »

« Tira avanti alla bell'e meglio. Cerca di sopravvivere. Non si può dire molto di più. »

« Hai già un'idea di come andrà a finire questa faccenda? » Lei alzò le spalle mentre andava a sedersi, lentamente, nella sua solita poltrona.

« No, affatto. Non ne ho la minima idea. Basta così? Ho risposto a tutte le vostre domande? » Guardò in faccia le due ragazze. Si sentiva già estenuata.

« Posso esserti d'aiuto quando sei in casa, Jessie? » A domandarglielo era Zina, che, fino a quel momento, non aveva aperto bocca. « Devi sentirti molto sola. E io non abito troppo distante. »

« Grazie, tesoro. Te lo farò sapere. » Strinse affettuosamente un braccio alla ragazza mentre si avviava verso il suo ufficio, con Astrid alle calcagna. Non aveva nessun desiderio di trascorrere le serate in casa, in compagnia di una Zina piena di commiserazione! Sarebbe stato peggio dei terrori che doveva affrontare quando era sola. Sulla porta del suo ufficio si voltò un'ultima volta con aria grave. « C'è un'altra cosa che devo dirvi. Nelle prossime settimane, non potrò essere qui molto spesso. Ci sono parecchie cose che devo fare per Ian. Gente con cui andare a parlare a proposito della sentenza e, oltre a quello, ho una quantità di altre cose sulle quali riflettere. Cercherò di essere qui appena mi sarà possibile, ma non contateci troppo. Tocca a voi, adesso, tirare avanti anche per me. Come avete fatto fino a oggi. Siamo d'accordo? » Katsuko si irrigidì sull'attenti e le fece il saluto militare. Jessie sorrise. « Belle matte che siete, anche voi! Però sapete che cosa vi dico... sono contenta di essere tornata in negozio. »

« E se vi dessi una mano anch'io? Non posso proprio aiutarvi? » Astrid guardò Jessica con un nuovo interesse. Intanto Jessica era andata a sedersi alla scrivania.

« Se vuoi che ti dica la verità, ho bisogno di te in tutti gli altri posti all'infuori di qui, del negozio. Kat ha tutto sotto controllo. E non resta altro da fare. Il vero problema sono io. Io alla mattina, alla sera, alla notte... ci siamo intese. » Sì, Astrid aveva capito. Aveva visto la faccia di Jessie alle otto e mezza del mattino e aveva sentito la sua voce alle due di notte. Le aveva fatto capire, fin troppo chiaramente, come fossero le sue notti. Il terrore che la luce del giorno non dovesse più riapparire. Che Ian non tornasse a casa mai più. Che il mondo la inghiottisse senza risputarla più fuori. Che Houghton forzasse la porta di casa ed entrasse a violentarla. Paure reali e terrori assurdi, fantasie orrende che si creava con la propria immaginazione e uomini che non meritavano questo nome... tutto confuso, tutto aggrovigliato in modo caotico nel suo cervello.

« Non hai un'idea dell'ora in cui avrai finito di occuparti del tuo lavoro, qui nella boutique? Potrei venire a prenderti. Ceniamo da me, stasera, se ne hai voglia. »

« Sei troppo buona con la sottoscritta! » Era incredibile, infatti, se si calcolava da quanto poco tempo si conoscessero. Ma Astrid sapeva che cosa volesse dire quello che Jessica stava passando. E provava per lei un enorme rispetto.

Gran parte degli sforzi di Jessica, ormai, erano rivolti soprattutto alla questione della condanna che doveva essere stabilita per Ian. Era andata a parlare con il funzionario incaricato della libertà condizionata, che si occupava del loro caso, e si era messa a tormentare Martin giorno e notte, senza sosta. Che cosa stava facendo? Che cosa aveva in mente? Aveva parlato anche lui al funzionario che si occupava di concedere la libertà vigilata? Quali erano le sue impressioni su quell'uomo? Era il caso che Martin parlasse anche ai suoi superiori? Andò perfino a parlare con il giudice, un giorno, durante l'ora del pranzo. Lui non le nascose di provare simpatia per la sua situazione, fu comprensivo, ma le fece capire che non voleva essere sottoposto a nessuna pressione del genere di quelle che Jessica gli stava facendo, riguardo alla sentenza. E Jessie uscì da quei colloqui con la netta impressione che, se lei non avesse dimostrato tutta la sua signorilità e non gli avesse lasciato capire di essere una donna perbene, il giudice, probabilmente, sarebbe stato meno cortese nel modo di riceverla. Già così, non era stato particolarmente cordiale. Poi Jessica si era messa a raccogliere delle lettere, scritte da un certo numero di amici sinceri, e pieni di discrezione, che servissero come testimonianze del carattere, buono e onesto, di Ian. Riuscì a procurarsene perfino una del suo agente letterario con la speranza che servisse a dimostrare che Ian doveva assolutamente tornare in libertà per completare la stesura del suo ultimo libro e che il solo fatto di andare in prigione gli avrebbe rovinato completamente la carriera.

La Festa del Ringraziamento arrivò e trascorse come qualsiasi altro giorno dell'anno. O, perlomeno, Jessica tentò di farlo passare per tale. La trascorse come trascorreva ogni altro giorno in cui non andava alla boutique. Si rifiutò con tutte le sue forze di tornare col pensiero al giorno del Ringraziamento degli anni precedenti. Si rifiutò di festeggiarlo in ogni senso. Sarebbe stato troppo! Preferì trascorrerlo in compagnia di Astrid; Ian lo trascorse in carcere. Il Giorno del Ringraziamento, non si facevano visite alla prigione della contea. Ian mangiò panini imbottiti di carne di pollo, non troppo freschi, e lesse una lettera che gli aveva scritto Jessie. Lei mangiò una bistecca in compagnia di Astrid la quale si sacrificò a dimenticare, per quell'anno, l'esistenza di una vacanza tanto importante, rinunciando a passare un lungo weekend nel ranch di sua madre. Ma capiva che valeva la pena di fare quel sacrificio. Era molto preoccupata per Jessie la quale sembrava sempre vaga, con il cervello confuso, stralunata, incapace di cominciare una cosa e di finirla, ottenebrata dalle troppe pastiglie che prendeva oppure esageratamente eccitata per colpa del troppo caffè bevuto.

Ormai lavorava a tempo pieno, non smetteva di darsi da fare né di giorno né di notte. A volte si dedicava completamente al futuro di Ian e cercava di muovere tutte le pedine a sua disposizione per ottenere che la sentenza gli fosse favorevole; poi, all'improvviso, riversava ogni suo interesse e ogni sua energia su *Lady J.* — come non faceva da anni. Aveva ricominciato a lavorare anche al sabato. E, quando era a casa, non stava ferma un momento: faceva di tutto — aveva ripulito la cantina, riordinato il garage, messo in ordine da cima a fondo tutti gli armadi, e sistemato nel modo migliore lo studio di Ian... qualsiasi cosa andava bene, pur di non riflettere. E chissà, chissà che... se lei si metteva d'impegno e faceva tutto nel modo più perfetto... chissà che, alla fine del mese, Ian non tornasse a casa. Chissà... forse gli avrebbero dato la libertà vigilata... chissà... intanto continuava a darsi da fare, ad agitarsi, come se si sentisse risucchiare senza sosta da un vortice turbinoso... ma non aveva altra soluzione perché era frastornata dal tumulto dei pensieri che le si affollavano alla mente. A volte le pareva di sentirsi scoppiare la testa. E, poi, c'era la paura a tenerle compagnia di continuo. A quella, non riusciva mai a sfuggire. Era puro e semplice terrore, incontrollabile, senza fine. Al di là di ogni dimensione umana. Del resto, non si sentiva più umana neppure lei. Mangiava appena, non riusciva, quasi, a chiudere occhio. Non si concedeva di provare alcuna emozione, alcuna sensazione. Non aveva più il coraggio di essere umana. Perché gli esseri umani, a un certo punto, non hanno più resistenza e crollano. Ecco quello che le faceva paura più di tutto il resto. Che le cedessero i nervi. La paura di crollare... ecco ciò che la terrorizzava. E Ian lo aveva capito, ma era impotente ormai. Non poteva toccarla, accarezzarla, stringerla fra le braccia, costringerla a provare qualcosa. Non poteva fare nient'altro all'infuori di guardarla attraverso il vetro di quella finestra, parlarle al telefono, quando andava a fargli visita, in prigione, mentre lei giocherellava nervosamente con il cordone del telefono e apriva e chiudeva, con aria distratta, la molla di un orecchino.

Ian, da parte sua, aveva un aspetto sempre peggiore

— con la barba lunga, sporco, denutrito e due occhiaie profonde che le parevano più segnate e più scure ogni volta che andava a trovarlo.

« Ma... tu... qui non dormi? » La sua voce aveva assunto un'intonazione stridula. Era più alta, più acuta, più terrorizzata. Ian ne provava una grande compassione, ma non poteva fare niente per aiutarla. Lo sapevano entrambi. E lui stesso si domandava quanto tempo ci sarebbe voluto ancora prima che Jessica scoprisse di odiarlo. Per esserle mancato proprio quando aveva bisogno di lui. Aspettava con terrore che arrivasse il giorno in cui non sarebbe più riuscito a scacciare dalla porta della loro casa il « bau-bau » che faceva tanta paura a Jessica, il giorno in cui se la sarebbe presa con lui. Perché Jessie si aspettava molto, moltissimo. Perché... di quanto... troppo... aveva bisogno!

« Sì, dormo... di tanto in tanto. » Cercò di sorriderle. Mentre cercava di non pensare. « E tu? A guardarti bene, si direbbe che oggi ti sei messa un po' troppo fondotinta sotto gli occhi, amore mio. O mi sbaglio? »

« Ti sei mai sbagliato? » Gli sorrise di nuovo e alzò le spalle, facendo scattare di nuovo la molla dell'orecchino. Aveva perduto quasi sei chili però dormiva meglio di prima. Anche se, a guardarla, nessuno l'avrebbe capito. Ma c'erano le nuove capsule rosse ad aiutarla. Erano molto meglio delle pastigliette gialle e perfino delle altre capsule, quelle azzurre, alle quali Astrid le aveva concesso di passare, dopo qualche tempo. Erano dello stesso genere, solo più forti. Le capsule rosse, invece, erano tutt'altra cosa. Ma, di questo, preferiva non discutere con Ian. Perché lui si sarebbe impuntato, avrebbe fatto qualche difficoltà. E, poi, lei ci stava attenta! Però quelle capsule erano la cosa migliore della sua giornata. Le due ore più belle, quelle che passava con Ian, erano l'unica parte vivibile della settimana ma — nell'intervallo — doveva pur tirare avanti in qualche modo! Così, erano le capsule ad aiutarla. E Astrid gliele consegnava a una a una, rifiutandosi di lasciarle l'intero flaconcino.

Ian si sarebbe angosciato terribilmente, se lo avesse saputo. Perché glielo aveva promesso solennemente, glielo aveva giurato dopo la morte di Jake... basta pillole, capsule, pastiglie. Perché era rimasto lui vicino al suo letto, tutta la notte, quella volta che le avevano fatto la lavanda gastrica — e, dopo, gli aveva fatto quella solenne promessa. A volte ci pensava, a quella notte, quando prendeva le capsule. Ma non poteva farne a meno. Sul serio. Altrimenti sarebbe morta. In un modo o nell'altro. Cominciava a preoccuparsi, per esempio, della possibilità di buttarsi da una finestra, pur non avendo nessuna intenzione di farlo. Cominciava a preoccuparsi di certi piccoli demoni che avrebbero potuto farla loro prigioniera, dominarla, costringerla a commettere azioni che non voleva. Non era più in grado di parlare con le clienti, in negozio. Preferiva restare nascosta nel suo ufficio perché aveva paura di quello che poteva uscire dalla bocca. Sapeva di non essere più in grado di controllarsi. Di non poter più controllare né se stessa né tutto il resto. Ormai si sentiva sbandata. Come seduta al volante di un'automobile che non era più in grado di guidare. Come se andasse alla deriva.

Le quattro settimane che trascorsero fra il verdetto della giuria e la decisione della Corte sulla condanna da far scontare a Ian, costituirono per Jessica un incubo permanente — ma, alla fine, quel giorno arrivò. Il giudice prestò ascolto alla richiesta di ottenere la libertà vigilata e, in quell'occasione, Jessie prese posto nell'aula accanto a Ian, mentre attendevano il responso. Tuttavia, ormai, ogni cosa le pareva meno terrificante di prima — perché poteva continuare ad accarezzargli la mano, la faccia. Era la prima volta, da un mese, che lo toccava. Ian aveva addosso un odore terribile, aveva le unghie lunghe. In prigione, gli avevano fornito un rasoio elettrico ma, poiché non sapeva usarlo molto bene, si era letteralmente dilaniato la faccia. A ogni modo, era sempre Ian. Era, almeno, il contatto con qualcosa di familiare in un mondo che le era diventato totalmente sconosciuto. Finalmente poteva restare lì, vicino a lui. Essere sua. Quasi quasi, cominciava a dimenticare la gravità di quel momento. Purtroppo le usuali formalità da sbrigare la ricondussero bruscamente alla realtà. L'usciere, i soliti cronisti che frequentavano le aule dei tribunali, la bandiera. Era la stessa stanza dell'altra volta. Anche il giudice era lo stesso. E, in quel momento, tutto — purtroppo — era molto, molto vero e reale.

A Ian non venne concessa la libertà condizionata. Il giudice dichiarò di trovare troppo gravi le imputazioni per concederla. E Martin, in seguito, spiegò che — dato il clima politico del momento — il giudice non avrebbe potuto scegliere altra soluzione. A Ian venne inflitta una condanna che andava da quattro anni come minimo della pena a quindici anni, come massimo. Avrebbe dovuto scontare almeno un quarto del minimo della sentenza, cioè un anno intero.

Ian venne condotto via e, stavolta, Jessie non versò neppure una lacrima.

# 22

TRE giorni dopo Ian venne trasferito dalla prigione della contea a una prigione statale. Partì, come tutti i prigionieri maschi della California settentrionale, per raggiungere il Centro Medico Californiano di Vacaville per una delle solite « indagini statistiche ».

Jessica ci andò, due giorni dopo, con Astrid, a bordo della *Jaguar* nera, dopo aver inghiottito due pastigliette gialle. Astrid le disse che erano le ultime che si sentiva disposta a darle — ma era quello che diceva sempre! Jessica sapeva di farle una compassione infinita.

All'infuori della torre di guardia che incombeva proprio sull'ingresso principale e dell'esame al cerca-metalli, a cui dovettero sottoporsi, nel caso portassero armi nascoste, la prigione di Vacaville aveva un aspetto stranamente innocuo. Dentro, un negozietto vendeva, come articoli da regalo, i brutti oggetti confezionati dai carcerati mentre il banco della portineria sarebbe potuto essere quello che c'è all'ingresso di ogni ospedale. Tutto era di metallo cromato, vetro e linoleum. Si sarebbe detto un modernissimo garage. Già, ma per gli esseri umani.

Domandarono di poter far visita a Ian, riempirono una serie di moduli e furono invitate a sedersi nella sala d'attesa o a girare, se volevano, nell'atrio d'ingresso. Dieci minuti più tardi si presentò una guardia ad aprire la porta, chiusa a chiave, che dava su un cortile interno. Diede istruzione di attraversare il cortile e di raggiungere un'altra porta, che avrebbero trovata aperta, dalla quale entrare.

Le persone che popolavano l'interno del cortile avevano addosso blue-jeans, magliette, e un incredibile assortimento di scarpe che andavano dagli stivali alle scarpe da tennis. Tanto che Astrid alzò un sopracciglio, meravigliata, guardando Jessica. Lì dentro, niente aveva l'aspetto di una prigione. C'era qualcuno che stava gingillandosi con le macchine distributrici di bibite; qualche altro che chiacchierava con la sua ragazza. Sembrava di essere nel cortile di una scuola superiore durante l'intervallo — salvo che qua e là si vedeva qualche faccia triste, angosciata, oppure una mamma con gli occhi lucidi di lacrime.

Ciò che vide, diede a Jessie un po' di speranza. Dunque avrebbe potuto venire a far visita a Ian, lì, in quel cortile! Accarezzarlo di nuovo, ridere con lui, tenerlo per mano. Pareva un'assurdità regredire fino a quel punto, dopo sette anni di matrimonio, ma si poteva sempre considerare un miglioramento rispetto a quelle visite che assomigliavano un po' a quelle che si fanno ai cagnolini, dietro la vetrina di un negozio, com'era successo alla prigione della contea!

Purtroppo, invece, risultò che non era affatto un miglioramento. Per Ian ci sarebbero voluti ancora chissà quanti mesi prima che gli venissero consentite le visite nel cortile, anche se decidevano di lasciarlo in quel penitenziario. Perché non era escluso che venisse mandato a Folsom oppure a San Quentin, e allora sì che ci sarebbe stato da preoccuparsi! Tutto era possibile. Intanto, per il momento, furono costretti ad adattarsi ancora ad altre visite al di là di una vetrata, e a parlarsi per telefono. Jessica si sentì invadere da una voglia matta di afferrare il ricevitore e di sbatterlo contro quella vetrata, nella speranza di fracassarla — intanto, però, cercava di sorridere, guardando Ian. Moriva dalla voglia di accarezzargli il viso, di sentirsi stretta tra le sue braccia, di respirare il profumo dei suoi capelli. Invece tutto ciò che le sue mani potevano toccare, o potevano stringere, era quel ricevitore di plastica azzurra del telefono. Alla vetrata vicina, il telefono era rosa, più oltre, giallo. Qualcuno, con un curioso senso dell'umorismo, aveva provveduto a far istallare quei telefoni color pastello, così eleganti e raffinati, lungo tutta la fila. Un po' come quando si va davanti alla grande vetrata del reparto maternità di un ospedale. Dall'altra parte ci sono i neonati. Lì al carcere era come parlare al telefono con quei cari tesorini...! Ma lei aveva bisogno di suo marito, non di un telefono-amico!

Tuttavia Ian aveva un aspetto migliore — era più magro, ma se non altro, le sembrava pulito. Nella speranza di ricevere la sua visita, si era anche sbarbato. Quasi senza accorgersene, cominciarono a scambiarsi qualche battuta frizzante, a fare botta e risposta, come ai vecchi tempi. Ogni tanto Jessica cedeva il telefono ad Astrid per qualche minuto. Come era strano, a ogni modo, trovarsi lì, loro due donne, a chiacchierare con Ian che stava al di là di quella parete di vetro. E si leggeva la tensione nei suoi occhi, si leggeva lo sforzo di essere all'altezza della situazione. Perfino le battute umoristiche che continuavano a volersi infliggere, cocciutamente, avevano qualcosa di amaro.

« Ma quest'oggi ho un vero e proprio harem qui davanti a me. Per essere uno stupratore! » Sogghignò un po' nervosamente alla propria battuta di spirito, di dubbio gusto.

« Magari penseranno che fai il magnaccia, invece! » Anche la risata delle due donne risuonò stridula.

La realtà era un'altra: Ian era chiuso lì dentro. E ci sarebbe rimasto, come minimo, un anno. Jessie aveva cominciato a domandarsi fino a che punto sarebbe riuscita ad accettare quel fatto, e a resistere. Per quanto non ci era costretta. Magari non ci era costretto nessuno dei due. Voleva parlargli di ricorrere in appello.

« Hai discusso la questione con Martin? »

« Sì. E non faremo ricorso in appello. » Le rispose in tono solenne, ma con una estrema sicurezza.

« Cosa? » La voce di Jessie si era levata, improvvisamente, acida e squillante.

« Non mi hai sentito? So perfettamente quello che sto facendo, Jessie. Niente potrebbe cambiare le cose — anche con un processo in appello. Martin la pensa come me. Per altri cinque o diecimila dollari, ci troveremmo affogati dai debiti ancora più di quello che non siamo adesso e, quando anche ci dovessimo presentare alla Corte d'Appello per un secondo processo, non avremmo niente di diverso da dire. I sospetti che abbiamo su quel suo famoso marito sono inammissibili sulla base delle fragilissime prove che ci troviamo in mano. Tutto quello che possediamo è una vecchia fotografia — e un sacco di idee fantasiose. Nessuno sarà disposto a salire sul banco dei testimoni. Non abbiamo niente a cui aggrapparci, all'infuori di una speranza cieca. Lo abbiamo fatto già una volta, ma non avevamo altra scelta. Quindi, non lo rifaremo. Non passeremo attraverso un'altra esperienza del genere. Un nuovo processo potrebbe andare allo stesso stramaledetto modo in cui è andato il primo e otterrebbe soltanto il risultato di inimicarci ancora più di prima questa gente. Martin è convinto che la soluzione, per me, sia quella di cercare di sopravvivere per tutto questo periodo di carcere a cui mi hanno condannato, di comportarmi da brava persona e... non è escluso che prima o poi mi concedano la libertà vigilata. A ogni modo, io ho preso questa decisione e sono convinto di non sbagliare. »

« Chi lo dice, accidenti? E perché nessuno è venuto a chiederlo anche a me? »

« Perché stiamo parlando della condanna che io devo scontare qui dentro: io, e non tu. Quindi è una decisione che spetta a me. »

« Però tocca anche la mia vita, la mia esistenza! » Aveva gli occhi pieni di lacrime. Voleva ricorrere in appello, voleva un'altra speranza, un'altra occasione di vincere, qualcosa, qualsiasi cosa... Non se la sentiva di accettare solo quello che le veniva offerto — una lunga attesa nella speranza che gli venisse concessa la libertà vigilata. In California si stava già parlando da parecchio tempo di introdurre dei cambiamenti sostanziali nella legislazione vigente, per esempio di inserirvi la condanna a tempo determinato, ma chi aveva la pazienza di aspettare che la legge venisse discussa e votata? E anche in questo caso, Martin aveva detto che forse Ian avrebbe dovuto passare in prigione almeno un paio d'anni. Due anni? Gesù! Come sarebbe riuscita, lei, a vederne la fine? Già in quel momento, al solo pensarci, non riusciva più a pronunciare una frase sensata nel ricevitore che stringeva in mano.

« Jessie, fidati di me. Deve essere così. Non ha senso cercare un'altra soluzione. »

« Potremmo vendere qualcosa. La casa. Qualsiasi altra cosa. »

« E perdere il processo un'altra volta. E allora? No, meglio stringere i denti e lasciar passare questo periodo. Ti supplico, Jessie... ti prego, ti prego con tutto il cuore... prova! In questo momento non posso fare altro per te se non amarti con tutto il cuore. Sei tu che devi essere forte. E, poi, non durerà molto a lungo questa situazione. Con ogni probabilità, si tratterà di un anno di carcere, non di più. » Cercava di essre sereno, di parlare con entusiasmo, fingendo di credere a quello che diceva — soltanto per amore di sua moglie.

« E se tu dovessi restar qui più di un anno? »

« Penseremo a preoccuparcene, quando verrà quel momento. » Per tutta risposta, Jessie gli mostrò un viso inondato di lacrime. Come avevano potuto prendere una decisione del genere senza parlarne con lei? E per quale motivo non si sentivano disposti a provare un'altra volta? Magari, in quella occasione, potevano vincere... magari... alzando gli occhi si accorse che Ian scambiava una lunga occhiata con Astrid, scrollando la testa. « Bambina, devi farti forza. Devi calmarti. Riprendere il controllo dei tuoi nervi. »

« Perché dovrei farlo? »

« Prova a farlo per me. »

« Io sto benissimo. »

Lui scrollò di nuovo la testa e la guardò: « Vorrei con tutto il cuore che fosse così! » Grazie a Dio, Jessica aveva Astrid.

Parlarono ancora per un po' di qualche altra persona che scontava una condanna nello stesso carcere, di certi esami clinici ai quali Ian era stato sottoposto, delle sue speranze di restare lì, piuttosto che essere mandato in un altro penitenziario. Vacaville, almeno, sembrava un posto civile e, una volta ambientatosi e riacquistata la calma, Ian sperava di poter ricominciare a scrivere. Jessie tentò di persuadersi che il solo fatto di sapere che Ian provava ancora interesse per il libro che stava scrivendo avrebbe dovuto farla sentire molto meglio. Se non altro, dimostrava di essere vivo mentalmente, spiritualmente. Però, sotto sotto, si accorgeva che non gliene importava molto. Già, e lei? Nessuno pensava a lei? Dopo essersi illusa disperatamente di poter ricorrere in appello, si sentiva ancora più sola dal momento che quella possibilità le era stata negata. Tentò di infondere un po' di serenità nel suo sorriso ma... che sofferenza non potergli tendere le braccia, stringerlo a sé, toccarlo, accarezzarlo!

Ian la fissò negli occhi per un attimo che parve interminabile, provando un desiderio spasmodico di poterla toccare, accarezzare, stringerla fra le braccia! Anche lui, ormai, stentava a continuare la conversazione. Gli intervalli di silenzio erano sempre più frequenti.

« Come va il negozio? »

« Bene. Anzi, in un modo favoloso. Facciamo affari d'oro! » Ma era una bugia. Gli affari erano tutt'altro che soddisfacenti. Da quando aveva aperto *Lady J.*, Jessica non aveva mai passato un periodo meno redditizio di quello. Ma come poteva raccontarglielo senza che nella sua voce si sentissero la recriminazione, l'accusa, l'offesa e la disperazione? Che cos'altro poteva fare? D'accordo, la verità era sempre quella: che gli affari andavano male e Ian sarebbe dovuto essere a casa, a lavorare, per aiutare a pagare le fatture; la verità era che Ian aveva un aspetto spaventoso e il modo in cui gli avevano tagliato i capelli lo faceva sembrare ancora più vecchio e stanco; la verità era che Jessica stava cominciando a preoccuparsi che, in prigione, lui diventasse un omosessuale, o peggio, che qualcuno lo ammazzasse; la verità era che lui non avrebbe mai dovuto passare quel pomeriggio con Margaret Burton, a darle una sbattuta, a divertirsi; la verità era che lui, Ian, era un figlio di puttana e che Jessica stava cominciando a detestarlo perché non era più lì, con lei, quando ne aveva bisogno, perché era andato via. Ma erano tutte verità che non poteva raccontargli. Perché erano troppe e capiva che lo avrebbero distrutto. Ian aveva ripreso a parlare; e lei fu costretta ad alzare gli occhi, a concentrarsi su quello che le stava dicendo.

« Jess, quando torni a casa, quest'oggi, vorrei che tu mi facessi un piacere. Prendi il dattiloscritto del mio libro, fanne fare le fotocopie, metti le fotocopie nella nostra cassetta in banca e spediscimi qui l'originale. Spero di ottenere il permesso speciale di poter continuare a scrivere, e a lavorarci; quindi credo che, per il giorno in cui il manoscritto mi arriverà, avrò già ottenuto il permesso che ho chiesto. Cerca di spedirmelo oggi stesso. » Mentre le spiegava tutto ciò, i suoi occhi erano tornati luminosi e scintillanti come in passato, ma Astrid, guardando Jessica, era rimasta allibita di fronte all'espressione che le era apparsa sul viso. Jessie pareva strabiliata. Come se non capisse. Lo avevano appena condannato a un lungo periodo di prigione, e si preoccupava del suo libro?

La visita si concluse poco più di un'ora dopo. Ci furono agitati, e ripetuti, saluti al telefono, un arrivederci caloroso e incoraggiante da parte di Astrid, poche parole di Ian che furono, per Jessica, come un abbraccio; poi, un momento di panico. Jessie capì che non sarebbe più riuscita a pronunciare una sola parola. Non riusciva neppure a mandargli un bacio a fior di labbra, per un ultimo saluto. E che cosa sarebbe successo se avesse fatto capire che aveva un bisogno disperato di stringerlo fra le braccia? Possibile che quella gente non si rendesse conto che lei aveva soltanto Ian al mondo?

Rimase a seguirlo con lo sguardo: Ian cominciò ad allontanarsi lentamente, con riluttanza, come se gli dispiacesse da morire di andarsene, ma continuando a conservare sulle labbra un largo sorriso, un sorriso da adolescente — tanto che Jessica si sforzò di sorridergli anche lei. Purtroppo, ormai, non aveva più riserve e, in cuor suo, si rallegrò che la visita finisse. Ormai, ogni volta che lo rivedeva, le costava una fatica sempre maggiore. Ed era ancora peggio di quando era stato rinchiuso nella prigione della contea. Provava una voglia matta di picchiare con i pugni su quel vetro, di mandarlo in frantumi, di urlare. Invece gli rivolse un ultimo sorriso e seguì Astrid giù, all'automobile che le aspettava, muovendosi come un automa.

« Ne hai ancora di quelle pillolette magiche, buona fatina? »

« No, non ne ho. Non le ho portate. » Astrid non aggiunse altro, ma le sfiorò un braccio in una carezza e la strinse a sé, con affetto, prima di aprire la portiera della macchina. Non c'era niente da aggiungere. E non volle umiliare Jessie, ma preferì lasciarle tacitamente tutta la sua dignità, fingendo di non vedere le sue lacrime mentre riprendevano in silenzio la strada di casa con la radio aperta, a basso volume, in mezzo a loro.

« Vuoi che ti faccia scendere davanti a casa, così puoi riposarti un po'? » Sorrise a Jessie mentre si fermavano a un semaforo della Broadway dove erano giunte, prendendo lo svincolo dell'autostrada. Ormai si trovavano in pieno traffico cittadino. Altri due isolati, e passarono davanti a *Enrico's*.

« Niente da fare. Se penso che è stato qui che è cominciata tutta questa storia. »

« Come dici? » Astrid non se n'era accorta ma, quando si voltò, vide che Jessica stava fissando i tavolini affollati, disposti sul marciapiede sotto gli apparecchi del riscaldamento elettrico. Faceva freddo, ormai, però c'era qualche coraggioso ancora disposto a star seduto fuori.

« È il ristorante *Enrico's*. È qui, che Ian l'ha incontrata. Chissà che cosa sta facendo, lei, adesso! » Negli occhi di Jessica era apparsa un'espressione spaurita, angosciata. E aveva parlato in tono assorto, come se sognasse.

« Jessie, non devi più pensarci. »

« Perché? »

« Perché, ormai, è inutile. È finita. Adesso devi guardare soltanto dall'altra parte. Devi puntare nella direzione opposta. Ti devi costringere a entrare in quella buia galleria, e a percorrerla da cima a fondo e, quasi senza accorgertene, vedrai che... »

« Oh, sono balle quelle che mi racconti! Vorresti farla passare come una bella favola, perdio! È meglio che non ti ci provi, sai? Cerca un po' di immaginare che cosa prova una disgraziata a guardare il proprio marito dietro una lastra di vetro, a non poterlo toccare, accarezzare, oppure... oh, Dio. Scusami. La verità è che non ce la faccio più, Astrid. Non ho più un briciolo di resistenza e non voglio essere sola. Ho bisogno di lui. » Terminò quella specie di sfuriata a voce bassa, perché aveva la gola chiusa da un nodo di pianto.

« Ricordati che non l'hai perduto. Lo hai sempre. Ed è tutto quello che importa. D'accordo, adesso lui è dietro quella vetrata, ma non ci resterà per sempre. Che cosa pensi che sia stato, per me, guardare Tom disteso in quell'orribile cassa da morto? Non mi avrebbe più rivolto la parola, non mi avrebbe più stretto fra le braccia, non avrebbe più avuto bisogno di me, né tantomeno mi avrebbe amato. Mai e poi mai, Jessie. Per sempre. Per te e per Ian, si tratta soltanto di un intermezzo. L'unica cosa che non hai è la sua presenza, in casa, ogni sera. Ma non ti manca tutto il resto. »

Già, ma è proprio questo di cui Jessica aveva bisogno. La sua presenza. Che cos'era, dov'era tutto il « resto »? Non se ne ricordava più. Ma c'era mai stato?

« E poi, c'è un'altra cosa, Jessie: devi smetterla di prendere quelle pastiglie. » Il tono di Astrid la riportò duramente alla realtà. Ormai erano quasi a casa. Mancavano pochi isolati.

« Perché? Non mi fanno nessun male. Anzi, mi aiutano. »

« Fra un po', non ti aiuteranno più. Avranno soltanto il risultato di renderti ancor più depressa — ed è un miracolo se non è quello che stanno già facendo! E guarda che, se non stai attenta, finirai per non riuscire più a farne a meno. Allora, quello sì, che sarà un problema! A me è capitato e ti garantisco che ho fatto una fatica a liberarmene e a tornare a essere quella di prima! Ho passato settimane e settimane giù dalla mamma, al ranch, a cercare di disintossicarmi. Ti prego, cerca di essere buona con te stessa, rinuncia a prenderle, cominciando da ora. » Ma Jessie si rifiutò di ascoltare quel consiglio ed estrasse un pettine dalla borsetta.

« D'accordo. Magari potrei andare direttamente in negozio. »

« Perché non torni a casa per cinque minuti, a calmarti, a distendere i nervi, per prima cosa? Non pensi che ti farebbe bene? » No, sarebbe stato terribile.

« D'accordo. Però devi venire anche tu a prendere un caffè. » Non se la sentiva di restare sola in casa. « Non devo dimenticarmi di prendere il dattiloscritto di Ian e di portarlo a far fare le fotocopie. Vuole rimettersi subito a lavorare. » Astrid si accorse che la voce di Jessica si era fatta fremente, aveva assunto una tonalità quasi cattiva. Che fosse gelosa? No, non era concepibile. Per quanto, in quei giorni, qualsiasi cosa era possibile, con Jessie.

« È una fortuna che, almeno, gli diano il permesso di lavorare di nuovo al suo libro. »

« Pare di sì. » Jessie si strinse nelle spalle mentre Astrid imboccava il viale d'accesso al garage.

« Gli farà bene. »

Jessie alzò le spalle di nuovo e scese dalla macchina.

L'anticamera era un po' in disordine; c'erano un mucchio di giacche e di cappotti che, evidentemente, Jessie aveva provato per poi scartarli, prima di andare a far visita a Ian, quella mattina. Astrid notò che i soprabiti di Ian occupavano soltanto una piccola parte dell'armadio-guardaroba e che ormai, qua e là, predominavano i capi di abbigliamento e gli oggetti più caratteristicamente femminili. Ian non abitava più lì da cinque settimane, eppure la casa sembrava già diventata l'esclusivo dominio di una donna. Si domandò se Jessie si fosse accorta di quel cambiamento.

« Caffè o tè? »

« Caffè, grazie. » Astrid sorrise e andò ad accomodarsi in una poltrona dalla quale poteva godersi il panorama. « Hai bisogno di aiuto? » Jessica fece segno di no con la testa e Astrid cercò di calmarsi, di distendere i nervi. Ormai era diventato così difficile stare con

Jessica! Perché si capiva che doveva soffrire atrocemente; e, purtroppo, l'aiuto che si poteva darle era pochissimo. Salvo la compagnia. Quella sì, che era importante. « Che cosa hai intenzione di fare a Natale? »

Jessica apparve sulla porta con due tazze di porcellana a fiori in mano e scoppiò in una risatina agghiacciante. « Chi lo sa? Magari, quest'anno, appendo me al camino, invece di appenderci la solita calza. »

« Jessica! Non crederai di essere divertente, vero? »

« Perché? C'è ancora qualcosa che può esserlo? »

Astrid sospirò profondamente e depose la tazza che Jessie le aveva messo in mano.

« Jessie, devi smetterla di crogiolarti nel tuo dolore. In qualche modo, in qualche posto, vedrai che, un giorno, troverai qualcosa a cui aggrapparti. Per te stessa, non soltanto per Ian. La boutique, un gruppo di persone, me, una chiesa, una cosa qualsiasi di cui puoi avere bisogno... ma devi assolutamente trovare qualche cosa a cui aggrapparti. Non puoi continuare a vivere in questo modo. Perché, continuando così, non soltanto non riuscirai a far sopravvivere il tuo matrimonio ma, quello che è molto peggio, non sopravviverai neppure tu. » Ecco quello che aveva terrorizzato Ian; Astrid lo aveva capito. Perché Ian le aveva lanciato un paio di occhiate molto significative — le erano bastate per intuire quello che voleva dirle.

« Ricordati che le cose non andranno avanti così in eterno, sai? Ti ritroverai ad avere ciò che prima non ti mancava. Non devi pensare che tutto sia finito. »

« Davvero? Sei proprio sicura che non sia tutto finito? Come fai a saperlo? Figurati che non lo so nemmeno io! A questo punto, non so neanche quello che abbiamo avuto, accidenti! E non riesco più a capire se vale la pena di averlo di nuovo. » Rimase allibita, sentendosi pronunciare quelle parole, ma era talmente esausta che non riusciva più a trattenersi. Intrecciò le dita perché si era accorta che aveva le mani scosse da un tremito. « Che cosa avevamo? Io mantenevo Ian, lui mi detestava per questo al punto che, ogni tanto, doveva andar fuori a scopare un branco di donne per sentirsi veramente un uomo. È un bel ritratto di un matrimonio, questo, non trovi, Astrid? Proprio il sogno di ogni fanciulla! »

« È quello che provi adesso, ripensando al passato? » Astrid intuiva perfettamente quanto atroce fosse la sofferenza di Jessica e ne era profondamente colpita. « Da quello che ho visto, posso dire che — nel vostro matrimonio — c'era molto, ma molto di più di quello che tu mi racconti! » Come le erano sembrati giovani, e felici, quando li aveva conosciuti... anche se a quel punto si rendeva conto che doveva esserci stato molto, moltissimo, che non aveva capito... né tanto meno immaginato. Non poteva che essere così. Incrociò lo sguardo di Jessica e si accorse di essere profondamente addolorata per lei. Quante cose avrebbe capito e imparato nei mesi successivi!

« Non so, Astrid. Ho, quasi, la sensazione di aver sbagliato tutto, prima, e vorrei che le cose si riaggiustassero, adesso. Ma è troppo tardi. Lui non c'è più. Non me ne importa di quello che puoi dirmi; lo sento dentro di me, in fondo al cuore, che Ian non tornerà mai più in questa casa. Mi illudo, fingo con me stessa, tendo l'orecchio per sentire il suo passo, mi aggiro per il suo studio... e poi dobbiamo andare lassù, in quel posto, a fargli visita e lui è là dentro, come uno scimmione in gabbia. Astrid, è mio marito, e lo hanno chiuso in quella prigione come una bestia in gabbia! » Le erano salite le lacrime agli occhi. Si sentiva frastornata, confusa.

« È questo che ti angoscia, Jessie? Sul serio? »

Quella domanda sembrò irritarla. « Naturalmente! Che cosa credevi? »

« Credo che questo sia solo uno dei motivi, ma

devono essercene anche altri che ti angustiano allo stesso modo. Secondo me, hai paura di dovere affrontare dei cambiamenti. Lui cambierà. Vuole dedicarsi al suo libro, adesso, e questo ti spaventa. »

« Non mi spaventa. Mi indispettisce. » Se non altro, era onesta. Lo aveva ammesso.

« Per quale motivo? »

« Perché io sono qui, sola, solissima, e mi sembra di impazzire, costretta come sono a lottare contro la realtà dei fatti; lui, invece, che cosa vuol fare? Gingillarsi con quel suo libro come se niente fosse mai accaduto! E, Astrid, è così complicato. Non riesco a capire più niente di niente. Mi sembra soltanto di impazzire. Non ce la faccio. Insomma, non ce la faccio. »

« Puoi farcela benissimo, e anche Ian. Ormai la parte peggiore l'avete superata. Il processo deve essere stato un inferno. » Jessie annuì seccamente.

« Certo, ma questo è ancora peggio. Perché questo va avanti, va avanti in eterno! »

« No, affatto. E non dimenticarti, Jessie, che sei in grado di affrontare molto più di quanto non credi. Come Ian. » Si augurò di avere ragione.

« Come fai a esserne tanto sicura? Ti ricordi l'aspetto che aveva oggi, Astrid? Per quanto tempo ancora credi che riuscirà ad accettare le condizioni in cui si trova? È un ragazzo viziato, viziato da morire, e abituato a una vita comoda e piacevole in mezzo a gente educata e civile. Adesso, è chiuso là dentro. Noi non sappiamo come sia in realtà la vita in un penitenziario, ma che cosa credi che succederebbe se uno qualsiasi dei suoi compagni lo aggredisse, con un coltello in mano, oppure se qualche balordo volesse far l'amore con lui? E allora? Pensi sul serio che Ian se la saprebbe cavare in situazioni del genere, Astrid? » La sua voce si era alzata a poco a poco, raggiungendo un tono fremente, da isterica. « E sai, anche, qual è l'assurdità di tutto questo grosso pasticcio? Che Ian è finito lì dentro per colpa mia. Non per colpa di Margaret Burton. Per colpa mia. Perché io lo avevo castrato in modo così totale che ha avuto bisogno di lei per dimostrare qualche cosa a se stesso. Sono stata io. Tutta colpa mia. È come se gli avessi infilato le manette ai polsi con le mie mani. »

Il guaio era che Astrid, ormai, aveva capito come Jessica fosse pienamente convinta di tutto quello che andava dicendo. Le andò vicino e cercò di abbracciarla mentre Jessica scoppiava in singhiozzi.

« Jessica, no... no, bambina. Tu sai... »

« Io so. Come è vero! Lo so. E lui lo sa. E lo sapeva perfino quella maledetta donna! Avresti dovuto vedere come mi guardava nell'aula del tribunale. Lo sa Dio che cosa Ian le ha raccontato! Mentre io la guardavo con odio, lei mi guardava con compassione. Accidenti, Astrid, ti prego, dammi qualcuna di quelle pastiglie. » Alzò verso di lei un viso sconvolto, smunto, stralunato — ma Astrid fece segno di no con la testa.

« Non posso. »

« Perché non puoi? Ne ho bisogno. »

« Al momento, hai bisogno soprattutto di essere lucida. Di avere le idee chiare. Non di vivere in continuazione come se brancolassi in mezzo alla nebbia. Quello che mi hai appena detto è completamente assurdo e, con ogni probabilità, è altrettanto assurdo quasi tutto quello su cui stai elucubrando adesso. La cosa migliore sarebbe quella di cominciare a riflettere con calma, di riordinare le idee, e di farla finita una volta per tutte. Le mie pastiglie non ti possono essere di aiuto. »

« Mi serviranno a superare questo periodo. » L'aveva detto con voce supplicante.

« No, niente affatto. Ormai hai perduto completamente ogni senso della prospettiva e le mie pastiglie servirebbero soltanto a peggiorare le cose. Però, guarda, c'è una cosa di cui sono sicura e che voglio dirti. Se non ti metti d'impegno a riordinare le tue idee, se non cominci a riflettere con calma su tutto quello che è successo, sarà un andar di male in peggio e ti accorgerai che, quando Ian uscirà di prigione, il vostro matrimonio non esisterà praticamente più. Finirai per odiarlo, magari perfino quanto stai già odiando te stessa, se è possibile! È un dovere che hai nei tuoi confronti, Jessica, quello di meditare seriamente su quello che è accaduto. »

« È per questo che non me le vuoi dare, vero? Ti sei impegnata a farmi ragionare, o sbaglio? » La voce di Jessica, ormai, era piena di amarezza.

« No, questo non posso farlo. Non posso costringerti a riflettere. Però non voglio nemmeno darti qualcosa che ti renda ancor più confusa, e con il cervello ancora più ottenebrato di quello che non è già. Non posso farti uno scherzo simile, Jessica. Non posso, e basta. » Jessica provò un impulso quasi irresistibile ad alzarsi di scatto e a schiaffeggiarla; e fu a quel punto che capì che aveva imboccato la strada della pazzia. Era impensabile mettersi a schiaffeggiare Astrid, lì, in quel momento! Eppure le sembrava anche incredibilmente reale e possibile. Perché voleva, voleva a tutti i costi quelle maledettissime pastiglie!

« Presto o tardi bisogna che tu ti decida ad affrontarlo. » Allora, improvvisamente, gli occhi di Jessica tornarono a essere lucidi di lacrime.

« E se diventassi matta? Dico... matta sul serio, sai? »

« Per quale motivo dovrebbe succedere una cosa del genere? »

« Perché non ce la faccio ad affrontare questa situazione. Non ce la faccio, insomma! »

Astrid, che non sapeva più che cosa ribattere, provò a domandarsi come avesse affrontato lei e i suoi problemi, la mamma, quando si era trovata in condizioni più o meno simili dopo la morte di Tom. E queste riflessioni le suggerirono un'idea.

« Jessie, perché non vieni giù al ranch con me, per Natale? La mamma ne sarà felice e ti farà bene! »

Ma Jessica aveva già scrollato la testa ancora prima che Astrid avesse finito di parlare.

« Non posso. »

« Perché, no? »

« Devo passare Natale con Ian. » Ma, a quel pensiero, aveva assunto un'aria profondamente depressa.

« Non 'devi' far niente di simile, sai? »

« Va bene, allora voglio passare il Natale con Ian. » Natale senza Ian? Neanche a pensarci!

« Anche se ci sarà di mezzo il vetro di quella specie di finestra? » Jessica annuì. « Perché, per amor di Dio? Come una specie di pena da scontare, in modo da sentirti assolta da tutte quelle colpe che continui ad accumularti addosso? Jessica, non essere assurda! Molto probabilmente Ian sarà felicissimo di sapere che tu fai qualcosa di divertente, come — per esempio — venire giù al ranch. » Jessica non rispose e, dopo un breve silenzio, Astrid riprese a parlare dicendole con molta schiettezza quello che stava pensando: « Oppure preferisci torturarlo, facendogli vedere fino a che punto riesci a soffrire anche a Natale? »

Di fronte a quell'osservazione, Jessica sbarrò gli occhi.

« Gesù, Gesù, a sentirti, si direbbe che la mia unica aspirazione sia quella di prenderlo a pugni! »

« Forse è proprio così. La mia impressione è che tu non sappia decidere, in questo preciso momento, chi è la persona che odi di più — lui o te stessa. Secondo me, siete già stati puniti abbastanza, Ian per mano dello Stato, e tu per mano tua. Perché non ricominci a essere buona con te stessa, Jessica? Magari, facendo così non è escluso che tu riesca a essere buona anche con lui. » Nelle parole di Astrid c'era molta più verità di quanta Jessie fosse disposta ad accettare.

« Puoi prenderti cura di te, Jessie, puoi difenderti e proteggerti. E Ian, perfino da lontano, farà altrettanto. Ti saranno di aiuto anche i vostri amici, ma, più di tutto il resto, sei tu stessa che devi capire di avere maggiori riserve di energia e di forza di quanto non immagini. »

« Come fai a saperlo, tu? »

« Lo so. Sei spaventata, e hai pienamente ragione di esserlo. Ma se provassi a calmarti soltanto un poco e a riflettere su te stessa, con bontà, saresti molto meno spaventata. A ogni modo devi assolutamente smetterla di dedicarti con tanto impegno soltanto a questo. »

« E devo anche smettere di prendere quelle pastiglie? »

Astrid annuì, e Jessie rimase in silenzio. No, non era ancora pronta a fare ciò che Astrid le chiedeva. Lo sapeva senza neanche tentare.

Tuttavia, un tentativo lo fece. Astrid la lasciò senza dargliene nemmeno una. Jessica andò in banca con il manoscritto di Ian — aveva le mani, le ginocchia, che le tremavano, ma ci andò senza prendere altre pastiglie. Di lì, si recò all'ufficio postale e dall'ufficio postale al negozio. Riuscì a resistere a *Lady J.* per meno di un'ora e, poi, tornò a casa dove si mise a camminare su e giù per le stanze. Passò l'intera notte rannicchiata in una poltrona del soggiorno, in preda alla nausea, scossa da un tremito, con gli occhi sbarrati. Addosso, portava uno dei maglioni di Ian. Era ancora impregnato del profumo della sua colonia e, a Jessica, dava l'impressione, quasi, di averlo lì con sé. Le pareva di sentirsi osservare da lui, seduta com'era di fronte al camino. E, nel fuoco, continuava a vedere facce, tante facce... quella di Ian, della mamma, di Jake, di suo padre. Arrivarono a poco a poco, quando la notte era già inoltrata. E, poi, credette di sentire qualche rumore insolito nel garage. Avrebbe voluto mettersi a urlare, ma non ci riuscì. Avrebbe voluto quelle pastiglie, ma non ne aveva nemmeno una. Non ebbe neppure il coraggio di mettersi a letto, quella notte, e — alle sette del mattino — telefonò al suo medico. Il quale le concesse tutto quello che lei voleva.

# 23

A NATALE, Astrid passò venti giorni al ranch, con sua madre. Jessica, nella boutique, fu letteralmente sommersa dal gran daffare. Ormai aveva preso l'abitudine di andare a trovare Ian regolarmente due giorni alla settimana, al mattino, e la domenica. Costringeva la *Volvo* a percorrere più di seicento chilometri alla settimana e capiva che la vecchia automobile non ce l'avrebbe fatta ancora per molto a essere sottoposta a una simile usura. A volte, pensava che lei e la macchina sarebbero morte insieme, crollando sfinite sul ciglio della strada. Nel caso della *Volvo*, sarebbe stata una morte di vecchiaia; in quello di Jessie, una morte provocata dalla tensione e dalla profonda stanchezza. E, anche, dall'abuso di farmaci. Però, ormai, quelle pastiglie le erano diventate essenziali per tirare avanti bene. Ed erano poche le persone che se ne erano accorte. E Ian non aveva ancora affrontato quel discorso con lei. Tanto che Jessica era arrivata alla conclusione che non si volesse rendere conto di quello che stava succedendo. Così, semplicemente. Ma, per lei, andava benissimo.

Quell'anno non poté mandargli un regalo per Natale. Ian aveva il permesso di ricevere soltanto regali in denaro e, quindi, Jessica gli spedì un assegno. E si dimenticò anche di comperare un regalo di Natale per Zina e Katsuko. Tutto quello a cui pensava, ormai, era soltanto far benzina, riuscire a sopravvivere alle visite a Ian, che continuava a vedere sempre dietro il vetro di quella specie di finestra, e presentare le ricette in farmacia quando le pastiglie finivano. Sembrava che niente altro avesse importanza. Quel po' di energia che le rimaneva era dedicata unicamente a esaminare conti e fatture, e a trovare il modo di pagarli. Era sempre quello il problema sul quale si arrovellava; tanto che, a volte, già fin da quando si svegliava al mattino cominciava a calcolare come coprire una spesa, se prendeva a prestito il denaro da un'altra parte; oppure se non avesse pagato quell'altra fattura, ancora, fino a... La sua grande speranza era che le vendite natalizie servissero a farla tornare a galla. Purtroppo *Lady J.* aveva i suoi problemi. Mancava qualcosa, all'andamento del negozio, e Jessica doveva ammettere a se stessa che non se ne interessava più come in passato e che le mancava l'entusiasmo di prima. Ormai *Lady J.* era soltanto un comodo mezzo per pagare i suoi debiti, non una gioia. Era anche un posto in cui andare durante il giorno. Poteva nascondersi nel suo piccolo ufficio in fondo al negozio e riprendere, ogni mattina, a lottare con tutti quei conti in sospeso. E ormai le capitava sempre più raramente di uscire di lì per intrattenere i clienti. Perché bastavano pochi minuti e, subito, si sentiva afferrare alla gola da un'ondata di panico e doveva chiedere scusa o trovare un pretesto per ritirarsi... e, così, poteva ingoiare una capsula gialla... una azzurra... scolarsi in fretta un goccio di Scotch... qualcosa... qualsiasi cosa pur di dominare, e far scomparire, quel senso di panico. In fondo, era più semplice star nascosta lì dentro e lasciare che fossero le ragazze a occuparsi della clientela. Lei, a ogni modo, aveva anche troppo da fare! Con tutti quei conti da pagare... e, poi, doveva anche fare uno sforzo enorme per imporsi di non pensare, soprattutto la sera tardi o la mattina presto. All'improvviso, per la prima volta da anni, riusciva a ricordare perfettamente la voce di sua madre, la risata di papà. Li aveva dimenticati per tanto tempo e improvvisamente le erano tornati alla mente. Parlavano, anche, dicevano tante cose... l'uno dell'altro... parlavano di lei... di Ian... e avevano ragione. Volevano che riflettesse anche lei. Perfino Jake, in una particolare occasione, le aveva detto qualcosa. Ma lei non voleva pensare. Non era ancora venuto il momento. Non ci era costretta... e non voleva neanche... non poteva pensare... nessuno di loro poteva costringerla a farlo... loro...

Natale, quell'anno, non cadeva in una delle giornate in cui erano concesse le visite al penitenziario e, quindi, Jessica non poté trascorrerlo con Ian. Lo trascorse da sola, con tre capsule rosse e due gialle. Non si svegliò fino alle quattro del pomeriggio dell'indomani e, a quel punto, trovò le forze per andare in negozio. Voleva scegliere alcuni capi per i saldi che stavano preparando. A Natale aveva perduto molto denaro e a quel punto cercava di riguadagnarlo. Forse con una bella vendita di saldi, che attirasse la clientela, ci sarebbe riuscita. Avrebbe spedito qualche bigliettino alle clienti migliori per avvertirle. E sarebbero arrivate a frotte... almeno così sperava.

Si dedicò a riordinare la contabilità fino a Capodanno e, soltanto allora, si ricordò di dare un assegno a Zina e a Kat al posto del regalo natalizio di cui si era dimenticata. Lei, personalmente, aveva ricevuto tre regali, e una poesia da Ian. Astrid le aveva regalato un braccialetto d'oro, di fattura molto semplice e di ottimo gusto, mentre Zina e Kat le avevano offerto due graziosi oggettini che rivelavano il loro affetto e la loro premura. Da Zina aveva ricevuto un profumato *potpourri* di fattura casalinga, in un delizioso vasetto di porcellana francese; da Katsuko un disegno a penna, molto semplice e lineare, in una cornice d'argento. Per tutta la vigilia di Natale, Jessica non fece che leggere e rileggere la poesia che Ian le aveva mandato. Quando finalmente la posò sul comodino, i fogli erano già tutti spiegazzati e gli angoli accartocciati.

Si mise a portarla con sé in ufficio, a tenerla sempre nella borsetta, in modo da poterla estrarre per leggerla durante il giorno. Poche ore dopo averla ricevuta la sapeva già a memoria.

Katsuko e Zina ormai cominciavano a domandarsi che cosa facesse chiusa nel suo piccolo ufficio, in fondo al negozio. Ogni tanto ne veniva fuori per bere un caffè oppure per controllare qualcosa in magazzino, ma capitava di rado che scambiasse qualche parola con loro, e non rideva né scherzava più come una volta. Erano passati i giorni delle chiacchierate piacevoli, dei pettegolezzi gustosi, della simpatica atmosfera che avevano goduto, come di quel senso di cameratismo che c'era sempre stato fra loro. Ormai era come se anche Jessie fosse sparita dalla loro vita, come ne era sparito Ian. A volte compariva sulla porta del suo piccolo ufficio, al termine della giornata di lavoro, con una penna infilata nei capelli, l'aria stranita, un mucchietto di fatture in una mano e, spesso, gli occhi gonfi e iniettati di sangue. Era più pronta a ribattere in tono tagliente, parlando con le persone, se qualcosa non andava; più pronta a spazientirsi anche per questioni prive di importanza. E c'era sempre quello sguardo vacuo, spento, nei suoi occhi. Uno sguardo che faceva capire come trascorresse le notti quasi senza dormire. Uno sguardo che lasciava capire come fosse molto più terrorizzata di quel che non lasciava vedere. Ed era lo sguardo inequivocabilmente offuscato e vitreo provocato dal consumo ininterrotto di tutte quelle pastiglie.

Soltanto nei giorni in cui andava a far visita a Ian era un po' differente. Perché, in quelle occasioni, sembrava viva. Qualcosa si illuminava e scintillava dietro il muro che aveva alzato fra sé e il resto del mondo. Perché, allora, qualcosa di diverso si leggeva anche nei suoi occhi — per quanto non volesse parlarne con nessuno, condividere i propri pensieri e le proprie riflessioni. Neppure con Astrid la quale si era messa a passare sempre più tempo nella boutique e a conoscere meglio Zina e Katsuko. In un certo senso, aveva sostituito Jessie. Anche lei possedeva quel modo di fare disinvolto e gradevole che Jessie aveva avuto in passato. Le piacevano il negozio, le clienti, i vestiti, le ragazze. Aveva tempo di ridere e di chiacchierare. Aveva idee nuove. Quella boutique le piaceva enormemente, e non lo nascondeva. Le ragazze si erano affezionate ad Astrid. Ormai ci veniva perfino nei giorni in cui Jessie andava a far visita a Ian.

« Sapete cosa vi dico? A volte comincio a credere di esser venuta qui in modo da saperlo subito, per prima cosa, che è tornata. Mi preoccupa talmente il pensiero del lungo viaggio che deve fare. »

« Preoccupa anche noi. » Katsuko scrollò la testa.

« L'altro giorno mi ha raccontato che lo fa tutto mettendo il 'pilota automatico'. » Le parole di Zina non diedero nessun conforto alle altre due. « Dice che, in certi casi, non riesce nemmeno a ricordare dov'è e che cosa sta facendo, e si riscuote soltanto quando vede l'indicazione del posto. »

« Spaventoso. » Astrid bevve un sorso di caffè e scrollò la testa anche lei.

« Che tristezza, vero? Mi sto domandando fino a quando riuscirà a resistere. Perché non può tirare avanti come sta facendo. Dovrebbe uscire, vedere un po' di gente, provare a sorridere di quando in quando. » E smetterla di intontirsi con tutti quei pasticci che prendeva. Katsuko non lo disse, questo, però era l'opinione di tutte e tre. « Non sembra più nemmeno la stessa donna di prima. Chissà come se la cava lui! »

« Un po' meglio di Jessica, a dir la verità. Anche se è qualche tempo che non lo vedo. Ho l'impressione che lui sia meno spaventato. »

« Perché è paura, quella di Jessica? » Zina sembrava strabiliata. « Credevo che fosse semplicemente stanchezza, o esaurimento. »

« Anche quello. Però c'è di mezzo la paura. » Astrid rispose in tono esitante. Erano argomenti che preferiva non discutere.

« E le preoccupazioni. In questo periodo *Lady J.* gliene ha fatte vedere di tutti i colori! »

« Davvero? Eppure mi sembra che facciate buoni affari! »

Katsuko scrollò la testa. Anche lei era riluttante ad aggiungere qualcosa di più. Ma le era capitato, negli ultimi tempi, di prendere qualche telefonata di persone alle quali Jessie doveva dei soldi. Per la prima volta il negozio era nei guai e non esistevano più riserve finanziarie alle quali attingere. Jessie l'aveva spolpato, letteralmente, spendendo per Ian tutto il denaro che era stato messo da parte, fino all'ultimo centesimo. Di conseguenza, anche *Lady J.* stava pagando lo scotto di quello che era successo a Ian.

Jessie entrò in negozio in quel momento e la conversazione venne interrotta. Aveva l'aria stanca, sciupata; sembrava più magra del solito, però aveva gli occhi più luminosi e quell'espressione indefinibile che si notava sempre in lei quando tornava dall'aver visto Ian. Perché era Ian che le dava, di nuovo, la carica. Che le arricchiva lo spirito. Che le dava nuova vita.

« Ebbene, care signore, come state oggi? Sei venuta qui di nuovo a spendere tutti i tuoi soldi, Astrid? » Jessie si mise a sedere e bevve un sorso del caffè che era rimasto in una delle tazze. Contemporaneamente si fece scivolare in bocca una pastiglietta gialla, ma fu un gesto tanto rapido che quasi nessuno se ne accorse. All'infuori di Astrid.

« Nossignora. Oggi non sono venuta a spendere un centesimo. Sono passata soltanto a bere un caffè e trovare un po' di compagnia. Come sta Ian? »

« Bene mi pare. È molto preso dal suo libro. Non pensa che a quello. Come sono andate le vendite, oggi? » Pareva che non desiderasse parlare di Ian. Del resto, da qualche tempo, parlava raramente di tutto ciò che aveva importanza per lei. Perfino con Astrid.

« Oggi è stato abbastanza tranquillo. » Katsuko le diede subito qualche ragguaglio su quello che era stato fatto in negozio mentre Zina osservava il leggero tremito che scuoteva la mano di Jessica.

« Fantastico! Un negozio che non vende e un'automobile che non va più. La *Volvo* ha appena esalato l'ultimo respiro. » Non sembrava affatto preoccupata di quello che era successo e si comportava come non si trattasse di una questione importante — come se, a casa, avesse un'altra dozzina di automobili che l'aspettavano.

« Lungo la strada del ritorno? »

« Naturalmente. Sono riuscita a farmi dare un passaggio da due ragazzi a Berkeley. In un furgone *Studebaker* del 1952. Un furgone rosa con i bordi verde chiaro. Lo chiamavano Cocomero. E, da come viaggiava, sembrava proprio di essere a bordo di un cocomero! » Cercava di buttare sullo scherzo la sua avventura, mentre le altre tre donne la guardavano allibite.

« E, allora, adesso... dov'è la macchina? »

« In una stazione di servizio di Berkeley. Il proprietario mi ha offerto settantacinque dollari e, in più, non mi ha fatto pagare il carro-attrezzi che l'ha rimorchiata fin lì. »

« Gliel'hai venduta? » Perfino Katsuko pareva allibita.

« Nossignora. Non posso. È di Ian. Ma credo che finirò per venderla. Quella macchina non ne può più. » Come me. Non lo disse, ma lo capirono tutte dal tono della sua voce. « Del resto bisogna abituarsi al fatto che le cose vanno e vengono! È sbagliato attaccarcisi. Cercherò di trovare qualcosa che costi poco per andare su, da Ian.» Già, ma come? Dove avrebbe trovato i soldi?

«Ti ci accompagnerò io.» La voce di Astrid era sommessa, e stranamente calma. Jessica alzò gli occhi a guardarla e fece segno di sì con la testa. Inutile protestare. Aveva bisogno di aiuto e lo capiva — e non soltanto per quei viaggi in automobile.

Da quel giorno in poi Astrid accompagnò Jessica a trovare Ian tre volte alla settimana. Risparmiava a Jessie la noia di dover aspettare a prendere le due pastigliette gialle quando arrivava al penitenziario. In quel modo poteva prenderne due al mattino — e altre due dopo averlo visto. A volte, ci aggiungeva anche una capsula verde e nera. Tutto l'aiutava un po' di più.

Quanto ad Astrid, non riusciva più ad avere un colloquio costruttivo con lei. Non ci si provava nemmeno. Non le restava altro da fare che assisterla, e restarle vicino, per il giorno in cui tutto le sarebbe crollato sulla testa. Perché Jessica ormai andava avanti meccanicamente. Marciava dritta dritta alla rovina. E molto in fretta. Perfino Ian non aveva più il potere di farla meditare seriamente sulla sua opinione in proposito. E Astrid se ne stava accorgendo molto chiaramente. Ian non se la sentiva di affrontare quello che stava succedendo a Jessie perché non poteva darle nessun aiuto. Quindi, non potendo aiutarla, non voleva vedere niente. E, ogni volta che Jessie si presentava, con quell'aspetto sempre più angosciato, sempre più esausta, più tesa, eccitata e disperata, ma ancora capace, con uno sforzo immane, di nascondere la sua disperazione sotto una vivacità stonata e fittizia, Ian si sentiva sempre più angosciato. Gli pareva di provare un senso di colpa ancora maggiore, di esserle debitore ancora più di prima, di soffrire ancor peggio. Ormai capitava raramente che i loro occhi si incontrassero. Parlavano, e basta. Lui parlava del libro, lei parlava della boutique.

Non si accennava mai al passato, al futuro, oppure alla realtà del presente. Non si parlava mai dei rispettivi sentimenti e ci si accontentava di inserire nel discorso, a intervalli regolari, la frase «Ti voglio bene» come se fosse stata la punteggiatura del discorso. Era atroce assistere a quegli incontri e Astrid, a poco a poco, si accorse che quelle visite le pesavano enormemente. Provava una gran voglia di prenderli per le spalle, sia l'uno sia l'altra, di scuoterli, di cercare di farli parlare, di far cessare quello a cui stava assistendo. E invece Ian e Jessie continuavano a spegnersi, a morire a poco a poco, in silenzio, ai lati opposti di quella parete di vetro, ciascuno nel proprio inferno personale, Ian insieme con le sue colpe e Jessica in compagnia delle proprie — e ciascuno di loro continuava nella propria cecità non soltanto su tutto ciò che riguardava se stesso, ma anche su ciò che riguardava l'altro. Intanto Astrid assisteva a tutto questo, ammutolita e piena di orrore.

Se, almeno, avessero potuto toccarsi o stringersi fra le braccia, forse sarebbero riusciti a essere più autentici, più schietti. Non potevano farlo — e quindi non ci riuscivano. Astrid lo capiva, guardandoli. E lo leggeva anche negli occhi di Jessie, ormai. Occhi sempre pieni di sofferenza, occhi che sembravano quelli di una bambina la quale non riesce più a capire niente. Suo marito se n'era andato... ma che cos'era un marito, e dov'era andato? Le capsule, le pastigliette, avevano ottenuto l'effetto di farla sentire sempre fluttuante, come se galleggiasse a mezz'aria, oppure sommersa in un mare di confusione e di incertezza. Solo raramente riusciva a risalire alla superficie. Le pareva, ormai, di essere lì lì per annegare e Astrid cominciava ad avere il terribile sospetto che Ian fosse già annegato. Avrebbe rinunciato volentieri a quelle visite al penitenziario. Ma nessuno di loro tre, ormai, poteva liberarsi dal ruolo che lo teneva prigioniero. Quello del marito, della moglie, e dell'amica di famiglia.

Gennaio cedette il posto a febbraio; e poi, lentamente, giunse anche marzo. La boutique aveva organizzato una vendita di saldi della durata di quindici giorni che, però, aveva avuto, come risultato, pochissimi affari. La gente era tutta molto impegnata, oppure era fuori città, oppure si convinceva di essere povera e di non avere soldi da spendere. Perfino la collezione d'inverno, negli ultimi tempi, non era andata molto bene. *Lady J.*, poi, non era una boutique che offrisse merce ordinaria o scadente. Serviva una clientela molto scelta, di livello internazionale, estremamente chic. Ma, in quel periodo, i mariti delle clienti avevano raccomandato un taglio netto nelle spese. E il mercato ne aveva subito un duro contraccolpo. Ormai le signore, abituate a servirsi della boutique, non riuscivano più a trovare divertente un grazioso golfino oppure una gonna semplicissima che, però, venivano a costare, insieme, quasi duecento dollari.

« Gesù benedetto! E, adesso, che cosa ce ne facciamo di tutta questa robaccia? » Jessie si era messa a camminare su e giù per il negozio, mentre apriva un nuovo pacchetto di sigarette. Quella mattina era stata a trovare Ian. Gli aveva parlato di nuovo, come sempre, attraverso quella vetrata. Sempre attraverso quella vetrata. In eterno attraverso quella vetrata. Cominciava a pensare, nelle sue fantasie, che sarebbe riuscita ad accarezzarlo, a sfiorarlo con le mani, soltanto quando avessero toccato il secolo tutti e due! Ormai, fra i suoi sogni, non c'era nemmeno quello di vederlo tornare a casa. Non ci pensava più. Le sarebbe bastato toccarlo.

« Certo che avremo un bel problema, Jessie, quando arriverà la collezione di primavera. » Katsuko si guardò intorno con aria pensierosa.

« Già, che bastardi! Doveva arrivare la settimana scorsa e, invece, è in ritardo. » Entrò rapidamente in magazzino per vedere che cosa avevano. Ormai, era quasi sempre stizzita o irritata. L'angoscia si manifestava sotto forme differenti. Non le bastava più cercare di nascondersi; ormai aveva bisogno di ben altro per far tacere le voci che sentiva di dentro.

« Ascolta! Stavo pensando una cosa. » Katsuko l'aveva seguita in magazzino e la stava osservando.

« Piacevole o no? » Jessie alzò gli occhi, le sorrise imbarazzata e infine alzò le spalle. « Scusami. Che cosa stavi pensando, Kat? » In quel momento sembrava di nuovo la Jessie di un tempo. Ma capitava di rado.

« Alla collezione per l'autunno. Vai a New York uno di questi giorni? » Già, con che mezzo? Volando su un manico di scopa?

« Ancora non ho deciso. »

« Come ce la caveremo con la collezione autunnale, se non ci vai? » Katsuko non le nascose di essere preoccupata. Ormai non avevano quasi più soldi per comperare i capi di abbigliamento di una nuova collezione e la scrivania di Jessie era letteralmente ricoperta di fatture che aspettavano di essere pagate.

« Non so, Kat. Vedrò. » Rientrò nel suo ufficio e richiuse la porta con un tonfo. Aveva la faccia contratta, la bocca trasformata in una sottile linea dura. Zina e Kat si scambiarono un'occhiata. Zina si precipitò a rispondere al telefono che aveva cominciato a squillare in quel momento. Cercavano Jessie. Era un negozio di musica e di dischi. Passò la telefonata in ufficio e aspettò che Jessie alzasse il ricevitore. Ma il pulsante luminoso che indicava come quella linea fosse occupata, si spense quasi subito, dopo pochi minuti.

Intanto, chiusa nel suo ufficio, Jessie giocherellava con una matita, ma aveva le mani che le tremavano. Era stata un'altra delle solite telefonate. Si erano detti sicuri che si doveva trattare di una svista, lei doveva essersi di certo dimenticata di mandare l'assegno per la somma che doveva ancora pagare... perlomeno questa gente era stata educata e cortese. La segretaria del medico le aveva telefonato il giorno prima, minacciando di farle causa. Per cinquanta dollari? Un medico che vuole farti causa per cinquanta dollari? E un dentista per novantotto... e poi c'era ancora il conto del negozio di vini e liquori per il vino di Ian, altri centoquarantacinque dollari... e ne doveva ventisei alla tintoria, trentatré al negozio di alimentari e il conto del telefono ammontava ad altri quarantuno... e poi c'era quello di I. Magnin... e l'iscrizione al circolo del tennis di Ian, che non era ancora stata rinnovata... e le nuove piante per il negozio e il conto dell'elettricista quando tutte le luci erano saltate nei giorni di Natale... e quello dell'idraulico per le riparazioni che aveva fatto in casa... e avanti, avanti, avanti di questo passo... ormai la *Volvo* non c'era più e anche *Lady J.* sarebbe fallita. E Ian era in prigione e tutto continuava ad andare sempre peggio. Invece di migliorare. Che amara soddisfazione! E, nel frattempo, Astrid andava a comperare da lei un maglione dopo l'altro, al prezzo di costo, e tornava da *Shreve's* mostrandole una serie di braccialetti d'oro « divertenti » che vi aveva acquistato, e andava dal parrucchiere ogni tre giorni pagando venticinque dollari al colpo! Come se non bastasse, c'era anche la collezione autunnale a cui bisognava pensare. Il costo del biglietto in aereo, non ammontava, certo, a meno di trecento dollari; e, poi, bisognava anche pensare all'albergo, per non menzionare il costo di tutto quello che avrebbe dovuto acquistare. A quel modo si sarebbe trovata ancor più piena di debiti — ma non aveva altre soluzioni. Senza una collezione autunnale pronta per le clienti, tanto valeva chiu dere *Lady J.* dopo la Festa del lavoro, l'ultima vacanza di settembre. Ormai era arrivata al punto da aver quasi paura di entrare in banca a cambiare un assegno. Temeva sempre che, mentre stava uscendo, l'avrebbero bloccata per accompagnarla nell'ufficio del direttore. Per quanto tempo ancora avrebbero sopportato i suoi conti correnti in rosso, i problemi che aveva, e tutte le altre balle? E lei, Jessica, per quanto tempo ancora sarebbe riuscita a sopportarli?

Era intenta a calcolare che cosa poteva venire a costarle il viaggio a New York, quando sentì il ronzio del telefono interno. Stavano per passarle una chiamata. Alzò il ricevitore distrattamente senza essersi fatta dire, prima, da Zina di chi si trattava.

« Salve, bellissima, che cosa ne diresti di un po' di tennis? » La voce era gioviale e sembrava già di vedere il suo proprietario grondante di sudore dopo le fatiche tennistiche.

« Ma... chi parla? » Ebbe subito il sospetto che si trattasse di una telefonata oscena e stava pensando di riattaccare quando l'uomo, all'altro capo del filo, bevve una lunga sorsata di qualcosa, presumibilmente di birra.

« Sono Barry. Come te la passi? »

« Barry chi? » Intanto si tirava indietro di scatto dal telefono come se fosse stata una vipera. L'uomo che le parlava non era nessuno che conoscesse.

« Barry York. Figuriamoci se non mi conosci. Della Yorktowne Bonding. »

« Come? » Si raddrizzò sulla persona di scatto, come se fosse stata schiaffeggiata.

« Stavo dicendo... »

« So benissimo quello che sta dicendo. Non mi ha forse telefonato per invitarmi a giocare a tennis? »

« Certo. Perché, non sai giocare? » Pareva stupito, come un ragazzino che ha ricevuto un'amara delusione.

« Signor York, sbaglio o vuole che venga a giocare a tennis con lei? Ho capito bene? »

« Già. E allora? » Ruttò sommessamente nel telefono.

« È ubriaco, per caso? »

« No, affatto. E tu? »

« No, non sono ubriaca. E continuo a non capire per quale motivo mi ha telefonato. » La sua voce era gelida... e distaccata.

« Ecco, sei una bella donna, sto per andare a giocare a tennis e ho pensato che, magari, ti sarebbe piaciuto fare una partita. Niente di strano, mi sembra. Non ti va il tennis, possiamo sempre andare a cena in qualche posto. »

« È impazzito? Ma si può sapere, in nome di Dio, che cosa le fa pensare che io possa avere anche il minimo desiderio di giocare a tennis, o di uscire a cena o di fare qualsiasi altra cosa con lei? »

« Beh, stammi a sentire. Credevo che ti facesse piacere, bellezza. Si può sapere perché te la sei presa tanto? »

« Perché sono una donna sposata, anche se lei vuole dimenticarsene! » Si era messa a urlare a tal punto che Zina e Kat potevano sentirla fuori della porta. Cominciarono a chiedersi chi le avesse telefonato. Kat alzò un sopracciglio con aria perplessa e Zina andò ad aiutare una cliente nella sua scelta. Intanto, nell'ufficio di Jessica, la conversazione telefonica continuava.

« D'accordo, sei una donna sposata, e con questo? Il tuo vecchio, al momento, è al fresco. Peccato, sono d'accordo con te; ma così va a finire che ti ritrovi qui con tutti noialtri poveracci ai quali piace giocare a tennis, andare a cena e farsi una bella scopata. » Jessica si sentiva profondamente disgustata. Le tornavano alla memoria i folti capelli neri, l'odore sgradevole che emanava da quell'uomo e il suo brutto anello con quella pietra rosa, che sembrava un diamante. Era inconcepibile! Quell'individuo, un essere schifoso e repellente, un perfetto sconosciuto, aveva avuto il coraggio di telefonarle e di parlare di « farsi una bella scopata ». Era pallida, tremante, le erano salite di nuovo le lacrime agli occhi. Eppure era buffo. Capiva che, qualche cosa, in tutta quella storia, era buffa. Però non le faceva venire nessuna voglia di ridere. Ma, piuttosto, di piangere, e di tornarsene a casa e di... ecco il mondo in cui Ian l'aveva lasciata! Il mondo in cui vivevano persone come Barry

York, e quelle altre che telefonavano ricordandole gli assegni che aveva « dimenticato » (e avrebbe continuato a dimenticare) di mandare per almeno sei o sette o nove o dieci settimane, o magari anche per qualche anno. Tanto che, ormai, aveva perfino paura di entrare nel negozio del fiorista a comprarsi un mazzolino di margherite perché, con ogni probabilità, doveva dei soldi anche a lui. Doveva dei soldi a tutti. E quella creatura ignobile, quel bestione, le proponeva al telefono di fare una bella scopata.

« Io... signor... io... » Lottava per ricacciare indietro le lacrime; non voleva che, dalla sua voce, si capisse che stava per scoppiare in pianto. Inghiottì faticosamente un po' di saliva.

« Si può sapere come è questa storia, bellezza? Le donne sposate di Pacific Heights non sentono mai la voglia di fare l'amore oppure ti sei già trovata un amichetto? »

Jessica era rimasta immobile, seduta davanti al telefono, con il mento e le mani che le tremavano, la faccia inondata di lacrime e il labbro inferiore un po' sporgente — come se fosse stata una bambina che lottava contro il pianto perché la sua bambola più bella era andata in mille pezzi. Era la fine. Era l'ultimo colpo. Ecco come si era ridotta! Scrollò lentamente la testa e, piano piano, riattaccò.

# 24

« CI vediamo più tardi, belle signore! » Prese la borsetta e si avviò verso la porta del negozio. Aprile era appena cominciato, era una giornata bellissima e calda. Un venerdì. Sembrava che, ormai, fosse primavera dappertutto.

« Dove stai andando, Jessie? » Zina e Kat alzarono gli occhi stupite.

« A trovare Ian. Domani ho qualche cosetta da fare e ho pensato che avrei fatto meglio ad andarci oggi. »

« Salutalo affettuosamente per noi. » Jessica sorrise alle due ragazze e uscì lentamente dal negozio. In quegli ultimi tempi era tornata a essere quieta, silenziosa. In un modo strano. Tutta l'irritazione di prima pareva che, a poco a poco, l'avesse lasciata, soprattutto dal giorno in cui le aveva telefonato Barry York. Venti giorni prima. A Ian non ne aveva mai parlato. Però si sentiva quasi degradata e l'espressione della sua faccia lo rivelava.

York, Houghton, tutte quelle persone che telefonavano per farsi saldare i conti, a ben pensarci non avevano una grande importanza. La colpa era soltanto sua. Era lei che aveva combinato tutto quel pasticcio ai propri danni. La grande Jessica Clarke. La potentissima, saccentissima signora Jessica Clarke, pronta a pagare di persona fino all'ultimo centesimo — e il suo favoloso marito, *il signor Jessica Clarke!* Finalmente aveva cominciato a capire tutto. Da capo a fondo. Le lunghe nottate insonni stavano iniziando a farsi sentire. Sapeva che non poteva più sfuggire a niente. E cominciava a riflettere, a ricordare, a comprendere. Risentiva tutto nel cervello, come vecchie cassette suonate di nuovo, nel cuor della notte. Non aveva nient'altro da fare all'infuori di ricordare... piccoli incidenti, attimi di vita, banalità, sciocchezze, voci. Ormai non era più la voce della mamma, quella che sentiva. Né la voce di Jake. Ma la propria, e quella di Ian. « Favole, tesoro? È roba che si vende? » Come se fosse quella l'unica cosa che importava. Lui si era affrettato a tirar fuori almeno una mezza dozzina di ragioni, di spiegazioni... come se gliele dovesse, in realtà... e le favole erano risultate stupende. Ma ormai non avevano più importanza neppure loro. Perché lei, Jessica, le aveva uccise prima ancora che fossero nate. Con una sola frase. « È roba che si vende? »

A chi importava se si vendevano o no? Probabilmente era stato per quello che Ian le aveva comperato la *Morgan* con l'anticipo dell'editore. Era la risposta più clamorosa che fosse riuscito a trovare.

E tante altre volte.

« L'opera, tesoro? Perché proprio l'opera? I biglietti sono carissimi! »

« Però, a noi piace. Non è così, Jessie? Credevo che l'opera ti piacesse. »

« Certo, ma... oh, che cosa diavolo importa? Li prenderò dai soldi della casa. »

« Oh, era per questo? » C'era stata una lunga pausa. « Ho già comperato i biglietti, Jess. Con i 'miei' soldi. » Però lui, in conclusione, aveva deciso di non andarci. Aveva detto di avere del lavoro da finire all'ultimo minuto. E non era più andato all'opera.

Attimi, piccole frasi che le squarciavano il cuore con la violenza di un colpo di *machete*, che lasciavano cicatrici sulla sua vita, sul matrimonio, su un uomo. Perché? Quando aveva tanto bisogno di lui? Ma si trattava proprio di questo, in fondo? Che aveva bisogno di lui e capiva che Ian non aveva bisogno di lei allo stesso modo?

« Eppure anche lui aveva bisogno di me! » La sua voce risuonò alta e stridente nella solitudine della macchina. Non se l'era più sentita di permettere ad Astrid di farle da autista tre volte alla settimana e, di conseguenza, aveva noleggiato una piccola utilitaria per andare a fargli visita. Un'altra spesa che, tutto sommato, non poteva permettersi. Ma, mentre continuava a guidare, cominciò a domandarsi tante cose. Perché quelle frecciatine pungenti? Perché tutte quelle osservazioni sarcastiche che si erano ripetute con il passare degli anni? Per tagliargli le ali in modo che non potesse mai volar via? Perché se Ian fosse volato via, lei non ce l'avrebbe più fatta a continuare a vivere. E il buffo era che, purtroppo, lui era proprio volato via! Per colpa di un solo pomeriggio, e magari di altri mille pomeriggi come quello, prima, ma quel solo pomeriggio era costato tutto a tutti e due. Ian aveva avuto bisogno di una donna che non lo rimbeccasse di continuo, che non lo aggredisse con le sue osservazioni e i suoi commenti, che non lo riconducesse al silenzio. Una donna che non avesse bisogno di lui, non lo amasse, non potesse ferirlo o fargli del male. In fondo, a ben pensarci, era pazzesco! Qualsiasi cosa avesse fatto, Jessica l'aveva fatta unicamente per la paura di perderlo. E adesso... guarda un po' com'era andata a finire! Era talmente assorta nelle proprie riflessioni che riuscì solo per un miracolo a imboccare lo svincolo dell'autostrada, ma era ancora pensierosa quando si trovò davanti alla vetrata, in attesa che lui comparisse dall'altra parte.

Perfino dopo l'arrivo di Ian, Jessica continuò a dare

l'impressione di avere il pensiero rivolto più al passato che al presente. Anche Ian pareva meditabondo, e assorto.

Lei alzò gli occhi a guardarlo e cercò di sorridere. Aveva un mal di testa da impazzire e si sentiva stanchissima. Continuava a vedere il riflesso della propria immagine nel vetro che li separava. E le dava l'impressione di essere lì a chiacchierare con se stessa.

« Non sei molto ciarliero quest'oggi, signor Clarke. Qualcosa che non va? »

« No, stavo pensando al libro, credo. Sono arrivato al punto in cui è difficile concentrarsi su tutto il resto. Mi prende troppo. » Si accorse che gli occhi di Jessica avevano avuto uno strano lampo mentre diceva quelle parole, ma riprese ugualmente a descriverle come procedeva il lavoro. Lei lo lasciò chiacchierare per qualche minuto e poi lo interruppe.

« Sai che cosa ti dico? Sei straordinario! Faccio un viaggio così lungo per venire a scoprire come stai e per parlarti di quello che succede nella mia vita. Tu, invece, mi parli del libro che stai scrivendo. »

« Che cosa c'è di male in questo? » Pareva sconcertato mentre la osservava dall'altra parte della vetrata. « Tu mi parli pure di *Lady J.*! »

« È diverso, Ian. Quella è la realtà, per amor di Dio! » Aveva la voce stridula — e bastò a infastidirlo.

« Bene, anche il libro è una realtà per me. »

« È reale a tal punto che non sai dimenticarlo nemmeno per un'ora, non sai dedicare nemmeno un'ora del tuo preziosissimo tempo a parlare con me? Accidenti, sei rimasto lì seduto, come un automa, da almeno un'ora a parlarmi di quel maledetto libro. E ogni volta che io comincio a raccontarti qualcosa di me, prendi quell'aria svagata! »

« Questo non è vero, Jess. » Pareva sconcertato; si frugò in tasca a cercare una sigaretta. « Il libro sta andando proprio bene e volevo parlartene. Credo, in vita mia, di non aver avuto mai un periodo tanto felice per scrivere, ecco tutto. » Ma capì di aver detto le parole sbagliate non appena gli furono uscite dalla bocca. Sul viso di Jessica era apparsa un'espressione stralunata, incredula. « Jessie, si può sapere che cosa diavolo ti prende? Sembra che qualcuno ti abbia cacciato un ferro rovente nel sedere! »

« Già, oppure che mi abbia preso a schiaffi! Cristo, te ne stai lì a raccontarmi che il libro va splendidamente, che non hai mai avuto un periodo tanto felice per scrivere, come se tu fossi in una specie di pensionato a far vacanza. Cavolo! Ma lo sai, invece, quello che sta succedendo nella mia vita? » Respirò a fondo mentre Ian aveva l'impressione che, dal ricevitore del telefono, gli fosse arrivata addosso una scarica di veleno. Jessica ormai aveva perduto il controllo dei propri nervi e non pareva più in grado di fermarsi.

« Vuoi sapere sul serio che cosa sta succedendo a me, mentre tu attraversi un periodo creativo così straordinario? E riesci a scrivere come non hai mai fatto in vita tua? Ebbene, te lo dirò, tesoro. *Lady J.*, è sull'orlo del fallimento. C'è gente che mi telefona giorno e notte chiedendomi di pagare i nostri conti e minaccia di farmi causa. La tua automobile si è sfasciata definitivamente, i miei nervi sono prossimi al collasso, ogni notte vedo l'ispettore Houghton nei miei incubi e il mallevadore, te lo ricordi? mi ha telefonato venti giorni fa per invitarmi a uscire con lui. La sua impressione era che avessi bisogno di trovare qualcuno che mi desse una buona sbattuta. E può darsi che quel figlio di puttana avesse ragione, anche se non pensavo certo di farmela dare da lui! Sono non so più quanti mesi che non posso neppure sfiorarti una mano, e sto letteralmente diventando pazza. Questa mia maledettissima vita sta andando a rotoli e tu mi vieni a dire che non hai mai avuto un periodo tanto felice per scrivere! E sai che cosa c'è ancora di altrettanto straordinario, tesoro... » continuava a bombardarlo di frasi velenose. Le altre persone, che erano venute in visita e che si trovavano nell'ampio locale con lei, avevano cominciato a guardarla mentre Ian era rimasto, seduto al suo posto, incredulo e allibito. Jessica non era più capace di tacere nessun segreto e li stava raccontando a tutti.

« Ecco che cosa c'è d'altro, e di altrettanto meraviglioso, Ian, amore mio — te lo dico subito. È che, quest'oggi, ho fatto tutta la strada fin qui rimproverandomi per la centomillesima volta di tutto quello che ho commesso di sbagliato nel nostro matrimonio, mi sono maledetta per averti oppresso con un sacco di difficoltà e di afflizioni, per le cose ignobili e schifose che ti ho sempre detto. Ti rendi conto che, a questo punto ormai, ho rivisto come in *replay* ogni scenataccia che ci siamo fatti nel nostro matrimonio, ogni brutto momento, tutto quello che io ho commesso di sbagliato e che ti ha portato addirittura al punto di aver voglia di andar a letto con una stronza come Margaret Burton? Non ho fatto che coprirmi di rimproveri da quando è successo. Mi sono aspramente criticata perfino per averti mantenuto in modo che potessi dedicarti soltanto a scrivere, perché ho pensato che, in questo modo, ti avrei reso impotente, togliendoti, in parte, la tua virilità. E mentre mi crocifiggevo a questo modo, sai che cosa stavi facendo? Tu scoprivi che eri entrato nel miglior periodo creativo della tua vita. Ebbene, vuoi sapere che cosa ti dico? Mi fai schifo. Mi fai venire la nausea. Mentre tu sei qui, in questa specie di colonia per scrittori di grido, che gli altri, invece, chiamano prigione, la mia vita intera si sta sfasciando e tu non alzi nemmeno un dito per aiutarmi a non vederla andare completamente in pezzi, tesoro. Non fai niente. E voglio dirti anche qualcos'altro: sono stufa da morire di questa schifosissima vetrata davanti alla quale devo parlarti, e di dovermi contorcere come un *pretzel*, sì, proprio come una di quelle ciambelline tutte attorcigliate, per riuscire a vedere te, e non il mio riflesso in questo vetro! Sono stufa da morire di sentirmi le mani sudate, le orecchie sudate, perfino il cervello sudato, a furia di parlarti in questo stramaledetto telefono... sono stufa da morire di tutto questo stramaledetto schifo! » Si era messa a gridare talmente forte che tutti la stavano guardando. Ma né lei né Ian ci badavano. Erano mesi e mesi che Jessica si teneva dentro tutto questo, inghiottendo amaro, e finalmente se n'era liberata.

« Che cosa credi? Che io mi diverta a star qui? »

« Sì, credo che ti diverta! Una colonia per scrittori gigolò, ecco che cos'è questa prigione! »

« Proprio così, bellezza. È esattamente quello che dici. E io, qui dentro, non faccio altro che scrivere. Non penso mai a mia moglie, a come sono finito qui e perché, e a quella maledetta donna, oppure al processo. Non mi do da fare, non alzo neanche un dito, io, perché qualche bel tipo, che si è fatto venire certe voglie, mi proponga di farmi dare una sbattuta.

« E stammi bene a sentire, ragazza mia... se credi che questa sia la mia idea di come si fa a vivere, puoi cacciartela... sai bene dove! E voglio dirti anch'io qualcos'altro. Se credi che il nostro matrimonio sia stato il mio concetto di come si vive, puoi fare ancora quello che ti ho già consigliato prima! Credevo che noi avessimo un vero matrimonio. Credevo che avessimo qualche cosa di importante. Ebbene, indovina un po', signora Clarke? Non avevamo un cavolo di niente. Niente. Né bambini, né onestà e soltanto due mezze carriere. Come anche noi siamo due persone a metà, due persone non intere e complete, almeno come la vedo io! E non dimenticarti che tu hai passato quasi tutti gli ultimi sei anni a cercare di non diventare adulta e a fare la vittima, piangendo la morte di tuo padre e di tua madre. Non basta... perché non hai fatto soltanto quello, ma hai cercato con ogni mezzo di farmi sentire colpevole per chissà che cosa... lo sa Dio, che cosa... in modo che ti restassi lì appiccicato addosso, a tenerti la mano! Se penso che sono stato tanto idiota da bere tutte queste fandonie semplicemente perché ero talmente cretino da amarti e volevo, anche, continuare la mia carriera di scrittore! Ebbene, era una combinazione (perché in fondo non si tratta di nient'altro) sbagliata da cima a fondo, cara la mia munifica e generosa signora! Ecco, finalmente sono riuscito a dirtelo! E non basta, perché vedi? Io ho bisogno di una moglie, non di un banchiere o di una bambina nevrotica. Forse è proprio per questo che adesso mi sento felice, che tu ci creda o no, per quanto questo possa essere un posto schifoso! Scrivo, e tu non mi mantieni. Cosa ne dici, bella mia? È un brutto colpo, vero? Non sei tu che paghi il conto e io non ti devo niente, anche se riconosco che sei stata straordinaria, anzi bravissima, durante l'intero processo... se penso come mi hai fatto coraggio dal principio alla fine, senza mollare mai! Ma, ricordati... che ho tutte le intenzioni di ripagarti fino all'ultimo soldo per quello che hai speso, un giorno. E se, adesso, la tua ultima idea è quella di farmi soffrire quanto più è possibile, di farmi sentire colpevole quanto più è possibile perché ti trovi in una situazione difficile, assillata da ogni parte, perché c'è un mucchio di conti da pagare, e perché la mia macchina si è definitivamente guastata al di là di ogni possibile riparazione, vai a farti fottere. Io, qui, non posso fare un accidente di niente per tutto questo! Posso soltanto preoccuparmi per te, esserti grato perché vieni a trovarmi e finire il mio maledettissimo libro! E se non ti garba venire a trovarmi, fammi un grosso favore e non comparirmi più davanti. Posso sopravvivere anche a questo. »

Jessica, guardandolo in faccia, si sentì cogliere dalla ondata di panico che le era fin troppo familiare e che, ormai, le stringeva il petto come una morsa. Stavolta, però, era peggio. Mai si erano detti cose simili! E, purtroppo, si accorgeva di non essere più capace di fermarsi. Le pareva di avere la bocca piena di bile, una bile che le sgorgava dal cuore, dall'anima.

« Perché non vuoi più che venga a trovarti, tesoro? Ti sei trovato un'altra persona a cui voler bene, qui den tro? È così, angelo mio? Possibile che il mio grand'uomo abbia trovato un altro come lui da amare? » Ian si alzò in piedi. Dalla sua espressione si capiva che avrebbe voluto picchiarla, schiaffeggiarla lì, subito, attraverso quel vetro — se avesse potuto. Sui due lati della stanza una folla silenziosa e incuriosita, ascoltava quello scambio di battute.

« È questo che è successo, tesoro? Sei diventato un gay! »

« Mi dai la nausea. »

« Oh, è vero, me n'ero dimenticata. Non ti piacciono 'i crimini infami contro natura'. Oppure no? » Aveva preso un'espressione di una dolcezza addirittura insopportabile mentre glielo domandava, alzando leggermente le sopracciglia. Intanto si sentiva il cuore che le batteva a tonfi sordi, sempre più in fretta. « Chissà... forse, a ben pensarci, l'hai proprio violentata, quella ragazza. »

« Senti, bellezza, se non fossi qui dentro ti avrei già tirato un pugno in faccia. » Malgrado la vetrata che li separava, Ian si era raddrizzato in tutta la sua statura e incombeva minacciosamente su di lei. Stringevano ancora in mano il ricevitore del telefono. Lentamente Jessica si alzò per trovarsi alla sua altezza, faccia a faccia. Capiva che era giunto il momento definitivo anche se, quasi, non ci credeva. Ma non riusciva più a dominarsi.

« Tirarmi un pugno in faccia? » Le loro voci erano diventate sommesse. Ian le aveva rivolto la parola con il tono misurato, pieno di distacco, di un uomo che si considera, praticamente, finito; Jessica parlava con uno strano sibilo nella voce argentina — il sibilo di una vipera che sta per colpire per l'ultima volta. « Tirarmi un pugno in faccia? » Ripeté quelle parole con un sorriso. « Ma perché proprio adesso, tesoro? Prima non ne hai mai avuto il coraggio. Vero, amore? »

Lui le rispose in un mormorio; ma Jessica credette che il cuore le si fermasse quando vide l'espressione dei suoi occhi.

« No, Jess, non l'ho mai fatto. Ma adesso non ho più niente da perdere. Ho già perduto tutto e questo rende ogni cosa infinitamente più semplice. » Le rivolse un lieve sorriso, un sorriso strano che la agghiacciò. Poi la guardò con aria pensosa per un attimo, depose il ricevitore e se ne andò. Non si voltò nemmeno una volta a guardarla. Jessica era rimasta a bocca aperta per la meraviglia. Che cos'era quello che aveva appena finito di dire? No, voleva che tornasse indietro in modo da poterglielo domandare di nuovo, in modo da... che cosa aveva voluto dire « e questo rende ogni cosa infinitamente più semplice »? Che cosa voleva... quel figlio di puttana... la piantava lì in asso, se ne andava, ma non aveva nessun diritto di farlo, non poteva, no... e lei che cosa aveva fatto? Che cosa aveva detto? Si lasciò cadere sulla sedia come se fosse sotto choc; lentamente il mormorio delle voci intorno a lei era ritornato alla normalità. Ian era già scomparso da parecchio tempo, se n'era andato oltre la porta in fondo. Non lo si vedeva più. Come si era sbagliata! Perché Ian il coraggio l'aveva, eccome! Perché aveva fatto la cosa che lei temeva di più. L'aveva mollata.

Il paraurti anteriore della utilitaria presa a noleggio sfiorò la siepe davanti a casa mentre imboccava il tratto di viale che portava al garage. Jessica appoggiò la testa sul volante. Le pareva che le mancasse il respiro. Le era salito un singhiozzo alla gola ma restava lì, come se si fosse incastrato, senza venir più fuori. Il peso della sua testa sul volante mise in azione il clackson. Quel suono stridulo e lacerante le dava l'impressione che le facesse scoppiare il cervello. Però non le dispiaceva. Quasi quasi, avrebbe continuato a lasciar la testa lì, appoggiata al volante. Fu quello che fece, infatti, fino a quando due uomini che stavano passando non arrivarono di corsa, precipitosamente, lungo il vialetto. Bussarono col pugno sul finestrino e lei voltò lentamente il viso da una parte, li fissò e scoppiò a ridere — una risatina stridula, isterica. I due uomini si guardarono con aria interrogativa, aprirono la portiera della macchina e, con delicatezza, aiutarono Jessie a risollevarsi e ad appoggiarsi allo schienale. Lei li guardò ancora, prima l'uno poi l'altro, sempre ridendo istericamente. Infine la risata si trasformò in un singhiozzo. Un singhiozzo che le uscì straziante dalle labbra e diventò subito un lungo, triste, disperato lamento. Scrollò lentamente la testa e pronunciò una sola parola, più volte, fra i singhiozzi: « Ian ».

« Signora, è ubriaca? » Il più anziano dei due uomini aveva l'aria accaldata e pareva a disagio. Al primo momento aveva creduto che lei fosse ferita, o si fosse sentita male, con la testa appoggiata al volante a quel modo e con il clackson che faceva tutto quel rumore. Invece era semplicemente ubriaca, o drogata o, magari, le aveva dato di volta il cervello. A quello non aveva pensato. Il più giovane dei due la osservò di nuovo, alzò le spalle, e sogghignò.

Jessie scrollò di nuovo la testa, lentamente, e pronunciò l'unica parola sulla quale riusciva ancora a concentrarsi: « Ian ».

« Bella mia, hai sniffato? » Lei non rispose e il giovanotto si strinse di nuovo nelle spalle, sogghignando come prima. « Doveva essere roba di prima qualità. »

« Ian. »

« Chi è Ian? Il tuo amico? »

Un altro segno di no con la testa, automatico, come prima.

I due uomini si guardarono e richiusero la portiera dell'automobile. Per fortuna, il clackson aveva smesso di suonare. Però ci sarebbero volute chissà quante ore prima che quella donna ritornasse in sé! Si allontanarono: quello più giovane pareva divertito, quello più anziano, molto meno.

« Sei sicuro che fosse drogata? A me, piuttosto, sembrava che avesse il cervello confuso. Che fosse stralunata. Che sragionasse. »

« Drogata era, e di brutto! » Il più giovane dei due uomini scoppiò in una risata, si allungò una manata sulla pancia, e buttò un braccio intorno alle spalle dell'amico nel preciso momento in cui Astrid arrivava al volante della sua automobile. Notò quelle due persone che uscivano dal viale del garage di Jessica. Due uomini che ridevano e sembravano molto soddisfatti di sé. Arrestò l'automobile sentendosi correre un brivido di paura lungo la schiena. Non avevano l'aria di poliziotti, ma... intanto i due si erano accorti che lei li osservava. Quello più giovane le fece un cenno di saluto, quello più vecchio sorrise. Astrid continuava a non capire quello che stava succedendo; i due, però, erano saliti a bordo di una macchina rossa, chiusa, e sembrava che non avessero nessuna fretta di andarsene. Non c'era niente di furtivo o di affrettato nei loro movimenti ma, in quel momento, Astrid si accorse che c'era Jessica a bordo della piccola utilitaria, quella che noleggiava abitualmente. Quindi tutto andava per il meglio. Astrid le diede un colpetto di clackson per richiamare la sua attenzione. Ma Jessie non si voltò. Astrid ripeté il gesto di prima; il clackson suonò una, due volte. I due uomini scoppiarono in una risata rauca.

« No, non si metta a fare anche lei tutto quel chiasso, signora! Quella là, quella che c'è al volante dell'automobile, si è talmente bombata che abbiamo dovuto staccarla di forza dal volante perché smettesse di far suonare il clackson! » Fecero un gesto vago verso il viale di accesso al garage di Jessie, accesero il motore e si staccarono dal marciapiede dove avevano parcheggiato mentre Astrid, scendendo rapidamente dalla sua automobile, si metteva a correre.

Jessie era ancora seduta dove i due uomini l'avevano lasciata. Piangeva, singhiozzava, riusciva a ripetere soltanto una parola. « Ian. » Astrid si chiese se effettivamente fosse piena di droga fino agli occhi. Forse un po', ma non tanto quanto sembrava. Forse, piuttosto, era sotto choc. Forse si trattava di un attacco di nervi.

« Jessica? » Le fece scivolare un braccio intorno alle spalle, parlandole gentilmente. Intanto Jessie era scivolata un po' più in basso sul sedile. « Ehi, Jessie, sono io, Astrid. » Jessica la guardò e fece segno di sì. I due uomini ormai se n'erano andati. Tutti se n'erano andati. Perfino Ian.

« Ian. » Ormai riusciva a pronunciare quella parola con maggiore chiarezza.

« Cosa c'è? Qualcosa che riguarda Ian? »

« Ian. »

Astrid le asciugò il volto con il fazzoletto.

« Parlami di Ian. Raccontami tutto. »

Astrid aveva il cuore in gola. Stava cercando di non lasciarsi prendere dal panico e di avere le idee chiare. Intanto guardava gli occhi di Jessica. Non era convinta che si trattasse di una overdose di medicinali. Ma piuttosto di una overdose di guai. Jessie si controllava da troppo tempo e ormai era arrivata al limite. Non ne poteva più.

« Che cosa è successo a Ian, tesoro? Dimmelo. Oggi era malato? »

Jessica scrollò la testa. Per fortuna, questo, no. Era stata la prima cosa a cui Astrid aveva pensato con tutte le storie orribili di quello che succedeva in prigione, le storie che si leggevano sui giornali. Ma Jessica le aveva fatto cenno di no.

« C'è qualcosa che non va? È successo qualcosa di grave? »

Jessica respirò a fondo e fece segno di sì. Poi tirò un altro lungo sospiro e si appoggiò meglio allo schienale del sedile.

« Abbiamo... abbiamo litigato. » Quelle parole erano state pronunciate in modo appena intelligibile, ma Astrid fece segno che aveva capito.

« A proposito di che? »

Jessica si strinse nelle spalle. Pareva di nuovo confusa. « Ian. »

« A proposito di che cosa avete litigato, Jessie? »

« Non... non lo so. »

« Te ne ricordi? »

Jessica alzò di nuovo le spalle e chiuse gli occhi. « Su... su tutto abbiamo litigato, credo. Abbiamo detto... sia lui sia io... certe cose... cose terribili. È finita. »

« Che cosa è finito? » Ma ormai le pareva di aver capito.

« È finita. Finita per sempre. Tutto è finito. »

« Che cosa è finito, Jessie? » Glielo aveva domandato con voce piena di tenerezza. E a quel punto Jessica scoppiò in un pianto dirotto.

« Il nostro matrimonio è... finito... » scrollò la testa, intontita, e ripeté: « Ian... »

« Non è vero che è tutto finito, Jessie. Cerca di calmarti, adesso. Probabilmente avevate tutti e due una quantità di cose sul cuore e avete sentito il bisogno di tirarle fuori. Avete passato dei brutti momenti in quest'ultimo periodo. Avete subito molti duri colpi. Una volta o l'altra, tutto questo doveva venir fuori! » Ma Jessica scrollò la testa.

« No, è finita. Io... sono stata terribile! Così cattiva... sono sempre... sempre stata insopportabile con Ian. Io... » e, a quel punto, non riuscì ad aggiungere altro.

« Perché non entriamo? Così, puoi distenderti un po' sul letto! » Jessica scrollò la testa. Non voleva muoversi di lì. Astrid si accorse che doveva imporsi con la massima energia per attirare la sua attenzione. « Jessie, ascoltami. Voglio portarti in un posto. » Gli occhi della giovane donna si spalancarono terrorizzati. « Un posto molto simpatico, ti piacerà. Ci andremo insieme. »

« Un ospedale? »

Astrid sorrise per la prima volta in quei terribili cinque minuti. « No, sciocchina. Nel ranch della mamma. Credo che ti farebbe molto bene e... »

Jessica scrollò la testa, incaponita. « No... io... »

« Perché no? »

« Ian. »

« Stupidaggini! Ti ci accompagno io, al ranch. Così potrai riposarti un po'. Credo che tu abbia sopportato anche troppo in questi ultimi tempi. Ne hai bisogno. Non ti sembra? »

Jessica annuì. Taceva. E chiuse di nuovo gli occhi.

« Jessie, quante pastiglie hai preso quest'oggi? »

Jessica aveva cominciato a far segno di no con la testa, ma si era subito fermata. Si strinse nelle spalle.

« Quante? Dimmelo. »

« Non so... non me ne ricordo. »

« Prova a darmene almeno una vaga idea. Due? Quattro? Sei? Dieci? » In cuor suo sperava che non fosse arrivata fino a quel punto.

« Otto... non me ne ricordo... sette... nove... » Oh, Gesù, Gesù!

« Le hai nella borsetta? » Jessica annuì. Astrid prese lentamente la borsetta che le stava vicino, sul sedile. « Adesso me ne incarico io, Jessie, va bene? » Jessica sorrise per la prima volta e tirò un lungo sospiro. Sembrava quasi tornata normale.

« Perché... mi resta un'altra scelta, forse? » Scoppiarono a ridere insieme — Jessica ancora un po' tremante e confusa, Astrid con i nervi a fior di pelle. Poi Jessica lasciò che l'amica l'aiutasse a entrare in casa. In realtà non si sentiva intontita perché si era rimpinzata di capsule di ogni genere, quanto, piuttosto, perché era al limite delle forze. Esausta. Si lasciò cadere lentamente in una delle poltrone del soggiorno e non si mosse più di lì. Intanto tendeva l'orecchio ai lievi rumori che Astrid faceva, andando avanti e indietro per la camera da letto e il bagno. Che bello poter scappare lontano da tutto, proprio da tutto, perfino dalla visione di Ian dietro quella vetrata! In quel momento capì che non lo avrebbe mai più rivisto, là dietro. Quanto a tutto il resto, avrebbe cercato di risolverlo in seguito — però, questo, già lo sapeva. Sospirò profondamente e finì per addormentarsi, rannicchiata in quella poltrona. Dormì fino a quando Astrid la svegliò e l'aiutò a uscire e a salire sulla *Jaguar*.

Il bagaglio era pronto, la casa era stata chiusa e sbarrata; Jessie provò la sensazione di essere di nuovo una bambinetta che qualcuno proteggeva, colmava di premure e — soprattutto — amava.

« E l'automobile? »

« Quella che hai noleggiato? » Era ancora ferma, di traverso, sul viale dell'autorimessa. Jessica fece segno di sì. « Penserò io a far venire qualcuno a ritirarla in seguito. Di questo, non preoccuparti. » No, Jessica non se ne preoccupava. Faceva parte, anche quello, della immensa felicità di possedere del denaro. Avere qualcuno che « sarebbe venuto a ritirarla in seguito ». Facce, mani anonime che si occupavano dei compiti più umili. « A proposito, ho telefonato alle ragazze, in negozio, e le ho avvertite che vieni via con me. Domani potrai telefonare tu stessa e dare tutte le istruzioni necessarie. »

« Chi... chi... insomma, mi hai capito, chi lo manderà avanti? » Tutto era talmente confuso nel cervello di Jessica! Ma Astrid le sorrise e le sfiorò dolcemente la guancia con una carezza.

« Ci penserò io. Non vedo l'ora di cominciare! Pensa un po'... che lusso! Una vacanza per te e un lavoro per me! » Jessica sorrise e ricominciò ad avere un'aria diversa da prima. Più normale.

« E la collezione autunnale? »

Astrid alzò un sopracciglio, stupita, mentre metteva in moto l'automobile.

« Vedo che cominci a riprenderti. Manderò Katsuko,

con il tuo permesso. Penserò io a finanziare quel viaggio e potrai restituirmi i soldi in seguito. » Jessica scrollò la testa guardando l'amica. Quel sonnellino l'aveva aiutata a riprendere buona parte della sua lucidità mentale.

« Non posso restituirti quei soldi più avanti, Astrid. *Lady J.* è sull'orlo del collasso. Sta lottando disperatamente per sopravvivere. Ecco uno dei motivi per i quali nessuno, finora, è andato a New York. »

« Pensi che *Lady J.* sarebbe disposta ad accettare un prestito dalla sottoscritta? »

Jessica sorrise. « Questo non lo so. Però la sua mamma potrebbe accettarlo. Ti spiace se ci penso su un momento, prima di darti la risposta? »

« Certo. Aspetta a darmela quando Katsuko sarà tornata. E poi guarda che devo dirti qualcos'altro! Per i prossimi quindici giorni non hai assolutamente il permesso di prendere qualsiasi decisione, neanche la più piccola. Nessuna. Non potrai decidere neanche quello che vorrai mangiare a colazione. Fa parte delle regole fondamentali, perché questa tua piccola vacanza riesca bene. Anticiperò io il denaro necessario per la collezione autunnale e risolveremo più avanti il problema. In ogni caso ricordati che ho bisogno di investire del denaro in modo da ottenere una riduzione delle tasse. »

« Io... ma... »

« Silenzio! »

« Sai che cosa ti dico? » Jessie la guardò con un pallido sorriso. Aveva gli occhi gonfi, stanchissimi. « Forse accetterò. Ho assoluto bisogno della collezione autunnale altrimenti il negozio sarà costretto a chiudere. Non esistono altre soluzioni. E poi, accidenti, che cosa diavolo importa? Era contenta, Katsuko, di partire per New York? »

« Secondo te? » Sorrisero ancora. Intanto Astrid aveva fermato la *Jaguar* davanti a casa propria. « Te la senti di fare le scale? » Jessica annuì ed entrò, seguendo lentamente Astrid. «Ho soltanto bisogno di pochissime cose perché mi fermerò appena stanotte. Domani voglio essere al lavoro.» Era diventata raggiante pronunciando quelle parole. Un quarto d'ora più tardi erano di nuovo in macchina e stavano già dirigendosi verso l'imbocco dell'autostrada. Jessie continuava ad avere l'impressione che una bomba avesse colpito la sua esistenza, mettendola completamente a soqquadro — tutto aveva cominciato a muoversi fin troppo in fretta.

Mentre viaggiavano in silenzio, le tornarono alla memoria le parole che si erano detti con Ian. Aveva chiuso gli occhi e Astrid, per un po', credette che si fosse addormentata. Purtroppo, invece, era sveglissima. Più sveglia di quanto non fosse stata da molto tempo. Le occorreva assolutamente un'altra di quelle capsule, ma Astrid le aveva gettate tutte via. Tutte dalla prima all'ultima. Quelle rosse, quelle azzurre, quelle gialle, quelle nere e verdi. Non ne era rimasta neppure una. Non era rimasto più niente. All'infuori del suo cervello, nel quale continuavano a tumultuare, martellanti, le parole di Ian... e la visione della sua faccia... e... perché si erano fatti una cosa simile reciprocamente? Perché tutto quel veleno, quell'odio, quella rabbia? Ormai non aveva più senso. Non lo capiva più. Come non capiva tutto il resto. Forse si erano sempre odiati. Forse perfino i momenti più belli erano stati una menzogna. Ma com'era difficile cercar di capire tutte quelle cose. E, in ogni caso, era troppo tardi. Cercare le risposte, in quel momento, era un po' come frugare fra le macerie di una casa, che un incendio aveva distrutto fino alle fondamenta, alla ricerca, magari, del ditale d'argento, antico, della nonna! Lei e Ian, insieme, avevano appiccato il fuoco al loro matrimonio e, dai lati opposti di quella vetrata, erano rimasti a guardarlo ardere, alimentando le fiamme, rifiutandosi di smettere finché anche l'ultima trave non era andata distrutta.

# 25

ASTRID le sfiorò una spalla, gentilmente, e Jessica si svegliò, confusa, un po' spaventata, perché non ricordava più dove si trovava. Ormai l'effetto di tutte quelle capsule e pastiglie era finito — e si sentiva frastornata.

« Non agitarti, Jessie. Sei al ranch. È quasi mezzanotte e tutto va bene. » Jessica si stirò lentamente, guardandosi intorno. Faceva buio, ma il cielo era tempestato di stelle luminose e splendenti. Nell'aria c'era un profumo fresco e piacevole; in lontananza poteva sentire il nitrito dei cavalli. Appena sulla destra c'era una imponente casa di pietra con le persiane dipinte in un bel giallo vivo. Tutte le luci erano accese alle finestre, e la porta spalancata.

Astrid era già entrata un momento a parlare con sua madre prima di svegliare Jessie. La mamma non era rimasta né scandalizzata né particolarmente stupita. Aveva visto e affrontato crisi del genere, anche prima, con Astrid, con altri amici, con persone di famiglia negli anni più lontani. Erano cose che potevano capitare a chiunque; si restava stralunati, confusi e dolenti per un po' — però, quasi tutti erano riusciti a superare quel brutto periodo. Qualcuno, veramente no; ma nella maggioranza ce l'avevano fatta. E, poi, il ranch era un posto molto adatto dove riprendersi e ricuperare la salute.

« Su, vieni, dormigliona, la mamma ha un po' di cioccolata calda e qualche panino che ti aspettano. Non so come la pensi tu, ma io ho una fame da lupi! » Astrid era ferma vicino alla portiera spalancata dell'automobile e Jessica le rivolse un pallido sorriso mentre si passava un pettine fra i capelli.

« E quanto a capsule, o a pastiglie, come è sistemata? Ne ha un certo rifornimento, oppure no? »

« No, non ne ha nemmeno una. » Astrid lanciò un'occhiata penetrante a Jessie. « Siamo ridotte a questo punto? » Jessica annuì. Poi alzò le spalle.

« Ma riuscirò a sopravvivere. Cioccolata calda, hai detto? Che effetto pensi che possa fare, a confronto di quello del *Seconal*? » Astrid le fece una smorfia e andò a tirar fuori la valigia di Jessica dal baule.

« Anche a me è successa la stessa cosa, dopo la morte di Tom. Sono arrivata qui e la mamma ha buttato via tutto. Tutte le mie pastiglie. E, credimi, io ho accettato questa decisione con molto meno bontà e gentilezza di quel che non abbia fatto tu, oggi nel pomeriggio. »

« Ero troppo intontita per reagire! Sei stata fortunata. Ma... lascia che la porti io! » Allungò una mano verso la valigia e Astrid gliela cedette. « Ian dice sempre che un'Amazzone come me... » ma si interruppe bruscamente e non concluse la frase. Astrid la osservò. Aveva abbassato la testa mentre si avviava in silenzio verso la casa. Ma era contenta di aver pensato al ranch e di averla accompagnata lì. Le spiaceva soltanto di non averlo fatto prima. Provò a domandarsi se il litigio con Ian fosse stato molto grave. Qualcosa le diceva che, quella volta, avevano fatto sul serio e la rottura poteva anche essere insanabile — ma, come si faceva a dirlo?

Si avviarono verso la casa facendo scricchiolare la ghiaia del viale sotto le scarpe. L'aria, intorno a loro, era impregnata del profumo dell'erba e dei fiori. Jessie notò che quel posto aveva un aspetto allegro e piacevole perfino quando era avvolto dall'oscurità. Tutt'intorno alla costruzione in pietra c'era una bordura di fiori multicolori che crescevano ancora più rigogliosi nelle aiuole ai lati della porta. Sorrise passando davanti a quella spettacolosa fioritura e salì il gradino.

« Attenta alla testa! » le gridò Astrid e lei evitò per un pelo di andare a sbattere contro l'architrave della porta e la raggiunse. Entrarono nell'ampio vestibolo l'una di fianco all'altra. C'erano un piccolo pianoforte verticale, verniciato di rosso acceso, un lungo specchio, un certo numero di sputacchiere di bronzo e un'intera parete coperta di cappelli esotici e colorati. Un po' più oltre si intravedevano pavimenti di legno di pino e tappeti lavorati all'uncinetto, accoglienti divani e una poltrona a dondolo accanto al fuoco. Qua e là, qualche quadro a olio mentre un'intera parete era coperta di scaffali pieni di libri. Nel complesso, quel locale sembrava una strana combinazione di buoni pezzi moderni e di altri, di squisito gusto, in stile vittoriano, accogliente anche se piacevolmente vecchiotto. Ma di ottimo effetto. C'era qualche pianta in vaso e un vecchio fonografo, verniciato di rosso come il pianoforte, qualche bel libro — rare prime edizioni — e uno stupendo divano modernissimo, rivestito di una stoffa color bruno-dorato. Alle finestre pendevano tende di pizzo antico, ottocentesche, e, in un angolo, era stata sistemata una grossa stufa di maiolica. Un ambiente, quello del soggiorno, che aveva un aspetto sereno e pieno di calore, senza mancare — per quanto stupefacente fosse — di una certa eleganza.

« Buonasera. »

Jessie si voltò al suono di quella voce e vide una donnina ferma sulla porta della cucina. Aveva gli stessi capelli biondi, striati di grigio, di sua figlia e occhi azzurrissimi, color fiordaliso, ridenti e luminosi. Aveva pronunciato perfino quella semplice parola « Buonasera » come se fosse piacevole e divertente. Avanzò lentamente verso Jessica tendendole la mano. « È un grande piacere averti qui, mia cara. Spero che Astrid ti abbia avvisato che sono una vecchietta querula e ciarliera e che il ranch è noioso da morire.

Però sono lietissima che tu sia venuta a trovarmi. » La luminosità dei suoi occhi si era fatta ancor più splendente.

« Io non le ho detto un bel niente, mamma. Non l'ho avvertita di quello che poteva trovare qui. Quindi ti raccomando di darle una buona impressione. Cerca di comportarti nel modo migliore. »

« Mio Dio, che orrore! Dunque sarò costretta a mettere via tutti i miei libri pornografici e a rinunciare agli appuntamenti con i ragazzi per andare a ballare, è così? » Giunse le mani, intrecciando le dita, in un gesto di finta disperazione, e scoppiò subito in una risatina giovanile. Con un gesto pieno di affabilità indicò il divano alle nuove arrivate e queste la seguirono per andarsi a sedere vicino al focolare. La cioccolata bollente, che era stata promessa a Jessica, le aspettava già, insieme con le tazze di delicatissima porcellana di Limoges con un delicato motivo a fiorellini.

« Che carino questo servizio, mamma. È nuovo? » Astrid si versò una tazza di cioccolata ed esaminò più attentamente la porcellana.

« No, cara. È molto vecchio... credo che sia del 1880. » Le due donne si scambiarono un'occhiata maliziosa. Si capiva subito che non erano soltanto madre e figlia, ma anche amiche. Jessica provò una fitta di invidia osservandole, ma si accorse, anche, di godere piacevolmente, sia pure di riflesso, di quell'affetto e del calore umano che dimostravano.

« Volevo semplicemente dire se l'hai comprato da poco, capisci? » Astrid bevve un sorso di cioccolata calda.

« Oh, era questo che volevi dire! Sì, effettivamente hai ragione. »

« Hai voluto fare la furba, vero? Sapevi che me ne sarei accorta subito e, così, l'hai adoperato stasera per farlo ammirare! » Ma era evidente che le faceva piacere di averle fatto, implicitamente, un complimento e sua madre scoppiò in una risata.

« Infatti, è proprio così! Carino, vero? »

« Molto. » Gli sguardi delle due donne si incontrarono, sereni e ridenti, e Jessica sorrise anche lei, osservando la scenetta. Era rimasta stupita di fronte all'aspetto giovanile della madre di Astrid. E al modo di fare raffinato ed elegante che non aveva affatto perduto, malgrado gli anni passati nel ranch. Indossava un paio di pantaloni di gabardine grigi e una stupenda camicetta di seta che, Jessie lo capì subito, doveva arrivare da Parigi. La stoffa era in una tonalità di azzurro che faceva risaltare il colore dei suoi occhi. La portava con una collana di perle e aveva, alle mani, parecchi grossi anelli d'oro, di squisita eleganza. Fra questi c'era anche un bellissimo brillante. A osservarla non si sarebbe detto che quella donna viveva in un ranch ma, piuttosto, a New York oppure nel Connecticut. Jessica dovette trattenersi per non scoppiare in una risata irrefrenabile ricordando il ritratto che Astrid le aveva fatto di sua madre qualche mese prima, agghindata in abito da cowboy. La donna che Jessie aveva davanti non rispondeva nel modo più totale a quelle descrizioni!

« Sei arrivata all'epoca giusta, Jessica. In questo periodo dell'anno la campagna è lussureggiante, bellissima. L'erba è soffice, verde, e così folta da aver quasi l'aspetto di un mantello di pelliccia. È stato proprio in quest'epoca dell'anno che ho comperato il ranch. Probabilmente si spiega perché non ho saputo resistere al suo fascino. In primavera, la campagna è incantevole! »

Jessica si mise a ridere. « Purtroppo devo confessare che non rientrava affatto nei miei progetti, signora Williams. » Ma mio marito è stato sbattuto in prigione e io ero diventata, praticamente, una drogata perché vivevo solo di sonniferi e tranquillanti, mi capisce? e, poi, ecco... ho cercato con tutti i mezzi possibili e immaginabili di farmi venire un esaurimento nervoso e stamattina abbiamo litigato furiosamente e... Rise ancora, scrollando la testa. « Ero lontanissima dal farmi venire un'idea del genere. E lei è stata veramente molto gentile ad accogliermi ugualmente qui, come se fossi piombata dal cielo! »

« Per carità! Non è un problema per me. » Sorrise, ma niente era sfuggito al suo sguardo attento e inquisitore. Si era accorta che Jesica non aveva ancora toccato cibo e si accontentava soltanto di sorseggiare la sua tazza di cioccolata calda. Da quando era arrivata, quella era già la seconda sigaretta che fumava. Cominciava ad avere il sospetto che Jessica si trovasse, più o meno, ad avere lo stesso problema di Astrid dopo la morte di Tom. Capsule. Pastiglie di ogni genere. « L'importante, mia cara, è che tu possa sentirti come a casa tua, qui e che ci resti fintanto che vuoi. »

« Magari ci resto per sempre! »

« Figuriamoci! Dopo una settimana, sarai annoiata da morire. » Gli occhi della vecchia signora ebbero un altro luccichio divertito e Astrid sorrise.

« Però tu non ti annoi mai, mamma! »

« Oh, sì che mi annoio, invece! Ma, quando mi succede, parto e vado a Parigi, a New York oppure a Los Angeles, oppure vengo a farti visita in quella specie di orribile mausoleo dove abiti... »

« Mamma! »

« Lo è, e tu lo sai benissimo! Un mausoleo stupendo, ma nonostante questo... sai qual è la mia opinione. Ti avevo già detto l'anno scorso che, secondo me, avresti dovuto venderlo e trovarti una nuova casa. Qualcosa di più piccolo, di più giovane, di più allegro. Neanche io sono abbastanza vecchia per vivere in quel posto! Lo avevo già detto a Tom quando era vivo e non riesco a capire per quale motivo non dovrei ripeterlo anche a te, adesso. »

« Jessica, invece, ha una di quelle case che tu dovresti trovare adorabili! »

« Davvero? Sarà una capanna di frasche a Tahiti, senza dubbio. » Scoppiarono a ridere tutte e tre insieme e Jessica tentò di mangiucchiare una tartina. Aveva lo stomaco vuoto, ma sentiva ugualmente una strana nausea; tuttavia sperava che, mangiando qualcosa, cessasse il tremito che aveva alle mani. Cominciava a sospettare che i due giorni successivi sarebbero stati molto brutti per lei ma, fortunatamente, si sarebbe trovata in ottima compagnia. Era già, praticamente, innamorata della madre di Astrid, così schietta e sincera.

« Sì, Jessica abita in quella stupenda casa bianca e azzurra che si trova nell'isolato vicino al nostro. Quella con il giardino, davanti, pieno di fiori. »

« Mi pare di ricordarmene vagamente. Molto graziosa ma, non è un po' piccola? »

« Molto piccola », rispose Jessica fra un morso e l'altro. La tartina che aveva scelto era spalmata di formaggio morbido e imbottita di prosciutto, qualche fogliolina di crescione e due o tre fettine sottilissime di pomodoro.

« Io, personalmente, non riesco più a sopportare la vita in città. Però ci faccio volentieri una scappata di tanto in tanto. Ma, dopo un po', sono felicissima di tornarmene a casa. Il chiasso e il frastuono mi infastidiscono, la gente è vestita con un lusso eccessivo, i ristoranti scadenti, il traffico terrificante. Qui vado a fare una passeggiata a cavallo durante la mattina, passeggio nei boschi, e la vita mi sembra una specie di nuova avventura ogni giorno. Sono troppo vecchia per vivere in città. Tu vai a cavallo? » Aveva un modo di fare brusco e vivace. Si faticava a credere che avesse più di cinquantacinque anni mentre Jessica sapeva con sicurezza che ne aveva già settantadue compiuti. Sorrise a quella domanda.

« Sono anni che non salgo più in sella, però mi piacerebbe. »

« In tal caso, se ti fa piacere, puoi provare. Fai quello che vuoi, quando e dove vuoi. Io preparo la colazione alle sette, ma non è necessario che tu ti alzi. Quanto al pranzo, abbiamo degli orari molto elastici e non consiste di un pasto vero e proprio; la cena è alle otto. A me non piacciono gli orari dei campagnoli. Trovo scomodo e ridicolo cenare alle cinque o alle sei. A parte il fatto che io comincio ad aver fame un po' più tardi. E, a proposito... mia figlia mi ha presentato come signora Williams, ma il mio nome è Bethanie. E lo preferisco di gran lunga! » Continuava a rivelarsi un tipino che andava per le spicce, vivacissima, tutto pepe, ma i suoi occhi azzurri erano pieni di dolcezza e le labbra sempre pronte al sorriso.

« Che bel nome. »

« Sì, può andare. E adesso, care signore, vi auguro la buonanotte. Voglio uscire a cavallo molto presto, domattina. » Rivolse un caldo sorriso alla sua ospite, diede un bacio sulla fronte alla figlia e si avviò a passo rapido verso la scalinata per salire nella sua camera dopo aver assicurato a Jessica che Astrid avrebbe pensato a farle scegliere quella che preferiva fra le tre stanze destinate agli ospiti. Ognuna di esse era sempre pronta ad accoglierli. Infatti capitava molto spesso che arrivasse qualcuno a far visita a Bethanie, e si fermasse anche a dormire — Astrid spiegò a Jessica. Di rado passava una settimana senza che nessuno fosse ospite del ranch. Amici europei includevano una rapida puntata al ranch nei loro complicati itinerari di viaggio; altri amici arrivavano in aereo da New York e noleggiavano un'automobile per venire a trovarla. Per di più, aveva anche molte conoscenze a Los Angeles. E, naturalmente, Astrid.

« È tutto letteralmente favoloso, Astrid! » Jessica era ancora un po' frastornata e vagamente intimidita da tutto ciò che la circondava. La casa, la madre dell'amica, la sua ospitalità, l'accoglienza cordiale e sincera che le era stata fatta, il calore umano e la vivacità della padrona di casa, tutta pepe. « E tua madre è una donna straordinaria! » Astrid sorrise, contenta.

« Credo che Tom mi abbia sposato per avere sempre sotto gli occhi anche lei. La adorava, e la mamma adorava Tom. » Astrid sorrise di nuovo, soddisfatta dell'espressione che era apparsa sulla faccia di Jessica.

« Capisco perfettamente perché le volesse tanto bene. Anche Ian resterebbe affascinato da una donna come lei. » Mentre pronunciava quelle parole, però, il suo tono era cambiato; non pareva più attenta alla realtà che la circondava, ma assorta in qualche suo pensiero segreto. Infatti passò un attimo prima che si costringesse a riportare la sua attenzione su Astrid.

« Credo che ti farà bene stare qui un po', Jessie. »

Jessica annuì lentamente. « Ti sembrerà assurdo eppure mi sento già meglio. Un po' tremante... » alzò una mano per mostrarle le dita scosse da un tremito e sorrise con un po' di vergogna « ... ma sto meglio, nonostante questo. È un tal sollievo non dover passare un'altra notte sola, in quella casa. Anche se lo capisci, vero, che è assurdo! Sono una donna adulta, matura. Non riesco a capire per quale motivo mi faccia tanta paura passare la notte sola, in quella casa, però ti assicuro che è terribile, Astrid. Quasi quasi vorrei che quel maledetto posto bruciasse da cima a fondo mentre io sono qui. »

« Non dire cose simili! »

« Parlo sul serio. Sono arrivata al punto di detestare la mia casa. E se penso come ci ho vissuto felice! Adesso mi pare di odiarla, con tutte le mie forze, letteralmente! E lo studio... non fa che ricordarmi, e nel modo peggiore, tutte le mie manchevolezze. »

« Sei sinceramente convinta di aver mancato in qualche cosa, Jessica? »

Jessica fece segno di sì con la testa, lentamente, ma senza incertezze.

« Da sola? E senza l'aiuto di nessuno? »

« Quasi. »

« Spero che ti renderai conto di quanto sia assurdo quello che dici. »

« Sai qual è la cosa che fa più male? Il fatto che credevo di avere un matrimonio meraviglioso. Il migliore. E adesso... sembra tutto così differente! Lui inghiottiva il suo risentimento e taceva; e io facevo le cose a modo mio. Lui mi tradiva senza dirmelo; io lo sospettavo, ma non volevo saperlo. È tutto così confuso. Credo che mi occorrerà parecchio tempo per riordinare le idee. »

« Qui puoi restare fintanto che ne hai voglia. La mamma non si stancherà mai di te. »

« Magari, no; però sono io che non voglio abusare della sua ospitalità. Penso che una settimana potrà bastare e non solo mi considererò fortunata, ma anche grata in eterno! » Astrid si limitò a sorridere guardandola al di sopra della sua tazza di cioccolata calda. La gente aveva l'abitudine di dire che si sarebbe fermata qualche giorno o, magari, una settimana e poi era ancora lì un mese e mezzo più tardi. A Bethanie non importava, purché non intralciassero il suo ritmo di vita. Perché aveva i propri programmi, gli amici, il giardino di cui occuparsi, i libri, mille progetti da realizzare. Le piaceva occuparsi dei fatti propri e che gli altri facessero altrettanto — questo, in parte, costituiva il suo fascino, e il suo grande successo come padrona di casa. Era straordinariamente indipendente e aveva un profondo rispetto per le persone che amavano la solitudine. Anche a lei piaceva stare sola con se stessa.

Astrid mostrò a Jessica quali fossero le camere da letto disponibili per gli ospiti in modo che potesse fare la sua scelta — e Jessie si decise per una stanzetta comoda e accogliente, tutta rosa, con una trapunta all'antica sul letto e una fila di pentole e padelle di rame appese sopra la mensola del camino. Il soffitto era inclinato, a mansarda, ma abbastanza alto per non correre il rischio di andare a sbatterci con la testa quando si alzava dal letto. Nella stanza c'era anche un grazioso bovindo con una panca che correva tutto intorno e, vicino al camino, una poltrona a dondolo. Jessica sospirò profondamente e andò a sedersi sul letto.

« Sai che cosa ti dico, Astrid? Magari non torno più a casa. » Aveva pronunciato quelle parole fra un sorriso e uno sbadiglio.

« Buonanotte, cara. Cerca di dormire. Ci vediamo a colazione. » Jessica annuì e sbadigliò ancora. Salutò con un cenno Astrid che richiudeva la porta e le gridò dietro un ultimo « Grazie » con la voce già impastata di sonno.

L'indomani mattina avrebbe scritto a Ian per fargli sapere dove si trovava. Per raccontargli qualcosa. Ma, a quello, avrebbe pensato domani. Al momento si trovava — almeno così le pareva — a una distanza incalcolabile da tutti i suoi problemi. La boutique, Ian, tutte quelle fatture da pagare, quell'insopportabile vetrata di Vacaville. Niente di tutto ciò le appariva vero e reale. Invece aveva la sensazione di essere arrivata a casa. E sorrise a questo pensiero mentre accendeva un po' di trucioli di legno nel focolare, e vi aggiungeva un bel ciocco prima di infilarsi la camicia da notte. Dieci minui dopo era già addormentata. E, per la prima volta da quattro mesi, senza prendere né capsule né pastiglie.

Jessie sentì bussare alla porta della sua camera quando aveva chiuso gli occhi appena da pochi minuti. O, almeno, quella fu la sua prima impressione. Ma, quando li spalancò, vide il sole che entrava luminoso e splendente dalle tendine di organza bianca. Sul suo letto, in una chiazza di sole, era placidamente allungato un grosso gatto con il pelo maculato, che sbadigliò con aria sonnacchiosa. L'orologio segnava le dieci e un quarto.

« Jessie? Sei già sveglia? » Astrid mise dentro la testa dalla porta. Aveva fra le mani un enorme vassoio di vimini bianco, carico di cose appetitose.

« Oh, no! La colazione a letto! Astrid, tu mi vizi... come farò, poi! » Scoppiarono a ridere insieme e Jessie si mise a sedere sul letto. I capelli biondi le ricaddero sulle spalle arruffati, in lunghi riccioli disordinati. Aveva l'aria di una ragazzina e, in quel momento, si accorse di sentirsi straordinariamente riposata.

« Che bell'aspetto, fresco e disteso hai stamattina, cara signora! »

« E che fame! Ho dormito come un masso. Uauh! » Era rimasta affascinata di fronte allo spettacolo che si trovava davanti — cialde croccanti, pancetta alla griglia, due uova fritte e un bricco di caffè bollente — tutto servito in uno stupendo servizio di fragile porcellana a fiori. In un angolo del vassoio c'era un piccolo vaso da fiori nel quale era infilata una rosa gialla. « Ho la sensazione che sia il mio compleanno o qualcosa del genere! »

« Anch'io, figurati! Non vedo l'ora di arrivare in negozio! » Astrid scoppiò in una risatina allegra e si sistemò comodamente nella poltrona a dondolo mentre Jessie si buttava con entusiasmo sulla colazione. « Avrei voluto lasciarti dormire ancora un po', ma morivo dalla voglia di tornare in città. E la mamma ha stabilito che, almeno il primo giorno, dovevi farti servire la colazione a letto. »

« Sono imbarazzata. Ma non fino al punto da non aver la forza di mangiare tutta questa bella roba. » Ridacchiò, avventandosi con voracità sulle cialde. « Muoio di fame. »

« Logico! Non hai cenato. »

« Che cosa sta combinando tua madre stamattina? »

« Chi lo sa! È uscita per fare la sua solita passeggiata a cavallo verso le otto, è tornata a cambiarsi e pochi minuti fa è ripartita di nuovo in automobile. È abituata a fare i fatti suoi e non le piacciono gli interrogatori. »

Jessica sorrise e si appoggiò più comodamente ai cuscini con la bocca piena di cialda croccante. « Vuoi sapere una cosa? Dovrei sentirmi maledettamente colpevole se penso che me ne sto qui bella tranquilla mentre Ian è... sappiamo bene dove... eppure, per la prima volta in cinque mesi, non è così. Mi sento semplicemente bene. Anzi in gran forma! » E sollevata. Che sollievo, infatti, non essere costretta a fare niente! Non dover correre in negozio oppure affrontare il viaggio per andare a trovare Ian, né aprire fatture né prendere telefonate. Era in un altro mondo. Era libera. « Mi sento in una forma super, Astrid! » Sorrise, si stiracchiò lentamente, sbadigliò dopo aver divorato una colazione squisita e godendosi il calduccio del sole che entrava nella stanza.

« E allora, perché non te la godi? Ne avevi bisogno. Del resto non volevo farti venire qui anche a Natale? Te ne ricordi? » Jessica annuì con aria piena di rammarico perché ricordava perfettamente che cosa aveva fatto, invece di andare lì, al ranch. Aveva cancellato, letteralmente, il Natale dalla sua vita con una manciata di pastiglie.

« Ah, se lo avessi saputo! »

Accarezzò lentamente il gatto dal pelo maculato, il quale le leccò un dito, mentre Astrid, seduta nella poltrona a dondolo, andava su e giù lentamente e osservava l'amica. Già una nottata di sonno le aveva fatto prendere un aspetto migliore. Purtroppo, però, c'era ancora una quantità di problemi che attendevano soluzione. Non invidiava certo a Jessica quello che l'aspettava.

« Perché non ti fermi qui un paio di giorni, Astrid? »

Astrid si lasciò sfuggire un ululato e scrollò la testa. « Già, così mi perdo tutto il divertimento di dirigere la boutique? Sei matta! Non riusciresti a trattenermi qui neanche se tu mi legassi al pilastro del cancello! Sono anni e anni che non faccio più una cosa tanto divertente! »

« Astrid, sei una bella matta, però ti voglio un gran bene. Se non ci fossi tu, io non mi troverei certo qui, coccolata come sono, onorata e riverita! Quindi divertiti fin che vuoi con *Lady J.*! È tutta tua! » Ma subito Jessie assunse un'espressione triste. « Quasi quasi avrei voglia di non tornare più indietro! »

« Vuoi vendermi *Lady J.*? » Qualcosa nel tono di Astrid fece alzare gli occhi di scatto a Jessica.

« Stai parlando sul serio? »

« Certo. Sono serissima. Magari si potrebbe studiare una specie di società se tu non volessi vendermela completamente. Ma, credimi, ci ho pensato molto. Anzi, ti confesso che non sapevo come affrontare questo argomento con te. »

« Forse il modo migliore è quello che hai adoperato adesso, credo. Io, da parte mia, devo confessarti che non ci avevo mai pensato. Potrebbe essere una buona idea. Lascia che ci rifletta un momento. E cerca di godertela fintanto che io non ci sono. Non è escluso che tu finisca per scoprire che provi un autentico odio per quel negozio, quando sarai arrivata alla fine della settimana prossima! »

Tuttavia Astrid aveva già capito, dal tono della sua voce, che Jessica non aveva nessuna intenzione di rinunciare completamente a *Lady J.* Si sentiva ancora tutto l'orgoglio della proprietaria, quando ne parlava. *Lady J.* era sua anche se, al momento, faticava a occuparsene con l'entusiasmo che le era abituale.

« A proposito, dicevi sul serio quando mi hai accennato alla possibilità di mandare Katsuko a New York? » Jessica era ancora sbalordita quando pensava a tutto quello che era successo in quelle ultime ventiquattro ore.

« Certo. Le ho già detto di fare i preparativi necessari per partire domani. In questo modo puoi darle tutte le istruzioni che credi. Quanto alla questione finanziaria, la sistemeremo più avanti. Molto più avanti. Quindi non aggiungerla agli altri problemi che ti tormentano. E per quello che riguarda la collezione autunnale? Hai già qualche consiglio, qualche riflessione, qualche ordine, richiesta o divieto da fare? »

« No. Nessuno. Mi fido completamente di lei. Come *buyer* ha un senso degli affari più spiccato del mio e, ormai, lavora nel campo della vendita al dettaglio da un tempo abbastanza lungo per sapere quello che fa. Dopo la stagione che abbiamo avuto, comincio a pensare che io non sarei più capace di prendere nessuna decisione riguardo ai capi di abbigliamento da comperare per il negozio! Non saprei da che parte cominciare. »

« A chiunque può capitare una stagione disgraziata. »

« Già. E questo vale non soltanto per il negozio. » Jessie sorrise e Astrid la guardò con gli occhi pieni di affetto.

« Bene. A questo punto bisogna che alzi i tacchi, altrimenti... ho davanti a me la prospettiva di un viaggio piuttosto lungo. Nessun messaggio per il fronte interno? »

« Certo. Uno. » Jessica sorrise poi, buttando indietro la testa, scoppiò in una schietta risata. « Addio! »

« Buffona! Tu, piuttosto, cerca di passartela bene qui da mia madre. Ricordati che questo posto è servito anche a me per rimettermi in sesto. »

« E devo ammettere che, adesso, a guardarti, hai un aspetto favoloso. » Jessie scese lentamente dal letto, si stiracchiò pigramente un'altra volta e abbracciò Astrid di nuovo. « Fai buon viaggio e saluta affettuosamente per me le ragazze. »

Andò alla finestra per assistere alla sua partenza e salutarla ancora una volta. Era rimasta sola a casa. Con lei non c'era nessuno all'infuori del gatto che stava passeggiando lentamente sulla panca incassata sotto il bovindo. Da fuori le giungevano i lievi rumori della campagna, ma la casa, spaziosa e piena di sole, era avvolta da un piacevole silenzio. Cominciò ad aggirarsi a piedi nudi per il lungo corridoio del piano superiore, mettendo la testa ora in una stanza ora nell'altra, sfogliando qualche libro, girellando qua e là, ammirando i quadri, rincorrendo il gatto — e infine scese al pianterreno a fare più o meno la stessa cosa. Era libera! Libera! Per la prima volta in sette anni, dieci, cinquant'anni... per la prima volta, forse, da sempre, era libera. Da qualsiasi incombenza, dovere, responsabilità — e libera dai suoi terrori. Il giorno precedente capiva di avere toccato il fondo. L'ultima trave portante di quella costruzione dalle fondamenta ormai marce e decrepite, che si era sforzata di tenere in piedi, era crollata con immenso fragore... eppure lei non l'aveva seguita nel suo disfacimento. Astrid l'aveva sorretta, l'aveva aiutata, l'aveva condotta via.

Ma c'era un'altra cosa, una cosa ancora migliore — cioè, che non era impazzita, non aveva ceduto a un collasso nervoso. Avrebbe ricordato per tutta la vita il momento in cui due sconosciuti l'avevano costretta a rialzarsi dal volante sul quale aveva appoggiato la testa. E da quel clackson che, così facendo, aveva fatto suonare a lungo, disperatamente. Era stato in quel momento che aveva preso la decisione di rifiutarsi di lottare ancora, di abbandonarsi alla follia, di scivolare in un mare di oblio, di non tornare mai alla terra delle persone brutte, odiose, malvage e morenti, la terra dei « vivi ». Invece non era impazzita. Aveva sofferto, atrocemente. Più di quanto le fosse mai successo di soffrire in vita sua. Però, dalla follia, si era salvata. E, adesso, eccola qui a girare per una stupenda casa di campagna, scalza, in camicia da notte, dopo aver divorato una colazione pantagruelica, con un sorriso dipinto sulla faccia. E la cosa straordinaria, addirittura incredibile, era che non sentiva il bisogno di Ian. Senza di lui, la casa non le era crollata addosso. Non era stata la rovina completa. Era qualcosa di nuovo, questo, per Jessie e, ancora, non sapeva come affrontarlo o che cosa farsene. Perché cambiava ogni cosa.

# 26

VERSO la fine del pomeriggio del primo giorno che aveva passato al ranch Jessica prese la decisione di mettersi alla scrivania per scrivere a Ian. Voleva fargli sapere dove si trovava. Continuava a sentirsi obbligata a fargli rapporto sulla propria situazione. Però era difficile spiegargli il motivo per il quale si trovava lì. Dopo aver cercato di salvare la faccia, anche nei suoi confronti, per talmente tanto tempo, non era semplice rivelargli in quali condizioni aveva continuato a vivere, dietro quella facciata. Il giorno prima si era sfogata, ma ormai capiva che era un dovere sedersi a una scrivania e cercare di spiegargli tutto con calma. Naturalmente la prima conseguenza di tutto quello era che doveva confessargli come, ogni volta che aveva detto di stare « bene », in realtà gli aveva raccontato una bugia. Quasi sempre, erano state bugie. Perfino con se stessa, si era rifiutata di accettare il fatto di non stare bene, tutt'altro... e a quel punto era costretta non soltanto a riconoscerlo nei confronti di se stessa, ma anche ad ammetterlo con lui. Non aveva altre accuse da scagliargli, ma non desiderava neppure dargli spiegazioni.

Non era facile trovare le parole adatte. Che cosa poteva dirgli? Ti amo, tesoro, però anche ti odio... ho sempre avuto una paura folle di perderti, ma ormai non ne sono più tanto sicura... vai a farti benedire... sorrise a quel pensiero, ma, subito, cercò di tornare seria. Da dove cominciare? E, poi, c'erano le domande. Quante domande! Improvvisamente si chiese se le altre donne erano state molte. Quante? E perché. Perché lei non si era rivelata all'altezza né di lui né della situazione oppure perché Ian era sempre stato insaziabile o, magari, perché aveva bisogno di dimostrare qualcosa a se stesso e agli altri o forse... perché? Suo padre e sua madre non si erano mai posti domande del genere, ma avevano sbagliato o, se non altro, lei era convinta che avessero sbagliato. Aveva seguito il loro esempio, ma ormai voleva determinate risposte o, perlomeno, si illudeva di volerle. Tuttavia ammetteva la possibilità di dover essere lei, in persona, a dare una risposta a certe domande. Amava Ian? Oppure aveva soltanto bisogno di lui o, semplicemente, di qualcuno? Come si fanno sette anni di domande in una lettera di mezza paginetta... Mi rispetti? Perché? Come puoi rispettarmi? A quel punto Jessica non era più neppure sicura di amare e rispettare Ian — oppure se stessa.

Avrebbe voluto scegliere la via più facile e parlargli semplicemente della signora Williams e del ranch —ma non le sembrava onesto. Quindi ci mise due ore a scrivere quella lettera. Che risultò lunga una pagina. Gli diceva che tutto quanto era successo il giorno prima le aveva fatto capire di aver bisogno di un periodo di riposo. Astrid le aveva fatto una proposta straordinaria, quella di andare nel ranch di sua madre.

> « È proprio uno di quei posti dove capisco di potermi finalmente rilassare, dove distendere i nervi, riacquistare la mia lucidità mentale, respirare di nuovo e tornare a essere me stessa. In realtà, di questi tempi, mi accorgo di essere uno strano miscuglio di chi ero abituata a essere in passato, di chi è stata

catapultata in una nuova forma di esistenza durante questi ultimi sei mesi e di chi sto diventando. Tutto ciò mi spaventa, e non poco. Ma mi dimostra, anche, che qualcosa sta perfino cambiando, Ian. Sentirmi sempre così spaventata! Devo essere stata molto pesante per te, in tutto questo tempo, con le mie eterne paure. Adesso, però, sto crescendo, diventando adulta, forse, e matura. Ancora non lo so con certezza. Continua a lavorare al tuo libro, hai ragione; e mi spiace per ieri. Non farò che rammaricarmi per tutto il resto della nostra vita di aver voluto, tu e io, sopportare tutto ciò con tanta dignità e autocontrollo. Forse se avessimo urlato, strillato, tirato calci, sbraitato, se ci fossimo presi per i capelli in quell'aula di tribunale invece di... forse, oggi, saremmo in condizioni migliori. Presto o tardi, a ogni modo, doveva venir fuori. È proprio su questo che sto riflettendo. Giusto? Bene, caro. Ti amo J. »

Esitò a lungo con la lettera fra le mani; ma, poi, la ripiegò con cura e la infilò nella busta. C'era ancora molto che non aveva detto. Ma, per il momento, non voleva dirlo. Scrisse accuratamente il nome di Ian sulla busta. Ma non ci mise il proprio. E si domandò se Ian avrebbe pensato che la mancanza dell'indicazione, e dell'indirizzo, del mittente fosse stata una svista da parte sua. No, non lo era.

Jessica raggiunse la madre di Astrid nel soggiorno per bere qualcosa insieme dopo cena.

« Tu non immagini neppure come hai reso felice Astrid, mia cara! Ha bisogno di trovare qualcosa da fare. In questi ultimi tempi era capace soltanto di spendere soldi. E diventa una fissazione sai? La smania continua di accumulare oggetti privi di significato, di possederli... così, tanto per passare il tempo! Finisce per non goderne neppure più — lo fa soltanto per colmare un vuoto. La tua boutique, invece, colmerà quel vuoto in modo molto migliore. »

« A dir la verità, ci siamo conosciute proprio per mezzo della boutique. Un giorno Astrid ci è entrata e abbiamo subito simpatizzato. E poi, come è stata buona con me! Mi auguro proprio che si diverta in negozio, questa settimana. Io provo un tale sollievo a restarne lontano! »

« Astrid mi aveva accennato che, ultimamente, hai attraversato un periodo difficile. »

Jessie annuì, diventando un po' triste.

« Vedrai che, alla fine, tutto passerà. Ne verrai fuori. A volte, la vita sembra proprio insopportabile, vero? Ma sono i dolori di chi cresce, e diventa adulto! » Scoppiò a ridere portandosi alle labbra il bicchiere di Campari e Jessie abbozzò un sorriso. « Ho sempre avuto una profonda antipatia per certe situazioni in cui ci troviamo e che dovrebbero servire a formarci il carattere. Tuttavia immagino che, alla fine, anche loro non siano del tutto inutili! »

« Non so proprio se la mia situazione possa essere definita tale. Ho l'impressione che mi porterà a mettere la parola 'fine' al mio matrimonio. » Nei suoi occhi era apparsa un'espressione di dolore angoscioso e straziante anche se, per la prima volta, era quasi sicura di avere finalmente le idee chiare. La verità era che, prima che succedesse tutto quanto era successo, si era sempre rifiutata di ammetterlo, perfino con se stessa. Molto semplice!

« È questo che desideri adesso, figliola? Sentirti libera dal tuo matrimonio? » Seduta tranquillamente vicino al fuoco, la signora Williams stava osservando la faccia di Jessica con profonda attenzione.

« No, tutto sommato, non è la mia libertà che desidero. Non ho mai avuto problemi di questo genere. Mi piace essere sposata. Ma comincio a pensare che abbiamo raggiunto un punto della nostra esistenza nel quale ci stiamo distruggendo a vicenda, tutto qui — e, purtroppo, le cose possono peggiorare soltanto! Se provo a guardarmi indietro, adesso, mi chiedo se, per caso, non è quello che abbiamo fatto sempre — se non abbiamo continuato a distruggerci reciprocamente fin dal principio. Adesso però tutto è diverso. Perché l'ho capito. E non esistono pretesti di nessun genere per lasciar andare avanti le cose a questo modo. Una volta che lo si è capito. »

« Allora suppongo che dovrai affrontare la questione senza mezzi termini, vero? Che cosa ne pensa tuo marito? » Jessie tacque per un momento.

« Non lo so. Adesso... è in prigione. » Capiva che non avrebbe mai avuto il coraggio di annunciare una verità simile a nessun altro, ma non sapeva che cosa Astrid aveva raccontato a sua madre. A ogni modo non sembrò che Bethanie rimanesse particolarmente sconcertata da quella notizia. « E quando vado a trovarlo, ci vediamo in condizioni talmente penose e difficili che riesce difficile perfino parlare degli argomenti più banali. Perfino a pensare si fa fatica! Ci si sente talmente costretti a essere forti, coraggiosi e a dimostrare nobili sentimenti... che non si ha neppure più la forza di ammettere con se stessi, figuriamoci poi con l'altro, di non poterne assolutamente più! »

« È questo che ti è successo? Ti sei accorta che non ne potevi più? » Le sorrise dolcemente, ma Jessica non ricambiò il sorriso mentre annuiva. « Dev'essere stato molto duro per te, Jessica. Se si considera il senso di colpa che provoca sempre il fatto di lasciare una persona la quale si trova in una situazione difficile. »

« Credo che sia proprio questo il motivo per il quale non mi sono mai permessa di rifletterci con calma. Fino a un certo punto, lo capivo, ma non avevo il coraggio di andare più in là. Perché non avevo il coraggio di 'tradirlo' neanche nei miei pensieri. E perché volevo continuare a giudicarmi piena di elevati sentimenti e capace di resistere alla sofferenza! E anche perché ero... terribilmente impaurita, pensandoci. Avevo il terrore di non riuscire più a ritrovare la strada, una volta che l'avessi smarrita... una volta che, invece di continuare a lottare, mi fossi lasciata andare... »

« È quello che succede sempre. In ogni caso ti potrà sembrare strano, ma siamo tutti molto più resistenti di quello che crediamo. »

« Ormai, sto iniziando a capirlo anch'io. Ma quanto tempo ci ho messo! Ieri, però, è stato il crollo di tutto. Ian e io abbiamo litigato furiosamente, senza risparmiarci colpi. Ce ne siamo dette di cotte e di crude, quasi con la smania di distruggerci a vicenda e, poi, io sono stata lì lì per lasciarmi andare definitivamente. Per crollare del tutto. Mi sono illusa che il destino me lo concedesse. E... » Si strinse nelle spalle con aria filosofica. « Invece, eccomi qui. Ancora tutta intera. »

« E ti meravigli? » L'anziana signora pareva divertita.

« Sì, moltissimo. »

« Non sei mai passata per crisi del genere? »

« Sì. Quando mio padre e mia madre sono morti. E mio fratello è rimasto ucciso nel Vietnam. Ma... avevo Ian. Ian mi faceva da frangiflutti sempre, in ogni occasione; Ian ha recitato diecimila ruoli diversi e si è travestito un milione di volte per farmi piacere. »

« Mi sembra che tu abbia preteso molto da lui. »

« Non soltanto molto. Addirittura troppo. E, con ogni probabilità, è anche il motivo per cui adesso si trova in prigione. »

« Capisco. È a te stessa che ne dai la colpa? »

« In un certo senso, sì. »

« Jessica, perché non lasci che Ian abbia il diritto di accettare i propri errori? Qualsiasi motivo sia stato quello che lo ha fatto finire in prigione, e per quanto tu possa sentirti direttamente interessata a tutto ciò che è successo... non ti pare che lui abbia il diritto di riconoscersi come l'unico colpevole di quell'errore — qualsiasi esso sia? »

« Si è trattato di stupro. Violenza carnale. »

« Capisco. E tu lo hai commesso per lui. » Jessica scoppiò in una risatina nervosa.

« No, naturalmente. Io... »

« Tu... che cosa? »

« Ecco, io l'ho reso infelice. Non gli ho mai dato tregua facendo pesare anche a lui tutte le mie afflizioni e le mie difficoltà, ero io che pagavo i conti, l'ho spogliato della sua virilità... »

« Possibile che tu sia riuscita a fargli tutte queste cose? » L'anziana signora sorrise e Jessica fu costretta a imitarla. « Non ti passa per il cervello l'idea che lui avrebbe anche potuto ribellarsi, o dire no? » Jessica ci rifletté un momento e infine assentì.

« Può darsi che lui non se la sentisse di ribellarsi oppure di oppormi un rifiuto. Ecco. Forse aveva paura di farlo. »

« Ah, in tal caso, però, questa non è più una tua responsabilità, ti pare? Per quale motivo devi accollarti tutte queste colpe? Ti fa piacere? » La giovane donna fece segno di no con la testa ed evitò di incontrare il suo sguardo.

« No. Ma la cosa più assurda è che lui non ha commesso quella violenza carnale. Lo so con sicurezza. Ma il nocciolo della faccenda è un altro: sta nel motivo per cui Ian si è trovato, addirittura, nelle condizioni di poter venire accusato di stupro. È di questo che non riesco a discolparmi. »

« Mentre ti senti di assolvere quella donna, di chiunque si tratti? »

« Naturalmente, io... » di colpo Jessica alzò gli occhi di scatto, strabiliata. Aveva dimenticato completamente Margaret Burton. A un certo punto, durante i mesi passati, le aveva perdonato. La guerra con Margaret Burton era finita. E questo diventava un piccolo peso di meno sul cuore. « Non ci avevo mai pensato, se non altro in questi ultimi tempi. »

« Già, vedo. Però, continuo a non capire come tu possa averlo privato della sua virilità. »

« Ero io a mantenerlo. »

« Non lavorava? » La voce di Bethanie era del tutto inespressiva. Non nascondeva nessun giudizio. Poneva soltanto una domanda.

« Lavorava moltissimo. Fa lo scrittore. »

« Ha pubblicato qualcosa? »

« Sì. Più di una volta. Un romanzo, un libro di favole, svariati articoli, qualche poesia. »

« È un buono scrittore? »

« Molto... solo che non ha ottenuto un grande successo dal punto di vista finanziario. Non ancora. Ma lo otterrà. » Il tono di orgoglio che aveva preso la sua voce non mancò di stupirla, ma lasciò Bethanie imperturbabile.

« In tal caso... che sbaglio orribile da parte tua incoraggiarlo! C'è da scandalizzarsi! » Bethanie sorrise riprendendo a sorseggiare il suo Campari.

« No, il fatto è... che sono convinta che Ian mi deve odiare perché continuo a 'mantenerlo'. »

« Molto probabilmente ti odia. Però, altrettanto probabilmente, ti ama proprio per questo. Ogni medaglia ha il suo rovescio, Jessica! Lo sai, vero? Sono certa che lo sa anche lui. A ogni modo continuo a non avere le idee chiare sul motivo per il quale tu vuoi chiudere, come suol dirsi, con questo matrimonio! »

« Non ho detto questo! Semplicemente ho detto che, secondo me, questo matrimonio è destinato a finire. »

« Così, da solo? Senza l'aiuto di nessuno? Mia cara, quello che dici è incredibile! » Scoppiarono a ridere insieme. Poi Bethanie si dispose ad aspettare. Era molto abile con le sue domande. Astrid lo sapeva ma, proprio per questo, si era ben guardata dall'avvertire Jessica.

Perché Bethanie otteneva lo scopo di fare riflettere.

Jessica alzò gli occhi dopo un lungo silenzio e si accorse che Bethanie la stava fissando. Ricambiò quello sguardo, senza sfuggirlo. « Credo che questo matrimonio sia già praticamente finito. Da solo. Nessuno lo ha ucciso. Lo abbiamo semplicemente lasciato morire. Nessuno di noi è stato tanto coraggioso da ucciderlo oppure da salvarlo. Ce ne siamo serviti per i nostri scopi e poi lo abbiamo lasciato estinguere. Più o meno come succede con la tessera di abbonamento a una biblioteca di una città dove non si abita più. »

« Era una buona biblioteca? »

« Ottima. A suo tempo. »

« Allora non buttar via quella tessera. Ti potrebbe venir voglia di tornare indietro e potresti sempre farti rinnovare l'iscrizione. »

« No, non credo di desiderarlo. »

« Dunque lui ti rende infelice? »

« Peggio. Finirei per distruggerlo. »

« Oh, per amor di Dio, figliola! Nessuno ti ha detto che sei incredibilmente noiosa... a furia di voler mettere in mostra tutti questi nobili sentimenti? Prova a smettere di pensare a lui e comincia, invece, a pensare a te stessa. Sono sicura che è quello che sta facendo anche tuo marito. Perlomeno me lo auguro. »

« Ma... se non sono abbastanza buona per lui, se non la sono mai stata, e... e se mi sto accorgendo di odiare la vita che faccio adesso, mentre lo aspetto? » Finalmente, stavano arrivando alla radice del problema. « E che cosa succederà se dovessi accorgermi che lo usavo soltanto e non sono neppure più sicura di volergli ancora bene? Forse ho bisogno di qualcuno, ma non necessariamente di Ian. »

« In tal caso devi chiarirti le idee e riflettere su alcune di queste cose. Da quando lui è in prigione, hai frequentato altri uomini? »

« No, naturalmente. »

« Perché? » Jessica parve scandalizzata e Bethanie scoppiò a ridere. « Non guardarmi a quel modo, cara! Sarò arcaica, ma non sono ancora defunta! Anche ad Astrid, ripeto sempre la stessa cosa. Non riesco a capire che cosa c'è che non funziona in voi, e nella vostra generazione. A sentirvi, dovreste essere tutte 'liberate' e invece siete terribilmente 'perbene' e piene di formalismi. La spiegazione potrebbe essere molto semplice: cioè quella che senti il bisogno di essere amata. Con questo, non dico che tu debba andare a vendere te stessa sull'angolo di una strada, ma potresti trovarti semplicemente un amico simpatico. »

« Non credo che sarei capace di fare una cosa simile, e restare con Ian. »

« In tal caso, forse, dovresti lasciarlo almeno per un po' e cercare di capire quello che vuoi. Forse lui fa parte del tuo passato. E la cosa importante è quella di non sprecare il tuo presente. Io non l'ho mai fatto ed è per questo che sono una vecchia felice. »

« Non poi 'vecchia' come dice! »

Bethanie fece una smorfia di fronte a quel complimento. « Guarda che con me l'adulazione non serve! Io mi giudico tremendamente vecchia ogni volta che mi guardo nello specchio però — se non altro — devo confessare di essermela sempre goduta. E, con questo, non voglio dire di aver fatto la libertina. Perché non è vero. Voglio semplicemente dire che non mi sono andata a chiudere in un armadio e, in seguito, non ho scoperto che odiavo qualcuno per determinate scelte che era stata io sola a fare, nei miei personali confronti. Mentre è proprio questo ciò che tu stai facendo nei tuoi! Stai cercando di punire tuo marito per qualche cosa a cui non può rimediare e, da quello che sento, mi par di capire che è già stato punito abbastanza, e con la massima serietà, su tutt'altra cosa: te la senti, o no, di accettare quello che è accaduto? Se ci riesci, suppongo che le cose si sistemeranno da sole. Ma se tu cercassi di farti ripagare da lui, per tutto il resto della vostra vita, per quello che hai sofferto, allora tanto vale rinunciare subito. Non puoi convincerti di riuscire a far sentire colpevole una persona così a lungo. Un uomo non può accettarlo per molto tempo e... guarda che la sua reazione potrebbe essere molto sgradevole! »

« È già stata sgradevole. » Jessica stava ripensando all'accanita discussione che lei e Ian avevano avuto a Vacaville, mentre fissava il fuoco con aria assorta.

« Nessun uomo può sopportarlo per molto tempo. Né tantomeno una donna. Chi vuoi che sia disposto a sentirsi colpevole in eterno? Una persona commette degli errori, dice che ne è spiacente, sconta l'errore commesso, ne paga il prezzo — e tutto finisce lì. Non puoi pretendere da questa persona che continui a pagare, a pagare a pagare... finirebbe per odiarti, alla lunga, Jessica. E, forse, tu non vuoi farlo soffrire soltanto per il presente. Forse sfrutti questa opportunità per farti pagare un vecchio debito. Può darsi che mi sbagli ma, a volte, è quello che facciamo tutti. »

Jessica assentì con aria grave. Perché era esattamente quello che lei stava facendo. Aveva costretto Ian a ripagarla del passato, delle sue debolezze e delle proprie. Della propria insicurezza, della propria incertezza. Era quello che stava pensando quando la voce di Bethanie si insinuò nuovamente, dolce e persuasiva, nelle sue riflessioni.

« Chissà... forse dovresti dirmi di badare ai fatti miei! »

Jessica sorrise e si abbandonò contro lo schienale della poltrona. « No, penso che probabilmente lei ha ragione. A dir la verità, non ho mai esaminato la questione sotto questo punto di vista. E le sue parole sono piene di buonsenso. Più di quello che mi faccia piacere ammettere, ma con tutto ciò... »

« Ti apprezzo, figliola, perché sai stare al gioco e ascoltare anche quello che non è gradevole da sentire. »

Si sorrisero, le due donne. Poi la signora Williams si alzò in piedi, si stirò lentamente. Il brillante che portava al dito ebbe uno scintillìo perché, muovendo la mano, aveva colto il riflesso delle fiamme. Portava un paio di pantaloni neri e un maglione di cashmere azzurro dello stesso colore dei suoi occhi. Jessica, osservandola, si scoprì a pensare di nuovo che, da giovane, doveva essere stata bellissima. Era tutt'ora molto graziosa e aveva un modo di fare, e di parlare, straordinariamente femminile e pieno di garbo. A ben pensarci, era perfino più simpatica e adorabile di sua figlia. Più ricca di calore umano, più bella, più tenera e affettuosa... o, forse, si arrivava a dare di lei questo giudizio perché era molto più viva e piena di entusiasmo.

« E adesso, Jessica, spero che mi perdonerai se ti dico che me ne vado a letto. Domattina voglio uscire presto a cavallo, ma non ti domanderò assolutamente di farmi compagnia. Mi alzo a certe ore... assolutamente inconcepibili per le persone civili! » Con gli occhi ridenti, si chinò a sfiorare con un bacio la fronte di Jessica la quale alzò di scatto le braccia per stringerla a sé.

« Signora Williams, le voglio bene. Sappia che è la prima persona che, da molto, molto tempo, è riuscita a farmi riflettere nel modo giusto. »

« In tal caso, mia cara, fammi l'onore di non chiamarmi 'signora Williams'. Lo trovo insopportabile. Non potresti provare a chiamarmi 'Bethanie' oppure, se preferisci, 'Zia Beth'? I ragazzi dei miei amici mi chiamano ancora così, e lo fanno anche alcune amiche di Astrid. »

« Zia Beth. Lo trovo incantevole. » E Jessica, improvvisamente, provò la sensazione di avere una nuova madre. Una famiglia. Quanto tempo era che non aveva più nessuno all'infuori di Ian! Zia Beth. Sorrise e si sentì riscaldare il cuore.

« Buonanotte, cara. Dormi bene. Ci vediamo domattina. »

Si scambiarono un altro abbraccio e Jessica, mezz'ora più tardi, salì in camera continuando a pensare ad alcuni degli argomenti che aveva discusso con Bethanie. La questione di voler punire Ian... la lasciava sempre più strabiliata. Perché, a ben pensarci, fino a che punto era in collera con Ian? E perché? Perché l'aveva tradita? Oppure perché era in prigione e non poteva più starle vicino, a proteggerla? Perché avevano 'scoperto' che era andato a letto con Margaret Burton? Avrebbe avuto la stessa importanza se lei, Jessica, non si fosse vista costretta a trovarsi a faccia a faccia con questa realtà? Oppure era colpa di tante altre cose? I libri che non era riuscito a vendere, i soldi che guadagnava soltanto lei, la passione di Ian per continuare a scrivere? Non lo sapeva più con certezza.

La colazione era già pronta, e la stava aspettando, quando Jessica scese al piano terreno l'indomani mattina. Un bigliettino garbato e gentile, che portava la firma « Zia Beth », la informava che le brioche erano al caldo, nel forno, come qualche fetta ben croccante di pancetta. E che c'era anche, per lei, una scodella di magnifiche fragole fresche. Nel bigliettino, Zia Beth le proponeva anche una passeggiata in jeep per le colline, nel pomeriggio.

Fecero quella passeggiata e si divertirono straordinariamente. Zia Beth le raccontò un sacco di aneddoti su quelle persone « terribili » che avevano abitato il ranch prima di lei e che avevano lasciato la casa in « condizioni letteralmente barbare ».

« Ti garantisco che quell'uomo doveva essere cugino in primo grado di Attila, il re degli Unni, e che i suoi figli erano delle piccole pesti insopportabili! »

Jessica scoprì che quella era la prima volta, da anni, che rideva per tante sciocchezze con tutto quel gusto e, mentre si inerpicavano con la jeep su per le colline, le balenò che, anche senza capsule o pastiglie, se la cavava splendidamente. Niente tranquillanti, niente sonniferi, niente di niente. Era riuscita a superare quel momento difficile unicamente con la compagnia di Zia Beth, tanto sole e moltissime risate. Quella sera si dedicarono insieme a cucinare ma fecero bruciare la salsa *hollandaise* per gli asparagi, scoprirono che l'arrosto era mezzo crudo e si presero amabilmente in giro reciprocamente a ogni nuovo misfatto che commettevano. Era un po' come essere in compagnia di una compagna di scuola della sua stessa età, invece di trovarsi ospite della madre di un'amica.

« Sai che cosa diceva il mio primo marito? Ripeteva che, un giorno o l'altro, se non stava attento, avrei finito per avvelenarlo. A quell'epoca ero una pessima cuoca... anche se, adesso, non sono molto meglio! Non riesco a capire se questi asparagi sono cotti. »

« Ti sei sposata due volte? »

« No. Tre volte. Il mio primo marito è morto quando era ancora sulla ventina. Ed è stato un grande dolore. Era un ragazzo adorabile. È morto in un incidente di caccia due anni dopo il nostro matrimonio. Poi mi sono divertita discretamente per un po' di tempo... » i suoi occhi ebbero uno scintillìo allegro, e proseguì « ... e ho sposato il padre di Astrid quando avevo trent'anni. Ho avuto Astrid a trentadue. Suo padre è morto che Astrid aveva quattordici anni. E il mio terzo marito era una persona dolcissima di carattere, ma terribilmente noiosa. Ho divorziato da lui cinque anni fa e la vita, da quel giorno, è stata molto più interessante ». Esaminò il gambo di un altro asparago e lo assaggiò mentre Jessica scoppiava a ridere.

« Zia Beth, sei uno spasso! Che tipo era il tuo ultimo marito? »

« Una salma, praticamente, all'infuori del fatto che nessuno glielo aveva ancora detto! Come riesce a essere disperatamente noiosa certa gente, quando diventa vecchia! Credi... è stato quasi imbarazzante divorziare da quel poverino. Se tu sapessi che colpo terribile è stato per lui! Però l'ha superato. Quando vado a New York, gli faccio sempre visita. Ma continua a essere noioso come prima, quel caro uomo! » Rivolse un sorriso angelico a Jessica che, intanto, era stata presa da un altro attacco irrefrenabile di risate. Indubbiamente Zia Beth non doveva essere quella farfallina che le piaceva di far credere agli altri, ma non aveva avuto certo una vita banale.

« E adesso? Niente più mariti? » Avevano raggiunto quello stadio dell'amicizia in cui Jessica sapeva di poter fare una domanda così intima.

« Alla mia età? Non essere ridicola! Chi vuoi che venga a cercare una povera vecchia? Io sono perfettamente felice ugualmente, perché mi sono goduta la vita quando ero più giovane. Non c'è niente di peggio di una vecchia che cerca di fingere di non esserlo. Oppure di una giovane che finge di essere vecchia, ed è quello che tu e Astrid state cercando di fare con grande successo! »

« Io non ero abituata a farlo. »

« Neanche lei, quando Tom era vivo. Ma, adesso, è ora che si trovi qualcun altro e che appicchi il fuoco a quel suo palazzo che sembra una tomba. Io lo trovo spaventevole. »

« Ma se è così bello, Zia Beth. Anzi più che bello! »

« Anche i cimiteri possono essere belli. Però io mi guardo bene dall'andare ad abitare in uno di essi... a meno che non mi resti altra scelta. Fintanto che la scelta c'è, bisogna saperla sfruttare. Ma a poco a poco Astrid ci sta arrivando. Credo che il tuo negozio le farà un gran bene! Perché non glielo vendi? »

« Già, e allora... che cosa farei io? »

« Qualcosa di diverso. Quanti anni sono che l'hai? »

« Saranno sei anni questa estate. »

« Mi pare che sia più che abbastanza per qualsiasi cosa. Perché non provi un genere completamente diverso? » Ti sembra abbastanza anche per un matrimonio?

« Ian voleva che rimanessi a casa. Voleva che avessi un bambino. Almeno è quello che continuava a ripetere in questi ultimi tempi. Qualche anno fa, invece, era perfettamente contento di come eravamo e di come andavano le cose. »

« Forse, adesso, hai trovato una delle risposte che stavi cercando. »

« E sarebbe? » Jessica non capiva.

« Il fatto che qualche anno fa lui era 'perfettamente felice di come eravamo e di come andavano le cose'. Quanto è cambiato lui in questi ultimi anni? Forse ti sei dimenticata di fare anche tu qualche cambiamento, Jessica. Di crescere. »

« Siamo cresciuti... » ma come? A ben pensarci, non ne era del tutto sicura.

« Mi pare di aver capito che non volevi avere figli. »

« No, non è vero che non li volessi, ma solo che non era ancora arrivato il momento di averli. Era troppo presto ed eravamo felici da soli. »

« Non c'è niente di male a non volere bambini. » Zia Beth la guardò dritto negli occhi. Forse con uno sguardo un po' troppo schietto. « Anche Astrid non ne ha mai voluti. Diceva di non essere il tipo materno e credo che avesse pienamente ragione. Non penso che li abbia mai rimpianti. A parte il fatto che Tom non era più giovanissimo quando si sono sposati. Tuo marito è un uomo giovane, vero, Jessica? »

Lei annuì.

« E vuole dei figli. Beh, cara, puoi continuare sempre a prendere la pillola e a dirgli che tu ci provi... ci provi con ogni mezzo, non è vero? » Gli occhi della donna più anziana cercarono quelli di Jessie. E lei evitò per un attimo il suo sguardo. Era diventata pensierosa.

« Non farei mai una cosa del genere. »

« Oh, non la faresti, davvero? Questa è già una buona cosa. » Ma Jessica girò subito gli occhi, fissando Zia Beth dritto in faccia.

« Però ci ho pensato. »

« È naturale! E non l'hai fatto soltanto tu. Ma anche una quantità di altre donne, come te. E chissà quante sono state quelle che, probabilmente, non si sono limitate a pensarlo. Suppongo che, in certi casi, sia stata una decisione saggia. Sembra un tal peccato vedersi costretta a essere disonesta! Se proprio vuoi che te lo dica, io non ho mai capito bene se desideravo avere dei bambini. Anche Astrid è arrivata come una sorpresa. » Zia Beth era quasi arrossita. O, meglio, si poteva dire che i suoi occhi avevano preso un'espressione più dolce e sognante, mentre ripensava al passato; e, per un attimo, sembrava che avesse dimenticato la presenza di Jessica. « Però mi sono talmente affezionata a lei! Com'era carina, e dolce, quando era piccola. Poi, per qualche anno, è diventata letteralmente insopportabile. Ma sempre dolce in un suo modo particolare, proprio adorabile. Devo confessare di essermela goduta moltissimo. » A sentirla parlare così, faceva sembrare Astrid più una sorta di avventura, che non una persona in carne e ossa. Jessica sorrise, fissandola in faccia. « È stata molto buona con me quando suo padre è morto. Perché c'è stato un periodo in cui ho creduto che il mondo intero mi crollasse addosso, che niente si sarebbe salvato all'infuori di lei, di Astrid. » Jessie, quasi quasi, scopriva di invidiarla, sentendole raccontare tutto questo. Perché pareva che le lasciasse intuire che la sua vita era diventata molto meno solitaria, proprio per merito di Astrid, invece dell'opposto.

« Io credo di essere sempre stata... ecco, diciamo... impaurita. Temevo di avere un bambino perché pensavo che sarebbe diventato un ostacolo fra me e Ian. Pensavo che mi avrebbe fatto sentire più sola. » Bethanie sorrise scrollando la testa.

« No, Jessica. Questo non succede se tuo marito ti ama. Perché, in tal caso, anzi... ti dovrebbe amare ancora di più proprio perché c'è il bambino. Rappresenta un ulteriore legame fra voi, una specie di prolungamento dell'uno e dell'altro, un miscuglio di tutto quello che puoi amare, odiare di più, di tutto quello di cui puoi aver più bisogno, di tutto quello che ti fa più sorridere... fra voi due. È una cosa stupenda. Riesco a pensare a molte valide ragioni di aver paura di avere dei figli, ma questa non dovrebbe essere una di esse. Non sei capace di voler bene a più di una sola persona? »

Era una domanda giusta, una domanda importante — e Jessica decise di essere onesta.

« Non saprei, Zia Beth. Adesso, non più. Non ho amato nessun altro all'infuori di Ian per molto tempo. Quindi non riesco a immaginare che lui possa amare qualcun altro all'infuori di me — perfino un bambino. Capisco che deve sembrarti egoistico da parte mia, ma è quello che sento. »

« Non mi sembra egoistico. A dir la verità, mi sembri spaventata, non egoista. »

« Chissà che un giorno io non cambi idea. »

« Perché? Perché credi di doverlo fare? Oppure perché vuoi farlo? Oppure in modo da poter punire tuo marito ancora di più? » Zia Beth non le risparmiava le stoccate. « Ascolta quello che ti dico, Jessica. Non preoccuparti di avere un figlio se non sei realmente sicura di desiderarlo. Perché sono un gran fastidio e rovinano i mobili ancor peggio dei gatti. » Pronunciò quelle parole con aria molto seria mentre accarezzava il gatto con il pelo maculato, che si era sdraiato sulle sue ginocchia. Jessica scoppiò a ridere, stupita di fronte a quell'ultima osservazione. « Fra tutti gli animali, poi, preferisco i cavalli. Li puoi lasciare fuori di casa senza sentirti afflitta da nessun senso di colpa. » Alzò gli occhi e rivolse a Jessica, che scoppiò a ridere, un altro di quei suoi sorrisi pieni di innocenza. « Guarda che non bisogna prendermi sempre sul serio. E ricordati che quella di avere dei figli è soltanto una questione di scelta. Qualsiasi scelta tu faccia, non lasciarti suggestionare da quello che le altre persone pensano o dicono — all'infuori di tuo marito. E, per concludere, insomma... non ti consideri una persona fortunata ad avermi qui, davanti a te, e a sentirmi calpestare con le scarpe chiodate un terreno sul quale perfino gli angeli hanno paura di camminare? »

A quella battuta, scoppiarono a ridere insieme e passarono ad altri argomenti. Jessica, comunque, continuava a meravigliarsi della profondità di quanto discutevano insieme. Si stava accorgendo di rivelare alla Zia Beth segreti e sentimenti che, prima, non avrebbe osato dividere con nessun altro all'infuori di Ian. Ormai le pareva di mostrare di continuo a Zia Beth ora un lato ora l'altro della sua anima, di mettergliela in mostra, di esibirla anche a se stessa, fra la curiosità e il dubbio — ma ricominciava a sentirsi quella di prima.

Le giornate, al ranch, erano tutte gradevoli e riposanti. Si respirava molta aria fresca, le mattinate venivano trascorse piacevolmente in lungne e solitarie passeggiate al piccolo trotto, in sella a un cavallo, su per le colline, oppure in lente camminate tranquille. Le serate poi, volavano in compagnia della Zia Beth, che aveva il dono di farla ridere sempre. Jessica scoprì di riuscire a fare anche qualche pisolino nel pomeriggio; si mise a rileggere i libri di Jane Austen, che non aveva più aperto dall'epoca in cui andava alle superiori e a tentare qualche piccolo schizzo, a matita, su un album da disegno. A questi si era aggiunto qualche disegno che faceva di nascosto e che, col tempo, avrebbe potuto servirle per realizzare un ritratto di Zia Beth senza costringerla a posare per lei. Si vergognava un po' di chiederglielo, questo. Però era la prima volta che sentiva il desiderio di mettersi a dipingere dopo aver fatto il quadro di Ian, qualche anno prima. Zia Beth aveva un viso che si prestava molto a un ritratto e Jessica pensava che sarebbe potuto diventare un regalo per Astrid, la quale ricomparve quindici giorni dopo. Jessica faticò a nascondere il proprio dispiacere.

« Dunque vorresti dire che, a questo punto, devo tornare a casa? » Astrid aveva l'aria stanca, ma sembrava felice e soddisfatta e Jessica provò la sensazione di sgomento che provava sempre da bambina quando arrivava la mamma, troppo presto secondo lei, per ricondurla a casa se era da un'amichetta a una festa di compleanno.

« Guai a te se torni, Jessica Clarke! Sono semplicemente venuta a vedere come sta mia madre. »

« Ci divertiamo pazzamente. »

« Bene. Quindi, per carità non smettete proprio adesso! Io sarò infelicissima quando ti deciderai a tornare in città e mi porterai via il mio bel giocattolo. » Si affrettò, comunque, a darle una quantità di ragguagli sul viaggio di Katsuko a New York e la informò che la collezione di primavera andava meglio di quel che Jessie non aveva osato sperare. Le sembrava che fossero passati chissà quanti anni da quando aveva comperato quegli stupendi capi di abbigliamento color pastello ed era tornata a casa e Ian era stato arrestato... e che fossero passati addirittura secoli dal processo. A poco a poco il durissimo colpo, con tutte le sue conseguenze, si andava attenuando. Le ferite si erano cicatrizzate. E le cicatrici quasi non si vedevano più. Jessica era ingrassata di due chili e mezzo e aveva l'aria distesa e riposata. Astrid le aveva portato una lettera di Ian che lei, tuttavia, preferì aprire più tardi.

« ... Non riesco a crederci, Jess. Non riesco a credere di averti detto tutte quelle cose. Forse è lo scotto che mi sta facendo pagare questa tragedia. Stai bene? Adesso il tuo silenzio è strano, la tua assenza ancora più strana. E io mi accorgo di non sapere realmente quello che voglio: se voglio che tu ricompaia oppure se preferirei che scomparisse quella maledetta vetrata che sta sempre di mezzo fra noi due. So quanto la detesti, tesoro. Io la detesto non meno di te. Ma dobbiamo cercare di passarci sopra. Come va la tua vacanza? Sono sicuro che ti va a meraviglia. Del resto, te la sei ben meritata. Suppongo che sia per questo che non ho più tue notizie. Sei 'occupatissima a riposarti'. Meglio così, probabilmente. Come al solito, sono tutto preso dal libro. Sta andando bene in un modo incredibile, e mi auguro che... »

Il resto era tutto dedicato al libro che stava scrivendo. Jessica stracciò il foglio in due pezzi e lo buttò tra le fiamme.

Zia Beth provò a domandarle qualcosa di quella lettera più tardi, quando Astrid era già andata a letto. Ormai sembravano, quasi, due cospiratrici che si consultassero in segreto, lasciando da parte perfino Astrid.

« Oh, dice che mi ama e che il libro va bene, tutto d'un fiato solo! » Cercava di fare la disinvolta, ma ottenne soltanto lo scopo di parlare un po' meno amaramente del solito.

« Aha! Dunque sei, gelosa del suo lavoro! » Gli occhi di Zia Beth scintillavano. Finalmente scorgeva qualcosa che prima non era mai riuscita a capire, perlomeno non con tanta chiarezza. Tutto veniva messo a fuoco, lentamente.

« Non sono gelosa del suo lavoro. Che assurdità! »

« Sono perfettamente d'accordo. Per quale motivo dovresti mettere il broncio se lui fa lo scrittore? Che cosa succederebbe, Jessica, se non fossi più costretta a mantenerlo? Non avresti più alcun controllo su di lui, vero? E se riuscisse addirittura a sfondare? Ad avere successo? In tal caso, come te la caveresti? »

« Sarei enormemente felice per lui. » Ma lo disse in tono poco convincente perfino alle proprie orecchie.

« Davvero? Credi che riusciresti ad affrontare una situazione del genere? Oppure sei talmente gelosa che non ti ci provi neanche? »

« Che ridicolaggine! » Le garbava poco la teoria che Beth andava delineandole.

« Sì, è ridicolo. È assurdo. Ma ho l'impressione che tu non lo abbia ancora capito, Jessica. Perché o Ian ti ama oppure non ti ama. Non esistono altre soluzioni. Se non ti ama, non vedo come potresti impedirgli di andarsene per i fatti suoi. Mentre se ti ama, molto probabilmente non potrai perderlo. Ma se insisti nel volerlo mantenere eternamente, mia cara, Ian finirà per trovare una donna che lui è in grado di mantenere, una donna che gli dia la sensazione di essere un vero uomo. Una donna che, magari, potrebbe perfino dargli dei bambini. Ascolta quello che ti dico! »

Jessica non rispose e, poco dopo, se ne andarono a letto. Ma le parole di Zia Beth avevano colpito nel segno. Ian, a modo suo, le aveva detto più o meno la stessa cosa. Quando erano stati a Carmel, le aveva fatto chiaramente capire che le cose dovevano cambiare. Ebbene, stavano cambiando. Ma non nel senso che Ian intendeva.

# 27

« BUONGIORNO, Zia Beth... Astrid. » Quando sedette a tavola, per far colazione con loro, la faccia di Jessica aveva un'espressione molto decisa. Un'espressione nuova per le sue amiche.

« Buon Dio, figliola, che cosa ti è saltato in testa di scendere a colazione a quest'ora? » Da quando era arrivata al ranch, capitava raramente che Jessica si alzasse prima delle dieci e Zia Beth non nascose la propria meraviglia.

« Beh... » guardò attentamente Astrid, ben sapendo quanto sarebbe rimasta delusa. « Voglio godermi completamente la mia ultima giornata qui. Ho deciso di tornare a casa con te stasera, Astrid. »

La sua amica cambiò immediatamente umore, sentendo queste parole.

« Oh no, Jessie! Perché? »

« Perché ho parecchie cose da sbrigare in città e perché sono stata qui a impigrire fin troppo a lungo, cara. A parte il fatto che, se non mi decido a tornare adesso, probabilmente non ci riuscirò mai! » Aveva cercato di prendere un tono scherzoso mentre si serviva di qualche fettina di pane tostato, ma capiva che le sue parole erano state un durissimo colpo per Astrid. Anche lei provava un gran dispiacere al pensiero di partire dal ranch. L'unica a restare imperturbabile di fronte a quella notizia era stata Zia Beth.

« Lo avevi già detto alla mamma, prima di dirlo a me, Jessie? » Ad Astrid non era sfuggita l'espressione della faccia di sua madre.

« Nossignora. Non mi aveva detto niente. » Zia Beth fu pronta a ribattere. « Ma, ieri sera, avevo intuito che stava per succedere qualcosa del genere. A parte il fatto che, secondo me, Jessica, hai ragione, probabilmente, a voler tornare in città adesso. Non fare quella faccia, Astrid, ti riempirai di rughe. Che cosa credevi? Che non sarebbe più tornata nel suo negozio? Non essere così sciocca! A proposito, non c'è nessuna delle due che vuole venire a fare un^ passeggiata con me stamattina? » Si imburrò un pezzo di pane tostato con aria indifferente e Astrid cercò di non aggrottare più la fronte — allo stesso modo in cui un bambino cerca di cancellare le parole scritte sulla sabbia. Sua madre aveva ragione quando diceva che per Jessie era venuto il momento di tornare a casa. Naturalmente! Però come si era goduta *Lady J.*, lei! Più ancora di quanto non avesse osato sperare.

Jessie, alla quale non era sfuggito il malumore dell'amica, improvvisamente pareva piena di rimorso. « Mi dispiace proprio, sai, cara? So di farti un gran brutto scherzo! » Poi tacquero e Zia Beth scrollò la testa.

« Come siete noiose, tutte e due. Io me ne vado a fare una cavalcata. Se, invece, voi volete star qui con quei musi lunghi... come preferite! Eccole lì... una che si sente colpevole in un modo addirittura ridicolo, l'altra che sembra una bambina alla quale hanno strappato il giocattolo preferito... e tutte e due che si comportano da vere sciocche. Mi meraviglio di voi! Mi meraviglio che abbiate tempo per tutte queste sciocchezze! » Ma prima che fosse riuscita a finire, Jessica e Astrid erano scoppiate a ridere. Entrambe si alzarono in piedi e decisero di accompagnare la donna più anziana, e tanto più saggia di loro, a fare la sua passeggiata a cavallo.

Fu piacevolissima, infatti, e la giornata stupenda. Jessica salutò Zia Beth senza rimpianto. Giurò e spergiurò che sarebbe tornata a farle visita più presto che poteva e cercò disperatamente le parole più adatte per farle capire che cosa avevano significato per lei quelle due settimane.

« Mi hanno ridato nuova vita. »

« Sei stata tu, cara, a ridartela! Adesso cerca di non sprecare quello che hai guadagnato tornando in città e comportandoti come una sciocchina. »

Dunque aveva capito. Sorprendente! Pareva impossibile nasconderle qualche cosa.

« Ricordati, figliola, che non avrai la mia approvazione se farai qualche sciocchezza. Perché, vedi, l'espressione dei tuoi occhi mi convince molto, ma molto, poco! »

« Adesso basta, mamma. » Ad Astrid non era sfuggito l'imbarazzo di Jessie e, quindi, Bethanie non insistette su quell'argomento, dopo essere stata interrotta. Si limitò a costringerle a portar via un sacchetto di mele, una scatola di latta piena di biscotti fatti in casa e qualche panino.

« Dovrebbe bastare per non farvi morire di fame fino a quando arriverete a casa. » Poi la sua espressione si addolcì nuovamente e, allungando un braccio intorno alla vita di Jessica, la strinse a sé con affetto. « Torna presto. Sentirò la tua mancanza, sai. » Ancora un abbraccio, un lungo sguardo di quegli occhi pieni di calore e di tenerezza, e Jessica si chinò a baciarla sulle guance.

« Torno presto. »

« Bene. E tu, Astrid, tesoro, non correre, mi raccomando! »

Restò ancora a salutarle dalla soglia di casa fino a quando la lunga ed elegante *Jaguar* nera non ebbe svoltato un angolo, scomparendo dalla sua vista.

« Ti giuro che mi dispiace terribilmente di lasciare questo posto. Erano anni che non passavo due settimane così meravigliose! »

« È quello che provo anch'io quando me ne vado da qui. »

« Come mai non hai pensato di trasferirti definitivamente qui, Astrid? Io credo che lo farei se Zia Beth fosse mia madre... e, poi, questa campagna è proprio magnifica! » Jessie si sistemò più comodamente sul sedile e cominciò a riflettere su quelle due settimane, e sugli ultimi minuti di conversazione con Zia Beth.

« Dio Santo, Jessica, morirei di noia al ranch. Non capiterebbe anche a te, almeno dopo un po'? »

Jessica scrollò lentamente la testa mentre una ruga sottile le si formava fra le sopracciglia. « No, non credo che mi annoierei. Non mi è mai neanche passato per l'anticamera del cervello! »

« Ebbene, io sì. Malgrado ci sia mia madre. Ma non c'è mai niente da fare, all'infuori di andare a cavallo, leggere, passeggiare. Io ho ancora bisogno dell'ambiente folle e pazzesco di una città. »

« Io, no, invece. Se tu sapessi quanta poca voglia ho di tornare! »

« Perché non sei rimasta al ranch, allora? » Per un attimo la voce di Astrid aveva preso di nuovo quel tono da bambina petulante e viziata.

« Non potevo più restare, Astrid. Devo tornare in città. Però mi sento un verme al pensiero di portarti via il negozio, se vuoi che te lo dica. Mi hai concesso una vacanza proprio meravigliosa! »

Astrid sorrise: « Non provare tutto quel rimorso! Le due settimane che mi hai concesso sono state un regalo stupendo ». Poi sospirò lievemente e continuò a guidare sulla strada campestre, piena di tranquillità. Il sole era appena calato oltre le colline, l'aria era profumata di fiori. Nel crepuscolo che scendeva, si poteva distinguere, su un prato lontano, un gruppo di cavalli.

Jessie si guardò ancora intorno a lungo, contemplando quella visione campestre che ormai le era familiare, e si appoggiò più comodamente allo schienale con un lieve sorriso segreto. Sarebbe tornata. Doveva tornare. Ci lasciava un pezzettino della sua anima, lì, e una nuova amica.

« Vuoi che ti dica una cosa, signora Bonner? »

« Di che si tratta, signora Clarke? »

« Adoro tua madre. »

« Anch'io. » Sorrisero e Astrid lanciò uno sguardo di sottecchi a Jessie. « È stata buona con te? Oppure te la sei vista brutta? A volte sa essere molto dura e avevo un vago terrore che non avesse intenzione di fare troppi complimenti con te. È andata così? »

« Non proprio. È stata onesta, non dura. E, meschina, mai! Semplicemente schietta. Sincera. A volte quasi da farmi male. Ma, nel complesso, aveva ragione. E mi ha fatto pensare molto con le sue parole. Mi ha salvato la vita. Accidenti, adesso non sono più una tossicomane! » Jessica scoppiò a ridere e diede un avido morso a una mela. « Ne vuoi una anche tu? »

« No, grazie. Sono contenta che tutto sia andato a finir bene. A proposito, come ti è sembrato Ian nella lettera che ti ho portato? Volevo sempre chiedertelo, e invece me ne sono dimenticata. » Il viso di Jessica si era indurito a quella domanda, ma Astrid, con gli occhi fissi sulla strada, non se ne accorse.

« È questo il motivo per il quale torno in città. »

« Qualcosa che non va? » Astrid le scoccò uno sguardo di sottecchi.

« No. Sta bene. » Ma la sua voce era curiosamente fredda e distaccata.

« Torni in città perché vuoi andare a fargli visita, Jessie? » Astrid era un po' confusa.

« No. Voglio andare a parlare con Martin. »

« Martin? Ma Martin non è l'avvocato di Ian? Ma,

allora, c'è qualcosa che non funziona! »

« No, non... non in questo senso. » A quel punto girò la faccia verso il finestrino e si mise a contemplare il paesaggio collinoso che passava veloce di fianco a lei. « Torno in città perché voglio il divorzio. »

« Tu... come hai detto? » Astrid rallentò e si voltò a guardare Jessie stralunata. « Jessica, no! Non è possibile che tu desideri una cosa del genere! È vero? »

Jessica annuì. Nella mano tremante le era rimasto il torsolo della mela. « Sì. È quello che voglio. » Non scambiarono più una sola parola per i successivi centocinquanta chilometri. Astrid non era riuscita a trovare niente da dire.

Quando Jessie telefonò all'ufficio di Martin l'indomani mattina, risultò che l'avvocato era libero e poteva vederla. Ci andò subito e la fecero passare in quel corridoio che ormai le era tristemente familiare. Le sembrava di esserci andata soltanto nei momenti cruciali del dramma che aveva completamente sconvolto la sua vita.

Come al solito, Martin era seduto dietro la sua scrivania con gli occhiali spinti indietro, fra i capelli, e la solita faccia aggrottata. Jessica non lo vedeva da dicembre.

« Ebbene, Jessica, come ti è andata in tutto questo tempo? » La guardò attentamente da capo a piedi mentre si alzava e le tendeva la mano. Jessica, rivedendolo, provò ancora — come in passato — un tuffo al cuore. In un certo senso, era penoso rivedere persino lui perché le ricordava un passato di cui facevano parte tante cose, anche l'ispettore Houghton. Martin apparteneva a un determinato periodo della sua vita. Un periodo che, però, finalmente stava per chiudersi.

« Bene, grazie. »

« Hai un ottimo aspetto. » Talmente buono che ne

rimase addirittura stupito. « Siediti. E dimmi un po', come mai sei venuta a trovarmi? La settimana scorsa ho ricevuto una lettera di Ian. A sentirlo, si direbbe che abbia accettato la situazione e cerchi di cavarsela come meglio può. » Uno strano lampo passò negli occhi di Martin. Rammarico? Dispiacere? Senso di colpa? Oppure, forse, era soltanto Jessie che desiderava leggervelo. Per quale motivo non era riuscito a far concedere a Ian la libertà provvisoria? Per quale motivo non era stato capace di persuaderlo a ricorrere in appello e, poi, a vincere? Se lo avesse fatto, in quel momento lei, Jessica, non si sarebbe trovata lì, nel suo ufficio! Oppure, invece, niente sarebbe cambiato.

« Sì, credo anch'io che riesca a sopravvivere. »

« Mi ha accennato al fatto che ha qualche speranza di vendere il libro, stavolta. Aspetta di avere qualche altra notizia in merito dal suo agente. »

« Oh! » Questa sì che era una novità! « Spero con tutto il cuore che ci riesca. Perché sarebbe un colpo magnifico per lui. » Soprattutto adesso. A ogni modo, era quello che Ian aveva sempre desiderato. Un altro libro — e che stavolta fosse qualcosa di importante, qualcosa di grosso, un libro di quelli che « sfondano », un best-seller. Se avesse avuto successo con quel libro, avrebbe sentito meno il bisogno di lei. Forse non si sarebbe neppure accorto della sua mancanza.

« E allora? Non mi hai ancora detto per quale motivo sei venuta a trovarmi. » Lo scambio di cortesie poteva considerarsi finito ufficialmente. Jessica tirò un sospiro e lo guardò negli occhi.

« Quello che mi porta qui da te, Martin, è un divorzio. » Lui, però, era rimasto impassibile.

« Un divorzio? »

« Sì. Voglio divorziare da Ian. » Provò uno strano tremito a queste parole, si sentì lo stomaco chiuso da una morsa, rimase senza fiato e subito cercò di aggrapparsi al solito vecchio tronco, così familiare che l'aveva sempre sorretta. Però, ormai, non poteva più tornare indietro. Neanche se avesse saputo che stava per sprofondare in un abisso senza fine. Perché, ormai, aveva capito che sarebbe riuscita a sopravvivere anche alla caduta precipitosa in quell'abisso senza fine. Era un esperimento che aveva già fatto.

« Jessica, sei stanca di aspettarlo? Oppure c'è qualcun altro? » Domande che sembravano indiscrete; ma, forse, Martin doveva sapere la verità a ogni costo.

« No. Né l'uno né l'altro, veramente. Beh, forse sono un po' stanca di questa attesa. Ma soltanto perché mi sono convinta che, quando Ian uscirà di prigione, il nostro matrimonio non esisterà più da un pezzo. Di conseguenza, per quale motivo dovrei continuare ad aspettare? »

« Ma, prima, era un vero matrimonio, il vostro? » Perché se lo era sempre domandato, non ne era stato mai completamente sicuro. D'accordo, Ian e Jessica gli avevano sempre dato l'impressione di essere uniti da un legame fortissimo, da determinati impegni che erano stati assunti e si mantenevano a ogni costo — però, come si facevano a capire certe cose, quando si vedevano soltanto dal di fuori?

Jessica assentì a questa domanda e girò subito gli occhi, mentre stringeva convulsamente le mani, che teneva posate in grembo.

« Credevo che noi avessimo un matrimonio vero. Ma... mi sono sempre raccontata un sacco di favole, sai? »

« Come, per esempio...? » Jessica si domandò per quale motivo dovessero andare a fondo a questa storia ed entrare anche nei particolari.

« Per esempio, ero convinta che fossimo felici. Anche questa era una menzogna, in mezzo a tante altre. Ian non era mai stato veramente felice con me. C'erano troppi ostacoli che non glielo permettevano. Il mio negozio, il suo lavoro, altre cose. Non sarebbe mai andato a divertirsi con quella donna, se fosse stato felice. »

« Ma... tu credi sul serio a una cosa del genere? »

« Non lo so. In principio, no. Adesso comincio ad accorgermi di quello che non gli ho dato. Il rispetto di sé, tanto per cominciare. E il mio tempo... la mia fiducia, forse. Parlo di una fiducia sincera e autentica, la fiducia che un altro libro, scritto da lui, sarebbe stato un grande successo. »

« Non lo rispettavi? »

« Non ne sono più completamente sicura. Avevo bisogno di lui, ma non so se lo rispettavo. E ho sempre preferito non fargli capire quanto bisogno avessi di lui. Volevo sempre che credesse di essere lui ad avere bisogno di me. Carino da parte mia, vero? »

« No. Ma neanche così fuor del comune. Per quale motivo, dunque, il divorzio? Perché non cercare di aver le idee chiare, e riaggiustare le cose, senza perdere quello che hai? Il vostro è senz'altro un matrimonio migliore di tanti altri; e tu sei fortunata... perché ti accorgi degli errori commessi. La maggior parte della gente non se ne accorge. Ma parliamo di Ian: vede anche lui la situazione con la stessa chiarezza con la quale la vedi tu? »

« Non ne ho la minima idea. »

« Non gliene hai parlato? » Martin pareva quasi scandalizzato quando Jessica gli rispose facendo segno di no con la testa. « Lui non sa che vuoi il divorzio? » Lei scrollò di nuovo la testa e alzò gli occhi a guardarlo apertamente.

« No, non lo sa. E... Martin... è così che voglio. È troppo tardi per riaggiustare le cose. Ci ho pensato molto e capisco che questa è l'unica soluzione possibile. Non abbiamo figli e... questo è un momento... come qualsiasi altro... per farlo. Perché non cambia niente. »

Lui annuì in silenzio, mordicchiando la stanghetta degli occhiali.

« Posso capire le tue riflessioni, Jessica. Fra l'altro, sei una donna giovane. Potrebbe darsi che tu sentissi come un peso il fatto di esserti sposata con un uomo che hanno mandato in prigione con l'accusa di violenza carnale. Magari dovresti sentirti libera per ricominciare da capo. Per rifarti una vita. »

« È quello che penso anch'io. » Ma, allora, perché le pareva che fosse un tradimento nei confronti di Ian? Una cosa vergognosa e ignobile da fare... anche se sapeva di non avere alternative. Doveva farlo. Era quello che desiderava per se stessa. Aveva deciso. Eppure continuava a sentirsi nelle orecchie le parole di Zia Beth, le parole che le aveva detto appena prima che lei partisse dal ranch, la sera precedente: « Guarda che non avrai la mia approvazione se commetterai qualche sciocchezza ». Questa, però, non era una sciocchezza. Era la cosa giusta da fare. Già, ma cosa avrebbe detto Ian?... E cosa gliene importava, adesso? Purtroppo, invece, si stava accorgendo che gliene importava, e molto.

« Credi che, se Ian riuscisse a vendere questo suo nuovo libro, la tua decisione potrebbe venirne influenzata, Jessica? » Lei scrollò la testa.

« No, affatto. Perché non cambierebbe niente. Ian tornerebbe a casa, pieno di amarezza per tutto il tempo passato in prigione e sarebbe ancora più amareggiato nei miei confronti perché dovrei ricominciare a mantenerlo esattamente come prima — e niente potrebbe cambiare. Gli anticipi di un editore per un libro che è stato comperato e verrà pubblicato non durano mai molto — a meno che il libro non si riveli un grande successo. »

« Dunque, secondo te, Ian non è capace di scrivere un libro che possa diventare un grande successo? » L'intonazione della voce di Martin la colmò di vergogna e lei abbassò nuovamente gli occhi.

« Non era questo che intendevo. E, a ogni modo, non è il nocciolo della questione. Tutto il resto continuerebbe come prima. Io continuerei ad avere il negozio, il conto in banca... no, Martin. Voglio il divorzio. Ne sono assolutamente sicura. »

« Benissimo, Jessica. Sei abbastanza adulta per prendere da sola le decisioni che ti riguardano. Quando hai intenzione di parlarne con Ian? »

« Pensavo di scrivergli stasera. E... » esitò, ma capì di doverglielo assolutamente chiedere « ... mi auguravo che andassi tu a parlargli. »

« Per dargli la notizia? » Martin, mentre le faceva questa domanda, aveva preso un'aria infinitamente stanca. Lei fece segno lentamente di sì. « Te lo dico francamente, Jessica. Di solito non mi occupo di questioni legali riguardanti la famiglia. Le leggi sulla vita coniugale, come ben sai, non sono la mia specialità. » Fra l'altro, un divorzio come quello sarebbe stato molto complesso. D'altra parte, Ian era un suo cliente. E seduta di fronte a lui, c'era la moglie di quel cliente. La quale lo stava guardando come se fosse colpa sua se, ormai, aveva deciso di chiedere il divorzio. Come se fosse lui la causa della fine del suo matrimonio. Ma perché diavolo finiva sempre per sentirsi colpevole se le cose non andavano come avrebbe voluto?

« Oh, va bene... mi auguro di potermi occupare di questa faccenda, e nel modo migliore, per voi. Sarà molto complicato arrivare a una soluzione? »

« No. Semplicissimo, anzi. Il negozio è di mia proprietà. La casa appartiene a tutti e due, ma potrò venderla, se Ian vuole, e versare la parte del ricavato che gli spetta in un conto intestato soltanto a lui; è tutto qui. Io otterrò la custodia delle piante che abbiamo in casa; lui si vedrà consegnare le cassettiere dello studio, in cui tiene il materiale dei suoi libri. Fine di un matrimonio. » L'unica cosa che Jessica aveva lasciato fuori era il mobilio, ma non interessava in particolare a nessuno dei due, salvo quei pochi mobili che erano appartenuti a suo padre e a sua madre. Quelli, come era evidente, sarebbero restati a lei. Così semplice. Così tragicamente semplice, dopo sette anni.

« A sentirti, si direbbe che fai tutto facile. Che tutto dovrebbe essere risolto in fretta. » Però Martin continuava a essere pieno di dubbi, e molto triste per tutti e due.

« In fretta, si potrà fare. Questo è certo. Ma non sarà molto semplice, no. Credi di poter andare su, a fare visita a Ian, abbastanza presto? »

« Per la fine della settimana. E tu? Quando andrai a trovarlo? » Ma Jessica fece segno di no con la testa. Lo aveva visto per l'ultima volta... in quella terribile giornata in cui Ian si era alzato di scatto e si era allontanato. E lei era rimasta a seguirlo con gli occhi da dietro quella vetrata, stringendo in mano il ricevitore di un telefono che non le rispondeva più. Si accorse che, soltanto a ricordare quei momenti, aveva gli occhi pieni di lacrime — e Martin Schwartz evitò di guardarla. Come odiava quel genere di cose!

Finalmente Jessica alzò gli occhi verso Martin, sforzandosi di ricacciare indietro le lacrime. Quando parlò, la sua voce era ridotta a un sommesso mormorio. « No, Martin, io non lo vedrò più. »

Lui le spiegò che, sei mesi dopo, avrebbe potuto considerarsi divorziata. In settembre. Un anno dopo l'arresto di Ian, un anno dopo che era cominciata la fine del loro matrimonio.

Quando passò da casa a ritirare la posta, mentre stava andando alla boutique, trovò una lettera di Ian che l'aspettava. Era soltanto un breve messaggio. Una poesia. Jessica la lesse con gli occhi sbarrati, pieni di tristezza; poi la fece a pezzi e la buttò via. Ma, chissà perché, non riusciva a cancellarla dalla propria memoria. Fu l'ultima lettera di Ian che aprì. Quella poesia l'aveva fatta decidere.

Tu sei la celebrazione esplosiva
dei miei sprazzi di sole
ogni mattina,
tu sei il mormorìo
che mi accompagna fin tardi
nelle mie tarde notti,
tu sei la sinfonia dei miei tramonti,
tu sei lo splendore e la gloria
dell'albeggiare
della mia vita.

L'albeggiare della vita di Ian ormai, per Jessica, poteva considerarsi finito — qualcosa che apparteneva al passato. Tuttavia provò l'impressione di essere stata lei, da sola, con le sue mani a uccidere quel sole che sorgeva. Lo aveva annullato. Cancellato. Lo aveva avvilito e addolorato. Aveva infranto qualcosa di sacro. Ian, e se stessa. E ciò che erano, loro due, insieme. Quello in cui in quel momento credeva non era mai, assolutamente, esistito. Eppure sapeva di doverlo fare a ogni costo.

# 28

La boutique era splendida, in condizioni magnifiche. Qua e là, nel salone centrale erano state allestite piccole esposizioni di tutto ciò che di meglio il negozio poteva offrire in una varietà di scelte e di soggetti; quanto alla vetrina, pareva una visione di primavera. Era stata Astrid in persona a occuparsene. I capi di abbigliamento dalle tonalità delicate, chiare, bianche, beige, o color pastello, che Jessie aveva acquistato a New York più di sei mesi prima, facevano un ottimo effetto. Nel suo ufficio c'erano due nuove piante in vaso, tempestate di boccioli color giallo vivo, in piena fioritura, e tutto il negozio aveva un aspetto ordinato, e un'atmosfera fresca, elegante, che si era quasi dimenticata. Era stata via soltanto quindici giorni eppure *Lady J.* sembrava rinata — né più né meno come lei. Il negozio aveva preso di nuovo l'aspetto dei primi tempi, quando Jessie lo aveva appena aperto, vi si era dedicata con tutta l'anima, ne era stata follemente innamorata Rivelava i segni dell'amore di Astrid e del suo fresco entusiasmo. Non vi aveva portato alcun cambiamento radicale e si era semplicemente accontentata di dargli qualche necessario ritocco. Perfino Katsuko e Zina sembravano più contente.

« Come è andata la vacanza? » Katsuko alzò gli occhi, felice di rivederla, ma capì subito che la sua domanda era inutile. Jessie era tornata quella di un tempo — anzi appariva in forma addirittura migliore.

« Proprio quello di cui avevo bisogno. Ma... guardate un po' questo negozio! Sembra che lo abbiate ridipinto e messo a nuovo da cima a fondo, o qualcosa del genere. Come lo trovo allegro e accogliente! »

« È semplicemente la nuova collezione. Mi sembra di ottimo gusto. »

« Ma riusciamo a venderla? »

« Come pane appena sfornato! E aspetta di vedere quello che ho scelto per l'autunno. Tutto nelle tonalità dell'arancione e del rosso. Una quantità di capi neri e certi altri, letteralmente stupendi, di maglia d'argento per la gran sera. » Le sfumature di marrone dell'inverno erano già dimenticate. Nella stagione successiva sarebbe stato di moda il rosso. Luminoso, vivido, acceso... chissà che non fosse un buon segno per la sua nuova vita... nuova vita. Ossignore! Preferiva non pensarci ancora. E, poi, quante persone a cui doverlo raccontare... e spiegare... e...

Jessica entrò nel suo piccolo ufficio e si guardò intorno con piacere. Assaporava fino in fondo la gioia di essere tornata. Riusciva perfino ad addolcirle l'amarezza provata quella mattina, durante l'incontro con Martin. Cercò di scacciarlo dal suo cervello. Quella sera, aveva intenzione di scrivere a Ian. Per l'ultima volta. Non voleva un lungo scambio di lettere con lui. Le sue lettere erano sempre bellissime e per lei sarebbero state... troppo. Potevano sistemare tutto mediante l'avvocato. Meno si dicevano, perfino per lettera, meglio era per tutti. Ormai aveva preso una decisione. E l'aveva messa in atto — convinta che fosse la scelta migliore. Non le rimaneva che guardare al futuro e farsi forza per non tornare col pensiero agli anni trascorsi con Ian. Ormai erano finiti. Facevano parte del suo passato, come certi vestiti fuori moda. Jessica e Ian erano *passé*.

« Jessie? Hai un minuto per me? » Zina aveva messo dentro la testa ricciuta e Jessie, alzando gli occhi, le sorrise. Si sentiva più vecchia, più saggia, ma non più stanca come prima. E si sentiva forte. Per la prima volta da molti mesi le nottate trascorse da sola non la terrorizzavano. La casa non la angosciava più. La sua vita non era più perseguitata dai fantasmi. La prima notte in cui aveva dormito di nuovo a casa, da sola, era stata addirittura tranquilla, piena di pace. Finalmente.

Si sforzò di riportare la sua attenzione su Zina che era rimasta ancora, con aria incerta, sulla soglia. « Certo, Zina. Ho tutto il tempo che vuoi. » Non era riuscita ancora ad abbandonare il ritmo « al rallentatore » dell'esistenza che si conduceva in campagna. Non si sentiva ancora angustiata e affannata — e ne provava piacere.

« Hai un ottimo aspetto. » Zina si mise a sedere nella poltrona che si trovava di fronte alla scrivania di Jessie con l'aria vagamente a disagio. Fece qualche domanda sulla sua vacanza ma, ogni volta, prima di parlare pareva esitante. A un certo momento Jessie non riuscì più a trattenersi e le domandò:

« Allora, cara la mia ragazza, mi vuoi dire che cosa c'è che ti preoccupa? »

« Non so come dirlo, Jessie, ma... » alzò gli occhi di scatto e, di colpo, Jessie lo intuì. Quei mesi pieni di difficoltà erano stati pesanti anche per le due ragazze, non soltanto per lei. Anzi, si era quasi meravigliata che nessuna delle due lo avesse già fatto. Probabilmente avevano rimandato la decisione perché erano troppo leali. Respirò a fondo e guardò dritto negli occhi di Zina.

« Te ne vai? »

Zina assentì. « Mi sposo. » Lo disse quasi in tono di scusa.

« Ti sposi? » Jessie non sapeva nemmeno che Zina avesse un innamorato. Non aveva nessuno l'ultima volta che avevano parlato di quell'argomento... già, ma quando era stato? Il mese precedente? Oppure due mesi prima? Forse era più facile che ne fossero già passati almeno sei! Cioè da quando si era trovata troppo impegnata a risolvere i propri problemi per indagare in tal senso o preoccuparsene.

« Mi sposo fra venti giorni. »

« Zina, che magnifica notizia! Si può sapere perché hai quell'aria così triste, stupidona? » Jessie le rivolse un caloroso sorriso e Zina cambiò subito espressione. Finalmente appariva straordinariamente sollevata.

« Mi dispiaceva dovertelo dire perché sono costretta a lasciare te e il negozio. Ci trasferiamo a Memphis. » Jessica si mise a ridere. A lei sembrava un destino orribile, ma sapeva che Zina non era dello stesso parere. Anzi, una volta superato l'imbarazzo, la ragazza non nascondeva più la propria felicità.

« L'ho conosciuto a una festa la vigilia di Natale e... oh, Jessie! È l'uomo più bello del mondo, sotto tutti gli aspetti! Come gli voglio bene! E abbiamo deciso di avere tanti bambini! » Sorrise di gioia e Jessica, alzandosi in piedi di scatto, la abbracciò affettuosamente. « Guarda il mio anello! » Era diventata una autentica « bella del Sud » mentre le faceva ammirare una minuscola scheggia di brillante.

« Lo portavi già prima che io andassi in vacanza? » Jessica stava cominciando a chiedersi fino a che punto non si era accorta di tutto quello che stava succedendo intorno a lei.

« No. Me lo ha dato la settimana scorsa. Ma non volevo scriverti per raccontartelo; quindi ho preferito aspettare il tuo ritorno. » Fra l'altro, Astrid aveva severamente vietato qualsiasi comunicazione con Jessie che potesse preoccuparla o infastidirla. Come, per esempio, informarla della lunga fila di creditori che continuavano a telefonare chiedendo che venissero pagate le fatture in sospeso. « Non trovi carino il mio anello? »

« È meraviglioso. E tu sei una bella matta, ma io ti voglio bene e sono molto felice per te! » Poi provò una strana fitta, improvvisa, di sofferenza. Una fitta che le andava dritta al cuore. Zina stava per sposarsi; lei stava per divorziare. Chi va e chi viene, chi comincia e chi finisce, chi azzarda e chi perde e, chissà che, più avanti, non si voglia provare di nuovo, ricominciare tutto da capo e, stavolta, vincere. Magari. Oppure, a ben pensarci, non aveva poi tutta questa importanza. Si augurò che Zina vincesse al primo colpo.

« Mi sentivo una vera traditrice quando pensavo che avrei dovuto dirtelo a così poca distanza dal giorno della mia partenza, Jess. Ma è stata una decisione improvvisa, di questi ultimi giorni. Te lo giuro. » Aveva quasi chinato la testa, come se si vergognasse — però il suo sorriso pieno di gioia era troppo difficile da nascondere.

« Smettila di chiedere scusa, per amor di Dio! Sono contenta di essere tornata a casa in tempo per saperlo. Dove celebrate il matrimonio? »

« A New Orleans, altrimenti mia madre mi uccide! Torno a casa in aereo fra quindici giorni, ma lei ormai ha già perduto completamente la testa. Purtroppo non abbiamo fatto in tempo a darle un poco più di tempo per preparare tutto. Ieri sera mi ha telefonato quattro volte... e avresti dovuto sentire papà! » Scoppiarono in una risatina irrefrenabile ma, subito, Jessica stava già cominciando a pensare a un altro problema da risolvere.

« Non hai bisogno di un vestito? »

« Metterò quello della mia bisnonna. »

« Però avrai bisogno di un corredo. Giusto? Il clas sico vestito per partire dopo il ricevimento e... »

« Oh, Jessie, sì, ma... no... non posso permetterti di... »

« Pensa ai fatti tuoi, altrimenti ti licenzio! » Pronunciò queste parole minacciando severamente Zina con un dito e scoppiarono di nuovo in una risata scrosciante.

Jessie spalancò la porta del suo ufficio e accompagnò Zina nel salone centrale del negozio fermandosi di botto davanti a Katsuko, strabiliata.

« Kat, abbiamo una nuova cliente. Un autentica VIP. Ho il piacere di presentarti la signorina Nelson alla quale occorre un nuovo corredo da sposa. » Katsuko le guardò sempre più stupefatta; poi capì di che cosa sta vano parlando e si unì alle loro risate. Anche lei provava un grande sollievo che tutto fosse filato liscio. Perché era preoccupata per Zina. Negli ultimi due mesi trovarsi di parere diverso da quello di Jessie poteva diventare motivo di contrasti e litigi. Quel giorno, invece, tutto era andato per il meglio. Lo si capiva al primo colpo d'occhio. E, come se non bastasse, Jessica stava addirittura parlando del corredo da sposa per Zina.

« Dovrebbe essere un corredo favoloso in tutti i colori tenui che abbiamo scelto per la primavera. Kat, devi darle tutto quello che vuole a un dieci per cento di sconto sul prezzo di costo. Io, come mio dono personale, le offrirò il vestito con il quale partirà per il viaggio di nozze. Anzi... adesso che ci penso... so già quello che sceglierò! » I suoi occhi avevano avuto un lampo ed era corsa a cercare qualcosa in magazzino. Ne tornò con un tailleur di seta chiarissima fra il panna e il beige, che veniva da Parigi. Aveva la gonna lunga fino a metà del polpaccio e una giacca tagliata in modo da nascondere il seno un po' troppo florido di Zina. Trovò anche una camicetta di seta verde menta, per completarlo, mentre Zina la fissava attonita e felice, con gli occhi sgranati.

« Con un paio di sandaletti beige, eleganti, e un cappello... Zina, avrai un aspetto incredibile...! » Perfino gli occhi di Katsuko si erano messi a scintillare di fronte al completo elegantissimo che Jessie stava mostrando. Zina, però, si era ripresa dallo stupore di poco prima e pareva quasi scandalizzata.

« Jessie, no! Non puoi! Non proprio quello! » aveva mormorato. Quel tailleur si vendeva, nella boutique, a più di quattrocento dollari.

« Sì, questo. » La voce di Jessica si era fatta dolcissima. « A meno che non ci sia qualcos'altro che preferisci. » Zina fece segno di no con la testa, solennemente, e Jessica la abbracciò ancora — con tutto il suo affetto. Poi, con un sorriso e un'ultima strizzatina d'occhi, rientrò nel suo ufficio. Era stata una mattina piena di novità ma, a quel punto, le era balenata di colpo un'altra idea nuova.

Andò a telefonare ad Astrid dal parrucchiere.

« È successo qualcosa? » Forse a Jessie non era piaciuto l'allestimento della vetrina oppure le scelte che aveva fatto per i capi di abbigliamento che componevano lo stoccaggio del negozio. Non nascose di essere preoccupata e cominciò ad agitarsi.

« No, sciocchina, va tutto benissimo. Vuoi un impiego? »

« Stai scherzando? »

« No. Zina se ne va. Si sposa. E può darsi che a me abbia dato di volta il cervello, ma ho pensato che se tu venissi a lavorare con noi, noi tre insieme riusciremmo a mandare avanti la baracca. Basta che non ti dispiaccia di essere la meno qualificata del gruppo... un po' come la figura più bassa di quelle scolpite su un palo da totem, quella che sorregge tutte le altre... e il posto di Zina è tuo! »

« Jessie! Lo accetto immediatamente! » Sul suo viso si era disegnato un sorriso luminoso.

« Allora considerati assunta. Vuoi uscire a pranzo? »

« Sì, subito. No, non posso, accidenti, ho i capelli tutti bagnati... oh... cavolo! » Scoppiarono a ridere. Astrid non stava più nella pelle dalla gioia. « Ti raggiungo fra un'ora. E Jessie... grazie. Ti voglio bene. » Riattaccarono sorridendo soddisfatte e Jessica si rallegrò di averle telefonato.

Quella sera, tutte e quattro perfettamente d'accordo, chiusero la porta di *Lady J.* alle cinque in punto, invece che alle cinque e mezza. Jessica andò a prendere una bottiglia di champagne che aveva comperato nel pomeriggio. Zina aveva preso la decisione di lasciare l'impiego una settimana prima del previsto dal momento che Jessie aveva Astrid che avrebbe preso il suo posto. Si scolarono la bottiglia in mezz'ora; poi Astrid riaccompagnò Jessica a casa.

« Vuoi venire da me per un drink? Non ho ancora festeggiato il mio nuovo lavoro! » Jessica sorrise, ma scrollò il capo. Cominciava a risentire degli effetti di quella giornata... che era cominciata con il colloquio con Martin a proposito del divorzio. Curioso, come continuasse a dimenticarsene! Le pareva che dall'inizio di quella giornata fossero passati degli anni luce, addirittura! E, quasi quasi, avrebbe voluto avere già dietro le spalle anche il divorzio.

« No, grazie, cara. Stasera, no. »

« Hai paura di fraternizzare troppo con il personale? » Soltanto a pensarci, Jessie si mise a ridere.

« No, sciocchina, ma sono spompata e mi gira la testa per tutto lo champagne che abbiamo bevuto e... ho una lettera da scrivere. » Ascoltandola, Astrid ridiventò seria.

« A Ian. » Jessica annuì con aria grave. Anche il sorriso che le aveva illuminato gli occhi si era spento.

« Sì. A Ian. »

Astrid le accarezzò una mano e Jessie scese dall'automobile senza aggiungere altro, soltanto con un cenno di saluto. Infilò la chiave nella serratura, aprì la porta e si fermò per un attimo nell'anticamera illuminata dal sole. Quanto silenzio. Un silenzio insopportabile. Anche se non la terrorizzava più. Provava soltanto un gran senso di vuoto. Chi avrebbe pensato a lei, d'ora in avanti? Chi l'avrebbe curata e protetta? Era strano rendersi conto che nessuno, ormai, si sarebbe più interessato dell'ora in cui lei tornava a casa, usciva, oppure dove si trovava. Nessuno lo avrebbe più saputo. Non interessava nessuno. D'accordo, c'era sempre Astrid ma, ormai, non aveva più nessun altro a cui riferire quello che le era successo oppure a cui dare spiegazioni. Nessuna da cui precipitarsi subito dopo il lavoro, nessuno per il quale fare delle commissioni o puntare la sveglia o comperare il cibo... si sentì travolgere da una sensazione schiacciante di vuoto. Qualche lacrima cocente le scese lenta sulle guance mentre si aggirava per le stanze di quella casa che, in passato, era stata il loro rifugio. Ormai le pareva un guscio vuoto. Un cimitero dei ricordi. Un posto dove tornare la sera, finito il lavoro. Come ogni altra cosa, anche questa casa faceva improvvisamente parte del passato. Era successo tutto talmente in fretta! Gente che partiva, che cambiava, che si trasferiva; nuova gente che prendeva il loro posto... Zina che si sposava... Astrid in negozio... Ian andato via... e, nel giro di sei mesi, avrebbe ottenuto il divorzio. Jessica si lasciò cadere sulla seggiolina che c'era in anticamera, con il cappotto ancora addosso, la cinghia della borsa ancora infilata sulla spalla e provò ad assaporare fino in fondo il suono di quella parola, pronunciandola a voce alta. Divorziata.

Era quasi mezzanotte quando attaccò il francobollo sulla busta. Le pareva di avere cento anni. Si era imposta di allontanare Ian dalla propria vita e avrebbe tenuto fede a quella decisione. Però, a quel punto, non aveva più nessun altro all'infuori di se stessa.

# 29

« GUARDA, guarda! Come siamo eleganti! Ti vuoi dare alla pazza gioia stasera? »

Astrid parve imbarazzata mentre si abbottonava la pelliccia di visone. Era maggio ma, la sera, faceva ancora freddo e la pelliccia le stava molto bene.

Jessie aveva appena finito di chiudere la porta del negozio. La nuova combinazione funzionava bene. Lei, Katsuko e Astrid andavano d'accordo come sorelle. Costituivano un terzetto straordinario, pieno di energia e di entusiasmo... forse anche troppo... però ne erano soddisfatte e la boutique aveva ripreso quota. Le telefonate dei creditori si facevano più rare. E il viso di Jessica lasciava trapelare un'espressione di sollievo.

« Va bene, ficcanaso che non sei altro... » Astrid lanciò un'occhiata a Jessica che la osservava con aria divertita: « ... ho un appuntamento, se vuoi proprio saperlo! » Lo disse come se fosse stata una sedicenne, arrossendo lievemente — e Jessica scoppiò a ridere.

« E hai già un'aria terribilmente colpevole! E lui ... chi è? »

« Uno qualsiasi, conosciuto in casa di un'amica. » Ma pareva quasi seccata.

« Quanti anni ha? » Jessie era sempre sospettosa perché sapeva che Astrid aveva una debolezza per gli uomini che avevano passato la sessantina. Come se continuasse ancora a cercare Tom.

« Ha quarantacinque anni. » Poi, assumendo un'espressione angelica e verginale, finì di abbottonarsi la pelliccia.

« Tanto per cambiare, ha un'età decente. Che fortuna! »

« Grazie della tua bontà, Zia Jessie. » Scoppiarono a ridere insieme. Poi Jessica estrasse un pettine dalla borsetta.

« A dir la verità, ho un appuntamento anch'io. » Alzò gli occhi a guardare Astrid con un vago sorriso.

« Oh? Con chi? » A quel punto si erano scambiate le parti. Astrid dava l'impressione di divertirsi, benché Jessie avesse cominciato a uscire sempre più spesso in quelle ultime settimane. Con uomini giovani e vecchi, con un fotografo, un impiegato di banca; e una volta era uscita perfino con un ragazzo che studiava legge. Ma niente scrittori. E non parlava neanche più di Ian. Si trattava di un argomento severamente vietato. Bastava accennare a Ian perché Jessica ammutolisse oppure le lanciasse un'occhiataccia.

« Devo uscire con l'amico di un amico che è arrivato da New York. Si ferma a San Francisco soltanto una settimana. Del resto, perché non dovrei uscire con lui? Per telefono mi è sembrato una persona abbastanza educata. Forse un po' troppo newyorkese, con quell'affabilità che non sempre è sincera, però mi è sembrato abbastanza intelligente. L'ho trovato anche discretamente spiritoso. Spero che si comporti bene. » Jessica sospirò lievemente mentre metteva di nuovo il pettine nella borsetta. Portava i capelli lunghi fin sulle spalle lisci e, biondi com'erano, parevano un mantello di seta.

« Tu, proprio tu, ti preoccupi di come si comporterà? Grande e grossa come sei, puoi sempre prenderlo a pugni. »

« A questo, ho rinunciato da quando avevo nove anni. »

« Come mai? »

« Mi sono presa a botte con un ragazzino che era più grande e più grosso di me. E che botte! » Sorrise e alzò i piedi, appoggiandoli sul piano della scrivania.

« Vuoi un passaggio a casa, Jessie? »

« No grazie, cara. Viene a prendermi qui. Pensavo di portarlo da *Jerry's* così gli faccio vedere un po' di vita e di movimento. » Astrid assentì, ma *Jerry's* non era nel suo stile. Si trattava di un bar molto « in », al momento, affollatissimo, sempre, di segretarie e di pubblicitari che cercavano soltanto qualcuno con cui andare a letto. La faceva sentire sola e abbandonata. Lei, invece, sarebbe andata a cena a *L'Etoile*. Molto più nel suo stile. Che sarebbe anche stato lo stile di Jessie, se avesse voluto. Invece cercava sempre di restare al proprio livello. Magari, a un livello nuovo. O, forse, a qualsiasi livello. Perché Jessie sapeva che *Jerry's* non era un posto adatto a lei. D'altra parte l'atmosfera vivace e movimentata di quel locale le consentiva di stare a guardare con interesse quello che facevano gli altri, senza sentirsene coinvolta. Intanto, al banco del bar, era tutto un intrecciarsi di offerte e proposte accettate o respinte.

« Ci vediamo domani. »

Jessie le augurò la buonanotte con un gesto di saluto e Astrid, uscendo, incrociò un giovanotto che stava salendo i gradini del negozio. Era un poco più alto di Jessie e aveva i capelli neri, folti e ricciuti. Indossava un maglione con il collo rivoltato, grigio, e un paio di jeans. Non brutto, ma troppo « rozzo », fu la conclusione di Astrid che sorrise, allontanandosi. Intanto si domandava come facesse Jessie a sopportarli: avevano tutti lo stesso aspetto, indipendentemente dal colore dei capelli o da come si vestivano. Avevano l'aria affamata, vogliosa di sesso e annoiata. Improvvisamente Astrid si rallegrò di non essere più una trentenne. Gli uomini di trent'anni avevano ancora talmente tanta strada da percorrere! Si infilò nella *Jaguar* con un sospiro e accese il motore. A quel punto le venne da chiedersi come se la cavasse Ian. Avrebbe voluto scrivergli. Desiderava farlo già da parecchio tempo, ma non ne aveva mai trovato il coraggio. Jessica poteva considerarlo una specie di tradimento da parte sua. Astrid vedeva le lettere fatte a pezzi prima ancora di essere aperte quando vuotava il cestino della carta straccia dell'ufficio che adesso divideva con Jessie. Quando prendeva una decisione, Jessie diventava irremovibile. Aveva deciso di comportarsi così, e basta. La porta del negozio si aprì e Astrid vide il giovanotto che entrava.

« Salve, Mario. Io sono Jessie », si presentò tendendogli la mano. Ma lui finse di non vederla e le rispose soltanto con un vago sorriso.

« Devo concludere che lavori qui. » Niente saluti, niente presentazioni, niente strette di mano. Stava osservando attentamente la boutique. E anche lei. Bene, bello mio, se la vedi così...

« Sì. Lavoro qui. » Pensò che era meglio non raccontargli di essere la proprietaria.

« Già. Credo di avere incrociato la tua padrona mentre salivo i gradini del negozio. Una vecchia in pelliccia. Sei pronta? » Jessie faticava già a dominarsi. Astrid non era una « vecchia in pelliccia » — era un'amica!

Lui non parve affatto divertito dall'atmosfera rumorosa e movimentata che c'era da *Jerry's*, però si scolò ugualmente quattro bicchieri di vino rosso. Le raccontò di essere un commediografo, o perlomeno quella era la sua aspirazione, e che per tirare avanti insegnava inglese, matematica e italiano. Era cresciuto a New York, in uno dei quartieri del West Side. Perlomeno quello fu ciò che le disse. Jessie, tuttavia, ci credeva poco. Aveva l'aria del bravo borghese e non certamente di una di quelle persone, di classe sociale molto più elevata, che vivevano nel West Side. Magari, anzi, abitava addirittura in periferia. A ogni modo, per quanto nato e cresciuto a New York, il risultato era che aveva l'aria poco pulita, scostante e rozza. Jessie si domandò, stupita, per quale motivo gli amici newyorkesi gli avessero dato il suo indirizzo. D'accordo, si trattava, più che altro di conoscenze di lavoro, ma con tutto ciò... come avevano osato mandarle un tipo simile, perché lo frequentasse?

« Beh, com'è New York? È parecchio tempo che ne manco. »

« Davvero? Quanto per la precisione? »

« Quasi otto mesi. »

« È sempre lì. Ancora la stessa. La settimana scorsa sono andato a una festa favolosa in *St. Mark's Place*. Girava la coca. E qui come vanno le cose? »

« Riguardo alla cocaina? Non saprei. » Sorseggiò un po' del suo vino.

« Perché? Tu non frequenti quel giro? » Continuava ad aver l'aria annoiata e faceva di tutto per sembrare anche cinico. Il ragazzo che arriva dalla metropoli e si trova in un ambiente provinciale. Jessie cominciava ad augurarsi di vederlo cadere, morto stecchito, ai suoi piedi. O, perlomeno, che scomparisse, così, per un colpo di bacchetta magica, all'improvviso.

« Tu non prendi la cocaina? » Insisteva.

« No. Questa è una città tranquilla. Un posto piacevole dove vivere. »

« Mi sembra noioso da morire. » Lei alzò gli occhi e gli sorrise con la speranza di deluderlo. Mario il commediografo si stava rivelando un vero e proprio rompiscatole.

« Beh, Mario, diciamo che qui non c'è tutto il movimento e l'eccitazione che si trova a New York nel West Side, però abbiamo anche noi certi posticini dove ci si può divertire. »

« Ho sentito dire che, dal punto di vista intellettuale, è un autentico terreno incolto. » Anche tu, carissimo.

« Dipende da quello a cui alludi. Per esempio, anche qui abbiamo parecchi scrittori. Buoni. Anche ottimi. » Stava pensando a Ian. Come avrebbe voluto vantare i meriti di Ian... ricacciarglielo in gola... perché Ian aveva grandi qualità. Ian era affascinante. Ian era brillante. Ian era bellissimo. Che cosa ci faceva lei, lì in quel posto, con un sudicione del genere? Un ragazzo così rozzo e maleducato? Quel...

« Davvero? Per esempio? »

« Come? » Jessica era rimasta assorta, pensando a Ian. Non ricordava più l'esistenza di Mario.

« Dicevi che avete qualche buono scrittore anche qui. Mi piacerebbe sapere di chi stai parlando. Alludi forse agli scrittori di fantascienza? » Aveva pronunciato quelle parole con aria profondamente disgustata e un sorriso cinico che fece venir voglia a Jessica di chiudergli la bocca, cacciandogli fra i denti il fragile bicchiere da vino che stringeva in mano.

« No, non soltanto scrittori di fantascienza. Parlo di narrativa, narrativa autentica e seria, e saggistica. » Cominciò a snocciolargli una serie di nomi — e si accorse quasi subito che erano tutti amici di Ian. Mario ascoltava senza fare commenti. Jessica era furente.

« Sai che cosa mi lascia di stucco? » No. Però dimmelo, così lo so anch'io.

« Cosa? »

« Che una donna bella e intelligente come te venda vestiti in un negozio. Non so... credevo che tu facessi qualcosa di creativo. »

« Come scrivere? »

« Scrivere, dipingere, scolpire, qualcosa che abbia un significato. Che vita è la tua... lì, dentro, a vendere vestiti a quelle vecchiacce in pelliccia? »

« Beh, sai anche tu come vanno le cose. Si fa quello che si può. » Jessica tentò di sorridere, ma faticava a controllarsi. « Che genere di commedie scrivi? »

« È un teatro completamente nuovo. I personaggi

sono tutti femminili, nudi. C'è una scena grandiosa che sto studiando per il secondo atto. Una scena d'amore fra omosessuali dopo che una donna ha partorito.»

«Si direbbe divertente.» Ma per quanto mordace fosse il suo tono, tutto quel sarcasmo gli sfuggì completamente. «Hai fame?» Purtroppo Jessica stava pensando che doveva anche andare a cena con lui. Meditò di fingersi in preda a un attacco violentissimo di peste bubbonica, che le era arrivato addosso così, all'improvviso. Una cosa qualsiasi, insomma, pur di mollarlo. Invece avrebbe sopportato la sua compagnia anche a cena. Non era la prima volta che le capitava. Anzi le capitava più spesso di quanto non le facesse piacere ammettere.

«Certo. Ho proprio voglia di mangiare qualcosa di buono.» Lei gli diede vari suggerimenti e lui finì per decidere per un ristorante messicano. A New York capitava di rado di trovare una buona cucina messicana. Lo condusse in un piccolo ristorante di Lombard Street. La compagnia era pessima, ma almeno il cibo gustoso.

Quando finirono di mangiare, Jessica si mise a sbadigliare rumorosamente, più di una volta, nella speranza che lui afferrasse il concetto... invece, niente. Voleva vedere un po' di «vita notturna» — se ce n'era. Certo che avevano una vita notturna anche a San Francisco, ma Jessica non aveva nessuna intenzione di mostrargliela. Quella sera, no. Con lui, no. Gli propose un caffè in Union Street, perché era vicino a casa. Avrebbe preso un cappuccino in fretta e furia, e lo avrebbe piantato. Di un caffè, in ogni caso, sentiva bisogno. A cena aveva bevuto tre o quattro bicchieri di vino. Mario, però, se n'era scolato almeno il doppio, dopo aver già bevuto qualcosa da *Jerry's*. Cominciava ad avere la voce impastata e a non pronunciare chiaramente le parole.

Trovarono un tavolo nell'interno del locale e sedettero. Lui con un *Irish coffee* e lei con un cappuccino caldo e con tanta schiuma. Mario la occhieggiò con gli occhi semichiusi, da ubriaco, al di sopra del suo bicchiere.

« Non sei mica una brutta ragazza. » Da come parlava, si sarebbe detto che stava facendo un'analisi di laboratorio. Il suo sangue è del tipo 0 positivo, signora.

« Grazie. »

« A proposito, dove abiti? »

« Un po' più in su, da questa parte. » Sorseggiò la schiuma dolce, che sapeva di latte, del cappuccino e cercò di prendere l'aria evasiva. Non aveva nessuna intenzione di dare a Mario il proprio indirizzo. Lo aveva sopportato anche troppo.

« Allora abiti proprio in cima a una di queste colline? »

« Diciamo a mezza strada. Perché? »

« Perché non ho nessuna voglia di farmi a piedi nessuna di queste colline del cavolo, bella mia, ecco il perché. Sono stanco morto. E anche un po' sbronzo. » Le rivolse un sorriso lascivo e pieno di malizia. Jessica, solo a guardarlo, si sentiva nauseata.

« Non è un problema, Mario. Prendiamo un taxi. E ti lascerò dove stai, prima di tornare a casa. »

« Come sarebbe 'dove stai'? » I suoi occhi ebbero un lampo di collera che si spense lasciandoli stranamente confusi.

« Eppure sei un ragazzo intelligente. Non hai capito quello che ho detto? »

« Per un minuto mi è sembrato di capire che ti stai comportando come un'emerita stronza. Sto da te, io. Dove vuoi che stia, altrimenti? » Lei provò una gran voglia di dirgli che era sposata, ma capiva che non sarebbe stata una soluzione. Perché, in tal caso, come poteva spiegargli il motivo per cui aveva accettato di uscire a cena?

« Mario... » e gli rivolse un sorrisino tirato, « ... hai tratto le conclusioni sbagliate. Qui, in provincia, non facciamo cose del genere. Perlomeno, non le faccio io. »

« Come sarebbe? Mi spieghi cosa vuoi dire? » Intanto lui si era abbandonato contro lo schienale della seggiola mentre i suoi occhi la osservavano con astio.

« Vuole dire che ti ringrazio per la deliziosa serata. » Jessica cominciò ad allacciarsi la giacca e si alzò. I suoi occhi apparivano un po' tristi e assorti. Lui, però, si allungò attraverso il tavolo e l'afferrò per un braccio. La strinse per un polso, facendole male. Non se lo aspettava.

« Stammi a sentire, puttana, siamo stati insieme a cena, sì o no? E allora che cosa cazzo credi di ... » Sulla sua faccia si era disegnata un'espressione che Jessica si augurò di non vedere mai più; e, improvvisamente, le balenò qualche frase della conversazione che aveva avuto con Astrid... poche ore prima... « se non si comporta bene, puoi sempre prenderlo a pugni ». Intanto, con uno sforzo deciso, si era divincolata liberandosi da quella stretta. Qualcosa che lesse sulla sua faccia consigliò a Mario di non insistere.

« Non so quello che pensi tu, caro amico. Ma so benissimo qual è la mia opinione. E ti garantisco che ti pentirai amaramente se oserai alzare ancora un dito per toccarmi. Buonanotte. » Se n'era andata prima che lui trovasse la forza di reagire. Furono quelli del locale a dover sopportare l'accesso di rabbia a cui si abbandonò quando, allungato un braccio attraverso il tavolo, fece volare sul pavimento tazze e bicchieri. Ci vollero due camerieri per persuaderlo che la cosa migliore da fare era uscire a prendere una boccata d'aria fresca.

Ma, ormai, Jessica era già lontana. Mentre si incamminava, senza fretta, per la strada in salita dell'ultima collina, diretta verso casa, sentì con piacere l'aria notturna che le accarezzava la faccia e si accorse di provare uno strano senso di pace. Era stata una serata orribile ma, per fortuna, era riuscita a liberarsi di quell'individuo. E sapeva che non lo avrebbe mai più rivisto. Gli uomini come Mario le facevano accapponare la pelle per il disgusto, però — se non altro — sapeva come affrontarli. E come trattarli. Nei primi tempi, dopo una serata del genere, sarebbe rimasta terrorizzata. Ma, ormai, era uscita con ogni genere di uomini possibili e immaginabili... uno più strambo e balordo dell'altro. Quelli appena appena un po' decenti erano sposati oppure si nascondevano chissà dove. Gli altri, quelli che si vedevano in giro, erano tutti più o meno dello stesso tipo. Bevevano troppo, ridevano troppo sguaiatamente o non riuscivano neppure ad abbozzare un sorriso, erano pieni di sé, pomposi, nevrotici, o al limite del gay; oppure erano tossicomani o patiti del sesso di gruppo o, addirittura, volevano parlare del motivo per cui non avevano più avuto un'erezione da quattro anni, per colpa di quello che avevano subito da parte della ex moglie. Jessica stava cominciando a domandarsi se non avrebbe fatto meglio a restarsene in casa, da sola. La vita libertina non era divertente come poteva sembrare.

« Com'è andata ieri sera? » Jessie domandò subito ad Astrid appena entrò in negozio l'indomani mattina. In quel modo sperava di evitare gli interrogatori di Astrid. Non aveva nessun desiderio di parlare di Mario.

« Se vuoi che ti dica la verità, è stata una serata molto simpatica. Devo ammettere che mi è piaciuta. » Aveva l'aria felice, serena, quasi meravigliata. A differenza di Jessie, non si aspettava più, a ben pensarci, di divertirsi quando usciva con un uomo. E questo la rendeva più facile da accontentare.

« E la tua? Se non sbaglio ho incrociato il tuo giovanotto sui gradini, mentre uscivo. »

« Credo di sì. Peccato che tu non lo abbia fatto inciampare e cadere! »

« È andata male fino a questo punto, uhu? » Astrid la stava guardando con simpatia e una vaga compassione che le dava ancora più fastidio.

« Se vuoi proprio saperlo, peggio di così non sarebbe potuto essere! » Del resto, era l'opinione che Astrid aveva avuto subito, vedendolo. « Bene, torniamo a noi. »

Jessie riuscì ad abbozzare un lieve sorriso mentre scorreva rapidamente la posta, dividendo le lettere dalle fatture. Si fermò per un attimo a fissare una busta bianca, di carta semplice, rettangolare, prima di strapparla in due pezzi e di lasciarla cadere nel cestino della carta straccia. Un'altra lettera di Ian. Astrid, ogni volta che vedeva Jessie compiere quel gesto, ne restava addolorata. Le pareva così crudele, così inutile. Si domandava, anche, se Ian sapeva, o sospettava, che Jessie non leggeva le sue lettere. E, anche, che cosa le scriveva.

« Non fare quella faccia, Astrid. » La voce di Jessica si insinuò nelle sue riflessioni.

« Quale faccia? »

« Sembra che ti si spezzi il cuore ogni volta che strappo le sue lettere. » Continuò a guardare la posta. Sembrava quasi indifferente. Ma non del tutto. Astrid si accorse che le tremavano un po' le mani.

« Si può sapere per quale motivo lo fai? »

« Perché non abbiamo più niente da dirci. Non voglio sentirlo, non voglio leggere quello che scrive, non voglio aprire nessuna porta. Potrebbe essere soltanto un inganno. E non voglio trovarmi costretta a una forma qualsiasi di dialogo con lui. »

« Per quale motivo non dovresti offrirgli l'opportunità di dire quello che pensa? Il tuo modo di comportarti non mi sembra giusto. » Gli occhi di Astrid avevano un'espressione quasi supplichevole e Jessica si affrettò a riportare lo sguardo sulla busta che aveva fra le mani, mentre rispondeva.

« Non ha importanza. Me ne infischio di quello che dice. Lui non farebbe che rendere le cose più difficili. Ormai non può cambiare niente. »

« Sei proprio sicura di volere il divorzio? »

Jessica alzò gli occhi e fissò Astrid dritto in faccia prima di rispondere. « Sì. Certo che sono sicura. » Malgrado tutti i Mario del mondo, malgrado solitudine e senso di vuoto, era convinta che il divorzio fosse la soluzione giusta. Anche se questo non voleva dire che non ne soffrisse.

In quel momento due clienti entrarono nel negozio e salvarono Jessica da un inutile prolungarsi della discussione. Katsuko era fuori e fu Astrid ad andare ad aiutarle nella scelta di quello che volevano comperare. Jessica rientrò in ufficio e chiuse dolcemente la porta. Astrid sapeva che cosa quel gesto significasse. L'argomento era chiuso. Come sempre.

La giornata fu molto impegnativa come tutto il resto della settimana, tutto il mese. Il negozio navigava in buone acque, ormai; era tornato un punto di vendita molto elegante e la gente cominciava già a fare gli acquisti per l'estate.

Di tanto in tanto ricevevano una cartolina da Zina, che era già incinta, e Katsuko aveva deciso di farsi crescere di nuovo i capelli. La vita era tornata a essere fatta di particolari più o meno banali: chi sarebbe partito per l'Europa, quale sarebbe stata la nuova lunghezza delle gonne, se ridipingere o no la facciata del negozio, e come piantare nuovi gerani nel piccolissimo giardino dell'appartamento di Katsuko. Jessica non si stancava mai di provare un'immensa gratitudine per tutte quelle banalità. Il ritmo della sua vita era stato cupo e stressante per tanto tempo che adesso era un piacere sen tirla scorrere come una musica di Mozart. Semplice, facile, leggera. Presa la decisione di divorziare, non le restavano altre questioni grosse da affrontare.

Ormai le pareva, quasi, che quella storia di orrore non fosse mai accaduta. L'anello con lo smeraldo di sua madre era tornato in banca, al sicuro. Sulla proprietà della casa e del negozio non esistevano più ombre. Il negozio, fra l'altro, aveva ripreso quota. Eppure qualche cambiamento c'era stato. Molti, molti di più di quanto le piacesse ammettere. Lei stessa era cambiata. Era più indipendente, meno spaventata, più matura. La vita era in continua evoluzione.

Una mattina stavano prendendo il caffè tutte e tre insieme, nella boutique, quando Jessie si alzò in piedi di scatto e cominciò a frugare fra gli appendi-abiti.

« Che cosa stai pensando di fare? Di diventare più piccola di dieci centimetri? » Astrid sorrise osservando che Jessie si era messa a esaminare attentamente i capi della taglia trentotto.

« Oh, stai un po' zitta! » Girò appena la testa a guardarla con un sorriso, ma poi aggrottò le sopracciglia. « Kat, qual è la taglia che porta di solito Zina? »

« Oh, povera me! Questa sì che è una risposta difficile. Perché di fianchi sarebbe una quaranta, ma di seno è una quarantotto. »

« Straordinario. Quindi, per un abito a trapezio, oppure un grembiulone, quale taglia sceglieresti per lei? »

« Una quarantasei. »

« Pensavo che potremmo mandarle un regalo. Il ragazzo col quale si è sposata non sguazza nell'oro e immagino che farà un po' fatica a trovare vestiti che le vadano bene adesso che è incinta. Che cosa ne pensate di questa roba? » Aveva in mano tre grembiuloni della collezione di primavera, in colori freschi e vivaci, dalla linea ampia e morbida.

« Magnifico! Proprio quello che ci vuole per lei. » Kat la approvò immediatamente e Astrid non nascose di sentirsi commossa.

« È un pensiero molto carino, il tuo. »

Jessie parve quasi imbarazzata. Intanto sorrideva consegnandoli a Katsuko.

« Ahh... sciocchezze! » Risero tutte e tre mentre Jessie tornava a sedersi davanti alla sua tazza di caffè. « Vuoi spedirglieli oggi stesso, Kat, per favore? Non credete che dovremmo mandarle anche qualche cosa per il bambino? » Non sapeva spiegarselo bene, ma provava un gran desiderio di far festa al pensiero del bambino che Zina aspettava. Come se il nascituro, oppure Zina stessa, fossero qualcuno di speciale.

« Non adesso, è ancora troppo presto. E poi, porta sfortuna. » Astrid pareva vagamente a disagio. « Come mai tutto questo interesse per il reparto maternità? »

« Sono arrivata alla conclusione che, se non dovrò mai diventare una mamma, tanto vale che me la goda a fare la zia. A parte il fatto che se comincio a trattarla bene fin dal principio e a guadagnarmi le sue simpatie, non è escluso che mi chieda di fare la madrina! » Astrid si mise a ridere mentre Katsuko ripiegava accuratamente i vestiti e li metteva in una scatola imbottita di soffice carta velina gialla. Anche lei lanciò un rapido sguardo a Jessie che, però, si era già alzata, allontanandosi. Di colpo, aveva sentito un gran senso di solitudine. Per la prima volta nella sua vita provava la mancanza di un bambino. Perché proprio lì, in quel momento? Finì per convincersi che un motivo c'era: evidentemente era pronta di nuovo a voler bene a qualcuno.

« Ne sarà felice, Jessie. E poi, chi lo dice che tu non hai nessuna probabilità di diventare una mamma? » Katsuko era sconcertata. Jessie, infatti, non aveva mai parlato tanto chiaramente di bambini. Katsuko aveva sempre avuto il sospetto che Jessie fosse arrivata a determinate conclusioni, private e segrete, sui figli; ma capitava di rado che si confidasse con loro, in negozio, e parlasse dei suoi problemi personali. Non era una di quelle donne che discutevano apertamente la propria vita sessuale oppure rivelavano a tutti, in ufficio, quali fossero le loro più audaci aspirazioni. Jessie, però, sembrava di umore insolitamente ciarliero. E non aveva più Ian con il quale confidarsi. Spesso pareva desiderosa di trovare qualcuno con cui chiacchierare, in quei giorni.

Tornò a sedersi mentre rispondeva:

« Sono io che lo dico. Non sarò mai una madre. E poi, Gesù benedetto, non vedete quello che c'è in giro in questi tempi? È un tal campionario! Basta osservarne qualcuno e ti garantisco che io, almeno, non ci penso neanche alla moltiplicazione della razza! Anzi qualcuno dovrebbe cominciare a prendere in considerazione l'opportunità di bloccarla! » Le altre due si misero a ridere mentre Jessie finiva di bere il caffè. « Idioti, mezzi idioti, scemi completi e via discorrendo... per non parlare di quelli che si sono distrutti il cervello con la droga, i figli di puttana che tradiscono la moglie, quelli che non hanno nessun senso dell'umorismo. E voi vi aspettereste di vedermi sposare uno di questi bei tipi e, magari di mettere al mondo un figlio? » Ridiventò seria. « A parte il fatto che sono troppo vecchia. »

« Non essere ridicola. » Astrid fu la prima a controbattere.

« Non sono ridicola. Sono onesta con me stessa. Se dovessi mettermi in mente di avere un bambino, mi ritroverei a trentaquattro, magari a trentacinque anni compiuti. Troppo vecchia! Sono cose che si devono fare all'età di Zina. A proposito, quanti anni ha? Ventisei? Ventisette? » Katsuko assentì, con aria pensosa; poi fece a Jessie una domanda di quelle che toccano sul vivo.

« Jessie... non ti dispiace, adesso, di non aver avuto bambini con Ian? » Ci fu un lungo silenzio prima che Jessie si decidesse a rispondere. Astrid aveva quasi paura di vederla perdere le staffe o fare una scenata. Invece accadde il contrario.

« Non lo so. Forse adesso mi dispiace. Forse lo dico soltanto perché non ho mai vissuto vicino, o insieme, a un bambino. Sono sempre rimasta alla larga. Però mi sembra triste... anzi peggio che triste, uno spreco, un vuoto desolante... vivere tanti anni con un uomo e non avere niente. Qualche libro, un po' di mobilio, un'automobile alla quale si è fuso il motore. Ma niente di reale, niente di durevole, niente che dica 'Eravamo noi' anche se adesso non lo si è più, niente che dica 'Ti ho voluto bene' anche se adesso non si ama più. » Le erano salite le lacrime agli occhi. Si strinse lievemente nelle spalle e si alzò in piedi. Sfuggì i loro sguardi, fingendosi indaffaratissima e avviandosi verso il suo ufficio. « A ogni modo, così va il mondo. Torniamo al lavoro, care signore. E non dimenticarti di spedire subito quei vestiti a Zina, Kat. » Non la rividero più fino all'ora del pranzo, ma né Astrid né Katsuko ebbero il coraggio di fare qualche commento su ciò che avevano sentito.

Fondamentalmente, però, erano tutte e tre abbastanza felici e serene. Jessie, a volte, si sentiva inquieta e disgustata dagli uomini con i quali usciva, ma non particolarmente triste o infelice. Nella sua vita non c'erano più né traumi né crisi. Astrid continuava a frequentare lo stesso uomo che aveva conosciuto all'inizio della primavera. E le piaceva più di quanto non volesse ammettere. Lui la invitava spessissimo a teatro, faceva collezione delle opere di scultori giovani e sconosciuti e aveva una piccola casa a Mendocino dove Astrid, alla fine, fu costretta a confessare di essere già stata più di una volta. Ormai ci passava quasi tutti i weekend e questo era il motivo per cui Jessie non la sentiva né la vedeva più dal venerdì al lunedì.

Del resto anche Jessica era molto impegnata; lavorava nel negozio anche al sabato e aveva sempre qualche uomo nuovo. Il guaio era che, purtroppo, non si trattava mai di uomini « vecchi », cioè uomini che conoscesse da un tempo sufficientemente lungo per sentirsi a proprio agio con loro. Era un po' come andare sempre a una nuova festa di compleanno, mai come sentirsi con le solite vecchie, e comode, pantofole ai piedi. Aveva perfino cominciato a essere stanca delle continue spiegazioni. Sì, vado a sciare. Sì, gioco a tennis. No, non mi piace fare le escursioni a piedi. Sì, guido l'automobile. No, non mi viene allergia se mangio i crostacei. Preferisco i materassi duri, porto il numero trentanove di scarpe, sono alta un metro e ottantuno e mezzo, mi piacciono gli anelli, adoro gli orecchini, odio i rubini, vado pazza per gli smeraldi... e così via. Sempre le stesse cose. Era quasi come essere continuamente alla ricerca di un nuovo impiego.

Aveva ricominciato ad avere qualche difficoltà con il sonno perché non riusciva più a dormire bene come prima; però si era ben guardata dal prendere pastiglie o capsule come prima della vacanza al ranch. Sapeva che non erano quelle la soluzione giusta e un giorno... un giorno... qualcuno finalmente sarebbe arrivato... e lei si sarebbe scoperta a desiderare che rimanesse. Chissà, forse sì o forse no. Non aveva neppure escluso la possibilità di non trovare più nessuno che le interessasse. Nessuno da poter amare. Era un pensiero terribile; tuttavia si trattava di una possibilità che bisognava prendere in considerazione. Forse era stata proprio quella a farle rimpiangere così di colpo, in un modo tanto crudele e straziante, di non aver mai avuto figli. Aveva sempre creduto che le scelte non mancassero. Ormai, invece, non esistevano più.

D'altra parte, forse non aveva nessuna importanza il fatto di non aver mai avuto figli e neppure quello di trovare un altro uomo da amare oppure... Forse non erano più cose importanti. Si chiedeva se il suo destino non fosse già stato interamente compiuto. Sette anni con Ian, quella rottura così esplosiva e violenta alla fine, una boutique, qualche amicizia. Forse era tutto lì. Ormai la sua vita aveva preso un ritmo sempre uguale, una tranquillità, una mancanza di scopo che la lasciavano stupita. Non aveva altro da fare che alzarsi al mattino, andare a lavorare, restare in negozio tutto il giorno, chiuderlo alle cinque e mezza, tornare a casa a cambiarsi, uscire a cena, salutare, augurare la buonanotte e andarsene a letto. E il giorno dopo tutto ricominciava come prima. Era stanca, ma non depressa. Non era felice ma, se non altro, non era né spaventata né sola.

Ian le aveva mandato a dire, per mezzo di Martin, di non vendere la casa; se proprio ci fosse stato costretto, era pronto a comperare anche la sua metà, ma non voleva perderla. Di conseguenza Jessica continuava a viverci anche se era semplicemente un alloggio che teneva in ordine, che le faceva comodo, che era confortevole e familiare. Ma privo di calore e di intimità. Aveva raccolto nello studio tutto quello che Ian possedeva; e poi chiuso la porta a chiave. In quel modo la casa aveva perduto buona parte della sua personalità. Quanto a *Lady J.*, era soltanto un negozio. E lei, ben presto, un'altra divorziata sul mercato.

« Buongiorno signora. Le interessa un appuntamento? » Astrid entrò in negozio con un mazzolino di mughetti che depose accanto alla tazza del caffè di Jessica.

« Gesù, Gesù, che aria raggiante abbiamo a quest'ora del mattino, eh? » Jessica abbozzò un sorriso, ma trasalì; anche quel gesto era bastato a farla star male. Perché aveva un terribile mal di testa. Si pentì per l'ennesima volta di aver bevuto forse un po' troppo vino bianco, a cena, la sera prima. A ogni modo era molto contenta di vedere Astrid di buon umore, come in quel momento, con i capelli sciolti sulle spalle, come li portava quasi sempre in quegli ultimi tempi, e gli occhi splendenti di gioia.

« E va bene, miss Raggio di Sole. Che genere di appuntamento? » Tentò di abbozzare un altro sorriso. Era impossibile non sorridere ad Astrid.

« Un appuntamento con un uomo. » Pareva imbarazzata, come una giovinetta.

« Me lo auguro! Vuoi dire un appuntamento con una persona che non conosco neppure? »

« Non proprio, Jessica. Posso dire che ha soltanto

trentanove anni.» Risero insieme e Jessica alzò le spalle.

«Va bene, perché no? Oltre a questo, non sai dirmi che tipo è?»

«Una carissima persona anche se un po' 'non troppo alto'.» Astrid lanciò un'occhiata incerta a Jess. «Ha importanza, questo?»

«Rischio di diventar gobba a furia di curvarmi a parlare con lui?»

Astrid scoppiò in una risatina e fece segno di no con la testa. «No, assolutamente! E, poi, ti assicuro che è molto simpatico. Divorziato.»

«Non sono tutti divorziati, ormai?» Jessie continuava a meravigliarsi di quanti fossero i matrimoni andati a male. Prima non si era mai resa conto che il mondo era pieno di persone con un divorzio alle spalle. Quando stava con Ian le sembrava sempre che tutte le persone fossero sposate. Invece tutte quelle che aveva conosciuto di recente erano divorziate.

Andarono a cena, quel giovedì sera. Jessica scoprì che lo spasimante di Astrid era una persona deliziosa. Elegante, divertente, di bell'aspetto. Anzi, era il primo uomo che Jessica conosceva, da moltissimo tempo, per il quale si accorse di provare curiosità e interesse. Era più o meno un tipo come Ian, anche se aveva i capelli d'argento come la sottile e curatissima barbetta. Aveva viaggiato moltissimo, era un buon conoscitore di arte e di musica e si rivelò molto divertente quando cominciò a raccontare qualcuna delle sue avventure. Con Astrid, poi, era straordinario. Jessica non poté che approvare il loro rapporto, con tutto il cuore. Ma quello che le faceva piacere soprattutto era vedere Astrid tanto felice. Sì, aveva proprio trovato l'uomo che andava alla perfezione per lei.

Il cavaliere di Jessie per la serata era un uomo gar bato, gentile e incredibilmente noioso. Divorziato con tre bambini, lavorava in banca, nel settore delle amministrazioni fiduciarie. Era alto appena un metro e settantacinque e Jessie aveva le scarpe col tacco alto. Quindi sembrava che lo superasse, in altezza, quasi di tutta la testa. Quando, però, Astrid propose di andare a ballare, Jessie non ebbe il coraggio di rifiutarsi. Per fortuna, tuttavia, era uno di quegli uomini con il quale non bisognava lottare per lasciarli fuori dalla porta di casa. Quando la riaccompagnò, si limitò a stringerle la mano e a dirle che si sarebbe fatto vivo. Da parte sua Jessica pensò che non sarebbe certo rimasta col fiato sospeso ad aspettare le sue telefonate. Poi lui se ne andò, solo, soletto. Jessica era sicurissima che, l'indomani mattina, non avrebbe ricordato nemmeno come si chiamava. Perché fare tanta fatica?

Quindi si spogliò e andò subito a letto. Ma ci vollero due ore prima che riuscisse ad addormentarsi. Le pareva di avere appena chiuso gli occhi quando, la mattina seguente, il telefono cominciò a squillare. Era Martin Schwartz.

« Sei tu, Jessie? »

« No. Sono Veronica Lake. » Aveva la voce un po' roca ed era ancora mezzo addormentata.

« Mi spiace. Ti ho svegliato. »

« Figurati! Tanto devo alzarmi per andare in negozio. »

« Ho qualcosa per te. »

« Il mio divorzio? » Si mise a sedere di scatto sul letto e allungò una mano alla ricerca delle sigarette. Non si sentiva del tutto pronta per una notizia del genere.

« No. Per quello ci vorranno ancora quattro mesi. Si tratta di qualcos'altro. Un assegno. »

« Un assegno? E per che cosa? » Non ci capiva niente.

« Un assegno per l'ammontare di diecimila dollari. »

« Buon Dio! Ma perché? E chi me lo manda? »

« È dell'editore di tuo marito, Jessica. Ha venduto il libro. »

« Oh. » Si lasciò sfuggire dalle labbra una boccata di fumo e aggrottò le sopracciglia. « Bene, versalo sul suo conto, Martin. Non è mio, accidenti! »

« Sì, che lo è. Lo ha girato a te. »

« Bene, annulla la girata, maledizione! Non lo voglio. » A quel punto le tremavano le mani, e anche la voce.

« Dice che deve servire a rimborsarti delle spese che hai sostenuto per il mio onorario all'epoca del processo, la parcella di Green e parecchie altre cose. »

« Ma è ridicolo! Devi semplicemente dirgli che non lo voglio. Ho pagato quei conti, ormai, e lui non mi deve niente. »

« Jessica... lo ha girato a te. »

« Me ne infischio! Annulla la girata. Strappalo. Fanne quello che vuoi, ma io non lo voglio! » Sempre più innervosita, stava cominciando ad alzare la voce.

« Come puoi fargli una cosa del genere? Ho l'impressione che abbia un enorme significato per lui. Credo che sia una questione di integrità. Sembra proprio convinto di doverti questi soldi, sai? »

« Bene, si sbaglia. »

« Può darsi che sia io a sbagliarmi. » Martin intanto si era accorto di avere la fronte coperta da un velo di sudore. « Può darsi che voglia semplicemente offrirtelo come un regalo. »

« Sarà anche come dici! Ma, in qualsiasi caso, Martin, non voglio accettare quell'assegno. » La voce di Martin aveva preso un tono supplichevole, ma Jessica scrollò la testa con veemenza mentre spegneva il mozzicone di sigaretta nel portacenere. « Stammi a sentire. È semplice. Lui non mi deve assolutamente niente. Io non voglio niente. Non voglio accettare niente. Sono felicissima che abbia venduto il suo libro e penso che sia una cosa meravigliosa per lui. Adesso dovrebbe tenersi i soldi e lasciarmi in pace. Avrà bisogno di soldi, in ogni caso, quando verrà fuori di prigione. E con questo, ti ho detto tutto, Martin. Non voglio quell'assegno. Punto, e basta. D'accordo? »

« D'accordo. » Quando riattaccarono, Martin sembrava sconfitto. Ma, verso la fine della telefonata, anche Jessica aveva cominciato a tremare da capo a piedi. Martin, da parte sua, seduto nel suo ufficio, con gli occhi fissi sul panorama che poteva godersi dalla finestra, si stava chiedendo in quale modo dirlo a Ian. I suoi occhi avevano avuto un lampo di luce nuova, parevano tornati vivi, quando gli aveva spiegato che voleva restituire quei soldi a Jessie. Adesso lui, Martin, invece doveva dirgli che Jessica li rifiutava.

La giornata, che, per Jessie, era cominciata così male, continuò ad andare ancora peggio. Lasciò bruciare il caffè e scoprì che c'era solo acqua fredda per fare la doccia. Inciampò nel fondo del letto e si fece male a un piede e si accorse che non poteva leggere il giornale perché il ragazzino, che glielo portava sempre, stavolta si era dimenticato di lasciarglielo davanti alla porta. Di conseguenza, quando si presentò in negozio, aveva l'aria tempestosa. Astrid le lanciò un'occhiata piena di imbarazzo.

« D'accordo. Ho capito. Lo hai trovato detestabile. »

« Ma si può sapere di chi stai parlando? » Jessica l'aveva guardata sbalordita.

« Di quel poveretto che ti abbiamo presentato ieri sera a cena. Non mi ero mai resa conto che potesse essere così noioso. »

« Effettivamente lo è. Ma non preoccuparti. Non è per questo che sono così inferocita! » Poi, alzando gli occhi, si accorse che Astrid aveva l'aria confusa e pareva offesa, come una bambina. « Oh, diavolo! Astrid, scusami. Ma stamattina sono di pessimo umore. Mi è andato tutto storto. Era ancora presto quando Schwartz mi ha chiamato. »

« A proposito di che cosa? » Astrid le fece capire subito di essere preoccupata.

« Ian ha venduto il suo libro. »

« E che c'è di male in questo? » Ormai non era più preoccupata, ma confusa.

« Niente. All'infuori del fatto che vuole dare a me quei soldi. E io non li voglio assolutamente. » Si versò una tazza di caffè e si mise a sedere. Astrid, però, aveva assunto un'aria molto seria.

« Così, capisci che cosa doveva provare! Accettando i tuoi soldi. »

« E questo che cosa vorrebbe dire? »

« Niente. Semplicemente quello che ho detto. A volte è molto più semplice dare che ricevere. »

« Quando parli a questo modo, sembri tua madre. »

« Posso essere anche peggio di lei, se voglio. »

Jessie le rispose con un brusco cenno di assenso e si ritirò nel suo ufficio. Ci rimase fino all'ora di pranzo.

Verso le dodici e mezza, Astrid bussò alla porta che era rimasta sempre chiusa. Lottava con se stessa per cancellare il sorriso dalla sua faccia... non sapeva che cosa pensare... chissà che cosa avrebbe detto Jessie! Di conseguenza quando Jessie le aprì la porta, aveva preso un atteggiamento severo, da donna di affari, e pareva molto seria.

« Che cosa c'è? »

« Abbiamo un problema da risolvere, Jessica. »

« Non potresti occupartene tu? Sto facendo un controllo delle bolle di spedizione. »

« Mi spiace, Jessica, ma stavolta non sono in grado di farlo. »

« Benissimo! » Jessie scaraventò la penna sulla scrivania con un gesto pieno di stizza e uscì a lunghi passi frettolosi nel negozio. Astrid, intanto, la seguiva con lo sguardo. Si sentiva terribilmente nervosa. Perché era stata lei a firmare la ricevuta. Jessie, magari, le avrebbe cavato gli occhi... ma, che importanza aveva ? Le pareva di dovere almeno questo a Ian.

Jessie si guardò intorno. In negozio non c'era nessuno. Katsuko stava parlando al telefono. « E allora? Chi è venuto? Quale sarebbe il problema da risolvere? » Non riusciva più a nascondere di essere enormemente seccata da tutta quella storia.

« È una consegna, Jessie. Ma hanno lasciato tutto fuori. Si sono rifiutati di portarla dentro. Hanno detto che loro dovevano fare la consegna soltanto giù, in strada. E poi non c'entravano più. Hanno voluto che firmassi la ricevuta e se ne sono andati. »

« Che Dio li maledica! Avevamo già avuto una discussione con quella gente il mese scorso e avevo detto chiaro e tondo che se... » intanto aveva spalancato la porta con un gesto pieno di rabbia ed era uscita a lunghi passi furenti, con gli occhi tempestosi. Prima guardò se c'era qualcosa sul marciapiede. E poi la vide. Parcheggiata sul viale, dove — solo fino a poco prima — si trovava la *Jaguar* di Astrid. Era una piccola automobile sportiva, dalla linea elegante e slanciata, una *Morgan* verde con le profilature nere e i sedili di cuoio rosso. La capote era abbassata. Era magnifica, in condizioni ancora migliori di quelle della vecchia *Morgan* di un tempo. Jessica rimase strabiliata per un momento, poi girò gli occhi verso Astrid e scoppiò in lacrime. Aveva capito che le era stata mandata da Ian.

# 30

DI fronte alle continue insistenze di Astrid, che le toglieva letteralmente il fiato, decise di tenerla. « Come un favore che gli fai. » Ma si rifiutava tuttora di ammettere, con se stessa, di trovarla stupenda e di essere felice di averla. E continuava a rifiutarsi di aprire le sue lettere.

In giugno decise di prendersi cinque giorni di vacanza e di andare a trovare Zia Beth al ranch.

« Ciao, Astrid, è una vacanza che mi sono meritata. Mi farà bene. » Provava uno strano senso di imbarazzo al pensiero di quel viaggetto senza capirne il motivo.

« Non scusarti con me! Sai benissimo che, in luglio, mi prenderò venti giorni di vacanza anch'io! » Astrid aveva intenzione di andare in Europa con il suo innamorato, ma era un argomento che preferiva non discutere. Non amava parlare con nessuno delle proprie faccende di cuore, neppure con Jessie. Tanto che Jessie si era perfino domandata se, per caso, Astrid non aveva paura che tutto finisse in niente.

Jessica partì nelle prime ore del pomeriggio, a bordo della *Morgan*. Era di ottimo umore. Sentiva con piacere il vento che le scompigliava i capelli. E Zia Beth era stata felicissima di sapere che sarebbe andata a trovarla.

« Bene, bene, vedo che hai un'automobile nuova. Molto bella. » Aveva sentito il rumore della *Morgan* di Jessica che arrivava sul viale di ghiaia del ranch ed era uscita a darle il benvenuto. Il sole stava tramontando dietro le colline.

« È stato un regalo di Ian. Ha venduto il suo libro. »

« Che regalo magnifico! E tu come stai, cara? » Abbracciò Jessica con affetto e questa si chinò a baciarla sulle guance. Poi le loro mani si trovarono e si strinsero. Erano felicissime tutte e due di rivedersi.

« Non potrei star meglio, Zia Beth. Anche tu hai un aspetto fantastico! »

« Già, però si invecchia. E, invecchiando, divento più cattiva... almeno a quanto mi dicono! » Scoppiarono in un'allegra risatina contemporaneamente e si avviarono verso casa, sottobraccio.

Lì niente era cambiato. Jessica la trovò identica a quando l'aveva lasciata due mesi prima e si lasciò sfuggire un sospiro mentre si guardava intorno.

« Mi sembra proprio di essere tornata a casa. » Guardò Zia Beth che si era fermata in fondo alla stanza e si accorse che la stava scrutando con i suoi penetranti occhi azzurri.

« Sii sincera, Jessica. Come è andata in tutto questo tempo? Astrid mi racconta molto poco e le tue lettere ancora meno. Quante volte mi sono chiesta come stavi! Se andava tutto bene. Vuoi una tazza di tè? » Jessica annuì e Zia Beth le versò una tazza di Earl Grey.

« È andato tutto bene. Anch'io sto bene. Subito dopo essere tornata in città, ho chiesto il divorzio; ma te l'avevo raccontato vero, la prima volta che ti ho scritto? »

Zia Beth annuì, con aria assolutamente inespressiva. Voleva saperne di più. « E adesso te ne sei pentita? »

Jessica esitò per una frazione di secondo prima di

rispondere. Poi scrollò il capo. « No, non mi sono pentita. Però rimpiango molto spesso il passato, più di quanto voglia ammettere! Mi pare di scoprirmi di continuo a riviverlo, a tornarci sopra col pensiero, a riflettere che, forse, le cose sarebbero andate diversamente 'se soltanto'... oppure 'se almeno'... Eppure sembra tanto inutile! » Posò la tazza piena di tè e guardò la Zia Beth assumendo improvvisamente l'aria triste.

« È inutile, hai ragione, cara. Non c'è niente di più doloroso di ripensare ai tempi felici quando il presente non lo è più. A volte si prova rammarico anche pensando soltanto al passato. Hai notizie di lui? »

« Sì, in un certo senso. » Jessica era stata evasiva.

« Che cosa vorrebbe dire? »

« Vuole dire che lui mi scrive e io strappo le sue lettere e le butto via. » Zia Beth alzò un sopracciglio.

« Prima o dopo averle lette? »

« Prima. Non le apro neppure. » Si sentiva un po' sciocca ed evitò di proposito di incontrare lo sguardo della anziana signora.

« Hai paura delle sue lettere, Jessica? »

A Zia Beth poteva dire la verità. Annuì lentamente.

« Sì. Ho paura delle recriminazioni e delle suppliche e delle poesie e delle parole che sono studiate alla perfezione perché mi suonino alle orecchie come io desidero sentirle. È troppo tardi per tutto questo. È finita. Basta. È inutile rivangare il passato. Ho fatto tutto quello che era giusto e adesso non voglio più torturarmi il cervello, continuando a pensarci. Ho visto altre persone che lo facevano e capisco che non ha senso. Otterrebbe soltanto lo scopo di farmi sentire colpevole. »

« È quello che fai già tu, nei tuoi confronti. Però, sai cosa ti dico? Mi fai nascere un sospetto. Se Ian non fosse in prigione, continueresti a volere il divorzio? »

« Non so. Non è escluso che, a un certo punto, ci saremmo arrivati ugualmente. »

« Però non ti sembra di approfittarti un po' della sua

situazione, Jessica? Se Ian fosse libero, ti obbligherebbe a discutere con lui la questione del divorzio. Adesso non può fare altro che scrivere e tu non gli fai neppure la cortesia di leggere le sue lettere. Ho il sospetto che sia un modo di comportarsi vile o semplicemente poco gentile nei suoi confronti. » Erano parole dure e, a guardare Zia Beth, si capiva subito che non voleva scherzare. « A parte il fatto che non riesco a capire neanche la storia dell'automobile. Dici che ti ha regalato una automobile nuova. Hai accettato l'automobile... ma non le sue lettere? » Jessica trasalì perché aveva capito l'allusione.

« È stata tutta colpa di Astrid. Ha detto che dovevo tenerla. Era un dovere verso Ian. Lui voleva restituirmi i soldi che ho speso all'epoca del processo, ma io mi sono rifiutata di accettare l'assegno che voleva farmi avere tramite il nostro avvocato. Così Ian lo ha persuaso a comperarmi l'automobile. E devo concludere che si sia tenuto il resto di quei soldi. »

« E non lo hai neppure ringraziato per l'automobile? » Assomigliava sempre di più a una mamma severa. Come? Neanche un bigliettino di ringraziamento alla padrona di casa, che ti ha invitato? Jessica dovette trattenere un sorriso.

« No, non l'ho ringraziato. »

« Capisco. E adesso? »

« Adesso, non c'è nient'altro. Il divorzio diventerà esecutivo fra tre mesi. E tutto sarà finito. »

« E non lo rivedrai più? » Zia Beth pareva dubbiosa, ma Jessica scrollò la testa con fermezza. « Ho l'impressione che te ne pentirai, Jessica. Bisogna saper dire addio. Se non lo fai, e in modo soddisfacente, non riuscirai mai a toglierti tutte le spine dal cuore. Forse ti potrà creare ancora più dispiaceri di quelli che hai adesso. Non si possono cancellare sette anni dalla propria vita senza neanche dirsi addio. Oppure, invece, tu credi di riuscirci? Beh, a ogni modo mi pare che tu abbia già preso una decisione in proposito.» Rimase a fissare la testa china di Jessica che giocava con il gatto dal pelo maculato. «Insomma, hai preso una decisione, sì o no?» Pareva che volesse assolutamente arrivare alla verità — se non altro, per amore di Jessie stessa.

«Io... sì, ecco... oh, accidenti! Non lo so, Zia Beth. A volte mi pare di non sapere più niente. Ho preso una decisione e andrò fino in fondo. Ma di tanto in tanto io... oh, immagino che sia semplicemente un po' di rimpianto.»

«Forse no, figliola. Forse è un dubbio che ti rode. Forse non vuoi affatto divorziare da lui.»

«Sì che voglio... ma... ma se tu sapessi come mi manca! Mi manca in un modo terribile. Mi manca il modo in cui ci conoscevamo così bene a vicenda. È l'unica persona al mondo che mi conosce realmente. E io conosco altrettanto bene lui. Questo sì, che mi manca. E mi manca l'abitudine a sognare, come facevamo; mi manca la possibilità di pensare a come eravamo e a come avrei voluto che lui fosse. Forse, a ben pensarci, però non lo conoscevo fino in fondo. Forse credevo soltanto di conoscerlo. Forse lui ha continuato a ingannarmi e a tradirmi fin dal principio. Forse quella donna era la sua amica, e lo ha accusato di stupro perché era arrabbiata per qualche altro motivo. Forse Ian mi odiava perché ero sempre io a pagare i conti oppure, magari, è proprio per questo motivo che continuava a restare sposato con me. Credo di non capire più niente di niente, a questo punto. Salvo il fatto che sento la sua mancanza. Ma non è escluso che io possa addirittura sentire la mancanza di qualcosa che non è mai esistito!»

«Perché non provi a domandarlo a lui? Non pensi che, adesso, ti direbbe la verità? Oppure hai paura di sentirtela dire?»

«Forse non voglio saperla, la verità!»

«Così continui a strappare le sue lettere. In questo

modo stai sicura che non la saprai mai. E quando uscirà di prigione? Che cosa farai? Hai intenzione di trasferirti in un'altra città e di cambiare nome? » Jessica scoppiò a ridere di fronte a quel suggerimento che le sembrava addirittura inconcepibile.

« Forse, per quel giorno, lui sarà arrivato alla conclusione che non vuole più parlare con me! » Però non ne sembrava del tutto convinta.

« Non contarci, sai? Ma c'è un'altra cosa più importante e che mi interessa sapere. Ti rendi conto di quello che stai dicendo, Jessica? Stai dicendo che quell'uomo, con ogni probabilità, non ti ha mai voluto bene e che, in te, non c'era niente che gli piacesse all'infuori del fatto che pensavi tu a pagare anche i suoi conti. È così? »

« Forse. » Però i suoi occhi si erano fatti cupi. Non ne poteva più di quell'interrogatorio così doloroso. « Che differenza fa, comunque, ormai? »

« Fa un'enorme differenza! È la differenza che c'è fra sapere di essere amata e convincersi di essere stata usata. Che cosa vuoi che importi se Ian si serviva di te perché gli facevi comodo, ma — però — ti amava? Tu, forse, non lo hai usato? Non ti servivi di lui? È quello che fa moltissima gente che, tuttavia, si vuole bene; e non è necessario giudicarlo in senso negativo. Fa parte dell'accordo fra due persone, è utile per sopperire l'uno alle necessità dell'altro... che siano finanziarie o sentimentali, non interessa. »

« Non ho mai fatto questa riflessione. Anzi, il buffo è che sono sempre stata convinta di essere io quella che si serviva di lui. Che lo usava. Ian non aveva paura di stare solo. Io, sì. Sempre. Mi sentivo sperduta senza la mia famiglia, quando sono morti tutti. Non avevo più nessuno all'infuori di Ian. Potevo prendere qualsiasi decisione, fare tutto quello che volevo, sentirmi orgogliosa di me stessa... mi bastava Ian. È stato lui a darmi coraggio, a offrirmi sostegno e appoggio perché potessi continuare a far credere al mondo intero, e anche a me stessa, che ero una donna forte e coraggiosa. Mi sono servita di lui per questo, ma non ho mai creduto che lo sapesse. » Pareva che si vergognasse di ammetterlo.

« E anche se lui lo sapeva? Che importanza vuoi che avesse? Non è un peccato rivelare qualche debolezza né tantomeno usare la forza della persona che si ama. Purché lo si faccia con un po' di gentilezza. E adesso? Ti senti più forte? »

« Più forte di quello che pensavo. »

« Felice? » Ecco il punto dolente.

Jessica esitò e poi fece segno di no con la testa. « Non sono felice. Niente affatto. La mia vita è talmente... talmente vuota, Zia Beth. È come se fossi morta. A volte ho l'impressione di non aver più nessuno scopo. Perché continuo a vivere? Per me stessa? Per vestirmi ogni mattina e per cambiarmi di nuovo alle sei ogni sera? Per uscire con un uomo che non conosco, un povero idiota con l'alito che puzza e senza un pizzico di sensibilità? Per innaffiare le mie piante? Per che cosa continuo a vivere? Per una boutique che non mi interessa assolutamente più?... Per che cosa? » Zia Beth alzò una mano e Jessica si interruppe.

« Basta. Non riesco a sopportarlo, Jessica. A sentirti, mi sembra di sentire quello che diceva Astrid. E sono tutte sciocchezze. Hai ogni ragione per continuare a vivere, in compagnia o senza di giovanotti con l'alito che puzza. Ma alla tua età, soprattutto, devi vivere per te stessa. Ricordati che hai ancora tutto davanti a te. Hai la giovinezza. Guardami... lo sai, vero, ch'io trovo ancora mille motivi che danno interesse alla mia vita; sai che ci sono mille cose che mi piace fare. Ti assicuro che sono capace di godere in pieno la vita che faccio, perfino alla mia età! »

« In tal caso posso dire di invidiarti. A volte mi sveglio alla mattina e mi domando per quale motivo apro gli occhi. Poi, per tutto il resto della giornata, vado in giro come un automa. Perché, in fondo, a ben pensarci, che cosa diavolo ho, io? »

« Hai quello che sei. »

« Già, cosa sarebbe? Una divorziata trentunenne, proprietaria di una boutique, di una mezza casa, di un certo numero di piante, di un'automobile sportiva. Non ho figli, né marito, né famiglia. Nessuno che mi voglia bene. Nessuno da amare. E allora, perché devo fare la fatica di vivere? » Mentre parlava, le erano salite le lacrime agli occhi.

« In questo caso non ti resta che trovare qualcuno da amare, Jessica. Ci hai provato? Qualcuno di diverso da quei giovani idioti privi di sensibilità, con l'alito che puzza. » Gli occhi di Zia Beth ebbero uno scintillio divertito e Jessica abbozzò un sorriso fra le lacrime. Poi si strinse nelle spalle.

« Dovresti vedere quello che c'è in giro! Fanno spavento. » Le lacrime avevano cominciato a scenderle lentamente sulle guance. « Ti giuro che fanno spavento. E poi... nessuno mi conosce. » Chiuse gli occhi con violenza pronunciando queste ultime parole.

« È quello che diceva anche Astrid, Jessica, e guardala un po', adesso! » Zia Beth girò intorno alla seg giola di Jessica e cominciò ad accarezzarle dolcemente i capelli. « Si comporta come una scolaretta, si illude di essere 'piena di discrezione' e invece tutti sanno quello che sta facendo. Però si diverte follemente ed è felice. Quanto a voler tenere nascosto quello che fa... poverina, come si illude! A ogni modo, io sono molto contenta per lei. Perché ha ritrovato finalmente la felicità. Ha trovato qualcuno, e anche tu lo troverai, cara. Ma ci vuol tempo. »

« Tempo? Quanto? » A Jessica pareva di avere ancora dodici anni e di chiedere l'impossibile a un papà o a una mamma, saggi e comprensivi.

« Questo... sei tu che devi deciderlo. »

« Ma come? Come? » Jessica si girò a guardare Zia

Beth negli occhi. « Sono tutti uno più squallido dell'altro. Ragazzi che credono di essere la fine del mondo e vogliono soltanto andare a letto con te o con qualsiasi altra donna che incontrano per la strada, gente capace di dimenticarsi sul tavolo della sala da pranzo le scarpe da ginnastica oppure che sperano di nascondere in casa tua la loro provvista di droga. A volte ti fanno sentire come se tu fossi una specie di parcheggio a ore. Infilano una monetina nella macchinetta e si ripresentano dopo qualche tempo... anzi, non sempre si fanno vedere di nuovo... ma soltanto se si ricordano dove avevano parcheggiato! Ti fanno sentire una nullità, una cosa anonima. E non credere che quelli un poco più anziani siano meglio; loro, invece, vogliono dimostrarti soltanto che sono dei maschi fatti e finiti, ma fingono di entusiasmarsi di fronte al movimento di liberazione femminile perché è quello che ci si aspetta da loro... mentre Ian non ci ha mai neanche pensato... oh, accidenti! Mi annoiano da morire. Tutto mi annoia. Mi annoiano le persone che conoscevo, mi annoiano quelle che vedo per la prima volta. E... » A quel punto si era accorta di aver cominciato a piagnucolare e a fare la vittima! A sentirla, però, non si sarebbe detto che il mondo intero l'annoiava quanto, piuttosto, che era ridotta alla disperazione.

« Jessie, tesoro, se tu sapessi quanto stai annoiando me con tutte queste stupidaggini. Va bene, siamo d'accordo: hai bisogno di un cambiamento. E allora perché non provi ad andartene da San Francisco per un po'? Non ci hai pensato? » Jessie fece segno di sì, con aria afflitta, e Zia Beth le lanciò l'occhiata che riservava soltanto ai bambini più viziati che conosceva. « Stai forse pensando di tornare a New York? »

« No... non saprei. Forse sarebbe ancor peggio. Magari potrei andare in montagna, o al mare, o in campagna. Qualcosa del genere. Zia Beth, è della gente che sono stanca da morire! » Si lasciò andare indietro, contro lo schienale della poltrona, con un sospiro. Si asciugò la faccia. E allungò le gambe. Zia Beth stava cominciando a irritarsi.

« Oh, stai un po' zitta! Vuoi sapere qual è il tuo problema, Jessica? Sei spaventosamente viziata. Avevi un marito che ti adorava e ti faceva sentire una vera donna, anzi direi una donna molto amata, avevi una boutique che era la tua gioia, e una casa dove vivevate d'amore e d'accordo. Beh, adesso, per una tua scelta ben precisa, ti ritrovi a non avere più il marito, ad avere ricavato dal negozio tutto il piacere che poteva darti e non è escluso che anche la casa ormai non ti serva più. Ha finito di esserti utile. E, allora, perché non te ne liberi? Di tutto, dico. E non ricominci da capo? È quello che ho fatto anch'io, dopo il divorzio. E avevo sessantasette anni. Jessica, se ho potuto farlo io, puoi farlo anche tu! Sono venuta qui dall'Est, ho comperato questo ranch, ho conosciuto persone nuove, e da quel giorno — la mia vita è diventata meravigliosa. Ma se — magari fra cinque anni — mi accorgessi che comincio ad annoiarmi, chiuderei baracca e burattini, venderei tutto, farei qualche cosa d'altro, se sono ancora viva. Perché se sarò viva, vorrà dire che mi sentirò, anche, piena di vita. Vitale, insomma. Non ho nessuna intenzione di trascinare qui una esistenza che non mi interessa e di sentirmi costretta a fare cose che non mi piacciono. Quindi, si può sapere che cosa vuoi fare tu, adesso? È ora che tu faccia qualcosa! » Gli occhi dell'anziana signora ebbero un lampo.

« Stavo pensando di liberarmi del negozio, ma non posso vendere la casa. Per metà, è di Ian. »

« Perché non provi ad affittarla? »

Era una buona idea. Non ci aveva mai pensato. E si sentiva anche vagamente scandalizzata al pensiero di quello che aveva appena detto. Vendere il negozio? Quando mai aveva pensato a una cosa del genere? Oppure era qualcosa su cui rifletteva, senza accorgersene, già da molto tempo? Eppure continuava a convincersi che quelle parole le fossero uscite di bocca involontariamente.

« Dovrò pensare anche a questo. »

« Questo è il posto più adatto per farlo, Jessica. Sono contenta che tu sia venuta. »

« Anch'io. Mi sentirei persa, senza di te. » Le andò vicino e le buttò le braccia al collo. Zia Beth stava diventando per Jessica un pilone d'ormeggio sempre più indispensabile.

« Hai già fame? »

« Sì... comincio a provare un certo appetito. »

« Bene. Così possiamo far bruciare insieme la cena! »

Prepararono degli hamburger e carciofi con salsa *hollandaise*, che era una delle preferite di Zia Beth. Stavolta non fecero bruciare niente e anche la salsa risultò morbida e vellutata. Fu un pasto piacevolissimo. Poi rimasero alzate fin quasi a mezzanotte parlando di vari argomenti, meno impegnativi, però, di quelli che avevano affrontato prima di cenare.

Jessica andò volentieri a letto nella stanzetta rosa che ormai le era familiare. Rimase a fissare il fuoco che scoppiettava nel caminetto con il gatto accoccolato sul pavimento vicino a lei. Com'era bello essere tornata. Le pareva di sentirsi come a casa. Il ranch era uno di quei luoghi di cui sapeva che non si sarebbe mai stancata.

L'indomani mattina quando Jessie si alzò, Zia Beth era già uscita a cavallo. In cucina, c'era un messaggio nel quale le spiegava quale cavallo scegliere, se avesse voluto fare una passeggiata anche lei. Ormai conosceva discretamente il terreno e sapeva di poter affrontare una gita sulle colline anche da sola.

Erano passate da poco le undici quando partì, in groppa a una bellissima giumenta saura. Si era messa un cappello di paglia dalla ampia ala e, nella piccola borsa appesa alla sella, aveva infilato un libro, e una mela. Provava un gran desiderio di restare sola con se stessa per un po' — non c'era modo più perfetto di quello di riuscirci! Dopo aver cavalcato per una mezz'oretta, trovò un torrente e scese di sella, legando al ramo di un albero le briglie della giumenta. Questa non si ribellò e Jessie, dopo essersi tolta gli stivali, cercò di attraversare il torrente a guado. Scoppiò a ridere accorgendosi che si era messa a canticchiare tra sé e si slacciò i polsini della camicetta per rimboccarsi le maniche. Quanto tempo era che non si sentiva così libera e spensierata! Fu in quel momento che si accorse della presenza di uno sconosciuto che la stava osservando.

Alzò gli occhi verso di lui, trasalendo. E lui le fece un sorriso, quasi per scusarsi. C'era quasi da aver paura a trovarsi davanti qualcuno lì, in quel posto che Jessica credeva fosse proprietà privata e dove era persuasa di trovarsi completamente sola! Lui, però, era alto, vestito con eleganza. Indossava un completo da equitazione di colore fulvo e parlava cortesemente, con uno strettissimo accento inglese.

« Mi scusi. Volevo dire qualcosa già prima, perché si accorgesse della mia presenza, ma mi sembrava così allegra e felice che mi dispiaceva, quasi, rovinarle tutto il divertimento! » Jessica si rallegrò, almeno, di non essersi tolta la camicetta perché aveva avuto questa vaga intenzione.

« Mi trovo forse su una proprietà privata? » Jessica era scalza, in mezzo al torrente, con una manica rimboccata, i capelli raccolti in una morbida crocchia in cima alla testa. A quello sconosciuto, doveva apparire come una specie di visione. Una dea greca, dai capelli d'oro, vestita con abiti moderni. Non capitava spesso di vedere donne come lei... perlomeno non lì, « nelle province ». Su una sperduta collina, a piedi nudi in mezzo al torrente. Era una di quelle scene che ricordavano certi dipinti del diciottesimo secolo — tanto che provò uno strano desiderio di scendere sulla riva del corso d'acqua e di toccarla. Baciarla, magari. Fu un pensiero, questo, che lo fece sorridere di nuovo mentre lei lo guardava attentamente.

« No, piuttosto sono io che temo di essere finito su una proprietà altrui. Sono uscito a fare una cavalcata stamattina, ma non conosco molto bene questo territorio, né tantomeno i confini delle diverse proprietà e tutto il resto. Mi accorgo che sono io, l'intruso! » Aveva un accento inglese purissimo, da scuola privata di alto livello. Di Eton forse. A ogni modo se anche gli piaceva farsi passare per un « intruso », era un gentiluomo fatto e finito. Jessica guardandolo rimase subito colpita dalla straordinaria somiglianza con Ian. Un poco più alto, un poco più robusto, ma la faccia... gli occhi... il modo in cui teneva eretta la testa... aveva anche i capelli biondi, biondissimi, più biondi di quelli di Jessie. Tuttavia c'era qualcosa in lui che le ricordava Ian — fin troppo bene. Abbastanza per darle l'angoscia. Distolse rapidamente gli occhi e raggiunse la riva. Si mise a sedere per infilarsi gli stivali. Ma, prima, si era tirata giù lentamente le maniche della camicetta. Intanto lo sconosciuto continuava a osservarla con un lieve sorriso.

« Non occorre che se ne vada per me. Io in ogni caso devo rientrare. Però, mi dica, lei vive qui? » Jessica fece segno di no con la testa, lentamente; si tolse le forcine dai capelli che le ricaddero sulle spalle e alzò gli occhi a guardarlo di nuovo. Era incredibilmente bello.

« No. Sono ospite di amici. »

« Davvero? Anch'io. » Le menzionò il nome delle persone che lo ospitavano, ma Jessica non ricordò di averle mai sentite nominare da Zia Beth. « Resterà a lungo da queste parti? »

« Qualche giorno. Poi devo tornare in città. »

« Quale città? » Era molto curioso. Tanto da darle quasi fastidio, se non fosse stato così affascinante.

« A San Francisco. È lì che vivo. » Aveva evitato una ulteriore domanda, ma a quel punto pensò che toccava a lei. Perché no, del resto? « E lei? » L'idea di interrogarlo la divertiva.

« Io vivo a Los Angeles. Ma, a dir la verità, entro il mese devo trasferirmi a San Francisco. » Jessica faticò a trattenere una risatina, ascoltandolo. Quella parlata così stretta... le ricordava certe imitazioni ben riuscite del perfetto gentiluomo inglese! E ne pareva anche il classico esemplare, dritto, in piedi, un po' impettito sul dosso della collina, con quell'abito da equitazione impeccabile e il frustino con il quale si batteva lentamente il palmo della mano. Era un personaggio straordinario.

« Ho forse detto qualcosa di buffo? »

« Nossignore. » Con un mezzo sorriso, Jessica cominciò a salire il pendio, dirigendosi verso di lui. Era lì vicino che aveva legato il cavallo.

« La ditta per la quale lavoro mi trasferisce a San Francisco. Sono venuto da Londra tre anni fa ma ne ho abbastanza di Los Angeles. »

« San Francisco le piacerà; è una città stupenda. » Che buffa conversazione, quella che stavano facendo, due sconosciuti in quella landa desolata... eppure si comportavano come se si trovassero sulla Fifth Avenue, in Union Street oppure in Faubourg St. Honoré. Quando gli arrivò vicino, scoppiò in una risata scrosciante.

« A quanto pare, riesco a divertirla senza averne l'intenzione! »

Jessica sorrise ancora e si strinse lievemente nelle spalle. « Non capita soltanto a lei, mi creda! »

« Capisco. » Soltanto allora le tese la mano con aria apparentemente solenne. Ma aveva gli occhi ridenti. « Posso presentarmi? Mi chiamo Geoffrey Bates. »

« Salve! Io sono Jessica Clarke. » Fermi sotto l'albero, si strinsero la mano. Poi Jessica gli sorrise di nuovo. Visto meglio, più da vicino, non le sembrava che assomigliasse a Ian come aveva creduto al primo momento. A ogni modo era ugualmente un uomo bello e pieno di fascino, il signor Geoffrey Bates, che veniva da

Londra. Intanto lui stava pensando che gli piaceva moltissimo l'espressione di Jessica, quando sorrideva. E sembrava che lo facesse molto spesso.

Esitò per un attimo prima di farle ancora una domanda ma, alla fine, non seppe resistere. Voleva saperlo.

« A proposito, e lei dove sta? »

« In casa della madre di un'amica. » Una risposta evasiva, la sua, tanto che Geoffrey Bates sorrise alzando un sopracciglio con aria interrogativa.

« E non vuole dirmi come si chiama, questa signora? Le prometto che non la farò vergognare di me, presentandomi all'ora di cena senza essere stato invitato. »

Rise anche Jessica, e si sentì un po' sciocca, ma l'inglese si era fatto serio. Gli era venuto in mente di colpo che non si poteva escludere che lei fosse venuta, ospite di amici, in compagnia di un uomo. Allora sì, che si sarebbe trovato in una situazione imbarazzante! Si affrettò ad allungare gli occhi verso la mano sinistra di Jessica e provò un grande sollievo vedendo che non portava anelli di nessun genere, soprattutto lisci, semplici, d'oro come una fede nuziale. Però non aveva guardato abbastanza attentamente per accorgersi della sottile striscia più pallida che segnava il posto dove Jessica aveva portato la vera per sette anni, togliendola soltanto qualche mese prima.

« Sono ospite della signora Bethanie Williams. »

« Mi pare di averla sentita nominare da qualcuno. » Intanto si sentiva molto più tranquillo. « Ha bisogno di un piccolo aiuto per rimontare in sella? » Quando glielo chiese, Jessica si era avvicinata al suo cavallo. Ma si voltò a guardarlo con aria divertita.

« Mi pare di no. Oppure sarebbe stato più corretto se avessi risposto di sì? » Le parve di vederlo arrossire lievemente mentre montava in groppa alla giumenta con disinvoltura. Che domanda sciocca da fare a una persona alta come lei... ma fu soltanto in quel momento che si accorse della sua statura. Era alto, come minimo, otto o dieci centimetri più di Ian... un metro e ottantotto... un metro e novanta? Neanche Ian era alto così... « neanche lui... » perché continuava, quasi senza accorgersene, a fare confronti del genere? Come se lui fosse l'unico. La perfezione. Quello sul quale andavano misurati, almeno per lei, tutti gli altri uomini.

« Posso venire a trovarla dalla signora Williams? » Jessica fece segno di sì, ma senza entusiasmo. Era stato un incontro un po' insolito, il loro, soprattutto perché non aveva la minima idea di chi lui fosse o che cosa facesse.

« Non resterò qui ancora per molto. »

« In tal caso dovrò venire a farle visita più presto che posso, vero? » Com'era insistente! Jessica sorrise di nuovo, incuriosita. Eppure aveva l'aria di un uomo simpatico e beneducato. Sui trentacinque anni, più o meno, con occhi grigi pieni di dolcezza e capelli lisci e morbidi. I vestiti che indossava parevano di ottimo taglio, molto eleganti. Aveva un anello d'oro al mignolo della mano destra; a Jessica parve di vedervi inciso uno stemma nobiliare, ma non si azzardò a osservarlo troppo attentamente per non apparire curiosa. Tutto, in lui, appariva raffinato e di buon gusto. Con i calzoni da equitazione portava un paio di stivali neri, lucidissimi, e una camicia azzuro chiaro con la larga cravatta di tessuto rigido che completava a perfezione il suo abbigliamento da cavaliere. La giacca di tweed color fulvo era appesa al ramo di un albero. Stonava un po', così incredibilmente impeccabile, in quell'ambiente rustico e selvaggio ma — al tempo stesso — appariva straordinariamente bello. Anzi, sempre più bello, man mano che Jessica lo osservava. Del resto, era l'identica sensazione che provava Geoffrey Bates nei suoi confronti. Intanto Jessica si stava chiedendo segretamente se era molto spettinata.

« Piacere di averla conosciuta. » Si preparò ad allontanarsi, rivolgendogli un sorriso e un cenno di saluto.

« Lei non ha risposto alla mia domanda. » Stringendo fra le dita le redini del cavallo, continuava a fissarla negli occhi. Jessica capì a che cosa voleva alludere. E si accorse che le piaceva il suo stile.

« Sì. Può venire a trovarmi. » Lui fece qualche passo indietro in silenzio e, con un sorriso smagliante, si sprofondò in un inchino. Anche questo le piacque. E il suo sorriso. Scoppiò a ridere da sola mentre cavalcava verso il ranch.

# 31

« HAI fatto una bella passeggiata, cara? »

« Sì, molto. E ho incontrato uno strano individuo. »

« Davvero? Chi era? » Zia Beth sembrava sconcertata. Gli uomini « strani » erano piuttosto rari lì, da quelle parti. A meno che non si trattasse di qualche intendente di una delle fattorie dei dintorni.

« È ospite in casa di qualcuno e ha un aspetto terribilmente da 'britanno'! Però è anche molto bello e simpatico. »

Zia Beth aveva un sorriso che le andava da un orecchio all'altro. « Guarda, guarda! Uno sconosciuto bello, alto, bruno, in giro per il mio ranch? Santo cielo! Dov'è adesso? Quanti anni ha? »

Jessica scoppiò in una risatina divertita. « Guarda che l'ho visto io per prima! A parte il fatto che non è per niente bruno. È biondo e molto più alto di me. »

« Allora puoi tenertelo, cara. Gli uomini alti non mi sono mai piaciuti. »

« Io li adoro. »

Zia Beth la guardò al di sopra degli occhiali con aria solenne. « Non hai molta scelta! » Scoppiarono a ridere un'altra volta e ammirarono a lungo uno stupendo tramonto.

Fu un'altra serata tranquilla e piena di pace. Jessica, l'indomani, era in piedi alle sette. Provava una gran voglia di uscire, e di andare a fare un lungo giro nei dintorni, non in sella alla giumenta saura, però. Si preparò una tazza di caffè — per una volta si era alzata prima di Zia Beth — e salì a bordo della *Morgan*, cercando di andarsene senza fare troppo rumore. Non aveva mai girato per la zona circostante ed era piena di curiosità e di voglia di esplorare.

Il sole era già alto nel cielo quando la trovò. Era in condizioni deplorevoli. Ma doveva essere stata una bellezza. A guardarla si sarebbe detto che qualcuno l'avesse smarrita fra le erbacce e si fosse stancato di continuare a cercarla — questo, però, molti decenni prima. Adesso era lì, solitaria, desolata, senza nessuno che le volesse bene e, appena al di sopra dei pochi gradini d'ingresso, c'era un cartello con la scritta AFFITTASI che penzolava di traverso. Si trattava di una casa vittoriana, piccola, ma di proporzioni perfette e armoniose. Jessica tentò di aprire la porta, ma era chiusa a chiave. Allora si mise a sedere sui gradini, davanti alla porta, sventolandosi con l'ampio cappello di paglia e un largo sorriso sulla faccia. Non sapeva perché, ma non si era mai sentita così bene. E incredibilmente felice.

Tornò al ranch viaggiando a novanta chilometri all'ora sulla polverosa strada campestre ed entrò in casa a lunghi, rapidi passi, ridente. Zia Beth, che stava aprendo la posta, alzò gli occhi di scatto a guardarla, piena di meraviglia.

« Beh, sei uscita terribilmente presto. » Gli occhi azzurri della anziana signora scintillavano maliziosi. E parevano sfiorati dall'ombra di un piacevole sospetto.

« Se tu sapessi che cosa ho trovato! Non vedo l'ora di raccontartelo. »

« Un altro uomo a girovagare nella mia proprietà? Ma stavolta deve essere un francese! Lo sapevo. Cara la mia figliola, tu hai le traveggole. Dev'essere tutta colpa del sole. » Zia Beth ridacchiò, con aria piena di comprensione, e Jessica, scoppiando in una risata scrosciante, scaraventò il cappello in aria con un gesto pieno di gioia.

« No, non un uomo! Zia Beth, una casa! Una stupenda casa vittoriana! Meravigliosa... non riesco a credere che esista sul serio! E me ne sono innamorata alla follia. »

« Oh, Dio, Jessie, non sarà quella alla quale sto pensando, vero? La vecchia casa Wheeling sulla North Road? » Sapeva perfettamente a che cosa Jessica alludesse.

« Non ne ho la minima idea. Io so soltanto che ne sono follemente innamorata. »

« Così l'hai acquistata e domattina arriverà il tuo arredatore da New York. » Zia Beth si rifiutava di prenderla sul serio.

« No. Non scherzo, sai? È stupenda. Non hai mai provato a guardarla restando a una certa distanza? Io l'ho fatto, stamattina, per un'ora. E, come se non bastasse, sono rimasta seduta sui gradini del portico per almeno un'altra oretta. Non mi sai dire come è fatta nell'interno? La porta era chiusa a chiave, accidenti! Ho provato perfino a entrare da una delle finestre, ma senza riuscirci. »

« Chissà come è ridotta, dentro. Saranno quindici anni che non ci abita più nessuno. Adesso che ci penso, ricordo che era deliziosa, anche se non aveva molta terra. Ecco perché nessuno vuole comperarla. Probabilmente, adesso, riusciresti a farti vendere molto più terreno di prima perché i Parker, che ci vivono dietro, hanno fatto correre la voce che sono decisi a liberarsi di una buona parte della loro proprietà. Se non mi sbaglio, si tratta di quasi trenta ettari. Ma, a quanto ne so, casa Wheeling è sempre rimasta vuota e disabitata. Un anno dopo l'altro. Quelli dell'agenzia immobiliare me l'avevano mostrata, se ben ricordo, quando sono venuta da queste parti con l'intenzione di acquistare il ranch, ma non mi interessava. Un po' troppo 'casa' per i miei gusti, troppo poco terreno e, poi, io volevo qualcosa di più moderno. Mi sai dire per quale motivo ti piacerebbe avere una costruzione vittoriana che si trova nel bel mezzo di una zona così desolata e deserta? »

« Ma è talmente bella, Zia Beth! » Jessica, mentre sorrideva alla vecchia amica, sembrava così giovane e romantica!

« Ah, le illusioni della giovinezza! Forse bisogna essere giovani per innamorarsi di una casa come quella, e volerla. Io preferivo qualcosa che avesse un aspetto più pratico. Però posso capire per quale motivo ti è piaciuta. » Non le era sfuggito il fatto che gli occhi verdi di Jessica erano più vivaci del solito e parevano illuminati da una luce nuova. « Jessica, mi vuoi dire che cosa ti è saltato in testa? » La sua voce era tornata seria e pacata.

« Ancora non lo so. Però ci sto pensando. E penso anche a una quantità di altre cose. Magari sono tutte idee una più pazza dell'altra però ti assicuro che c'è qualcosa che bolle in pentola! » Indubbiamente Jessica sembrava molto soddisfatta di sé. Aveva trascorso una mattinata meravigliosa e si era accorta che, nel suo cuore e nel suo cervello, era accaduto un miracolo — non riusciva ancora a capire quale — ma si sentiva piena di vita, eccitata e con lo spirito letteralmente rinnovato. Invece, a ben pensarci, era assurdo. Però, mentre contemplava la casa seduta sui gradini, le era riaffiorato alla memoria un brano della Bibbia, imparato all'oratorio, quando ci andava da bambina. « Ascolta, le cose vecchie sono andate, finite. Tutte le cose sono diventate nuove. » Non aveva fatto che pensarci e ormai capiva che era vero. A poco a poco le cose vecchie se ne andavano dalla sua vita... ne uscivano lentamente... perfino l'orrore di quel processo... perfino Ian...

« Bene, Jessie, fammi sapere quando sarai finalmente riuscita a capire che cosa bolle in pentola, come dici tu! Fammelo sapere anche prima, naturalmente, se pensi che io ti possa essere di aiuto! »

« Adesso è ancora troppo presto. Ma, più avanti, è possibile. » Zia Beth fece un cenno di assenso e tornò alla sua posta. Jessie si avviò alle scale, canterellando fra sé. Ma si voltò quasi subito, di nuovo, verso Zia Beth. « Come posso fare per visitare quella casa? »

« Telefona agli agenti immobiliari. Chissà come saranno felici! Non credo che siano riusciti molto spesso a far visitare a qualcuno quella proprietà! Forse una volta ogni cinque anni, non di più. Puoi cercare il loro numero di telefono. È l'agenzia Hoover County. Che nome originale, vero? » Zia Beth era sempre più stupita... e si stava chiedendo se... ma, no, non riusciva a prendere Jessie sul serio. Probabilmente si trattava di un capriccio, di un sogno... ma avrebbe cambiato idea molto presto. A ogni modo, se poteva servire a divertirla! Non le avrebbe fatto male pensare a qualche cosa d'altro e smettere di lambiccarsi il cervello sulla vita noiosa che era convinta di condurre. Di una cosa comunque poteva essere sicura — Jessica, quando era entrata, non aveva per niente l'aria di una persona che si annoia! Quella mattina, perlomeno, no. E neanche la sera prima, anche di questo era più che convinta.

Geoffrey Bates telefonò nel pomeriggio mentre Jessica era fuori. La richiamò verso le cinque, quando era appena rientrata. Si informò molto correttamente se poteva « passare di lì... per un drink » oppure andare a prenderla per portarla a conoscere le persone di cui era ospite. Jessie preferì che si fermasse da loro a bere qualcosa. Così avrebbe potuto fare la conoscenza di Zia Beth. A ogni modo, era di ottimo umore.

Lui si dimostrò letteralmente affascinante, molto spiritoso e correttissimo. Non nascose di essere rimasto piacevolmente colpito da Zia Beth, e questo fece un enorme piacere a Jessie. Ma non nascose di essere rimasto ancora più colpito da Jessie, cosa che fece un enorme piacere a Beth. Quando si presentò, aveva un aspetto ancora più chic e raffinato di quello a cui Jessie l'aveva preparata, con il blazer, i calzoni di gabardine color avorio, una camicia azzurra e un foulard blu scuro al collo. Incredibilmente elegante, ma anche pieno di fascino. Visti insieme, alti e biondi tutti e due, dotati di un garbo istintivo, formavano una di quelle coppie straordinarie che suscitano l'ammirazione generale e fanno voltar la testa a tutti per guardarli una seconda volta. Ecco l'impressione che davano anche lì, seduti tranquillamente nel soggiorno del ranch.

« Ho fatto una cavalcata in collina, quest'oggi, per cercarti, Jessica, ma inutilmente. Dove ti nascondevi? »

« In una casa che possiede una vasca da bagno profonda quasi un metro e mezzo e fornita di una cucina che sembra uscita dritta dritta da un museo! »

« Immagino che avrai recitato la parte di Riccioli d'oro. E, poi, appena tu ne sei uscita, saranno tornati i tre orsacchiotti che ci abitano... e mi sai dire se il loro *porridge* era buono? »

« Squisito. » Rise, guardandolo, ma arrossì lievemente quando lui le prese una mano. Tuttavia gliela trattenne solo per un attimo.

« Ieri, quando ti ho vista, lassù in collina, mi sei apparsa come una visione. Sembravi una divinità celeste. »

« Zia Beth, invece, mi ha accusato di avere i miraggi per il troppo sole che ho preso! »

« È vero, mentre lei, per fortuna, non ha certo pensato di aver visto un dio! » Zia Beth non gli risparmiava le frecciate soprattutto per vedere come sapeva accettarle e, magari, rispondere. Ma Geoffrey Bates se la cavò discretamente. Continuò a mostrarsi di una gentilezza squisita e, congedandosi poco prima dell'ora di cena, le invitò a pranzo per l'indomani, a nome delle persone di cui era ospite. Zia Beth preferì rifiutare, adducendo il pretesto che aveva troppe cose di cui occuparsi lì, al ranch, ma Jessica accettò con piacere. Infine Geoffrey se ne andò a bordo di una *Porsche* color cioccolato e Jessica guardò Zia Beth con un lampo di gioia quasi infantile negli occhi.

« Beh, che cosa ne dici? »

« Troppo alto. » Zia Beth cercava di assumere un'espressione severa, ma non ci riuscì. Sulla sua faccia si disegnò subito un largo sorriso. « Altrimenti, non posso che approvare pienamente. È una persona incantevole. Perfetta sotto tutti gli aspetti. Incredibilmente piena di fascino. » Zia Beth sembrava quasi emozionata come Jessie. Cercava di dominarsi, ma riusciva a nascondere con difficoltà il suo entusiasmo.

« È simpatico, vero? » Per un attimo assunse un'espressione sognante. Poi fece, improvvisamente, una giravolta tenendosi in equilibrio su un piede solo. « Però non è carino come la mia casa. »

« Jessica, finirai per farmi confondere! Sono troppo vecchia per questi giochetti. Di quale casa stai parlando? Come puoi paragonare un uomo a una casa? »

« Sono un tipo gretto e meschino e quindi non mi riesce affatto difficile. E, poi, sto parlando della mia casa. Quella che ho affittato oggi, per tutta l'estate! »

La faccia di Zia Beth diventò molto seria a questa notizia. « Vuoi dire che hai affittato casa Wheeling per l'estate, Jessica? »

« Sì. E se dovesse piacermi, ho la possibilità di rimanervi anche più a lungo. Zia Beth, io mi sento felice qui. E avevi ragione. È venuto il momento di cambiare. »

« Certo, figliola. Ma ti sembra giusto un cambiamento di questo genere? Questa è una vita adatta a una vecchia, non a una persona come te. Non puoi seppellirti in campagna. Con chi credi che potresti scambiare due parole? Che cosa farai? »

« Verrò a parlare con te. E ricomincerò a dipingere. Sono anni che non prendo più un pennello in mano e sento che mi piacerà enormemente. Non è escluso che faccia addirittura il tuo ritratto! »

« Jessica, Jessica! Non credevo che tu fossi così leggerona! Così irresponsabile! A volte, mi spaventi. L'ultima volta che ti ho visto ti sei precipitata in città a chiedere il divorzio e adesso che cosa ti è saltato in testa di fare? Ti prego, cara, pensaci bene prima di commettere un passo falso, stavolta. »

« Ci ho già pensato, e sono sicura di quello che faccio e di quello che farò. Del resto l'ho affittata soltanto per l'estate. Dopo, vedremo. Non è un trasferimento definitivo, il mio. È soltanto un tentativo. L'unica decisione definitiva alla quale sono arrivata è quella di vendere il negozio. »

« Dio mio, ti sei data da fare, vero? Sei proprio sicura di non commettere errori? » Zia Beth era perplessa, e molto. D'accordo, era stata lei a suggerirle di vendere il negozio, ma non pensava che Jessica la prendesse in parola. In che guaio si era cacciata!

« Sì, sono sicurissima. Ho intenzione di vendere *Lady J.* ad Astrid. O, se non altro, di offrirle questa soluzione, quando torno in città. »

« E lei lo comprerà subito. Su questo, non devi avere dubbi, Jessica. Quanto a me, non posso dire che mi dispiaccia. Sono convinta che sarà il suo bene. Ma, tu? Non ti pentirai? Ho l'impressione che quella boutique abbia sempre avuto un grande significato per te, cara. »

« È vero. Però ormai fa parte del passato. E si tratta di una parte del passato di cui voglio liberarmi. Non credo che lo rimpiangerò. »

« È quello che spero anch'io. » Si sentiva già qualche cambiamento, nell'aria; nessuna delle due riusciva a nasconderselo. Ma Jessie, per la prima volta da moltissimo tempo si sentiva viva e non ricordava più che cosa fosse la noia.

« Piuttosto, dimmi... è abitabile quella casa? »

« Più o meno, dopo una buona ripulita. A dir la

verità, è da pulire e mettere a posto a fondo. »

« E che cosa hai pensato di fare per il mobilio? »

« Vivrò in un sacco a pelo. » Non sembrava per niente preoccupata da questa eventualità.

« Non essere ridicola! Qui, nella rimessa, ho un po' di mobili che non mi occorrono. Ce ne sono altri in soffitta. Serviti pure. Così, perlomeno, non starai troppo scomoda. »

« Anzi! Sarò felice. »

« Jessie... te lo auguro con tutto il cuore. Ma, ti prego, cerca di non fare passi definitivi troppo precipitosamente. Prendi tempo. Rifletti. Pesa il pro e il contro prima di decidere. »

« È quello che fai tu, di solito? »

Zia Beth non riuscì a reprimere una risata divertita di fronte a una simile domanda. « No. Però sono i soliti consigli che le ragazze si aspettano dalle persone anziane. Io sono sempre stata un tipo precipitoso e ho sempre fatto quello che volevo subito, all'istante... salvo, poi, a dovermi adattare a rimediare agli errori commessi. Ma, se vuoi che ti dica la verità, sarò felice al pensiero che ti avrò qui, nei dintorni, per tutta l'estate. » L'anziana signora le sorrise affettuosamente. Jessica, però, era diventata pensierosa.

« E se dovessi restare anche dopo la fine dell'estate? »

« Oh, in tal caso sbarrerò le porte e mi metterò a sparare a vista dalla finestra della cucina. Che cosa pensi che potrei fare? Ne sarò ancora più felice, naturalmente. Però non sono neppure disposta a incoraggiarti a un trasferimento definitivo qui soltanto perché può farmi piacere. Non l'ho fatto nemmeno con Astrid! » Tutto sommato, però, non era del tutto convinta che Jessie si sarebbe trasferita in campagna per sempre; verso la fine dell'estate si sarebbe accorta di essere annoiata da tutta quella tranquillità, da quella completa mancanza di movimento e di emozioni... Fra l'altro il 'britanno' che stava per trasferirsi a San Francisco sembrava un tipo molto promettente.

Si ripresentò l'indomani per prendere Jessie e condurla a pranzo nella casa in cui era ospite e, quando lei tornò indietro, sembrava di ottimo umore. Aveva trovato simpatici gli amici di Geoffrey e, a loro volta, questi si erano dimostrati entusiasti alla prospettiva che si trasferisse lì, nei dintorni, per l'intera estate e l'avevano invitata ad andare da loro quando ne avesse avuto voglia. Erano una coppia sulla cinquantina e avevano spesso ospiti degli amici di Los Angeles. E Geoffrey era fra questi...

« Ho già capito che verrò qui molto spesso quest'estate », le aveva detto lui.

« Oh? »

« Sì. Ed è un viaggio maledettamente lungo da San Francisco. Avresti potuto scegliere qualcosa di più vicino come rifugio estivo sai, Jessica? » Figurarsi! E lei, che non aveva neppure menzionato il fatto di volersi trasferire lì definitivamente! Rise, guardandolo negli occhi, mentre lui l'aiutava a scendere dall'automobile davanti al ranch di Zia Beth. « A proposito, visto che ne parliamo, signorina Clarke, quando hai intenzione di tornare in città? »

« Domani. » Ma quel « signorina » Clarke l'aveva lasciata allibita... signorina? Che suono strano aveva quella parola. Così... così vuoto.

« Domani rientro anch'io a Los Angeles. Ma, a dir la verità... » la guardò con aria un po' sorniona, anche se si capiva che era molto soddisfatto di sé « ... stavo meditando di venire a San Francisco mercoledì. Se combinassimo di uscire insieme a cena? »

« Mi piacerebbe moltissimo. »

« Anche a me. » Mentre si incamminavano verso la casa, Geoffrey Bates aveva assunto un'espressione stranamente seria e, presa una mano di Jessie, gliela aveva stretta in silenzio.

# 32

ASTRID rimase sbalordita di fronte all'offerta di Jessica, ma la accettò con entusiasmo. Aveva sempre voluto acquistare la boutique fin dal primo giorno che l'aveva vista.

« Ma sei sicura? »

« Sicurissima. Prendila. Ti darò un'idea di quello che abbiamo in inventario, parlerò con il mio avvocato e poi stabiliremo un prezzo. » Lei, da parte sua, ne parlò con Philip Wald e, due giorni dopo, il prezzo era deciso. Astrid non esitò un solo istante.

A sua volta chiese ai propri legali di preparare i documenti necessari. *Lady J.* sarebbe diventata sua per la somma di ottantacinquemila dollari. Sia lei sia Jessie erano soddisfatte del prezzo. L'unico piccolo dispiacere che Jessica provò fu quello di sentir menzionare da Astrid l'idea di cambiare il nome alla boutique. L'avrebbe chiamata *Lady A.* In tal modo le clienti non avrebbero notato un'eccessiva differenza. Ma il negozio non sarebbe più stato quello di prima. Sarebbe diventato di Astrid. La fine di un'era.

Erano sedute in ufficio a discutere le questioni secondarie riguardanti la vendita quando Katsuko apparve sulla porta e disse con un sorriso:

« C'è qualcuno che ti cerca, Jessie. È un tipo piuttosto interessante, se permetti che te lo dica ».

« Oh? » Mise fuori la testa e vide Geoffrey. « Oh! Salve. » Gli fece cenno di entrare nell'ufficio e lo presentò ad Astrid, spiegandogli che la signora Williams era sua madre.

« Lei conosce la mamma? » Astrid era sbalordita. Impossibile che Bethanie conoscesse qualcuno del genere di Geoffrey.

« Ho avuto il piacere di conoscerla durante questo ultimo fine-settimana, al ranch. » Astrid alzò le sopracciglia, meravigliata, e lanciò uno sguardo pieno di stupore a Jessica. Ma, intanto, Geoffrey si era affrettato a spiegare: « Ero da quelle parti, ospite di amici ». Di colpo, allora, sulla faccia di Astrid si disegnò un'espressione nuova: aveva capito per quale motivo Jessica stava pensando di passare giù tutta l'estate, in quella casa vittoriana decrepita, che aveva appena affittato. E non poté fare a meno di domandarsi se era quello il motivo della vendita del negozio. A ogni modo le pareva di essere stata messa un po' in disparte e di non sapere tutta la storia. Possibile che Jessica le avesse nascosto qualcosa? Osservò Geoffrey e si accorse che guardava Jessica con adorazione. Allora preferì tacere, anche se tante domande le erano salite alle labbra. Come? Quando? E poi? Lui aveva... era... avrebbe forse... Geoffrey Bates interruppe quelle meditazioni con un altro sorriso affascinante.

« Posso invitare queste due belle signore a pranzo? » Riuscì addirittura a far capire a Katsuko, con uno sguardo educato e cortese, che non poteva includere anche lei nel gruppo; sapeva che qualcuno doveva pur restare lì a badare al negozio! Aveva maniere impeccabili. E questo piacque molto ad Astrid. L'invito a pranzo la tentava enormemente, più che altro per curiosità, ma non se la sentiva di fare uno scherzetto del genere all'amica. Tuttavia Jessica fu pronta a scrollare la testa.

No, non poteva accettare quell'invito a pranzo.

« Non fare il diavolo tentatore, Geoffrey. Stavamo discutendo certe questioni di affari che riguardano la vendita del negozio e... »

« Oh, per amor di Dio, Jessica! » Astrid interruppe bruscamente le proteste che Jessie faceva — più che altro per un dovere. « Non dire sciocchezze... possiamo rimandare a più tardi la nostra chiacchierata. Del resto, ho anch'io qualche commissione da fare. Devo assolutamente andare in centro... » rivolse uno sguardo di rammarico a Geoffrey « ... però voi due andate pure... e fatevi un bel pranzo! Ci ritroviamo qui verso le due o le due e mezza. »

« Faccia pure le due e mezza, signora Bonner. » Geoffrey era stato pronto a interloquire. Jessica, invece, taceva e lo osservava. Le piaceva il modo in cui sapeva affrontare le situazioni. Era abituato al potere — e lo dimostrava. E questo la faceva sentire sicura, senza minacciarla. Proprio quando non aveva più bisogno che qualcuno si occupasse di lei, le sue premure erano un lusso, non una trasfusione di sangue per tenerla in vita. Assaporava con gusto quella differenza. Si scoprì a chiedersi come sarebbero andate le cose con Ian se lei non avesse avuto un bisogno così disperato di qualcuno che la proteggesse, se fosse stata più sicura di sé. Ma scacciò rapidamente quel pensiero.

Pranzarono nelle vicinanze, in un ristorante con giardino di Union Street. E fu un pasto piacevole. Geoffrey aveva una vera passione per i cavalli, pilotava il proprio aereo privato, stava meditando un viaggio in Africa nell'inverno successivo e, dopo Eton, aveva studiato a Cambridge. Ed era evidente che si sentiva letteralmente affascinato da Jessie. Quanto a lei, ogni volta che ammirava il suo sorriso smagliante, si sentiva struggere.

« Devo confessare, Jessica, che qui in città hai un aspetto molto diverso. »

« Sì, è straordinaria la differenza... quando mi pettino i capelli! » Sorrisero insieme al ricordo del loro primo incontro. « Da queste parti, metto perfino le scarpe. »

« Davvero? Che bellezza! Lasciamele guardare. » Con aria maliziosa sollevò un lembo della tovaglia per dare un'occhiata ai suoi piedi e vide uno stupendo paio di scarpe di Gucci, in camoscio color cannella. Erano quasi della stessa sfumatura della gonna di camoscio che portava con una camicetta di seta color salmone. Quella particolare tonalità di rosa-salmone era il colore preferito di Ian e, quella mattina, aveva dovuto fare uno sforzo su se stessa per metterla. Beh, che importanza aveva se era il colore che Ian preferiva? Non era certo un motivo per rinunciarvi! Da mesi non metteva più quella camicetta come se, così facendo, fosse un altro modo di rinunciare a lui, di cancellarlo dalla sua esistenza. Ormai le sembrava una sciocchezza.

« Le tue scarpe hanno tutta la mia approvazione. E, se me lo permetti, quella camicetta è molto bella. » Lei arrossì al complimento, soprattutto perché le ricordava Ian. C'era qualcosa in Geoffrey...

« Che cosa stai pensando? » Non gli era sfuggita l'ombra che per un istante le aveva velato lo sguardo.

« Niente. »

« Vergognati... dire le bugie! Stavi pensando qualcosa d'importante, forse di grave. Oppure di triste? » Perché quella era stata la sua impressione.

« No, assolutamente. » Jessica rimase imbarazzata perché lui era stato capace di leggerle nel pensiero fino a quel punto. Era molto osservatore. Anche troppo.

« Non sei mai stata sposata, Jessie? Mi è sembrato straordinario avere la fortuna di incontrare una donna come te, libera e senza legami. O forse mi sbaglio? » Era quello che voleva sapere fin da quando la aveva conosciuta.

« No, non sbagli affatto. Sono libera e senza legami.

E sì, sono stata sposata.» Geoffrey stava rivelando un tempismo straordinario, e una chiaroveggenza inaudita.

« Niente figli? » Aveva alzato un sopracciglio con aria interrogativa.

« No. Nessuno. »

« Bene. »

« Bene? » Che strana cosa da dire! « I bambini non ti piacciono, Geoffrey? »

« Moltissimo. Quelli degli altri. » Sorrise senza il minimo imbarazzo. « Anzi, sono uno zio assolutamente meraviglioso. Ma ciò non toglie che sarei un padre assolutamente disastroso. »

« Perché dici una cosa del genere? »

« Viaggio troppo. E sono troppo egoista. Quando amo una donna, non sopporto di dividerla con nessuno... e se una donna vuole essere una buona mamma, deve riuscire a dividersi fra marito e rampolli. E non è facile. Forse sono rimasto ancora un po' infantile anch'io, ma adoro godermi lunghe serate romantiche, viaggetti improvvisati a Parigi, vacanze in Svizzera, a sciare, senza tre mocciosi con la candela al naso che piagnucolano in automobile... posso fornirti almeno un migliaio di altre ragioni l'una più orribile e paurosamente egoista dell'altra. Ma tutte oneste. Ti scandalizzo? » Non le chiedeva scusa di ciò che stava dicendo però era pronto ad accettare il fatto che lei non fosse d'accordo. Già da molto tempo aveva smesso di cercare pretesti o di chiedere scusa. Anzi aveva provveduto a fare in modo che non esistesse la possibilità di fare uno « scivolone »! Aveva preso una decisione definitiva — e quindi non gli pareva più il caso di discuterne.

« No, non mi scandalizza. È quello che ho sempre pensato anch'io. Anzi le mie idee coincidono con le tue. »

« Ma... »

« Che cosa vuoi dire? »

« C'era un 'ma' nella tua voce. » Lo disse a fior di

labbra e lei sorrise. « Davvero? Non ne sono sicura. Una volta avevo le idee ben definite sull'argomento. Adesso non so... sono molto cambiata. »

« Un cambiamento è più che naturale, se hai divorziato. Ma vuoi forse dire che, così, improvvisamente hai scoperto di desiderare dei figli? Pensavo che tu aspirassi a una libertà permanente! »

« Non proprio. Anche se devo confessare che la mia politica, riguardo ai figli, non ha subito cambiamenti rivoluzionari. Ho semplicemente cominciato a farmi un mucchio di domande. »

« A dir la verità, Jessie... » e lui le prese dolcemente la mano mentre pronunciava queste parole « ... ho l'impressione che saresti più felice senza figli. Mi pare che tu mi assomigli molto. Decisa, libera; ti godi pienamente quello che fai! Chissà perché non riesco a immaginarti gongolante e piena di ammirazione davanti a uno di quegli esserini in fasce che squittiscono continuamente. » L'idea la fece sorridere.

« Dio! »

« Appunto. » Scoppiarono in una risata e bevvero un sorso di vino mentre cominciava ad arrivare la seconda ondata dei clienti dell'intervallo di mezzogiorno. Era strano che, così, all'improvviso, lei si fosse messa a parlargli di un argomento come quello dei figli. Intuiva che, per lui, era importante e voleva accantonarlo, dopo averlo chiarito, il più presto possibile. Indubbiamente era innegabile che le opinioni di Geoffrey in materia fossero le stesse che lei, Jessica, aveva manifestato per quasi dieci anni.

Jessica allungò le gambe, finì il vino, si domandò se non fosse stato opportuno tornare in negozio. Poi, di colpo, le venne in mente che, forse, restando lì, lo avrebbe fatto arrivare in ritardo ai suoi appuntamenti. Ma il tempo trascorso insieme era stato così divertente che le spiaceva un po' mettervi fine.

« La settimana prossima vado a Parigi per affari, Jessica. Non c'è niente che posso portarti? »

« Che idea stupenda. Parigi. » Le brillavano gli occhi a quel pensiero. Parigi.

« Vediamo un po'... puoi portarmi... il Louvre... il Sacre-Coeur... il *Café Flore*... la Brasserie Lipp... i Champs Elysées... oh, e non dimenticare anche l'intero Faubourg St. Honoré. » Scoppiò in una risatina divertita a quel pensiero.

« Ecco che cosa mi piace. Una donna che sa quello che vuole. Anzi, a proposito, che cosa ne diresti di venire con me? »

« Vuoi scherzare? »

« No, affatto. Resterò via soltanto tre o quattro giorni. Ma penso che non sarebbe difficile anche per te venir via per lo stesso periodo di tempo, vero? » Certo, ma in compagnia di un perfetto sconosciuto? Chissà chi era, poi, veramente Geoffrey Bates.

« Avevo intenzione di fare un viaggio a New York per il negozio. Ma adesso non occorre più e... Parigi...? » Non sapeva che cosa dire. Dopo tutti quei balordi che avevano tentato qualche approccio con lei soltanto per portarsela a letto, finalmente un uomo addirittura fantastico, bellissimo ed educato, che voleva condurla con sé a Parigi.

« Non... » pareva imbarazzato, ma continuò ugualmente, con voce dolcissima: « Non occorre dividere la stessa camera. Se tu fossi più comoda... »

« Geoffrey! Sei un tesoro. Smettila subito, sai? Altrimenti finirò per accettare, trascurando tutto quello che dovrei fare qui. Sono molto commossa dalla tua richiesta, ma ti assicuro che non posso assolutamente. »

« Bene, aspettiamo. E vedremo. Chissà... potresti cambiare opinione. »

Geoffrey era proprio straordinario. Parigi? Quasi quasi avrebbe voluto accettare, ma... perché no, del resto? Perché no, accidenti? Parigi? ... Dio, che favola sarebbe stata... ma... maledizione, per quale motivo stava cominciando ad accorgersi che sarebbe stato come tradire Ian? Che differenza faceva? Ormai era libera. Lui, del resto, poteva fare anche a meno di saperlo. Fra l'altro non lo vedeva neppure più. Ma... tuttavia... improvvisamente le riappariva con quell'espressione di dolore negli occhi, come se volesse impedirle di accettare... Cercò di scuotersi, di cancellare quella visione dalla sua mente, e sorrise a Geoffrey.

« A ogni modo, ti ringrazio dell'offerta. »

« Vorrei proprio che tu venissi. Capisci, adesso, quello che intendo quando parlo di godermi qualche viaggetto, deciso lì per lì? Sono cose che mi piacciono moltissimo! Invece non è molto divertente doversi trascinare dietro una bambinaia e quattro ragazzini, oppure lasciarli a casa e sentirsi colpevoli di averlo fatto. Tutto sommato, essere uno zio è molto più semplice. E tu, non hai dei nipoti? » Lei scrollò la testa senza rispondere. « Dei fratelli o delle sorelle? »

« No. Avevo un fratello, ma è morto in guerra. » Geoffrey parve perplesso per un momento. « La seconda guerra mondiale oppure in Corea? In ogni caso, doveva essere parecchio più vecchio di te. »

« No. Nel Vietnam. »

« Naturalmente. Che sciocco a non pensarci! Deve essere stato terribile. Andavate molto d'accordo? » La lieve pressione sulla sua mano si accentuò come se volesse confortarla e proteggerla. Una premura, quella di Geoffrey, che le piacque moltissimo.

« Sì. Andavamo d'accordo in un modo straordinario. È stato terribile per me quando è morto. » Si accorse che era la prima volta che aveva il coraggio di dire una cosa simile. Nei pochi mesi passati aveva cominciato a sentirsi più libera, e non in un senso soltanto, ma molto di più di quanto non avesse creduto.

« Mi spiace. » Lei assentì e sorrise. « E tu? Quanti fratelli e sorelle hai? »

« Due sorelle e un fratello di mentalità molto ristretta. Le mie sorelle invece sono completamente pazze. Ma molto divertenti. »

« Passi ancora molto tempo in Europa? »

« Sì, parecchio. Qualche giorno qui, qualche giorno là. È quello che mi piace di più. A proposito, Jessica, non credi che dovrei riaccompagnarti in negozio, come sei rimasta d'accordo con Astrid? »

« Gesù! Me n'ero completamente dimenticata. Hai ragione! » Guardò rapidamente l'orologino da polso, quasi dispiaciuta, e gli sorrise di nuovo. Quelle poche ore passate insieme erano state incantevoli.

« Ma avrò fatto ritardare anche te se avevi qualche appuntamento, vero? »

« Sì, io... » ma, alla sua aria seria di poco prima, subentrò una risata. La guardò con aria maliziosa. « No, non ho neppure un appuntamento. Sono venuto a San Francisco unicamente per rivederti. » Poi si appoggiò allo schienale della seggiola con aria soddisfatta, ridacchiando, come se fosse molto contento di quello che aveva detto.

« Davvero? » Jessica non gli nascose il proprio stupore.

« Certamente! Spero che non ti dispiaccia. »

« No. Sono soltanto meravigliata. » Molto meravigliata, e un po' sconcertata. Che cosa significava? Era venuto a San Francisco apposta per rivederla... e la proposta di quel viaggetto a Parigi... perdio! Possibile che fosse proprio come tutti gli altri e si aspettasse i piaceri che il suo corpo poteva dargli, in cambio di un invito a cena?

« Oh, Jessica! Non fare quella faccia! »

« Quale faccia? » Gli domandò ridendo, ma con una sfumatura di imbarazzo nella voce. Possibile che avesse capito davvero ciò che stava pensando? Pareva che fosse una delle sue qualità più spiccate.

« Vuoi che ti dica qual era l'espressione che ti era comparsa sulla faccia, Jessica? »

« Va bene. Vediamo se indovini. » Tanto valeva fare la spavalda!

« Ecco, se ti dicessi che ho fissato una camera all'*Huntington*, ti sentiresti meglio? »

« Oh! Brutto...! » Gli tirò addosso scherzosamente il tovagliolo. « Io non stavo...! »

« Sì, invece, che stavi...! »

« Ebbene, sì! »

Scoppiarono in una risata scrosciante; lui infilò una banconota di grosso taglio sotto il conto ripiegato che gli era stato consegnato dal cameriere e si alzò per aiutare Jessica a infilare la giacca.

« Chiedo scusa dei miei pensieri. » Jessica chinò la testa, con un sorriso, come se provasse vergogna.

« È quello che devi proprio fare, né più né meno! » Mentre uscivano le circondò le spalle con un braccio, stringendola affettuosamente a sé e, per tutto il tragitto di ritorno al negozio, non fecero che ridere e scherzare. Quando arrivarono, c'era già Astrid ad aspettarli. Sorrise amabilmente, guardandoli. Le faceva piacere vedere di nuovo Jessie allegra e felice — e in compagnia di un uomo.

« Adesso vi lascio alle vostre riunioni, ai vostri affari e a tutto il resto. A proposito, Jessica, a che ora vengo a prenderti? »

« Qui? » Pareva sorpresa. Le sembrava strano che qualcuno si preoccupasse ancora per lei, la proteggesse, le facesse da cavaliere, la andasse a prendere e la riaccompagnasse. Ne aveva fatto a meno, per tanto tempo, ne aveva talmente sentito la mancanza che ormai scopriva di non saper più come comportarsi. Un po' come vedersi costretta a mettere di nuovo le scarpe dopo essere andata scalza per mesi e mesi.

« Preferisci che ci troviamo in qualche posto, quando hai finito di lavorare? »

« Come vuoi. » Lo guardò con aria ridente e, per un momento, nessuno dei due parlò. Jessica era stata lì lì per proporgli di prendere la sua automobile, ma non ne aveva avuto il coraggio. No... la *Morgan*, no. Provava un po' di vergogna a non fargli un'offerta come quella, ma capiva di non averne la forza.

« E se, invece, ti venissi a prendere a casa, in modo da lasciarti un po' di tempo per tirare il fiato? Forse è la soluzione migliore? » Dal momento che aveva già intuito tutte le ritrosie di Jessica, si mise a ridere, facendole questa domanda, e lei gli fece eco. Poi assentì.

« Sarebbe la cosa migliore. »

« Diciamo... alle sette? Così possiamo andare a cena per le otto. »

« Perfetto. » Poi, all'improvviso, le balenò un'idea. Geoffrey era già quasi arrivato alla porta del negozio, tanto che dovette rincorrerlo. « Mi pare di aver capito che non conosci San Francisco molto bene, vero? »

« Sì, è vero. È una città che conosco appena. Ma credo di potermi orientare ugualmente. » Pareva divertito di fronte a tanta preoccupazione da parte di lei. « Che cosa ne diresti di fare un giro della città verso sera? »

« Con te? »

« Naturalmente. »

« Che idea splendida! »

« Magnifico. Dove pensi di essere verso le cinque? »

« Dove vuoi. »

« Bene. Allora vengo a prenderti davanti al *St. Francis Hotel*. D'accordo? »

« D'accordissimo! » Le fece un rapido saluto militare e scese di corsa i gradini del negozio mentre Jessica tornava da Astrid.

Chissà perché si accorse che faceva una certa fatica a concentrarsi su quello che dicevano, affrontando la questione della vendita di *Lady J*.

« Giusto, Jessie? »

« Huh? » Quando alzò gli occhi verso di lei, vide che Astrid sogghignava apertamente. « Oh, cavolo! »

« Non dirmi che ti sei innamorata. »

« Figurati! Niente del genere. Però è un uomo molto simpatico. Non trovi? » Voleva l'approvazione di Astrid.

« A giudicare dalle apparenze, si direbbe che è così, Jessie. »

Allora Jessica la fissò negli occhi scoppiando a ridere come una scolaretta. Le parve che ci volessero ore e ore prima di aver sistemato tutto ma, alla fine, sembravano soddisfatte sia l'una sia l'altra. Jessica si alzò giubilante dalla scrivania, fece una piroetta, appoggiandosi sul tacco di una delle eleganti scarpine, firmate Gucci, che portava e guardò l'orologino da polso.

« E adesso devo scappare. » Afferrò la borsetta, buttò un bacio ad Astrid, e si fermò felice sulla porta per un attimo. « Fra un quarto d'ora devo essere a prendere Ian. » Poi con un rapido cenno di saluto, scappò via e scese di corsa i gradini — senza essersi affatto accorta di ciò che aveva detto. Astrid scrollò la testa e si domandò se sarebbe mai riuscita a dimenticarlo. Ma soprattutto si chiese se sarebbe riuscito a farcela Ian. Sentiva la sua mancanza. E bastò il fatto di pensare a lui a farle calare di molto l'entusiasmo che provava per il nuovo amico di Jessie.

Jessie stava già facendo marcia indietro nel vialetto per uscire in strada. E subito si allontanò per andare all'appuntamento con Geoffrey.

# 33

« SONO in ritardo? » Pareva un po' preoccupata quando arrestò l'automobile davanti al *St. Francis*. Andando verso il centro, aveva trovato un traffico inaspettato. Tuttavia lui aveva l'aspetto sereno, contento e disteso — l'aspetto di un uomo che attende con ansia di rivedere una certa persona, non di chi è stizzito perché è stato costretto ad aspettarla controvoglia.

« Oh, sono ore che aspetto! »

« Bugiardo! »

« Poveri noi! Questo è un insulto. Sai che potrei offendermi? » Tuttavia pareva felice di rivederla tanto che si permise di chinarsi verso di lei e di sfiorarle la guancia con un bacio. A Jessica tutto quel finto distacco non dispiaceva. Baci e abbracci le parevano scontati e inutili quando due persone non provavano niente l'una per l'altra. Invece le lievi carezze sulla mano, il bacio con cui le veniva sfiorata una guancia... a quel modo, tutto le pareva meno pauroso, meno impegnativo. Stavano diventando amici.

« Dove hai intenzione di portarmi? »

« Dappertutto. » Gli lanciò un'occhiata compiaciuta e soddisfatta mentre saliva verso Nob Hill.

« Mi sembra un inizio molto promettente. A ogni

modo almeno so dove siamo adesso — quello è il mio albergo! » Lei fece finta di non sentirlo e lui sogghignò lievemente.

« Questa è Nob Hill. » Poi gli indicò la Grace Cathedral, il Pacific Union Club e tre degli alberghi più chic della città. Di lì scesero rapidamente per California Street fino a Embarcadero, a Ferry Building e a una panoramica veloce su banchine e cantieri. Risalirono verso Ghirardelli Square e la Cannery, dove Jessica gli mostrò tutta la serie di boutique e negozi di vario genere e tipo che si susseguivano ininterrottamente, dopo essere passati dal Fisherman's Wharf (dove si fermò per comperargli una scodella piena di scampi freschissimi accompagnata da una grossa fetta di pane casereccio).

« Che giro magnifico. Mia cara, sono senza parole! » Anche lei si divertiva moltissimo.

Di lì, andarono a guardare i vecchi che giocavano a bocce lungo la spiaggia della baia e poi risalirono fino al porticciolo degli yacht e al St. Francis Yacht Club. Seguì un giro più lento e tranquillo fra isolati e isolati di palazzine eleganti e di lussuose residenze private. E, per ultimo, si rifugiarono nel Golden Gate Park. Jessica aveva dimostrato un tempismo perfetto. Era quasi l'ora del tramonto e gli ultimi raggi di sole coloravano di rosa, oro e viola fiori e prati. Quello era il momento della giornata che Jessica preferiva. Si incamminarono lungo sterminate aiuole fiorite, percorsero vialetti tortuosi, oltrepassarono cascatelle, girarono intorno a un laghetto e infine raggiunsero il giardino da tè giapponese. « Mi hai fatto fare uno splendido giro della città! »

« Sempre al suo servizio, signore. » Abbozzò un inchino e Geoffrey le circondò le spalle con un braccio. La giornata era stata magnifica. Jessica cominciava ad avere la sensazione di conoscerlo un po' meglio. Le piacevano le sue reazioni, il suo modo di riflettere, il suo senso dell'umorismo e il suo modo premuroso di interessarsi a quelle che erano le opinioni e i sentimenti di lei. Le pareva che Geoffrey fosse molto simile a lei. Aveva lo stesso modo di comportarsi libero e disinvolto, la stessa ansia di indipendenza. Sembrava che il suo lavoro gli piacesse e non dava affatto l'impressione di avere difficoltà finanziarie. Tutt'altro. Insomma, pareva il compagno perfetto. Almeno per qualche tempo. E, poi, era molto gentile e cortese con lei. Stava imparando a essergli grata di questo, senza approfittarne troppo.

« Qual è la cosa che ti piace di più al mondo, Jessica? » Stavano sorseggiando tè verde e sgranocchiando i classici pasticcini giapponesi nel giardino.

« Più di tutto il resto? Dipingere, credo. »

« Sul serio? » Pareva stupito. « Sei brava? Che domanda stupida, la mia! Chissà perché ci si sente quasi obbligati a domandarlo, anche se è perfettamente inutile. Chi è un bravo artista si affretta a dire di non valere niente. Mentre, come è naturale, i pessimi pittori si affrettano ad assicurarti che sono il meglio sulla piazza! »

« E adesso... che cosa posso risponderti, io? » Scoppiarono a ridere e Jessica divise con Geoffrey l'ultimo pasticcino. « Non saprei se sono buona o cattiva, come pittrice, però mi piace alla follia. »

« Quali sono i soggetti che preferisci dipingere? »

« Dipende. Le persone. I paesaggi. Qualsiasi cosa. So lavorare con l'acquerello e me la cavo anche con la pittura a olio. »

« Una volta o l'altra devi mostrarmi le tue opere. » Ma lo aveva detto con un curioso tono indulgente come se non riuscisse a prenderla molto sul serio. A volte aveva un modo di fare persuasivo, bonario, quasi paterno — e Jessica si sentiva tornata piccola. Era strano che proprio quando si era abituata a considerarsi una persona adulta e matura, arrivasse nella sua vita, improvvisamente, qualcuno disposto a lasciarle recitare ancora la parte della bambina non cresciuta. Tuttavia Jessica non era del tutto convinta che questo le piacesse.

Quando il giardino si chiuse, tornarono verso l'automobile, camminando senza fretta. Soltanto allora sembrò che Geoffrey la guardasse più attentamente.

« Sai che cosa ti dico, Jessica? È una bellezza! Ormai queste *Morgan* sono, praticamente, automobili da collezionista. Come hai fatto a procurartela? »

« Non so se dovrei confessare una cosa del genere, ma è stato un regalo. » Gli rispose con fierezza.

« Buon Dio, un regalo stupendo! » Lei annuì in silenzio e Geoffrey la guardò di sottecchi senza chiederle altro. Aveva intuito, a ogni modo, che chiunque fosse stato a regalarle quell'automobile doveva avere un'enorme importanza nella vita di Jessie — con ogni probabilità, era stato suo marito. Lei non era una di quelle donne che accettano doni sontuosi da chiunque. Questo, almeno, lo aveva già capito. Jessica era una donna di classe, e di grandissimo stile.

« Hai mai volato? Voglio dire se non hai mai pilotato personalmente un apparecchio? » Lei rise a quell'idea e fece segno di no con la testa. « Vuoi provare? »

« Dici sul serio? »

« Perché no? Una volta o l'altra proviamo con il mio apparecchio. Credimi, pilotare non è affatto difficile. Sono sicuro che potresti imparare in un batter d'occhio. »

« Che idea buffa. »

Geoffrey, in realtà, era pieno di idee buffe, ma a Jessica piacevano. Come le piaceva lui.

Passarono una serata meravigliosa. A *L'Etoile* si mangiava in un modo divino, la musica del piano-bar era piacevole da ascoltare e Geoffrey, come compagno, una persona deliziosa. Scelsero una Chateaubriand con i tartufi e salsa *béarnaise*, asparagi bianchi, cuori di palma e indivia in insalata, con un condimento delicato a base di senape e una bottiglia di Mouton-Rothschild 1952, « un'ottima annata », come la informò lui, con il suo asciutto linguaggio da « britanno », ma accompagnato da un sorriso, dedicato soltanto a lei. Riusciva sempre a creare un'atmosfera di intimità tra loro, senza farla sentire imbarazzata.

Dopo cena andarono a ballare da *Alexis*. Fu una serata ben diversa da quella passata in compagnia dello sconosciuto che Astrid aveva voluto presentarle a ogni costo. Geoffrey ballava divinamente. A ben pensarci era anche una serata molto diversa da tutte quelle degli ultimi anni. Una serata piena di lusso, di romanticismo, venata di un sottile brivido di eccitazione. E quando la serata finì si sentì pervadere da un vago senso di tristezza. Come Geoffrey d'altronde.

Raggiunsero in silenzio la casa di Jessica. Quando furono sulla porta, Geoffrey la baciò dolcemente. Era la prima volta che lo faceva e, se anche lei non aveva provato, con quel bacio, sensazioni sublimi, non poteva neppure dire di essere rimasta del tutto indifferente. Geoffrey aveva una personalità stranamente magnetica. Si staccò da lei lentamente. Un lieve sorriso gli aleggiava sulle labbra. « Sei una donna deliziosa, Jessica. »

« Vuoi entrare a bere qualcosa? » Non era del tutto entusiasta di quell'idea e il suo tono glielo fece capire. In cuor suo, si augurava quasi che Geoffrey rifiutasse. Non aveva voglia di... non ancora. Ma lui era tanto attraente, come uomo, e non le capitava più da tanto tempo di fare una proposta del genere a qualcuno!

« Sei sicura di non essere troppo stanca? È tardissimo, bella signora. » Aveva un'aria così dolce, così premurosa, così... così da Geoffrey. Con uno sforzo si costrinse a riportare i propri pensieri al presente e sorrise, guardandolo negli occhi.

« No, non sono troppo stanca. » Però il suo tono non era del tutto convinto. Comunque, le sorrise mentre lei infilava la chiave nella serratura e apriva la porta. Jessica sapeva di non aver niente da temere da una persona come Geoffrey. Perché Geoffrey desiderava molto di più di quanto lei avrebbe potuto dargli in una sola notte. Non voleva farle fretta né essere precipitoso. Sapeva già che cosa voleva, e lo voleva per sempre.

Jessica spalancò la porta e accese qualche lampada; lui accese le candele mentre Jessica versava del cognac in due bellissimi bicchieri da liquore.

« Va bene il cognac? »

« Sì, perfetto. Anche il panorama è perfetto, di qui. È proprio una bella casa, questa. » Ma non ne era rimasto meravigliato. Più o meno, se lo aspettava. « Come te, che sei una donna stupenda... hai gusto... stile... eleganza... bellezza... intelligenza... sei una donna dalle mille virtù. »

« Guarda che se non smetti... diventerò anche superba! » Gli offrì il bicchiere di cognac e andò a sedersi nella sua poltrona preferita. « Sì, effettivamente il panorama è molto bello. »

« Certo. Fra qualche settimana, mi metterò anch'io alla ricerca di qualcosa di simile. »

« Davvero? » Scoppiò in un'allegra risata. « Dici sul serio che hai intenzione di trasferirti a San Francisco? Non era una storia inventata lì per lì? »

Lui ebbe un sorriso quasi infantile. « No, è la verità. Credi che sia molto difficile trovare case come questa? »

« Avresti intenzione di comperarla? » Le era parso di capire che volesse semplicemente una casa in affitto.

« Dipende. » La guardò negli occhi, poi li abbassò sul proprio bicchiere di cognac mentre Jessica continuava a osservarlo.

« Magari potrei affittarti questa per tutta l'estate. » Lo disse con aria maliziosa e lui alzò un sopracciglio, stupito.

« Parli sul serio? »

« No. » I suoi occhi erano diventati tristi mentre fissava la fiammella di una candela. « Non saresti felice in questa casa, Geoffrey », aggiunse. No, non lo voleva lì, nella « loro » casa. L'avrebbe fatta sentire a disagio.

« Ma tu, Jessica, qui sei felice? »

« Il mio ragionamento è diverso. » Tornò a guardarlo negli occhi e Geoffrey si meravigliò di vedervi passare un'ombra di dolore. Di colpo, l'aveva fatta sembrare molto più vecchia della sua età. « Per me, ormai, questo è semplicemente un luogo dove vivere. Un tetto sulla testa, qualche stanza, un indirizzo a cui fare arrivare la posta. Il resto non esiste più. »

« Allora dovresti traslocare altrove. Chissà che io non possa trovare... una casa più grande. Hai mai pensato di venderla? »

« No, soltanto di affittarla. Non posso venderla perché non è tutta mia. »

« Capisco. » Bevve un altro sorso di cognac e poi le sorrise. « Fra un po' devo andarmene, Jessica, altrimenti domani sarai troppo stanca. Hai già qualche impegno per colazione? »

« No, di solito non ne prendo. »

« Bene. Allora perché non andiamo a fare colazione insieme in qualche posticino divertente, prima della mia partenza in aereo per Los Angeles? Posso venire a prenderti con un taxi. » Jessica trovò attraente l'idea di fare colazione con lui. Avrebbe preferito essere lei a preparargliela e, magari, poi sedersi nuda al tavolo di cucina con lui oppure a portargliela su un vassoio, a letto, con una scodella di fragole fresche con la panna. Ma, intanto, si stava domandando se si potevano fare cose del genere con Geoffrey. Dava l'idea di essere uno di quegli uomini che, molto probabilmente, portavano vestaglia e pigiama di seta. Anche se si capiva che aveva una carica di forte sensualità.

« Che cosa mangi di solito a colazione? » Era una domanda ridicola, ma Jessica voleva saperlo. Di colpo aveva una strana importanza. Come tutto il resto.

Geoffrey sembrò divertito. « Di solito, qualcosa di leggero. Uova in camicia, pane di segala tostato, tè. »

« Tutto qui? Neanche una fettina di pancetta? Niente cialde croccanti? Niente crostini bagnati nel latte e fritti nell'uovo, quelli che chiamiamo 'alla francese'? Niente papaya? Soltanto uova in camicia e pane di segala tostato? Puah! » Lui scoppiò a ridere di fronte alla reazione di Jessica. Cominciava a divertirsi a quel giochetto.

« E tu, tesoro, che cosa mangi invece per colazione? A quanto sembra, è tutta roba tanto più gustosa e insolita di quella che mangio io, o sbaglio? »

« Burro di arachidi e marmellata di albicocche spalmati su quei panini soffici, di pasta un po' dolce, appena sfornati... oppure formaggio molle e gelatina di *guava* sui krapfen. Succo d'arancia, pancetta, omelette, marmellata di mele cotte nel sidro, fettine di banana fritta... » Jessica aveva lasciato sbrigliare la sua fantasia.

« Ogni giorno? »

« Sì, certo! » Cercava di assumere un'aria solenne, ma le riusciva difficile.

« Non ti credo. »

« Beh, hai ragione... quasi completamente. Però il burro di arachidi e il formaggio molle sono veri. Almeno quelli. Ti piace il burro di arachidi? »

« Pochissimo. Ha il sapore del mastice bagnato. »

« Ne hai mangiato molto? » Lo guardò con apparente interesse.

« Di che cosa? »

« Di mastice bagnato. »

« Certo. È squisito su una fettina di pane tostato. E adesso, cerchiamo di essere seri... allora che cosa ne dici di far colazione con me domattina? Sono sicurissimo che riusciremo a trovare, in qualche posto, un po' di burro di arachide da spalmare sui *croissants*. Va bene? »

« Perfetto. » Aveva ricominciato, ormai, a essere la solita Jessica di sempre — e questo lo divertiva. Tutto le piaceva in lei. A quel punto Jessica si tolse le scarpe e si rannicchiò più comodamente in poltrona. « Geoffrey... »

gli domandò cercando di prendere un'aria solenne, « leggi i fumetti? »

« Di continuo. Soprattutto quelli di Superman. »

« Cosa? Niente fumetti dell'Uomo Ragno? »

« Oh, sì, naturalmente, ma il mio preferito è sempre stato Superman. » Smise di scherzare per un attimo e guardò in fondo al proprio bicchiere. « Jessica... mi piaci. Mi piaci moltissimo. » La stupì con quelle parole così semplici e così dirette. E la commosse per il tono con cui le aveva pronunciate. Aveva uno strano stile, fatto di formalismo e di calore umano. Non aveva mai pensato che una simile combinazione fosse accettabile e invece, a quanto sembrava, doveva ricredersi.

« Anche tu mi piaci. »

Rimasero così, seduti l'uno di fronte all'altra — Geoffrey non fece un gesto per andarle vicino. Non voleva essere precipitoso. Né farle fretta. Jessica era una donna con la quale si poteva raggiungere l'intimità perfetta solo gradatamente, a poco a poco, dopo una lunga preparazione.

« Non me ne hai parlato molto, anzi niente del tutto, però ho l'impressione che tu abbia sofferto parecchio. Anzi moltissimo. »

« Che cosa te lo fa pensare? »

« Le cose che non dici. Le volte in cui ti tiri indietro. Quella specie di muro dietro il quale corri a nasconderti di tanto in tanto. Non ti farò del male, Jessica. Ti prometto che cercherò con tutte le mie forze che questo non succeda. »

Lei non gli rispose. Si limitò a guardarlo. Pensava in cuor suo che troppo spesso le promesse si erano trasformate in menzogne. Però le sarebbe piaciuto che Geoffrey le dimostrasse che si sbagliava. E Geoffrey pareva pronto a tentare.

# 34

« BEH, ti sei divertita ieri sera? » Astrid era già in negozio quando Jessie vi arrivò il giorno seguente. Ormai non ci andava più molto presto al mattino. Non ne aveva bisogno. Non ci era costretta. E non ne aveva più voglia.

« È stata una serata meravigliosa! » Pareva addirittura raggiante e si sentiva ancor più felice al pensiero della colazione che avevano fatto poco prima al *Top of the Mark*, ma non aveva molta voglia di parlarne con Astrid. « Molto, molto piacevole. » Senza accorgersene, aveva preso un'aria un po' sorniona e sembrava stranamente soddisfatta di sé.

« Direi che è 'molto, molto carino' anche lui. »

« Su, mamma! Non metterti a fargli propaganda! » Scoppiarono in una risata e subito Astrid alzò una mano quasi per difendersi. Si sentiva ingiustamente accusata.

« Che bisogno avrebbe di farsi fare propaganda? Sa vendersi benissimo da solo. Sei innamorata di lui, Jessie? » Astrid era ridiventata seria. Anche Jessica.

« Vuoi che te lo dica in tutta onestà? No. Però mi piace. Era moltissimo tempo che non incontravo un uomo simpatico come lui. »

« In tal caso può darsi che il resto segua fra breve... Prova a offrirgli la possibilità di conoscerti meglio. » Jessica annuì e cominciò a dare un'occhiata alla posta che le veniva ancora spedita lì, anche se la boutique non era più di sua proprietà. Ormai tutto le pareva diverso. Era, un po', come prolungare all'infinito la fine di qualche cosa. Il suo più grande desiderio era quello di salutare per sempre *Lady J.* e andarsene lontano dalla città. Anche quella separazione assomigliava molto a un divorzio. In mezzo alla posta c'era un'altra lettera di Ian. Jessica la prese e la mise da parte. Astrid se ne accorse, ma non disse niente. Era la prima volta che non strappava una delle sue lettere. Ma a Jessie non era sfuggita l'occhiata di Astrid: alzò le spalle mentre si versava un'altra tazza di caffè.

« Sai che cosa ti dico? Continuo a pensare che, forse, dovrei scrivergli due righe e ringraziarlo per l'automobile. Mi sembra il minimo che posso fare. Ne abbiamo parlato anche con tua madre durante il weekend. »

« Che cosa ti ha detto? »

« Niente di particolare. » E questo significava soltanto una cosa: che Jessie non aveva intenzione di raccontarle tutto.

Andò a finire che strappò e buttò nel cestino anche quell'ultima lettera di Ian.

Jessica e Astrid si incontrarono con i rispettivi legali nei due pomeriggi seguenti — e tutto venne sistemato rapidamente. Il sabato mattina, Jessie andò nell'ufficio di tre agenti immobiliari a chiedere che mettessero in lista la sua casa fra quelle da affittare per i mesi estivi. Si raccomandò che la tenessero informata sugli eventuali inquilini; voleva essere lei a sceglierli soprattutto perché ci lasciava il mobilio. Li avvertì anche che una delle stanze, lo studio di Ian, sarebbe rimasta chiusa a chiave. Capiva di dovergli almeno quello.

La domenica, era quasi mezzanotte quando si mise a sedere alla scrivania per comporre il breve messaggio di ringraziamento per il regalo dell'automobile. Finalmente riuscì a mettere insieme cinque e sei righe nelle quali gli spiegava di esserne rimasta felicissima, che la *Morgan* era stupenda, e che non avrebbe dovuto fare una cosa del genere. Voleva cancellare il debito che le pareva esistesse fra loro. Ian non le doveva niente. Tuttavia ci mise quasi quattro ore per comporre quelle poche righe.

Cinque giorni dopo la casa era già stata affittata, a partire dal quindici di luglio fino al primo di settembre, e lei si sentiva quasi pronta a lasciare la città. Sperava di potersene andare definitivamente nel giro di una settimana. Geoffrey le aveva fatto sapere che sarebbe tornato volentieri a San Francisco per rivederla; l'aveva perfino invitata a trascorrere il weekend a Los Angeles con lui, ma Jessica era troppo impegnata. Aveva già trovato un paio di case e un appartamento che sarebbero potuti essere adatti alle esigenze di Geoffrey ma, al momento, era troppo presa dai propri problemi. Le sembrava che non ci fosse spazio per Geoffrey nella sua vita, in quel periodo, e capiva che avrebbe preferito non rivederlo fino a quando non avesse potuto chiudere definitivamente la casa, cedere completamente il negozio ad Astrid e dare un taglio netto al passato. Voleva essere « pulita », nuova, per lui — purché gliene desse il tempo. Voleva fare le cose di testa sua. Essere sola quando fosse venuto il momento di recidere anche gli ultimi legami. Forse, a quel modo, era più doloroso; d'altra parte, Geoffrey non faceva ancora parte della sua vita. Decise di rivederlo in campagna, non appena si fosse sistemata.

Ormai andava molto di rado in negozio salvo quando Astrid aveva bisogno di chiederle ancora qualche spiegazione. Anche se, ormai, aveva imparato a cavarsela discretamente. Katsuko, che aveva deciso di non licenziarsi, le era di grandissimo aiuto. Quanto a Jessie, non le piaceva più tornare in negozio. C'erano gli operai per sostituire l'insegna esterna; e l'intera clientela doveva avere già ricevuto un biglietto con il quale si annunciava quel piccolo cambiamento di nome della boutique. Era un qualcosa che le faceva ancora un po' male — tuttavia continuava a ripetersi che succede sempre così, in ogni cambiamento, soprattutto in quelli che si spera siano per il meglio. Non avrebbe più provato nessun rimpianto, una volta che se ne fosse andata da San Francisco. E poi, che cosa pensava di fare? Pensava di dipingere, certo... ma per quanto tempo? A ogni modo sperava che si profilasse qualche nuova occasione interessante anche per lei... qualcosa di meglio di quello che aveva avuto prima. Geoffrey? Forse lui era la risposta più giusta.

Jessica passò ancora un'ultima volta dal negozio venerdì nel pomeriggio. Sarebbe partita due giorni più tardi, la domenica. Aveva ancora da mettere via tutti i suoi piccoli tesori, che non voleva lasciar toccare ai nuovi inquilini. Le fotografie di Ian. E quante cose aveva scoperto, qua e là, mentre faceva le casse! E tutto le procurava un po' di dolore. Come se ogni attimo dovesse essere colmato dai ricordi penosi del passato.

Parcheggiò la automobile nel viale, dietro quella di Astrid, ed entrò lentamente nella boutique. Questa aveva già un aspetto completamente diverso. Astrid vi aveva aggiunto qualcosa e vi aveva portato un bellissimo quadro in quello che, ormai, considerava il suo ufficio. Tutto era di Astrid, ormai. Mentre il denaro della vendita era tutto di Jessie. Strano come significasse ben poco per lei, a quel punto. Soltanto nove mesi prima, o anche sette, oppure sei... avrebbe fatto i salti mortali per procurarsi un decimo di quella somma... e improvvisamente... non aveva più importanza. I debiti erano stati pagati, Ian non c'era più e... che cos'altro le occorreva? Niente. Non sapeva che cosa farsene di quei soldi e, tutto sommato, non le importava in modo particolare di averli. Ancora non si era resa conto di aver fatto un ottimo affare, vendendo il negozio. Forse, in seguito, ne sarebbe rimasta contenta ma, per il momento, non lo capiva. Continuava a provare la sensazione di avere venduto il suo unico bambino. A una buona amica, d'accordo, ma ugualmente... sentiva di avere abbandonato l'unica cosa che avesse mai concepito, nutrito, aiutato a crescere.

« C'è posta per lei, signora. » Astrid gliela consegnò con un sorriso. Aveva l'aria felice, in quei giorni, e pareva ancora più giovane di quando Jessie l'aveva conosciuta. Si faceva fatica a credere che avesse appena compiuto i quarantatré anni. E Jessie, in luglio, ne avrebbe compiuti trentadue. Come passava il tempo. Come passava in fretta!

« Grazie. » Jessie si cacciò le lettere in tasca. Le avrebbe aperte più tardi. « Bene, ho finito i bagagli e sono pronta alla partenza. »

« E soffri già di nostalgia! » Astrid l'aveva indovinato. La condusse fuori a pranzo e bevvero troppo vino bianco — ma Jessie scoprì di sentirsi meglio. Anche quel po' di vino le era servito. Tornò a casa di miglior umore.

Spalancò le finestre e si mise a sedere in una chiazza di sole, sul pavimento, guardandosi intorno. Ecco il soggiorno nel quale aveva trascorso tante ore con Ian. Le pareva ancora di rivederlo comodamente sdraiato sul divano ad ascoltarla, mentre gli raccontava qualcosa che era accaduto nella boutique, oppure a spiegarle un'idea brillante che gli era venuta per il nuovo capitolo del libro. Ecco ciò che mancava da quella stanza... l'emozione e il piacere di fare insieme le cose che piacevano a tutti e due. Di ridere e scherzare come due ragazzini in una calda giornata piena di sole, oppure in un freddo pomeriggio invernale mentre Ian accendeva il fuoco. Un uomo come Geoffrey l'avrebbe viziata e coccolata, portandola nei ristoranti migliori e negli alberghi più eleganti del mondo intero, ma non sarebbe stato capace di toglierle una scheggia di legno da un calcagno oppure di grattarle la schiena nel punto esatto in cui la sentiva prudere... non sarebbe stato l'uomo capace di lasciarsi sfuggire un rutto bevendo una birra mentre guardava un film dell'orrore, alla televisione, sdraiato sul letto oppure di avere quell'aria da bambino quando si svegliava al mattino. Indubbiamente era un uomo molto bello, e aveva un piacevole profumo di colonia come quello che lei aveva annusato a cena, quella sera... però non era stato lì, con lei, quando Jake era morto... oppure quando erano morti papà e mamma... mentre Ian, sì. Erano cose insostituibili, queste. Forse non si doveva neppure tentare di sostituirle.

Continuò ad arrovellarsi nel tentativo di darsi una risposta, contemplando il panorama della baia, e soltanto allora ricordò le lettere che Astrid le aveva consegnato prima di pranzo. Andò a prenderle, infilando la mano nella tasca della giacca... sperava... no non sperava... e sì... eccola, infatti... una lettera di Ian. La scorse rapidamente con gli occhi. Aveva ricevuto il suo bigliettino con i ringraziamenti per l'automobile.

> ...Ormai adesso scrivo queste lettere per me stesso e mi chiedo soltanto per un attimo se tu leggerai. Ed ecco, invece, all'improvviso, poche righe nervose scritte da te; però hai tenuto la macchina. È tutto quello che mi importava. Volevo fartela avere più di quanto tu possa capire o immaginare, Jess. Grazie per averla accettata.
> Immagino che tu non apra le mie lettere... ti conosco. Detto fatto. A te piacciono i tagli netti.

Sorrise a quella descrizione di se stessa. Come sempre, Ian aveva ragione.

Però mi sembra di aver bisogno di scrivertele ugualmente, come quando si fischietta da soli, al buio, oppure si parla con se stessi. Con chi parli adesso, tu, Jessie? Chi ti tiene la mano? Chi ti fa ridere? Oppure ti stringe fra le braccia quando sei in lacrime? Se tu sapessi in che stato ti riduci quando piangi... e — Dio mio! — come mi manca anche questo. Ti immagino al volante della nuova *Morgan*, e quel bigliettino dell'altro giorno... aveva un po' il tono di quello che si è obbligati a scrivere alla migliore amica della nonna. « Grazie, caro signor Clarke, per quella macchina assolutamente stupenda. Avevo proprio bisogno di una di quel colore, perché andasse bene con la mia gonna migliore e con i guanti e il cappellino preferiti. » Tesoro, ti amo. Mi auguro soltanto che tu, adesso, sia più felice. Con chiunque vuoi, come e quando vuoi. Ne hai il pieno diritto. Capisco che devi aver bisogno di qualcuno. O, addirittura, devi averne il diritto? Se tu sapessi come mi fa male il cuore quando ci penso eppure non riesco a vedermi, mentre ti faccio una scenata, stringo i pugni, batto i piedi per terra e faccio succedere un pandemonio. Come potrei avere il coraggio di dire qualcosa dopo tutto questo? Non posso aggiungere niente all'infuori di augurarti buona fortuna... e ripeterti che ti amo.

A volte mi sento molto triste, adesso che il libro è stato venduto e non ho altro da fare che starmene zitto e buono a meditare sulla mia vita. Non ci sei tu, qui con me, a rallegrarti di tanti cambiamenti. Perché, qui, sono maturato. Sono cresciuto. È stata una scuola dura, ma ho imparato un mucchio di cose su me stesso, e su di te. Perché vedi, Jessie, non basta saper fare quattrini. E non me ne frega niente di chi è quello che paga i conti. Voglio essere io a pagarli, ma non credo che mi farei più venire l'ulcera come una volta se ti vedessi firmare un assegno. La vita è molto più ricca e molto più semplice di tutto questo — o può esserlo. In uno strano modo, adesso la mia vita è piena — eppure come è vuota senza di te! Adorabile, impossibile Jessie. Ti amo ancora. Vattene, esci dai miei ricordi, lasciami in pace oppure torna da me. Oh, Dio, come vorrei che fosse proprio questo che hai intenzione di fare. Ma tu, no. Capisco. Non sono arrabbiato. Mi chiedo soltanto se tutto sarebbe andato diversamente se, quel giorno, non ti avessi piantato in asso, al di là di quel vetro, con quel telefono in mano. Continuo ancora a rivedere l'espressione della tua faccia, l'espressione di quel giorno... ma no, tutto questo non è successo per colpa di quella giornataccia infame! Stiamo scontando, tu e io, peccati vecchi, vecchissimi... perché continuo a essere convinto che stiamo soffrendo entrambi di questa rottura fra noi. Oppure tu sei riuscita a liberarti di tutto? Forse non te ne importa più niente. Non ti so dire che sensazione di vuoto mi dà questo pensiero, ma immagino che, col tempo, passerà. Non ce ne fregherà più niente, a tutti e due. Non ci sarà più niente da attendere con ansia e con piacere nel futuro, per me. Quanti anni buoni diventati cenere. Scomparsi. Spariti. E io continuo a vederti a vederti a vederti... Accarezzo i tuoi capelli e sorrido guardandoti negli occhi. Forse tu, adesso, puoi sentire tutto questo... il mio sorriso, mentre ti guardo negli occhi, e tu vai lontano, per la tua strada. Vai in pace, Jessie carissima, e guardati da lucertole e formiche! Non ti morderanno, te lo giuro, però non è escluso che i vicini chiamino la polizia a sentire i tuoi urli. A ogni modo ricordati di avere sempre sottomano la lacca per i capelli e di non essere troppo severa con te stessa.

Tuo per sempre, Ian.

Mentre leggeva, Jessica scoppiò a ridere fra le lacrime... lucertole e formiche. Le uniche due cose di cui aveva una paura terribile. Oltre alla solitudine. Ma ormai si era abituata a vivere in compagnia della solitudine e chissà che non si abituasse perfino alla presenza di lucertole e formiche... ma si sarebbe abituata alla vita senza Ian? Perché questo poteva essere molto, ma molto più doloroso. Fino ad allora non si era accorta di quanto le fosse mancato il suono della sua voce. Se ne rendeva conto leggendo quella lettera. Perché era lì, con lei. Con le sue parole, con il suo tono di voce, la sua risata, la mano che le scompigliava i capelli mentre chiacchieravano. E quello sguardo che le rivolgeva sempre per farla sentire sicura e protetta. Senza pensarci, quasi senza accorgersene, si alzò in piedi e andò alla scrivania. Era rimasto ancora qualche foglio di carta. Afferrò la penna e gli scrisse, informandolo di aver venduto la boutique e di aver affittato la casa vicino al ranch di Zia Bethanie. Gli descrisse la casa vittoriana fin nei minimi particolari come Ian le aveva insegnato a fare quando lei si era illusa di poter diventare una scrittrice. Purtroppo non aveva né la predisposizione né l'inventiva necessaria però, da Ian, aveva imparato come descrivere accuratamente qualcosa in modo che la persona che leggeva la lettera potesse vedere tutto ciò che lei stessa vedeva. Voleva che Ian vedesse quella decrepita casa vittoriana in tutto il suo futuro splendore. Quella casa che pareva nascosta e soffocata dalle erbacce. Avrebbe ripulito tutto lei, per farla apparire ancora più bella. E questo poteva servire a tenerla occupata almeno per un po'. Gli diede anche l'indirizzo e lo informò di aver affittato la loro casa. Per fortuna a una coppia simpatica senza figli o animali. Era sicura che l'avrebbero tenuta bene senza sciupare nulla, e non si dimenticò di informarlo che aveva chiuso a chiave il suo studio. Gli archivi, pieni del suo prezioso materiale, erano al sicuro. Quanto a lei, avrebbe cercato di stare alla larga da lucertole e formiche. Tutto ciò, ben presto, si trasformò in una lunga lettera. Era un po' come scrivere a un intimo amico, che si credeva di avere perduto per sempre. Ecco quello che Ian era stato sempre per lei. Attaccò il francobollo sulla busta e uscì per andare a imbucarla alla cassetta postale che c'era all'angolo della strada. Soltanto allora si accorse che stava passando Astrid, diretta a casa. Agitò la mano per salutarla e Astrid, facendo una svolta, andò a fermarsi davanti a lei.

« Che cosa pensi di fare stasera, Jessie? Hai voglia di venire a cena con me? »

« Che cosa significa, signora Bonner? Che, una volta tanto, sei libera? Nessun impegno? Sono... senza parole! » Rise, Jessica, perché era moltissimo tempo che non si sentiva tanto felice. Ormai non vedeva l'ora di mettersi in viaggio. Da parecchie settimane aveva continuato a chiedersi, torturandosi il cervello, se non aveva commesso un errore gravissimo. Tutto le pareva tanto brutale, tanto definitivo! In quel momento, invece, capiva di aver fatto la cosa più giusta — e ne era felice. Si sentiva quasi sollevata — come se la sua anima fosse arrivata in un porto sicuro. E, nella sua anima, Ian continuava a vivere. E ad avere un posto. Cercò di non pensare più a Ian e rivolse un sorriso ad Astrid.

« No, spiritosona! Non ho impegni. E muoio dalla voglia di mangiare un bel piatto di spaghetti. A che punto sei con i bagagli? »

« Finiti. E l'idea degli spaghetti mi sembra favolosa. »

Andarono a cenare in mezzo al caos e al rumore di *Vanessi's*, poi si trasferirono in un caffè dove presero un cappuccino sedute a un tavolino sul marciapiede. Intanto seguivano distrattamente con lo sguardo i primi turisti che cominciavano ad apparire. Si sentiva già l'estate nell'aria. Che era incredibilmente calda.

« Beh, tesoro, come ti senti? Impaurita, infelicissima

oppure esultante per la tua nuova vita? »

« Un po' tutte e tre le cose. Perché vedi, è un po' come lasciarsi per sempre la propria casa alle spalle... » Un po' come lasciare Ian... di nuovo. Riempire quelle casse dei loro tesori segreti e privati, di tutte quelle strane cianfrusaglie che avevano raccolto insieme, le aveva fatto nascere di nuovo nel cuore un miscuglio di tanti sentimenti. Mentre, ormai, sarebbe stato meglio lasciarli sepolti dov'erano. Sapeva che non avrebbe riaperto mai più quelle casse ed era stata bene attenta a dividere gli oggetti che le appartenevano da quelli di Ian. Così, casomai avessero venduto la casa, tutto sarebbe stato più semplice. I loro beni terreni restavano nettamente distinti.

« Certo che quella casa ti darà un bel daffare! La mamma dice che è in condizioni pietose. »

« È vero. Ma tutto cambierà al più presto. » Aveva parlato con la voce piena di orgoglio. Voleva già bene a quella casa. Le pareva di aver trovato una nuova amica.

« Cercherò di fare un salto a trovarti prima della nostra partenza, in luglio. »

« Che piacere mi farai! » Jessica sorrise. Si sentiva serena, con il cuore leggero. Come se fosse riuscita a scrollarsi dalle spalle un fardello che non riusciva a identificare chiaramente. Se n'era accorta fin dal principio della serata. Era, un po', come non sentire più un terribile mal di denti o un crampo che si era dovuto sopportare per mesi, a volte quasi dimenticandosi della sua presenza, ma restandone sempre infastiditi.

« Jessica, sembri contenta. Vuoi che ti confessi una cosa? C'è stato un periodo di tempo in cui mi sono sentita piena di colpa perché ti toglievo la boutique. Avevo paura che avresti finito per odiarmi. » Astrid sembrava giovane e piena di incertezza mentre fissava Jessica negli occhi. Ma Jessie si limitò a sorridere, scrollando la criniera bionda.

« No! Non avresti mai dovuto pensare una cosa

simile! » Allungò un colpetto affettuoso sulla mano dell'amica. « Non mi hai portato via quel negozio! Sono stata io che te l'ho venduto, Astrid. Dovevo farlo. A te, o a qualcun altro, anche se mi dispiaceva un po'. Meglio averlo venduto a te. Adesso sono contenta che sia tuo. Forse mi era diventato un po' stretto... capisci? Perché sono molto cambiata. »

Astrid assentì. « Lo so. E spero che tutto si sistemi nel modo migliore. »

« Sì. Anch'io. » Il suo sorriso era quasi triste. Presto finirono di bere il caffè. Sembravano due soldati che avessero affrontato un conflitto, a fianco a fianco, e improvvisamente scoprissero di non avere più nient'altro di cui parlare all'infuori di qualche commento occasionale sulla pace. Come sarebbero andate a finire le cose? Jessie si augurava nel modo migliore. Astrid non ne era del tutto sicura. Indubbiamente, in tutti quei mesi, avevano percorso un lungo cammino. Astrid capiva di aver ottenuto ciò che aveva desiderato. Jessica non ne era del tutto convinta.

« Nessuna notizia di Geoffrey questa settimana, Jessie? »

« Sì. Mi ha telefonato per dirmi che verrà a trovarmi in campagna la settimana prossima. » Era stato tanto di buonsenso da capire che Jessica aveva bisogno di essere lasciata sola, in quegli ultimi giorni che passava in città.

« Ottimamente. Ti farà bene. »

Jessica annuì, ma non aggiunse altro.

La mattina dopo, il campanello della porta cominciò a suonare alle nove e un quarto. I bagagli erano pronti e Jessica stava rigovernando i piatti della colazione per l'ultima volta, mentre ammirava il panorama che si godeva dalla sua finestra. Voleva imprimerselo ben bene nella memoria, per ricordare tutto. Poi sarebbe rimasta in casa ancora per un'oretta e infine — partenza!... Provava quasi la stessa sensazione di quando, una lontana mattina, se n'era andata di casa per studiare al college — il passato ben chiuso nella naftalina, e una nuova vita davanti. La sua intenzione era quella di tornare, perlomeno così andava dicendo... ma lo avrebbe fatto sul serio? Non ne era per niente sicura. Provava la curiosa impressione di essere sul punto di partire per un periodo di tempo molto più lungo di quei pochi mesi dell'estate. Forse per sempre.

Il campanello suonò di nuovo. Jessica si asciugò le mani nei pantaloni di jeans e si precipitò ad aprire, scostandosi i capelli dalla faccia, scalza, con la camicetta mezza sbottonata. Aveva lo stesso aspetto, insomma, che piaceva di più a Ian. La vera Jessie.

« Chi è? » Si scostò dalla porta, mentre l'apriva, con un lieve sorriso sulle labbra. Probabilmente si trattava di Astrid o di Katsuko. Venute a salutarla per l'ultima volta. Ma a quel punto si sarebbero messe a ridere, non avrebbero più sparso qualche lacrimuccia, come era accaduto in negozio.

« Sono l'ispettore Houghton. » Jessica si sentì agghiacciare. Con le mani tremanti tolse il paletto alla porta e la spalancò. Il suo umore allegro e sereno di poco prima era scomparso all'improvviso. Per la prima volta da molti mesi, nei suoi occhi comparve un'ombra di terrore. Incredibile come tutti i ricordi potessero affollarsi rapidamente alla sua memoria! Aveva impiegato mesi e mesi a ricostruire lentamente le fondamenta della propria vita, ed era bastato un trillo di campanello per vedersela crollare improvvisamente addosso. Perlomeno era quella la sua sensazione.

« Sì? » I suoi occhi erano diventati gelidi. Parevano di ardesia grigio-verde e il suo viso trasformato in una maschera.

« Buongiorno. Io... ehm... questa non è una visita ufficiale. Ecco... ho trovato i calzoni di suo marito nel locale dove sono custoditi gli oggetti di proprietà degli imputati. È capitato l'altro giorno e ho pensato di fare un salto a vedere come se la passa. »

« Capisco. Grazie. » Intanto le aveva messo in mano un sacchetto di carta marrone. Accompagnato da un sorriso incerto. Jessie non lo ricambiò.

« È in partenza? » Aveva dato un'occhiata ai bagagli che si ammucchiavano in anticamera. Anche Jessica si voltò rapidamente a guardarli e poi tornò a fissarlo dritto negli occhi. Che bastardo! Quale diritto aveva di presentarsi in casa sua? Jessica si limitò ad assentire, in risposta a quella domanda. Poi abbassò gli occhi. Forse era venuto il momento di mettere fine a quella guerra, di tendere la mano, per fare la pace, di lasciare che le cose andassero come dovevano andare. Ma non se la sentiva. L'ispettore le faceva venire una voglia selvaggia di mettersi di nuovo a urlare, di prenderlo a pugni, di graffiargli la faccia. Non riusciva a sopportare la sua vista. Si sentì travolgere da un'ondata di terrore e di odio e, contemporaneamente, da un desiderio spasmodico di lasciarsi scivolare contro il muro e di accucciarsi al suolo, scoppiando in lacrime. Le pareva di essere travolta dalla violenza di un uragano, sballottata di qua e di là dalle proprie emozioni. Alzò gli occhi di scatto a guardarlo. Due occhi pieni di dolore.

« Per quale motivo è venuto da me quest'oggi? » Aveva l'aria di una bambina che non capisce quello che sta succedendo. L'ispettore si affrettò ad abbassare gli occhi; si guardò le mani.

« Pensavo che volesse i calzoni di suo marito... » Ma non concluse la frase. Il suo volto si era indurito. Che sciocchezza, andarla a cercare... a quel punto lo capiva. Eppure erano parecchi giorni che sentiva di doverla vedere. « I calzoni di suo marito erano là, dimenticati, in quel locale... così ho pensato... »

« Perché? Perché ha pensato? Crede forse che stia per venire a casa e ne abbia bisogno nell'immediato futuro? O, magari, in prigione, non portano più calzoni di tela? Ho perduto un po' i contatti. È qualche tempo che non ci vado più.» Si pentì immediatamente di quello che aveva detto. Gli occhi dell'ispettore rivelarono subito un evidente interesse. Ebbero un lampo.

« Oh? »

« Avevo da fare. » Evitò di guardarlo.

« Qualche problema? » Che uccello da preda! E si scoprì a fissarlo di nuovo negli occhi.

« Si può sapere che cosa gliene importa? » No, ormai non lo lasciava più con gli occhi. Come avrebbe voluto strapparglieli!

« Magari me ne importa. Magari... mi dispiace. Vuole che le dica una cosa? Ho provato una gran compassione per lei durante l'intero processo. Perché sembrava che credesse in suo marito con una convinzione talmente profonda! Anche se sbagliava, naturalmente. Lo ha capito, adesso, vero? » Jessica si scoprì a detestare il tono che l'ispettore aveva preso.

« No. Non sbagliavo affatto. »

« La giuria ha detto il contrario. » Come sembrava soddisfatto di sé, quel bastardo, e così sicuro del « sistema »! Così sicuro di tutto, inclusa la colpevolezza di Ian. Le venne voglia, di nuovo, di prenderlo a pugni. Faticava a dominarsi, ormai.

« La giuria non ha espresso l'opinione che io sbagliassi, ispettore Houghton. » Intanto stringeva convulsamente fra le mani, chiuse a pugno, il sacchetto di carta marrone che lui le aveva consegnato.

« Adesso lei... adesso è libera, signora Clarke? »

« Che cosa vuol dire? Che ho lasciato mio marito? » Lui fece segno di sì con la testa ed estrasse un pacchetto di sigarette dalla tasca della giacca. « Perché? »

« È per questo che è venuto? Per pura curiosità? Per sapere se avevo lasciato mio marito? Le farebbe piacere? » Era furente. « E per quale motivo non mi ha portato questa roba in negozio? » Intanto gli mostrava il sacchetto marrone con i calzoni di Ian dentro.

« È quello che ho fatto Ci sono andato ieri. Mi hanno detto che non lavora più in quella boutique. È vero? » Jessica annuì.

« È vero. E con questo? » Si accorse che i terrori di un anno intero erano scomparsi. Se l'ispettore avesse tentato di fare qualcosa, lo avrebbe ucciso. Con enorme piacere. Che sollievo affrontarlo a faccia a faccia! Lo guardò di nuovo e, nei suoi occhi, passarono come un'ombra le sofferenze di quegli ultimi sei mesi. Impossibile non accorgersene, per l'ispettore. Quella che aveva davanti era una donna duramente segnata dal dolore. Tirò una lunga boccata dalla sigaretta e sfuggì il suo sguardo.

« A che ora parte? Ha tempo di mangiare un boccone? » Oh, Gesù benedetto! C'era quasi da ridere... purtroppo, invece, aveva soltanto una gran voglia di piangere.

Fece segno lentamente di no con la testa, abbassando gli occhi. Poi li rialzò lentamente. Erano pieni di lacrime che cominciarono a scenderle sulle guance. Ormai tutto era finito. Con quelle lacrime si liberava anche di collera, orrore, terrore e sofferenza; con quelle lacrime si liberava del ricordo del processo della giuria della sentenza e dell'arresto e dell'ispettore Houghton stesso... Tutto ciò si stemperava, scomparendo lentamente, in quelle lacrime silenziose che le bagnavano piano piano la faccia. Lui non ebbe più la forza di continuare a guardarla. Era peggio che venir preso a schiaffi. Si pentì di essere andato a trovarla. E molto.

Lei respirò a fondo, ma non fece un gesto per asciugarsi quelle lacrime. Era come se desiderasse lasciarle scorrere a lungo, come se la ripulissero di tanto sudiciume. « Me ne vado da questa città per liberarmi di un incubo, ispettore. Non per festeggiarlo. Come può pensare che io abbia voglia di venire a pranzo con lei? Che cosa dovremmo fare? Parlare dei vecchi tempi? Rievocare le varie fasi del processo? Discutere di mio marito? Oppure?...» Un singhiozzo le morì in gola. Si lasciò andare contro il muro con gli occhi chiusi, e quel sacchetto sempre stretto fra le mani. Tutto le era tornato in mente all'improvviso, in un'accozzaglia tumultuosa di ricordi. Come se l'ispettore glieli avesse riconsegnati tutti lì, in quel sacchetto di carta marrone. Si portò una mano alla fronte, chiuse gli occhi con forza, e infine, dopo aver tirato un lungo e lento sospiro, li riaprì. Lui se n'era andato. Proprio in quel momento, sentì il rumore dello sportello dell'automobile che si richiudeva. Ancora un attimo e la berlina chiusa, verde, si staccò dal marciapiede. L'ispettore Houghton non si voltò più a guardarsi indietro. Jessica richiuse lentamente la porta e andò a sedersi nel soggiorno.

I calzoni che estrasse dal sacchetto avevano dei grossi buchi accuratamente ritagliati al cavallo, dove la Scientifica aveva fatto qualche prova di laboratorio per controllare se c'era qualche traccia di sperma. Guardandoli, ricordò la prima volta che aveva visto Ian in prigione. Con quei calzoni bianchi da pigiama. Questi, invece, erano uno straordinario dono di addio.

E ancora una volta capì per quale motivo se ne andava da San Francisco. E ne fu contenta. Perché, fintanto che fosse rimasta, tutte quelle cose sarebbero restate lì con lei. In un senso o nell'altro. Sapeva che avrebbe continuato a chiedersi se non c'era il pericolo che Houghton si facesse vivo di nuovo. Un giorno o l'altro. Chissà quando. O perché. Invece, ormai, anche lui se n'era andato. Per sempre. Come un incubo. Come il processo. E tutto il resto. Perfino come Ian. Era stata costretta a lasciarsi dietro le spalle tutto questo. Non serviva più cercar di distinguere il bene dal male. Perché era tutto corrotto, velenoso, divorato da un cancro. E, di colpo, si accorse di non essere neppure in collera con Ian. O, tantomeno con l'ispettore Houghton. Si asciugò le guance e si guardò intorno. Si stava accorgendo di qualcos'altro. Lì non c'era più niente che fosse realmente suo. Né quei calzoni, né tanti problemi, né l'ispettore e neppure i cattivi ricordi. Niente di tutto ciò le apparteneva. Tutte cose che dovevano essere buttate nella spazzatura, insieme con i calzoni che teneva ancora fra le mani. Perché lei, Jessica, se ne andava. Anzi, se n'era già andata.

Ormai si era gettata tutto dietro le spalle. Le carte di Ian nello studio. Le vecchie matrici degli assegni, raccolte in scatole, in cantina. Si lasciava dietro tutto questo, per sempre. Ciò che portava con sé erano i momenti bellissimi, le memorie più dolci, di tanto, tanto tempo prima, il ritratto di Ian che aveva dipinto quando erano appena sposati... no, quello non si era sentita di lasciarlo ai nuovi inquilini... i libri che preferiva, i tesori più preziosi. Soltanto le cose belle e buone. Aveva deciso di avere spazio solo per quello. Che l'ispettore Houghton andasse al diavolo! Quasi quasi, era contenta della sua visita. Perché ormai capiva di essere libera. Senza desiderare di essere libera o cercare di essere libera o darsi da fare per essere libera. Però, libera era!

# 35

Lasciare San Francisco fu più semplice di quello che Jessica credesse. Si impose di non pensare. Raggiunse l'autostrada e continuò a guidare. Nessuno era andato a sventolare fazzoletti o a versare qualche lacrima per la sua partenza — e le fece piacere.

Dopo la visita dell'ispettore Houghton, aveva preso una tazza di tè, finito di rigovernare i piatti, si era infilata le scarpe, aveva controllato per l'ultima volta che la casa e le finestre fossero ben chiuse, ed era partita.

Il viaggio verso sud le sembrò bellissimo. Si sentiva giovane e avventurosa, quando, finalmente, raggiunse quella sua casa vittoriana decrepita e cadente sull'antica North Road. Appena entrò, rimase commossa vedendo quello che Zia Beth aveva fatto. La casa era stata pulita da cima a fondo e il sacco a pelo che ci aveva già lasciato non pareva più necessario. In una delle camere, c'era un lettino con una trapunta a patchwork, accuratamente ripiegata ai suoi piedi. Era quella che Jessica aveva sempre trovato nella sua camera da letto in casa della Zia Beth. In un angolo c'era un piccola scrivania vittoriana e un paio di lampade davano una luce viva e allegra alla stanza. La cucina era stata perfettamente rifornita; nel soggiorno trovò due poltrone a dondolo e un largo tavolo. Un'altra comoda poltrona era stata sistemata vicino al focolare. Dappertutto candele e grossi ceppi di legna vicino al camino.

La cena con Zia Beth, il giorno dopo, fu improntata alla serenità e all'allegria. Jessica aveva passato la prima notte sola nella casa nuova. Era stata una sua precisa scelta. Si era aggirata a lungo per le stanze, eccitata come una bambina. E senza sentirsi sola. Era un po' come l'inizio di una nuova avventura. Si sentiva rinata.

« Beh, ti piace star qui? Non sei ancora decisa a tornartene a San Francisco? » Zia Beth ridacchiò mentre sorseggiava la sua tazza di tè.

« Neanche per sogno! E grazie a te, la casa non sarebbe potuta essere più accogliente! »

« Ci vuole ben altro, cara! »

Jessica, però, aveva mandato giù due casse di roba che contribuirono a dare alla casa un'atmosfera più calda. Fotografie, fioriere, una piccola civetta di marmo, una collezione dei suoi libri più cari, due quadri a colori vivaci e luminosi, e il ritratto di Ian. E anche coperte, candelieri di ottone e tutte le cianfrusaglie che amava. Poi si affrettò a riempire la casa di piante e di fiori dai colori vivaci. Verso la fine della settimana aggiunse ai vecchi tesori qualcos'altro di raro e prezioso che aveva comperato a un'asta. Due tavolini lunghi e bassi, di legno, in stile rustico e una stuoia ovale, lavorata all'uncinetto. Sistemò tutto nel soggiorno e poi si fermò sulla porta ad ammirare la stanza, così arredata. Sì, le piaceva. Ogni cosa, lì dentro, le piaceva di più man mano che i giorni passavano. Era un po' come sentirsi sempre più a casa propria! In quelle casse aveva anche spedito molti libri e tutto il necessario per dipingere, che aveva messo in un angolo. Purtroppo non aveva ancora trovato il tempo di prendere in mano i pennelli. Era troppo impegnata a sistemare le stanze.

Il figlio dell'intendente di Zia Beth passò il weekend strappando erbacce e falciando il prato; in fondo a questo, in un angolo, avevano perfino scoperto un belvedere, anche quello, purtroppo, in condizioni disastrose. A quel punto Jessica desiderava un'altalena. Anzi, due. Una da appendere a un albero vicino al belvedere dalla quale ammirare il tramonto sulle colline lontane; un'altra davanti alla casa — uno di quei dondoli sui quali si siedono le coppie di ragazzi a bisbigliarsi « Ti amo » nelle calde notti d'estate, facendolo oscillare lentamente avanti e indietro, con un lento scricchiolìo, convinti che al mondo non ci sia nessuno come loro!

La lettera di Ian arrivò il sabato mattina. Ormai Jessica viveva nella casa nuova da sei giorni.

Ed eccoti lì, buffa che sei, con i capelli impolverati e un baffo di sudiciume sul naso, che sorridi piena di orgoglio all'ordine che sei riuscita a ottenere dal caos. Se sapessi come ti vedo bene, scalza e felice a mordicchiare una spiga di grano! Oppure porti le tue scarpe di Gucci e ti sei accorta di odiare tutto quello che ti circonda? Quale delle due ipotesi? Ormai riesco a vedere la casa a perfezione anche se non so immaginarti felice di dormire in un sacco a pelo sul pavimento. Non venire a raccontarmi che sei diventata un tipo così rude! Però mi sembra un'idea meravigliosa, Jessie, e ti farà bene. Anche se sono rimasto sbalordito a sentire quello che mi racconti del negozio. Non ti mancherà? Però mi sembra che tu abbia ottenuto un prezzo favoloso. Che cosa farai di quel bel mucchio di quattrini? Qui, dalle mie parti, invece, corre voce che vogliano fare un film dal mio libro. No, non restare con il fiato in sospeso — perché io non ci penso neanche. Sono cose che non capitano mai. Se ne sente soltanto parlare. Per quanto, d'altra parte, anch'io non avrei mai pensato che tu vendessi il negozio. Che impressione ti ha fatto? Scommetto che ci hai sofferto ma, forse, è stato anche un sollievo? È venuto il momento di fare altre cose. Viaggiare, dipingere, ripulire quella specie di palazzo di cui ti sei accollata l'affitto per l'intera estate... o, magari, anche per più a lungo? Mi è sembrato di capire qualcosa del genere dal tono della tua ultima lettera. Come se ti fossi innamorata di quella casa, e della campagna circostante e di Zia Beth. Dev'essere una donna incantevole. E come vanno, finora, formiche e lucertole? Sono rimaste alla larga? Oppure sono già letteralmente ricoperte della tua miglior lacca per i capelli e ci provano un gusto matto?

Jessica scoppiò in una risatina leggendo quelle ultime righe; c'era stata una volta, in Florida, in cui aveva cercato di uccidere con la lacca per i capelli una lucertola che era comparsa nella loro camera d'albergo. Erano rimasti mezzo asfissiati e avevano dovuto darsela a gambe mentre, per la lucertola, era stato un sollazzo.

Terminò di leggere la lettera e andò a sedersi al tavolo che Zia Beth le aveva dato in prestito. Voleva parlargli di tutti gli oggetti che Zia Beth aveva sistemato in casa, degli altri mobili che aveva comperato a un'asta. Non le pareva giusto lasciargli pensare che continuasse a dormire sul nudo pavimento.

Così, con molta semplicità, cominciò la corrispondenza fra loro — e vi mancava del tutto la determinazione che Jessica aveva provato nel dare un taglio netto a qualsiasi mezzo di comunicazione con Ian. Ormai non ci pensava neppure più; gli scriveva, gli dava le notizie necessarie — e basta. Tutto sommato, era uno scambio di lettere assolutamente innocuo. Fra l'altro, si era rallegrata per lui al pensiero del film. Forse, stavolta, sarebbe realmente accaduto. Lo sperava con tutto il cuore, per lui.

Si meravigliò della lunghezza della propria risposta. Sei pagine fitte fitte — ed era quasi buio quando infilò la lettera in una busta e vi mise il francobollo. Preparò la cena sulla vecchia stufa a legna antiquata, andò a letto di buon'ora e la mattina dopo si alzò prestissimo. Salì in macchina, andò in città, impostò la lettera e, tornando indietro, si fermò da Zia Beth a bere una tazza di caffè. Ma Zia Beth era fuori, a cavalcare.

Il pomeriggio fu tranquillo e piacevole. Jessie provò a disegnare qualcosa seduta sotto il portico, davanti alla casa, con i piedi penzoloni nell'erba. Le pareva di essere diventata la sorella maggiore di Huckleberry Finn scalza, in salopette e maglietta rossa. La giornata era magnifica, le batteva in faccia il pieno sole e si era raccolta i capelli, che sembravano d'oro filato, in morbidi riccioli sulla testa.

« Buongiorno, mademoiselle. » Jessica trasalì e l'album da disegno le sfuggì di mano. Si era persuasa che la casa si trovasse in una località isolata e che, nei dintorni, non abitasse nessuno. Ma quando alzò gli occhi, si mise a ridere. Era Geoffrey.

« Dio, che spavento mi hai fatto prendere! » A ogni modo, si alzò subito in piedi con un movimento pieno di leggiadria, mentre lui raccoglieva da terra l'album da disegno e la guardava con evidente stupore.

« Perbacco, è proprio vero che sai disegnare! Ma c'è qualcosa di molto più interessante dei tuoi disegni, cioè che sei una creatura stupenda e io ti adoro! » Se la strinse al petto in un abbraccio affettuoso. E Jessica alzò la faccia verso di lui, sorridendogli. Era con i piedi nudi nell'erba alta, che non avevano ancora fatto in tempo a tagliare tutto intorno alla casa. « Jessica, come sei bella! Stupendamente bella! »

« Così conciata? » Ribatté con un po' di malizia, ma non si staccò subito da quell'abbraccio. Stava cominciando ad accorgersi che Geoffrey le era mancato molto.

« Sì, ti adoro quando sei conciata a questo modo. La prima volta che ti ho visto eri scalza e avevi i capelli raccolti sulla testa più o meno come adesso. Ricordo di averti detto che mi eri sembrata una divinità greca. »

« Cielo! »

« Beh, ti decidi sì o no a farmi fare il giro del tuo palazzo dopo avermi tenuto a distanza per tutto questo tempo? »

« Certamente, certamente! » Scoppiò in una risata felice e gli indicò con un gesto maestoso la casetta. « Non vuoi entrare? »

« Fra un momento. » Prima la prese di nuovo fra le braccia e la baciò a lungo, teneramente. « Adesso sono pronto a vedere la casa. » Lei rise a questa battuta e subito si fermò a lanciargli una lunga occhiata.

« No, non è vero. »

« Perché? » Lui pareva confuso. « Perché no? »

« Prima di tutto togliti la cravatta. »

« Adesso? »

« Sì, assolutamente! »

« Prima di entrare? » Lei fece segno di sì, con insistenza, e Geoffrey, sorridendole, si tolse la cravatta blu scuro a pallini bianchi che, come Jessica non sbagliò a indovinare, era di Dior.

« È una bellissima cravatta, ma qui non ti occorre. E poi ti prometto che non racconterò ad anima viva che te la sei tolta! »

« Me lo giuri? »

« Sì, ti faccio solenne giuramento! » Lo disse alzando una mano e Geoffrey gliela baciò. Che sensazione deliziosa sentire le labbra di Geoffrey che si posavano sul palmo della sua mano!

« Oh, è carino questo! »

« Smettila di prendermi in giro! Bene, allora, basta così? » Ma Jessica lo guardò di nuovo da capo a piedi e scrollò la testa. « Cosa c'è ancora? »

« Togliti la giacca. »

« Sei insopportabile. » Tuttavia se ne liberò rapidamente, se la buttò su un braccio e le fece un profondo inchino. « Soddisfatta, milady? »

« Soddisfattissima. » Jessica imitò il suo accento stretto, limpidissimo, proprio da « britanno ». E Geoffrey si mise a ridere mentre, finalmente, la seguiva in casa.

Jessica lo accompagnò in una stanza dopo l'altra trattenendo il fiato, con la paura che niente gli piacesse. Invece desiderava con tutto il cuore che Geoffrey imparasse ad amare quella casa. Era importante. La casa aveva un significato grandissimo per lei. Era, un po', il simbolo di tutto quanto in lei era cambiato. D'accordo, aveva un aspetto ancora un po' disadorno, ma le piaceva ugualmente. Così aveva uno spazio maggiore nel quale abituarsi a vivere e la possibilità di cercare nuovi oggetti con cui arredarla. Si sentiva più libera, rispetto a San Francisco. Lì tutto era fresco e nuovo.

« Beh, che cosa ne pensi? »

« Non si può dire esattamente che sia rigurgitante di mobili, vero? » Jessica sorrise di fronte alla risatina chioccia di Geoffrey — ma voleva con tutto il cuore che la casa vittoriana gli piacesse, non che ci scherzasse sopra. « Va bene, Jessica, per carità! Non assumere quell'aria offesa! È deliziosa e credo che dovrebbe essere molto divertente viverci per una estate. » Già, e se invece lei avesse voluto viverci per sempre? Non gli aveva ancora accennato alla sua idea di stabilirsi lì definitivamente, ma, dal momento che non ne era del tutto sicura, le pareva inutile insistere su quell'argomento. In fondo, non aveva una grande importanza. Se Geoffrey si fosse innamorato di lei, sarebbe andato a trovarla pilotando il suo aereo personale. In tal modo lei poteva avere l'intera settimana per stare da sola a dipingere, a passeggiare, a meditare, a fare un po' di compagnia a Zia Beth, e trascorrere i weekend con lui.

« Che cosa diavolo stai pensando? » Lei trasalì perché le parole di Geoffrey avevano spezzato il filo dei suoi pensieri. « Se tu sapessi che sorrisino malizioso ti era apparso sulla faccia! »

« Davvero? » Ma non poteva raccontargli quello che aveva pensato. Erano cose che dovevano maturare lentamente; non poteva proporgli una soluzione del genere, sia pure nelle sue linee generali, prima del tempo.

« Proprio così. E ti posso dire che la tua casa mi piace immensamente. È proprio carina. » Ma bastò il tono della sua voce per fare capire a Jessica che non la trovava particolarmente di suo gusto. Ne rimase delusa. Eppure Geoffrey doveva essere animato dalle migliori intenzioni del mondo. Purtroppo non aveva ancora capito tutto.

« Gradisci una tazza di tè? » Era una giornata torrida, ma sembrava che a Geoffrey il tè bollente piacesse sempre, indipendentemente dal tempo che faceva. Tè oppure Scotch. O Martini. Jessica, ormai, lo sapeva.

« Certo, mi farebbe molto piacere. E poi, Jessica amore mio, ho una sorpresa per te. »

« Davvero? Se tu sapessi come mi piacciono le sorprese! La voglio vedere subito, adesso. » Pareva ridiventata una bambina, mentre si metteva a sedere sul divano con aria piena di aspettativa.

« No, non subito. Ma ho pensato che avremmo potuto fare qualcosa di speciale, di assolutamente diverso dal solito, stasera. »

« Per esempio? » Anche lei voleva fare qualcosa di speciale, e lo si capiva dal suo sorriso — ma lui finse di non vederlo.

« Voglio portarti con me a Los Angeles; c'è un grande ricevimento al consolato. Pensavo che, forse, ti sarebbe piaciuto venirci. »

« A Los Angeles? » Ma perché a Los Angeles? Lei voleva star lì, in campagna.

« Sarà un ricevimento molto bello. Naturalmente, se l'idea non ti va... » ma lo aveva detto in un tono tale che non le restava nessuna alternativa.

« No, no... mi piacerebbe... pensavo solo che... »

« Beh, che cosa c'è da fare, qui? Mi sembrava che sarebbe stato molto più simpatico fare un salto in città, almeno per qualche ora. E poi, mi farebbe piacere presentarti a qualcuno dei miei amici.» Lo aveva detto in un tono talmente gentile, con un tale garbo, che Jessica si pentì della propria riluttanza. La verità era che avrebbe voluto trascorrere una serata in piena tranquillità con lui, nella casa nuova. Ma non sarebbero mancate altre occasioni. Moltissime altre occasioni.

«Benissimo. Mi sembra un'idea fantastica.» A poco a poco stava entusiasmandosi. «Mi sapresti almeno dire che genere di ricevimento sarebbe?»

«Cravatta nera. Cena. E ci dovrebbe essere un mucchio di gente importante.»

«Cravatta nera? Ma vuol dire che tu dovrai metterti il frac!»

«Sì, in genere vuole dire questo.»

«Ma, Geoffrey, cosa accidenti vuoi che mi metta, io? Qui non ho niente. Soltanto un mucchio di roba che va bene in campagna!»

«Già, era proprio quello che pensavo.»

«E allora... come faccio?» Pareva inorridita. Cravatta nera? Gesù, Gesù! Non ne aveva più vista una dall'epoca di tutti quei ridicoli balli da debuttante ai quali sua madre l'aveva costretta ad andare almeno quindici anni prima. No, non aveva niente da mettersi che potesse andar bene per un'occasione del genere. Tutti gli abiti un po' eleganti erano rimasti a San Francisco.

«Jessica, se prometti di non arrabbiarti, ti confesserò che mi sono preso la libertà di...» Non lo aveva mai visto così nervoso. Sapeva che Jessica aveva un gusto raffinato ed era spaventato da ciò che aveva fatto. «Mi auguro con tutto il cuore che non ti arrabbierai ma, ecco... date le circostanze... ho pensato che... effettivamente io...»

«Insomma, si può sapere che cosa stai dicendo? Non capisco niente!» Jessica era un po' divertita, un po' spaventata.

«Ti ho comperato un vestito.»

«Che cosa hai fatto?» Era strabiliata.

« Sì, capisco che è una cosa ridicola, ma ho ragionato che, con ogni probabilità, tu non avevi niente di adatto, qui, e... » Jessica, invece, si era messa a ridere. Rideva di lui. No, non era in collera. « Non sei arrabbiata? »

« Come faccio a essere arrabbiata? Nessuno ha mai fatto niente del genere per me! » E, certamente, non un uomo che conosceva appena. Certo che Geoffrey continuava a rivelarsi una persona straordinaria! « È stata una idea bellissima! » Gli buttò le braccia al collo e scoppiò in un'altra risata. « Posso vederlo? »

« Certo. » Si precipitò fuori e tornò cinque minuti più tardi perché aveva parcheggiato la macchina un po' distante. Voleva farle una sorpresa, arrivando senza che lei se ne accorgesse, e una *Porsche*, in genere, non si presta a questo genere di sorprese. Ma eccolo di ritorno con uno scatolone fra le braccia e un grosso sacchetto che pareva contenesse altre scatole più piccole.

« Si può sapere che cosa ti è saltato in mente? Cos'è tutta quella roba? »

« Mi sono dato a spese pazze. » Sembrava particolarmente contento di sé. Lasciò cadere tutto sul divano e si tirò indietro di qualche passo. Era un po' ansante, ma pareva molto soddisfatto.

Jessica aprì lentamente lo scatolone e rimase senza parole. La stoffa era la più delicata che avesse mai visto. Si trattava di un raffinatissimo crêpe di seta, addirittura impalpabile. Pareva che le fluttuasse fra le dita, quando lo toccava. Era di un caldo color avorio che avrebbe fatto risaltare in modo perfetto la sua abbronzatura. Quando lo tolse dalla scatola, si accorse che era uno di quei modelli dalla scollatura irregolare, che lasciava una spalla completamente nuda. Poi vide l'etichetta sulla quale c'era il nome della sartoria in cui era stato confezionato. Geoffrey le aveva comperato una toilette d'alta moda che doveva essergli costata, come minimo, duemila dollari.

« Mio Dio, Geoffrey! » Era incantata.

« Non ti piace? »

« Vuoi scherzare? È magnifico. Ma come hai potuto comperarmi una cosa simile? »

« Insomma, ti piace o no? » Non riusciva a capire niente di quello che Jessica stava dicendo e anche solo quei pochi minuti di attesa, aspettando di capire se il vestito le piaceva o no, lo innervosivano terribilmente.

« Certo che mi piace. Mi piace moltissimo. Ma non posso accettarlo. È un vestito che costa un mucchio di soldi. »

« E con questo? Ne hai assoluto bisogno per stasera. » Lei rise di fronte al rigore della sua logica.

« Non è del tutto esatto. È un po' come trovarsi proprietaria di una nuova automobile. » Addirittura di una *Rolls Royce*, magari.

« Se ti piace, voglio che tu lo metta. Ti andrà bene, piuttosto? » Lei aveva quasi deciso di non provarlo neppure, ma moriva dalla voglia di vedere come le stava addosso, che sensazione dava portarlo. Solo per un momento.

« Posso provarlo. Ma quanto a accettarlo... non se ne parla neanche! »

« Sciocchezze! »

A ogni modo Jessica andò a infilarlo e, quando tornò, sorrideva. Anche Geoffrey sorrise di fronte a quella visione stupenda.

« Dio santo, come sei bella, Jessica! Non ho mai visto nessun vestito fare una figura simile addosso a qualcuno! » Effettivamente pareva fatto apposta per lei. « Aspetta, devi provarlo anche con queste. » Frugò nel grosso sacco misterioso e ne estrasse una scatola da scarpe. Era un paio di sandali leggerissimi, con il tacco alto, a sottili strisce di satin color avorio, intrecciate in un modo originalissimo. Di nuovo, una scelta perfetta. Indubbiamente Geoffrey sapeva come comperare! Nel complesso, un insieme sfavillante e di gusto squisito.

Erano incantati, sia l'uno sia l'altra. Geoffrey perché non riusciva a smettere di guardarla, tanto era bella, Jessica affascinata da quello che aveva addosso. Era abituata ai bei vestiti, ma questo era addirittura stupendo e di un gusto raffinatissimo. Oltre a essere terribilmente costoso.

« Bene, allora è tutto sistemato. » Geoffrey a quel punto sembrava deciso, e molto soddisfatto. « Dov'è quel famoso tè che mi avevi offerto? »

« Non ti aspetterai che ti prepari un tè con questo vestito addosso, vero? »

« No. Toglilo. »

« Sì, caro, ma non ho intenzione di tenerlo. È molto bello ma, credimi, non è possibile. »

« Puoi, e dovrai, tenerlo. Non se ne parla neanche. Basta! »

« Geoffrey, io... »

« Zitta! » La fece tacere con un bacio; intanto Jessica stava accorgendosi che non aveva più la possibilità di esprimere la propria opinione perché qualcun altro aveva già deciso tutto per lei. Quando Geoffrey si impuntava su qualche cosa, nessuno riusciva a fargli cambiare idea. « Adesso, voglio il mio tè! »

« Sei insopportabile. » Jessica si tolse il vestito e gli preparò il tè. E, alla fine, fu Geoffrey a ottenere quello che voleva. Alle sei Jessica fece il bagno, si truccò, si pettinò, e si infilò il famoso vestito. Aveva la vaga sensazione di prostituirsi. Un vestito da duemila dollari non era un regalo da poco. Geoffrey era riuscito a dare l'impressione che avesse, più o meno, la stessa importanza del dono di un foulard o di un fazzoletto... ma... si trattava di ben altro! Quando se lo fece scivolare lentamente addosso, infilandolo dalla testa, Jessica era letteralmente in estasi.

Anche Geoffrey non le nascose di essere incantato quando, venti minuti più tardi, gli si presentò sulla soglia della camera da letto. Mai quella casetta doveva aver visto personaggi abbigliati in modo tanto raffinato ed elegante che entravano e uscivano dalle sue stanze! Geoffrey era andato a cambiarsi dai suoi amici ed era tornato, impeccabile nel frac. La sua camicia aveva addirittura il plastron inamidato. Sembrava uscito da un vecchio film. Jessica sorrise, vedendolo.

« Lei è bellissimo, signore. »

« Signora, lei non ha idea di quanto sia affascinante! »

« Devo confessarti che tutto questo mi fa letteralmente strabiliare. Però continuo sempre a sentirmi una piccola cenerentola. Sei proprio sicuro che non mi trasformerò in una zucca, a mezzanotte? » Continuava a essere vagamente imbarazzata, vagamente a disagio, per tutte quelle strane cose che le erano successe troppo in fretta — eppure, senza riuscire a comprenderne completamente la ragione, si era piegata completamente alle insistenze di Geoffrey. Aveva ceduto. E, poi, doveva ammettere che tutto le sembrava molto divertente.

« Allora sei pronta, tesoro? » Il « tesoro » era una parola nuova, nel loro linguaggio, ma Jessica non ci badò. Capiva che si sarebbe potuta abituare a sentirselo dire. Come immaginava di potersi abituare anche a moltissime altre cose, se ci metteva un po' di impegno.

« Sissignore. » E poi si guardò le mani e si rammaricò di non avere né gioielli né i lunghi guanti necessari a quella toilette. Le pareva che, andando a un ricevimento ufficiale di quella importanza, fossero assolutamente indispensabili i lunghi guanti di capretto bianco, quei guanti che si portano quando si va all'opera e i gioielli... i gioielli... Mentre si avviavano alla porta, le venne un'idea. « Aspettami un attimo, Geoffrey. » Lo aveva portato con sé, ma fino a quel momento se n'era completamente dimenticata. Lo aveva anche nascosto, per ragioni di sicurezza. Ma sarebbe stato perfetto.

« Che cosa è successo? »

« Niente, niente. » Gli rivolse un sorriso pieno di mistero e corse in camera da letto dove si chinò a cercare un pacchettino minuscolo che aveva legato a un angolo della rete del letto Non era riuscita a scoprire altri posti più sicuri di quello. Perché aveva voluto portarlo con sé a ogni costo. Non sapeva per quale motivo. Però lo voleva avere con sé. Tirò fuori rapidamente la scatola dal suo nascondiglio e l'aprì, estraendone il morbido astuccio per gioielli in camoscio e infine facendosi scivolare la pietra preziosa in mano. L'anello era più bello che mai e, per un attimo, contemplandolo, le parve di sentirsi fermare il cuore in petto. Le riportava alla memoria tanti ricordi dolorosi, ma anche molti altri, sereni e piacevoli. Se lo ricordava benissimo infilato alla mano della mamma... e ricordava di averlo tolto da quell'astuccio per Ian... e di avercelo messo di nuovo quando il processo si era chiuso. Era l'anello con lo smeraldo. L'anello della mamma. Non aveva mai avuto il coraggio di portarlo come si porta un gioiello, con disinvoltura, come se fosse una cosa qualsiasi, un gingillo qualsiasi. Ma quella era la sera più adatta per metterlo come un oggetto della cui bellezza poteva andar fiera, come qualcosa di speciale che, in un tempo lontano, le era stato regalato. Perché quella sera aveva un significato particolare — era l'inizio di una nuova vita per lei. Era la scelta perfetta. Mentre se lo metteva al dito, si sentì salire le lacrime agli occhi. Capiva che la mamma la avrebbe approvata.

« Jessica, si può sapere che cosa stai facendo? Il viaggio per arrivare a Los Angeles è molto lungo... spicciati! »

Sorrise tra sé mentre se lo infilava. Era proprio quello che le occorreva. Si mise anche un paio di orecchini con la perla che Ian le aveva regalato qualche anno prima. Erano gli unici gioielli che aveva portato con sé, oltre all'anello che, però, non aveva mai pensato di mettere. Si guardò ancora rapidamente nello specchio e si sorrise mentre usciva in fretta e furia per raggiungere Geoffrey. « Arrivo! »

« Tutto bene? »

« Magnificamente. »

« Pronta? »

« Sissignore. »

« Oh, a proposito, mi ero dimenticato di darti anche questi. »

« Questi? » Erano altre due scatole, una piatta e sottile e una a forma di piccolo cubo.

« Ancora qualcosa? Geoffrey, sei pazzo! Si può sapere che cosa ti è saltato in testa? » Sembrava di essere a Natale. Per quale motivo Geoffrey faceva tutto ciò? Eppure non le garbava ricevere quei regali! Ma Geoffrey prese un'aria talmente delusa, e quasi offesa, che lei si precipitò ad aprire anche quei pacchetti. Nessuno l'aveva colmata di doni a quel modo, mai!

Mentre trafficava per togliere il coperchio alla scatola piatta e sottile, Geoffrey esclamò improvvisamente: « Jessica, ma è stupendo! È un gioiello di una bellezza straordinaria ». Stava ammirando l'anello della mamma e lei alzò la mano, che le tremava lievemente, per farglielo vedere meglio. « Deve avere un grande significato per te, vero? » Lei annuì. Dopo un breve silenzio, Geoffrey riprese con voce piena di tenerezza: « Era, forse, l'anello di fidanzamento quando ti sei sposata? »

« No. » Lo guardò con aria solenne. « Era di mia madre. »

« Era? Lei è forse... » ecco perché Jessica non parlava mai della sua famiglia. Gli aveva raccontato che le era morto un fratello, ma non aveva mai menzionato i genitori. Finalmente capiva.

« Sì, lei e papà sono morti a distanza di pochi mesi l'uno dall'altra. È passato tanto tempo, ormai e, quindi, non mi fa più impressione... però non ho mai... non lo avevo mai messo, come stasera. »

« Sono onorato che tu abbia deciso di metterlo per uscire con me. » Le sollevò lievemente il viso con la punta di un dito e le diede un bacio pieno di intenso affetto. Jessica si sentì fremere da capo a piedi. Poi Geoffrey si staccò da lei e le sorrise. « Su, vai avanti. Hai ancora qualcos'altro da aprire. » Jessica se n'era dimenticata, e a quel punto riprese a trafficare intorno alle scatole.

Quella lunga, piatta e sottile, conteneva il paio di guanti a cui aveva pensato mentre si vestiva. Ancora una volta era stato come se Geoffrey le avesse letto nel pensiero.

« Pensi proprio a tutto, tu! » Quei guanti la fecero sorridere; tuttavia non gli nascose di essere felice mentre se ne infilava lentamente uno. « Come hai fatto a sapere tutte le mie misure? »

« Una signora non dovrebbe mai fare domande del genere, Jessica. Perché lascia supporre che io conosca fin troppo bene le donne. »

« Aha! » L'idea la divertì. Poi si dedicò all'altra scatoletta. Era tanto piccola che avrebbe potuto starle comodamente nel palmo della mano. Geoffrey si era messo a osservarla con estremo interesse, mentre, stracciata la carta che lo avvolgeva, Jessica si trovò davanti un piccolo astuccio di cuoio azzurro. Premette leggermente la molla e il coperchio si aprì di scatto. Jessica rimase senza parole. « Gesù, Geoffrey! No! » Lui non riuscì a capire se era arrabbiata o contenta, ma le tolse tranquillamente l'astuccio dalle mani e li tirò fuori. Poi le avvicinò alle orecchie i due pendenti di brillanti.

« È proprio quello che ci voleva. Mettili. » Era un ordine, anche se glielo aveva dato a voce bassa. Jessica, invece, fece un passo indietro e lo guardò dritto negli occhi.

« Geoffrey, non posso. Non posso assolutamente. » Brillanti? Se lo conosceva appena! Due orecchini così grossi, così pregiati! Erano stupendi, ma non se la sentiva assolutamente di accettarli. « Geoffrey, mi dispiace. »

« Non fare la sciocca. Prova a metterli per stasera. Se

non dovessero piacerti, puoi restituirmeli.»

«Ma pensa... se ne perdessi uno!»

«Jessica, sono tuoi!» Lei scosse la testa, in silenzio. Non voleva cedere un'altra volta.

«Ti prego.» Sembrava talmente deluso e avvilito che Jessica provò quasi un po' di compassione per lui... ma, no, non se la sentiva di accettare anche gli orecchini di brillanti... aveva già accettato quella stupenda toilette che era fin troppo esagerata, come regalo. Ma quegli orecchini? Si può sapere chi era realmente Geoffrey, in nome di Dio? A ogni modo, questo non aveva nessuna importanza. Perché Jessica sapeva chi era lei, che cosa poteva e che cosa non poteva fare. Quella era una cosa che non poteva fare. Assolutamente. Tuttavia Geoffrey la guardava con aria talmente triste che, alla fine, ebbe un attimo di esitazione. «Almeno provali!»

«Va bene, Geoffrey. Però stasera non voglio metterli. Né tantomeno tenerli. Preferisco che restino a te. Chissà che un giorno...» intanto cercava di rincuorarlo come meglio poteva. Alzò la mano verso l'orecchio per togliersi una delle perle che portava e si ricordò, di colpo, che erano gli orecchini di Ian.

Naturalmente non facevano colpo come i pendenti con i brillanti, erano molto più semplici, ma... voleva bene a quelle perle, lei! Provò ugualmente una di quelle gocce scintillanti e preziose, che Geoffrey voleva offrirle, e si accorse che le stava d'incanto... però, all'altro orecchio aveva ancora lasciato la perla piccola e lucente dell'uomo che l'aveva amata... la perla di Ian...

«Non ti piacciono.» Sembrava avvilitissimo.

«Li trovo stupendi. Ma, in questo momento, non mi sembra che sia giusto accettarli.»

«Poco fa, a guardarti, si sarebbe detto che stavi pensando a qualcosa di infinitamente triste.»

«Non dire sciocchezze.» Gli sorrise, gli restituì l'orecchino e si allungò a dargli un bacio castissimo su una guancia. «Nessun uomo è mai stato tanto buono con me come lo sei tu, Geoffrey. Non so proprio che cosa fare... che cosa pensare... »

« Prova a godertela, semplicemente! E adesso. Si parte. » Non insistette oltre sulla questione degli orecchini e, quando uscirono, li nascosero in un cassetto della scrivania. Jessica provò uno strano sollievo a non sentirsi costretta a portarli. Geoffrey aveva capito. E poi si sarebbe sentita terribilmente triste a togliersi gli orecchini con la perla di Ian. No, non era ancora pronta. Tutto sarebbe arrivato a tempo debito. Ancora continuava ad aggrapparsi a qualcuno dei ricordi del passato. Come al ritratto di Ian, che aveva appeso sopra la mensola del camino.

Il ricevimento assomigliava a quelli che si vedono nei film che costano centinaia di milioni di dollari. Champagne a fiumi, plotoni di servitori in livrea, schiere di camerieri in uniforme nera. Sui pavimenti di marmo intarsiato si disegnavano, a pochi metri di distanza l'una dall'altra, le ombre gigantesche di grandi lampadari di cristallo a gocce. Pilastri, colonne, tappeti di Aubusson e mobili in stile Luigi XV, un patrimonio in diamanti, smeraldi e zaffiri, pellicce di visone a centinaia. Sembrava uno di quei ricevimenti di cui si sente sempre parlare, ma ai quali non si pensa di mettere mai piede. Invece Jessica ci si ritrovò in compagnia di Geoffrey. Quasi tutti gli invitati erano inglesi, o famosi, o l'una e l'altra cosa insieme. Dive del cinema, di cui parlavano abitualmente i giornali, accorsero a salutare Geoffrey, promisero di farsi vive con lui o gli lasciarono un baffo di rossetto sulle guance, baciandolo. Ambasciatori lo costringevano a conversare con loro, servendosi di pâté, oppure invitavano Jessie a ballare. E c'erano anche uomini d'affari e diplomatici, donne dell'alta società e uomini politici, divi del cinema e celebrità di dubbia fama. Insomma, c'erano tutti. Era uno di quei ricevimenti ai quali si riesce a essere invitati soltanto dopo un lungo e paziente lavoro di anni. Invece c'era anche lei, Jessica, in compagnia di Geoffrey, il quale risultò non essere semplicemente un « signor Bates » ma un « sir ».

« Perché non me l'hai detto? »

« Perché? È una tale sciocchezza. Non ti sembra? »

« No. E, poi, fa parte del tuo nome. »

« Bene, così adesso lo sai. Ha importanza? » Sembrava divertito, Geoffrey, e Jessica scrollò la testa. « Allora, benissimo. E adesso, che cosa ne diresti di fare un ballo con me, lady Jessica? »

« Sissignore. Sì, Vostra Maestà. Vostra Grazia. Vostra Signoria. »

« Oh, smettila! »

La festa continuò fino alle due passate e Geoffrey, con Jessica, rimase fino alla fine. Erano quasi le quattro quando raggiunsero di nuovo la piccola casa vittoriana nascosta fra le colline.

« Adesso, finalmente, ho capito di essere Cenerentola. »

« Non ti sei divertita? »

« È stata una serata favolosa. » Tuttavia aveva avuto la vaga sensazione che Geoffrey si divertisse a farla vedere a tutti, come una bella bambola nuova... eppure l'aveva presentata a destra e a sinistra... e, allora, perché si lamentava? Quanti sono gli uomini che ti regalano toilette da sera che costano duemila dollari e orecchini con i brillanti? Che serata stupenda! Mentre scendevano dalla macchina, Jessica guardò di nuovo l'anello di sua madre. Era contenta di averlo messo. Non perché fosse uno smeraldo, ma perché era appartenuto alla sua mamma.

« Stasera sembravi raggiante, Jessica. Come mi sono sentito orgoglioso di te! »

« Tutto merito del vestito. »

« Balle. »

« Cosa? » Scoppiò in una risatina un po' stanca e lo

guardò divertita. « Sir Geoffrey ha detto 'balle'? Non avrei mai pensato che tu conoscessi parole del genere! »

« Invece, sì... e dico anche un altro mucchio di cose che tu ancora non sai, mia cara! »

« Tutto questo è molto intrigante! » Si scambiarono uno sguardo pieno di interesse reciproco. Intanto erano arrivati davanti a casa. « Non so se offrirti un brandy, un caffè, un tè oppure una pastiglia di aspirina. Che cosa preferisci? »

« Ci penseremo quando saremo entrati. » Lei salì lentamente i gradini, con la grazia di una farfalla, inguainata nel magnifico vestito bianco. Anche se era molto tardi, non sembrava stanca. E possedeva ancora tutto il suo fascino. Geoffrey pensò che gli piaceva alla follia. Anzi, aveva addirittura deciso di non aspettare oltre. Jessica era tutto ciò che desiderava — ormai era venuto il momento di approfittarne. Aveva aspettato una creatura come Jessie per molto, molto tempo. Capiva che non era ancora preparata a tutto ciò che lui voleva, ma presto le cose sarebbero cambiate. La avrebbe aiutata a distruggere tutte quelle ragnatele che avviluppavano la sua vita. Di tanto in tanto gli pareva di leggere nei suoi occhi l'espressione di chi è ancora perseguitato da antichi fantasmi. Era venuto il momento che Jessica li scacciasse completamente. E poi, aveva bisogno di lei. Se l'era cavata in un modo meraviglioso al ricevimento. Aveva fatto un gran colpo. Glielo avevano detto tutti.

« Ti capita spesso di andare a ricevimenti del genere? » Jessica soffocò uno sbadiglio mentre si toglieva i sandali che lui le aveva regalato.

« Abbastanza spesso. Dimmi la verità: ti sei divertita? »

« E quale donna non si sarebbe divertita, per amor di Dio? Geoffrey... anzi, scusami, sir Geoffrey... » ridacchiò, « ... è stato come essere regina per un giorno. E, poi, c'erano tutte le persone più importanti del mondo intero! Devo dire che ne sono rimasta molto colpita. »

« Anche loro. »

« Da che cosa? »

« Da te. Eri la più bella di tutte.» Jessica sapeva che non era vero e che buona parte dell'attenzione che aveva attirato era stata, soprattutto, per merito del suo vestito. Geoffrey l'aveva attrezzata splendidamente per quel debutto — perfino con la scelta di quell'abito bianco dall'aspetto così verginale. Tuttavia, a quel ricevimento, c'erano state parecchie delle donne più belle e più celebri del mondo. Con le quali lei non poteva assolutamente competere. Anche perché non era il tipo adatto per farlo. No, Jessica non era una di quelle donne cariche di brillanti che si trascinano dietro con disinvoltura una pelliccia di cincillà e indossano l'ultimo modello di Givenchy.

« Grazie. » Le sembrava che fosse più semplice non mettersi a discutere. « Tè? »

« No, grazie. » Intanto Geoffrey la stava guardando con aria pensosa, un po' assorto.

« Vuoi che accendiamo il fuoco? » Le sarebbe piaciuto mettersi a sedere davanti al camino con lui, a parlare, come era abituata sempre a fare con... no! No, non poteva fare una cosa del genere a se stessa.

« Quello chi è? » Geoffrey le aveva indicato il viso da adolescente della persona raffigurata nel ritratto, appeso sopra il camino. Jessica sorrise. « Tuo fratello? »

« No. Qualcun altro. »

« Il signor Clarke? » Lei fece segno di sì. Improvvisamente era diventata seria. « E continui a tenere il suo ritratto? »

« L'ho dipinto io. »

« Beh, non mi sembra una ragione abbastanza valida. Lo vedi ancora? » Chissà perché si era convinto che Jessica non vedesse più il marito, anche se quello era un argomento che non avevano mai affrontato.

« No. Non più. »

« Meglio così. » Poi Geoffrey fece qualcosa che lasciò Jessica allibita. Come se il suo cuore si fosse fermato. Con la massima calma, senza domandarle il permesso, senza dire una sola parola, staccò il ritratto dal chiodo al quale era appeso e lo appoggiò con delicatezza al pavimento, vicino alla scrivania, voltandolo verso il muro. « Mi pare che sia venuto il momento di mettere via questa roba, tesoro. Non è quello che pensi anche tu? » Ma non c'era un tono di domanda nella sua voce. Per un attimo Jessica non riuscì a pronunciare una sola parola. Era strabiliata. Lei, quel quadro, lo voleva appeso al muro. Le piaceva. Era per questo che lo aveva portato da San Francisco. E se, invece, Geoffrey avesse ragione? Non aveva più posto nella sua vita, quel ritratto? Non sarebbe dovuto essere più appeso lì, sopra il camino — lo sapevano entrambi.

« Non vuoi il tè? » Non riuscì a trovare nient'altro da dirgli. Ma pronunciò quelle parole con voce roca e spezzata.

« No. » Con un sorriso dolcissimo, Geoffrey scrollò il capo e avanzò di qualche passo, lentamente, verso di lei. Le si fermò davanti e la baciò avidamente. Jessica si sentì fremere fino in fondo al cuore. Sì, aveva bisogno di lui. La stava spogliando di tutto ciò di cui aveva sempre avuto bisogno per sopravvivere. E a quel punto, invece, Jessica cominciava ad avere bisogno di lui. Non poteva, non avrebbe mai potuto toglierle Ian — eppure era quello che Geoffrey stava facendo. E lei lo lasciava fare. Rimasero avvinti, mentre le loro bocche si cercavano, si scoprivano avidamente. Poi con gentilezza squisita, Geoffrey slacciò il gancetto sulla spallina del vestito. Bastò quel movimento a farle scivolare il vestito fino alla cintola, in morbide pieghe. Geoffrey avvicinò lentamente le labbra ai seni di Jessica che, improvvisamente, si accorse di desiderarlo disperatamente, con tutto il suo corpo... anche se qualcosa, dentro di lei, diceva « No ».

« Geoffrey... Geoffrey... » Lui continuò a baciarla.

Intanto il vestito continuava a scivolare sempre più giù. Ben presto quella stupenda toilette di crêpe di seta si ridusse a un mucchietto di stoffa intorno ai suoi piedi. Geoffrey aveva cominciato a spogliarla. Jessica cincischiò con le dita intorno alla camicia di Geoffrey, ma senza riuscire a sbottonarla. Perfino la lampo dei suoi calzoni le resisteva... ancora un attimo ed eccola, completamente nuda, davanti a lui. Geoffrey, invece, era ancora completamente vestito.

« Mio Dio, Jessica, come sei bella, amore mio... bellissima bellissima... un uccellino pieno di eleganza... » la stava conducendo lentamente in camera da letto, mormorandole parole d'amore, e Jessica cedette, e lo seguì, come se fosse *in trance*... finché Geoffrey l'aiutò a distendersi sulle coltri e cominciò lentamente a togliersi la giacca. Lei aspettava. Geoffrey continuava a mormorarle parole dolcissime. A Jessica sembrava di non riuscire più a riscuotersi... come se fosse sotto l'influsso di un incantesimo. Ecco che Geoffrey si era tolto la giacca, però la camicia era ancora intatta. Gli dava quasi l'aspetto di un chirurgo... Mentre girava lentamente la testa sul cuscino, Jessica si sentì pizzicare stranamente un orecchio. Aveva ancora gli orecchini e quando allungò una mano per toglierli sentì che le perle le scivolavano fra le dita. Le perle... le perle di Ian... e, poi, ecco un uomo lì, davanti ai suoi occhi, che si stava spogliando. E aveva spogliato anche lei. Era nuda, e presto sarebbe stato nudo anche lui, e aveva staccato il ritratto di Ian dal muro...

« No! » Si rizzò a sedere di scatto sul letto e lo guardò con gli occhi sbarrati. Come se Geoffrey le avesse spruzzato in faccia un po' di acqua gelida.

« Jessica? »

« No! »

Lui le sedette vicino, la prese dolcemente fra le braccia, ma lei si dibatté, liberandosi da quella stretta. Sempre con quegli orecchini in mano. « Non aver paura, tesoro. Sarò gentile, te lo prometto. »

« No, no! » Sentiva la gola chiusa da un singhiozzo, si era accorta di avere le lacrime a fior di pelle... con uno scatto improvviso, si alzò, si allungò ad afferrare la trapunta di Zia Beth ripiegata in fondo al letto e se la buttò addosso per coprirsi. Si può sapere che cosa le era successo? Per un attimo aveva avuto la sensazione di impazzire. Solo pochi minuti prima aveva desiderato quell'uomo con tutte le sue forze o, perlomeno, lo aveva creduto. Improvvisamente capiva che non era così. No, non poteva. Ormai aveva capito tutto.

« Jessica, si può sapere che cosa diavolo sta succedendo? » Intanto lei era indietreggiata vicino alla finestra. Aveva le guance bagnate di lacrime.

« Non posso far l'amore con te. Mi spiace... io... »

« Ma si può sapere cosa è successo? Un minuto fa... » Per la prima volta Geoffrey pareva letteralmente allibito. Confuso. Una cosa del genere non gli era mai capitata.

« Capisco. Scusami. Mi dispiace. Ti potrà sembrare una cosa pazzesca, ma il fatto è che... »

« Che cosa... accidenti? Me lo vuoi spiegare? » Eccolo, davanti a lei. Pareva sconcertato da un'esperienza tanto nuova. La sua giacca giaceva abbandonata sul pavimento, come se ce l'avesse buttata. « Che cosa ti è successo? »

« Non posso. Molto semplice. »

« Ma, tesoro, io ti amo. » Tentò di avvicinarsi di nuovo a Jessica, di abbracciarla, ma lei glielo impedì.

« Non mi ami. » Lo intuiva, anche se non sapeva spiegarselo. Ma, ciò che era più importante, era lei a non amarlo. Voleva amarlo. Sentiva di doverlo amare. Sentiva che Geoffrey era uno di quegli uomini che ogni donna dovrebbe amare e al quale chiedere di sposarla! Lei, invece no. Non poteva. Sapeva che non lo avrebbe mai fatto.

« Vuoi forse dire che non mi ami? Perdio, Jessica, voglio sposarti. Credevi, forse, che per me fosse un gioco? O uno scherzo? Non sei il tipo di donna che un uomo si prende per amante. Pensi che ti avrei portato a quel ricevimento, stasera, se non avessi voluto far le cose sul serio con te? Non essere assurda! »

« Ma non mi conosci! » Dall'angolo in cui Jessica si era rifugiata, si levò questa risposta come un lamento.

« Ti conosco abbastanza. »

« No, non è vero. Non conosci tutto. »

« La razza si vede sempre. » Oh, Gesù santo!

« Mah... e la mia anima? Quello che penso, i miei sentimenti, ciò che sono, e di cui ho bisogno? »

« Impareremo a saperlo l'uno dall'altra. »

« Dopo? » Pareva inorridita.

« C'è gente che fa così. »

« Io, no. »

« Tu non sai quello che vuoi, maledizione! Se avessi un briciolo di cervello, sposeresti uno di quegli uomini che sono sempre pronti a dirti che cosa devi fare, e quando. Saresti molto più felice così! »

« No, vedi... si tratta proprio di questo. Figurati che era la mia aspirazione, Geoffrey — ma adesso, non più. Voglio dare e non soltanto prendere, voglio essere considerata una persona matura e adulta... oltreché una bambina. Non voglio subire pressioni, fare quello che vogliono gli altri, essere messa in mostra, tutta agghindata... perché è quello che tu hai fatto stasera. Capisco che avevi le migliori intenzioni del mondo, ma io mi sono sentita né più né meno come una bamboletta. Ho capito che, per te, lo sarei stata sempre. No! Come hai osato! »

« Scusami se ti ho offeso. » Si chinò a raccogliere la giacca. Cominciava a essere pieno di perplessità nei confronti di Jessica; gli stava sorgendo il dubbio che fosse un po' matta.

Ma, all'improvviso, lei non si sentì più né matta né altro. Si sentì perfettamente a proprio agio, felice di aver capito che stava facendo la cosa più giusta. Forse nessun altro l'avrebbe creduto, ma lei ne era convinta.

« Se penso che non vuoi neppure avere dei bambini! » Un'accusa ridicola, da lanciargli, alle cinque del mattino, rannicchiata in un angolo della camera da letto, paludata in una trapunta, a colloquio con un uomo in smoking e cravatta nera.

« E tu? Vorresti dei figli? »

« Chissà. »

« Sciocchezze. Tutta questa faccenda è una grossa sciocchezza, Jessica. A ogni modo non ho nessuna intenzione di star qui a discutere con te. Hai capito qual è la mia posizione. Ti amo e voglio sposarti. Quando riacquisterai il tuo buonsenso, domattina, telefonami. » La guardò con aria significativa, scrollò il capo, le si avvicinò, le diede un bacio sulla testa e un colpetto affettuoso sulla spalla. « Buonanotte, tesoro. Domattina ti sentirai meglio. »

Lei non disse una sola parola mentre Geoffrey se ne andava ma, quando fu partito, raccolse tutti i suoi doni nel grosso scatolone bianco che le aveva portato. La mattina dopo gli avrebbe mandato ogni cosa dagli amici di cui era ospite. Forse era una pazzia quella che stava per commettere, ma sapeva di doverla fare assolutamente. Mai era stata altrettanto sicura di qualcosa in tutta la sua vita! Posò gli orecchini con la perla sul comodino e si accorse di non avere affatto sonno. Allora si trasferì, nuda com'era, nel soggiorno e si mise a sorseggiare un caffè nero e fumante, felice e contenta, mentre il sole sorgeva sulle colline. Il ritratto era di nuovo appeso al posto di prima.

# 36

« COME vanno le faccende con il tuo giovanotto? » Stavano bevendo un tè ghiacciato lei e Zia Beth, dopo una lunga cavalcata. Jessica, però, era insolitamente silenziosa.

« Quale giovanotto? » Ma era un po' difficile fingere di non capire.

« Oh, guarda! Che cosa stiamo facendo? Giochiamo a non intenderci oppure ormai lo consideri fuori corsa? » Zia Beth la guardò dritto negli occhi e Jessie abbozzò un sorriso.

« Hai ragione. Ormai è fuori corsa. »

« Per qualche motivo speciale? » Stavolta non riusciva a nascondere la propria meraviglia. « Ho visto una vostra fotografia spettacolare, una fotografia che faceva proprio colpo, sul giornale di Los Angeles. Doveva trattarsi di un ricevimento in un consolato, o sbaglio? E ho avuto l'impressione che tu fossi circondata da un bel numero di persone illustri! »

« Non me ne sono accorta. » Jessie sembrava malcontenta.

« Ne sono rimasta colpita. » Anche Jessie, a dire la verità. Ma non ne aveva provato piacere. Continuava a chiedersi chi avesse visto quella fotografia, oltre a Zia

Beth. Non aveva senso, ormai, che qualcuno la immaginasse legata a Geoffrey. Del resto, non c'era niente da fare... e, come sempre, anche quel pettegolezzo, presto o tardi, sarebbe stato dimenticato. Per Geoffrey, probabilmente le cose andavano diversamente. Lui era costretto a vivere con tutta quella gente. Lei, no. « Che cosa ha fatto? Si è comportato come un mascalzone oppure si è rivelato noioso da morire... o dovrei occuparmi dei fatti miei? »

« No, affatto. L'unico modo di spiegarti quello che è successo è questo: non me la sono sentita: voleva fare l'amore con me. Ma io non ho potuto. Era un uomo perfetto. Aveva tutto. Faceva tutto. Era tutto. Ma... io... non te lo so spiegare, Zia Beth. Ho la vaga sensazione che cercasse di trasformarmi in quello che lui voleva. »

« Una sensazione tutt'altro che piacevole, devo ammetterlo! »

« Continuavo a provare una strana impressione... come se volesse controllarmi, sempre, e mettermi il morso come si fa con un cavallo di razza. E, poi... con lui mi sentivo così sola! Non è ridicolo? Non ne avevo assolutamente nessun motivo! » Le raccontò tutto, le parlò del vestito e dei pendenti di brillanti. « Sarei dovuta essere eccitata e felice. Invece, no. Mi spaventava. Era troppo... non so. Eravamo così diversi l'uno dall'altra! »

« In principio è sempre così. Bisogna conoscersi a poco a poco. » Jessica annuì con aria pensosa e bevve l'ultimo sorso di tè ghiacciato. « Sembrava simpatico, gentile e carino, quanto a questo non c'è niente da dire, ma era come se gli mancasse un ingrediente speciale, quel 'qualcosa' che ti fa capire come un uomo sia diverso da tutti gli altri... però devo ammettere che non c'era nessuna critica specifica da fargli. » Jessica tornò istintivamente col pensiero a quella notte.

« Temo di essermi tirata indietro con molta poca eleganza. Come se mi avesse dato di volta il cervello. »

Sorrise a quel ricordo e Zia Beth scoppiò in una risatina.

« Chissà che non gli abbia fatto bene! Era troppo pieno di sussiego, troppo corretto! »

« Su questo, hai perfettamente ragione. Aveva ancora addosso lo smoking e la cravatta nera quando io ho perso le staffe e c'è mancato poco che non mi mettessi a tirargli addosso tutto quello che avevo sottomano. Il giorno dopo gli ho mandato indietro tutti i suoi regali. »

« Possibile? Non glieli hai scaraventati giù dalla finestra? » Beth sembrava incredibilmente divertita. Quasi quasi, rimpiangeva che Jessica non lo avesse fatto. Gli uomini hanno bisogno di provare qualche emozione imprevista di tanto in tanto.

« No. Ho pregato uno dei tuoi uomini di portargli tutto. »

« Ah, così adesso, finalmente, so come occupano le ore del pomeriggio! »

« Scusami. »

« Figurati. Sono convinta che chiunque sia stato quello che hai scelto, deve essersi divertito follemente. » Rimasero in silenzio per un attimo sorseggiando il tè ghiacciato; poi Jessica aggrottò le sopracciglia.

« Vuoi sapere che cos'altro c'era che mi dava fastidio? »

« Sono tutta orecchie. »

« Smettila di prendermi in giro... sto parlando sul serio. » Ma si divertiva a quella conversazione fatta di botte e risposte taglienti e salaci con la vecchia amica. « Non voleva avere figli. »

« Neanche tu. Quindi, di che cosa ti preoccupavi? »

« Ecco, questa è una domanda interessante. Perché, vedi, è cambiato qualcosa. Mi sto accorgendo che l'idea di avere dei figli non mi spaventa più come una volta. Continuo a pensarci... non so... d'accordo... ormai sono troppo vecchia per averne, però non faccio che pensare che... » Sapeva di non essere troppo vecchia per avere dei figli, ma voleva che qualcuno gliene desse la conferma.

« Tu vorresti un bambino? » Beth era strabiliata. « Dici sul serio? »

« Non so. »

« Beh, ti garantisco che non è troppo tardi, alla tua età, per averli. Non hai ancora compiuto trentadue anni. Però devo ammettere che mi stupisci. »

« Perché? »

« Perché la tua paura di averne era qualcosa di troppo profondo. Mi ero convinta che non avresti mai trovato tanta sicurezza di te da aver la forza di affrontare la concorrenza. Hai mai pensato se ti capitasse di avere una figlia bellissima? Lo sopporteresti? Pensaci bene. Può essere molto penoso per una madre. »

« E probabilmente molto gratificante. Non ti pare che sia una cosa assurda quella che ho detto? Mi trovo talmente stupida! Eppure è parecchio tempo che continuo a pensarci, ma non ho ancora avuto il coraggio di raccontarlo a nessuno. Tutti sembrano talmente convinti che io sono contenta di essere quella che sono. Una donna che ha ambizioni di carriera, che ama la vita di città, che detesta cordialmente i bambini e, adesso, in più, è anche un'allegra divorziata. Perfino quando tu sei convinta di non essere più la stessa persona di prima, ti sembra che nessuno sia disposto a toglierti di dosso le vecchie etichette. »

« Prova a darle alle fiamme! Del resto, devo ammettere che è quello che hai fatto. Ti sei liberata di un marito, di un negozio, della città. Non ti resta molto da cambiare. » Lo disse un po' tristemente, ma con voce piena di affetto. « E manda al diavolo le etichette che gli altri sono sempre disposti a darti! C'è una quantità di cose che non possiamo cambiare; però se si tratta, invece, di altre cose che vuoi cambiare e sai di poter cambiare, approfittane e goditela! »

« Pensa un po'... avere un bambino... » Sorrideva,

assaporando con piacere quell'idea.

« Pensaci pure tu, se vuoi. Io non riesco neanche a ricordarmene e non sono del tutto sicura di averli desiderati. Non ho mai sofferto di un particolare romanticismo, su questo argomento, però voglio un bene dell'anima ad Astrid. »

« Sai una cosa? È come se avessi letto, di seguito, parecchi capitoli della storia della mia vita e, adesso, mi sentissi pronta a proseguire. Non a buttare il passato giù dalla finestra, no. Ma ad andare avanti. Come quando si fa un viaggio. Siamo rimasti anche troppo a lungo nello stesso paese; dopo un po', occorre spostarsi. Penso che deve essere successo così anche per me. Mi sono trasferita in luoghi diversi, sono passata a necessità diverse. Mi sento rinata, Zia Beth. L'unica cosa che mi rattrista è di non aver nessuno con cui dividere tutto questo. »

« Avresti potuto avere Geoffrey. Pensa a che cosa hai perduto! » Zia Beth, comunque, era persuasa che non avesse perduto niente. Quell'uomo mancava di fuoco, di entusiasmo, non sapeva osare abbastanza ed era completamente privo di fantasia. Viaggiava, nella vita, seguendo una strada ben tracciata. A parte qualsiasi altra considerazione, sarebbe stato terribilmente noioso. Ormai capiva che Jessie si era comportata nel modo più corretto. Si stupiva soltanto della violenza delle sue reazioni. « Dimmi la verità... c'è qualcosa che ti preoccupa in questi ultimi tempi? Mi sbaglio? »

« Credo di non aver capito bene quello che vuoi dire. »

« Sì, che mi hai capito. Perfettamente. Non soltanto sei sicura di aver capito quello che volevo dire, ma anche di tutto il resto. Anzi, oso aggiungere che il problema, con Geoffrey, era proprio quello, vero? In fondo, lui, poverino, c'entrava ben poco in tutto questo! » Jessica si era messa a ridere, ma preferì non risponderle.

« Mi conosci troppo bene! »

« Certo. E, finalmente, anche tu stai cominciando a conoscere te stessa. Ne sono contenta. Ma, adesso, che decisione hai raggiunto? Che cosa hai intenzione di fare? »

« Pensavo di andar via per un paio di giorni. »

« Non vorrai il mio permesso, spero? » esclamò Zia Beth scoppiando in una risata e Jessica scrollò il capo.

Partì alle sei, l'indomani mattina, mentre il sole cominciava appena a spuntare al di sopra della collina sopra il ranch di Zia Beth. La strada da fare era molta. Sei, forse sette ore di viaggio — e voleva assolutamente arrivare in tempo. Si era messa una camicetta leggera, per partire, e una gonna, che le teneva più fresco dei pantaloni. Aveva con sé un thermos pieno di caffè ghiacciato, un panino, un sacchetto di mele e qualche noce e qualche biscotto chiusi in una scatola di latta che il ragazzo dell'intendente di Zia Beth le aveva consegnato qualche giorno prima. Era perfettamente equipaggiata. E ben decisa. E anche terrorizzata. Ormai, da un paio di mesi, si scrivevano due o tre volte alla settimana. Ma erano lettere molto diverse. Da quattro mesi, forse anche più, Jessie non lo aveva più rivisto. Quattro mesi erano passati da quando Ian le aveva voltato le spalle piantandola in asso dopo un litigio nel quale si erano detti le cose più terribili. Cose che sarebbe stato impossibile dimenticare. Eppure, da allora, quanti cambiamenti! Però, nelle lettere che si scrivevano, erano tutti e due molto cauti. Cauti, timorosi, eppure allegri e pieni di gioia. Ogni pagina era piena di battute scherzose, osservazioni sciocche, allusioni casuali, banalità e stupidaggini alle quali, di tanto in tanto, si sovrapponeva una nuova cautela, come se ciascuno dei due fosse timoroso di rivelare troppo all'altro. Parlavano solo degli argomenti non pericolosi. La casa di Jessica, il libro di Ian. Nessuna notizia, ancora, sul contratto per farne un film; a ogni modo il libro sarebbe stato pubblicato in autunno. Jessica era molto emozionata per lui. Come Ian lo era per la casa vittoriana di Jessica. Badava sempre a parlarne come se fosse soltanto la casa « di lei » — e, in effetti, aveva ragione. Almeno per il momento, era soltanto la casa di Jessica.

Ormai, si consideravano due persone separate, non c'era più niente che li legasse. Erano stati scaraventati lontano da tutto quello che era successo, da tutto quello che si erano fatti a vicenda, da ciò che non si poteva più fingere. Jessica si domandava se esisteva il mezzo di ritornare al passato, dopo tutto questo. Forse non era possibile. Però doveva assolutamente saperlo. E subito, prima di prolungare quell'attesa, per tutti e due. Probabilmente Ian non si aspettava più di rivederla. A giudicare da quello che scriveva, pareva che avesse accettato la situazione. Non le chiedeva mai una visita. Invece, quel giorno, ne avrebbe avuta una. Jessica voleva rivederlo, guardarlo bene in faccia e cercare di leggervi quello che sapeva di potervi trovare — non soltanto accontentarsi dell'eco della sua voce nelle lettere che si scambiavano.

Raggiunse l'edificio che ormai le era ben familiare alla una e mezza del pomeriggio. La fecero entrare, le perquisirono la borsetta, la mandarono in un ufficio dove compilò un modulo seduta a una scrivania. Poi rimase lì ad aspettare per una mezz'ora che le parve interminabile. I suoi occhi continuavano a passare dall'orologio appeso al muro alla porta. Aveva il cuore in gola. Eccola, era lì. Ed era terrorizzata. Perché era venuta? Che cosa avrebbe detto? Magari Ian non voleva neanche vederla; magari era per quello che non aveva mai accennato all'eventua'ità di una sua visita. Era stata una pazzia venire... che stupidaggine... che assurdità...

« La visita per Clarke... la visita per Ian Clarke. » La guardia aveva pronunciato il suo nome meccanicamente ma Jessica, dopo essersi alzata di scatto, si impose di camminare con il suo solito passo mentre si avvicinava alla guardia in uniforme che stava di sentinella alla porta dalla quale si aveva accesso alla zona della prigione in cui si ricevevano le visite. Si trattava di una porta diversa da quella dalla quale era passata le volte precedenti e, allungando gli occhi più oltre, capì che Ian era stato trasferito a un settore diverso. Forse non ci sarebbe stata più quella vetrata in mezzo a loro.

La guardia infilò la chiave nella porta, la aprì, controllò il timbro che le avevano impresso sul dorso della mano al cancello d'ingresso e si fece da parte per lasciarla passare. La porta dava su un prato, circondato di aiuole fiorite, sul quale erano sparse irregolarmente alcune panchine. Non si vedevano né barriere né ostacoli — soltanto, in lontananza, una lunga striscia di prato sul quale l'erba cresceva rigogliosa. Jessica varcò lentamente la soglia e si accorse subito che lungo il prato passeggiavano parecchie coppie. Poi vide Ian, all'estremità più lontana, in piedi, che la fissava, sbalordito. Sembrava la scena di un film. Jessica si accorse di sentire i piedi pesanti come se fossero stati di piombo.

Rimase immobile per un attimo, come lui. Finché sulla faccia di Ian si disegnò un largo sorriso. Eccolo lì, alto, dinoccolato, con quell'aria da adolescente, intento a guardarla con un sorriso, ma con gli occhi lucidi... come dovevano esserlo anche quelli di lei. Che assurdità... avevano in mezzo a loro quella striscia interminabile di prato e nessuno dei due si muoveva... toccava a lei... perché era stata lei ad andare lì per fargli visita, per parlargli... non era andata soltanto per stare lì ferma a guardarlo, attonita, con un sorriso sulle labbra. Si incamminò lentamente per il vialetto. Anche Ian avanzò di qualche passo verso di lei, finché, improvvisamente, finalmente, si ritrovò fra le sue braccia. Era Ian. Ian, quello che lei conosceva. Aveva l'odore di Ian, capiva, toccandolo che era Ian, e — istintivamente — il suo mento aveva trovato la solita nicchia nella quale appoggiarsi, nell'incavo della sua spalla. Finalmente a casa.

« Che cosa è successo? Hai finito la lacca per i capelli oppure hai battuto in ritirata? Le lucertole erano troppo invadenti e non ce l'hai fatta a combattere contro di loro? »

« L'uno e l'altro. Sono venuta perché tu potessi salvarmi. » Faticava a ricacciare le lacrime, come lui del resto. Eppure i loro sorrisi erano radiosi come i raggi di sole che seguono un temporale estivo.

« Jessie, sei pazza. » La strinse più forte a sé. Lei si mise a ridere.

« È quello che credo anch'io. » Però gli si aggrappava convulsamente. Come era bello sentirlo fra le braccia. Alzò una mano ad accarezzargli i capelli, morbidi e soffici. Li avrebbe riconosciuti anche con gli occhi bendati in una stanza piena di uomini. Sì, era Ian. « Gesù, Gesù, che buon odore hai! » Poi si tirò indietro per guardarlo. Aveva un aspetto meraviglioso. Dimagrito, con l'aria un po' stanca, leggermente abbronzato e ancora sopraffatto dallo stupore. Un uomo favoloso! Allungò le braccia per stringerla di nuovo contro di sé e Jessica gli appoggiò la testa sulla spalla.

« Oh, piccola, non credevo ai miei occhi quando hai cominciato a scrivermi. Ormai avevo rinunciato a sperare. »

« Lo so. Sono uno schifo. » Si pentiva amaramente, di colpo, di quei lunghi mesi di silenzio; adesso, guardandolo, capiva quanto dovessero averlo addolorato. Purtroppo aveva dovuto scegliere quella soluzione. « Sono un super-schifo. »

« D'accordo, però come super-schifo sei stupenda! Hai un aspetto meraviglioso, Jessie. Forse sei perfino un po' ingrassata. » La staccò da sé, allungando le braccia, per osservarla meglio. Però continuava a tenerla stretta per le mani. Come se avesse paura di vederla scomparire di nuovo. Voleva sentirla contro di sé, vicino a sé, assicurarsi che fosse viva e reale. Che fosse tornata. Che fosse sua. Ma forse... forse era venuta soltanto a fargli visita... per salutarlo... oppure per dirgli addio. Nei suoi occhi passò, improvvisamente, l'ombra di ciò che stava pensando, e che lo faceva soffrire — e Jessica se ne domandò il perché. Ma non sapeva che cosa dire ancora.

« È la vita di campagna che mi fa ingrassare. »

« E ti rende felice, almeno a giudicare dalle tue lettere. » La strinse di nuovo a sé, poi le diede una tiratina al naso. « Andiamo a sederci. Mi tremano le ginocchia a tal punto che non riesco quasi a stare dritto. » Lei scoppiò in una risata e si asciugò le guance bagnate di lacrime.

« Tremare, proprio tu! Figurati che avevo paura che non volessi più vedermi! »

« Già, e lasciarmi sfuggire una bella occasione di far perdere le bave a tutti gli altri che sono qui con me? Non essere ridicola. » Poi si accorse che Jessica portava al collo la sottile catena d'oro con il fagiolo di Lima e la prese per mano senza dire niente.

Trovarono una panchina lungo uno dei lati del prato e si misero a sedere, sempre con la mano nella mano. A un certo punto Ian le aveva circondato le spalle con un braccio. La mano di Jessica tremava in quella di lui. Poi le si affollarono le parole alla bocca e non riuscì a trattenersi. La diga, finalmente aveva ceduto.

« Ian, ti amo. È stato tutto talmente orribile senza di te. » Quelle parole suonavano come le battute di una pessima commedia — del resto, era proprio quello che era andata per dirgli. Ormai ne aveva la certezza. Aveva capito che cosa voleva. Perché voleva Ian, non soltanto capiva di aver bisogno di lui. Se aveva ancora bisogno di lui, era un bisogno totalmente diverso da prima. Finalmente capiva soprattutto quanto lo desiderava.

« Non mi sembra che la tua vita sia stata così schifosa finora. Anzi mi sembra una vita bellissima. La campagna, la casa... ma... » La guardò con un'espressione di gratitudine infinita « ... Però se non fosse troppo piacevole o troppo bella, non mi dispiacerebbe... anche soltanto un pochino. Oh, Jess... come sono felice.» La prese di nuovo fra le braccia.

«Mi vuoi ancora un poco di bene?» gli chiese con una vocina timida e fievole, da bambinetta. Quanto tempo era che nessuno la sentiva più pronunciare parole del genere, soprattutto Ian. E se non l'avesse più voluta? Che cosa le restava da fare? Tornare a cercarsi un altro di quei Geoffrey che pullulavano a questo mondo, oppure un tipo come quel cretino di commediografo newyorkese, con quella sua chioma folta e ispida? E come sarebbe sembrata vuota la casa, con il belvedere, l'altalena... quel mondo fatto per Ian... ma senza di lui? Avrebbe avuto il coraggio di tornarci? Di fissare il suo ritratto? Di ripensare alla sua voce? Di mettere ancora gli orecchini con la perla che lui le aveva regalato?

«Ehi, bellezza, ma tu non mi ascolti! A che cosa stai pensando?»

«A te.» Lo guardò dritto negli occhi. A quel punto aveva assolutamente bisogno di saperlo. «Ian, mi vuoi ancora bene?»

«Più di quello che riuscirei a farti capire, piccola. Cosa credi? Jessie, ti amo più ancora di prima. Tu, però, volevi il divorzio — e mi è sembrato giusto. Non potevo pretendere che dovessi sopportare tutto questo, aspettandomi.» Fece un gesto vago in direzione della prigione che avevano alle spalle. Bastò a far passare un lampo di angoscia negli occhi di Jessica.

«E tu? Dimmi... riesci a cavartela... a sopravvivere?» Si staccò di nuovo da Ian per guardarlo più attentamente. Sembrava molto più magro. Aveva l'aria sana, ma era dimagrito.

«Me la cavo molto meglio di quel che non credessi. Soprattutto da quando ho finito il libro. Adesso mi lasciano insegnare nella scuola della prigione e ... a proposito...» sembrò esitante per un attimo, alzò gli occhi a fissare qualcosa al di sopra della testa di lei e respirò a fondo, prima di proseguire. « Mi hanno messo in lista per una prima udienza in settembre. Non è escluso che mi lascino tornare libero. Anzi, lo faranno quasi certamente. Chissà per quale miracolo, sono finalmente riusciti ad annullare la famosa legge californiana che richiedeva, per ogni imputato, una sentenza che, partendo da un numero stabilito di anni, poteva proseguire a tempo indeterminato... è successo nel periodo in cui sono stato chiuso qua dentro e, dal momento che per me si tratta del primo reato, non è escluso che si accontentino della condanna che ho già scontato. Basta che non siano troppo rigidi. Quindi credo proprio che verrò a casa molto presto. »

« Presto? In che senso? »

« Magari fra un mese e mezzo. Oppure fra tre o quattro mesi. Nel caso peggiore, fra sei. Ma non è questo il punto, Jess. C'è tutto il resto a cui pensare. C'è da pensare a noi, non ti sembra? La mia condanna e il fatto che io sia stato in prigione non sono che uno dei nostri problemi, non ti pare? »

« D'accordo, ma sono cambiate molte cose. » Ian sapeva che era vero. Se n'era accorto dalle lettere di Jessica, lo aveva capito da ciò che lei aveva fatto e glielo leggeva anche negli occhi. Era più matura, più donna di quanto non fosse stata prima. Tuttavia la cosa più bella era che sentiva, d'istinto, come Jessica fosse ancora sua. Almeno una parte di lei lo era. Un parte, invece, apparteneva soltanto a Jessica — ma Ian si scoprì a pensare che anche questo gli piaceva. Quasi più di prima. Perché la ritrovava: Jessica era stata così, molto, molto tempo prima. Adesso però era quasi migliore. Più matura, più forte. La sua personalità, ormai, era completa. E se voleva averlo ancora, finalmente il loro rapporto sarebbe stato qualcosa di straordinario. Perché anche lui era maturato moltissimo.

« Credo che siano cambiate molte cose, Jess; purtroppo qualcosa non poteva cambiare e qualcosa non cambierà mai. Forse è più di quanto tu sia in grado di affrontare. Forse non hai più voglia di affrontarlo. Perché potresti fare molto, ma molto meglio. » La guardò, domandandosi qual era il significato della fotografia che aveva visto sul giornale. Anche lui, come Zia Beth, aveva letto quell'articolo. E se poteva avere sir Geoffrey Vattelapesca, per quale motivo, accidenti, Jessica voleva ancora lui?

« Ian, sono contenta di quello che ho. Sempreché lo abbia ancora. E non è vero che potrei avere qualcosa di meglio. Non voglio avere qualcosa di meglio. Tu sei tutto quello che desidero. »

« Io non ho un soldo. »

« E con questo? »

« Stai a sentire: ho ricevuto un anticipo di diecimila dollari per il libro; però metà è già stata spesa per la tua nuova automobile. Con gli altri cinquemila dollari che mi restano, non posso andare molto lontano. Ti troverai di nuovo costretta a mantenermi. Perché, vedi, tesoro, io devo assolutamente continuare a scrivere. Adesso l'ho capito. Sento di farlo, devo farlo... anche se dovessi trovare un lavoro come cameriere e servire in tavola in qualche locale di quart'ordine per mantenermi, nel frattempo! Non me la sento di rinunciare a scrivere, è giusto dirtelo, per essere una persona 'rispettabile'. » Appariva triste, ma deciso. Jessie, invece, mordeva il freno.

« Chi se ne frega di essere 'rispettabile' oppure no? Ho ricavato un sacco di soldi dalla vendita del negozio ad Astrid. Che differenza vuoi che faccia, se, adesso, sono io, oppure tu, quello che guadagna in casa, facendo chissà quale lavoro... e con questo, stupidone? Cosa credi che io voglia farmene di tutti quei soldi, adesso? Che vada in giro coperta di biglietti di banca? Invece pensa a quante belle cose potrebbero servirci. » Stava pensando alla casa. E ad altro.

« Come... per esempio? » Ian sorrise godendosi il

timbro della voce di Jessica e se la strinse più vicino.

« Cose di ogni genere. Comperare la casa in campagna, sistemarla un pochino. Fare un viaggio in Europa... avere un bambino... » Si voltò a guardarlo e gli sorrise, naso contro naso.

« Cosa hai detto? »

« Mi hai sentito. »

« Non sono sicuro di aver capito bene. Parli sul serio? »

« Credo di sì. » Gli fece un sorriso pieno di mistero e lo baciò.

« Come mai sei arrivata a questa conclusione? »

« È stato un processo molto semplice, tesoro. Sono cresciuta da quando mi hai visto l'ultima volta. E, poi, è una cosa alla quale penso sempre più spesso in questi ultimi tempi. E mi sono accorta anche di un'altra cosa ancora. Non voglio semplicemente 'un bambino'. Voglio il tuo bambino. Ian... insomma voglio semplicemente te, con bambini o senza, con soldi o senza... non so in quale altro modo cercare di fartelo capire. Ti amo. » Due grosse lacrime le scesero lentamente sulle guance. Intanto lo guardava con una commozione talmente intensa che Ian si accorse che avrebbe voluto prenderla fra le braccia e non lasciarla mai più.

La abbracciò, la strinse a sé con un sorriso raggiante sulle labbra. « Sai che cosa credo che stia per succedere, adesso, Jess? Da un momento all'altro, uno stronzo con la torcia elettrica mi verrà vicino, devono essere più o meno le due di notte, e io mi sveglierò, aggrappato al mio guanciale. Perché non è possibile che tutto questo sia vero e reale. L'ho sognato troppo spesso. No, non sta succedendo realmente a me. Vorrei che fosse così ma... dimmi che è tutto vero! »

« È tutto verissimo... sto parlando sul serio... e se continui così mi ritroverò con il braccio sinistro fratturato! »

« Scusami. » Si staccò da lei soltanto un momento.

Risero insieme. « Tesoro, ti amo. Non me ne importa neppure più se tu vuoi un bambino o no. Amo te, ti amo in quella casa vuota e decrepita che ti sei trovata, lì o in un palazzo o in qualsiasi altro posto per me sarebbe la stessa cosa! E, a parte questo, comincio a pensare che tu sia diventata matta. Non so che cosa ti abbia persuaso a tornare da me, però se sapessi come sono felice che tu lo abbia fatto! »

« Anch'io. » Gli buttò le braccia al collo un'altra volta, gli accarezzò l'orecchio con le labbra, poi glielo morse a fondo. « Ti amo », gli bisbigliò, sempre nello stesso orecchio, e Ian le diede un pizzicotto. Quanto tempo era che Ian non la toccava più, non la stringeva fra le braccia, non la cercava. Sembrava bello perfino darsi pizzicotti, allungarsi quei morsi piccoli piccoli. Erano cose meravigliose, un autentico lusso al confronto di prima. « Cristo santo, Ian, mi sai dire che cosa ti è successo? »

« Come sarebbe? Non ti capisco. » Di colpo, pareva preoccupato.

« Non ti sei neppure messo a urlare quando ti ho dato un pizzicotto. Prima, ti mettevi sempre a strillare ogni volta che te ne allungavo uno. Non mi vuoi più bene? » Ma aveva gli occhi che le brillavano di gioia... come non le succedeva più da anni. Forse non li aveva mai visti così luminosi e splendenti, pensò Ian.

« Insomma, sei venuta qui soltanto perché io mi mettessi a urlare e a coprirti di rimproveri? »

« Certo. Per poter fare altrettanto con te. E per abbracciarti e baciarti e supplicarti con tutto il cuore di uscire di qui il più presto che puoi e di ritornare a casa... ti supplico, per amor di Dio! Insomma vuoi farmi contenta sì o no, accidenti? Rispondi! » Gesù, Gesù! E pensare che, soltanto dodici ore prima, non sapeva neppure se Ian la voleva ancora. Invece, sì! Grazie a Dio, la voleva!

« D'accordo, d'accordo. Si può sapere perché hai

tanta fretta? Cos'hai trovato in quel tuo posto di campagna? Le vipere? I ragni? Adesso capisco perché hai tutta questa smania di avermi da te! Ho capito, sai? Stai cercando qualcuno che venga a disinfestarti il giardino... ti conosco, bella mia! Conosco i tipi come te. »

« Balle. Non ci sono né ragni né vipere, ma... » sogghignò lievemente.

« Aha! L'avevo detto, vero? »

« Sì, le formiche. L'altra sera sono entrata in cucina perché volevo prepararmi una tartina spalmata di burro di arachidi e mi sono messa a urlare così forte... ma così forte che... insomma, si può sapere perché ridi? Accidenti a te, si può sapere perché ridi? » Ed eccola, di colpo, scoppiare in una risata anche lei. Ma Ian le aveva già buttato le braccia al collo, la stava già baciando ancora... e, adesso, ridevano tutti e due fra le lacrime. La guerra era finita.

E due mesi più tardi Ian era a casa.

FINE

## I libri di Danielle Steel

***Fine dell'estate***
*La vita di Deanna sembra perfetta, con un marito affascinante e di successo e una splendida casa; ma durante l'estate scopre l'amore, e a settembre...*

***Palomino***
*Come i cavalli dal pelo color avorio, Samantha è soprannominata Palomino. Dalla scintillante New York a un ranch della California, dove l'aspetta l'incontro decisivo.*

***Una perfetta sconosciuta***
*Da una profonda conoscitrice dell'animo femminile, la vicenda di una giovane donna in conflitto tra la lealtà nei confronti del marito paralizzato e il suo diritto alla felicità.*

***Stagione di passione***
*Un'ex modella, madre di un bambino, scrive per gioco un romanzo e diventa una nota scrittrice. Ma un angoscioso passato la isola finché un uomo riempirà la sua solitudine.*

***Una volta nella vita***
*Mentre Daphne giace in un letto d'ospedale dopo un incidente, tormentata dai ricordi di un doloroso passato, l'amico di sempre le rivela il suo amore.*

***Un amore così raro***
*L'amore ha segnato la breve, tragica esistenza della principessa di San Tibaldo. Ma la capacità di vivere intensamente sentimenti ed emozioni si trasmette alle due figlie...*

***Due mondi due amori***
*Il cuore di Gillian, una donna bella e affermata, è diviso fra due uomini, ugualmente importanti. Un'altra splendida storia d'amore dalla scrittrice più letta d'America.*

***Incontri***
*Due vite divise tra passione e dovere. Durante la seconda guerra mondiale, su un transatlantico nasce un amore intenso e travolgente che sfiderà il tempo.*

***La tenuta***
*Un ricco proprietario costruisce una residenza per la famiglia. Ma la casa è destinata a ospitare l'infelicità sino all'arrivo di una donna guidata dalla forza del sentimento.*

***Ritratto di famiglia***
*Le vicissitudini di una famiglia eccezionale sullo sfondo di Hollywood. I genitori e i cinque figli, ognuno alla ricerca di un'identità e della propria strada.*

***Svolte***
*La meravigliosa storia di un uomo e di una donna che lottano a lungo per stare insieme, per amarsi giorno dopo giorno nonostante le avversità.*

***Promessa d'amore***
*Kezia è ricca e viziata. Un inquietante avventuriero accende in lei la fiamma della passione, ma quell'alba d'amore rischia di essere inghiottita dal buio.*

***Menzogne***
*La menzogna è il prezzo che devono pagare per il successo cinque attori convocati per un importante serial televisivo. Un romanzo avvincente e sofisticato.*

***L'anello***
*La moglie di un banchiere berlinese, innamoratasi, con tragiche conseguenze, di un ebreo, lascia alla figlia un anello che darà alla ragazza la forza di lottare per la sua vita.*

***Giramondo***
*Nei primi anni Trenta, il desiderio di viaggiare porta Audrey in Europa, dove conosce un uomo. Ma la sete di avventura che li accomuna separa i due amanti.*

***Amarsi***
*Figlia di uno scrittore, Bettina è destinata a un brillante avvenire. Ma la morte del padre porta amarezze e delusioni. E da quel momento il suo destino cambia...*

***Amare ancora***
*Isabella e Amedeo, proprietari di un atelier a Roma, sono una coppia affiatata. Ma lui scompare e Isabella deve trasferirsi a New York. Quando tutto sembra perduto...*

***Cose belle***
*La toccante storia di un uomo al crocevia dell'esistenza. Scapolo impenitente, finalmente si innamora, ma il destino ha in serbo per lui una prova estremamente difficile.*

***Il cerchio della vita***
*La storia americana degli ultimi quarant'anni s'intreccia con le tormentate vicende di Tana, una donna determinata che chiuderà il cerchio della vita con un sorriso.*

***Il caleidoscopio***
*Tre sorelle separate da bambine e un uomo deciso a trovarle e a riunirle dopo trent'anni. Ricco di pathos, azione, umanità, uno tra i migliori romanzi dell'autrice.*

***Zoya***
*Scampata alla rivoluzione bolscevica, Zoya, fiera e bellissima cugina dello zar, fugge a Parigi. Il suo talento nella danza classica la porterà lontano...*

***Star***
*Le vite di Crystal e di Spencer sembrano destinate a dividersi per sempre, ma gli ostacoli che si frappongono al loro amore non riusciranno a spegnerlo.*

***Daddy-Babbo***
*Dopo diciotto anni di matrimonio, Oliver viene abbandonato dalla moglie Sarah. Uno splendido romanzo che esplora, con grande maestria, l'universo dei sentimenti umani.*

***Messaggio dal Vietnam***
*Un'intrepida giornalista americana finisce nell'inferno di Saigon per amore. Avventura, passione e morte sullo sfondo della tragedia della guerra.*

***Batte il cuore***
*Bill e Adrian, entrambi con un matrimonio fallito alle spalle, s'incontrano ed è subito amore. Nessuno dei due s'aspettava un tale vortice di emozioni contrastanti...*

***Nessun amore più grande***
*Nella Belle Epoque, una tragica notte sul* Titanic *segna il destino di molte vite e la giovane Edwina vede sfumare il suo futuro. Un romanzo trascinante.*

***Gioielli***
*L'appassionante saga di una famiglia di gioiellieri americani nel periodo a cavallo della seconda guerra mondiale. Una storia ricca di momenti emozionanti.*

***Le sorprese del destino***
*La felicità di tre coppie è oscurata dallo spettro dell'infertilità. Un romanzo intenso che riesce a far vibrare le corde più profonde dei cuori femminili.*

***Scomparso***
*Marielle sposa il ricco Malcolm, nascondendogli i segreti del proprio passato. Nasce Teddy, uno splendido bambino che un giorno viene rapito...*

***Il regalo***
*Una tragedia strappa a una coppia felice la figlia minore. Il rapporto vacilla, il dolore sembra travolgere la famiglia, ma un incontro fortuito...*

***Scontro fatale***
*Un piccolo inganno, una ragazzata, e una famiglia felice è distrutta: una donna si ritrova sola nella tragedia, ma l'amore rinascerà dalle ceneri. Una storia emozionante.*

***Cielo aperto***
*Nello scenario suggestivo dell'America tra le due guerre, una donna insegue un sogno di libertà e la passione della sua vita in una meravigliosa, romantica avventura.*

***Fulmini***
*Sotto il peso di un tumore l'esistenza felice di Alexandra inizia a vacillare: la coppia, il lavoro... ma dopo il tunnel l'aspetta una nuova vita.*

***La promessa***
*Sfigurata da un incidente alla vigilia del matrimonio, Nancy scompare per non rovinare la vita del futuro marito. Ma ha scambiato con lui una promessa indimenticabile...*

***Cinque giorni a Parigi***
*In una cornice romantica un uomo e una donna dell'alta società americana s'incontrano per caso e si amano di una passione che travalica il tempo.*

***Brilla una stella***
*Il ritratto, dolce e drammatico assieme, del secondogenito dell'autrice, un ragazzo straordinario e geniale la cui vita si è tragicamente spezzata all'età di diciannove anni.*

***Perfidia***
*Grace, modella, nasconde un passato di violenze, culminato in un tragico episodio. Prigioniera dei ricordi, trova la serenità accanto a un uomo, ma...*

***Silenzio e onore***
*Estate 1941: Hiroko, giovane giapponese, si stabilisce in California, ospite di parenti. Ma lo scoppio del conflitto travolge la sua vita e il sentimento profondo che la lega a Peter...*

***Il ranch***
*Finiti gli studi, tre amiche si perdono di vista per ritrovarsi anni dopo a trascorrere una vacanza in un lussuoso ranch del Wyoming. È l'occasione per svelare antichi segreti...*

***Un dono speciale***
*Quando, all'improvviso, Amanda perde il marito, il mondo le crolla addosso, ma l'invito della figlia a trascorrere il Natale in famiglia darà una svolta alla sua esistenza.*

***Il fantasma***
*Una vacanza in un castello del New England, abitato dal fantasma di una donna passionale, cambierà la vita dell'architetto Waterston, in crisi per la fine del suo matrimonio.*

***La lunga strada verso casa***
*Un'infanzia segnata dalla violenza ha portato Gabriella a rifugiarsi in un convento a New York. Ma la voglia di tornare a sorridere al mondo sarà più forte dei ricordi...*

***Immagine allo specchio***
*Uno straordinario romanzo che esplora il legame indissolubile fra due sorelle gemelle, identiche fuori ma diversissime dentro.*

***Dolceamaro***
*India Taylor, famosa fotografa, rinuncia alla professione per dedicarsi alla famiglia. Ma quando i figli crescono e l'unione coniugale entra in crisi, la fotografia le ridà speranza.*

***Forze irresistibili***
*Meredith e Steve, dopo quindici anni, sono ancora innamorati come il primo giorno, ma il destino è in agguato e Meredith, per lavoro, lascia New York e parte per la California.*

***Le nozze***
*I preparativi per le nozze della figlia primogenita di un'agiata coppia di Hollywood vengono segnati da una serie di drammi, che sconvolgono il nucleo famigliare...*

***La casa di Hope Street***
*Liz e Jack sono un'invidiata coppia di avvocati, felici nella professione come nella vita privata. Ma una tragedia li colpisce e Liz dovrà trovare da sola la forza di continuare.*

*Finito di stampare nel febbraio 2003*
*presso la Mondadori Printing S.p.A.*
*Stabilimento N.S.M. di Cles (TN)*
*Printed in Italy*

Prova d'acquisto
88-8274-415
2003